百年广西多民族文学大系

BAINIAN GUANGXI DUOMINZU WENXUE DAXI

（1919—2019）

散文卷

（1949—2019）

（上）

总主编 ◎ 黄伟林　刘铁群

本卷主编 ◎ 刘铁群　黄伟林

⑩

GUANGXI NORMAL UNIVERSITY PRESS

广西师范大学出版社

·桂林·

出版统筹：罗财勇
项目总监：余慧敏
责任编辑：花　昀
助理编辑：梁文春
　　　　　王小敏
责任技编：李春林
整体设计：智悦文化

图书在版编目（CIP）数据

百年广西多民族文学大系：1919—2019：全 18 册 / 黄伟林，刘铁群总主编 . —桂林：广西师范大学出版社，2019.12
ISBN 978-7-5598-2282-6

Ⅰ . ①百… Ⅱ . ①黄…②刘… Ⅲ . ①中国文学－当代文学－作品综合集－广西②中国文学－现代文学－作品综合集－广西 Ⅳ . ①I218.67

中国版本图书馆 CIP 数据核字（2019）第 217639 号

广西师范大学出版社出版发行

（广西桂林市五里店路 9 号　邮政编码：541004）

网址：http://www.bbtpress.com

出版人：张艺兵

全国新华书店经销

广西广大印务有限责任公司印刷

(桂林市临桂区秧塘工业园西城大道北侧广西师范大学出版社

集团有限公司创意产业园内　邮政编码：541199)

开本：720 mm×970 mm　1/16

印张：591.5　　　字数：9420 千字

2019 年 12 月第 1 版　　2019 年 12 月第 1 次印刷

定价：2800.00 元（全 18 册）

目 录

导 言

· 2000 年代 ·

导　言

一

广西当代散文虽始于1949年，但起步却在1950年代。1950年代的广西散文就整体而言虽比不上同时期的诗歌、小说，但也有自己的特色。如桂籍作家梁羽生的散文就因"文采斐然，情韵悠美，不拘内容，不论格式，谈古论今，说人评事，其中的文化含量和思想蕴藏相当丰厚"[①]而独树一帜。或许因为梁羽生作为武侠小说家的名气太大，以至于人们大多忽略梁羽生作为散文家的一面。事实上，梁羽生不仅比较喜欢写散文[②]，而且写散文比写小说开始的要早[③]。但梁羽生真正开始在散文领域大显身手则是1956年。1956年10月，同写武侠小说，人称"文坛三剑客"的查良镛（金庸）、陈文统（梁羽生）、陈凡（百剑堂主）突发奇想：在《大公报》副刊上开设一个专栏，名曰"三剑楼随笔"。三人轮流写，每日一篇，连载三个多月，

---

① 魏克智、刘维英主编《香港百年风云录》，吉林人民出版社，1997，第1782页。

② 梁羽生：《笔花六照·序》，上海古籍出版社，1999，第1页。

③ 早在1953年春，梁羽生接编《新晚报》的副刊《下午茶座》，在此期间，梁羽生以笔名"冯瑜宁"开了"茶座文谈"专栏，发表许多清新流畅的知识小品。载［澳］刘维群：《梁羽生传》，长江文艺出版社，1999，第296页。

约十四万字。内容"或谈文史掌故，名人轶事，或评琴棋书画，诗词联谜，或论神话武侠，剧影歌舞。总之是古今中外，无所不谈。而且篇篇自成格局，每多神来之笔。"①而入选本卷的《凌未风·易兰珠·牛虻》和《围棋圣手吴清源》即写就于此时期。《凌未风·易兰珠·牛虻》是篇创作谈，梁羽生先从柳青的来信谈起，在畅谈《七剑下天山》中的凌未风、易兰珠和《牛虻》中的牛虻关系时趁势引出作家创作受外国文学影响的复杂现象。《围棋圣手吴清源》写的是吴清源走向"棋圣"的历程，梁羽生通过一系列事件来塑造吴清源高超的棋艺，如吴清源儿时替父对弈时的初露头角、与段祺瑞对弈时不动声色地显示实力、与日本众多围棋高手过招屡战屡胜以至震动日本棋院等。不过这篇散文的特别之处在于融入了小说笔法，如那段梁羽生写吴清源儿时替父对弈时的情景就颇有《三国演义》《水浒传》等古典小说的神韵。

毋庸讳言的是，梁羽生是1950年代的广西散文创作中的佼佼者，但这说明不了1950年代广西散文发展的脉络，因此，有必要以《广西文艺》为例，梳理一下1950年代广西散文发展的脉络。《广西文艺》创刊于1951年6月1日，这是当时广西唯一专门刊发文艺作品的省级刊物，因而它的编辑方针和发表的作品很大程度上反映出了广西文学（散文作为文学中的一支自然也不例外）发展的脉络，至少在"文革"结束前是这样。《广西文艺》在创刊号《编者的话》中有这样一段："在最初，在拟定本刊的编辑方针时，我们就已确定了这是一个地方性的、群众性的、通俗性的文艺刊物。直到最近，我们更明确地规定，本刊的读者对象不能是包罗各阶层群众兼而有之的一般群众，而应该是工农兵群众，最低限度通过工农兵干部而能为工农兵群众所接受；因此在作品内容上不能像过去一般文艺杂志那样以占大量篇幅的小说、剧本、诗歌为主要内容，而应该是以短小精悍的易为工农兵接受的通俗的民间形式的作品为主。"②这段话无疑在给《广西文艺》定性、定位和定调。在此规约之下，《广西文艺》刊发的作品多为山歌、民歌、鼓词、快板剧、活报剧、独幕短剧、真实故事、素描、特写等，散文只是偶尔出现。这种状况到1956年略有转变，

① [澳] 刘维群：《梁羽生传》，长江文艺出版社，1999，第322页。
② 载《广西文艺》1951年第1卷第1期。

1956年"百花齐放,百家争鸣"方针的正式提出带给广西文艺界的思想冲击是巨大的,但在此之前发生的两件事却不能不提。一是1956年3月15日—29日,全国第一次青年文学创作者会议在北京召开,出席约450人,广西有6人参加。虽参加人数占与会总人数的比例很小,但在当时却很轰动①;二是1956年4月16日—22日广西全省第一次青年文艺创作者会议在南宁召开,240多位青年作者参加,时任中央文化部副部长的夏衍到会做了报告,同时《广西日报》文化宫专门为青年创作者出了一期专辑②。这两次会议的召开如同两块颇具重量的石头先后投进广西文坛单调平静的水面,激起的浪花一旦和"双百"方针激起的巨浪汇合,场面可想而知。遗憾的是,1956年的散文并没有随着"双百"方针的到来而出现大的转变,原因可能在于1956年的下半年,广西文艺界还处于对方针的认识、讨论和对此前广西文艺发展的总结中③。作为讨论和总结的结果则是《广西文艺》的终刊和改刊。在《广西文艺》1956年第11本和第12本的封底处连续预告了《广西文艺》将改为《漓江》的消息,并在《漓江》创刊征求订户时这样写道:"为贯彻'百花齐放、百家争鸣'的方针,开辟创作和批评讨论的园地,切实满足广大文艺爱好者的要求,广西文学艺术工作者联合会决定将'广西文艺'停刊,改办文学艺术性月刊'漓江'。'漓江'的读者对象,主要是具有一定阅读能力的工农兵群众、国家干部、知识分子和青年文艺爱好者。内容以反映广西各民族人民丰富多彩的生活面貌、边防对敌斗争、革命根据地人民的斗争生活、广西各少数民族优美的民间传说等为主,还有指导青年进行写作的文章和广大读者开展文艺评论的园地。形式主要有小说、散文、特写、儿童文

---

① 《广西文艺》1956年第4本以头条形式刊发题为"把文艺创作赶上社会主义革命高潮——为迎接全省青年文艺创作者会议而写"的评论,并表示要紧接着全国青年文学创作会议之后,召开全省第一次青年文艺创作者会议。而后《广西文艺》1956年第5本专门刊载作为广西参加全国青年文学创作会议六人之一的刘硕良会后的感受(见刘硕良《立志做一个忠诚的文艺战士——参加全国青年文学创作会议后》,载《广西文艺》1956年第5本)。

② 本刊记者:《第一个春天——记本省第一个青年文艺创作者会议》,《广西文艺》1956年第5本。

③ 《迎接文学艺术发展的新阶段》,《广西文艺》1956年第8本;《畅谈"百花齐放,百家争鸣"》,《广西文艺》1956年第9本。

学、诗歌、剧本、曲艺、杂文、评介等，力求多种多样。"①相比《广西文艺》创刊时的定位和定调，《漓江》无论在内容上还是形式上都已悄然有了很大区别。1957年1月，《漓江》创刊号出版，时任广西省文联副主席的胡明树在代创刊词《漓江也是一朵花》中这样写道："花不逢时不乱开。每种花都有它自己开的季节和开的时候……条件成熟，花就会在它应开的季节应开的时候开放。"②显然，胡明树对形势估计不足，对《漓江》的期望过于乐观了，他不知道伴随《漓江》创刊的还有一场声势浩大的反右斗争扩大化运动即将上演，而最具戏剧性的是几个月后胡明树随即被《漓江》批判为"右派分子"，一起被批判的还有林焕平、李文钊、刘牧、秦黛等人③，山雨欲来风满楼，这直接导致1957年这个最有可能成就广西散文的年份流产，《漓江》这朵花终于还是在风雨飘摇中凋谢了。1958年1月《漓江》停刊，1958年3月《红水河》在《漓江》的基础上伴随着广西壮族自治区的成立创刊了，《红水河》创刊号中的《致读者》写道："这个刊物是在经过反右派斗争，检查并批判了'漓江'所犯的错误的基础上诞生的。……'红水河'必须是一个具有高度战斗性的刊物，它必须成为宣传马克思主义文艺理论，以社会主义教育人民的党的思想阵地。"④与《广西文艺》《漓江》的定位和定调相比，《红水河》显然拔高了，但拔高一旦超出了自己承载的能力，就会身不由己地被压弯，变形，直至成为革命的"齿轮和螺丝钉"。散文的园地荒芜了，再好的种子也只能深埋于地下，而随后的"大跃进"和1959年的"反右倾"最终让1950年代的散文在喧闹中寂寞落幕。

二

1960年代，准确地说是60年代初至60年代中期迎来了广西散文的收获期，在

---

① 《〈漓江〉创刊征求订户》，《广西文艺》1956年第11本、12本。
② 胡明树：《漓江也是一朵花》，《漓江》1957年创刊号。
③ 见"坚决反击右派、保卫社会主义"专栏，载《漓江》1957年第8本、9本、10本、11本。
④ 《致读者》，《红水河》1958年创刊号。

此期间，由于国家文艺政策的调整，广西散文质量明显提升并开始在全国崭露头角。在全国崭露头角的显在标志是广西散文多次出现在《人民文学》上，其中毛正三、周民震和苗延秀最具代表性。毛正三的《山荔枝正红的季节》发表在《人民文学》1961年第5期，写了"大跃进"时期壮族姑娘卜莲枝在党的支持下如何带领大家在生产上攻坚克难，并通过"向坡地要粮"和创造"三季造耕作"等事件塑造卜莲枝如何成长为人民公社生产模范的形象。作品难得之处在于塑造卜莲枝能干的同时没有忘记卜莲枝作为女性柔情的一面（卜莲枝另一个身份是被人称赞的民间歌手，并在与柳芭村青年对歌时表现了女性特有的柔情），也没有忽略在卜莲枝成为生产模范的过程中她父亲在精神上的转变（由看不惯一个姑娘家带着一伙青年男女吃在山上、滚在山上到逐渐默许理解和自豪）。周民震的《苗乡曲》发表在《人民文学》1962年第4期，写的是普通话在促进民族团结方面发挥的巨大作用和"大跃进"带给寂寞山区的新变化。苗延秀的《归侨小凤》发表在《人民文学》1963年第12期，这篇作品曾被一些小说集收录，但从文体特征来看，《归侨小凤》更适合归入散文。与《山荔枝正红的季节》和《苗乡曲》相比，《归侨小凤》的可贵之处在于它以独歌的形式打开了人物的隐秘的内心世界，如散文的第二节小凤黄昏时分在河边边弹奏琵琶，边随着琵琶声柔情歌唱道："可爱的印度尼西亚，你有美丽的河山和矿藏，我们曾在你的怀里成长，你是我们的第二故乡。……"[①]这歌声在60年代广西散文中是罕见的，此类歌声的罕见不在于它表明小凤身份是"归侨"，而在于它的独歌属性。独歌不同于对歌，对歌多在二人或多人间进行，面向的是他者，即使偶有心声流露，也有限。独歌面向的是自我，是对自我的独语，是直接敞开人的内心世界。独歌打开了小凤的内心世界并开拓了人物形象的深度与广度，自我的独语使人物向纵深延展，独歌中的回忆则使父母异国多舛的命运在小凤的内心徐徐展开，从而广度也得到了拓展，而广度的拓展又反过来为小凤之所以成为如今的小凤提供了强有力的逻辑。由独歌进入内心，在内心世界中塑造人物形象的饱满度，这在60年代整

---

① 苗延秀：《归侨小凤》，《人民文学》1963年第12期。

个广西文学都在着力表现"三大革命运动"（即阶级斗争、生产斗争、科学实验）的氛围中实属难得。除上述作品之外，这一时期写得较好的散文还有周民震和饶韬合写的《南流江潮讯》（载《广西文艺》1963年2月号）、公浦的《瑶山人家》（载《广西文艺》1963年4月号）、饶韬的《密林深处》（载《广西文艺》1964年2月号）、毛正三的《高原人家》（载《广西文艺》1964年4月号）、徐治平的《苍山如海》（载《广西文艺》1966年4月号）等。值得注意的是，60年代初至60年代中期，还有不少社员、工人、解放军某部人员等加入了散文创作队伍，他们响应"为工农兵写作，为革命写作"和"深入生活"的号召，散文所写之地多为公社、工厂、连队或某部门，内容多为新人、新事、新思想等，这部分散文质量相比于50年代显然有所提升，但总体来说，在语言的定调和把控、节奏的松紧、情绪的疏密、真实深浅的把握、细节的观察等方面还相对稚嫩。

1966年6月，《广西文艺》以专栏和头条形式转发姚文元的《评"三家村"——〈燕山夜话〉〈三家村札记〉的反动本质》（原载1966年5月10日《解放日报》和《文汇报》）和《解放军报》社论——《千万不要忘记阶级斗争》（原载1966年5月4日《解放军报》），"文化大革命"在广西拉开序幕。"文革"期间的1966年至1971年4月，凌渡形容此间广西散文为"一片空白"①，这是符合实际的，但要说1971年5月至1976年10月粉碎"四人帮"间的散文为"'假大空'成灾，公式化、概念化泛滥，散文已沉沦到毫无审美意义的境地"②则是不客观的。1971年5月，由《广西文艺》易名的《革命文艺》试刊，1972年1月《革命文艺》试刊两期后更名为《广西文艺》，更名后的《广西文艺》首期以头条形式转发《人民日报》短评——《发展社会主义的文艺创作》（原载1971年12月16日《人民日报》），短评中重提"百花齐放，推陈出新"的方针，这为广西散文的恢复和发展提供了新的契机。1973年《广西文艺》第1期登载了一条"我区文艺创作活动简讯"，简讯这样写道："为了贯彻区党委常委的指示精神，进一步提高我区的社会主义文艺创作质量，一九七二年八月份以来，

---

① 徐治平主编《广西散文百年（上）》，民族出版社，2004，第93页。

② 徐治平主编《广西散文百年（上）》，民族出版社，2004，第98页。

自治区先后举办了短篇小说创作学习班、诗歌创作学习班、音乐创作学习班、国画创作学习班、摄影创作学习班，并召开了小型的小说和散文作者座谈会、民歌手和新诗作者座谈会、文艺评论作者座谈会……在此基础上，编选出了广西短篇小说选《南疆木棉红》、广西诗选《红水河欢歌》、广西歌曲选《壮族人民歌唱毛主席》，此外还创作了一批短篇小说、散文、诗歌（包括民歌）、戏剧、美术、音乐、摄影等作品和文艺评论文章。"①这条简讯无疑为我们进入"文革"中的广西散文现场提供了切入口，而顺着这条线，翻阅此间的《广西文艺》，会发现一个出人意料的事实——居然涌现出了一大批较好的散文，如《龙大姐》（《广西文艺》1972年第1期）、《地下河的战斗》（《广西文艺》1972年第2期）、《花山新画》（《广西文艺》1972年第3期）、《八角飘香》（《广西文艺》1972年第4期）、《绣花》（《广西文艺》1972年第5期）、《山里人》（《广西文艺》1973年第1期）、《猎手》（《广西文艺》1973年第2期）、《初次出猎》（《广西文艺》1973年第3期）、《蔗乡行》（《广西文艺》1974年1月号）、《奇特的病历卡》（《广西文艺》1975年第4期）等。这些散文虽然还达不到入选本卷的标准，但整体质量却远远高于1950年代的广西散文，即使与1960年代的收获期相比也毫不逊色，如果对"文革"期间的广西散文（准确地说，应该是1971年5月至1976年10月间的散文）做描述的话，有两大现象值得关注：一是与1960年代散文多塑造主人翁为"庄稼迷"不同，"文革"期间的散文多塑造主人翁为"工地迷"；二是主人翁多是充满干劲，有着愚公移山精神的女性。

三

对于1980年代的广西散文而言，有两大事件不能不提。一是以1989年4月25日在防城港召开的"广西散文家创作联络会成立大会"为标志的广西散文家群体性的形成，在此之前的1982年《广西日报》"花山"文艺副刊在桂平召开的散文笔会

---

① 《我区文艺创作活动简讯》，《广西文艺》1973年第1期。

可视为其铺垫，广西散文家群体性的形成一方面加强了散文家间的联系和团结，另一方面也给散文创作带来了新的可能。二是反思的氛围笼罩着文坛。如果用一个词来形容1980年代的广西文坛的话，"反思"恐怕是绕不过去的关键词。从1980年代初期的反思"文革"①，到中期反思百越文化②，再到后期反思广西文坛现状③，可以说"反思"贯穿了整个1980年代的广西文坛。反思首先意味着一种姿态，这种姿态无疑宣示了散文家整体的觉醒和可能的反叛。觉醒和可能的反叛带给创作的影响是散文家们新的探索与尝试，这包括文体的自觉、主题的多元化等，但不得不承认，这种探索与尝试的广度与深度都很有限，成熟之作不多。有意思的是，这数量不多的成熟之作多由远离广西本土的桂籍散文家创作，这现象出人意料却也在情理之中。

1980年代的广西散文在数量上占绝对优势的恐怕要数民族风情类散文。其中凌渡的《故乡的坡歌》（散文集，广西人民出版社1984年版）、李宝靖的《桂海游踪》（散文集，广西人民出版社1987年版）、徐治平的《在金笋丛生的地方》（散文集，广西民族出版社1987年版）、蓝阳春的《歌潮》（散文集，广西民族出版社1989年版）最具代表性。这类散文在描写风土人情，记录少数民族生活民俗方面功不可没，但其背后所蕴含的文化表现不足也是事实。就此意义而言，入选本卷的《斗米粽》尤为可贵。某种意义上说，《斗米粽》就是一场壮家文化盛宴。

其次是回忆性散文。此类散文的可贵之处首先在于它所具有的珍贵的史料价

① 见1980年代初《广西文艺》、《广西文学》（1980年第7期起《广西文艺》改为《广西文学》）刊发的伤痕文学作品，如金彦华和王景全合写的小说《死牢里的呐喊》（《广西文艺》1980年第1期）、周广生的小说《情天霹雳》（《广西文艺》1980年第1期）、左锋的诗歌《弟弟，你听我说——痛苦的回忆》（《广西文艺》1980年第2期）等。

② 1985年《广西文学》3月号刊发梅元帅和杨克合写的《百越境界——花山文化与我们的创作》一文，该文对"百越文化"进行了反思，并迅速在创作上得到了响应，如梅元帅的《黑水河》、杨克的《红河图腾》、林白的《从河边到岸上》、张仁胜的《热带》、张宗栻的《魔日》、黄堃的《南方的根》等。

③ 1989年初，广西人民广播电台连续用五周时间播发黄佩华、杨长勋等人的《广西文坛88新反思》系列文章，引起了广西文坛的强烈反响。《广西文学》1989年第1期以"广西文坛三忆录"为题刊发其部分内容，1989年3月14日，《广西文学》《南方文坛》《广西日报》等6家单位在广西文联召开振兴广西文学大讨论，150多人参加。讨论之激烈，参见彭洋：《躁动不安的广西文坛——"振兴广西文艺大讨论"记述之一》，《广西文学》1989年第5期。

值，如张报的《萧三同志与〈救国时报〉》通过对萧三在不为世人所知的《救国时报》所撰写的诗文的辨识，既勾勒出萧三作为革命者的文人本色，又为后来者了解那段风云变幻的历史提供了一个难得的切入口。其次，此类回忆性散文不仅具有史料价值，还具有沧桑感。如秦似的《忆孟超》、陆地的《七十回首话当年》等。

此外，还有一些写人的散文值得一提。如白先勇的《第六只手指——纪念三姐光明以及我们的童年》、柳苏的《侠影下的梁羽生》《你一定要看董桥》等。柳苏，这个笔名听起来可能有些陌生，但他的另一个笔名"罗孚"对熟悉《大公报》或香港文学史的人来说恐怕无人不知，无人不晓。罗孚，原名罗承勋，1921年生于桂林，1941年在桂林加入《大公报》，先后在桂林、重庆、香港三地《大公报》工作，曾任香港《新晚报》编辑、总编辑，被誉为"香港文学界的伯乐""金庸梁羽生武侠小说的催生婆"。《侠影下的梁羽生》寥寥数笔就写出了梁羽生的侠之本色（对武侠小说的热衷）和侠之余（写文史随笔和下围棋），但不够，柳苏继续通过对朋友送梁羽生的一首诗的解释写梁羽生可爱的一面："'棋中意'说他的棋话是一绝。'竹外情'就有趣了。苏东坡'宁可居无竹，不可食无肉'，其实是既爱竹又爱肉的，竹肉并重，但梁羽生爱的就只是肉。他已长得过度的丰满，却还是喜欢肉食如故，在家里受到干涉，每天到报馆上班时，在路上往往要买一包烧乳猪或肥叉烧带去，一边工作或写作，一边就把乳猪、叉烧塞进口里，以助文思。"[1]这个解释是略带苛责的，但它却是充满微笑，充满理解的苛责。散文写人容易，懂人难，读柳苏写人的散文至少会让你觉得作者是懂得他笔下人物的。《你一定要看董桥》亦如此。《你一定要看董桥》写的是董桥风格如何野。据说这篇散文是董桥风靡大陆的推手，其影响力可想而知。就在柳苏发表《你一定要看董桥》后不久，《散文选刊》推出了《广西三中年作家散文特辑》（《散文选刊》1989年第7期），这是广西散文家首次以群体的形式出现在全国读者面前[2]，稍后，《散文选刊》1990年第5期又刊发了广西散文家"庞俭克散文特辑"，同年，徐治平的《散文美学论》出版，这应该是新时期以来广西

① 柳苏：《侠影下的梁羽生》，《读书》1988年3期。

② 徐治平主编《广西散文百年（上）》，民族出版社，2004，第169页。

第一部系统地从理论上阐述散文美学的学术专著，这些都为1990年代的广西散文开了好头。

1990年代是散文走俏的时代，散文走俏为散文的文体实验提供了机遇。而广西散文在1980年代由反思积蓄的文体意识到了1990年代这个散文文体实验场中终于可以大展身手。因此，相比于1980年代，1990年代的广西散文在内容上大为拓展，形式上也更加多样。这直接带来了1990年代广西散文的多元化。散文的多元化使散文园地得到扩展的同时也显示出自身的不足，这不足在1996年12月4日至6日广西散文界在防城港召开的"广西散文战略研讨会"上得到了系统总结[1]。尽管如此，如果把1990年代的广西散文放在新中国成立以来的广西散文史中来看，它向经典性散文迈进的过渡性特征相比于此前任何一个时期恐怕都要明显。倘若对1990年代广西散文做番梳理的话，回忆性散文依然是绕不过的内容，如凤子的《人生第一课——记中学时代的戏剧活动》《我的几位师长》、白先勇的《不信青春唤不回——写在〈现文因缘〉出版之前》、陆地的《延安"部艺"生活点滴》、林焕平的《抗战烽火话桂林》等。除回忆性散文外，庞俭克的《秋意》、潘大林的《秋日还乡》、张燕玲的《维也纳森林的故事》、徐治平的《南方的太阳》、包晓泉的《大明山的诱惑》、凌渡的《听狐》、岑献青的《故人故事》等在1990年代的广西散文中也具代表性。

四

在2000年代，有两个年份对广西散文的发展尤为重要。一是2004年，这年民族出版社出版了徐治平主编的《广西散文百年》（分上下册，上册是散文史，下册是作品选，此处指的是上册），这是第一部对20世纪广西散文的发展脉络做系统和相对全面的梳理和总结的著作，为后来者提供了诸多珍贵的史料线索和参考价值。但它更重要的意义或许在于促使2000年代及其之后的广西散文家建构"散文史"的意

---

① 彭洋、凌渡、江建文：《广西散文战略》，《南方文坛》1997年第1期；徐治平主编《广西散文百年（上）》，民族出版社，2004，第166—167页。

识。二是2007年，这年《红豆》杂志在南宁举办"《红豆》首届全国精短散文大赛"，声势颇大①。稍后，《广西文学》第7期起开辟"特别策划·重返故乡"栏目，该栏目正如其副主编冯艳冰所言："从2007年第7期起，开始了一个似乎可能无终无了的工程：命题作文，约请广西的作家们以散文的形式，写他自己的一段故事，一段与之生命旅程最重要的灵魂密码和线索，特别是真实地写出目前状态下作家们精神血缘中自己的乡村。"②应该说，该栏目的设置是有眼光的，它致使"故乡"成为2000年代广西散文再也无法绕过的话题，如入选本卷的东西的《故乡，您终于代替了我的母亲》、黄土路的《父亲传》、潘琦的《梦幻的童年》、韦其麟的《乡情》、龙子仲的《故乡无处拾荒》等。紧接着，《广西文学》第9期以专刊形式推出"广西散文新势力十六人③作品展"，且篇后配有作者一二百字的散文观。《广西文学》第10期配发王兆胜的《思想的芦苇与灵魂的吟唱——读〈广西文学〉"广西散文新势力十六人作品展"有感》一文，第11期配发穆涛的《生动的局面或片面的意义——"广西散文新势力十六人作品展"专号的启示》一文，对"广西散文新势力十六人作品展"进行专门的评述。11月8日，《广西文学》联合广西文联文艺研究室主办"'广西散文新势力十六人作品展'专号研讨会暨广西散文创作高级研讨班"，会后《广西文学》第12期以文讯形式刊载署名为"潇雨"的《传承与探索——〈广西文学〉"广西散文新势力十六人作品展"专号研讨会摘记》的文章。这一系列事件使2007年成为2000年代广西散文标志性的年份，学者黄伟林曾称2007年为广西少数民族文学的"集结号"④，此处不妨借用一下，称2007年为广西散文的"集结号"似乎也不为过。但也应看到，"集结"的背后是文学期刊对散文创作的深度介入，这样一来，散文在获得展示的同时也必然丧失部分自由，而散文之"散"，其实质，不是散在形式或主题上，而是散在创作之自由上，因此，从这意义上说，由文学期刊形成的"集

① 《携手共进，硕果累累——广西散文创作态势全面活跃》，《广西日报》2007年8月13日。

② 冯艳冰：《以故乡的名义》，载覃瑞强主编《重返故乡·前言》，广西人民出版社，2011，第1页。

③ 即梁志玲、蓝薇薇、何述强、沈东子、董迎春、刘美凤、莫雅平、王楒、沙地黑米、李金兰、王冰、叶华、石丽芳、苏会玲、透透、欧泽璋。

④ 黄伟林：《2007年，广西少数民族文学的"集结号"》，《广西文学》2008年第5期。

结"既意味着蓄势待发，也不可避免地存在局限和不足。相比而言，张燕玲、彭匈、廖德全、朱千华等这些"集结"之外的"散兵游勇"反而获得了较大自由，他们的散文也体现出更丰蕴的魅力。这一现象在2010年代的广西散文格局中更为清晰。

张燕玲的散文创作在1990年代已经取得了有目共睹的突出成绩，2000年代之后张燕玲的创作力保持着稳步上升的势态，从2000年代的《望尽天涯》《耶鲁独秀》《此岸，彼岸》《走进太阳里》到2010年代的《础石》《西津渡，锅盖面》《巴金遇见金城江》等，这些作品不仅是广西散文中的精品，在全国散文创作领域也是备受瞩目的优秀作品。而且张燕玲是在繁忙的工作之余写散文的，批评家王彬彬的一段话很让人感叹："张燕玲的散文我读了以后，我总觉得我们这些人都欠她的，她把主要精力都办了刊物，实际上她都是为我们做的牺牲。她如果不办刊物，她会成为一个优秀的作家。我觉得她即便是业余时间写的散文都是非常漂亮的，文笔非常好。"[①]彭匈，是写人物的高手。《草根四章》篇幅不长，彭匈却一口气写了四个草根人物，分别是算命的伍瞎子、土工队的黄埔田、杀狗的老何、按摩的猴子仔。四个人物各有绝活，性格迥异，形象丰满，印象深刻。廖德全的《后主情怀》以理解、微责之笔调评述后主李煜人生之得失。此外，白先勇的《少小离家老大回——我的寻根记》、严风华的《一座山，两个人》、朱千华的《草木染》《芋娘》、沈东子的《他们彼此从未听说过》等散文也各有特色。

进入2010年代，首先值得关注的是刘铁群于2012年推出的《广西现当代散文史》（广西师范大学出版社出版），同样是梳理和评述广西百年散文，与《广西散文百年》相比，《广西现当代散文史》部分章节更加丰富和翔实，比如该著增加了"30年代旅桂作家的散文""桂林文化城时期旅桂作家的散文"等内容，同时，2000年后的一部分散文创作最新成果也被纳入了视野。从《广西散文百年》到《广西现当代散文史》，时隔八年。无独有偶，2007年《广西文学》第9期以专刊形式推出"广西散文新势力十六人作品展"后的第八个年头即2015年《广西文学》第9期同样以

---

① 王彬彬：《"给我们一个更清晰的背景"——今日批评家评说独秀女作家》，《南方文坛》2013年第1期。

专刊形式推出了"广西散文新锐专号"。此次推出的也是16人：唐女、林虹、陶丽群、罗南、黄庆谋、梁晓阳、孟爱堂、廖莲婷、颜晓丹、寒云、杨仕芳、刘景婧、宋先周、李海凤、羊狼、陈洪健。入选本卷的陶丽群的《忧郁的孩子》写山区生活的无奈，让人感受到的是苦涩之味。而阅读梁晓阳的《天山长风吹过大平滩》扑面而来的则是一股浓郁的草原味和挥之不去的游牧气息。罗南的《娅番》是散文中难得的佳作，首先是文字的扎实，这扎实是建立在生活实感之上的；其次是深谙艺术的起承转合。此外，还有唐女的《追萤火，逐流云》和林虹的《钉子被移来移去时》也是比较出色的作品。读唐女的《追萤火，逐流云》会让你惊讶她眼睛的澄明，文笔的流畅。而林虹的《钉子被移来移去时》则让你感受瑶妃在听到钉子被移来移去的声音时对命运的反抗。

2010年代的广西散文有一明显现象就是其作者有不少是写小说的好手，如陈建功、林白、东西、严风华、黄继树、黄咏梅、陈谦、纪尘等。奇怪的是，这些创作小说的好手一旦写散文突然变得"规矩"和"安分"起来，如同在大都市闯荡大半辈子的游子一下子回到了生养他的乡下茅草屋。茅草屋是记忆的出发点，更是安放心灵的归宿。于是以朴实的笔调娓娓讲述其人生的故事成了多数写作者回望来路的方式，奇异的是在这些朴实文字的背后却有一股坚不可摧的力量一步一个脚印地深入你的内心，烙在你的脑海，让你不得不感叹姜还是老的辣。陈建功的《双城记：北京与北海》讲述的是北京与北海这两座城市于己的意义，由于在北京城居住了大半辈子，陈建功自然深谙北京人"宠辱不惊的处世哲学，有脸儿有面儿的精神优势，有滋有味儿的生活情致，自信满满的神侃戏说……"，讲述起来也津津乐道，但北海于陈建功显然不同于北京城，用他的话说"回到这里，有重新回到8岁时的快乐"。如他可以穿着游泳裤，光着膀子面无愧色地骑行在北海侨港镇、金海岸大道、所住小区，这种"面无愧色"正如他所言："如果不是这'面无愧色'被人发现，我会永远面无愧色。"[1]底气何在？故乡也。林白的《北流三篇》从民国年间的校舍写起，

---

① 陈建功：《双城记：北京与北海》，《美文》2017年第2期。

在她笔下，故乡附近的几个村庄皆是有来历和有故事的，如山围的冯氏家族曾经的显赫；萝村陈氏家族的传奇；白马扶阳书院的变迁。还有充满深情的表哥与恋人长达数十年写就的三大本的信件……读来令人唏嘘不已。冯艺的《沿着河走》写的是父亲和他的胞兄沿着老家门前那同一条河走却走出了两种不同人生：伯父成了国民党的一员，倒在了枪口下；父亲虽参加了革命却因历史问题起伏跌宕了30年。一条小河，两种人生，牵出一段风云变幻的历史，这是冯艺的智慧；"沿着河走，是为了寻找更大的江河，也成为一代代人对一段历史的万种滋味，那'隐忍不言的伤'埋在历史的深处隐隐作痛"，这是冯艺的深刻。严风华的《总角流年》是自传，与自传相异，陈谦的《鲁家二三事》是他传，但不管是自传还是他传，其所提供的历史镜像和历史细节对于我们了解20世纪中国风云变幻的历史都大有裨益。黄继树的《难忘的回乡之路》和黄咏梅的《故乡：默认的连接》可视为《广西文学》"重返故乡"系列。此外，徐治平的《鱼马往事》、东西的《真正的经典都曾九死一生》、潘琦的《我家开放四朵花》、何思源的《越南糕、三文鱼及咖啡》、彭洋的《致敬无人岛》、石一宁的《上林忆想》、何述强的《时间的鞭影》、沈东子的《海明威与桂林》、李金兰的《丰子恺在两江》、朱千华的《雁山园：一个读书人的理想国》、纪尘的《冬天，在百万人的村庄》等和上述散文一起构成了2010年代广西散文的百花园。

李北京

1950年代

凌未风·易兰珠·牛虻

梁羽生

约半月前，我收到一封署名"柳青"的读者的来信。他是某中学的学生。没有什么多余的钱买书，《七剑下天山》的单本，是在书店里看完的。他很热心，看完之后，写信来给我提了许多意见。

我很喜欢像他这样的读者。我读中学的时候，也常常到书店"揩油"，好多部名著都是这样站着看完的。他怕我笑他，其实，正好相反，我还把他引为同调呢！《七剑》第三集出版时，我一定会送一本给他的。

作者简介

　　梁羽生（1924—2009），原名陈文统，生于广西蒙山，书香门第，熟读古文。1936年考入蒙山县初级中学，1940年考入平乐中学，1941年转学至桂林高中，1944年回蒙山避难，拜简又文为师，听饶宗颐上课，1945年考入岭南大学，毕业后进入香港《大公报》，1949年定居香港。1954年以"梁羽生"（因崇拜白羽而自名）为笔名，在《新晚报》连载第一部武侠小说《龙虎斗京华》，开港台新派武侠小说先河，从此一发不可收。1984年宣布封笔。著有武侠小说35部。另有散文集《笔花六照》、《梁羽生散文——生花妙笔侠影留》、《梁羽生散文集》、《三剑楼随笔》（与金庸、陈凡合著）等出版。

　　作品信息

　　选自《三剑楼随笔》（学林出版社1997年版）。收入《笔花六照》（上海古籍出版社1999年版）、《梁羽生散文》（远流出版事业股份有限公司2008年版）、《梁羽生散文——生花妙笔侠影留》（生活·读书·新知三联书店2010年版）、《梁羽生散文集》（天地图书有限公司2015年版）。

当然，我更感谢他的意见。他看出凌未风（《七剑》中的一个主要人物）是牛虻的化身，因此很担心，怕凌未风也会像牛虻一样，以英勇的牺牲而结束。他提出了许多理由，认为凌未风不应该死，并希望我预先告诉他凌未风的结局。

我很喜欢《牛虻》这本书，这本书是英国女作家伏尼契的处女作，也是她最成功的一部作品，写的是上一世纪（十九世纪）意大利爱国志士的活动，刻画出了一个非常刚强的英雄像。

那时我正写完《草莽龙蛇传》，在计划着写第三部武侠小说，《牛虻》的"侠气"深深感动了我，一个思想突然涌现：为什么不写一部"中国的牛虻"呢？

吸收外国文学的影响，利用或模拟某一名著的情节和结构，在其他创作中是常有的事。号称"俄罗斯诗歌之父"的普希金（Alexander Pushkin），许多作品就是模拟拜伦和莎士比亚的。以中国的作家为例，曹禺的《雷雨》深受希腊悲剧的影响，那是尽人皆知的事；剧作家袁俊（即张骏祥）的《万世师表》中的主角林桐，更是模拟《Good-bye Mr.Chips》（也是译作《万世师表》）中 Chips 的形象而写出来的；他的另一部剧作《山城故事》，开首的情节，也和女作家简·奥斯汀（Jane Austen）的《傲慢与偏见》（*Pride and Prejudice*）相类，同是写一个"王老五"到一个小地方后，怎样受少女们的包围的。

在吸收外国文学的影响上，最应该注意的是：不能单纯地"移植"。中外的国情不同，社会生活和人物思想都有很大的差别，因此在利用它们的某些情节时，还是要经过自己的"创造"，否则就要变成"非驴非马"了。

在写《七剑下天山》时，我曾深深考虑过这个问题。因此我虽然利用了《牛虻》的某些情节，但在人物的创造和故事的发展上，却是和《牛虻》完全两样的。（凌未风会不会死，现在不能预告，可以预告的是，他的结局绝不会和《牛虻》相同。）

《牛虻》之所以能令人心弦激动，我想是因为在牛虻的身上，集中了许多方面的"冲突"之故。文学评论家勃兰兑斯（George Brandes）说过一句名言："没有冲突，就没有悲剧。"我想这句话也可以引用到文学创作上来。这"冲突"或者是政治信仰的冲突，或者是爱情与理想的冲突，而由于这些不能调和的冲突，就爆发了惊心动魄的悲剧。

在《牛虻》这本书中，牛虻是一个神父的私生子，在政治上是和他对立的，这样就一方面包含了信仰的冲突，一方面又包含了伦理的冲突。另外，牛虻和他的爱人琼玛之间，更包含着错综复杂的矛盾，其中有政治的误会，有爱情的妒忌，有吉卜赛女郎的插入，有琼玛另一个追求者的失望等待等等。正因为在牛虻的身上集中了这么多"冲突"，因此这个悲剧就特别令人呼吸紧张。

可是若把《牛虻》的情节单纯"移植"过来却是不行的，举一个最简单的例子，在西方国家，宗教的权力和政治的权力不但可以"分庭抗礼"，而且往往"教权"还处在"皇权"之上，因此《牛虻》之中的神父，才有那么大的权力，若放在中国，那却是不可能的事。在中国，宗教的权力是不能超越政治的权力的。

《七剑》是把牛虻分裂为二的，凌未风和易兰珠都是牛虻的影子，在凌未风的身上，表现了牛虻和琼玛的矛盾；在易兰珠身上，则表现了牛虻和神父的冲突。不过在处理易兰珠和王妃的矛盾时，却又加插了多铎和王妃之间的悲剧，以及易兰珠对死去的父亲的热爱，使得情节更复杂化了。（在《牛虻》中，牛虻的母亲所占的分量很轻，对牛虻也没有什么影响，但杨云骢之对易兰珠则完全不同。）

可是正为了《牛虻》在《七剑》中分裂为二，因此悲剧的冲突的力量就减弱了——这是《七剑》的一个缺点。另外，刘郁芳的形象也远不如琼玛的突出。《牛虻》中的琼玛，是十九世纪意大利一个革命团体的灵魂，在政治上非常成熟，在十七世纪（《七剑》的时代）的中国，这样的女子却是不可能出现。

武侠小说的新道路还在摸索中，《七剑》之接受西方文学的影响，也只是一个新的尝试而已，更可能是一个失败的尝试。不过，新东西的成长并不是容易的，正如一个小孩子，要经过"幼稚"的阶段，才能"成熟"。在这个摸索的阶段，特别需要别人的意见，正如小孩子之要人扶持一样。因此我希望更多的读者，不吝惜他们宝贵的意见。

四十年前，香港《大公报》的三位青年编辑查良镛（金庸）、陈文统（梁羽生）、陈凡（百剑堂主）同写武侠小说，人称"文坛三剑客"。1956年10月，他们突发奇想：在《大公报》副刊上开设专栏《三剑楼随笔》，三人合写，每人每日一篇，以展现"三剑客""交会时互放的光芒"。他们潇洒、隽永的散文彩笔，为"三剑楼"增辉添色，给"新派武侠"留下一段历史见证。我社征得当事人的同意，特精选七十余篇可读性极高的《随笔》结集成书，以飨读者，并志当年海外文坛的这段佳话。金庸、梁羽生、百剑堂主在本书所收的七十余篇随笔中，或谈文史掌故、名人轶事，或评琴棋书画、诗词联谜，或论神话武侠、剧影歌舞……总之，古今中外，无所不谈，而篇篇自成格局，每多神来之笔。喜爱金、梁作品的读者，宜乎人手一册，珍而藏之。

——金庸、梁羽生、百剑堂主：《三剑楼随笔》，学林出版社，1997，勒口

梁羽生除以武侠小说鸣世外，他对古今中外历史文化、文学艺术的思索和研究也是独有灼见的。50年代中期，他曾和百剑堂主、金庸联手合写"三剑楼随笔"专栏。1980年3月始，又应新加坡《星洲日报》之邀，写一个名叫"笔·剑·书"的专栏，历时近一年。后结集出版，书名即是《笔·剑·书》。梁羽生的随笔，文采斐然，情韵悠美，不拘内容，不论格式，谈古论今，说人评事，其中的文化含量和思想蕴藏相当丰厚。

——魏克智、刘维英主编《香港百年风云录》，吉林人民出版社，1997，第1782页

在中国当代作家中，金庸、梁羽生的知名度排在最前列，他们的小说，各种正版的和盗版的加在一起，印数估计不会低于3000万册。而他们的随笔集《三剑楼随笔》，印数只有3000册。3000万册和3000册意味着什么？意味着1万个读金庸、梁羽生小说的人中只有一个人读他们的随笔！3000册的印数与内容提要中的"喜爱金、梁作品的读者，宜乎人手一册，珍而藏之"一同出现，反差实在太大了，大得

让人可笑。不平衡和可笑之后是感慨。金庸、梁羽生之所以能成为"新派武侠小说"的"盟主"，那是因为他们不仅能写武侠小说，而且也能写"潇洒、隽永的散文彩笔"。什么时候大多数通俗文艺作家都能写出这样的"散文彩笔"，中国的通俗文艺才算迈上了新台阶；什么时候大多数读者既爱读金庸、梁羽生的小说，也爱读金庸、梁羽生的随笔，人们才能真正对中国的大众文化趣味持乐观态度。

——李春林：《一亩园心耕》，现代出版社，1999，第10—11页

有的读者也许不知道，除了武侠小说外，梁羽生还创作了大量的随笔，按他自己的话说，"真正的兴趣在于文史小品，不拘内容，不论格式，挥洒自如，有话则长，无话则短，那才是最符合自己心境的"。记者接触过的梁羽生的文字，最难忘的当是《三剑楼随笔》和《笔花六照》。前者系梁羽生、金庸和百剑堂主（陈凡）三位同事40年前在《大公报》上合开的专栏结集，文笔潇洒、隽永，今日读来仍鲜活如初。《笔花六照》则多是"武侠封刀"后的作品，也收录有50年代撰写的"棋人棋事"专栏的部分文章。不过，因为武侠小说的巨大影响，梁羽生散文的光彩并没有引起学界足够的重视。

——郭培明：《刀光剑影外的梁羽生》，载蔡友谋主编《非常经历》，海风出版社，2002，第256页

梁先生的散文，一是"散"，但"散"而能收，二是"文"，但"文""野"结合，雅俗共赏。梁先生不仅是优秀的小说家，也是优秀的散文家。

——魏泉琪：《心之旅》，中国文联出版社，2004，第64页

❙作者自述❙

写作生涯五十年，我大约也可算得是个"资深写作人"了。我写小说，也写散文。小说是"独沽一味"，全属"武侠"；散文呢？则真是"散"得"厉害"了，山水人物，文史诗词，对联掌故，象棋围棋，几乎什么都有。这并非我的知识广博，

只是说明我的兴趣之"杂"。我曾说过："我是比较喜欢写随笔一类文字的，不拘内容，不论格式，说得好听是谈古论今，其实则是东拉西扯。"（一九八〇年三月，我在《星洲日报》写的《笔·剑·书》专栏开场白）我这个人不惯受拘束，"有兴趣有材料就写，没有就不写"。这也比较适合于我的性格。

　　——梁羽生:《笔花六照·序》，载梁羽生《笔花六照》，上海古籍出版社，
　　1999，第1页

围棋圣手吴清源

梁羽生

金庸兄在《随笔》里杂谈围棋，曾提到围棋圣手吴清源的名字，吴清源十二岁即露头角，十三岁在国内无敌，十五岁至日本，二十岁创围棋新布局法。他今年（一九五六）四十三岁，在日本的二十八年间，尽败日本高手，被誉为古今一人！围棋在香港虽不流行，但对于这样一位在艺术上有极高成就的人物，还是值得向读者介绍的。

吴清源初露头角的故事非常有趣。他的父亲在北洋军阀段祺瑞手下当"部员"闲职，家境很穷，仗着"围棋"有几度散手，常常和别人赌赛，就像香港某些职业象棋手一样，每局赌一两个银圆。有一次他的父亲和一个胖子下棋，赌注是五块银圆。在三十年前，这赌注是很高的了。吴清源的父亲不知是心理紧张还是实力本来就不如人，总之未至中局，就给别人占尽上风。他眉头一皱，借入厕为名，躲到厕

作品信息

选自《三剑楼随笔》（学林出版社1997年版）。《体育博览》1997年第8期转载（转载时有删节），收入《梁羽生散文》（远流出版事业股份有限公司2008年版）、《梁羽生散文——生花妙笔侠影留》（生活·读书·新知三联书店2010年版）、《名人足印》（河北大学出版社2012年版）、《梁羽生散文集》（天地图书有限公司2015年版）。

所去松一口气，并想下一着的挽救方法。

  吴清源的父亲上厕所去了许久还不回来，那胖子等得不耐烦了，对旁观者嘲骂吴清源的父亲借故遁逃。这时吴清源忽然在旁边冷冷地说道："我替父亲下几步好不好？"吴清源那时只是十二岁的小孩子，还未和人正式对过局，那胖子大笑道："你输了你爸爸会认数吗？"吴清源道："怎见得是我输呢？等我输了你再说不迟，我没钱就脱衣服给你。"那胖子本来好胜，见这个小孩子毫不把他放在眼内，不禁大怒，就和他续下去。吴清源像小孩子玩石子似的，随手将棋子丢落棋盘，简直不假思索，不过一二十手就扭转大局，转败为胜。那胖子不服气，再和他下一局，赌注十元，结果又输。事后他父亲问他："我又没教你下棋，你几时学会的？怎么这样大胆？"吴清源道："我天天看你下棋，不学也会啦！我是看准能赢才动手的呀！"

  自此以后，吴清源"围棋神童"之名大著，段祺瑞知道了，特别叫人找他去下棋。段祺瑞的棋力很高，他自夸是"七段"，大约可相当于日本的四段。第一局吴清源不敢赢他，可是段祺瑞已看出他的实力，对他说："你不要害怕，你能赢我我才高兴。"果然以后再下，就都是吴清源赢了。

  吴清源给段祺瑞赏识后，家庭景况好了许多，父亲也升了官，他更可以安心下棋了。一九二六年，日本的井上孝平五段（日本围棋等级共分九段，至五段已算高段）到中国游历，在北京的青芸阁茶楼与吴清源对局，吴清源"打黑手"（下围棋持黑子的先下，打黑手等于象棋中的被让先）胜。继之而来的是六段岩本熏（现在是八段），让吴清源二子，吴又胜。还有桥本宇太郎（当时是四段，现在是九段）和吴清源下过几局，互有输赢，那时吴清源才十三岁！

  日本以前棋段的评定非常严格，除了实力还要讲资历，等闲不能"入段"。不过单以实力来评的话，大约每段相差三分之一子，即九段应让初段三子。吴清源能与高段互有胜负，传至日本，令日本棋手大吃一惊！当时日本的八段"准名人"（九段又称"名人"）、现在的名誉九段濑越宪作看了吴清源的棋谱，叹为天才，遂资助他到日本去留学围棋。吴清源即拜濑越宪作为师，当时年仅十五岁。

  吴清源到日本后，日本棋院只给他"三段格"（即只有三段资格，还不算正式三段），其实他的棋力远不止此！他到日本不久，就和当时唯一的"九段"本因坊秀哉连下三盘，照棋院的规则，入院之前必须经过考试，三段与九段对局是"二三二"，即第一盘让二子，第二盘让三子，第三盘让二子，吴清源连胜三局。接着他与日本棋院从三段至六段的少壮棋士下过十局，都是下平手，十局总结，吴清源九胜一负，震动日本棋院。第二年他首次参加日本棋坛的"大手合"（即公开赛），以全胜晋升为四段。至十九岁又再升为五段。二十岁时，他创了围棋新布局法，打破了以前"金边银角石肚子"的观念。（以前下棋最重视的是占边，其次是占角，腹地最不受重视，故有"金边银角石肚子"之称。）日本棋坛称他为"鬼才"，怀疑他是日本棋圣本因坊道策的再生。道策被日本推许为有"十一段"的实力，即是说他要比最高的等级（九段）还高出两段。由此也可见日人对吴清源的推崇了。

吴清源打遍日本无敌手，但却很迟才升九段（一九五〇年二月，日本棋院才正式授他九段），他的后进藤泽库之助还比他先登九段之尊。论者以为这是日本棋院"小气"的表现。因为吴清源虽入日籍，但到底是中国人，所以故意抑他。

但天才是抑不了的，吴清源与藤泽同为九段，两雄决赛十八局，吴清源大胜（比数为吴胜十四负三和一），而且第一局就以"中押"胜！（中押胜即不待一局下完，至中盘就肯定能得胜利了。）入院棋士推算精确，往往只输一二子即于中盘罢战，自认"中押"败。在吴清源胜藤泽之前，日本有一个围棋组织，叫作"击败吴清源之研究会"，专研怎样去破吴清源，结果还是不能将他击败。

吴清源下棋极快，日本以前高手对弈，每人每局有取至廿四个钟头的，吴清源那次和藤泽的对局是每人每局限定为十三小时。现在是十个钟头。但吴清源往往只用五六小时就够了！我还记得他输给藤泽库之助的那盘棋，吴清源用了七小时又十五分钟。藤泽却用了十二小时又五十九分钟，只差一分钟就到限定时间，真可说是费了九牛二虎之力，才能赢这一盘。

今年七月间，梅兰芳先生到日本表演，曾会见吴清源。吴清源向他建议，请他转达我国文化当局，派有围棋天才的少年到日本留学，吴愿意负责悉心指导。

梅吴两大艺人会见，还有一件有趣的事。吴清源说："我三十年前曾在北京大方家胡同李先生家里见过你。"梅兰芳说："是呀！我还记得那时候你和一位老先生下棋，那位老先生想半天才下一子，你却一会吃糖，一会嚼花生，好像满不在乎！是不是?"三十年前之事，两人都记得如此清楚，他们的记忆力真值得佩服！

1960年代

山荔枝正红的季节

毛正三

山荔枝红了，玛卡果紫了，大把的桃金娘，在崒村的坡前岭下，织成了五彩斑斓的一片片云锦。

崒村，离睦南关十几里路，这个不满五十户人家的小村子，在过去一直是默默无闻。可是，"大跃进"以来，它却像一朵怒放的木棉花，鲜艳透红地嵌在边境线上。

说到崒村，人们总会很自然地把它和卜莲枝的名字联系起来。因为，她是跃进人民公社的生产模范，又是一个远近被人称赞的民间歌手。不论在田间还是在村上，只要她一挂上影子，你就敞开耳朵听吧！那谈笑，那歌声，明快爽朗，像一串银铃似的，非把你引得跟着她打转转不可。

这天，村上空荡荡的，连个人影也找不到。不知道的人，还以为社员们都干活

作者简介

毛正三（1928—2016），河南范县人。1949年毕业于山东文学院中文系。曾任《广西文艺》编辑，广西文联专业创作组秘书，广西电影制片厂专业编剧等。1953年开始发表作品，1983年加入中国作家协会。著有长篇小说《拔哥的故事》、散文集《花香三百里》、诗集《山乡集》、电影文学剧本《鼓楼情话》等。曾获全国少数民族文学创作骏马奖。

作品信息

原载《人民文学》1961年第5期，收入散文集《花香三百里》（广西人民出版社1986年版）。

去了呢！原来今天有客人来参观访问，过后还要举行歌会。大家正兴高采烈地在后面的果树园里忙着布置呢！像这种一年一度的机会，早就被人盼望了，特别是它的主歌人，又是卜莲枝这位能干的壮族姑娘。前来参加歌会的人们，满怀喜悦的心情从四下合拢看，谈论着。是呵！卜莲枝有趣的故事，就是在这两三年内才传开的。

一九五八年春天，谁都知道是个"大跃进"的春天。当时，农村办工业，闹增产，轰轰烈烈，找不到一个闲人的影子，卜莲枝更不用说。她看看社里的早玉米，总是在指标的红线下面，想改种其他吧，边疆上又多是新开的坡地。她就同伙伴们三拉两凑，成立了一个青年农业试验场，专攻这一生产上的薄弱环节。

卜莲枝的勇敢行动，在跃进誓师大会上，马上得到了社员们的赞许。特别是党支部书记，眼看着一帮整整齐齐的年轻人，将要把玉米增产数字标到红线上面去，就更喜之不尽了。他说："莲枝，干吧！有什么困难找党，党会支持你们的。人家都说我们这里边远，荒僻，可我们偏要争口气，改改观，叫它开出跃进的花朵来！"

这话简直比叩响的金钟还要动人，卜莲枝听了，马上唱出一首山歌，向党表示着他们的决心：

梧桐生在南山坡，

不怕土硬石头多，

绿荫如伞遮天长，

好让凤凰来盘窝。

这山歌写在一张大红纸上，在社的报喜台上一贴。她浑身不知增添了多大的干劲，兴冲冲地走回家去。

那天，她忙得连饭也没吃，和伙伴们在一起，开小会钻研。按理说，新开的坡地，一年生，二年熟，从种到收，已经过了三个春季，总不能老是苗稀秆细吧！可盼来盼去，没有一次令人满意过。为了找出这个原因，他们热火朝天地一直讨论到半夜还没散会。最后，还是请来几个老人家，才归结到："坡地，坡地，洪水一冲，土薄肥去……"这经验，这教训，马上像一把钥匙，打开了年轻人的心扉。于是，他们当场提出措施，要为保土、保肥、保种、保收而战。

从此，他们在山上到处为营，就地培上，就地积肥；同时他们也到处出击，挖沟输洪，化灾为利。

然而一个姑娘家，带着一伙男女青年，吃在山上，滚在山上，这对当时思想还有点陈旧的老父亲来说，毕竟是有点不顺眼的。他老是这样认为：女儿入了团，进了党，走出家门，到外面开开会，做些妇女工作，已经够打破常规的啦！眼下，又要爬大山，越大岭，夜宿老林，不是太野了些吗？再说社里的这些山地，割茅下锄，才有几天，就想和一马平川的地方比生产，这担子能担得起吗？因为这，他上山几次，见了卜莲枝就说："孩子，十八九岁啦，要顾一顾外人的口舌，向高山陡坡要粮食，别把话说得太死了……"可卜莲枝却没有一点动摇，总是笑语连连，用父亲说过的话去开导父亲：

> 神地要靠人手勤，
>
> 神仙难比有心人，
>
> 这话出自你老口，
>
> 为何反而怕在今！

老父亲被女儿说来说去，思想倒也通了一半，说："好，我就等着看你的啦！"

就这样，他们肩荷风雨，脚撼大山，几个月真的创造了新的玉米增产纪录。这消息从近到远，一下子传到平而河上的柳芭村。柳芭村同样有一个青年生产队，他们的情况，恰恰和崋村相反，他们种的田，多数都在山洼子里，春雨稍大一些，禾苗就成了"水上漂"。柳芭村的青年队一听说崋村在高山陡坡上创造了增产，就联想到自己的山洼子为什么不能得到丰收呢。于是，他们和社里商量了一下，就派出十几个人，百里取经，来参观卜莲枝的青年农业试验场。

看吧！多么叫人心里喜欢啊！从村上披红挂绿的"跃进门"出来，随便攀往哪一个坡上去，你都可以看到齐整的田垄，曲长的输洪道，还有春天观云察雨、护苗保土的瞭哨棚、积肥站……像图案画似的铺展在边疆上，把一条条大岭完全改变了面貌，能不叫人从心眼里感到振奋鼓舞吗？

当时，柳芭村的青年队手抚着卜莲枝亲送的礼品——像金玛瑙嵌成的大玉米棒棒，不由向卜莲枝深深地赞叹起来："好！奇迹都创造在你们手里……"其中有一位和卜莲枝年龄相仿的姑娘，抓紧了卜莲枝的手，不知叫了多少声"阿姐"。她说："你们是我们最好的榜样！看到了这玉米，我们改变山洼子生产的决心，就更大了。"

这倾心的交谈，诚挚的胸怀，真是太美太美了。为了表达双方的情谊，大家又在崇村的场坪上，喝咖啡茶，吃槟榔果，联歌欢舞，直闹到日落西山才散。

临别时，卜莲枝代表青年农业试验场的男男女女，欢送着客人。她这样唱着：

　　草铺绿毡迎客来，
　　花举酒杯表心怀，
　　情如泉水流不尽，
　　但愿别后歌还在。

柳芭村的青年队同样激情难抑，他们马上回答道：

　　人别歌在不算别，
　　犹如百里山连崖，
　　等到明年山荔红，
　　群鸟联歌再飞来……

是呵！这歌声一直像一条红线，串联在大家的心上。使他们像定下了什么合同似的，每到山荔枝正红的季节，看谁在农业生产上有新的成就，参观，访问，联欢，就放在谁的村寨。

这一年过去了，�村大队在农业上可以说是满堂红。但五九年的继续"大跃进"，又把人的心滚在糖锅里，使人感到又甜又热的一股冲劲，越来越大。这时候，卜莲枝的小心眼又开始活动啦！她想：当个新式农民，可得要像个新式农民的样子，到时候人家五行十八业，都能拿出新的成绩向党报喜，而自己，别说是倒退，就是进展不大，也够丢丑的。再说，跃进永无止境，粮食增产，也不能例外……

卜莲枝在大好形势的鼓舞下，她的思想，就像节日的礼花一样，灿烂缤纷，光彩照人。有时，她为了急于把农业搞好，竟不止一次地憧憬着："要是庄稼能长成盈抱大树，四季常收，那该多好；山上的茅草，铺坡盖岭的，为什么不都变成米粮呢？"……这虽然太天真了，然而她所追求的一切，却从这里产生了无穷的力量。她终于代表青年农业试验场，又向党提出试种"三季造"，这建议，和上次一样，得到了党的支持。

一天，党支部书记从社管会回来，跟在他后面的，还有几个面生的年轻人。"莲枝，领导上为了使你们从技术上得到保证，给你们请师傅来啦！"支部书记一转脸介绍说，"这几位都是农业技术推广站的……"

"真的？那太好啦！"卜莲枝高兴得直闪泪花，她同伙伴们热烈地围拢上去欢迎，一刻也没有让人家休息，就带着推广站的同志们去观看自己选定的试种区。

新来的农业技术员们，同样被大家的干劲感动着。他们看看卜莲枝学习心切，就来了个现场施教，什么气候、水温、土质、用肥、早插、多耘……一大套，简直把卜莲枝说得百窍齐开，眼明心亮。几天以后，这些同志临走时，又这样嘱咐她："莲枝同志，万事靠人，三季造的成功，还得看你们的钻劲。"

这时，卜莲枝的小膀尖一拧。"同志们放心吧，不试成功'三季造'，我们永远以田头为家……"这样，他们又把"巧夺三造"的大旗，第一个插在堆绿叠翠的田坰里。

年轻人的心，是那么炽热；年轻人的理想，是那么壮美！大家为了投入新的战斗，就在试种区的中心，盖起了一座"禾苗保健站"。这保健站的主任是卜莲枝，伙伴们便成了保健员。对女儿始终不大放心的老父亲，虽然不同过去，但嘴里却仍是唠叨不断："莲枝，真想不到你年轻轻的一个姑娘家，竟然成了庄稼迷。"

一年下来，卜莲枝和伙伴们连战连捷，喜报再一次传到了柳芭村去。

两三年来，两村年轻人总是互相关怀又互相竞赛着：柳芭村的青年队把山洼子的排洪道、穿山渠修好，峲村的青年农业试验场，又创造了三季造耕作的经验；柳芭村在荒山上种满了茶、桐、松、杉，峲村在秃山上就栽满了油棕、香蕉；柳芭村提出来多种竞赛，峲村就来了个全面突击……这些，在生产上你追我赶的场面，人们说起来，像谈论神奇的故事。

谈着谈着，人越来越多，不觉已挤满了茂密的果树园。看吧！十几个小竹几，摆了个半圆形，上面仍按边疆人待客的旧例，放满了槟榔果、咖啡茶，还有鲜红的山荔枝。大家看看歌会还没开始，就拉着卜莲枝的老父亲闲扯起来：

"大伯，怎么不见莲枝同志和客人哪？"

"她和党支书带着大伙去看头造禾啦！"

"禾苗长得怎样？"

"嘿！金难买，银难换，比去年的还好！"

"这，你不骂女儿'野'、女儿'庄稼迷'了吧？"

"嗯……哈哈哈哈。"父亲爽朗地笑了。

正在谈笑，卜莲枝和党支部书记，带着柳芭村的青年队，从曲折的田陌上参观回来了。

人们在果树园里喧闹着，沸腾着，老父亲一见客人到来，也和身边的社员们一样，欢涌上去。社员们让客人一一坐下。卜莲枝马上将槟榔果、咖啡茶端在客人面前。然后，又捡了几大串山荔枝，塞进客人的怀里：

> 山荔一年红一年，
>
> 根深叶茂枝枝连，
>
> 如今三迎客人来，
>
> 怎不叫人心上甜。

柳芭村的青年队一看卜莲枝首先歌唱起来，他们高兴得直跳。在第一次联欢会上叫卜莲枝"阿姐"的那位姑娘，往当心一站，打开了她愉快的嗓音，"同志们，这几年我们向你们可学了不少东西，特别是你们敢想敢做的冲天干劲……为了感谢你们的帮助，和几次热情的接待，我代表我们的青年队，向你们献礼。"说着，她从怀里掏出一面新制的小红旗子，上面绣着："建设社会主义，繁荣祖国边地，一面红旗献上，谨向崞村学习"。

于是，歌会没等宣布，双方就像山泉汇流，自然而然地对唱起来。这边唱：

　　　　边疆跃进花朵开，
　　　　人们个个把它采，
　　　　朵朵插在心头上，
　　　　同跨龙凤上天台。

那边唱：

　　　　同跨龙凤上天台，
　　　　山河日新面貌改，
　　　　从此穷壤变富壤，
　　　　尽把贫苦抛大海。

这边又接唱：

　　　　尽把贫苦抛大海，
　　　　红日不落放光彩，
　　　　一年"三造"把谷收，
　　　　生产建设大竞赛。

那边又唱：

生产建设大竞赛，
龙头昂起龙尾摆，
心心向着毛主席，
共产主义幸福来。

大家唱着舞着，谈着笑着。红红绿绿的果树园，顿时变得格外绚丽，好像枝头上的果串，也都在为今日的一切酿制着最美的甜汁。人们真不知道怎样歌赞才好。大家的心，像要长出翅膀，带着丰收的喜讯，飞向北京，飞向毛主席，飞向祖国各地。峒村，你美丽的边疆小村呵！什么时候能比你这个时候更欢乐呵！什么时候又能比你山荔枝正红的季节再美好呵！全村老老少少，也不由得和着这激动人心的声浪，唱出了自己的歌：

边疆跃进奇迹多，
山也乐来河也乐，
谁说这里多荒僻，
如今净是跃进歌……

▎文学史评论▎

毛正三的散文多取材于边疆地区，反映少数民族的生活和斗争，从各个不同的侧面揭示边疆少数民族人民解放后的深刻变化，热情歌颂边疆美好的风光、美好的生活、美好的人物。

——徐治平主编《广西散文百年》，民族出版社，2004，第104页

┃创作评论┃

这本散文集，有不少篇章，通过生动有趣的故事，揭示了深刻的哲理，令人咀嚼和回味，或者发出热情的召唤，让人思索和振奋。

——毛正三：《花香三百里》，广西人民出版社，1986，内容简介

毛正三的散文笔法细腻、优美，在娓娓的叙事和对往事的回忆中，常常弥漫着亲切温馨的抒情调子，而这种抒情又不仅是简单地用语言来渲染，而是融化在叙述中暗暗地透溢出来，产生浓烈的情感氛围。……读毛正三的散文，犹如一脉心灵泉流，滔滔汩汩，一直流向读者心底。这泉流，是在轻柔得不露痕迹的语言描述中形成的。同时用议论、评介、发表看法的方式来抒情，也是毛正三散文作品的特色。作者善于将文学创作上的某些深奥的课题寓之于人与事的记叙中，予以类比和衬托，给人启迪。

——周保旺：《流光溢彩花一束》，载周保旺《多色的秋》，广西人民出版社，
2007，第240—241页

苗乡曲

周民震

碧玉盘中

在那山高云低的谷地，有一张碧绿的玉盘，它绿得那样的鲜明而纯粹，绿得那样的丰盈而袒露，像一位少女纯真的爱情，像一颗孩子的心。

是谁把一串脱了线的金黄和银白的珍珠抛洒在这碧玉盘中？一粒粒珍珠在碧玉盘中缓缓滚动……那金黄的珠儿滚过这边，那银白的珠儿滚向那边；一会儿，那金的银的又渐渐掺合起来，混在一起，构成了一幅活动的金斑银点的图案。

我不禁神驰目眩了。

微风送来了悠悠的牧笛声，它唤醒了我的神志，原来这就是高岜小队的牧场，

作者简介

周民震（1932—），壮族，广西鹿寨人。曾任广西文化厅厅长，广西文联副主席，中国少数民族作家学会副会长，中国电影文学学会副会长等。中国作家协会会员。小说、散文、戏剧、电影均有创作。著有电影文学剧本《苗家儿女》《三朵小红花》《甜蜜的事业》《瑶山春》《一幅壮锦》等，小说《后台老板》等，散文集《花中之花》《寸心篇》等。后结集出版《周民震文集》（五卷）。曾获首届全国少数民族优秀创作奖、广西文艺创作铜鼓奖等。

作品信息

原载《人民文学》1962年第4期，入选《写在南国初冬的时候》（广西人民出版社1989年版）。

它以得天独厚的水丰草满闻名于这一带高山岭上。

我迈着兴奋的步履，走进了这张碧绿的玉盘。

牧牛的是一个俫族的男孩，牧羊的则是一个苗族的女孩。俫族男孩头裹蓝巾，身披短衫，苗族女孩腰缠白裙项带银圈。他们都是十二三岁的模样，同样有一双聪颖的眼睛，同样光着一双粗健的脚，同样拿着一管彩色丝绦的小笛子。

一个小队里说着两个民族的语言，一块牧坡上却吹出了一个调门的牧歌。

俫族男孩的牛群圆滚苗壮，苗族女孩的羊帮膘肥身胖。他们都是队里常受表扬的好牧童，他们一同在记分员那里领取奖励的工分票。

俫族男孩讲不好苗话，而苗族女孩也不大懂得俫语，可是他们在牧场里却是畅所欲言亲密无间。原来他们都学会了讲普通话，他们用普通话交流感情表达愿望，普通话把这两个民族的孩子联结起来了。

这时，我想起了队长曾对我说起的往事。解放前，为了这块绿坡草地，老一辈的苗族和俫族人不知械斗了多少年月，反动政府更是挑拨和利用民族间的隔阂，坐收渔人之利。在那乌云覆盖的日子里，绿坡哪里有这样的颜色，它像死了一样的沉寂，没有人敢到这里来放牧，谁的牛羊只要跨进这绿坡一步，就立刻会遭到对方的射杀，牧场上没有牲畜，有的是血迹斑斑。最后，鲜丽的牧草被放火烧掉，成为一片黑灰焦土，它再也不是牧场了。

如今呢？同样的春风，同样的阳光，同样的雨露，牧场却用更新更美的翠色打扮起来了。碧玉盘放出了更诱人的异彩，绿草获得了真正的青春了。小队里的人都说，这是在毛主席英明领导下，民族团结开了花啦！

要问这民族团结的花开在哪里？我说就开在这张碧玉盘中，开在这些金黄和银白的珍珠上面，开在这个俫族男孩和苗族女孩的心田里。

这时，一对牧笛和谐的协奏曲又飘在空旷的牧场上，我仿佛觉得民族团结的花朵也开在这两支笛管里，它吹出了满天空馥郁的芬芳，那是喜悦亲睦和幸福的芬芳。

笛声使我飘然欲醉了。

白云深处走马帮

金钟山，云笼雾锁的金钟山。

这里，千里雾海，万里云涛。这里，风高气冷，草径迷漫。这里，灯火稀，人烟少。

这是边远山区人迹罕至的地方。可是每天都有一串叮叮当当的铜铃声，从这里摇过一趟。雾里来，云里去；由远而近，由近又远，叮叮当当，像山谷涧流那么清朗，像玉盘滚珠那么圆亮，又像早起的晨雀润开了金嗓，对着群山高亢地鸣唱。

啊！这是公社的运输马帮，这是山里人心中的盼望。

赶马人鞭梢一响，那头领先的青骢骏马引颈长嘶，四谷应和，传开了满山遍岭的马声！于是，这一串昂头竖尾的马儿，拨云寻路，健步如风。

赶马人是个苗家老汉。风霜的纹迹布满了他乌亮的脸庞。他已千百次踏过这条山路，在这漫长的征途中，只有山鸟林雀为他唱歌做伴。"大跃进"以后，山里不像过去那么寂寞了。这一路上，他新结识了许多来自祖国各地的好朋友。

雾中来，云里去，叮叮当当……

铜铃摇过山顶的观察哨，哨所的战士们欢腾起来了。亲人的信息，生活日用品，物质的和精神的食粮，党和首长的关怀问候，一齐来到了他们的身旁。战士们为了感谢这位亲人的使者，请他喝一碗自己酿造的橡子酒，满溢情谊的酒浆，暖和了苗家老汉的心肠。他笑呵呵喝光了酒，告辞着说："下次，我一定来得更早。"

雾中来，云里去，叮叮当当……

铜铃又摇过了山谷里勘探队的帆布房。小伙子姑娘们立刻奔过来，将他紧紧抱起，举向天上。苗家老汉乐哈哈地把一件件东西交到他们手里，而勘探队员也把一包包珍贵的矿石标本交给老汉，要他带回部队去，这是他们多少个山野生活的日日夜夜所得到的结晶！老汉小心谨慎地捆在马驮上，他自豪地说："吓吓！我老汉的马驮装满了祖国的珍宝啦！"

雾中来，云里去，叮叮当当……

铜铃又摇过密林中的森林研究所，同志们的欢笑声差点儿把树叶摇落。感谢的话语道不完他们的真情，索性把老汉拉到篝火边，一块吃一顿丰盛的山珍野味饭。然后大伙儿掏出一封封沉甸甸的信——那些写满了他们最有意义的经历和森林中奇异生活的信，托老汉带出去，寄给他们的亲朋战友和心上的人。老汉笑容满面地拈着胡须，诙谐地说："多写一些吧！青年人，不要担心我的马儿驮不了！"

雾中来，云里去，叮叮当当……

铜铃又摇过了一个个高山小寨。一个个小寨沸腾了！青年人吹着芦笙，姑娘们奏着月琴，表示对他的热切欢迎。大伙拉着他问长道短，有农药吗？化肥多少？办喜事的红被面带来没有？还有什么新鲜的东西？老汉应接不暇，忙得不可开交。当他到供销部办完了手续之后，还要向寨上人讲一讲外面的好消息，哪里又丰收啦，哪里又有新创造啦！……

雾中来，云里去，叮叮当当……

铜铃不停息地摇在金钟山上，它永远响在山里人满怀希望的心上。

┃文学史评论┃

可以说努力反映革命变革所引起的边疆少数民族人民生活和思想的变化，热情歌颂民族地区社会主义革命和建设中的新人新事，深刻揭示边疆民族地区人民在战斗中的新的精神面貌和高尚品质，构成周民震散文的基本内容和主题，使他的作品具有鲜明的民族特色。

——徐治平主编《广西散文百年（上）》，民族出版社，2004，第107页

周民震是位多产作家，不仅是个快手，而且还是个多面手，一来是他的生活阅历和感受的多样性和丰富性，急需多种艺术样式予以反映，二来也是他兴趣广泛，立志多涉猎一些艺术领域，所谓十八般武艺，都要过一过手，总之，剧坛拴不住他多才多艺的生花妙笔，散文、诗歌、报道、论文等都成了他施展才华的领域，而后

来在电影领域，则倾注了较之戏剧还要多的劳动心血，成就也就更大一些。

———曲六乙主编《中国少数民族戏剧通史（下卷）》，中国民族摄影艺术出版社，

2014，第1070页

∣创作评论∣

袁枚主张诗歌要写"情性之言"，要"空灵"，这是千古的论。但民震兄不能仅限于写诗对歌，他的主业是影、视、剧，于是，他"活学活用"，以"小红花"的色，"甜蜜"的味，"跳"进了连台大戏，用以阐述主题。如今老了，"影视剧主业"的压力消失了，但空灵的思路还在，进入散文领域，用以拨动读者的心弦。我以为，这又是民震兄散文的一大特色。

———王云高：《〈散文选〉中读周民震——读〈周民震散文选〉》，《民族艺术》

2006年第4期

周民震的散文构思巧妙，情、景、事、理相浑融，其叙事不追求曲折的情节，而是透过人人可见之物，普普通通之事，表达高于世人之情，写出人所未必能够悟出之理。作品重在写心，写那种与周围融而为一的，对人生了悟明澈的心境。发乎事，源乎景，缘乎情，始终流动着脉脉的哲理智慧，执着而超脱，非常轻松愉快，充满善心与爱心。行文满是洗尽铅尘的天然与真淳。

———唐珂：《一语天然万古新 豪华落尽见真淳——读〈周民震散文集〉》，载

《周民震文集（第五卷）》，广西民族出版社，2013，第492页

翻开这本散文选，首先映入眼帘的是一幅幅目迷五色的少数民族的斑斓画卷，他以抒情清丽的笔调描绘了广西壮族及其他少数民族绚丽的风光和多彩的生活，欢跃着不同风貌的人物形象，散发着大自然淡淡的芳香，透出一种绿色的诗趣。这部分的散文多半是他早期的作品，那时，这位年轻作家的脚步踏遍了广西的山山水水，在美丽的田园沃土中漫游，顺手撷来的小花野草，妙笔生辉，皆成美文。随着作家

的成长，后来的散文进入了比较深层的思考和体验，常以世俗人情为视角，探究起现实中的人文景观，更多的介入和干预某种社会现象。感慨、喟叹或呼吁、赞许，不乏哲理的思辨。

> ——高占祥：《周民震散文选·序》，载周民震《周民震散文选》，中央民族大学出版社，2005，第3页

｜作者自述｜

在我的创作生涯中，散文写得并不多，不过百来篇，而且大多集中在两个时期，即1959年至1962年之间和90年代后期。前者是我当时为写电影剧本和舞台剧本而下乡走马看花体验生活时的副产品；后者则是离休之后闲暇中的有感而发。……我写散文，总是先从生活发端，只认一个"真"字：把真实的感情，真实的思绪，放在一个真实的社会生活中，去认知、去感受、去体验，然后迸发出一星爱和恨的火花。这种直抒胸臆的心声，就是"真"。

> ——周民震：《周民震散文选》，中央民族大学出版社，2005，第415—418页

归侨小凤

苗延秀

一

在春暖花开的季节，我从湘桂铁路来坪车站乘着去合山煤矿的小火车，来到古花华侨农场。刚下车，便看见一幢幢红瓦白墙的平房，隐约坐落在不远的几个园林式的山坡上；一条碧绿的河水，弯弯曲曲从西北向东南的红水河流去，把岸上的映山红和远处的山峦，映成一幅五彩缤纷的画卷。两岸刚被拖拉机犁翻过的肥沃的处女地，散发着芬芳的气息。在小铁路南边的辽阔的田野里，水渠纵横，潺潺的流水，像迎春的鸟儿日夜欢唱；渠道两旁的桃李花果树木，像无数条斑斓华美的花边，镶

作者简介

苗延秀（1918—1997），原名伍延秀。侗族。广西龙胜人。1942年奔赴延安，先入抗日军政大学，后进鲁迅艺术学院文学系。1946年后历任《晋察冀日报》《东北日报》《文学战线》编辑。解放后曾任广西三江县副县长兼独立支队政委，《广西壮族文学史》编辑室主任，《红水河》杂志主编，广西文联副主席，广西作家协会副主席等。著有《大苗山交响曲》《南下归来》《元宵夜曲》《带刺的玫瑰》等。其中《大苗山交响曲》获广西三十年民族文学创作一等奖。

作品信息

原载《人民文学》1963年第12期，收入《南下归来》（四川民族出版社1982年版）、《广西当代少数民族作家丛书·苗延秀卷》（漓江出版社2001年版）、《少数民族短篇小说选》（四川民族出版社1979年版）。

在一块块金色的土地上。

这儿就是古花华侨农场——清水河上的一颗光彩夺目的珍珠。

我到达场部已是晚上七点多钟，在场部的办公室里，什么人也没有找到，只听见电话室里，一个姑娘的声音朗朗说道：

"是来坪车站吗？一卡车种子，二卡车化肥已到站两三天？你们要派人来收我们的保管费？你们什么时候通知过我们？……什么？前几天通知过？我们根本没有接到通知。"停了一下，用顶严肃的腔调说："春耕这样忙，我们正等着种子、肥料用；到了两三天，你们才通知，还收我们的保管费！你们知道吗？我们农场现在是一寸光阴一寸金，时间比金子还贵，你们能赔我们的时间吗？……不，不是开玩笑。时间不能赔，那你们的保管费也别来要。"

咔嗒一声，话筒挂上了。

"好厉害的姑娘。"我心里这样想，一边向电话室走去。我走到葡萄架的阴影下，从打开着的窗户往里一望，见那姑娘穿一身红花衣裙，头戴红花头巾，打着赤脚；裙子短短的罩在膝盖上，衣袖卷得高高的。她那圆圆的脸蛋，红得像个紫石榴；两只大眼睛似乎还在生气哩！

她发现了我，便敏捷地走出房来，问道："你是从来坪来的吗？"

"是。我乘小火车专程来这里的。"

"刚刚打电话来要钱，你马上就到，真快！"她把我当作是车站派来的人了。见我不作声，又道：

"给我，把保管费的条子给我！场长去南宁开会了，场党委书记在田里驯牛，没得空。"说着，她伸手就过来要。我见她还是一个带着几分天真的孩子气的姑娘，就逗她道：

"保管费不给，运费总得给吧？你先交钱，我后给条子。"

"你不相信人？来，那就找党委书记去！"

"找党委书记去？好，谢谢你，我正要找他哩。"

她二话没说，便像只火凤凰飞过羽毛球场，穿过林荫路，走到渠水潺潺作响的一片田野去了。我紧跟在她的后边。走到洼地里一块水汪汪的田边，就站住了。

田里，几个人围着一头三岁多的水牛崽，想把杷套套在牛的脖子上。那牛有时蹦蹦跳跳，用犄角打人；有时把拖着泥水的尾巴甩来甩去。几个人像跳舞似的围着水牛团团转，眉毛眼睛都溅满了泥巴。站在田塍上准备轮流驯牛的归侨，以及归侨子弟小学的孩子们，又是喊又是叫，那水牛却抬起头，喷着鼻子，一动也不动。这时，一个高个子把杷一下子套在牛颈脖上。牛一套上杷，无论怎样蹦跳挣扎也不中用了，只好乖乖地拖杷笔直前进。

"黄书记，当心小虎！你看，它翘起剑一样的尾巴，快要发脾气耍赖啦。"

田塍上的人们叫着嚷着，关心着那个高个子的安全，原来他就是场党委书记。

场党委书记掌着铁杷，随牛一步步笔直前进。他一脸的泥巴，听到人们的嘱咐，就像泥菩萨坐庙，把一只脚踩到铁杷上，牛就躬着腰，卷着尾巴，连人带杷拖着向前冲去，并且越来越快地拼命飞奔。

那牛横冲直撞，又是冲又是跳，看着没有把掌杷人摔倒，就好好地走了一阵；但不久，突然又要起赖来——躺下不动了。你喊它、拉它、打它、拿杠杠挑它，它像个大石头一样，一动也不动。大家你看我我看你，束手无策。那水牛却洋洋得意地在田里练起塘来。它四脚朝天，在水中翻滚，浑水把它的脖子淹没了，只留个鼻子露在水上面，发出"哗哗"的响声。

场党委书记坐在田塍上一边抽烟，一边歪着头笑，说：

"你们看，牛在洗澡哩。谁有胆量，不妨再跟它较量一下。要不，我们要赶插秧的旱稻田，就会缺它这个劳动力了。"

黄书记的话声未了，只见我身边的姑娘像只鸟一样飞到田中，竖起铁杷，用手抚摸牛的脖子，看看它颈上有没有伤痕；然后又抓抓它的肚皮，摸摸它的屁股。那牛居然翘着尾巴站起来，并且回过头来望望她。于是，田塍上响起一阵欢呼。

姑娘一只手轻轻扬起鞭子，喊声："嘿——走！"牛就真的向前迈步了。人们又是一阵欢呼。牛儿继续拖杷前进；当走到田的尾头，她左手轻轻向左后方拉了一下绳索，牛就乖乖地转弯回头走了。

这时，田中水平如镜，明月高挂树梢，青蛙到处喧闹。远处，一阵轰隆隆的火车声向古瓦车站驶来。不久，一个骑自行车的人，戴着"工"形徽章的帽子，走到田边，找着场党委书记说：农场购买的种子和肥料，已改用煤车装着运来古瓦了，请农场派人去接收，同时还向场党委书记道歉，因为他们查清，值班处理货运的同志确实没有及时通知农场种子已运到。他们虚心接受农场刚才的批评。

听着车站同志的话，场党委书记非常高兴，但也有些莫名其妙。他用目光扫视着在场的人，说道：

"同志们，种子、化肥已经运到了。现在正是分秒必争的春耕季节。明天是礼拜天，大家看怎么办？"

大家一致回答：

"春耕任务不完成，我们就不休息！"

刚才那个姑娘兴奋得像一团熊熊的烈火，两手把脸上的泥巴一抹，露出雪白整齐的牙齿，说道：

"黄书记！我马上去打电话通知各生产队，好吗？"

场党委书记点了一下头，姑娘就飞也似的向场部跑去。

二

一天黄昏，我和场党委书记在清水河边散步，倾听他畅谈农场的过去和未来。他告诉我：这儿从前是一片野草丛生的荒地，解放后，在清水河上建立了水电站；这里成立了农场；在离农场二十几里的岩口，修建了水库。从此，荒山变成良田。海外归来的侨胞，用自己的辛勤的劳动，建设了这个美丽的新田园。

场党委书记和我谈着谈着，不觉已走到清水河的渡口。河对岸传来一阵悠扬动听的琵琶声；随着琵琶的弹奏，有一个女高声在放声歌唱。

可爱的清水河啊！

你绿绿的河水，

是我时刻思念的太平洋；

你两岸肥沃的土地，

是我美丽的故乡。

……

琵琶声和着女高音越唱越热烈，越唱越激昂、奔放。场党委书记对我说：

"过河去！我带你去拜访一个人。"

河对岸，是农场第四生产队的所在地。登岸远眺，是一片无边的果树林，亚热带作物香蕉、菠萝、龙眼果、枇杷等等，触目皆是。我跟场党委书记在果园中轻飘慢绕，走到了一丛玫瑰花的后边。他指着河边，跟我说道：

"你看见吗？在我们下方的河边，有只金凤凰在唱歌。你听，她在怀念着印度尼西亚呢。"

我侧耳静听，随着琵琶声柔情歌唱：

可爱的印度尼西亚，

你有美丽的河山和矿藏，

我们曾在你的怀里成长，

你是我们的第二故乡。

…………

我听着听着，心里好像长起了翅膀，飞到那遥远的南洋，在那千岛之国流连徘徊。

我看清楚，这是那天遇见的那个姑娘在弹琵琶，那琵琶委婉多情之声，掠过河面，钻进密柳之中；然后，从那儿又引起回响，于是清水河两岸，就一片歌声缭绕了。

"砰——"一颗小石头落在她面前的水里，溅起几滴水珠，撒在她面上。

"谁？"她吃了一惊，琵琶声断了。

场党委书记笑着拉我走到她的身边说："小凤，你弹唱得多好呀，我带个客人来拜访你。你不会不高兴吧？"

"我不是客人，"我说，"我们早见过面了。"

"啊嗬！你们早已认识？"

我笑着说："她还欠我的保管费没给呢。"

"什么保管费？"

小凤脸热乎乎红到耳根，把那天晚上在电话室发生的事情，一五一十地讲了。场党委书记一听，就哈哈大笑道：

"哎呀，小凤啊，你看错人了。他不是火车站的同志，他是苗同志，来我们农场访问的。"

小凤把我看了看，伸过手来说：

"对不起，请你原谅！"

我说："不要客气啦。还是请你弹一曲印尼民歌给我们听，好吗？"

她沉默了一会，道：

"从前，我是一个瞎子，什么也不懂。从小我妈教会我弹钢琴和琵琶，教会我唱歌，不过是为了在国外能有一点糊口的技能罢了。回国后，我的眼睛亮了，学会了农业劳动，参加了工作，弹唱的兴趣更浓了，但技巧不高……"

"什么？"我惊讶起来，"从前你是个瞎子？你是怎样瞎的？回国后眼睛又怎么亮的？以后又怎么学会农业劳动、参加工作的？请你详细地告诉我！"

场党委书记说："不忙，我们还是先听小凤同志弹一曲印尼民歌吧。"说着，他对小凤道："弹吧，小凤！把你最喜爱的、最拿手的印尼民歌弹唱一曲！"

小凤坐在河边的一块石头上，习惯地闭上了眼睛，拨弄了一下琵琶的弦子，那琵琶就像珍珠落玉盘似的随着她一往情深地歌唱起来。

这是一首著名的印尼民歌：《宝贝》。这首叠句叠段反复重唱的催眠曲，抒情气氛十分浓郁，曲调优美动人。当她弹唱完毕的时候，睁开眼睛，一颗颗的泪珠突然滚落在清水河里。她对着碧绿的河水凝神、呆望，像个铜的雕像坐在石头上。

"看你，好好的为什么哭起来？小凤，天快黑了，妈在屋等你，我们回家再谈吧！"场党委书记用慈母般的声音安慰她。

"不，我常常到这里来坐，妈知道我在这里，我们就在这里谈吧。"

她转过脸来，想起遥远的往事，哀叹一声，然后声声欲泪地说：

"黄书记，苗同志！我告诉你们，我非常爱这碧绿的河水，我看见它，就好像看到了绿色的海洋那般深情眷恋；有时，偶尔看到一片红叶在水面上随波逐流，就好像看见我爸爸乘船漂洋而去。正因为这样，我和妈有时在假日来这里坐，直到月落西山，还不舍得回去，好像要在这等着爸爸乘轮船从海那边回来。

"说起我爸爸，我和妈妈就日夜难眠。我爸原来在新加坡一只英国轮船上做大副。日本鬼向太平洋南侵时，英国人在那里组织义勇军抗日，我爸爸也参加了。当日本鬼进攻新加坡时，英国人要中国义勇军在前面顶火，日本鬼在新加坡杀了我们华侨十四万多人。英国鬼什么也不管，夹着尾巴逃跑了。我爸身受重伤，妈把爸从死人堆里偷偷背回来，找到朋友，坐上一条风帆船，逃到印度尼西亚，在一个荒岛的岩洞里养伤。

"那时，生活很困难，归国无路，入地无门。妈找野木薯给爸吃，钓鱼煮汤给爸喝，打鸟做菜当补药。我妈就用印度尼西亚大地所哺育出来的东西，调养了我爸爸。经过一年多的穴居野处生活，我爸的伤完全好了。一天月夜，海上漂来一只木船，偷偷划到岛上。船上下来两个人，我爸就跟着他们走了。爸去之后不久，曾有一叶孤舟来到岛上，带来爸的一封信，说他已参加印尼游击队，信中还附一首我刚唱给你们听的印尼现代民歌。就这样，我爸再没有回到岛上。我妈在这个岛上的山洞里生下了我。妈用树叶给我当床，用草当尿片，用树枝编成摇篮，唱着那支催眠曲催我入睡。

"日本鬼投降时，我已一岁。一天，海上隆隆地驶来一条轮船，我妈满怀高兴，以为我爸驾着轮船来接我们了。但船上来人说，爸不得空，特派他们来接我们到雅加达。离开岛上那天，为防万一，妈在石头上刻了字留给我爸：'雅加达！'

"到了雅加达，人们把我妈安置在一个华侨办的华语小学里当老师，但没见我爸爸。他们说，我爸接到命令，当上大副，开船到海外去了。从此，爸爸就一直没有回来。我妈妈还是唱着'你爸爸一定会平安回来'的催眠曲来催我入睡。

"在雅加达，每逢假日，或者在课余的黄昏，我妈总是牵着我的手去港口看看；或者到海滩上去望望。每次每次，遇到有船从海外归来，妈和我总是非常兴奋，满怀希望，问东问西，看看是不是我爸爸回来。但是，每次我们总是失望。他们说：'这船上没有名叫何辛的大副，他可能在别的船上，你们到别的船里去找吧。'于是，妈和我就在海边流连，望着碧绿的茫茫无边的大海出神，直到什么也看不清楚了的时候，我们才携手回来。

"妈妈渐渐皱纹满面，两眼昏黑，其实那时她才二十八九岁。她会弹一手好钢琴，有个好嗓子，会唱印尼歌子。可是，我们生活在艰苦困难和失望的日子里。就在这个时候，我的眼睛迷糊，逐渐逐渐地瞎了。这个不幸的遭遇，使妈痛不欲生。

"在国外，印尼朋友曾给我们帮助，要医好我的眼睛；但由于生活困难，医好我的眼睛至少要十几万盾，所以他们也就爱莫能助。妈妈也不肯收受他们的馈赠，因为穷人家的钱，都是用自己血汗换来的。我们不能等着饿死，我妈便带我到学校去，教我弹钢琴和风琴；买个琵琶在夜中教我弹唱，好有一技之长来糊口。于是，我就爱上了音乐。

"但是，在海外辗转流离，终难生活，一九六〇年三月我们回国了。在湛江港登岸时，我听到叮叮咚咚的锣鼓声，听到《社会主义好》和《海外孤儿有了娘》的歌声，我的心就怦怦的好像要跳出来，眼泪滚滚地和迎接我们的祖国同胞拥抱。我的眼睛虽然瞎了，但仍然感触着祖国灿烂的阳光，感触着祖国人民的热情洋溢的脸孔。

"回到祖国不久，我们就到农场来了。在农场的花香鸟语的美好环境里，我听着拖拉机的响声，田野上吆喝牛的声音，愉快的劳动歌声，我的心神陶醉了……听啊，听啊，猛觉得这一切，不正是我心中久已向往的新田园交响乐吗！

"生活在微笑，祖国在召唤，我对妈说：'妈妈呀，妈妈，我不能再待在屋里了，我要和同志们一块展翅高飞。你带我去医院把眼睛医好吧！'我妈答应了。我们准备生活过得艰苦一些，储蓄些钱来医我的眼睛。场党委黄书记知道了这件事，便对我妈说：'我们农场的医药费虽然不多，你先拿一二百元，带小凤到柳州医院去医医吧。医好了，出院时，钱不够，由我们农场和他们结账就是。'我妈说：'不，我们回国不久，国家对我们各方面都照顾得很好，现在又为了孩子的病，增加国家负担，我和小凤都会于心有愧的。'

"我同意妈的看法，坚决不接受黄书记的意见，弄得黄书记生起气来。"

小凤说到这里，场党委书记笑了，插嘴对我说道：

"她母女俩都是'顽固分子'，说什么都不接受意见。结果，弄得周围的归侨都来支援她母女。他们要掏出自己的工资，送给小凤去医眼睛。"

"我妈看看没法，也就只好拿了农场的钱，带我去柳州医眼睛了，"小凤接着黄书记的话说，"到了柳州，我们先到市人民医院。医生说是可以医好，但要住院开刀。我妈一听说要开刀，心就冷了一半，问需要多少钱才能医好，医生说：'八元，住院费和伙食费不在内。'我妈吃了一惊，又问一句：'八元，还是八百元？'医生说：'八元。这是药费和手术费。'我妈什么话也没说，拉我就走了出来。

"我妈说：'在国外，医院设备好，要医好你的眼睛，至少要十七、八万盾。这个医院设备简单，候诊室里只有一条硬板凳；医生很年轻，不戴眼镜，八元钱能医好你的眼睛？孩子，回去吧。眼睛已经瞎了，别再开刀弄得败了相。'

"我妈这些话，给我当头一棒，我半信半疑，昏昏沉沉地回来。

"回到农场之后，黄书记和归侨同胞来问候我们，我妈推说'医院忙，挂不上号，以后再说'。

"农场的生产非常忙，社会主义的劳动竞赛热火朝天，我妈是生产组长，护理着果树园，她把我忘了似的丢在屋里。我生气了，说：'妈呀！你不带我去医眼睛，叫我当一辈瞎子，我宁愿把自己的眼睛挖出来死去。'我妈看我太伤心，只好再带我到柳州去。

"这次到柳州，先到羊角山的康复医院。那里设备和市人民医院差不多，也是收费八元。我妈又什么话也不说，把我带出来了。回到市内，到了工人医院，在楼上找到了眼科，一位姓唐的医生给我看了眼睛。他诊断的结果，也是和市人民医院医生说的一样。这位医生，说话满口桂林腔，那声音像漓江的水，清晰、流畅、动听，我似乎从他的话里，听到一种新的更崇高美妙的音乐。他说话像和我商量一样。他说：'同志，你的眼上长了一层白膜，学名叫作白内障。动手术时，用一把很小巧纤细的刀，轻轻地一割，把白膜除掉，你就会重见光明。这种手术，现在在我们县一级的一些医院里，也可以做。你和妈妈考虑一下，同不同意开刀？'

"这一下，我的心像开了花似的高兴起来，我妈也放心一些了。但还半信半疑地说：'先开一只眼睛试试看吧。'

"医生非常平静地说：'你们农场生产很忙吧？如果一个眼睛医好了，再动第二个眼睛的手术，要花双倍的时间，这就不合算了。大嫂子，你说对吗？'

"我妈说：'我是农场生产小组长，不能长久陪我的女儿在医院住。如果开刀不伤眼珠，医不好也不要紧，那就照大夫的意见办吧。'

"医生和蔼地说：'大嫂，你放心。你生产忙，可以先回去，我们有护士照顾她。等你女儿眼睛医好时，我们再通知你。'妈妈回去了，我个人留在医院里。

"八月末的一天，我所期待的时刻到了。手术开始了。当医生用非常纤巧的小刀在晶状体囊边轻慢割开一个口口，拿眼钳将白膜轻轻取出的时候，我就看见了亮光。亮光随着白膜的割除逐渐扩大。'啊！亮了，亮了。'我的心激动着，我用滚滚的热泪，来感谢党和祖国对她的儿女的无微不至的爱护，感谢医生给我带来了光明。

"医生揩干我的眼泪，擦净了我眼上的红豆般的点点热血，上好药，用干净的纱布蒙住我的眼睛，说：'静些，静些，不要激动！现在我给你治左边这只眼睛。'

"就这样，我的双目复明了。

"转眼就到了一九六〇年的国庆节，医院通知我妈来接我出院。

"这天上午八点钟，我躺在床上，等着我妈妈来接我。医生带来一位妇女，走到我的床头，指着她问我道：

"'你看见她穿的什么衣服吗？'

"我说：'崭新的天蓝色斜纹布唐装衣服。'

"'她手里拿什么东西？'

"'黄澄澄的橙子。'

"'她的头发是什么颜色?'

"'满头银丝。'

"'脸上呢?'

"'气色红润。'

"'你认得她吗?'

"我看了又看,心想:难道她是我妈妈吗?

"这时那妇人扑哧一声笑起来。她一笑,我就'妈——妈'地大叫一声,向她扑去,把头投在妈的怀里,母女俩互相抱着大哭起来。

"临走,我一边牵着妈,一边依依不舍地拉着医生的手,迈着轻快的脚步,走出了病房。医生和护士一路走,一路祝福我们,一直送我们到大门口。我和妈向他们挥手洒泪而别。"

三

夜已悄悄来临,果园深处,晚风送来悠扬的琴声,这琴声像布谷鸟催春一阵阵呼唤。小凤的故事没有讲完,她不时向着琴声响处张望。黄书记说:"小凤同志还有事,我们走吧,剩下来的,我帮小凤把故事结尾告诉你。"

我笑着跟场党委书记照原路走回来。小凤犹豫一会,接着便向琴声响处飞去。路上,场党委书记告诉我说:

"小凤医好眼睛回到农场,就积极参加犁田组工作。开始,她感到什么都新鲜可爱;同时,对什么都不大懂。可是她有一股干劲。她学犁田时,牛不走,她不会吆喝,牛走了以后,她不会叫它停,成天在田里打转转。犁田组同志就对她说:

"'小凤,你应该学会跟牛说话。'

"小凤奇怪地睁开大眼睛说:

"'啊哈,牛还懂人话?'

"犁田组长周标说：'懂。不信，你试试看：比方，叫牛走，喊一声：嘿！要它停，就叫一声：嗖——'

"小凤在周标的帮助下，真是勤学苦练，休息时间也学犁田。一天早上，天还没有亮，周标听到远处有狼嗥，走到牛栏去一看，不见了大虎水牛牯。他就喊醒人们，扛着锄头、棒棒和猎枪，向狼嗥的地方跑去，一阵砰砰叭叭，枪响棒擂，把狼打死打伤几只，狼群就逃跑到山里去了。他们把牛救了出来，发现小凤在它的身边。她站在那里，手中还紧紧地握住那粗大的犁杖。

后来才知道，原来她是想趁月夜在荒地上学习犁田，结果却遇上了狼。多亏大虎水牛牯保护着她，她靠着犁杖和狼相持了一夜。

"狼赶跑了，小凤还不肯回去。她说：

"'我还没完全学会呢，你们先走，我和大虎再犁一下地，天亮了就回去，不耽误白天出工。'犁田组长周标开口了：

"'小凤！我前几天讲的话你忘记了？你不累牛累呀。天一亮，大虎要去犁水田翻土过冬，你不让它休息吗？'

"这一下，小凤脸红起来，什么话也不说，跟着大家回来了。这事发生以后，小凤的妈妈说，犁田既累，又没什么高深的学问可学，还是改变工种，跟妈一块护理果园吧。但小凤不同意，说：'干革命哪能挑肥拣瘦，避重就轻！'她妈妈生起气来，说：'什么！护理果园是避重就轻吗？你知道不知道，护理果园，要懂得园艺技术。果树怎样栽培，怎样育苗，怎样施肥，怎样才能使它长得快，果子结得多……这些你懂得吗？'

"小凤也不让，顶她母亲说：'妈，学会跟牛讲话，学会使牛犁田，这不也是学问吗？'

"小凤坚持学犁田，继续在周标的帮助下，不断勤学苦练，战胜了重重困难，不但会使牛，而且犁得深犁得匀。劳动给她带来快乐，她的歌声，也更嘹亮了。

"犁田组长周标这个小伙子，二十来岁，人生得黧黑黧黑的，像钢铁铸就的硬汉。他在国外，从小就跟父亲学修理钟表；后来跟哥哥学开汽车。他到农场后，在百花村壮族老农那里拜过师傅，学得一手犁田耙田和选种育秧的好本领。他对劳动，像修钟表那样细心；工作安排像钟表时针一样准确。他同小凤工作互相配合得很好。周标开拖拉机去犁地，她就赶着牛去犁耙水田；周标选种，她就摇风扬机。甚至在文娱活动中，周标拉着提琴的时候，她就弹琵琶。刚才，我们听到的琴声，十成有九成是周标拉奏的。"

停了停，老黄又道：

"老苗，我再给你讲个笑话吧。最近一个时期，小凤已半脱产地调到场部当电话员，兼搞些文娱宣传活动，她还是念念不忘地要去犁田耙田。她上午值班，下午就去生产；下午值班，上午去生产；夜里值班，就白天去生产。

"一次，有个专业文工团到这里做慰问演出，小凤是招待员。在联欢晚会上，她是跳印尼民间舞蹈'伞舞'的主角；博得全场喝彩，掌声不绝。文工团的一位同志十分欣赏她，跑到电话室对她说：'你到我们文工团来吧！我们把你培养成舞蹈家、歌唱家。'小凤拒绝他说，'谢谢你，我没有这个天才。'那同志说，'你在晚会上的演出，证明你是个有艺术天才的人。你不要在劳动中把自己的天才埋没了。'

"小凤像受了侮辱，顶撞着他道：'各行各业支援农业，艺术也要为农业服务。你倒来破坏我的劳动热情！'

"那同志被问得哑口无言。小凤把他推出门外，'砰'一声，关上了门。

"老苗，我告诉你：小凤是个指天椒。真是又红又辣哩。我们农场这类人物有的是，你来我们这里访问十年八年也写不完啊！"

我点头同意说："对，对。十年八年、二十年、一百年也写不完。"小凤姑娘，愿你红如红豆，永不褪色；辣如烈火，永远燃烧吧！

｜文学史评论｜

综观苗延秀这个时期的小说和报告文学创作，其特色首先表现在他善于通过刻画人物的外在表现，如肖像、表情、动作、语言等，反映人物丰富的内在生活，以达到比较完美地塑造人物性格的目的。其次还表现在他善于从自己熟悉和接触的生活实际里，寻求题材，真实地反映现实生活，塑造革命战争年代和社会主义建设时期的英雄模范人物和先进生产者的光辉形象，反映各个历史时期的生活面貌，给读者以鼓舞。

  ——王保林等主编《中国少数民族现代文学》，广西人民出版社，1989，第405页

苗延秀也写长短篇小说和报告文学，有多种文集问世，但他的主要创作成就是诗歌。

  ——李鸿然：《中国当代少数民族文学史论（上册）》，云南教育出版社，2004，

   第361页

▎创作评论▎

苗延秀是侗族革命文学的开创者之一，是优秀的侗族作家、诗人，他在侗族现代、当代文学中的历史功绩是众所公认的，侗族文学界都尊称他为"苗老"。

  ——进铨、敏文:《侗族革命文学的开创者——苗延秀》，载《广西侗族文学史料》，

   漓江出版社，1991，第839页

苗延秀同志是侗族著名作家。他是侗族第一个奔赴延安参加革命文艺队伍的人，是侗族第一个文学编辑，他的《红色的布包》是侗族第一篇革命小说，《大苗山交响曲》是侗族诗人第一部公开出版的长诗，因而他也就成为侗族第一个中国作家协会会员。中国作家协会1997年11月10日的唁电中对苗延秀做了盖棺论定的评价："苗延秀同志在半个世纪的革命文学生涯中，著作丰厚，表现了强烈的时代精神和浓郁的民族特色，成为我国少数民族作家队伍中的一位代表作家。其作品鼓舞了一代文学青年。"

  ——蒙书翰:《广西当代少数民族作家丛书·苗延秀卷》，漓江出版社，2001，

   第213页

我的创作，追求真实反映生活，努力表现少数民族人民的优秀品质和美好形象，歌颂英雄人物，鞭挞假丑恶；向民间文学学习，力求文笔朴实、素雅。……我是民族文学小卒，如果说，我的某些作品还能读得下去，不会被人忘记，在某些文学史书中"占有一席之地"的话，那是党的培养和侗族、苗族民间文学的熏陶哺育，植根于少数民族人民的斗争生活中所取得的小小成果。

——苗延秀：《不平坦的道路》，载政协龙胜各族自治县委员会编《龙胜文史》

（第1辑），1989，第2—6页

1970年代

蓦然回首

白先勇

许多年了，没有再看自己的旧作。这次我的早期短篇小说由远景出版社结集出版，又有机会重读一遍十几年前的那些作品，一面读，心中不禁纳罕：原来自己也曾那般幼稚过，而且在那种年纪，不知哪里来的那许多奇奇怪怪的想法。讲到我的小说启蒙老师，第一个恐怕要算我们从前家里的厨子老央了。老央是我们桂林人，有桂林人能说惯道的口才，鼓儿词奇多。因为他曾为火头军，见闻广博，三言两语，

作者简介

白先勇（1937—），著名小说家、散文家、剧作家、评论家。曾用笔名郁金、白黎和萧雷。广西桂林人，回族，白崇禧之子。先后就读于台湾大学外文系、美国爱荷华大学"作家工作坊"。1960年与同学欧阳子、陈若曦等创办《现代文学》。1965年任教于加州大学圣塔·芭芭拉校区，开始长达三十年的教学生涯。著有短篇小说集《台北人》《寂寞的十七岁》《纽约客》，长篇小说《孽子》，散文集《蓦然回首》《第六只手指》《树犹如此》，舞台剧《游园惊梦》，电影剧本《金大班的最后一夜》等。2000年，花城出版社出版5卷本《白先勇文集》。2008年，广西师范大学出版社出版有12册台原版《白先勇作品集》。

作品信息

选自《蓦然回首》，尔雅出版社1978年版。收入《白先勇自选集》（花城出版社1996年版）、《白先勇文集第4卷：第六只手指》（花城出版社2000年版）、《明星咖啡馆》（江苏文艺出版社2009年版）、《姹紫嫣红开遍》（作家出版社2011年版）等。入选《台湾作家创作谈》（海峡文艺出版社1985年版）、《台湾散文名篇欣赏（第三集）》（广东高等教育出版社2000年版）、《20世纪中国散文读本（台港澳）》（海峡文艺出版社2003年版）等。

把个极平凡的故事说得鲜蹦活跳。冬天夜里，我的房中架上了一个炭火盆，灰烬里煨着几枚红薯，火盆上搁着一碗水，去火气。于是老央便问我道："昨天讲到哪里了，五少？""薛仁贵救驾——"我说。老央正在跟我讲《薛仁贵征东》。那是我开宗明义第一本小说，而那银牙大耳，身高一丈，手执方天画戟，身着银盔白袍，替唐太宗征高丽的薛仁贵，便成为我心中牢不可破的英雄形象，甚至亚历山大、拿破仑，都不能跟我们这位大唐壮士相比拟的。老央一径裹着他那件油渍斑斑，煤灰扑扑的军棉袍，两只手指甲里乌乌黑尽是油腻，一进来，一身的厨房味。可是我一见着他便如获至宝，一把抓住，不到睡觉，不放他走。那时正在抗日期间愁云惨雾的重庆，才七八岁的我便染上了二期肺病，躺在床上，跟死神搏斗。医生在灯下举着我的爱克斯光片指给父亲看，父亲脸色一沉，因为我的右边肺尖上照出一个大洞来。那个时候没有肺病特效药，大家谈痨变色，提到肺病两个字便乱使眼色，好像是件极不吉祥的事。家里的亲戚用人，一走过我房间的窗子便倏地矮了半截弯下身去，不让我看见，一溜烟逃掉，因为怕我抓进房子讲"古仔"。我得的是"童子痨"，染上了还了得。一病四年多，我的童年就那样与世隔绝虚度过去，然而我很着急，因为我知道外面世界有许许多多好玩的事情发生，我没份参加。嘉陵江涨大水，我擎着望远镜从窗外看下去，江中浊浪冲天，许多房屋人畜被洪流吞没，我看见一些竹筏上男男女女披头散发，仓皇失措，手脚乱舞，竹筏被旋涡卷得直转。我捶着床叫："嗳！嗳！"然而家人不准我下来，因为我在发烧，于是躺在床上，眼看着外面许多生命一一消逝，心中只有干急。得病以前，我受父母宠爱，在家中横行霸道，一旦隔离，拘禁在花园山坡上一幢小房子里，我顿感被打入冷宫，十分郁郁不得志起来。一个春天的傍晚，园中百花怒放，父母在园中设宴，一时宾客云集，笑语四溢。我在山坡的小屋里，悄悄掀开窗帘，窥见园中大千世界，一片繁华，自己的哥姊、堂表弟兄，也穿插其间，个个喜气洋洋。一霎时，一阵被人摒弃，为世所遗的悲愤兜上心头，禁不住痛哭起来。那段时间，火头军老央的"说唐"，便成为我生活中最大的安慰。我向往瓦岗寨的英雄世界，秦叔宝的英武、程咬金的诙谐、尉迟敬德的鲁莽，对于我都是刻骨铭心的。当然，"征西"中的樊梨花，亦为我深深喜爱。后来看京戏，"樊江关"，樊梨花一出台，头插雉尾，身穿锁子黄金甲，足蹬粉底小蛮靴，一声娇叱盼顾生姿，端的是一员俊俏女将，然而我看来很眼熟，因为我从小心目中便认定樊梨花原该那般威风。

病愈后，重回到人世间，完全不能适应。如同囚禁多年的鸟，一旦出笼，惊慌失措，竟感到有翅难飞。小学中学的生涯，对我来说，是一片紧张。我变得不合群起来，然而又因生性好强，不肯落人后，便拼命用功读书，国英数理，不分昼夜，专想考第一，不喜欢的科目也背得滚瓜烂熟，不知浪费了多少宝贵光阴。然而除了学校，我还有另外一个世界，我的小说世界。一到了寒暑假，我便去街口的租书铺，抱回来一堆一堆牛皮纸包装的小说，发愤忘食，埋头苦读。还珠楼主五十多本《蜀山剑侠传》，从头到尾，我看过数遍。这真是一本了不得的巨著，其设想之奇、气魄之大、文字之美、功力之高、冠绝武林，没有一本小说曾经使我那样着迷过。当然，我也看张恨水的《啼笑姻缘》《斯人记》，徐讦的《风萧萧》不忍释手，巴金的《家》《春》《秋》也很起劲。《三国》《水浒》《西游记》，似懂非懂地看了过去，小学五年级便开始看《红楼梦》，以至于今，床头摆的仍是这部小说。

在建国中学初三的那一年，我遇见了我的第二位启蒙先生，李雅韵老师。雅韵老师生长北平，一口纯正的京片子，念起李后主的虞美人，抑扬顿挫。雅韵老师替我启开了中国古典文学之门，使我首次窥见古中国之伟大庄严。雅韵老师文采甚丰，经常在报章杂志发表小说。在北平大学时代，她曾参加地下抗日工作，掩护我方同志。战后当选国大代表，那时她才不过二十多岁。在我心目中，雅韵老师是一个文武双全的巾帼英雄。在她身上，我体认到儒家安贫乐道、诲人不倦、知其不可而为之的执着精神。她是我们的国文导师，她看了我的作文，鼓励我写作投稿。她替我投了一篇文章到野风杂志，居然登了出来，师生皆大欢喜。她笑着对我说："你这样写下去，二十五六岁，不也成为作家了？"她那句话，对我影响之深，恐怕她当初没有料及，从那时起，我便梦想以后要当"作家"。中学毕业，我跟雅韵老师一直保持联系，出国后，也有信件往来。一九六九年我寄一封圣诞卡去，却得到她先生张文华老师的回信，说雅韵老师于九月间，心脏病发，不治身亡，享年才五十。雅韵老师身经抗日，邦灾国难，体验深刻，难怪她偏好后主词，"恰似一江春水向东流"，她念来余哀未尽，我想她当时自己一定也是感慨良多的吧。

高中毕业，本来我保送台大，那时却一下子起了一种浪漫念头。我在地理书上念到长江三峡水利灌溉计划，Y.V.A.。如果筑成可媲美美国的Y.V.A.，中国中部农田水利一举而成，造福亿万生民。我那时雄心万丈。我要去长江三峡替中国建一个Y.V.A.。一面建设国家，一面游名川大山，然后又可以写自己的文章。小时游过长江，山川雄伟，印象极深。当时台大没有水利系，我便要求保送成功大学。读了一年水利工程，发觉自己原来对工程完全没有兴趣，亦无才能，Y.V.A.大概还轮不到我去建设。同学们做物理实验，非常认真在量球径，我却带了一本《琥珀》去，看得津津有味。一个人的志趣，是勉强不来的，我的"作家梦"却愈来愈强烈了。有一天，在台南一家小书店里，我发觉了两本封面褪色、灰尘满布的杂志《文学杂志》第一、二期，买回去一看，顿时如纶音贯耳。我记得看到王镇国译华顿夫人的《伊丹傅罗姆》，浪漫兼写实，美不胜收。虽然我那时看过一些翻译小说：《简·爱》《飘》《傲慢与偏见》《咆哮山庄》，等等，但是信手拈来，并不认真。夏济安先生编的《文学杂志》实是引导我对西洋文学热爱的桥梁。我做了一项我生命中异常重大的决定，重考大学，转攻文学。事先我没有跟父母商量，先斩后奏。我的"作家梦"恐怕那时候父母很难了解。我征求雅韵老师的意见，本来我想考中文系。雅韵老师极力劝阻．她说学西洋文学对小说创作的启发要大得多。她本人出身国文系，却能作如此客观的忠告，我对她非常感佩。台大放榜，父母亲免不得埋怨惋惜了一番，台湾学校的风气，男孩子以理工为上，法商次之，文史则属下乘。我在水利系的功课很好，是系里的第一名，但那只是分数高，我对数理的领悟力，并不算强。我解说了半天，父亲看见大势已定，并不坚持，只搬出了古训说："行有余力，则以学文。"我含糊应道："人各有志。"母亲笑叹道："随他吧，'行行出状元'。"她心里倒是高兴的，因为我又回到台北家中来了。

进入台大外文系后，最大的奢望便是在《文学杂志》上登文章，因为那时《文学杂志》也常常登载同学的小说。我们的国文老师经常给《文学杂志》拉稿。有一次作文，老师要我们写一篇小说，我想这下展才的机会来了，一下子交上去三篇。发下来厚厚一叠，我翻了半天，一句评语也没找到，开头还以为老师看漏了，后来一想不对，三篇总会看到一篇，一定是老师不赏识，懒得下评。顿时脸上热辣辣，赶快把那一大沓稿子塞进书包里，生怕别人看见。"作家梦"惊醒了一半，心却没有死，反而觉得有点怀才不遇，没有碰到知音。于是自己贸贸然便去找夏济安先生，开始还不好意思把自己的作品拿出来，借口去请他修改英文作文。一两次后，才不尴不尬地把自己一篇小说递到他书桌上去。我记得他那天只穿了一件汗衫，一面在翻我的稿子，烟斗吸得呼呼响。那一刻，我的心直在跳，好像在等待法官判刑似的。如果夏先生当时宣判我的文章"死刑"，恐怕我的写作生涯要多许多波折，因为那时我对夏先生十分敬仰，而且自己又毫无信心，他的话，对于一个初学写作的人，一褒一贬，天壤之别。夏先生却抬起头对我笑道："你的文字很老辣，这篇小说我们要用，登到《文学杂志》上去。"那便是《金大奶奶》，我第一篇正式发表的小说。

后来又在《文学杂志》上继续发表《我们看菊花去》(原名《入院》)，《闷雷》本来也打算投到《文学杂志》，还没写完，夏先生只看了一半，便到美国去了。虽然夏先生只教了我一个学期，但他直接间接对我写作的影响是大的。当然最重要的是他对我初"登台"时的鼓励，但他对文字风格的分析也使我受益不少。他觉得中国作家最大的毛病是滥用浪漫热情、感伤的文字。他问我看些什么作家，我说了一些，他没有出声，后来我提到毛姆和莫泊桑，他却说："这两个人的文字对你会有好影响，他们用字很冷酷。"我那时看了许多浪漫主义的作品，文字有时也染上感伤色彩，夏先生特别提到这两位作家，大概是要我学习他们冷静分析的风格。夏先生对于文学作品的欣赏非常理智客观，而他为人看起来又那样开朗，我便错以为他早已超脱，不为世俗所扰了，后来看了《夏济安日记》，才知道原来他的心路历程竟是那般崎岖。他自己曾是一个浪漫主义者，所以他才能对浪漫主义的弊端有那样深刻的认识。

大三的时候，我与几位同班同学创办《现代文学》，有了自己的地盘，发表文章当然就容易多了，好的坏的一齐上场。第一期我还用两个笔名发表了两篇：《月梦》和《玉卿嫂》。黎烈文教授问我："玉卿嫂是什么人写的？很圆熟，怕不是你们写的吧?"我一得意,赶快应道:"是我写的。"他微感惊讶,打量了我一下,大概他觉得我那时有点人小鬼大。现在看看,出国前我写的那些小说大部分都嫩得很,形式不完整,情感太露,不懂得控制,还在尝试习作阶段。不过主题大致已经定型,也不过是生老病死,一些人生基本永恒的现象。倒是有几篇当时怎么会写成的,事隔多年,现在回忆起来,颇有意思。有一年,智姐回国,我们谈家中旧事,她讲起她从前一个保姆,人长得很俏,喜欢带白耳环,后来出去跟她一个干弟弟同居。我没有见过那位保姆,可是那对白耳环,在我脑子里却变成了一种蛊惑,我想带白耳环的那样一个女人,爱起人来,一定死去活来的——那便是玉卿嫂。在宪兵学校,有一天我上地图阅读,我从来没有方向观,不辨东西南北,听了白听,我便把一张地图盖在稿纸上,写起《寂寞的十七岁》来。我有一个亲戚,学校功课不好,家庭没有地位,非常孤独,自己跟自己打假电话,我想那个男孩子一定寂寞得发了昏,才会那样自言自语。有一次我看见一位画家画的一张裸体少年油画,背景是半抽象的,上面是白得熔化了的太阳,下面是亮得燃烧的沙滩,少年跃跃欲飞,充满了生命力,那幅画我觉得简直是"青春"的象征,于是我想人的青春不能永葆,大概只有化成艺术才能长存。

一九六二年,出国前后,是我一生也是我写作生涯的分水岭。那年冬天,家中巨变,母亲逝世了。母亲出身官宦,是外祖父的掌上明珠,自小锦衣玉食,然而胆识过人,不让须眉。一九二七年北伐,母亲刚跟父亲结婚,随军北上。父亲在龙潭与孙传芳激战,母亲在上海误闻父亲阵亡,连夜冲封锁线,爬战壕,冒枪林弹雨,奔到前方,与父亲会合,那时她才刚冒二十。抗日期间,湘桂大撤退,母亲一人率领白马两家八十余口,祖母九十,小弟月余,千山万水,备尝艰辛,终于安抵重庆。我们手足十人,母亲一生操劳;晚年在台,患高血压症常常就医。然而母亲胸怀豁达,热爱生命,环境无论如何艰险,她仍乐观,勇于求存,因为她个性坚强,从不服输。但是最后她卧病在床,与死神交战,却节节败退,无法抗拒。她在医院里住了六个月,有一天,我们一位亲戚嫁女,母亲很喜爱那个女孩,那天她精神较好,便挣扎起来,特意打扮一番,坚持跟我们一同去赴喜宴。她自己照镜,很得意,跟父亲笑道："'换珠衫依然是富贵模样'。"虽然她在席间只坐了片刻，然而她却是笑得最开心的一个。人世间的一切，她热烈拥抱，死亡，她是极不甘愿，并且十分不屑的。然而那次不久，她终于病故。母亲下葬后，按回教仪式我走了四十天的坟，第四十一天，便出国飞美了。父亲送到机场，步步相依，竟破例送到飞机梯下。父亲曾领百万雄师，出生入死，又因秉性刚毅，喜怒轻易不形于色。可是暮年丧偶，儿子远行，那天在寒风中，竟也老泪纵横起来，那是我们父子最后一次相聚；等我学成归来，父亲先已归真。月余间，生离死别，一时尝尽，人生忧患，自此开始。

别人出国留学，大概不免满怀兴奋，我却没有，我只感到心慌意乱，四顾茫然。头一年在美国，心境是苍凉的，因为母亲的死亡，使我心灵受到巨大无比的震撼。像母亲那样一个曾经散发过如许光与热的生命，转瞬间，竟也烟消云散，至于寂灭，因为母亲一向为白马两家支柱，遽然长逝，两家人同感天崩地裂，栋毁梁摧。出殡那天，入土一刻，我觉得埋葬的不仅是母亲的遗体，也是我自己生命的一部分。那是我第一次真正接触到死亡，而深深感到其无可抗拒的威力。由此，我遂逐渐领悟到人生之大限，天命之不可强求。丧母的哀痛，随着时间与了悟，毕竟也慢慢冲淡了。因为国外没有旧历，有时母亲的忌日，也会忽略过去。但有时候，不提防，却突然在梦中会见到母亲，而看到的，总是她那一副临终前忧愁无告的面容，与她平日欢颜大不相类。我知道，下意识里，我对母亲的死亡，深感内疚，因为我没能从死神手里，将她抢救过来。在死神面前，我竟是那般无能为力。

初来美国，完全不能写作，因为环境遽变，方寸大乱，无从下笔。年底圣诞节，学校宿舍关门，我到芝加哥去过圣诞，一个人住在密西根湖边一家小旅馆里。有一天黄昏，我走到湖边，天上飘着雪，上下苍茫，湖上一片浩瀚，沿岸摩天大楼万家灯火，四周响着圣诞福音，到处都是残年急景。我立在堤岸上，心里突然起了一阵奇异的感动，那种感觉，似悲似喜，是一种天地悠悠之念，顷刻间，混沌的心景，竟澄明清澈起来，蓦然回首，二十五岁的那个自己，变成了一团模糊逐渐消隐。我感到脱胎换骨，骤然间，心里增添了许多岁月。黄庭坚的词："去国十年，老尽少年尽。"不必十年，一年已足，尤其是在芝加哥那种地方。回到爱我华，我又开始写作了，第一篇就是《芝加哥之死》。

在爱我华作家工作室，我学到了不少东西：我了解到小说叙事观点的重要性。Percy Lubbock 那本经典之作：《小说技巧》对我启发是大的，他提出了小说两种基本写作技巧：叙述法与戏剧法。他讨论了几位大小说家，有的擅长前者，如萨克莱 Thackeray，有的擅长后者，如狄更斯。他觉得：何时叙述，何时戏剧化，这就是写小说的要诀。所谓戏剧化，就是制造场景，运用对话。我自己也发觉，一篇小说中，叙述与对话的比例安排是十分重要的。我又发觉中国小说家大多擅长戏剧法，《红楼》《水浒》《金瓶》《儒林》，莫不以场景对话取胜，连篇累牍的描述及分析，并不多见。我研读过的伟大小说家，没有一个不是技巧高超的。小说技巧不是"雕虫小技"，而是表现伟大思想主题的基本工具。在那段期间，对我写作更重要的影响，便是自我的发现与追寻。像许多留学生，一出国外，受到外来文化的冲击，产生了所谓认同危机。对本身的价值观与信仰都得重新估计。虽然在课堂里念的是西洋文学，可是从图书馆借的，却是一大沓一大沓有关中国历史、政治、哲学、艺术的书，还有许多五四时代的小说。我患了文化饥饿症，捧起这些中国历史文学，便狼吞虎咽起来。看了许多中国近代史的书，看到抗日台儿庄之役，还打算回国的时候，去向父亲请教，问他当时战争实际的情形。

暑假，有一天在纽约，我在 Little Carnegie Hall 看到一个外国人摄辑的中国历史片，从慈禧驾崩、辛亥革命、北伐、抗日，到"戡乱"，大半个世纪的中国，一时呈现眼前。南京屠杀、重庆轰炸，不再是历史名词，而是一具具中国人被蹂躏、被凌辱、被分割、被焚烧的肉体，横陈在那片给苦难的血泪灌溉得发了黑的中国土地上。我坐在电影院内黑暗的一角，一阵阵毛骨悚然的激动不能自已。走出外面，时报广场仍然车水马龙，红尘万丈，霓虹灯刺得人的眼睛直发疼，我蹭蹬纽约街头，一时不知身在何方。那是我到美国后，第一次深深感到离乡背井的彷徨。

去国日久，对自己国家的文化乡愁日深，于是便开始了《纽约客》，以及稍后的《台北人》。

┃文学史评论┃

白先勇的艺术实践和文化活动，前后有两个面向：一个面向是通过作品来表现的，其主题是"时间"及其所造成的各种悲剧。白先勇细腻描绘了时间变化与个人、家族国家之间的关系。他观察到，所有美的东西都毁灭于时间，却也都借助艺术得到救赎。第二个面向是通过艺术实践表现的，从八十年代以后至二十一世纪头十年，策划《游园惊梦》舞台剧和青春版《牡丹亭》，这是白先勇"文艺复兴"实践的重要例证。这些都指向对中国传统文化、文化哲学、美学的重新认识。白先勇的文学创作和文化实践，有两个相反的方向：文学中，他描绘了某种文化价值、美的必然衰亡；而在文化实践中，他试图走出这种悲剧，力振中国文化所曾有过的辉煌。在他对古典文化的重新诠释之中，暗示了现代创新的文化的可能。

——严家炎主编《二十世纪中国文学史（下册）》，高等教育出版社，2010，

第157页

白先勇以小说家名世，其实他在散文创作的数量和质量上也成就非凡。从类型上看，白先勇的散文创作大致可以分为两类：一为学术性较强的文学（文化）评论——议论性散文；一为情感浓烈的怀人忆旧之作——文学性散文。

——曹惠民主编《台港澳文学教程新编》，复旦大学出版社，2013，第62页

┃创作评论┃

1937年出生的白先勇在八九十年代倾心于散文而且佳构纷呈，这种创作轨迹底部暗涌的精神潜流与人性奥秘实在是耐人寻思。因此，"散文的白先勇"并不仅仅是对"小说的白先勇"的补充，拒绝虚构的散文文体使作家能够更加直接、更加真实地表现其切肤之痛和人道关怀。

——黄发有：《悲悯的摆渡——散文的白先勇》，《世界华文文学论坛》2004年

第2期

白先勇以小说家名世，他的《台北人》已成为二十世纪华文文学中的经典。因了白先勇在小说创作上的巨大成就，研究界常常把关注的目光集中在他的小说世界，而相对忽略他在其他文体上所取得的创作实绩。事实上，除了小说之外，白先勇在散文创作领域也成就不凡，风格独具，卓然成家。到目前为止，白先勇结集出版的散文集计有《明星咖啡馆》《蓦然回首》《第六只手指》《树犹如此》《昔我往矣》等数种。从类型上看，白先勇的散文创作大致可以分为两类：一为学术性较强的文学（文化）评论——议论性散文，一为情感浓烈的怀人忆旧之作——文学性散文，前者主要以序、读后感、书评、评论（演讲和访谈为其变体）等形式出现，后者则以对亲人、挚友和往事的深情回忆为主。从创作时间上看，白先勇的散文创作从二十世纪六十年代就已开始，至九十年代进入高产期。从类型分布上看，他在上个世纪八十年代以前的散文以文学（文化）评论为主，八十年代以后追思故人和缅怀往昔的作品则逐渐增多。

    ——刘俊：《现代美文的杰出实践——论白先勇的散文创作》，载刘俊《从台港
        到海外——跨区域华文文学的多元审视》，花城出版社，2004，第234页

在白先勇的整个散文创作中，伤逝亲友的篇什占了很大比重，其间，有伤逝亲生父母的，有伤逝同胞姐姐的，还有伤逝同学和文友的，等等。在这类作品中，作者用饱蘸悲悯之情的笔墨，将他对已逝亲友的怀念与追悼之情形诸笔端，让人读来顿生一种来自心灵深处的颤动。

    ——黄永健、易玉锋：《痛感与悲感的交响——论白先勇散文的伤悼美》，载朱
        文斌编《世界华文文学研究》（第三辑），安徽大学出版社，2006，第120页

白先勇虽然以小说家名世，但他的散文创作，也成就不凡，风格独具，卓然成家。他的散文创作，可以说是二十世纪华文散文中鲁迅、周作人、林语堂、张爱玲、梁实秋这一脉"美文"传统的延续，是二十世纪华文文学史上"美文"成果的扩充和丰富。

    ——刘俊：《白先勇传》，花城出版社，2009，第163页

司马文森十年祭

曾敏之

前些时候接到秦牧由北京寄来短简，有一段是这样写的："最近见到小雷，确知司马是被折磨致死的，可悲可叹！"

读了这样两行文字，不禁眼睛湿润起来，对司马文森之死，令我想得多也想得远了，悲痛之情有难抑之感。

秦牧短简，证实了司马文森死于被林彪、"四人帮"迫害。但我得知他的噩耗，

作者简介

曾敏之（1917—2015），笔名敏之、寒流、望云、丁淙等。1917年生于广西罗城，祖籍广东梅县（今梅州市）。历任《大公报》记者、采访主任，暨南大学教授，香港《文汇报》副总编辑、香港作家联谊会会长等。1930年代即投身文学运动和创作。著有散文随笔集《拾荒集》《岭南随笔》《望云海》《文史品味录》《观海录》《春华集》《文林漫步》《曾敏之散文选》《人文纪事》《沉思集》等，论著《谈红楼梦》《诗词艺术》《诗词艺术欣赏》《诗的艺术》《古典文学欣赏举隅》等，游记《四海环游》，杂文《曾敏之杂文集》《文苑春秋》《听涛集》等。其中《观海录》二集获全国优秀散文杂文奖。此外，曾敏之在推动香港文学的发展、促进海内外华文文学的交流和台港与海外华文文学的学科建设等方面，成绩卓著，被称为内地台港文学研究的拓荒者和引路人。

作品信息

原载《新晚报》1978年7月2日。收入《望云海》（人民文学出版社1982年版）、《人文纪事》（江苏文艺出版社2007年版）、《晚晴集：曾敏之记述的人物沧桑》（金城出版社2008年版）等。入选《泪雨集（乙编）》（生活·读书·新知三联书店1979年版）、《中国文化名人哀情散文选》（湖南文艺出版社1995年版）。

却早在以前。那是"文化大革命"期间暨南大学一大批教授到三水县的南边参加劳动的时候，我也在一个春雨霏霏之夜在南边见到陈芦荻，他偷偷地向我耳边说道：

"你知道吗？司马文森死了！"

我的神经震颤了一下。

"怎么能得到这个不幸的消息呢？".

"是北京的朋友寄信来说到的。"

啊，北京来信，还有什么可疑的呢？司马文森是死了！至于怎样的死法，当时无从探听，也不可能探听，我记起了杜甫的诗句"动乱死多门"，大概死得很离奇吧。

我和陈芦荻都不再说话，在当时，是无话可说的。我想到晋代向秀写的《思旧赋》，他为了路过山阳故居而悼念嵇康、吕安之被司马昭杀害，在短短的赋文中，曾这么写道："惟古昔以怀令兮，心徘徊以踌躇。栋宇存而弗毁兮，形神逝其焉如。"最后是"托运遇于领会兮，寄余命于寸阴……停驾言其将迈兮，遂援翰而写心。"可是向秀却写不下去了。

在我得到司马文森噩耗的年代，处境也似"寄余命于寸阴"，所以只能把哀痛藏在心里。后来，我从南边回到暨南大学原住的宿舍养病，一个人常常悄立于窗下，眺望于园林，景物萧疏，江声掠耳，苍茫的暮色扑到我的心坎。这时候，我强烈地想到司马文森之死了，感情激荡，发而为诗，曾暗暗记下这首七律：

哭司马文森

心香一瓣代刍厄，独立苍茫凄绝时；
漓水涟漪浮翰藻。桐江风雨铸新词。
回翔欧亚夸鹰健，奋翮中南忆鹗姿；
忽报文星凋北地，哭君空有泪如丝。

就是这样的诗，我也只能暗记，后来才把它记录下来，今天可以作为祭奠之用了。说到祭，当然只是心香，而这一瓣心香历时已是十年之久，就是说司马文森已是十年祭之期了。年光不可倒流，但往事却历历再现。因此我要记下我与司马文森几十年来情深师友的经历，也是借此倾吐哀思吧。

记得与司马文森初见，屈指算来已是四十年前，远在抗日战争的初期。一九三七年我从烽火中的广州回到桂北，又辗转到了桂林。当时心境颓唐，找不到出路，于是学写些文艺作品。司马文森随同《救亡日报》迁到桂林来了。我经周钢鸣的介绍跟他认识，知道在上海以林娜笔名写小说的就是他，大型的《作家》杂志曾发表过他的作品。

司马文森矫健得很，茁壮的身体，络腮的胡子，说话带点闽南的口音，但热情、开朗，令人接触之后就感到可以结成知交。我当然不能以知交攀附，但却把他当作老师，常把写好的散文作品送给他看，希望得到他的指导，一九三九年冬天，我将在桂北兄弟民族地区的见闻写了一组报告文学，曾把《烧鱼的故事》《芦笙会》等多篇送给他看，也许是少有描写少数民族地区生活的文艺作品吧，他看了之后谬加赞赏，说有似高尔基写《草原》的风味，并把它寄给茅盾主编的《文艺阵地》发表了。我受到极大的鼓舞，曾奋发为文，先后写了许多散文，有几篇在司马文森主编的《文艺生活》刊载。一九四一年，我把这些散文冠以《拾荒集》的书名出版了。

在我从事文艺习作的道路上，司马文森是鼓励我的良师。他写作极勤，下笔也快。《文艺生活》上刊载过他的长篇小说《雨季》。他还写过《记尚仲衣教授》的报告文学，后来又出版了《粤北散记》。在三十年代的后期，司马文森可说是多产作家。

从一九三八年到一九四四年，司马文森在桂林数年之久，施家园是他的居留之地。他常常不避风雨，腋下夹着书报，奔走于城郊之间，他的文学活动最为活跃。在这期间，他和雷蕾（就是秦牧短简中说的小雷）结了婚。我从小雷口中，才知道司马文森有过不平凡的经历。他童年时代就到了东南亚，少年时代在海外漂流，做过学徒、店员……青年时代参加了海外的革命组织，从此献身革命。后来更知道，他是三十年代的中国共产党党员，在"左联"的旗帜下从事革命文学事业。

当我从文艺活动转向新闻工作的时候，一直得到司马文森的支持。我于一九四二年在《柳州日报》编《草原》副刊，他寄文章给《草原》发表。我转到《大公报》担任采访工作之后，我们的接触更多了，他常常笑我是"两栖动物"。一九四三年我写了一篇《桂林作家群》的报告文学，把坚持抗战、坚持民主进步、不畏艰苦的许多作家朋友都描写到了，也描述了司马文森的文学活动以及他待人接物的热忱。

抗日战争的形势，在国民党统治区的战场越来越坏，蒋介石消极抗战、积极反共的反动政策使得士气军心几乎瓦解。一九四四年日寇长驱直入，陷衡阳、攻桂林，终于演出了湘桂大撤退的悲剧。就在这兵荒马乱之时，老作家王鲁彦病殁于医院。身后凄凉，无以为葬，邵荃麟、端木蕻良发起募捐，我参加了募集工作，司马文森也捐了一笔钱，终于在桂林北门外以一抔黄土半截石碑埋葬了被鲁迅誉为乡土作家的王鲁彦。久日寇逼近冷水滩，司马文森随着一批朋友转移阵地了。他放下了笔，拿起了武器，以纵队政委的名义活跃于桂北广大游击区。我则奉命采访、拍发战地新闻，直到最后才向柳州、重庆撤退。从此，我和司马文森暌隔了五年之久。

这五年，可算是漫长的时间，因为抗日战争结束之后，蒋介石发动了进攻解放区的全面内战，中国人民又经历了浴血的斗争。在国民党统治区的人民，在盼望黎明，在苦度最艰难的一段日子。当解放战争以排山倒海之势向江南、向华南进军的时候，我于一九四八年到了香港，在香港又与司马文森重逢了。他恢复《文艺生活》，同时还因工作需要兼了一家报纸的主笔。在他为我举行的家宴上，我反唇相讥，说他也是"两栖动物"了，引来了愉快的大笑。在当时，大家都在期待华南解放，然后"青春作伴好还乡"，所以朋友们的情绪是热烈的，也是从未有过的振奋。

不久，司马文森就奉召随同柳亚子、茅盾等一干老前辈离港北上了。他们要到北京参加开创新中国的全国人民政治协商会议。新中国在政协会议中诞生了，《共同纲领》也制定了。在毛主席宣布中国人民站起来了的日子，从首都北京到全国各地，包括未解放的一部分地区，真是亿兆腾欢，神州焕彩。司马文森在天安门上看到了红旗的海洋，事后他向我描述过他当时喜极泪沾襟的情景。

随着华南解放了，我奉命赶到广州设立《大公报》办事处，积极展开采访活动，又恢复多年中辍的记者生活。司马文森也奉派到广州，筹组中国作家协会广东分会。他打算出版的《文艺生活》则以作协机关刊物《作品》代替，他担任主编。当时因工作需要，成立由中国新闻社、《大公报》、《文汇报》三单位组成一个联合办事处的时候，我和他共事了。在办公室内相对而坐，有一段时间我可以更仔细地观察他从待人接物到写作的一切表现。我打心眼儿佩服他的为人。凡是接触过他的人都会获得这样的印象：司马文森待人接物热情诚恳，不摆架子，他特别关心朋友的进步。而我更发现他对写作的勤奋，已达到令人难以企及的高度，他随时摊开稿纸，不轻易放过时间。只见他落笔嗖嗖，于是散文、小说、政论文章就出来了。

我难以忘记是在他的鼓励之下，我以一篇研究《红楼梦》的论文在《作品》创刊号上发表，后来由此写下去而成一本小书。我正庆幸能在他的指导下也许仍能写些文艺作品时，他却奉派出国了，到中国驻印度尼西亚大使馆任文化参赞。离开广州的时候，朋友们为他和小雷饯别，真是兴奋与惜别的情绪糅合在一起，但更多的是为他乘风破浪重到"南洋"而欢跃，想到他三十年代曾流浪海外，而如今有如凯旋的战士旧地重游，该是如何感奋啊！

就在司马文森出国之前，他还为一个文艺界朋友的婚姻风尘仆仆地奔走于珠江三角洲之间，后来终于"有情人成了眷属"，只可惜那个朋友结婚时，司马文森已经走了。直到如今，那个朋友仍念念不忘他的友爱援助，成人之美的美德。

自从司马文森出国以后，他随黄镇大使先后驻节于印度尼西亚和法国，在欧亚两洲都留下了他作为文化使节的足印，为中国和印尼、法国的文化交流做出了贡献。有一年，他回国休假，我们重叙于广州，因为风闻他写了一部长篇小说，我问他写的是什么题材？他答道：

"写老黄的，以三十年代福建武装根据地的武装斗争为背景，写老黄领导的武装斗争。"

小雷在旁边补充说明，才知道就是后来出版的《风雨桐江》。这部三十多万字的小说以优美的民族风格标志了司马文森在创作道路上的里程碑，不论构思、描写、语言、故事情节，都显示了司马文森在探索民族化的艺术上取得了极其可喜的成就。

以后，司马文森又到欧洲去了。他曾打算写一部散文游记，可是未及写成就"被召回国"，接着就受到从林彪到"四人帮"所加的迫害，以致结束了他不算很长的一生。

｜文学史评论｜

曾敏之是香港文学界的宿将，他的散文时常选择一些富有象征意味的事物作为抒情表意的对象，并融入一些富于诗情和哲理意味的议论，引导读者加以思考。

——潘亚暾、汪义先：《香港文学概观》，鹭江出版社，1993，第399页

曾敏之是一位眼光远大，胸怀祖国的作家，他的散文从不抒写个人的纤弱感情或一时得失，他抒写的是大我之情、民族之情，他的笔触，始终与时代的脚步合拍，作品的感情脉络跳动的正是我们民族的命运，一场芦笙会、一个烧烤场面、一条水街的变迁、一纸短简的传递…………浸润着多少时代风雨，凝聚着多少历史内容，把它当历史来看也无不可。

——王剑丛：《香港文学史》，百花洲文艺出版社，1995，第313页

总起来看，曾敏之散文以思精用宏、富有战斗气息和风格的阳刚美见长。
——张炯等主编《中华文学通史·第十卷·当代文学编》，华艺出版社，1997，
第315页

曾敏之的杂文，有实事求是之心，不作凌空蹈虚之论，议论纵横而深刻。他腹笥甚广，又坦率真诚，立意高，格局大，气势雄，文风犀利，文笔老到，形成了硬朗、明快的独特风格，"充满大方之气和阳刚之美，深得鲁迅杂文匕首投枪、以寸

铁杀人的文风精髓"。

——曹惠民主编《台港澳文学教程》，汉语大词典出版社，2000，第293页

其散文比较注意描写香港各阶层人士的命运波折和生活境况，尤其是流淌在作品中的浓浓的爱国情怀，盼望港台回归、祖国统一的强烈愿望，贯串如一，感人至深。

——徐治平：《中国当代散文史》，中国文联出版社，2001，第385页

曾敏之的散文有鲜明的时代气息、敏锐的社会观察力，内容涉及国家民族兴衰、个体人生苦乐，见微知著，说古说今，亦见性情。散文题旨鲜明突出，立意高昂，文字简洁明丽，具有情理并茂的特征，形成了醇厚幽远而又刚健锐利的风格。

——唐金海、周斌主编《20世纪中国文学通史》，东方出版中心，2003，第646页

│创作评论│

他每出一本集子，就仿佛是种下了一株果树，每一株果树结出来的果子，几乎都是不同形状和不同滋味的，酸甜苦辣皆有：或是用抒情记事的方式，画出了一幅幅幽美的兄弟民族山区的风光和愁苦的人生画面，记录了苦难中美好的人性和刚毅昂扬的心灵搏动；或是直抒胸臆，述感抒怀，歌之哭之，情意拳拳；或是引古谈今，针砭时弊，在历史与现实、风物与人情之间，注入了自己的感情爱憎；或是摘枝攀花，展示了文史长廊一连串值得品味的珠贝，介绍了我们民族文化的一串精英；或是运用通俗化的散文形式，对历代诗人的作品抉幽探秘、专做艺术技巧上的分析……林林总总，不一而足，见人之所未见，确可品味；微言大义，足堪借鉴，形成了属于自己的个性和风格。

——钟晓毅：《曾敏之散文创作散论》，载复旦大学台港文化研究所选编《台湾
香港暨海外华文文学论文选》，海峡文艺出版社，1990，第293页

曾敏之的散文创作，抒至美之情，织丽词华章。这固然是他个人禀赋、才华、

品德的表现。同时也是与他站在坚实的传统的大地上分不开的。对于传统，曾敏之有着自觉的服膺与尊重。他遵循着从新文学到古典文学与古典诗歌，从史学进入文学领域的路线，研读经史典籍和中外文学名著，吸饮着传统的乳浆，使自己长成了枝繁叶茂的大树。

    ——陆士清:《站在坚实的大地上——略论曾敏之散文的传统血脉》，载杨振昆、
    胡德盛、查大林主编《世界华文文学的多元审视》，云南大学出版社，
    1996，第545页

曾敏之的散文，尤其是抒情性散文，深得中国古典散文的情韵，他的抒情散文、叙事散文、游记、随笔、杂感等，在叙事中有议论，在描写中有抒情，历史与现实，回忆与怀想，运笔收放自如，感情充沛。个人体验与人生风俗画紧密交织，场面的刻画、氛围的营造和感情的抒发互相映衬融为一体，清新优美，文情并茂。

    ——伍方斐、罗可群主编《台港澳及海外客籍作家研究》，华南理工大学出版社，
    2005，第188页

曾敏之先生的散文，是诗情、文心、史志交织而成的一个审美空间。无论是他早期创作的作品，还是《望云海》《观海录》中所收的文章，都是文情并茂，无一不是他内心感情和思想体验的结晶。他喜欢诗，一部全唐诗伴随他度过大半生，几十年来，他常以旧体诗词遣兴怡情，他所写的旧体诗词，意境开阔，注意炼字、炼句、炼意。他的散文创作也常常巧妙地嵌入一些闪亮、有魅力的诗句，这些诗句是随着他的思绪自然流淌出来的，并非文外的东西，是文中的有机部分，是凝聚他感情的"亮"点。在文中，他以诗为"兴"，以诗为"线"，以诗为"结"，在诗意中发放文情，激起波澜，拓展文章的意境；他还借文中的诗句，抒发人生的感慨，表达内心的隐忧，批判社会的流弊，做到诗文一体，饶有意味。他的散文，不仅有"诗"，还有史家的"志"。他是一位能与时俱进，有敏锐思想的作家，他在文学上追求的是中华民族优秀的文化传统，并以自己的创作实践，承传、弘扬这一传统，他的文章总

有益于世道人心。

> ——饶芃子：《诗情·文心·史志——读曾敏之先生的散文》，载饶芃子著《世
> 界文坛的奇葩：饶芃子选集》，花城出版社，2012，第49页

▎作品点评▎

曾敏之的《司马文森十年祭》以传神的笔墨写出了老友司马文森治学为人的风范，语言朴实无华，感情真挚深沉。

> ——方忠：《雅俗汇流：方忠选集》，花城出版社，2014，第60页

回忆《野草》

秦 似

一九三八年冬，广州沦陷后，《救亡日报》由广州迁到桂林继续出版，夏衍同志因此到了桂林。在这前后，郭沫若等同志也到过桂林。接着，不少革命文艺工作者和文化人，就陆续聚集到桂林来了，桂林于是有大后方"文化城"之称。

这时候，我是个二十多岁的青年，在桂南从事抗日救亡工作。看到《救亡日报》，十分高兴，也就给它投稿。那时投的是杂文。本来，在三十年代中期，我在广州读书的时代，是写诗的，曾发表过几十首诗，却不曾写过杂文。一九三九年因帮助生活、新知书店做书籍转运的工作，我有机会见到《鲁迅全集》，在几个月内，贪婪地

作者简介

秦似（1917—1986），广西博白人。原名王缉和，又名王扬，笔名姜一、茹雯、土根等。著名语言学家王力之子。1940年与夏衍、聂绀弩、宋云彬、孟超等人创办《野草》杂志，1941年与孟昌、庄寿慈创办《文学译报》，1946年辗转至香港。1949年接手香港《文汇报》副刊《彩色版》。解放后，曾任广西省文化局副局长、广西文联副主席、广西作协副主席、广西政协副主席等。著有杂文集《感觉的音响》《时态集》《没羽集》《在岗位上》《秦似杂文集》等，出版有《秦似文集》（四卷）。

作品信息

原载《新文学史料》1979年第2期，收入《秦似杂文集》（生活·读书·新知三联书店1981年版）、《秦似文集：杂文·散文（二）》（广西教育出版社1992年版）和《广西当代作家丛书·秦似卷》（漓江出版社2004年版）。

把那里面的杂文全看了一遍。过去学生时代，虽也零星看到过鲁迅先生的文章，却没有像这样地窥其全豹，而且，由于这时候已经读了毛主席的《论持久战》和一些马列主义书籍，接触到了抗日宣传工作的一些实际，对鲁迅杂文似乎有了较多的理解和体会，也更加爱读起来。我给《救亡日报》写杂文，同这件事是有关系的。

所投的稿，几乎都发表了，这对我是个鼓励。更难得的是夏衍同志刊启事要约见我。我于是在一九四〇年春从桂南来到桂林。生活无着，夏衍同志给我找到一个家庭教师的工作，晚上教小孩，白天就看书和写作。不久，同文艺界的人们就渐渐熟悉起来。

那时，除《救亡日报》(它在西南几省有很大的影响)，桂林的进步刊物还有一个《国民公论》，是刊政论为主的；此外就是鲁彦主编的《文艺杂志》。重庆方面，茅盾同志主编的《文艺阵地》已停刊①，只剩下《抗战文艺》和胡风主编的以搞宗派为目标的《七月》。文艺刊物无论从内容或品种说，都不能满足读者的需要。再加上那时新八股的文风已经产生，有些大块文章读起来令人沉闷；一二三四，甲乙丙丁，开药材铺，或者像文件一般的文章似乎越来越多。我们对此颇有一些感触。特别夏衍同志，他对文章的洞察力很强，总喜欢看到生动活泼、有新意的文字，他自己写文章，哪怕写的是社论，也总要注意及此的。因此，当我向他建议办一个力求活泼，专刊短文的杂文杂志时，立即得到他的赞同和支持。那时绀弩刚由皖南来到桂林，于是由夏衍同志约集了几个人，共同商议办刊物的事。不久就筹备第一期的稿件了。编辑一共五人：夏衍、宋云彬、聂绀弩、孟超、秦似。这也就确定了它是同人刊物的性质。

记得是一面在集稿了，一面商议刊物如何定名。对于刊物的内容与方针，似乎大家都比较一致，没有多大分歧，但刊名叫什么，却费一番掂酌。我们相约各人都想一两个名字，然后公议采择。夏衍同志想了两个，其一是《短笛》，取"短笛无腔信口吹"的意思；其二是《野草》。其他各人想的，则都记不起来了。大家赞成

---

① 当时在香港编印，并未停刊。——编者

用《野草》。那理由，倒不是为了因袭鲁迅，而是觉得在那样的时局下，这个刊名可能给社会和文坛带来一点生气，引人略有所思。

我们商议创刊号内容的一次聚会，是在中山路桂林酒家的木板楼上很偏僻的一个房间里，边吃饭边谈。大家谈得很热烈，许多话都记不起来了。主要谈的是杂文和鲁迅。我们认为，鲁迅在三十年代的战斗旗帜，我们在四十年代应该接过来。夏衍同志说："鲁迅那时写文章，往往是大家心里想说而还没有说出来的话，他说出来了。所以一发表，就令人爱读。"大家认为，鲁迅在三十年代给我们做了很好的榜样，现在正需要战斗性的杂文，我们应该把鲁迅这一克敌致果的武器发挥起来，为当前的革命斗争服务。而且，四十年代已有了毛主席为首的党中央，有了抗日统一战线又联合又斗争的政策，斗争的方向、目标和策略都比鲁迅时代更为明确了，这是很有利的条件。

创刊号于一九四〇年七月出版了。这一期刊了夏衍的《旧家的火葬》和其他一些短文，包括杂文、散文、随笔和翻译小品。我们采取了外表看去带点"软性"，而文章的内容要有几根骨头的方针，这正是从鲁迅的《准风月谈》《花边文学》那里学来的。我们希望通过这种表面上柔软一些的形式，去与当时成万成万地销行的崇洋媚敌、言不及义的什么"风"之类的期刊进行一个较量，争夺一下阵地。正如我们的发刊词上说的那样："弄一点笔墨，比起正在用血去堵塞侵略者的枪口，用生命去争取民族的自由的人们来，正如倍·柯根所说，是'以花边去比喻枪炮了'。然而，《英伦的雾》以至《美国人的狗》一类东西正在大量印行，这事实又教育了我们，即使同是花边，也还有硬软好坏的分别，有的只准备给太太们做裙带，有的却可以替战旗做镶嵌。"

创刊号不到几天就卖完了。虽然用了又黄又粗的浏阳纸印刷，人们还是站在书店里细细地翻看，不少人看了之后还向亲友推荐，我们也收到一批批的来信和来稿。读者的这种热情和爱护，使我们得到鼓励，也激发了我们的责任感。

当时的政治局势，是处于国民党中的民族投降派一部分人已公开变为汉奸，而国民党反动派又已发动了第一次反共高潮之后，可谓阴霾弥漫，风雨如晦，正是闷人得很的气候。因为"不但汪精卫在演出，……许多的张精卫、李精卫，他们暗藏在抗日阵线内部，也在和汪精卫里应外合地演出，有些唱双簧，有些装红白脸"[①]。在这样的时势下，我们办《野草》实际上是采取了三条宗旨：（1）宣传抗日、团结、进步。抗日与否，是关系到国家民族生死存亡，中国向何处去的问题，而团结、进步又是能否抗日到底、能否在国统区有效地抗日的根本条件。（2）揭露和批判国民党反动派的种种倒退腐败现象，因为这种现象与当时的抗日、团结、进步要求是背道而驰的。分裂危险与倒退危险，是当时时局中"最大的危险，……是大地主大资产阶级准备投降的步骤"[②]。在《野草》创刊号的首页，我们就刊了一幅漫画，题为《前方马瘦，后方猪肥》，抨击那些不顾国家存亡，大发其国难财和过着骄奢淫逸的日子的倒退现象，这幅漫画抓住了当时时局的特点，也体现出了《野草》的风格和特色。（3）在国际上，态度鲜明地宣传反法西斯的斗争。这三条宗旨，实际上是不可分割的。《野草》总是环绕着这些目标进行各种各样的战斗。

例如，几乎与我们的刊物同时，出现了也是三十二开本，但却用白报纸印、在昆明出版的《战国策》，公开叫嚷要走法西斯道路，宣传"三K主义"和鹰吃羊是善的道德观，为德国的希特勒打气，并声称要在中国找到"少数解味的看客"，其猖獗狂妄，可谓无以复加！他们公然摆开阵势，鲁迅当年一再抨击过的陈诠即西滢教授就是其中骂阵的"英雄"。对于这股逆流，我们给予了及时的反击，揭穿了他们大谈什么"尼采道德"，实则是贩卖汉奸理论的本质，剥下了他们那副貌似清高，却明目张胆地为法西斯张目的画皮。

《野草》刚出满一卷，就碰上国民党反动派制造"千古奇冤，江南一叶"的皖南事变，并在全国范围内发动第二次反共高潮。顿时之间，真有"黑云压城城欲摧"，似乎地球从此不转之势。在此情况下，夏衍同志不得不离开桂林。但是，就在临去那一晚上，在风雨交加之中，他仍深夜未睡，处理着许多事情，其中包括把即将发排的《野草》稿子看完。尽管"雨横风狂"，"波浪翻屋"，这棵小草仍然是

---

① 《毛泽东选集》，第535页。

② 《毛泽东选集》，第579页。

压不倒的，它依然屹立在一片败墙倒垣之中。

不但坚持出刊，我们还千方百计地要对反共的黑浪潮做出巧妙的批判和回击。要把千万人心中的愤怒和抗议，通过文艺的形式传达出来。一九四一年春，国民党反动派突然封闭了桂林生活书店，人们奔走相告，敢怒不敢言。在这万马齐喑的气氛里，我们发表了绀弩的《韩康的药店》这篇轰动一时的文章。说恶霸西门庆看见韩康的药店门庭如市，自己也就开了一间，跟他抢生意。可是，由于韩康人老实，童叟无欺，人们依旧往他的药店跑，西门庆的店却冷冷清清，没人上门。这个恶霸恼羞成怒，心生一计，叫人扮成梁山泊的好汉黑旋风李逵，往韩康的店里投宿，然后带了如狼似虎的差人，前去封店捉人，让自己独霸一方。但韩康没有死，过不几年，他的药店又开起来了，门前依然人山人海，而西门庆多行不义，终于一命呜呼了。把汉朝的韩康和《金瓶梅》里的西门庆捏在一块儿，写得既生动又有趣，叫审查官也无可如何，只好啼笑皆非。这真叫作"虽鞭之长，不及马腹"，要想把普天之下的正义呼声都禁绝，总是枉然的。像这样的一些文章，在当时引起了广大群众心声的交流，使人们看到了腐朽势力尽管表面上还很强大，总有一天要彻底垮台的。

中国人民的斗争并不是孤立的。斯大林格勒保卫战的日日夜夜，我们一直在深切地关注；对纳粹在南斯拉夫和东欧其他地方的蹂躏，我们表示了愤怒的抗议，发表了《不能缄默》等文章和漫画，坚决支持塞尔维亚人民如火如荼的反法西斯斗争。

在《野草》出刊的两年多中，得到国统区内许多进步作家的支持。郭沫若、茅盾、柳亚子、何家槐、艾芜、荃麟、葛琴、林林、周钢鸣、司马文森、黎澍、秦牧、华嘉、韩北屏等，经常为《野草》写文章。郭沫若同志寄来《我的青年时代》等文，他那时在重庆，对这个小刊物却是很关切。茅盾同志来桂林稍晚，住在丽泽门外一间公寓式楼房的底层，只占一间斗室，没有厨房，炉灶就在门口边，吃饭是在走廊上。就在这样的环境下，他一面赶写《霜叶红似二月花》，一面给《野草》写连载多期的《雨天随笔》。雨天，不用说是带有双关含意的。每当我带新出刊的《野草》给他时，他总是立即翻阅，并从内容、编排上提出许多宝贵的意见。有时同我谈中外文学的问题，总是那样剀切，那样健谈，令我至今难忘。柳亚子先生身体不大好，但对《野草》约稿，有求必应，从未推却过。他对南明历史有很深刻的研究，写过多篇以南明史事为题材的文章给《野草》。我曾有一首悼念他的诗，其中"南明野史医心药，诗国雄才怒海潮"两句，就指的这件事。许多同志虽不是《野草》同人，实际上也与同人一般关心和支持这个刊物，这是很使我们感勉的。

许多进步美术家也与《野草》有着密切的联系。其中包括新波、陈烟桥、温涛、丁聪、余所亚、郁风、刘建庵、周令钊等。《前方马瘦，后方猪肥》就是余所亚的作品。而周令钊为《野草》第一卷做的封面设计，从一幅旧墙的缝隙中透出一支生气蓬勃的草芽，特别饶于意趣。那时候，这位美术家还是二十岁上下的青年小伙子呢。

没有中国共产党对当时国统区文化工作的正确领导，这个刊物是发展不起来的。虽然结社是出于大家的自愿，革命也是自己要革的，没有谁叫我们非得这样去做不可。而且，这样一个刊物，怎么去办，没有一条现成的道路可抄，只能一面干，一面摸索。但我们几个人和大多数撰稿的同志，都是在党的感召下面，积极地工作，奋力挥戈的。党的领导，是当时桂林文化城的灵魂。尽管这种领导在表面上似乎看不见。文化城的历史，实际上是革命、进步的文化和反动、倒退的文化进行斗争的历史。党密切关心当时各个进步的文化阵地，无论工作处于顺境或逆境，党总是鼓舞、引导我们兢兢业业、不屈不挠地向前。

特别值得提到的是，当时伟大领袖毛主席在延安指导着全国的革命运动，日理万机，但还注意到这个小小的刊物，嘱人每期寄给他两份。皖南事变之后，敬爱的周总理在重庆，也是要务纷繁，但曾两次叫人传达他对《野草》编辑方针的意见。总理指示我们，既要勇于斗争，又要学会善于斗争，文章不要写得太露，要注意斗争方式，注意在斗争中保存自己。《野草》之所以能够在那样险恶的环境中出版达两年多之久，正是我们执行了周总理这一指示所取得的胜利。

听到了总理的指示后，我们又进一步研究了方针，应该力求发挥小型、敏锐、迅速、及时、切中时弊的特点，但题材则应更广泛一些，多讲求文章的文艺性，不要"赤膊上阵"，而要真正钻到牛魔王肚子里去作怪。我们还靠了由科学书店发行，得到一些掩蔽，因此十分注意同书店搞好合作关系。虽然做了一些努力，现在回想起来，还远远没有达到敬爱的周总理对我们的期望和要求。

太平洋战争爆发前，科学书店曾把《野草》纸型寄到香港，出过香港版。万想不到在一九四二年秋于桂林被勒令停刊四年之后，一九四六年冬，果然在香港重新办起《野草》来。但碍于香港的法令，只能采取丛刊的形式出现。《野草》的五位同人，也都先后因工作关系到了香港。在香港复刊的《野草》，撰稿人又有了扩大，从解放区来的作家林默涵、周而复和在香港的作家黄秋耘、邹荻帆等都经常写稿，发行的地区主要是香港和南洋，进入国内则是"非法"的了。在香港出刊的经费，一部分是香港进步工人、职员及南洋爱国华侨募捐而来的，直到后来被香港政府勒令停刊，广大的海外读者还是热情支持这个小小刊物的出刊。这是实在令人感奋的。在香港一共印了十二期。历时也达二年之久。

当时虽然在国内不能公开发行，但仍有读者千方百计得到它。一位名叫林花的读者从上海的来信，很能代表国内读者的心情：

> "……统治者的黑手是如此的毒辣，即使是一棵小小的野草，也不放心让它生长！但是，野草是摧残得掉，毁灭得光的么？'野火烧不尽，春风吹又生'，即使被封锁在冰霜下面……千万个读者将呵起气来，使冰霜消融。"①

在阳光灿烂、百卉争妍的今天，回忆当年《野草》的经历，是颇有明日黄花之感的。《野草》得到过许多作者和读者的热爱和关切，但作为责任编辑的我，工作没有做好，至今有所愧疚。《野草》上虽有不少很有质量的文章，也有不少是粗糙之作。当反动文人曹聚仁和反革命分子胡风的真面目还未充分暴露之时，《野草》上曾刊登过他们的文章，更是悔之莫及的事情。有人说编辑应像厨工一样，要善于调味，我则觉得首先要善于品味。而要辨别香花毒草，懂得文章的好坏，是一辈子

---

① 《野草》新二号，林花：《通讯》。

也不易做好的。何况那时我的经历和学识都很浅，"或看翡翠兰苕上，未掣鲸鱼碧海中"，心有余而力不足的地方，就更所难免了。

Ⅰ 文学史评论 Ⅰ

在"野草"作家群中，秦似的杂文相对说来较为明白畅达，较少运用曲笔隐语，多使用模糊性小的明码语言，明确地表达出自己的看法和主张。秦似这一时期有《感觉的音响》和《时恋集》两个杂文集，揭露敌人的罪行，抨击法西斯头目及其"邦闲"文人，都避免晦涩，通达朗畅而又犀利辛辣。

——尹鸿禄：《大后方散文论稿》，四川教育出版社，1990，第50页

秦似在"野草社"五人中是最年轻的一个，然而，他在"野草社"尤其是《野草》编辑工作中，占据于仅次于夏衍的持重地位。他自1940年春开始写作杂文，由于基础扎实，思想敏捷，加上夏衍等老一辈作家的提携指点，他在杂文写作方面，一出手即显示了自己的才力，接二连三地在《救亡日报》副刊《文化岗位》和《野草》杂志发表作品，至1941年，结集出版了他的第一本杂文集《感觉的音响》，很快就跻身于现代杂文作家之列，1943年又出版了第二本杂文集《时恋集》，成为当时杂文界一颗引人注目的新星。

——蔡定国、杨益群、李建平：《桂林抗战文学史》，广西教育出版社，1994，

第617页

秦似同《野草》社中的夏衍、聂绀弩、宋云彬、孟超等前辈作家相比，是个血气方刚的青年，他的杂文尖锐泼辣，锋芒毕露，热情奔放，明快流畅。尤其是那些同"战国策"派论争的杂文和"妇女问题讨论"中的论战性杂文，更显得犀利泼辣，虎虎有生气；他的杂文体式多样，包括各种形式的短评、杂感和札记，发刊词、编后记式的杂文，抒情、记叙散文式的杂文，散文诗式的杂文，以及讽刺式的杂文。

他较有特色的杂文，是刊在《野草》上的《斩棘集》《剪灯碎语》《吻潮微语》《芝花小集》和刊在香港《文汇报·彩色版》上的《丰年小集》，这类两三百字、直接抨击弊政和陋习的匕首式短评构成秦似杂文创作的主要部分。秦似的杂文，没有夏衍的简洁隽永，聂绀弩的汪洋恣肆，宋云彬的严谨博识，孟超的俊逸洒脱，显得热情有余而涵蕴不足，但也自有其蓬勃的朝气。

——俞元桂主编《中国现代散文史》，山东文艺出版社，1997，第404—405页

秦似的杂文精品，后来集成一册《秦似杂文集》，由香港三联书店出版。这本集子中收入近90篇作者40年代后期在香港写的杂文，文章题材涉猎广泛，有纵谈时事的，有畅谈战后中国前途命运的，有回顾抗战斗争岁月的，有记录香港社会见闻观感的，等等。

——潘亚暾、汪义生:《香港文学史》，鹭江出版社，1997，第219页

秦似（1917-1986年）也是鲁迅的后学。他的杂文用广博的生活与历史知识做基础，厚积薄发，舒缓有致，文化气息较浓重。如《随谈两则》从中国人的时间观念谈起，批评了"浮生若梦的人生哲学"，并讨论了国民性普遍的弱点。其行文如同拉家常，说闲话，却又诙谐精到，充满智慧。他更多的文字是对抗战中的官僚统治的积弊，予以揭露。

——钱理群、温儒敏、吴福辉:《中国现代文学三十年》，北京大学出版社，
  1998，第466页

秦似的杂文，继承和吸收了鲁迅杂文的优点，针砭时弊，独具特色。作者学识广博，分析见解深邃透彻，坚持实事求是的态度。其文笔畅达明快，语言幽默风趣，具有较强的现实意义和审美价值。

——范培松主编《中国文学通典：散文通典》，解放军文艺出版社，1999，第745页

1949年以后，秦似对散文创作倾注了更大的热情，在40年代大量杂文创作的基础上，他表现出了更为自觉的对散文艺术的追求。

——徐治平主编《广西散文百年（上）》，民族出版社，2004，第125页

50～60年代杂文写作最有成就的作家是秦似。

——李建平等：《广西文学50年》，漓江出版社，2005，第104页

秦似的杂文富有热情和朝气，也因此显得含蕴不足。这股"蓬勃的朝气"鲜明地体现于秦似的杂文中。他的杂文流畅辛辣，尖锐活泼热情奔放。他曾经与"战国策"派论争，以犀利的文笔对准那些"名教授"们，穷追猛打，一批到底；他也曾参与"妇女问题讨论"，锋芒所向，颇有虎威。他的杂文体式也比较丰富，有各种形式的短评、杂感和札记，也有一些发刊词和编后记；他有些杂文侧重于记叙、抒情，有些侧重于讽刺、幽默，还有的杂文写得像散文诗。对于一个二十多岁的年轻作家来说，这是颇为不易的。

——黄开发主编《中国散文通史·现代卷（上）》，安徽教育出版社，2013，第130页

❘ 创作评论 ❘

秦似杂文还具有形式多样、自由活泼的特点。他的作品，有政论式的，有散文式的，有散文诗式的，有寓言式的，有笔记式的，形式多样，不拘一格。在语言上，显得清新、自然，朴实、简约。

——李建平：《桂林抗战文艺概观》，漓江出版社，1991，第77页

秦似散文和杂文的语言还有一个显著的特色，就是口语化和音韵美。如果说，他早期的文章由于受鲁迅的语言风格影响较深，加上时代环境的制约，文字过于含蓄了一些，曲笔用得过多了一些，因而通俗性也就显得稍差一些。但是，随着生活的变迁和时代的发展，他的文章的语言也在不断地变化和发展着，愈来愈趋于口语

化，变得更加质朴、干净、利落、通俗了。他注意学习"群众中活的口语"，善于吸收当代的新鲜语汇，又注意运用有生命力的古代词语，而且注意有节制地引进一方言词，这样，就使他的文章的语言清新而活泼，生动而晓畅，显出难能可贵的自然美和朴素美。

——林建华：《茶与咖啡——比较文学与文学批评》，广西民族出版社，1991，
第225页

秦似的杂文在艺术表现上还具有形式多样、自由活泼的特点。他的作品，有政论式的，有散文诗式的，有寓言式的，有笔记式的，多种多样，不拘一格。在语言上，显得清新、自然、朴实、简约。就艺术风格而言，秦似的杂文比较接近于夏衍。

——魏华龄、李建平主编《抗战时期文化名人在桂林》，漓江出版社，2000，
第629页

秦似是进入主流现代文学史的为数不多的广西作家，但主流文学史对秦似的叙述大多集中于秦似桂林文化城时期编辑《野草》及其杂文写作。如果说《野草》时期的秦似杂文高度张扬了杂文的时代性、战斗性和革命性，那么，新中国之后秦似的杂文写作则突出了知识性、文史性和反思性，同时，其杂文的文学性也得到了明显的提升。

——黄伟林：《秦似的成名及其杂文写作》，《南方文坛》2018年第1期

蹄　花

黄福林

我爱骏马驰骋扬起的蹄花。

我更念念不忘流传在我们家乡这一带的那匹广马的故事，因为它是一匹有功于民的骏马。

这是四十九年前的事了。特丹的爷爷韦老保，是一个养马的能手，他的马厩里有一匹滇黔桂驰名的广马。

近朱者赤啦。小特丹也酷爱起马来，甘当阿爷的饲养助手。广马千好万好有一

作者简介

　　黄福林 (1926—)，笔名周雷林、黄五常、名之等。壮族。广西巴马人。1946年奉命化名入百色师范，边读书边搞学生运动，主编《戈风周报》，宣传革命思想，并开始文学创作。1947年回乡参加万岗起义。解放后任凌云县县长，右江革命纪念馆馆长等。广西文联专业作家。1985年加入中国作家协会。著有散文集《蹄花》《西出阳关》《古河新韵》等，诗集《红太阳永远照南疆》等。其中《蹄花》获全国第一届少数民族文学创作奖、广西第一届少数民族文学奖、广西首届振兴广西文艺创作铜鼓奖，诗歌《边防连城遗情深》获广西省第二届少数民族文学创作奖等。

　　作品信息

　　原载《北京文学》1979年第12期。收入散文集《蹄花》(广西民族出版社1985年版)，入选《广西散文百年 (下册)》(民族出版社2004年版)、《广西少数民族作家获奖作品选·诗歌散文集》(广西民族出版社1988年版)、《散文·报告文学·儿童文学集》(人民文学出版社1984年版)。

缺，就是看不起小毛孩。一见小孩就厥蹄呀，风鬃呀，喷鼻子呀，吓人。但日子久了，吃了特丹割的草，饮了特丹喂的溮，就跟特丹熟了，它特别喜欢特丹给它篦鬃梳毛搔尾巴。时间长了，特丹成了广马的朋友。

广马越长越知人趣，不论是放牧，或上驮，或乘坐，都看韦阿爷的眼色待人，只要韦阿爷抚抚它的长鬃，它就对你嗅嗅裤角，表示亲近；韦阿爷要是挠挠它的尾巴，它便虎威发作，不管你是谁，它也不听役使；韦阿爷若是拍拍它的胸膛，它一天能行五百里，平如坐轿，稳如轻舟，无不叫你得意。

四乡邻里来相马，都啧啧称赞不绝。有出言求买的，韦老保婉言拒绝；有抬价争买的，他也好言劝退："兄弟，这马只等仁人志士，你福分还浅呵！"若有一掷千金的商贩，惹恼韦老保瞪起眼来，广马便昂头长嘶，吓得那商贩落魂失魄，连连退缩，掉头而去。

一九二九年，广马终于等到它的真正主人来了。那年清秋，邓小平同志到右江来，头顶秋老虎的余威，穿一条西装短套外裤，打着赤脚，跋山涉水，同拔哥踏遍桂西山峦，天天满头大汗，领导右江各族人民争自由，求解放。壮家人看在眼里，爱在心里，奔走相告："壮乡来了一位吉人。"纷纷议论要送一匹好马给他代步。

一天，韦老保家来了几位远近的同辈，壮家的民族习惯称为老保。他们倾杯相告送马给邓小平的公议。

一位五绺须老保先说："我们须得一匹上乘的青州马相送方不失礼。"

几位来客老保一齐说："是啦，邓小平巴山人，巴山一定多凤，看来他是骑惯凤了；我们右江多龙，我们须得一条好龙驹，请他乘龙才过得去。"

韦老保亮大嗓声说："你们都说到哪里去了？我马厩里现成的寄着一匹神马！"

五绺须老保疑惑看着他："神马——你有神马？"

韦老保大声说道："不信？你们有敢比的么？！"

"比！""比！""比就比！"几位老保连声应战。

众老保一齐起立碰杯——可惜酒壶没酒了！

"特丹！"韦老保急叫一声，蹲到床脚，扒起十来枚生了绿苔的铜板来。那特丹应声而到。

韦老保吩咐："酒——快！"

特丹从马厩里拉出广马来，飞身上马，没笼没缰的龙腾虎跃赶到马圩去提酒。

几位老保在门前等酒，看着四蹄腾空的广马远去，不禁同声叫好。

一转眼，特丹提酒回来了，先给五绺须老保斟了一杯，五绺须举杯重议前言："比定了？"

"定了！""定了！""比定了"。

特丹又都给各人斟满一杯，于是杯声铮铮，各人一饮而尽。一连三巡之后，覆杯抹须，比马之举议成。

这天，壮家优秀的相马家们聚集在马圩。成百上千应比的骏马一一从他们面前驰骋而过。都没有中意的。最后特丹跟阿爷骑着广马赶到了。五绺须老保巴掌一扬，众相马家一看，齐声赞叹："一条好龙驹呀！"纷纷拍掌喝彩，送给邓小平代步的马定下来了。

人群里一时议论纷纷："听过不如见过，见过不如试过，得试一试！……"表示异议。

五绺须老保高声说："嘿，大家还看不出来么？特丹他爷俩骑着一匹马跑这么远路，人不喘气，马不出汗，这不是马——是龙呵！"

驯马手们一齐嚷着："那也得让我们试一试——来！"

五绺须老保微微一笑望着特丹阿爷。

特丹阿爷默默叼着烟斗，打量驯马手们。

驯马手们看着他不说话，得意了，又嚷道："真金不怕火呀——韦老保？"

韦老保磕着烟锅，轻松地回答："试吧。"

特丹看阿爷眼色，他知道快有一场好戏看了，便扎实一下鞍辔，狠捏一下马尾巴，阿爷点点头。

五绺须老保审视着一排骑手们，从中挑出三个五大三粗的来。

第一名骑手踏上马镫，两股未及贴鞍，广马跃起，人已滑下尾巴来！

第二名跃上马背，广马后肢直立打旋风，骑手给摔出去丈把远！

第三名飞身上鞍，两膝一挟马肚，立镫提缰，正要逞威风，广马腾空飞起，忽然前肢直立，后蹄翘举，一个筋斗，骑手失重向前虚脱，被抛到马前头几丈远，喊痛不迭！

一群小伙子还不服，韦老保劝道："别拿筋骨受苦了，你们都不是吉人天相的上品。"

一个满脸横肉的豪绅蹿到马前附和："对！吉人自有天相，我不像穷小子们薄福！"指手叫韦老保交缰。

韦老保鄙夷地冷眼一翻："人伤不怪马？你死不填命？"

"成！有福自然来，我骑得走——马归我？"豪绅反问。

韦老保满不在乎答应了："立个凭证来。"

"一言为定，众人作证。"豪绅当众声明。

众人哗然，观看试马。

豪绅握缰，"嘿嘿嘿……"对广马一阵媚笑。

广马跟豪绅兜了两转圈子，突然尥蹶子一踢，正中老豪绅膝盖骨。他呀呀倒下，由家人扶走，背后一片奚落的笑声。

五绺须老保叫特丹阿爷表演骑技。

韦老保把马耳朵一扭，请五绺须老保上马。

广马闻着五绺须老保的脚跟亲热。五绺须老保柔抚着马鬃上鞍。它待五绺须老保坐定，飞奔马鞍山头，昂首嘶鸣！旋即又俯冲回来，立定在众人面前，跪下一蹄，让五绺须老保下鞍，博得众人阵阵喝彩！

五绺须老保抚须称赞："好马！"

特丹阿爷拱手作揖，请五绺须老保代表壮家人把马送给它的真正主人——邓小平。

"尼罗！"万众热烈赞同。

这时许多马鞭、草帽呈到五绺须老保面前。五绺须老保选了一顶草帽背上，抽起一条马鞭，掂一掂觉得有分量，弯一弯看着似满月，弹一弹听着有金石之声，便带着好意一笑领情，众人即拍手庆贺——马圩自从开天辟地以来，第一次度过了一个比马赠亲人的节日！

从此，邓小平同志骑着壮家的广马，挥着壮家的征鞭，戴着壮家的风帽，成了壮家最贴心的人，走遍左右两江流域，马蹄所至，盛开一路蹄花！

有一次，邓小平同志从左江回右江来，反动派知道了，命令白匪沿途设关守卡捉拿邓小平。幸亏广马比风还快，带着主人飞关越卡，过龙茗，绕大新，经镇结、取向都，回到右江红区巴麻村秣马休息。沿途白匪白白捕风捉影累了几天。俗话说得好，"良马救主人"。广马为我们保护了一位革命领袖，实在值得庆幸！

邓小平同志也很爱广马，不在紧要的时候，他总不舍得骑。

有一次，邓小平同志要到贵律一带大山里去开展工作，宁肯自己步行爬山，也要把广马留在巴麻村休养。巴麻一带的老保们，心痛邓小平同志徒步劳累，牵着广马绕到他前头，拦着他上马。可见壮家人爱戴邓小平同志的一片心意！

"百色起义"前夕，敌我态势分布很散，这对起义的统一指挥、统一行动增加了困难。邓小平同志要从恩隆县的平马城，横跨奉议县的田州、那坡两镇，赶往百色县的清风楼做出起义的战略决策。全程一百六十余里，步行要两天，而起义的时机必须是第二天凌晨。这样时不我待的军机大事，全靠广马的飞奔来抢时间了。

邓小平同志扬起征鞭，广马撒起一路蹄花。在四个小时之内，不误时机地到达目的地。当日午夜，广马带着起义的号令又投入了战斗。马蹄所向，不等天明，百色、那坡、田州、平马所有的敌人被起义军民一举消灭，右江流域七个重镇都宣告解放，真是马到成功啊！

百色起义胜利了，老保们推荐特丹去当邓小平同志的马倌，韦老保特意请来四邻几个故旧干杯，为特丹壮壮行色。特丹十分自豪。

后来，邓小平同志更少用马，全由特丹为办急事时骑用。特丹第一次有机会跨马远行，是分送《红七军施政纲领》。广马所到之处，人们以为邓小平同志来了，远近男女奔走相告。可是见到的却是特丹。特丹也好，红军首长身边的人，同样得到人民的爱戴。

特丹送的喜讯太多了，蹄花便是报春花，不论壮乡，瑶寨，男女老幼一见特丹来了，就像蜜蜂蝴蝶一齐围过来，关切地问道：

"特丹，邓政委不来？你自己来么！"

"政委今天参加平马铸币厂投产典礼。"

"特丹，政委现在在哪里？"

"政委在那平兵工厂抢铁锤！"

"特丹……"

"政委今天到平马被服厂，看看那些救济穷人的冬衣。"

"特丹……"

"政委几天来都在魁星楼，写《苏维埃的组织和任务》文件。"

"特丹……"

"政委近来都在武笃苏维埃小学，制定《土地改革暂行条例》和《共耕社条例》。"

"特丹……"

"政委今天同拔哥一起去参加东里共耕社成立大会！"特丹特别大声说："共耕社的花名册上，邓小平是第一名社员！"

"特丹，政委很忙么？"

"政委很忙，现在在右江农民运动讲习所培训土改干部。"

"特丹，政委身体好吧，我们很想念呵！"

"政委很好，想念他吗，你到右江干部学校，他在那里上课，培养我们少数民族干部。"

"特丹，请政委来我们这里一趟呵！"

"等一等，政委现在急于准备亭泗战役。你快养肥一只七里香豕，打完仗我们请他来。"

"尼罗①!""尼罗!"人们欢欣雀跃!……

今天，右江盆地，红河沿岸，桂西山岗，到处盛开的马缨花，据说就是邓小平同志的坐骑——广马留下的蹄花呢!

｜文学史评论｜

黄福林的散文，革命历史题材占有很大的比重。……黄福林的散文，也洋溢着如火如荼的民族情。作家是壮族的一分子，他具有鲜明的民族意识，因而处处流露出鲜明民族心理、民族性格以及浓烈的民族感情，使文章鲜明地烙上壮族的印记。

——梁庭望、农学冠编著《壮族文学概要》，广西民族出版社，1991，第393页

1985年他已年近花甲，终于大器晚成，结集出版了散文集《蹄花》，收入散文作品40余篇。在不到10年的时间里，他激情澎湃，文思泉涌，一发不可收，特别是那些如火如荼的革命斗争的生活题材，在他的笔下变成一篇篇激动人心的优美散文。

——黄绍清:《壮族当代文学引论》，广西师范大学出版社，1993，第327页

在广西散文园地里，黄福林致力于革命题材的创作，对革命传统的热情赞颂，对革命领袖的深切怀念，是应该给予充分肯定的。另外，黄福林的绘景、状物、忆人散文中也有不少好篇章。

——徐治平主编《广西散文百年》，民族出版社，2004，第371页

黄福林的散文构思新颖巧妙，情浓意重，以情铸文，字里行间洋溢着激情。语

---

① 尼罗——壮语好的意思。

言简洁、朴实、清新、亲切，富有个性，民族色彩浓郁。《蹄花》的构思新颖巧妙。

　　——杨春：《中国少数民族现代散文概论》，中央民族大学出版社，2008，
　　第206页

｜创作评论｜

　　这《蹄花》，在福林同志今天来说，算是晚育晚产的了。晚育晚产，由于母体已经成熟，怀孕时间又长，婴儿是比较壮实、健康的。福林同志据有年深月久的生活储备，对世事人情的体会，自能洞明练达，把握分寸较准，源远自有流长，大器晚成。

　　——陆地《蹄花·序》，载黄福林《蹄花》，广西民族出版社，1985，第4页

　　对民族压迫的不屈抗争，对真理的执着追求，顾全大局的无私无畏的奉献，民族的自尊和自爱，交友为人的豪爽和重情义，黄福林正是通过如此多的侧面，塑造了一个刚柔兼备的立体的民族形象。独特的风土人情，往往是认识一个民族的窗口。《蹄花》散文集所描绘和展现出来的壮族风情是丰富多彩的，它让人真切地看到了壮族人家憨厚朴实的本质，同时又让人得到一种美的享受，就像喝了壮家香糯酒那样使人心驰神往。……他对本民族风土人情的谙熟，使他的作品透出一股刚劲淳厚的古风，让人感到新鲜、亲切、愉悦和陶醉！

　　——容若：《笔蘸浓情写壮歌——论黄福林散文集〈蹄花〉的民族特色》，
　　《广西民族学院学报（哲学社会科学版）》1986年第3期

｜作品点评｜

　　《蹄花》是黄福林革命历史散文的代表作。这篇文章的题材、主题、情节都是很巧妙、新颖、独到的，它既充分表现了壮族人民的豪爽、真诚性格，又生动刻画了邓小平同志纵横驰骋、叱咤风云的革命气概。

　　　　——徐治平主编《广西散文百年》，民族出版社，2004，第370页

丨作者自述丨

我认为，文学创作的第一要义，就是勤于并善于拾掇生活的珍珠。《蹄花》集子里的每篇文章，实际上都是生长在我生活过的土壤上的小草和结在这些小草上的果实。在培植这些小草的过程中，我时时感到，在它们的上空或前方，都有一颗希冀之星隐约可见，所以我在摘取每棵小草上的果实形之于文的时候，心里总离不开那希冀之星的照耀。虽然那种种的希冀都亮在高处，亮在远处，但我的探索步伐，恰恰与"天马行空"相反，每一步都踏在现实的地面上，步步都倾注我的感情和力量，我的渴求的向往的眼睛则始终盯住那希冀之星一眨不眨。这样追求的结果，使我方才知道，这"希冀之星"原来并不是高悬空中，不可企及的子虚之物，而是潜藏在生活泥土里或者结果在植根于生活泥土的小草上的珍珠。换句话说，这"珍珠"就是反映社会上那些闪光的事物，闪光的生活，也即是生活中的真、善、美。这是每一件真正的艺术品赖以创作于成的核心成分。

——黄福林：《蹄花·代跋》，载黄福林《蹄花》，广西民族出版社，1985，

第203—204页

1980 年代

一次晚会

华　山

一九三八年的延安，每个周末都有好多生气勃勃的文艺晚会。这天鲁艺发票，有两张是到清凉山听诗朗诵，让凌明和我两个新来的小鬼拿到了。她是学音乐的，我是学美术的，可又都想学诗。清凉山又是延安有名的地方，《新中华报》和《解放》周刊都在那里，印刷厂最大的一个石岩洞子就是晚会礼堂。夏天午饭后到延水河边游泳，就看得见对岸临崖一溜黑洞。水性好的同学还一直游到跟前，爬上陡岸，站到崖头跳水。早想过去看看。只因山洪暴发，延水暴涨，不好过河。现在秋凉了，

作者简介

华山（1920—1985），原名杨华宁。壮族，广西龙州人。1935年参加上海学生救亡运动，1938年春，到达延安，正式改名为华山。先入西北青年训练班学习，后转入延安鲁迅艺术学院学习。1939年调至华北《新华日报》社做木刻记者。1946年冬至1948年冬，担任《东北日报》记者和新华社特派记者随军辗转于东北战场，其间写了《承德撤退》《解放四平街》《英雄的十月》等有名的通讯文学。1949年后历任新华通讯总社记者，中国作协广东分会专业作家，《人民日报》记者。著有散文集《童话的时代》《远航集》，儿童文学《鸡毛信》，新闻特写集《踏破辽河千里雪》《英雄的十月》等。

作品信息

原载《人民文学》1981年第12期。入选《中国文学作品年编（1981）散文报告文学选》（中国社会科学出版社1983年版）、《感情世界〈人民文学〉散文选萃(1949-1992)》（漓江出版社1993年版）、《硝烟散去：20世纪军旅散文集锦》（解放军出版社2002年版）、《百年沧桑：中国梦散文读本》（中国言实出版社2014年版）。

延水又清了，现出卵石浅底，可以踩着踏石过河了。正好捎带看看印刷厂。参加晚会还有一个好处，就是碰到意想不到的熟人。因为各个单位发晚会门票，特别是抗大、陕公、鲁艺这样的短期学校，都是优先发给刚到延安的新同志的。好多在学生抗日救亡运动中见过的熟悉面孔，尽管没有说过话，叫不出名字，甚至不知道是哪个学校的，一旦在延安碰上，也会非常亲切，久别重逢似的，禁不住扬手招呼，跑到跟前："你也来啦！"——这种不期而遇的欢乐，简直是一种享受，一种幸福，真想多见几个，所以吃罢晚饭，便早早过河了。

不想会场早已人影憧憧，没了空位，汽灯的反光映红幕布一角，岩洞顶板现出一道道水平的波痕痕迹，那就是舞台面了。也顾不得细看，就拽上凌明，溜边挤到头里，把她推到一条稍稍松动的长凳旁边："同志，挤一挤，再过去点儿……谢谢！"那时的人，一到延安，都讲同志友爱，居然坐上第五排了。我只坐上一角，正好稍许探身，挨个儿认着一排排的侧面轮廓。凌明忽然捅了捅我：

"毛主席！朱总司令！"

是他俩！打从进入边区，在救亡室（就是俱乐部）里经常看到三组画像：马克思、恩格斯、列宁、斯大林四帧一组；毛泽东、朱德两帧一组；八路军副总司令两帧一组，都是木刻成的单色轮廓画。总司令本人比画像显得慈爱和悦多了。毛主席我们可是没少见过。第一回是刚到延安才两天，住在城里大招待所里，约莫下午三点过后，招待所长笑眯眯地跑来通知："同志们的要求答复了，马上集合去听报告，每人带一块砖头做凳子！"我们来到凤凰山下一个小院落里，就地坐好，不过一二百人。石窑洞里便走出毛主席来。跟前也没个讲台，没个座位，只是在一条长板凳上放着一只带盖儿的旧茶缸子。他朝我们站着，略微看看，便风趣地念起《三国演义》的开篇头一句来："话说天下大势，合久必分，分久必合……"谈家常似的，虽然一口很重的湖南乡音，还是听懂了，而且深入浅出，有几句话连手势带幽默感都让几个小鬼模仿到了："中部有个黄帝陵，张国焘去扫墓，开了小差。你们来了。你们是黄帝的优秀子孙。张国焘说：边区是一块鸡骨头，我说：还有两块肉——一块是坚定正确的政治方向，一块是艰苦奋斗的工作作风。你们来延安学习，不久还要到前方抗战，我欢迎你们，送给你们三个'统'：一个'抗日民族统一战线'，一个'党的团结统一'，一个'武装斗争的革命传统'……"不久分配到北门外鲁艺学习，我们这几个好动的小鬼又经常一块儿参加晚会活动，天不黑就赶到城里天主教堂里去，有时也到桥儿沟那儿天主教堂。戏剧系要演出，最忙啦，一到就装台；音乐系出一个合唱队，在开幕前和幕间唱唱歌，不装台；美术系只是出几个人打打杂，拉个幕啊，做个效果啊，比如拿件雨衣罩在汽车上头，使劲摇动摇把，发出呼呼呼呼的响声，这就是刮风；把块大洋铁皮呼啦一摇晃，就是雷雨大作。少了不行。可是事儿也真不多，还不能碍手碍脚，所以都喜欢到礼拜堂的二道门口待着，写笔记啊，画速写啊，争论问题啊。毛泽东同志忽然进门来了，一个穿红军制服的警卫员一旁跟着，手里提盏马灯，准备散场回去用的。那时候，中央领导同志出来，保卫局都不兴撵人，警卫员也不管我们，所以他到了身边，才发现。我们也没有围拢过来，抢着握手，谁在家里见了前辈要握手呢？我们也没有鼓掌，更没喊万岁，只是感到非常亲切、温暖，一个个只是傻呵呵地冲他笑着。

他披着件旧薄棉袄，同我们谈了会儿，走到一边，在静静的围墙底下自个儿来回踱着漫步去了。我们又各干各的，只差没有争论问题，还是有点拘谨呢。晚会临开始前，合唱队的打杂小组照例坐到最前排的两侧位子上，这样上台下台，进出后台，都很方便。毛泽东同志每回就座以后，看看还不开幕，也喜欢朝我们这边招招手，让一两个小鬼坐到身旁，说会儿话。可是他同朱德同志一起参加晚会，我们还是头回看到，而且又是听诗朗诵！兴趣真广泛哩。后来才知道，总司令才从前方回来，是准备出席党的六届六中全会的。在当时的青年心中，他俩不只是革命领袖，还是传奇式的长征英雄。现在同群众一块儿坐在晚会的长板凳上，穿着一身整洁的褪色旧灰军装，腰里系条皮带，一副老军人的端坐仪表，两手在两边膝盖上放着，满面的和蔼慈祥竟然像个老妈妈！毛泽东同志偶尔凑过头去，在他耳边说句什么，两人都爽朗地笑了，他笑着还是端端地坐着。

晚会宣告开始。是边区著名诗人柯仲平同志朗诵他的新作：长篇叙事诗《边区自卫军》。诗人分开红色幕布，站到台前，肩头披着件当时难得看到的八路军旧棉大衣，让人想起电影里夏伯阳穿着披风的英雄气概，又想到西北黄土高原牧羊人裹着老羊皮袄的泥土气息，更显出左手高高捧着的一厚摞诗稿的分量。诗作也是很有色彩的。比如：

> 人在冰上走，
> 水在冰下流，

不久以后我随部队到敌人后方去，上吕梁山，过太岳山，进太行山，从风雪弥漫的沁河源头走到漳河源头，一程又一程地走在深山峡谷的冰河上面，听流水伴着脚步淙淙响着，有时冒出冰窟窿来，在晶莹皎洁的河卵石上匆匆流过，又钻到冰壳底下不见了。只有忙不迭的水声，总在脚下响着，伴着诗句的节奏。现在吟诵起来，还是那么亲切，雪地行军的情景又在眼前。又如：

> 西不见长庚，
> 东不见启明，

我在夜行军中学会辨认的第一颗行星，就是黄昏在西方最早出现的长庚星，也就是黎明时在东方最后消失的启明星，一东一西其实就是同一颗离开地球最近的金星。这点常识还真是从柯老的诗句学开头的哩。可是，也不知怎么搞的，也许是因为诗人的云南口音太重，或者是因为当时还没有扩音设备，或者是因为长于写诗的人往往都是最不善于朗诵的缘故（我听李季和郭小川朗诵就是这样）。总之听着听着，就着急起来：那么厚一叠诗稿什么时候才念完啊！诗人更是汗水淋漓，炸着嗓子，总压不住人影浮动，耳语嗡嗡。不由我回头看看：呀，座位早空落落的，有人正跨过长凳，退后一排，又退后一排，向着洞口悄悄撤退，有人在洞口站站就溜走了。凌明推我站起来："咱们走吧！"

我一怔，赶紧看看右首，毛主席正凑到朱总司令耳边，说句话儿，两人都笑了，只是兴冲冲地看定诗人，鼓励他朗诵下去。我刚站起又拽凌明坐下来："快完啦，再等会儿……"

终于，诗人的嗓音提高了八度，外加两个延长音符，突然中止，诗稿同时贴住胸襟，躬身敬谢听众。满石岩洞里的掌声顿时好欢畅！伴着皆大欢喜的活跃气氛，同时纷纷站起，造成既成事实，让主持人宣告晚会到此结束。谁知诗人大受感动，连连鞠躬，满怀激越地自告奋勇说："好好好，再来一段！"

众人哇的一声，掌声骤然寂灭。毛泽东同志笑得多愉快啊。

诗人早半蹲到台口，伸出一大卷汗水渥湿的诗稿说："毛主席，我统统念完了吧？"

"休息休息，"毛泽东同志关注地点了点头，眼泪都笑出来了，"擦擦汗！"

"不休息啦，一鼓作气！"

诗人披好大衣，翻开诗稿，站到原来的位置。我们只好又坐下来，还忍不住回头看看：呀，主席和总司令的座位，恰似一道分水岭，五排往前还是不少人的，五排后面可就统统走光了。只有一个例外，就是在第六排上，离开主席不远，坐着个挺直腰杆的警卫员，手边搁着一盏马灯，灯头拧得极小极小，没有吹灭，大概是为的节约火柴，边区自己生产的延长煤油倒是不缺啊。

夜深了。《边区自卫军》朗诵完了。毛泽东同志又向诗人要了原稿，说是带回去看看。我们听了，心里暖烘烘的，靠得更近了，又不好狠挤过去，便出了岩洞。只见繁星满天，延水迷蒙，急流处在宝塔山下影影绰绰，水声嘶嘶嘶的，延安古城好静！下得清凉山来，人们借着水映星光，认出块块踏石，一个个便手拉手地过了延河。每回晚会散了都是这样，人们迈上踏石，也不管认不认识，先走一步的总要回过头来，伸出只手，给后来的帮上一把，又走一步，直到好走的地方。

来到大河滩上的平沙道了。

我回过头去，对岸才现出马灯的亮光，走走停停，他们俩也踩着石头过河来啦……

华山的作品生活气息浓郁，时代感强，显示了一个老新闻工作者敏锐的政治感觉，他文笔精炼传神，善于写景状物、写人记事。语言急促有力，富于节奏感，字里行间时时可见幽默和智慧闪现的火花。

——公仲主编《中国当代文学史新编》，江西教育出版社，1985，第96页

华山是在解放区成长起来的一位有影响的报告文学作者。

——田仲济、孙昌熙主编《中国现代文学史》，山东文艺出版社，1985，第506页

华山很擅长透过表面的生活现象，攫取具有典型意义的事例作素材，进行艺术构思，以表现时代的精神与革命斗争的风貌，这使他的作品也具有历史文献的价值。因而在东北解放区的散文创作中具有一定的影响和地位。……华山散文的另一个特色，就是通过对火热的战斗生活的描写，表现人民战士的英雄气概、顽强斗志、远大理想和大无畏的革命英雄主义精神。

——《东北现代文学史》编写组《东北现代文学史》，沈阳出版社，1989，第275—276页

华山像珍惜黄金一样珍惜生活，珍惜艺术。他对待写作勤奋刻苦、字斟句酌，他常常是在风雪硝烟里含辛茹苦，在昏暗的灯光下呕心沥血，只有这种用鲜血和生命写成的作品，才有永恒的价值。正如刘白羽所说"华山这些不朽之作是与那不朽的时代共存的。是他踏过硝烟、踏过战火，通过他那炽热的感情把战争的英雄豪情和美的艺术凝练结合起来的，他的文章既是英雄的又是美的。"

——李丽莹、李先锋：《中国现代报告文学史论》，宁夏人民出版社，1990，第270页

谈华山的纪游文学不能不想起刘白羽。他们有不少相似处：都是作家兼随军记

者，纪游文学都偏重东北战区的描摹，都抓住了时代的脉搏，都以叙述描写为主，都洋溢着革命乐观主义高昂的情绪。但对比刘白羽，华山又有许多独到处。如果说刘白羽的纪游文学主要刻画了八路军将领尤其是东北联军将领的英雄形象，那么华山纪游文学则注重战争中凡人小事，雕塑规模宏大的中国军民集体群像。在这些雕像中，首先引人注目的是人民战士的群像。

——朱德发主编《中国现代纪游文学史》，山东友谊书社，1990，第384页

华山是我国著名的报告文学作家。

——梁庭望、农学冠编著《壮族文学概要》，广西民族出版社，1991，第387页

华山的报告文学创作，叙事具体，描写生动逼真，给人一种身临其境的感觉。华山作品中描写的战斗生活，有的是作者亲自参加的，有的是采访自硝烟还在弥漫的战场，而作者又能抓住现场中最有代表性的事件和典型的人物，加工提炼，因此最能集中突出的表现战争特有的氛围和人的精神面貌。

——吴重阳：《中国现代少数民族文学概论》，中央民族学院出版社，1992，第205页

在东北解放区报告文学创作中，华山是创作成就较大的一位，并且产生了一定的影响。……华山的报告文学作品表现出一位优秀的新闻记者结构文章，驾驭文字的能力。他的作品语言明快，记事生动，文风严谨。事件中的人物、地点、线索清晰准确，表现出作者较为深厚的新闻工作素养。

——王建中等著《东北解放区文学史》，辽宁大学出版社，1995，第347—348页

华山的报告文学堪称是东北地区解放战争的形象编年史。

——朱德发、邢富钧主编《中国新文学六十年》，春风文艺出版社，1996，第378页

华山的散文生动地描绘了一幅幅惊心动魄的人民战争的宏伟画图，反映了人民战士的英雄气概和革命乐观主义精神。

——张毓茂主编《东北现代文学史论》，沈阳出版社，1996，第171页

长期的记者生活，使他保持着与人民群众和火热战斗的紧密联系。他注意捕捉富有生动情趣的形象和细节，把宏伟的战斗场面，具体的生活情景，把典型的事例，生动的材料组织得比较完整，使作品显得线索单纯，穿插得体，往往从一些细小的情节中，使人感受到机智幽默的情趣。

——王庆生主编《中国当代文学（上卷）》，华中师范大学出版社，1999，第334页

华山长期生活在火热的现实生活中，他的散文作品，始终保持着高昂的格调、激越的情感、雄浑的气魄，是对时代精神、时代心理的形象而高度的概括，生动而准确地反映了时代风貌；作品中的人物充满激情和活力，充满了旺盛的革命斗志。华山的创作，将现实生活和真实人物紧密地结合在一起，凭借作家崇高的思想、人格以及多年采访积累而成的敏锐的观察力，奏出了一曲曲时代的强音、英雄的赞歌！

——特·赛音巴雅尔主编《中国当代文学史（上册）》，民族出版社，1999，第317页

华山的抒情散文，既保留他战地通讯文学那种充满激情和昂扬的乐观情调，又具有抒情散文那种深邃的意境和高度凝练的语言，在中国文学史上具有极其独特的艺术魅力。

——徐治平主编《广西散文百年》，民族出版社，2004，第88页

语言明快，记事生动，是华山报告文学作品的鲜明特点。

——唐弢主编《中国现代文学史简编（增订版）》，复旦大学出版社，2008，第364页

20世纪40年代壮族作家华山的报告文学在现代文学史上留下了光辉的印迹，也揭开了壮族纪实文学的颇为辉煌的开始。

——雷税主编《壮族文学现代化的历程》，民族出版社，2008，第361—362页

华山的报告文学题材偏重战争，他擅长组织纷繁复杂的资料，记录人民革命战争的伟大历程，歌颂革命军民特别是人民战士的英雄气势和崇高精神，从中开掘革命斗争必胜的历史趋势。

——黄曼君、朱寿桐主编《中国现代文学史》，武汉大学出版社，2012，第678页

| 创作评价 |

在解放区出现的许多成功的报告文学作品中，华山的那些篇章也是很有特色的。他在一九四四年写成的《窑洞阵地战》，就显出了自己的风格。他娓娓动听地诉说着许多真实的故事，表现了广大农民在抗战中迅速提高觉悟的过程。在他的笔下，太行山区的泥土气息，战斗生活的艰苦紧张，都写得相当纯朴和浑厚。

作者在描绘严酷艰险的战斗生活时，善于抓住表现革命者乐观主义精神的细节，使作品变得诙谐和幽默，具有一种艺术的魅力。

——林非：《现代六十家散文札记》，百花文艺出版社，1980，第237—238页

我认为在中国似乎有一种不成文法的偏见，就是一个人一旦做了新闻记者，就不成为作家(作家成了文学家专用词)。我们应当广泛一点来解释作家，否则，斯诺、史沫特莱算什么呢？三十年代及其以后走上文学艺术道路的人，多是沿着鲁迅先生教导的道路前进的。华山先把珂勒惠支的精髓与战斗的中国结合起来，而后，他又用文字代替木刻刀，把艺术与新闻结合起来，从而创造了中国文学。总之，我以为华山是一个优秀的记者，也是一个优秀的文学家。

——刘白羽：《风雪的沉思——悼念华山同志》，《新闻战线》1985年第11期

刘白羽、黄钢、华山三人在四十年代末都曾做过解放军的随军记者；他们都以热情洋溢，时代气息浓厚的通讯报告见长。但是，三人的风格在同中又有异：刘白羽的，在雄浑之中蕴含着诗情；黄钢的，在"特写镜头"式的片断连接中，给人以生动明快感；华山的，在娓娓而谈中，有一种淳厚朴实味。

——张以英、诸天寅、完颜戎：《中国现代散文一百二十家札记（下册）》，漓江出版社，1987，第1014页

这个时期，华山的报告文学以描绘硝烟弥漫的抗日战争和解放战争的军旅生活为主要题材，特别是对东北战场上那种艰苦激烈的战斗情景描写得尤为生动，气势磅礴，震撼人心。《承德撤退》《解放四平街》《英雄的十月》三篇堪称其代表作。这几篇作品的写作和发表，标志华山报告文学创作出现的第一次高峰，显示了华山报告文学的独特艺术风格。

——关纪新主编《20世纪中华各民族文学关系研究》，民族出版社，2006，第176页

Ⅰ作者自述Ⅰ

高山有巉岩也有碎屑，大海有浪花也有泡沫。活在我们记忆里的却只有一种人，那就是曾经战斗着的人和正在战斗着的人。我们有幸生活在两个时代交替的时刻。有一个伟大的党把我们带进了生活的激流。可是十几年来，我们走过的路这么多，自己却写的这样少！如果还有一点稍稍可以自慰，那就是还没有写过生活的泡沫和碎屑。

——华山《远航集·题记》，载华山《远航集》，中国青年出版社，1960，第2页

采风手记

陆 地

自从歌剧《刘三姐》问世以来，在不少民歌爱好者的心目中，广西竟有"歌海"的美誉。每年春秋两季，各地区各民族都流行着各具特色的歌圩，山歌就从那里滋长。这一天，人们的精神生活得到大大解放，自由自在地交谈，你唱我和地对唱。白天唱和未能尽兴的话，夜晚再唱。往往一唱唱个通宵，甚至连唱两天三夜的都有。对唱过程中，开始一般只拿俏皮话来逗笑取乐就是了。接下去才深一步，出难题试探真情，倾诉衷肠。临别，再唱一段情意缠绵的离别歌，叮咛明年此日再会

作者简介

陆地（1918—2010），原名陈克惠，曾用名陈寒梅，壮族。广西扶绥人。1934年考入广东省立第一师范学校，1937年在广州《民国日报》发表处女作《期考的前夜》。1938年赴延安进抗日军政大学，1939年考入鲁迅艺术文学院文学系。在"鲁艺"，创作了第一篇小说《乡间》。1947年出版首部小说集《北方》。解放后，曾任广西省委宣传部宣传处处长、广西文联筹委会副主任、广西作家协会首任主席、广西壮族自治区委员会宣传部副部长、广西文联主席等。著有《美丽的南方》(壮族文学史上首部反映壮族生活的长篇小说)、《瀑布》(长篇小说)、《故人》(小说集)、《劫后余灰》(散文集)、《落花集》(诗集)等。其中，《长夜》(《瀑布》第一部)获全国首届少数民族文学一等奖。

作品信息

原载《民族文学》1983年第1期，收入《陆地作品选》(漓江出版社1986年版)，入选《新中国成立60周年少数民族文学作品选·散文卷》(作家出版社2009年版)。

于歌场。有人是在几次歌圩上相遇而结下姻缘的。有位双目失明的歌师，他的老伴就是凭他的歌唱娶得的。

土地改革完成后，个体农民组织起来成了集体社员。在某些干部的领导思想上，认为歌圩活动有碍集体出工，于是一反古老的习俗，下令禁止，这曾引起过纠纷。其实，农民一年才有一回歌圩，说耽误生产劳动，那是只见皮毛不见筋骨的瞎话。

近年来，农村生产的责任制有了改变，农民较能机动地安排自家的活路，各地歌圩才又活跃起来。这回，有机会下乡采风，来到红水河流域的巴马县，凑巧遇上寒食节——农历三月三农民上山扫墓，也正是这儿的歌圩日子，有幸身逢其盛，耳闻目睹，增长不少见识。

歌圩的现场，还是照老习惯在盘阳河边的山坡上，离城五、六里地。顺着一条铺着沥青的公路走，需要半点来钟。公路上熙熙攘攘的人群，流水似的朝着一个目标涌去。不论后生和姑娘，个个都特意做了一番打扮，穿戴都挺整齐。后生仔，穿的差不多都是些透明发亮，色彩强烈而且挺括笔直的西式衣衫；女子比较保守，年轻姑娘也仍然穿大襟民族服装——平领，窄袖，镶边，布料虽然不尽是自织自染的蓝靛土布，但是，颜色几乎都是墨绿、虾青或板栗色的。只有十二三岁的小丫头才穿的花布衫。不管是青年姑娘还是中年妇女，头上一律包着一块从百货店买的印花洗脸毛巾。尼龙袜很普及了，鞋子有塑料的，也有自己绣的花布鞋。多半人手上都拿把伞。这些姑娘、媳妇，张开口来，差不多人人都露出一颗黄锃锃的金牙，有的镶在右边，有的镶在左边，都是镶在上面一排的一颗犬齿上。镶金牙，同戴手镯、耳环和戒指一样，作为一种装饰了。

我们一路走，一路听，一路看。看并肩而行或擦肩而过的男男女女，看郊外野地春光明媚，看田里的青苗，河面的绿波，听人声的歌唱，鸟语的叮絮，蛙声的喧哗和水声的潺潺。半小时的路程不觉走完了，歌坡的场地已经展现在眼前。

碧绸如带的清水河横铺在前，一条水泥公路桥跨过河腰。人们欢喜雀跃地朝着河那边的山坡走去。山坡那边，几顶彩色塑料帐篷正在向人们招引。陡坡上，密密麻麻聚着不少人。有的找到了一席之地坐下了，有的——特别是年轻姑娘和后生仔，三三两两搭帮结队，在山脚、河边的小道上徜徉。他们彼此眉目传情，寻到可心人，好到适当的地头对唱。帐篷下是摆卖的货摊，出售日用杂货，吃的用的都有。

许多人的目光都盯住红布的帐篷，那里是县文化馆搭起的歌台。县首长今天与民同乐，带头领唱了第一支山歌。歌唱文明礼貌月，歌唱五讲四美，歌唱晚婚、计划生育的好处。领导人带头唱开了，老百姓当然也就壮胆响应了。官办的歌台安有扩音器，桌面搁着大大小小好些台收录机，还有水壶茶杯什么的，场面颇为庄严。这样一来，只有老歌手才敢到这儿来表演了，而且唱的也只是一些宣传当前政策的歌，听众的反应不见得那么热烈，特别是年轻人，他们另找地方唱去了。河边、树下、桥头，这儿那儿，你唱我和，到处是歌声。对歌的双方，各有一个到两个歌伴，再加上一位躲在背后作提示的歌师。两边相距十多二十米，面对面站着，歌伴互相拉手搭肩，交头接耳，悄声细气地说话；一面留心注意对方挑战，一面回过头来接受歌师的提示，以便回答对方，提出难题。

瞧，那一组对唱的，她们把人吸引过去了。也许是她们的歌声格外悦耳、动听，也许是她们长得特别美，要不是她们的装饰分外触目吧？围观的人越来越多，人墙越填越厚；人们伸长着脖子，踮高着脚跟，紧往里瞧。对唱的男女双方那样的拘谨，都低着脑袋，目不斜视，只见轻声细气、机械地喃唱，如同教堂做礼拜的唱诗班。不过，她们那出口成歌的警句，那即席唱和的捷才，却引起人们一阵一阵开心的欢笑、喝彩。原来她们对唱的是这样的歌——

女：红棉对着山桐花开罗，

　　妹见哥来乐开怀。

　　三月吹来春风暖咧，

　　两山花儿飞拢来。

男：抬头见到红棉开罗，

　　心比红花开满怀。

手拿竹竿采花朵咧，

树高竿短采不来。

女：龙眼花引蜂来早罗

采蜜哪怕树顶高。

过河管它水深浅咧，

竹筒扎起当浮桥。

男：松木架桥经百年罗，

河东河西水相连。

只怕架起桥来人改道咧，

没人来住桥空悬。

本地的同志说，假如你离开此时此地、此情此景，只听歌词本身，那是联想不到唱的是情歌的。比如有的唱：眼前禾苗是插下田了，能不能得到好收成，还得看你肯不肯下力除草捉虫和下肥呐。一位男高音歌唱家说，这一带地方的民歌，曲调是双声部合唱，四句当中，后两句是重复前两句的，实际上来来回回就只有两句。只因词儿抓人，曲儿单纯叫人耐听。词儿是一套扣一套，联句式的接唱下去的。唱了庄稼又唱家务，唱了山水花草又唱鸟兽虫鱼，唱了风雨云雾又唱月亮星星。女方唱什么，男方即席和上，左右逢源，对答如流。

我们一行外来人，这边听听，那边瞧瞧，到处逛逛。这些不说新奇，可也真不一般。夕阳西沉，在往回走的路上，还是同去时那样，迎面走来熙熙攘攘的人，十个八个一伙，三个五个一群，川流不断地朝着歌坡直奔。本地的同志讲，这些人今天是不打算回家了的。到夜里，那才热闹呐，他们往往一唱就唱到天亮。

时到傍晚，落雨了。但是，华灯初上时，街上来人奔走相告：歌场移到城里来了！果然，街头、车站，四处洋溢着歌声。街灯透过树叶洒下隐约的疏影，这儿那儿到处都是人。有人打着电筒游动，有人伫立屋檐、树下，两三个人共一把伞。歌声悠扬地一阵一阵从伞下传开来，耀眼的电筒光柱里，闪烁着白色的雨丝。汽车站对面一座四层高楼的人民旅社门前也挤着人，楼上楼下，走廊、房间，什么地方都没个空儿；阵阵歌声飞出窗户，人们聚精会神在谛听；录音机亮着小红灯，录音带在转动。房间里，男女青年分别坐在斜对面的床沿，你唱我和地对歌联唱。此刻，不论是男是女，神情都那么活泼、大方。感情的风，把人们心灵的窗口吹开了。

我们去附近村庄访问一家歌手。那家人很有代表性，父母是歌师，四姐妹都是歌手。昨天父亲领着两个女儿赶歌圩来了。最引人注目的那两朵"金茶花"，就是他家的老大和老二。姐妹俩不仅人才出众，长得水灵、匀称、俊俏，歌儿唱的动人，而且两人的首饰别致——全场成百上千的姑娘，谁头上不是包着印花的新毛巾哪，唯独就她姐儿俩脱掉头巾，从左鬓梳着一绺长发替代刘海，贴过前额，挽回后脑勺，跟另一绺发辫结成高髻，堆在头顶，在左边角别上一朵纱带扎的红花，给人留下极深的印象。

村庄离城三、四里地，散步就到了。这是一座傍山靠河，聚居二、三十户人家的山村。村前展现一片平畴，秧苗在塑料薄膜覆盖下长出翠绿如茵的苗床，放眼望去，令人分外神爽；村里头，菜园的地头，墙角，一丛刺藤，盛开着片片玉色的金黄花朵；李花谢了，嫩绿的新叶披挂了一树，白色的桐花撒了满地；几只狮头大鹅伸高脖子迈开方步，悠闲地在小片草地上张望；趴在屋檐下的狗，见到陌生人，忽一下跳起来，汪汪直吠……

我们小心翼翼地躲开狗的恐吓，在村后的斜坡一间独立瓦房里，找到了要访的人家。一位五十来岁的庄稼人，走出门槛，叱住了狗，把我们迎进堂屋。堂屋相当宽敞，办红白喜事，摆下三、四台席是绰绰有余的。厅堂两边用木板间开作卧室，前后左右共四间。屋子是新建的，板壁贴满了色彩缤纷的年画和印有电影明星照片的月历。辫成一串串的玉米穗挂满了横梁，那里还吊下六、七条被烟熏成黄褐色的腊肉。两只紫燕轮番来去，在壁上修筑新居。主人格外殷勤，搬来小矮凳让我们就座。谈话先从生产情况、庄稼活路扯起。主人见问到庄稼，好比被触到痒处，不由笑逐颜开，感到有话可说了。

他家大人小孩一共九口，六个劳动力。在生产责任制没实行之前，生产、分配以队为单位，一年三百六十天，虽然没短过一天工，都是老老实实听从队里安排活儿，一天干到黑，自家副业一点也顾不上，可到年终分配，口粮总共只得五千斤上下，平均一人四百多点，五百斤不到；现金，把粮食折算在内，每人分的也达不到八十元。前年下半年，改生产责任制，产量落实到户，由得各人主动安排生产活路，粮食生产不但没耽误，下的功夫倒反精细些，肥也下得足，去年口粮打了九千多将近万斤，平均一人千斤，比原先那些年翻了一番。而且还能腾出手来照顾副业，主要搞种、养两门。养猪七头，鹅三十多只，还有二十多只鸡。鹅市场价一元一斤，一只十斤算，只算鹅一笔账，就得二三百元；猪，良种大白猪养上两年，一般能长四五百斤，一头猪就有二三百元现金。不说缝纫机、自行车，就是手扶拖拉机也想买了。畜力方面有两头牛，一匹马，犁田耕地、运粮、运肥，够使唤了。银行里有千多元储蓄哪。去年他家得了几个第一：公交粮第一，计划生育第一，完成生猪派购第一……

"如今政策对路了！"主人由衷地赞赏。他说听老辈人讲：如今在中央高头管事的邓副主席，就是原先曾经在这地方率领红军闹革命的邓政委。当年他同韦拔哥下地方来教乡亲们闹过"共耕社"，懂得老百姓的活路，难怪想出来的办法就是不一样。

这位朴实的庄稼人越讲越兴奋。看看表，我们该告辞了。主人却硬拉住我们怎么也不松手，一定要我们留下尝尝五彩糯饭不可。留下吃饭，还有一个原因，就是我们要访问的两朵"金茶花"还没有见到。我们是带了照相机和录音机来的。准备把姐儿俩的风采和歌声记下来。

午晌，劳动的人回家了，昨天在歌场引人注目的姐妹俩大大方方地来到我们跟前，顺从父亲做介绍。大女叫凤英，二女叫凤荣。姐俩不但心眼灵，有满肚子山歌，手工也巧，绣球、花鞋都是自己绣的；干农活又是一把好手。大姐今年二十四了，前两年结了婚，可也顺从本地风俗：结了婚却未到婆家去。结完婚过了三朝便回娘家来了。除了过年过节，春种秋收，农事太忙季节，才到婆家去住上三天五日，平时仍旧生活在娘家。即算不是父母包办的婚嫁，而是两人彼此相中的，也要等养了孩子才"落夫家"。这，一来是，由于娘家父母好不容易才将女儿养大成人，少不了要占用女儿几年的劳动力，帮助爹妈干上几年活，照顾弟妹长大；二来是，出了嫁的新娘，要是马上就落夫家，甚至回婆家的次数太勤了，要受同行姐妹奚落，被耻笑说什么"离不开男人"的难听的话。这位凤英大姐的丈夫是城里某个单位的职工，两人是般配的一对，彼此感情也挺恩爱，可也没到婆家去。

饭后，歌唱家老马为了答谢主人盛情，以男高音的嗓门放声高唱一支壮族民间流行的酒歌。歌声洪亮激越，招来好些左邻右舍的乡亲，站满了门户，眼睁睁地倾听。他们都听懂了，欢笑荡漾在每个人的脸庞。我们一行人都期待着姐儿俩能跟老马对唱一轮。不知是当着爹妈的面不好意思开腔，还是因为我们是陌生的客人不免羞涩，欲唱又止。末了，二姑娘一声不响，进寝室拿来一只系着彩带的绣球，悄悄地塞进唱酒歌的人的挂包。这是对打动人心的歌者表示赞赏和敬意吧。可是，歌唱者的老马当场并没留意，回到路上才发觉挂包多了一样东西——这可是一支深沉而无声的歌啊！

┃文学史评论┃

陆地的散文挥洒自如，于平和中见神韵，尤其是《乡间集》，是优美的散文小品集，其中每篇不过几百字，作者将乡间的见闻随手撷缀成篇，一件件原本互无关联的小事，便组成美丽的珠串，闪烁着时代的风采，展示着东北解放区农村新生活的风貌。

——王建中等：《东北解放区文学史》，辽宁大学出版社，1995，第370页

陆地在延安和东北时期是文学创作的起步时期，散文创作不很多。但解放后，陆地写了不少回忆延安时期生活的作品。如《摇篮的记忆》《部艺点滴》《从延安到沈阳——行军日记》等作品。这些回忆性散文，情深意切，娓娓动听，真实记录了作家成长的历程。

——徐治平主编《广西散文百年》，民族出版社，2004，第21页

| 创作评论 |

　　散文创作在陆地文学创作中占有相当重要的地位，他的散文在思想内容、人物形象塑造和艺术表现手法等方面，具有很高的美学价值。……陆地散文的写实美、形象美、趣味美和意境美的特点，与壮族传统的审美趣味是一致的。因此，可以这么说，陆地的散文在一定程度上承继了壮族传统的审美趣味，具有鲜明的民族传统审美文化特色。

　　——黄可兴:《论壮族作家陆地散文的特征及其审美文化意蕴》，载李富强主编

　　《中国壮学》(第1辑)，民族出版社，2006，第393—403页

第六只手指

——纪念三姐先明以及我们的童年

白先勇

　　明姐终于在去年十月二十三日去世了，她患的是恶性肝炎，医生说这种病例肝炎患者只占百分之二三，极难救治。明姐在长庚医院住了一个多月，连她四十九岁的生日也在医院里度过的。四十九岁在医学昌明的今日不算高寿，然而明姐一生寂寞，有几年还很痛苦。四十九岁，对她来说，恐怕已经算是长的了。明姐逝世后，这几个月，我常常想到她这一生的不幸，想到她也就连带忆起我们在一起时短短的童年。

　　有人说童年的事难忘记，其实也不见得，我的童年一半在跟病魔死神搏斗，病中岁月，并不值得怀念，倒是在我得病以前七岁的时候，在家乡桂林最后的那一年，有些琐事，却记得分外清楚。那是抗战末期，湘桂大撤退的前夕，广西的战事已经吃紧，母亲把兄姐们陆续送到了重庆，只留下明姐跟我，还有六弟七弟；两个弟弟

作品信息

　　原载《联合报·联合副刊》1983年8月17日。收入《白先勇自选集》(花城出版社1996年版)、《白先勇文集第4卷：第六只手指》(花城出版社2000年版)、《姹紫嫣红开遍》(作家出版社2011年版)、《树犹如此》(广西师范大学出版社2011年版)等。入选《美国华人名家散文精选》(中国青年出版社2001年版)、《世界华人学者散文大系》(大象出版社2003年版)、《中国现代经典美文书系·兄》(人民文学出版社2011年版)等。

年纪太小，明姐只比我大三岁，所以我们非常亲近。虽然大人天天在预备逃难，我们不懂，我们在一起玩得很开心。那时候我们住在风洞山的脚下，东镇路底那栋房子里，那是新家，搬去没有多久。我们老家在铁佛寺，一栋阴森古旧的老屋，长满了青苔的院子里，猛然会爬出半尺长的一条金边蜈蚣来，墙上壁虎虎视眈眈，堂屋里蝙蝠乱飞。后来听说那栋古屋还不很干净，大伯妈搬进去住，晚上看到窗前赫然立着一个穿白色对襟褂子的男人。就在屋子对面池塘的一棵大树下，日本人空袭，一枚炸弹，把个泥水匠炸得粉身碎骨，一条腿飞到了树上去。我们住在那栋不太吉祥的古屋里，唯一的理由是为了躲警报，防空洞就在邻近，日机经常来袭，一夕数惊。后来搬到风洞山下，也是同一考虑，山脚有一个天然岩洞，警笛一鸣，全家人便仓皇入洞。我倒并不感到害怕，一看见风洞山顶挂上两个红球——空袭信号——就兴奋起来：因为又不必上学了。

新家的花园就在山脚下，种满了芍药、牡丹、菊花，不知道为什么，还种了一大片十分笨拙的鸡冠花。花园里养了鸡，一听到母鸡唱蛋歌，明姐便拉着我飞奔到鸡棚内，从鸡窝里掏出一枚余温犹存的鸡蛋来，磕一个小孔，递给我说道："老五，快吃。"几下我便把一只鸡蛋吮干净了。现在想想，那样的生鸡蛋，蛋白蛋黄，又腥又滑，不知怎么咽下去的，但我却吮得津津有味。明姐看见我吃得那么起劲，也很乐，脸上充满了喜悦。几十年后，在台湾有一天我深夜回家，看见明姐一个人孤独地在厨房里摸索，煮东西吃。我过去一看，原来她在煮糖水鸡蛋。她盛了两只到碗里，却递给我道："老五，这碗给你吃。"我并不饿，而且也不喜欢吃鸡蛋了，可是我还是接过她的糖水蛋来，因为实在不忍违拂她的一片好意。明姐喜欢与人分享她的快乐，无论对什么人，终生如此，哪怕她的快乐并不多，只有微不足道的那么一点。

我们同上一间学校中山小学，离家相当远，两人坐人力车来回。有一次放学归来，车子下坡，车夫脚下一滑，人力车翻了盖，我跟明姐都飞了出去，滚得像两只陀螺。等我们惊魂甫定，张目一看，周围书册簿子铅笔墨砚老早洒满一地，两人对坐在街上，面面相觑，大概吓傻了，一下子不知该哭还是该笑。突然间，明姐却咯咯地笑了起来，这一笑一发不可收，又拍掌又搓腿。我看明姐笑得那样乐不可支，也禁不住跟着笑了，而且笑得还真开心，头上磕起一个肿瘤也忘了痛。我永远不会忘记明姐坐在地上，甩动着一头短发，笑呵呵的样子。父亲把明姐叫苹果妹，因为她长得圆头圆脸，一派天真。事实上明姐一直没有长大过，也拒绝长大，成人的世界，她不要进去。她的一生，其实只是她童真的无限延长，她一直是坐在地上拍手笑的那个小女孩。

没有多久，我们便逃难了。风洞山下我们那栋房子以及那片种满了鸡冠花的花园，转瞬间变成了一堆劫灰，整座桂林城烧成焦土一片。离开桂林，到了那愁云惨雾的重庆，我便跟明姐他们隔离了，因为我患了可恶的肺病，家里人看见我，便吓得躲得远远的。那个时候，没有特效药，肺病染不起。然而我跟明姐童年时建立起的那一段友谊却一直保持着，虽然我们不在一起，她的消息，我却很关心。那时明姐跟其他兄姐搬到重庆乡下西温泉去上学，也是为了躲空袭。有一次司机从西温泉带上来一只几十斤重周围合抱的大南瓜给父母亲，家里的人都笑着说：是三姑娘种的！原来明姐在西温泉乡下种南瓜，她到马棚里去拾新鲜马粪，给她的南瓜浇肥，种出了一只黄澄澄的巨无霸。我也感到得意，觉得明姐很了不起，耍魔术似的变出那样大的一只南瓜来。

抗战胜利后，我们回到上海，我还是一个人被充军到上海郊外去养病。我的唯一玩伴是两条小狮子狗，一白一黑。白狮子狗是我的医生林有泉送给我的，他是台湾人，家里有一棵三尺高的红珊瑚树。林医生很照顾我，是我病中忘年之友。黑狮子狗是路上捡来的，初来时一身的虱子，毛发尽摧，像头癞皮犬。我替它把虱子捉干净，把它养得胖嘟嘟，长出一身黑亮的卷毛来。在上海郊外囚禁三年，我并未曾有过真正的访客，只有明姐去探望过我两次，大概还是偷偷去的。我喜出望外，便把那只黑狮子狗赠送了给她，明姐叫它米达，后来变成了她的心肝宝贝，常常跟她睡在一床。明姐怜爱小动物，所有的小生命，她一视同仁。有一次，在台湾我们还住在松江路的时候，房子里常有老鼠——那时松江路算是台北市的边陲地带，一片稻田——我们用铁笼捉到了一只大老鼠，那只硕鼠头尾算起来大概长达一尺，长得尾巴毛都掉光了，而且凶悍，龇牙咧嘴，目露凶光。在笼子里来回奔窜，并且不时啃啮笼子铁线，企图逃命。这样一个丑陋的家伙，困在笼中居然还如此顽强，我跟弟弟们登时起了杀机。我们跑到水龙头那边用铅桶盛了一大桶水，预备把那只硕鼠活活溺死。等到我们抬水回来，却发觉铁笼笼门大开，那只硕鼠老早逃之夭夭了。明姐站在笼边，满脸不忍，向我们求情道："不要弄死人家嘛。"明姐真是菩萨心肠，她是太过善良了，在这个杀机四伏的世界里，太容易受到伤害。

一九四八年我们又开始逃难，从上海逃到了香港。那时明姐已经成长为十五六岁的亭亭少女了，而我也病愈，归了队，而且就住在明姐隔壁房。可是我常常听到明姐一个人锁在房中暗自哭泣。我很紧张，但不了解，更不懂得如何去安慰她。我只知道明姐很寂寞。那时母亲跟父亲到台湾去了，我的另外两个姐姐老早到了美国，家中只有明姐一个女孩子，而且正临最艰难的成长时期。明姐念的都是最好的学校，在上海是中西女中，在香港是圣玛丽书院，功课要求严格出名，然而明姐并不是天资敏捷的学生，她很用功，但功课总赶不上。她的英文程度不错，发音尤其好听，写得一手好字，而且有艺术的才能，可是就是不会考试，在圣玛丽留了一级。她本来生性就内向敏感，个子长得又高大，因为害羞，在学校里没有什么朋友，只有卓以玉是她唯一的知交，留了级就更加尴尬了。我记得那天她拿到学校通知书，急得簌簌泪下．我便怂恿她去看电影，出去散散心。我们看的是一张古诺的歌剧《浮士德与魔鬼》拍成的电影。"魔鬼来了！"明姐在电影院里低声叫道，那一刻，她倒是真把留级的事情忘掉了。

明姐是十七岁到美国去的。当时时局动乱，另外两个姐姐已经在美国，父母亲大概认为把明姐送去，可以去跟随她们。赴美前夕，哥哥们把明姐带去参加朋友们开的临别舞会。明姐穿了一袭粉红长裙，腰间系着蓝缎子飘带，披了一件白色披肩，长身玉立，裙带飘然，俨然丽人模样。其实明姐长得很可爱，一双凤眼，小小的嘴，笑起来，非常稚气。可是她不重衣着，行动比较拘谨，所以看起来，总有点羞赧失措的样子。但是那次赴宴，明姐脱颖而出，竟变得十分潇洒起来，那是我最后一次看到明姐如此盛装，如此明丽动人。

明姐在美国那三年多，到底发生过什么事，或者逐渐起了什么变化，我一直不太清楚。卓以玉到纽约见到明姐时，明姐曾经跟她诉苦（她那时已进了波士顿大学），学校功课还是赶不上。她渐渐退缩，常常一个人躲避到电影院里，不肯出来，后来终于停了学。许多年后，我回台湾，问起明姐还想不想到美国去玩玩。明姐摇头，叹了一口气说道："那个地方太冷喽。"波士顿的冬天大概把她吓怕了。美国冰天雪地的寂寞，就像新大陆广漠的土地一般，也是无边无垠的。在这里，失败者无立锥之地。明姐在美国那几年，很不快乐。

明姐一九五五年终于回到台湾家中，是由我们一位堂嫂护送回国的。回家之前，在美国的智姐写了一封长信给父母亲，叙述明姐得病及治疗的经过情形，大概因为怕父母亲着急，说得比较委婉。我记得那是一个冬天，寒风恻恻，我们全家都到了松山机场，焦虑地等待着。明姐从飞机走出来时，我们大吃一惊，她整个人都变了形，身体暴涨了一倍，本来她就高大，一发胖，就变得庞大臃肿起来，头发剪得特别短，梳了一个娃娃头。她的皮肤也变了，变得粗糙蜡黄，一双眼睛目光呆滞，而且无缘无故发笑。明姐的病情，远比我们想象的要严重，她患了我们全家都不愿意、不忍心、惧畏、避讳提起的一个医学名词——精神分裂症。她初回台湾时已经产生幻觉，听到有人跟她说话的声音。堂嫂告诉我们，明姐在美国没有节制地吃东西，体重倍增。她用剪刀把自己头发剪缺了，所以只好将长发修短。

明姐的病，是我们全家一个无可弥补的遗憾，一个共同的隐痛，一个集体的内疚。她的不幸，给父母亲晚年带来最沉重的打击。父母亲一生，于国于家，不知经历过多少惊涛骇浪，大风大险，他们临危不乱，克服万难的魄力与信心，有时到达惊人的地步，可是面临亲生女儿遭罹这种人力无可挽回的厄难时，二位强人，竟也束手无策。我家手足十人，我们幼年时，父亲驰骋疆场，在家日短，养育的责任全靠母亲一手扛起。儿女的幸福，是她生命的首要目标。在那动荡震撼的年代里，我们在母亲羽翼之下，得以一一成长。有时母亲不禁庆幸，叹道："总算把你们都带大了。"感叹中，也不免有一份使命完成的欣慰。没料到步入晚境，晴天霹雳，明姐归来，面目全非。那天在松山机场，我看见母亲面容骤然惨变，惊痛之情，恐怕已经达到不堪负荷的程度。生性豁达如母亲，明姐的病痛，她至终未能释怀。我记得明姐返国一年间，母亲双鬓陡然冒出星星白发，忧伤中她深深自责，总认为明姐幼年时，没有给足她应得的母爱。然而做我们十个人的母亲，谈何容易。在物质分配上，母亲已经尽量做到公平，但这已经不是一件易事。分水果，一人一只橘子就是十只，而十只大小酸甜又怎么可能分毫不差呢。至于母爱的分配，更难称量了。然而子女幼年时对母爱的渴求，又是何等的贪婪无厌，独占排他。亲子间的情感，有时候真是完全非理性的。法国文学家《往事追忆录》的作者普鲁斯特小时候，有一次他的母亲临睡前，忘了亲吻他，普鲁斯特哀痛欲绝，认为被他母亲遗弃，竟至终身耿耿于怀，成年后还经常提起他这个童年的"创伤"。明姐是我们十人中最能忍让的一个，挤在我们中间，这场母爱争夺战中，她是注定要吃亏的了。明姐是最小的女儿，但排行第六，不上不下。母亲生到第五个孩子已经希望不要再生，所以三哥的小名叫"满子"，最后一个。偏偏明姐又做了不速之客，而且还带来四个弟弟。母亲的劳累，加倍又加倍，后来她晚年多病，也是因为生育太多所致。明姐的确不是母亲最钟爱的孩子，母亲对女儿的疼爱远在明姐未出世以前已经给了两个才貌出众的姐姐了。明姐跟母亲的个性了不相类，母亲热情豪爽，坚强自信，而明姐羞怯内向，不多言语，因此母女之间不易亲近。可是在我的记忆里，母亲亦从未对明姐疾言厉色过，两个姐姐也很爱护幼妹，然而明姐掩盖在家中三位出类拔萃的女性阴影之下，她们的光芒，对于她必定是一种莫大的威胁，她悄然退隐到家庭的一角，扮演一个与人无争的乖孩子。她内心的创痛、惧畏、寂寞与彷徨，母亲是不会知道，也注意不到的。明姐掩藏得很好，其实在她羞怯的表面下，却是一颗受了伤然而却凛然不可侵犯的自尊心。只有我在她隔壁房，有时深夜隐隐听得到她独自饮泣。那是一个兵荒马乱的时代，母亲整日要筹划白马两家几十口的安全生计，女儿的眼泪与哭泣，她已无力顾及了。等到若干年后，母亲发觉她无心铸成的大错，再想弥补已经太迟。明姐得病回家后，母亲千方百计想去疼怜她、亲近她，加倍地补偿她那迟来十几二十年的母性的温暖。可是幼年时心灵所受的创伤，有时是无法治愈的。明姐小时候感到的威胁与惧畏仍然存在，母亲愈急于向她示爱，她愈慌张，愈设法躲避，她不知道该如何去接纳她曾渴求而未获得的这份感情。她们两人如同站在一道鸿沟的两岸，母亲拼命伸出手去，但怎么也达不到彼岸的女儿。母亲的忧伤与悔恨，是与日俱增了。有一天父母亲在房中，我听见父亲百般劝慰，母亲沉痛地叹道："小时候，是我把她疏忽了。哪个女孩子，都记在心里了呢。"接着她哽咽起来，"以后我的东西，通通留给她。"

因为明姐的病，后来我曾大量阅读有关精神病及心理治疗的书籍。如果当年我没有选择文学，也许我会去研究人类的心理去，在那幽森的地带，不知会不会探究出一点人的秘密来。可是那些心理学家及医学个案的书，愈读却愈糊涂，他们各执一词，真不知该信谁才好。人心惟危，千变万化。人类上了太空，征服了月球，然而自身那块方寸之地却仍旧不得其门而入。我们全家曾经讨论过明姐的病因：小时候没有受到重视，在美国未能适应环境，生理上起了变化——她一直患有内分泌不平衡的毛病。先天、后天、遗传、环境，我们也曾请教过医学专家，这些因素也许都有关系，也许都没有关系。也许明姐不喜欢这个充满了虚伪、邪恶、竞争激烈的成人世界，一怒之下，拂袖而去，回到她自己那个童真世界里去了。明姐得病后，完全恢复了她孩提时的天真面目。她要笑的时候就笑了，也不管场合对不对。天气热时，她把裙子一捞便坐到天井的石阶上去乘凉去，急得我们的老管家罗婆婆——罗婆婆在我们家现在已有五十多年的历史——追在明姐身后直叫："三姑娘，你的大腿露出来了！"明姐变得"性格"起来，世俗的许多琐琐碎碎，她都不在乎了，干脆豁了出去，开怀大吃起来。明姐变成了美食家，粽子一定要吃湖州粽，而且指定明星戏院后面那一家。开始我们担心她变得太胖，不让她多吃，后来看到她吃东西那样起劲，实在不忍剥夺她那点小小的满足，胖一点，又有什么关系呢？回到台湾明姐也变成了一个标准影迷，她专看武侠片及恐怖片，文艺片她拒绝看，那些哭哭啼啼的东西，她十分不屑。看到打得精彩的地方，她便在戏院里大声喝起彩来，左右邻座为之侧目，她全不理会。她看武侠片看得真的很乐，无论什么片子，她回到家中一定称赞："好看！好看！"

明姐刚回台湾，病情并不乐观，曾经在台大医院住院，接受精神病治疗，注射因素林，以及电疗，受了不少罪。台大的精神病院是个很不愉快的杜鹃窝，里面的病人，许多比明姐严重多了；有一个女人一直急切地扭动着身子不停在跳舞，跳得很痛苦的模样。他们都穿了绿色的袍子，漫无目的荡来荡去，或者坐在一角发呆，好像失掉了魂一般。护士替明姐也换上了一袭粗糙黯淡的绿布袍，把明姐关到了铁闸门的里面去，跟那一群被世界遗忘了的不幸的人锁在一起。那天走出台大医院，我难过得直想哭，我觉得明姐并不属于那个悲惨世界，她好像一个无辜的小女孩，走迷了路，一下子被一群怪异的外星人捉走了一般。我看过一出美国电影叫《蛇穴》，是奥丽薇哈馥兰主演的，她还因此片得到金像奖。她演一个患了精神分裂的人，被关进疯人院里，疯人院种种恐怖悲惨的场面都上了镜头，片子拍得逼真，有几场真是惊心动魄而又令人感动。最后一幕一个远镜头，居高临下鸟瞰疯人病室全景，成百上千的精神病患者一起往上伸出了他们那些求告无援的手肢，千千百百条摆动的手臂像一窝蛇一般。我看见奥丽薇哈馥兰，关进"蛇穴"里惊慌失措的样子，就不禁想起明姐那天入院时，心里一定也是异常害怕的。

明姐出院后，回到家中休养，幸好一年比一年有起色。医生说过，完全恢复是不可能的了，不恶化已属万幸。明姐在家里，除了受到父母及手足们额外的关爱外，亲戚们也特别疼惜。父母亲过世后，他们常来陪伴她，甚至父母亲从前的下属家人，也对明姐分外的好，经常回到我们家里，带些食物来送给明姐。亲戚旧属之所以如此善待明姐，并不完全出于怜悯，而是因为明姐本身那颗纯真的心，一直有一股感染的力量，跟她在一起，使人觉得人世间，确实还有一些人，他们的善良是完全发乎天性的。父亲曾说过，明姐的字典里，没有一个坏字眼。确实，她对人，无论对什么人，总是先替人家想，开一罐水果罐头，每个人都分到，她才高兴，倒也不是世故懂事的体贴，而是小孩子办家家酒，排排坐吃果果大家分享的乐趣。这些年来，陪伴过她的有大贵美、小贵美、余嫂——明姐叫她"胖阿姨"——都变成了她的朋友。她对她们好，出去买两条毛巾，她一定会分给她们一条。她们也由衷地喜爱她。大贵美嫁人多年，还会回来接明姐到她基隆家去请她吃鱿鱼羹。父亲从前有一个老卫兵老罗，也是离开我们家多年了，他有一个女儿罗妹妹，自小没有母亲，明姐非常疼爱这个女孩子，每逢暑假，就接罗妹妹到家里来住，睡在她的房里，明姐对待她，视同己出，百般宠爱。明姐这一生，失去了做母亲的权利．她的母性全都施在那个女孩子的身上了。罗妹妹对明姐，也是满怀孺慕之情，不胜依依。每年明姐生日，我们家的亲戚、旧属及老家人们都会回来，替明姐庆生。他们会买蛋糕、鲜花，以及各种明姐喜爱的零食来，给明姐做生日礼物。明姐那天也会穿上新旗袍，打扮起来，去接待她的客人。她喜欢过生日，喜欢人家送东西给她，虽然最后那些蛋糕食物都会装成一小包一小包仍旧让客人们带走。明姐的生日，在我们家渐渐变成了一个传统。父母亲不在了，四处分散的亲戚、旧属以及老家人都会借着这一天，回到我们家来相聚，替明姐热闹，一块儿叙旧。明姐过了四十岁也开始怕老起来，问她年纪，她笑而不答，有时还会隐瞒两三岁。事实上明姐的年龄早已停顿，时间拿她已经无可奈何。她生日那天，最快乐的事是带领罗妹妹以及其他几个她的小朋友出去，请她们去看武侠电影，夹在那一群十几岁欢天喜地的小女孩中间，她也变成了她们其中的一个，可能还是最稚气的一个。

然而明姐的生活究竟是很寂寞的，她回到台湾二十多年，大部分的时间，仍然是她一个人孤独地度过。我看见她在房里，独自坐在窗下，俯首弯腰，一针又一针在勾织她的椅垫面，好像在把她那些打发不尽的单调岁月一针针都勾织到椅垫上去了似的。有时我不免在想，如果明姐没有得病，以她那样一个好心人，应该会遇见一个爱护她的人，做她的终身伴侣。明姐会做一个好妻子，她喜欢做家务，爱干净到了洁癖的地步。厨房里的炊具，罗婆婆洗过一次，她仍不放心，总要亲自下厨用去污粉把锅铲一一擦亮。她也很顾家，每个月的零用钱，有一半是在买肥皂粉、洗碗巾等日常家用上面，而且对待自己过分节俭，买给她的新衣裳，挂在衣橱里总也舍不得穿，穿来穿去仍旧是几件家常衣衫。其他九个手足从电视、冷气机、首饰到穿着摆设——大家拼命买给她，这大概也是我们几个人一种补赎的方式。然而明姐对物质享受却并不奢求，只要晚上打开电视有连续剧看，她也就感到相当满足了。当然，明姐也一定会做一个好母亲，疼爱她的子女，就好像她疼爱罗家小妹一样。

明姐得病后，我们在童年时建立起的那段友谊并没有受到影响，她幼时的事情还记得非常清楚，有一次她突然提起我小时候送给她的那只小黑狮子狗米达来，而且说得很兴奋。在我们敦化南路的那个家，明姐卧房里，台子上她有一个玩具动物园：有贝壳做的子母鸡、一对大理石的企鹅、一只木雕小老鼠——这些是我从垦丁、花莲、及日月潭带回去给她的；有一对石狮子是大哥送的，另外一只瓷鸟是二哥送的。明姐最宝贝的是我从美国带回去给她的一套六只玻璃烧成的滑稽熊，她用棉花把这些滑稽熊一只只包裹起来，放在铁盒里，不肯拿出来摆设，因为怕碰坏。有一次回台湾，我带了一盒十二块细纱手帕送给明姐，每张手帕上都印着一只狮子狗，十二只只只不同，明姐真是乐了，把手帕展开在床上，拍手呵呵笑。每次我回台湾，明姐是高兴的。头几天她就开始准备，打扫我的住房，跟罗婆婆两人把窗帘取下来洗干净，罗婆婆说是明姐亲自爬到椅子上去卸下来的。她怕我没有带梳洗用品，老早就到百货公司去替我买好面巾、牙膏、肥皂等东西——明姐后几年可以自己一个人出去逛街买东西了，那也变成了她消遣的方式之一。大部分的时间，她只是到百货公司去溜达溜达，东摸摸西弄弄，有时会耗去三四个钟头，空手而归，因为舍不得用钱。她肯掏腰包替我买那些牙膏肥皂，罗婆婆说我的面子算是大得很了。其实我洗脸从来不用面巾，牙膏用惯了一种牌子。但明姐买的不能用，因为她会查询，看见她买的牙膏还没有开盒，就颇为不悦，说道："买给你你又不用！"

然而我每次返台与明姐相聚的时间并不算多，因为台湾的朋友太多，活动又频繁；有时整天在外，忙到深夜才返家，家里人多已安息，全屋黯然，但往往只有明姐还未入寝，她一个人坐在房中，孤灯独对。我走过她房间，瞥见她孤独的身影，就不禁心中一沉，白天在外的繁忙欢娱，一下子都变得虚妄起来。我的快乐明姐不能分享丝毫，我的幸福更不能拯救她的不幸。我经过她的房门，几乎蹑足而过，一股莫须有的歉疚感使得我的欢愉残缺不全。有时候我会带一盒顺成的西点或者采芝斋的点心回家给明姐消夜，那也不过只能稍稍减轻一些心头的负担罢了。眼看着明姐的生命在漫长岁月中虚度过去，我为她痛惜，但却爱莫能助。

去年我返台制作舞台剧《游园惊梦》，在国内住了半年，那是我出国后返台逗留最长一次，陪伴明姐的时间当然比较多些，但是一旦《游园惊梦》开始动工，我又忙得身不由己，在外奔走了；偶尔我也在家吃晚饭，饭后到明姐房中跟她一同分享她一天最快乐的一刻：看电视连续剧。明姐是一个十足的"香帅"迷，《楚留香》的每一段情节，她都记得清清楚楚，巨细无遗，有几节我漏看了，她便替我补起来，把楚留香跟石观音及无花和尚斗法的情景讲给我听，讲得头头是道。看电视纵有千万种害处，我还是要感谢发明电视的人，电视的确替明姐枯寂的生活带来不少乐趣。每天晚上，明姐都会从七八点看到十一点最后报完新闻为止。如果没有电视，我无法想象明姐那些年如何能挨过漫漫长夜。白天明姐跟着罗婆婆做家务，从收拾房间到洗衣扫地。罗婆婆年事已高，跟明姐两人互相扶持，分工合作，把个家勉强撑起。到了晚上，两人便到明姐房间，一同观赏电视，明姐看得聚精会神，而罗婆婆坐在一旁，早已垂首睡去。前年罗婆婆患肺炎，病在医院里，十几天不省人事，我们都以为她大限已到，没料到奇迹一般她又醒转过来，居然康复。罗婆婆说她在昏迷中遇见父母亲，她认为是父母亲命令她回转阳间的，因为她的使命尚未完成，仍须照顾三姑娘。我们时常暗地担心，要是罗婆婆不在了，谁来陪伴明姐？有一次我跟智姐谈起，明姐身体不错，可能比我们几个人都活得长，那倒不是她的福，她愈长寿，愈可怜，晚年无人照料。没想到我们的顾虑多余，明姐似乎并不想拖累任何人，我们十个手足，她一个人却悄悄地最先离去。

七月中，有一天，我突然发觉明姐的眼睛眼白发黄。我自己生过肝炎，知道这是肝炎病征，马上送她到中心诊所，而且当天就住了院。然而我们还是太过掉以轻心了，以为明姐染上的只是普通的B型肝炎，住院休养就会病愈。那几天《游园惊梦》正在紧锣密鼓地排演，我竟没能每天去探望明姐，由大嫂及六弟去照顾她，而中心诊所的医生居然没看出明姐病情险恶，住院一星期竟让明姐回家休养。出院那天下午，我在巷子口碰见明姐一个人走路回家，大吃一惊，赶紧上去问她："三姑娘，你怎么跑出来了？"明姐手里拿着一只小钱包，指了一指头发笑嘻嘻地说："我去洗了一个头，把头发剪短了。"她的头发剪得短齐耳根，修得薄薄的，像个女学生。明姐爱干净，在医院里躺了一个礼拜，十分不耐，一出院她竟偷偷地一个人溜出去洗头去了，一点也不知道本身病情的危险，倒是急坏了罗婆婆，到处找人。明姐回到家中休养，毫无起色，而且病情愈来愈严重，虽然天天到中心诊所打针，常常门诊，皆不见效。后来因为六弟认识长庚医院张院长，我们便把明姐转到长庚去试一试，由肝胆科专家廖医生主治。明姐住入长庚，第三天检查结果出来，那晚我正在一位长辈家做客，突然接到六弟电话，长庚来通知明姐病情严重，要家属到医院面谈。我连夜赶到林口，六弟也赶了去，医生告诉我们，明姐患的肝炎非 B 型，亦非 A 型，是一种罕有病例。治愈的机会呢？我们追问，医生不肯讲。

　　那天晚上回到家中，心情异常沉重，彻夜未能成眠。敦化南路那个家本来是为明姐而设，明姐病重入院，家中突然感到人去楼空，景况凄凉起来。那一阵子，《游园惊梦》演出成功，盛况空前，我正沉醉在自己胜利的喜悦中，天天跟朋友们饮酒庆功。那种近乎狂热的兴奋，一夕之间，如醍醐灌顶，顿时冰消，而且还感到内疚。我只顾忙于演戏，明姐得病，也未能好好照料。本来我替明姐及罗婆婆留了两张好票的，明姐不能去，她始终没有看到我的戏。如果她看了《游园惊梦》，我想她也一定会捧场喝彩的。那时我在美国的学校即将开学，我得赶回去教书，然而明姐病情不明，我实在放不下心，便向校方请了一个星期假，又打电话给香港的智姐。智姐马上赶到台湾，一下飞机便直奔林口长庚医院去探望明姐去了。智姐心慈，又是长姐，她对明姐这个小妹的不幸，分外哀怜。我记得有一回智姐从香港返台探亲，明姐将自己的房间让出来给智姐睡——她对智姐也是一向敬爱的——还亲自上街去买了一束鲜花插到房间的花瓶里，她指着花羞怯地低声向智姐道："姊姊，你喜不喜欢我买给你的花？"智姐顿时泪如雨下，一把将明姐拥入了怀里。那几天，我几个在台的手足大姐、大哥、六弟、七弟我们几个人天天轮流探病，好像啦啦队一般，替明姐加油打气，希望她渡过危机。明姐很勇敢，病中受了许多罪，她都不吭声，二十四小时打点滴，两只手都打肿了，血管连针都戳不进去，明姐却不肯叫苦，顽强地躺在病床上，一副凛然不可侵犯的模样。她四十九岁生日那天，亲戚朋友、父母亲的老部下、老家人还是回到了我家来，替三姑娘庆生，维持住多年来的一个老传统，家里仍旧堆满了蛋糕与鲜花。大家尽量热闹，只当明姐仍旧在家中一般。那天我也特别到街口顺成西点铺去订了一个大蛋糕，那是明姐平日最喜爱的一种，拿到医院去送给她。我们手足个人又去买了生日礼物，大家都费了一番心机，想出一些明姐喜爱的东西。我记得明姐去忠孝东路逛百货公司时，喜欢到一家商场去玩弄一些景泰蓝的垂饰，我选了几件，一件上面镂着一只白象，一件是一只白鹤，大概这两种鸟兽是长寿的象征，下意识里便选中了。这倒选对了，明姐看到笑道："我早想买了，可惜太贵。"其实是只值几百块钱的东西。智姐和七弟都买了各式的香皂——这又是她喜爱的玩意儿，那些香皂有的做成玫瑰花，有的做成苹果，明姐也爱得不忍释手。同去医院的还有父亲的老秘书杨秘书、表嫂、堂姐等人。明姐很乐，吃了蛋糕，在床上玩弄她的礼物，一直笑呵呵。那是她最后一个生日，不过那天她的确过得很开心。

我离开台湾，并没有告诉明姐，实在硬不起心肠向她辞行。我心里明白，那可能是最后一次跟她相聚了。回到美国，台北来的电话都是坏消息，明姐一天天病危，长庚医院尽了最大的努力救治，仍然乏术回天。十月二十三号的噩耗传来，其实心理早已有了准备，然而仍旧悲不自胜。我悲痛明姐的早逝，更悲痛她一生的不幸。她以童贞之身来，童贞之身去，在这个世上孤独地度过了四十九个年头。智姐说，出殡那天，明姐的朋友们都到了，亲戚中连晚辈也都到齐。今年二月中我有香港之行，到台湾停留了三天。我到明姐墓上，坟墓已经砌好，离父母的墓很近。去国二十年，这是我头一次在国内过旧历年，大年夜能够在家中吃一次团圆饭，但是总觉得气氛不对，大家强颜欢笑，却有一股说不出的萧瑟。明姐不在了，家中最哀伤的有两个人：六弟和罗婆婆。六弟一直在台湾，跟明姐两人可谓相依为命。罗婆婆整个人愣住了，好像她生命的目标突然失去了一般，她吃了晚饭仍旧一个人到明姐房中去看电视，一面看一面打瞌睡。

我把明姐逝世的消息告诉她学生时代唯一的好友卓以玉。卓以玉吓了一跳，她记得一九八○年她回台湾开画展，明姐还去参观，并且买了一只小花篮送给她。卓以玉写了一篇文章纪念明姐，追忆她们在上海中西女中时的学生生涯。卓以玉说，明姐可以说是善良的化身。她写了一首诗，是给明姐的，写我们一家十个手足写得很贴切，我录了下来：

十只指儿

——怀先明

大哥会飞　常高翔

　　二姐能唱　音韵扬

　　　　　你呢

你有那菩萨心肠

　　　　最善良　最善良

大姐秀俊　又端庄

　　二哥　三哥　名禄　交游广

　　　你呢

你有那菩萨心肠

　　　　最善良　最善良

四弟工程　魁异邦

　　五弟文墨　世世传

你呢

你有那菩萨心肠

　　　　最善良　最善良

六弟忠厚　七弟精

　　爸妈心头手一双

　　　　十只指儿　有短长

　　疼你那

菩萨心肠

　　最善良　最善良

明姐弥留的时刻，大嫂及六弟都在场。他们说明姐在昏迷中，突然不停地叫

117

起"妈妈"来。母亲过世二十年，明姐从来没有提起过她。是不是在她跟死神搏斗最危急的一刻，她对母爱最原始的渴求又复苏了，向母亲求援？他们又说明姐也叫"路太远——好冷——"或者母亲真的来迎接明姐，到她那边去了，趁着我们其他九个人还没有过去的时候，母亲可以有机会补偿起来，她在世时对明姐没有给够的母爱。

萧三同志与《救国时报》

张　报

萧三同志艰苦革命的一生也是辛勤写作的一生。无论在国内或国外，他手中的笔从未停搁过，写了大量的光辉篇章。从他在《救国时报》发表过的诗文，也就可见一斑。

《救国时报》是中国共产党于1935—1938年在国外从事抗日统一战线的机关报，编辑部设在莫斯科，发行部设在巴黎。当时萧三同志在莫京担任中国左翼作家的常驻代表，尽管他负有与国际革命作家联络的繁重任务，却仍然积极参加《救国时报》的工作，并经常为它撰稿。这些稿子是萧三同志文学遗产的一部分，是很宝贵的。

作者简介

张报（1903—1996），原名莫国史，又名莫震旦，壮族，广西扶绥人。1918年考入省立第三师范学校，1920年考入清华学堂（清华大学前身），次年因参加学潮被开除。后读南开大学，转学北平国立师范大学。1926年赴美留学。1928年加入美国共产党，任美共中国党团纽约局书记，《先锋报》编辑。1932年受美国当局通缉，逃往苏联，进列宁学院，转为中国共产党员，更名为张报。后担任中国共产党海外《救国时报》副主编。1938年苏联肃反扩大化，张报以"反革命"罪遭秘密逮捕，流放西伯利亚17年。1956年回国，先后在新华社、中共中央马恩列斯编译局工作。1983年离休后发起组织"中华诗词学会"，并当选为副会长，《野草诗社》社长。出版有《张报诗词选》《我和十三妹——根据某君与十三妹通信写成》。

作品信息

原载《新文学史料》1984年第1期。

因为《救国时报》当时在国内是秘密发行的，而且早已停刊，所以知道这些文献的人可能不多。现在，我根据手边所有的材料和回忆，草成这篇概括性的东西，也许是有益和必要的。

萧三同志为《救国时报》撰写的诗文，主要是有关文艺方面的，大致可以综合为下列几个主题。

一、1936—1937年间，萧三同志实际上是《救国时报》带副刊性的专栏"救国谈"的负责人。他不仅编辑该专栏的诗歌、杂文，发表了《义勇军进行曲》《毕业歌》《一·二八纪念歌》《我们是大中华民族的子孙》《五月曲》《一条心》《统一战线歌》等许多革命诗歌；而且亲自撰写并发表不少的诗歌，如《前进曲》、《车夫》、《满洲游击队歌》（这首歌是用"孟姜女"的曲调写的，曾在苏联影片《在远东》中演唱）、《第八路军万岁歌》、《致西班牙妇女》及其他热情奔放、充满着爱国主义与国际主义的诗歌。萧三同志还在专栏里发表了自己撰写的《纪念"双十"前夕的民族英雄》（主要介绍秋瑾的革命生平和诗词)、《中国的大众诗人——陶行知》等比较长的文章。

概言之，萧三同志在《救国时报》专栏所写的诗文，有两个主要特点：（一）目的性强，这就是，根据当时国难深重的情况，宣传和鼓吹建立全民族的抗日救国联合战线；（二）力求通俗，这就是，用中国老百姓喜闻乐见的内容和形式，使之大众化。其实，这些也正是萧三同志文学创作的实质。正如他自己说："本来我搞文学，而且搞诗歌，最初的目的就是为人民大众，因此我的写作力求通俗顺口、力求和劳动群众结合。"（见《萧三诗选》自序）

二、也正是为着抗日救国的目标和文艺大众化的主张，萧三同志曾在《救国时报》接连发表论文，拥护三十年代在国内发起的新文字（即汉字拉丁化）的运动。他还引用蔡元培、柳亚子、鲁迅等人对新文字的意见的宣言说：中国已到了生死关头，我们必须教育群众，组织起来，解决困难。但这教育群众的工作一开始就遇到一个绝大的难题，这个难题就是方块的汉字……中国大众所需要的是新文字，是拼音的新文字……。萧三同志说，方块字成千成万，不易学懂，识字的人很少，群众不易接受抗日救国的文字宣传，而新文字只有二十八个字母，大众易学、易懂、易写，更易接受抗日救国的宣传，更能万众一心地共赴国难。所以"新文字运动是和救国抗日运动非常有关系的运动，新文字是抗日救国运动的武器"。

萧三同志不仅在《救国时报》宣传新文字，而且和吴玉章等同志一起，积极参加和引导这个运动，在远东的华侨中召开了拉丁化文字的代表会议，出版新文字的报刊，收到显著的效果。

三、萧三同志与高尔基的友好关系和他对这个世界文豪的崇高敬仰也在《救国时报》的篇幅上得到了反映。早在1932年，萧三同志曾为高尔基文学活动四十周年纪念写了《献给高尔基》这篇充满热情的诗篇。1933年，萧三同志曾带领我和其他几位中国同志去拜访高尔基，汇报日本帝国主义者及国民党反动派残酷迫害中国进步作家和整个中华民族的情况。结果，高尔基于1934年同巴比塞、马里洛等著名作家发表谴责日帝侵略中国的抗议书并要求国民党反动政府给中国作家与人民以言论出版自由。同年，在苏联作家第一次代表会议后不久，高尔基代表苏联作家写了一封《告中国革命作家书》，热情支援和鼓励为抗日救国而奋斗的中国革命作家。这些文献都通过萧三同志首先在《救国时报》发表。

1936年夏，高尔基不幸逝世，萧三同志曾在《救国时报》撰稿，表示沉痛的哀悼。1937年6月，高尔基去世一周年时，萧三同志又在该报发表了《高尔基与中国》的长篇纪念文章，列举高尔基在各个历史时期热情支援和鼓励中国作家和人民为自由解放而斗争的历史事实。在这篇文章里，萧三同志首次译出高尔基于辛亥革命后不久写给孙中山的一封信，谴责沙皇政府使俄国人民站到仇视中国人民的立场上，并热烈祝贺中国辛亥革命的胜利。萧三同志还在文章里称高尔基是中国民众的最好朋友。在这里，可以说，萧三同志是做了不小的努力和贡献的。

四、在苏联期间，萧三同志曾与鲁迅保持着密切的通讯联系。他还把从鲁迅等人处得到的有关左翼作家的讯息在《救国时报》上发表。1936年10月鲁迅不幸病殁，萧三同志发表《鲁迅与中国文坛》的长文，对鲁迅在中国文坛的进步作用、巨大影响和不朽功勋给予高度的评价，对这个伟大文豪的逝世表示沉痛的哀悼。之后不久，针对《大公报》评论员说鲁迅受"与他接近的人"的"怂恿"，"去打无谓的笔墨官司"等谰言，萧三同志以愤慨的心情，写了《反对对鲁迅的侮辱》的评论。他指出：鲁迅是锐敏严正的政论家，有疾恶如仇的革命精神……就忍不住对所见到的一切黑暗恶浊的现象和人物而不说话——这些正是鲁迅之词严义正的态度和其伟大，何待于"与他接近的人"去"怂恿"呢？这篇反评论，写得有理有力，在国内外产生了积极的回响。1937年10月，萧三同志又在《救国时报》发表《纪念鲁迅逝世一周年》的长文（约占两大版），对鲁迅的生平与活动做了多方面的叙述和估计。全文有十多个小标题，分别尊称鲁迅为伟大的现实主义作家，战斗的政论家，唯物主义的伟大的思想家，社会活动家，革命者，战士，伟大中国人民的伟大儿子，中国共产党的战友，非党的布尔塞维克，苏联最好的朋友，中国的高尔基，反帝反法西斯的战士和世界人类的朋友……。萧三同志指出，鲁迅是中国及世界一个最伟大的作家并呼吁接受鲁迅的文学遗产，继续鲁迅的精神前进。可以说，萧三同志这篇名著是研究鲁迅的宝贵文献。

五、三十年代中，在国内曾掀起有关"国防文学"与"民族革命战争的大众文学"这两个口号的论争。当时在苏联的萧三同志对此论争非常关切，曾在《救国时报》发表了一系列的有关文章，如《国防文艺》《文人联合战线》《文艺家联合战线的两个口号》《文艺上的两个口号与实做》《扩大文艺界的联合战线》等等。在这些文章里，萧三同志的中心思想和坚定态度是：这两个口号绝不是互相冲突的。两个口号都好，都是抗日的性质，因此可以共存。他说，我们赞成"国防文艺"这个口号，因为它是中国作家们感觉到目前中国受日寇侵略得忍无可再忍而亟于想在文艺方面尽"中国人"一分子的天职，以巩固国防，以挽危亡。我们很赞成鲁迅先生等所提出的"民族革命战争的大众文学"这个口号，因为它有明确的、深刻的意义，有内容，因为它切对目下中国民族抗日救国的革命性质和任务……。具体地说，我们唯一的出路只是抗日救国。今日谈"国防"，就是表示我们中国人民必须加强国防以抵抗外敌。今日的"民族革命战争"即是表示出我们中国人民武装自卫的民族战争。因此"国防文学"与"民族革命战争的大众文学"实际上是一而二，二而一的东西，不过一个说的是今天抗日救国应采取的手段——国防；另一个是把这个抗日救国主要手段的性质也指明了——如民族革命战争。萧三同志还着重指出，最重要是如鲁迅先生所说的，"问题不在争口号，而在实际做"。因此，他呼吁大家实际去做，呼吁一切派别、集团和个人的文艺著作家在抗日救国的旗帜下联合起来；呼吁尽量扩大这个联合战线。他甚至希望像林语堂、周作人、胡适、梁实秋、闻一多，以至张恨水、周瘦鹃等拥有不少读者的作家都参加抗日救国的联合战线。萧三同志这个主张对当时国内文艺界停止有关两个口号的论争并进而建立和扩大抗日统一战线曾经起了积极的作用。也可以说，这个主张对我国今天必须团结一致，振兴中华这个任务来说，原则上是有现实意义的。

　　上面所述，只是一个概括；萧三同志在《救国时报》上发表的诗文还有待进一步的探讨、分析和总结。

壮乡三月歌如潮

李宝靖

　　壮乡三月三，在我面前展开了一个春潮澎湃、万花浮动的海洋，动情的歌如春江水在我心头流淌……

　　一大早，人们便拥向红水河畔的一个渡口，这里是都安、东兰、巴马三县交界的地方。春日载阳，千里莺啼，乱花欲语，选择这样一个时节来闹春，多么富有诗情画意！多么会生活的民族！

　　红水河仿佛也来为青年们凑美，平时翻滚着浊浪的红水河，现在平静了，清澈而明净，缓缓地、潺潺地流。两岸的山坡上，木棉红似火，桐花白如雪，那红艳艳的杜鹃、黄色的金樱花、粉红的野玫瑰，漫山遍野，开得灿烂，开得热烈。绿树红花，全倒映在蓝湛湛的河中。在春天的骄阳下，一切都倍加鲜明，倍加娇艳。人，仿佛生活在一个浪漫又温柔的梦境。

作者简介

　　李宝靖（1934—2009），笔名葆青，广西横县人。1956年毕业于武汉大学中文系。曾任《广西文学》主编、编审，广西作家协会副主席。中国作家协会会员。著有散文集《桂海游踪》，长篇传记文学《爱国名将李济深》，报告文学《一个国际家庭的离合悲欢》等。曾获首届广西文艺创作铜鼓奖。

作品信息

　　原载《三月三》1984年第3期。

这不是梦而是现实，生活本身就是如此富于浪漫色彩。

> 一路唱歌一路来，
> 一路唱得百花开；
> 花开引得蝴蝶舞，
> 花开引得蜜蜂来。

看，河上飘荡着一阵阵歌声，几十只小船顺流而来，青年们边荡桨边唱歌，悠然自在，嘹亮的歌声在两岸的群山中回响。

这同时，云端也飞起一阵歌声，轻如游丝，在蓝天飘忽。仰首望去，那高高的山顶上，一队青年骑在马上，正翻过山坳来。千里隔山不隔心，万里隔水不断情。今天，男男女女，老老少少，跋山涉水，披晨星，穿晓雾，从四乡八邻来。公路上人语喧哗，人流、车队，首尾相接。生活在飞跃前进，妇女们都穿着绚丽多彩的服装，戴着饰品。站在山坡一望，人流仿佛一条彩色的长河，涌向渡口，我心中不禁涌起一腔诗情。

来到渡口，赶歌圩的人熙熙攘攘，山歌声响彻四野。啊，在三月三，红水河畔有着美妙的欢乐的人生！

看，在河边木棉树下，两把张开的伞，罩住了青年男女的身影，歌声从伞底飞出：

> 蜜蜂为花山过山，
> 鲤鱼为水滩过滩；
> 人家问我为何事，
> 我为寻哥出来玩。

歌声那么轻柔、甜蜜、坦率、真诚。

是呵，唱情歌是山区少数民族青年恋爱的主要媒介，通过唱歌传情示爱，选择对象，爱情就是这样富于诗意和浪漫色彩。

看，在山坡大榕树的浓荫下，传来阵阵欢声笑语，我们被吸引过去了。走近一看，那是几伙后生向几个姑娘"求歌"。

初来到，

初初来到藕塘边；

初初来到问声妹，

这张藕塘是谁莲。

站在右边的那伙后生用歌向姑娘们试探。姑娘们瞟了他们一眼，笑而不唱。其他几伙青年又接着唱。但是，任凭青年们唱歌挑逗，姑娘们只是咯咯地笑。不过可以看出，她们的眼睛在四周围观察，在物色对手。站在左边的一个精灵的后生站了出来，笑眯眯地唱：

一条大路黑麻麻，

人讲这里有金花，

哥我一心跑来看，

谁知踩上烂泥巴。

谐谑的歌词引起了周围群众的喝彩，响起了一阵欢笑声。原来这青年用的是激将法，姑娘们岂能受讥笑，她们小声交谈了一会儿，一个脸蛋红扑扑的姑娘站到前边来。这姑娘身段秀美，体态娇嫩，气度娴雅，修长的眉眼，洋溢着青春的光彩，嘴角微微翘起，露出迷人的微笑，仿佛壮族姑娘的美和智慧都集中在她身上。她一站出来，把人们的目光都吸引住了。难怪那么多青年围着她求歌呢！只见她嘴唇微张，唱了起来。

哥想唱歌就唱歌，

哥想打鱼就下河，

姐拿竹篮哥拿网，

随哥带到那条河。

对歌的序幕就这样拉开了。没被选中对唱的那些青年自动退出，又到别处去找对象求歌。

听着那洋溢乡土气息的山歌，听着那青春的笑语，看着那一张张纯朴的笑脸，欢乐涌上我心头，我仿佛喝了一杯香醇的美酒，心都醉了。我为他们那婉转、甜畅的歌声所倾倒，更佩服那些男女青年的机智聪敏和出口成歌的歌才。

歌圩的活动丰富多彩，令人目不暇接。

在一排盛开着雪白花朵的桐树跟前，又爆发出阵阵笑声。我们赶紧走过去，挤进人群。只见几个后生和姑娘在"碰蛋"，他们的挎包、手提袋里装满了染成红、蓝、紫色的熟蛋，四对男女青年各拿一只彩蛋，以尖尖相碰，看谁的蛋被碰破了。被碰破的就将蛋送给对方；如果双方的蛋都碰破了，彼此就交换彩蛋，一边吃一边到山坡去唱歌。

我问向导小韦："他们交换碰破的蛋，是什么意思？"

"说明这对青年有缘分，可以结交姻缘，两人交换蛋吃，到山坡上唱歌，更进一步表情意。"小韦笑笑说，"碰蛋还有一个美丽的传说呢！"

"呵，这故事怎讲？"

小韦卖了关子，说："你们先到歌棚歇息，吃点五色饭，再慢慢给你们讲。"

他把我们领到村边的一个草坪，这里傍着几棵高大的扁桃树，搭有两个歌棚。歌棚是用壮家人自己织染的新布联成的杂色彩帐，里面放有凳子、茶水，是让来赶歌圩的外乡人歇息、唱歌的。小韦打开一个竹篮，里面盛满五色糯米饭和熟鸡蛋。他给我们每人盛了一碗，说："我们的五色饭是用枫木叶、红兰草、黄姜、紫繁藤水泡米蒸的，请尝尝壮家的风味。"

这五色糯米饭放在碗里像一朵彩色的花，吃起来又软又香，饶有风味。我们边吃五色糯饭边听小韦讲碰蛋的故事。

很久以前，红水河边有一个壮族村庄，那里有位姑娘叫达罕。她聪明伶俐，不仅善于唱歌，还精于织锦。好花香千里，远近的许多青年都来求亲。达罕心中只有邻村的看牛郎勒京。他们两人一同上山打柴割草，早有情意。有个土司老爷，听说达罕美貌能干，派媒婆到她家求亲。达罕对媒婆说："钱财如粪土，土司老爷用金砖起屋我也不嫁。"土司气怒，便使出诡计，诬赖勒京的牛吃了他家的禾苗，要拉勒京的牛。勒京过来阻拦。正在争夺的时候，水牛牯用角向土司的狗腿子抵去，狗腿子一命呜呼。土司便派兵丁来抓勒京。勒京和达罕得知消息便双双逃走。被追了几天几夜，两人十分疲乏。看到山边有一棵大树，两人便爬上树去躲。树上有一个鸟窝，里面有两只大鸟蛋。他们各拿起一只来看。这时，官兵赶到，在树下向他们射箭，两人一惊，手中的蛋碰撞了一下，两只蛋都破了。突然从蛋里飞出两只大凤凰。达罕和勒京骑上凤凰，冲向蓝天，飞向幸福的远方……

这故事像火红的木棉花一样娇艳动人。给歌圩活动增添了神奇的色彩。

我们匆匆地吃过五色饭，又走向人群，看青年们"碰蛋"去！

在红水河畔的一个壮族村庄，我度过了一个难忘的夜晚，一个充满温馨、充满诗、充满歌、充满欢乐笑声的夜晚。

我们在小韦家吃过晚饭，已经天黑了很久了，从村边传来了娓娓的山歌声。小韦匆匆做完家务，拿起电筒，就领着我们出门去走下山坡，只见村子里到处有电筒在闪亮，好像流萤在飞舞，歌声从村庄的四周飘荡出来。

小韦领着我们来到村外晒谷坪旁边的一棵古榕树下，只见一群男青年坐在磨得溜光的石块上唱歌呢。可没看见有姑娘，我问小韦："他们跟谁对歌呀？"

小韦向一个青年打听了一下，回转头说："晒谷坪旁边那间新屋来了两个女歌手，后生们在挑逗她们唱歌，刚刚开始。"

我们选了一块石板坐了下来。我不懂壮话，小书给我做翻译：

伯母啊，我们在你家门前休息，唱歌，想了解彼此的家庭情况，如果你老人家不喜欢，我们就把脚缩回来。

我边听边记，觉得这些青年是很有礼貌的呵！我悄声问小韦：

"男女青年对夜歌也是很严肃的吧？"

"你自己看吧！"

我们正谈着，对面那座新屋里女歌手答歌了。她们故作谦虚，说，自己不会编歌，如果圩上有歌卖，我愿意去买来唱。

后生们一听，兴致更浓了，扯开嗓门唱道：

> 上山砍柴排对排，
>
> 砍得头来尾自来，
>
> 唱歌不用钱来买，
>
> 山歌就从肚里来。

"夜歌"就这样开始了。

我坐在门口旁，听着小韦的翻译，不停地记录。我原以为男女青年对歌，一定是唱情歌，其实他们唱的内容是很丰富的，有天文地理、历史故事、时事新闻、农村的新政策，以及科学种田等等，实际上是比知识广博、比编歌本领的高强，当然更多的是后生表达自己的情愫，姑娘倾诉自己的心曲。

沉浸在欢乐中的人们忘记了时间的流逝。月亮西沉，对歌还在继续着。

我有点困倦了，走出新屋来到晒坪旁边的大榕树下伫立，只听见一阵阵山歌声从村子的各个角落，从山坡的松林间，从红水河畔飘荡过来，汇集成一片歌的声浪，仿佛山涧淙淙的流水，汇成澎湃的春潮，我的思绪也随着歌声飞了起来。

三月三，我永远记着这个充满诗、充满歌、充满爱情、充满欢乐的节日。

❙ 文学史评论 ❙

读李宝靖的散文，似跟着一位导游去旅行。他带着你一步步走去，不急不赶，慢慢谈来，一点点带出奇异的景观与动人的民俗。他的散文，很少做大段的抒情和张扬的感叹，而是周到仔细地介绍所见所闻，时常还穿插些民间传说或历史掌故，使文中景物呈现清新自然之美、纯正古朴之味，令人倍感亲切。

——李建平等著《广西文学50年》，漓江出版社，2005，第289页

李宝靖的散文中写得最好也是最多的，是他所亲闻、亲历、亲访、亲见的人和事。他早年进壮乡侗寨、爬瑶山苗岭，寻访广西最富有民族特色的地区，于是乎壮乡的歌圩、苗山的烤鲤、侗乡的放鹚鹰、彝王龙蟒的城堡、京族三岛的春色等，便犹如山涧清泉汩汩地在他笔下流淌……在散文集《桂海游踪》中，李宝靖以绚烂繁复的语言，生动形象地描述广西绮丽多姿的自然风光，广西各少数民族独特的民俗风情、神话传说，广西各民族依靠勤劳、科技走向富裕的生活，笔端流淌着无限的诗情画意，字里行间洋溢着自豪和赞叹之情。

——徐治平主编《广西散文百年（上）》，民族出版社，2004，第308页

❙ 创作评论 ❙

宝靖这本游踪所记，以其真切的叙事和朴实的描写，把人领到了五彩缤纷的境界，突出地使人领略各地的各族人民特有的传统风情；同时还教人懂得当地历史掌故，看到旧貌换新颜，了解当今景象万千的世界。

——陆地《〈桂海游踪〉小引》，载李宝靖《桂海游踪》，广西人民出版社，

1987，第3页

忆孟超

秦 似

最初的会面

一九四〇年四月，我从广西一个偏僻的小镇来到了抗日期间的文化名城桂林，住在生活书店后楼的职工宿舍里。生活书店，因为我替它办过一点事，认得几个人；但那时在桂林的作家，我全不认得。第一个来到生活书店后楼看我的，是孟超。

已记不清是谁陪他来了，只记得他在一个床铺上坐下来，用一双倒凤眼盯着我，口里说的是我从未听到过的胶东土音，不停地抽烟。谈了些什么，现在完全记不起来了。我颇感奇怪的是，我那时是个二十三岁的小青年，他快要四十了，又素昧平生，却跑来看我，这真有点像农村里看"新人"的一种好奇心情。我反而感到有一点羞怯。

万想不到，从今以后，我们竟成了终生结交，休戚与共的朋友。

作品信息

原载《新文学史料》1984年第4期。《新华文摘》1985年第1期转载。入选《中国知识分子悲欢录》(花城出版社1993年版）。

《野草》时期

不久，小小的杂文刊物《野草》办了起来。野草社同人一共是五个，都是夏衍同志点的将。其中有孟超。这一来，我同孟超的来往就更密切了。

我们五个人中，只有孟超一人是着军装的。着的还是广西绥靖公署的军装，还带着中校的领徽。我开头弄不清是怎么回事，后来才知道，他是在那里挂单吃饭，他早年就已参加过共产党，是太阳社的发起人之一。

他家住在马房背一个破木楼上。一厅两房，前面是一张臭水的莲花池。虽有一厅两房，大概由于房租付不起，因此他一家四口，就只挤在一个房间内，把对面一间专让给过往的文化人。我虽然也有个"家"，但只是夫妇两个，一到了他家，他夫妇总留我们吃饭，我也乐得"打游击"。在那张旧得发了黑色的竹圆桌上，总是一大盆四季豆，一大盆豆腐，他一家四口，再加我们两口，就吃得十分热乎。肉就像天上的星星，要有的话也是散成了点点。他的凌氏夫人，是长沙人，叫凌峻琪，一口长沙口音，同他的一口胶东口音一样，真是百分之百的乡音未改。而南腔北调，彼此完全听懂，连我也完全听惯了，几乎已忘记了那中间的差距。两个女儿，孟健那时上小学，孟伟还在孩提时期。房间里铺的是一张特大的竹床，他们四人就同睡在一个床上。而且还得打横睡，孟超的脚有好几寸是露在床外的。但比起我的家来，他的家已算像样的了。

就在那个床铺上，靠墙的一角还常常放着一堆书，那是他午间闲躺着看的。那时不兴午睡，但也许正因为那偌大一张床空着了，正是他看闲书的好机会。我发现他总是喜欢看一些偏僻的笔记小说，再就是各种野史之类，正经书倒远不如这些看得勤。

有一天，他突然从他的床上掏出几个小册子来，叫我看。那是在昆明出版的，叫《战国策》。它的篇幅比《野草》还小，上面常常有些名教授的文章。比如后来写《野玫瑰》的陈铨，就是其中一根台柱子。

"卖的什么货色？宣传法西斯！"孟超一篇篇指给我看。他脸上很少有这么严肃的时候。

我翻了几篇，完全与他有同感。

"我们就在《野草》上回击他们几下，好不好？"他提出了一个战斗任务。

后来我们商定，要用一针见血的办法，来揭露这些法西斯门徒们的嘴脸。并议定了一个栏名，称之曰《斩棘录》，一共有过几期，在《野草》上刊出，当补白之用，执笔者就是孟超和我。

这时我才知道，他这个穿着国民党中校军装的人，却是一个坚强的反法西斯战士！

在《野草》上，我们都爱起一些古怪的笔名。一种是仿用古人的双姓，始作俑者是绀弩。春秋时孔子有个学生，叫澹台灭明，绀弩起了个笔名，叫澹台灭暗。为什么要灭明，我们要灭暗呀。绀弩是最会幽默的人，由此也可看出来。我跟着起了个令狐厚，并用这个笔名同别人笔战过。孟超起的是南宫熹，一个还嫌不够，又再起一个东郭迪吉。这虽是一时的情趣，现在回想起来，还觉得颇有意思。

孟超还有一个草莽史家的笔名，是颇可想见其人的。上面说过，他不大读正史，却很用力于野史、稗官、小说之类。这正是他的杂文别具一格的地方。我们同人中的宋云彬，是一位正牌的历史学家，开明书店二十五史是由他参与校点的，当他每次读到孟超这个草莽史家的文章时，总是先皱起眉头来，边咬着他那支烟斗，边认真地看，然后往往发出莞尔的一笑来。

在共同工作的过程中，孟超有很好的民主作风。论辈分，他比我老得多了，但从来不在我面前摆老资格，无论什么事，都采取商量的态度。有时，我对他的稿子提出意见，他一般都认真考虑，加以修改，很少固执己见。

《野草》有着孟超的不少血汗与辛劳！

孟超的写作是很用功的。那时，作品的出路不多，他几乎是抱着只问耕耘，不问收获的态度，夜以继日埋头于案头，他曾同我开过玩笑说："我不下楼，我将来的文集就叫《不下楼集》，好不好？"后来，次年《野草丛书》出版时，他不知为什么临时改了主意，叫《长夜集》，也许玩笑还只是玩笑吧。

旧板楼的来客及其他

孟超在马房背这一间旧板楼安身立命，虽然生活贫困，却一直十分乐观。他的爱人很体谅他，一切家务都给包了下来，不麻烦他。尤其安排一日三餐，看来煞费她的踌躇。只那么两个钱，管得吃来管不得用。但就在这种情况下，孟超那个旧板楼，在他对面那个房间和他房间后面那个"老虎尾巴"里，还经常不断住着外地的来客。

我在那旧板楼会见过许许多多文艺界的人，像老作家许幸之，电影界的司徒慧敏、陈鲤庭、李鹰，音乐界的林路，翻译界的牛综纬等等，都在孟超那旧板楼做过长客。有的不仅住，还要搭伙食。这就真难为了孟夫人。但孟超的好客，使得他夫人也是非常好客，从未听到过她有什么怨声。"文革"以后，我才听说她年青时是上海一个女工，五卅运动走上过街头。她那乐观、热心肠的性格，我至今难忘。尤其对我这个常客，每见面必留餐，但她从来未谈起过自己的经历。

孟超并不是文艺界的什么首领。但他对于文艺界中人，包括文、音、美、剧，可说是交往最广的。这无他，只是由于他为人正直，待人真诚，和他秉有的一种助人为乐的精神，自然就宾至如归了。

由于孟超同美术、音乐界有广泛的联系，在《野草》被封之后，他便找到了鲁阳同志的集美书店，编一个不定期丛刊《艺丛》。虽只出了几本，但他的设想是颇有气魄的。

孟超何时开始就和戏剧界发生关系，我不清楚。但一九四一年秋，田汉同志来桂林，是孟超约我去看他的。我们在当时又脏又乱、马粪成堆的马平街一间民房里，见到了田汉同志。记得他和田汉同志还谈起过一些三十年代上海剧坛的旧事。但更多的是田汉给我们介绍他家乡的湘剧。后来，田汉给当时在桂林的四维京剧团写过《武松》《双忠记》等剧本，孟超也常到四维剧团，他同李紫贵、曹慕髡、吴枫等同志是很熟的。另外，当时在桂林有一个话剧团，叫国防艺术社，孟超有一段时间担任过副社长之类，因为这个话剧团是官方办的，孟超这个中校政工人员，有一个时期就以此为他的主要工作。

一九四四年，在田汉、欧阳予倩等人的推动下，举行了盛大的"西南剧展"，孟超和我，都被聘为"西南剧展"资料组干事；又都是十人评剧团的成员。这次在桂林举行"西南剧展"四十周年座谈会，是华嘉从广州带来了一张当年十人评剧团的照片。我还未发现我自己，首先便发现了孟超！他的长相太有特点了，一看就知道这是孟超。他瘦骨如柴，属于鬼才李长吉一类的体形，特别那一对眼睛，很异乎常人。我上面曾说那是"倒凤眼"，就是眼角下垂，整个眼睛像一只向下弯的桃子，与丹凤眼眼角向上适相反。据华嘉说，这张照片是在周钢鸣同志的遗物中翻出来的，现在成了一件文物了。

我在桂林的整整四年，一直同孟超在一起。尽管是处于"相濡以沫"的景况下，我们得到了友情的安慰，也常常有一种共同参加战斗之后获得的欢欣喜悦的心情。我在《悼孟超》诗中说的"相交贫贱等轻尘，也共清流欲献芹"，就是这样一种心情的反映吧。

在香港

一九四六年夏，我先到了香港。那时，《文艺生活》上司马文森还正在写悼念我的文章，我其实是安全撤到香港了。不久后，夏衍同志从上海来到香港。宋云彬则是更早便到香港了的，因为文化供应社在香港有个分店。我们策划在香港恢复《野草》杂志。在四六年冬，总算复刊了，虽然只能以丛刊的形式出刊，而且又远离开了原来的读者。但不久后，南洋各地却有一些新的读者了，在内地，也有人通过严密的禁锢，得到了它。

一年之后，孟超突然到香港桃李台我的家中。原来他在重庆某大学教书，待不下去了，是仓皇逃奔出来的。他一进门，手上拿着两件旧衫衣，别无长物，连手提袋也没有。他身上患了一身疥疾，我问他是怎么回事，他说，从出奔以来，十多天得不到洗澡的机会。于是，我头一件事是同他上澡堂。我在香港只住一间十四平方米的小房间，夫妻俩加上一个八岁的女儿，幸好邻居好，便在公用的客厅里铺一个行军床，让孟超住下。我在桂林时不是常常去他家"打游击"的么？现在轮到他不得不在我家"打游击"了。他只身出来，夫人和两个女儿还留在重庆，而且以后也一直没有来。

绀弩的情况也相类似，也在差不多的时候从重庆来到了香港。由于绀弩的爱人周颖大姐是多年从事工运的，同朱学范先生很熟识，他们便住在九龙梭亚道十五号属于总工会的一幢房子里。由于这个关系，他们把孟超也招呼过去，也住进了那儿。这时，野草社的五个人，又不期然在香港会合了。我住香港桃李台，而几乎每周要到九龙梭亚道十五号去跑两次。

对于我们来说，香港不但不是天堂，而且是艰于谋生的地方。我们也算当"寓公"吧，但那是穷得出骨的"寓公"，而且还依然有政治风险。绀弩有一个有趣得很的习惯，我几次同他去理发，他总要到九龙最偏僻的小街陋巷里去找那最下等的理发店。他说，这种理发店才真正懂得全套理发的工序，他一坐在这样的店里就满面春风，感到特别舒服。孟超呢，似乎还不这样。但他那一身西装不知是到哪一家估衣店买的，常常皱得像从腌菜缸里拿出来的一样，他还买了顶半旧的毡帽，那副样子与桂林时代不同了，很有点像银幕上的卓别林。

唯一可以告慰的事，对孟超来说，就是单身一人，更可以埋头读书和写作了。

后来，夏衍同志为了解决一些人的生活困难，从新加坡一位爱国华侨那里领来了编一套小学教科书的工作，我负责编算术，似乎孟超是参与了编语文之类的，靠着这么一条生路，一直维持到解放前夕。

《李慧娘》前后

全国解放后，孟超分配在北京工作。我则回到了广西。巧得很，我们定的行政和工资级别，却是一样的。

在北京，他一直住在禄米仓小雅宝胡同。要转好几个弯，穿过几条小巷，才能找到他那个与薛平贵的寒窑差不多的门口。但我每次到北京，都要去他家一两回。

孟夫人对我依然一如当年，话家常可以谈上两个小时。只是，这时她已有了哮喘症，做起饭来，也比当年吃力多了。她告诉我，孟超每月给家用九十元，电灯房租自来水不说，人情客往也全包在内。是苦的，有什么办法！

我和孟超常常在南小街一带漫步，他多次同我说："人一天天老了，真焦急呀，要写点东西，就得抓紧这几年了。"我注意到，这时他已满头雪白，牙齿几乎已全部脱落，走路也开始有点飘摇。但他内心里却是老骥伏枥，还一直惦着要写，要写出一点有影响的东西。虽然"有影响"三个字，他并没有说。

"你准备写些什么呢?"有时我也随口问他。

"还是在历史题材的方面，我想，可以在这方面用点力气。"

后来果然，这样一天来到了。那是一九六三年，我到北大进修中国音韵学，有较多机会同他见面的时候。他告诉我，他正在写《李慧娘》。还有一天晚上，他那小房间里坐着一位被他当上宾看待的客人，在那儿谈得十分起劲，原来是昆腔的老艺人，他们已在研究《李慧娘》的唱腔和表演艺术了。

《李慧娘》演出的时候，虽然也送了票给我，但那时我住在北大，没有交通工具，事实上是去不了的。我虽没有去，孟超当作我去了似的，见面时恨不得把他内心的喜悦分一份给我。他原是不喝酒的，那天叫女儿上街买了点熟菜，要同我喝酒。边喝酒，边跟我讲一段他从来没有讲到过的历史。

他点燃一支香烟，微微笑了一笑，告诉我：

"前几天康生请我去他家吃饭。"

我怔住了。我不大敢相信他说的这个名字。

"谁?"

"康生。"声音不高，但他要我知道，这是明白无误的。

为了解除我的惊诧，他讲述了他与康生是诸城县同乡，又同坐一条船出来一齐参加革命的一段历史。这一下子，整个孟超在我眼中似乎变了样，我心想，他要交上一个走红的晚运了。

他还讲了康生对《李慧娘》的赞扬，因为这才是他给我讲这一些的目的。他当然不存什么飞黄腾达的心思，只是为了自己的作品得到了一个有力者的支持而感到安慰罢了。

不久后，在报上有人责备"鬼戏"了，实际上就是责难《李慧娘》。但孟超似乎不怎么着急，因为《李慧娘》出鬼，是经过康生表扬了的。何况也有不同的意见，廖沫沙同志就用了笔名，在报上发表了《有鬼无害论》，实际上是支持孟超。有一天，我和他在天安门前踱步，他十分高兴地同我讲到沫沙同志的文章。

事情很快发生了变化。六四年春节过后不久，恰好我也在孟超那里，却有人来给他报凶讯。说是在一次极其重要的会议上，已经点了名要批判《李慧娘》。孟超的脸色沉下来了。他知道这个消息不可能假，尽管在他内心也许希望这是在梦中。但现实就是如此的严酷，孟超的那颗老骥壮心，也从此宣告完蛋了。

万想不到，这就是我和他的最后一面。

在"文化大革命"那些乌天暗地的岁月里，我也无暇更多地去想到孟超。我总想，他那已半残之躯，大概很难经得起这场灾难的折磨了。现在是天各一方，都在烤炉上，连"相濡以沫"也谈不到了。

后来知道，隔离反省，数不清的批斗，孟超却还活着，他那像一条野藤般的瘦小身体，竟没有倒下！但他那位贤淑的凌夫人，就在那些最凄绝的日子里病逝了！

最近接到孟健的信，我才知道孟超死于一九七六年五月六日。那么，我写这篇忆念他的文章，正是他八年忌的时候。他怎么死的，我听到了一个"有趣"的传闻，说是他得到了补发工资，心里很高兴，人民文学出版社的一位工友把钱带来给他，这位工友原是他的好朋友，他便买了几样熟菜，招待这工友。可能是兴奋过度，多喝了两杯，第二天便不起了。

但意想不到，真相远非如此。当我写信问孟健，她给我的回信说：

这事不知是谁造的，我觉得这个人太可怕了。人都死了，还要给编这样的谎言，为什么这么急于想为"四人帮"翻案？爸在活着的时候就没有恢复过他的工资。事实上在那个阶段，是他们搞了个所谓的结论，逼他签字，要给他定案。因为不符合事实，而且是明显拼凑的"证明材料"，爸不肯签字。当时，我们也认为这个字不能签。社里三天两头地把他叫去。拍桌子打板凳地逼他签字，甚至说：就是他不签字，也要这样定，也可以这样定。5月1日、2日爸是在我家过的。他很难过，说过：哪个沟里没有屈死的鬼呀？冤枉呵！心情极坏，痛苦不堪，神思恍惚，老叨念着冤哪！冤枉呵！5月5日社里的老丁同志去看他（老丁是能喝酒的）。他们是喝了酒。爸是为了招待老丁喝了一小杯葡萄酒。但爸不是什么高兴的，而是在满肚子的冤枉、屈辱无处诉说又不能诉说的悲痛状况下喝的。事实上最后阶段，爸一直是在这种心境下挣扎着。以至再无力挣扎而死去。

知父莫若女。我欣幸孟超有这样一个女儿。她用白纸黑字记下了，孟超是在死前的几天还一直受着迫害，痛苦不堪，"哪个沟里没有屈死的鬼呀？冤枉呵！"这就是他最后的遗言。尤其不幸的是，那时距离"四人帮"倒台只有五个月了，而孟超，竟在黎明之前含冤死去，他等不到重新在光天化日之下，开眉展目的一天的到来。

他的壮志是已酬呢？还是未酬呢？但他死不瞑目，那是十分显然的。

现在，人们终于想起了孟超，想起了这位在中国革命道路上奋斗过、挣扎过，永不知疲倦地工作过的文艺战士。他像一只杜鹃，原来为春天歌唱的，却因啼血而力竭身亡。今天又是冰融雪化，春暖花开的时候了。我想，孟超在九泉之下，也会破涕而笑，感到安慰的吧。也使人们看到，历史对于一个人，到头来总是公正的。

闲话三分

陈迩冬

刘备与孙夫人

赤壁战后，荆吴结亲——刘备娶孙权的小妹，当然是政治婚姻。当时续弦的刘备已四十九岁，初嫁的孙氏比他小三十岁，论年龄，是很不相配的。

她叫孙仁，跟她四个哥哥，策、权、翊、匡一样，都是排单名。"孙尚香"是编戏的替她取的。关于这件婚事，在《三国志·蜀书·先主传》中仅有寥寥数笔："（刘）琦病死，群下推先主为荆州牧，治公安。权稍畏之，进妹固好。先主至京见权，绸缪恩纪。"（时在建安十四年）

作者简介

陈迩冬（1913—1990），原名陈锺瑶，字蕴庵，笔名沈东、冬郎、皇甫鼎等。广西桂林人，早年就读于广西省立师范专科学校（今广西师范大学）中文系，作家、出版家、古典文学专家，有"桂林才子"之称。建国后，先后在山西大学、人民出版社等单位任职。著有《九纹龙》《最初的失败》《战台湾》《李秀成传》《陈迩冬诗文选》《闲话三分》等。

作品信息

陈迩冬的《闲话三分》原为系列文章，原载于《光明日报·东风》（1982年8月15日—1985年7月21日），1986年结集出版《闲话三分》（浙江人民出版社），2007年由上海书店出版社再版，《读书文摘》2007年第6期选其再版本中的读史部分刊载，此处即选自《读书文摘》2007年第6期。

京剧乃有《甘露寺》《回荆州》几出戏，皆本元人杂剧《隔江斗智》及小说《三国演义》。剧中刘备得"乔国老"之助，预用乌须药染黑胡须。其实"先主无须"，语见《蜀书·周群传》，有张裕者，其人多须，刘备引用"诸毛绕涿"一语嘲之（涿郡东西南北，特多毛姓，这里以"诸"谐音"猪"、"涿"谐音"啄"）。张裕引潞州长迁涿州长者称"潞涿君"（谐音"露啄君"）语反嘲刘备，足见刘备入蜀以后，还是无须，受人嘲弄。刘备因此恨张裕，后来借故把他杀了。

演义和京戏中所出现的"乔国老"其人，即桥玄。据《后汉书·桥玄传》："玄以光和六年卒，时年七十五"。即早于刘孙结亲前二十六年已作古了。那时孙权才一岁，他妹妹还未出世。此刻在"龙凤呈祥"中，岂不是出鬼吗？我们只能当作"天赐良媒"让圣诞老人登场罢了。就是孙母吴国太，也早在建安七年死了，怎么能活来主婚？甘露寺是孙权的孙子孙皓甘露元年才建筑的，如何又出现在此相婿？

话说这位孙小姐，原不是等闲之辈，她家据江东霸业，已经三世，她当然是江东第一小姐，嫁到荆州，又是皇叔第一夫人。"娇""骄"两字是俱有的，加上绮年玉貌，又有才识，还负有特殊使命，来做刘备的工作乃至于钳制刘备的。刘备君臣，很难对付她。《蜀书·法正传》："初孙权以妹妻先主，妹才捷刚猛，有诸兄之风。侍婢百余人，皆亲持刀侍立。先主每入。衷心常懔懔。"看来刘备是有几分怕老婆的。又，诸葛亮云："主公之在公安也，北畏曹公之强，东惮孙权之逼，近则惧孙夫人生变于肘腋之下。"这就更有几分疑她和防她了。所以刘备进军益州时，特留赵云在荆州为留营司马。"此时先主孙夫人以权妹骄豪，多将吴吏兵，纵横不法。先主以云严重，必能整齐，特任掌内事。"果然，"权闻备西征，大遣舟船迎妹。而夫人内欲将后主还吴，云与张飞勒兵截江，乃得后主还"（《蜀书·赵云传》注引《赵云别传》）。《二主妃子传》注引《汉晋春秋》亦云："先主入益州，吴遣迎孙夫人。夫人欲将太子归吴，诸葛亮使赵云勒兵断江，留太子，乃得止。"这就是演义六十一回《赵云截江夺阿斗》所本。看官们可以想见，诸葛亮不动声色注意于后，赵云出入防范于前，他们随时都是提心吊胆的。

孙夫人为什么要带走阿斗？无非是东吴想搞到一个"人质"。结果人质弄不到手，孙夫人一回娘家，便永远与刘备劳燕分飞了。

这种扣留人质的想法，东吴原是在刘备本身上打主意的。《蜀书·庞统传》注引《江表传》："先主与统从容宴语，问曰：'卿为周公瑾功曹，孤到吴，闻此人密有白事，劝仲谋相留，有之乎？在君为君，卿其无隐。'统对曰：'有之。'备叹息曰：'孤时危急，当有所求，故不得不往，殆不免周瑜之手。天下智谋之士，所见略同耳！时孔明谏孤莫行，其意独笃，亦虑此也。孤以仲谋所防在北，当赖孤为援，故决意不疑。此诚出于险途，非万全之计也。'"在演义五十五回中有周瑜致书孙权，设谋软困刘备一段话，大概就是由此而来，也与《吴书·周瑜传》相符。

孙夫人既还吴，刘备就在成都另娶了吴夫人——刘瑁的遗孀。这时东吴袭取荆州，关羽败亡，吴蜀一度成为敌国。孙刘两家的政治婚姻，原是想巩固两家联盟的，也破裂了。夷陵之战刘备失败以后，孙权遣使请和，联盟初步恢复，但"鸳梦"已不能"重温"了。

政治婚姻，没有爱情基础，只算是一场戏而已。"舞台妆卸罢，同是陌生人。"可哀的是孙夫人，做了她哥哥的牺牲品。

曹操的女婿

建安十八年（公元二一三）秋，曹操将三个女儿——曹宪、曹节、曹华，献给汉帝，想必这是曹操杀了受"衣带密诏"的董承，并株连其女董贵妃之后，给献帝以三抵一的"补偿"吧。献帝封她们为贵人。据《三国志·魏书·后妃传》，贵人魏称贵嫔，是皇帝的高级小老婆，其身份、地位仅次于皇后。次年，曹操酖杀了皇子二人，并把他们的母亲伏皇后幽禁致死。又次年，曹节就被立为皇后。这样一来，曹操不仅是汉丞相、魏公，而且是汉天子的丈人了（当他女儿未进位皇后，曹操尚不能把献帝刘协视作女婿）。

说到曹操的女婿，本来另有两位待选者：一位是才子丁仪，一位是神童周不疑。丁仪是曹植的死党，周不疑是曹冲的好友。曹操倘得丁、周二人为婿，自己以"老伯"身份进而为丈人，当是很自然的事，历史上也许会留下一段佳话。然而婚姻不成，周不疑先把性命送掉。

《零陵先贤传》："周不疑字元直，零陵人。幼有异才，聪明敏达。太祖欲以女妻之，不疑不敢当。太祖幼子仓舒（曹冲）夙有才智，谓可与不疑为俦。及仓舒卒，太祖心忌不疑，欲除之。文帝（曹丕）谏以为不可。太祖曰：'此人非汝能驾御也。'乃遣刺客杀之。"

（按：不疑死时在建安十三年曹冲死后不久，可能是年末，也可能是十四年死的，不疑才十七岁。这时，曹操既大败于赤壁，又丧爱子于许都，迁怒之下，周不疑就做了牺牲品。）

在唐人的著述里，还残存着有关周不疑的记载。如《北堂书钞》卷一一八："曹操攻柳城不下，图画形势问计策，周不疑进十计，攻城即下。"又如《艺文类聚·祥瑞部》引周不疑作《白雀颂》云。

可见，周不疑小小年纪，文能作赋，武能用兵，确是不凡，曹操择婿，是很有眼光的。不肯做曹家姑爷，即杀之，更是奸雄本色。

另一位想做曹家姑爷而不得的丁仪，却被曹丕杀了。《三国志·魏书·陈思王传》："文帝即王位，诛丁仪、丁廙，并其男口。"注引《魏略》："丁仪字正礼，沛郡人也。"他的父亲丁冲，与曹操是旧交。曹操听说这位故人之子是佳士，"欲以爱女（清河公主）妻之，以问五官将（即五官中郎将曹丕），五官将曰：'女人观貌（看对方的容貌美不美），而正礼目不便（丁仪眼睛有缺陷——目眇）。诚恐爱女未必悦也。以为不如与伏波子楙（伏波将军夏侯惇之子夏侯楙）。'太祖从之。"这样，夏侯楙本是曹操的族侄（曹操父亲本姓夏侯，过继给太监曹家为子，曹操与夏侯楙原是从兄弟），却做了魏国驸马。若论封建社会的礼法，或者现在的婚姻法，曹操都是违法的。因为他们明明是同姓，又还在五服之内。

且说丁仪做了丞相的掾（属吏），曹操与之接谈，听其议论，大加赏识。曹操说："丁掾，好士也。即使其两目盲，尚当与女，何况但眇？是吾儿误我！"原来曹操选婿，重才不重貌，与其子女异趣。丁仪也因为不得尚公主，遂恨曹丕而更亲近曹植。曹操死后，曹丕袭王位，就贬了曹植，杀了二丁，事在汉延康元年（公元二二〇）。

那已是魏国统治者内部的政治斗争，无关那位清河公主了。

至于清河公主嫁了夏侯楙以后，并不是好姻缘。膏粱子弟夏侯楙由于少时与曹丕交好，曹丕即位后，给他做安西将军，都督关中。"楙性无武略，而好治生，……在西多蓄伎妾，公主由此与楙不和。"（据《魏略》）

清河公主是曹操的长女，名字待考。曹操还有哪些女儿？《三国志》均无明文，此亦古史官重男轻女之一例也。

司马懿装病

建安十三年（公元二〇八）似乎是曹操"三生有幸"之年，他做了丞相，三方面的三个人才他都会遇了：司马懿、周瑜、诸葛亮。前一个当了他丞相府的"文学掾"，作为他的属吏。也是他的智囊。后两位是在战场上给他表演了战争艺术，他深受教益。这年，曹操五十四岁，是老作家、兵家、政治家。司马懿三十岁，周瑜三十四岁，诸葛亮二十八岁，都还是青年。

但又可说是曹操最不幸的一年，赤壁（准确地说应是乌林）之役，他狼狈败退，放弃了荆州，又送掉许多人的性命。令人毛骨悚然的是：这位被他强迫出来做官的司马懿，在四十四年后，开始剪除曹氏的羽翼，司马子孙杀戮曹氏子孙，终于代曹氏而有天下。

司马懿是河内（今河南）温县人，家庭为中原高级士族。东汉末世门第观念还很重，高级士族是看不起"阉宦"后裔曹操的（曹操本是夏侯氏之子，过继给曹家，其祖父曹腾是桓帝时的太监），虽说曹氏是汉初相国曹参之后，但那已隔了四百年了。曹操想争取高门世族在政治上与他合作，不惜用种种手段来罗致人物。偏偏司马懿不买他的账："帝（懿）知汉运方微，不欲屈节曹氏。辞以风痹，不能起居。魏武使人夜往密刺之，帝坚卧不动。"这是早在建安六年事，装风瘫装到这一步，总算蒙混过了。

但总有露马脚的时候。有一天，司马懿叫人曝书，忽天将雨，一时旁边无人，他怕淋坏了书，急忙起身收拾这些竹帛，大概司马懿是很爱书的。事后他的夫人对他说：你今天所为给某婢看到了，幸好只她一个，别人不知。我已将她秘密处死了。

但司马懿究竟抗不过曹操。曹操做了丞相又叫人去找他，并有令：他如果再盘桓不来，就捕杀之。这样，司马懿终于敬酒不吃吃罚酒，做了曹操的谋士。

曹操是听了崔琰称誉司马懿的话："聪亮明允，刚断英特"，才用司马懿的。崔琰的评语，实不如后来唐太宗李世民的论断：司马懿是个"雄略内断，英猷外决""情深阻而莫测""饰忠于诈"的人。《晋书》也说他"内忌外宽""多权变"，由他青年时装病就可以看出。

曹操与他相处后，也察觉他"有雄豪志"，又闻他"有狼顾相"，"欲验之，乃召使前行，令反顾，面正向后而身不动。又尝梦三马同食一槽，甚恶焉。因谓太子丕曰：司马懿非人臣也，必预汝家事！……"但是你会防，他更会装，装善、装忠、装勤，装得跟曹丕好得不得了，"于是魏武之意遂安"。

司马懿是持久装，一直装到曹丕死，又装到曹叡死，还最后一次装病搞首都军事政变，那就是《三国志通俗演义》中的《司马懿谋杀曹爽》和《司马懿父子秉政》《三国演义》上的《司马懿诈病赚曹爽》。看官看演义，你看他装得多像真病啊！又是风瘫，听觉失聪，动作失灵，牵衣衣落，食粥流到胸，说话颠三倒四，总之，完全是"尸居余气，形神已离"了。但几天后，他一夜之间，就"力疾将兵，诣洛水浮桥，伺察非常"！"诛曹爽之际，支党皆夷及三族，男女无少长，姑姊妹女子之适人者皆杀之，既而竟迁魏鼎云。"

演义着重写后来司马懿装病消灭了曹氏的事，却轻易地放弃了前段装病拒绝曹氏的好材料、好情节，不能不说是罗贯中之失。

（文中材料引自《晋书·宣帝纪》）

托孤比较篇

托孤的事，吴、蜀、魏皆有之。

汉建安五年（公元二〇〇），孙策遇刺受重伤，医治无效，临终以二弟孙权托

付张昭，对张昭说："若仲谋不任事者，君便自取之。"（语见《三国志·吴书·张昭传》注引《吴历》）

蜀汉章武三年（公元二二三），刘备征吴兵败后，病笃，以长子刘禅托付诸葛亮，他与孙策当年无独有偶，说了同样的话："若嗣子可辅，辅之；如其不才，君可自取。"（语见《三国志·蜀书·诸葛亮传》）

"托孤"的"孤"，厥有二义：一、幼小之谓；二、无父之谓。孙权继孙策，弟承兄业，时年十八；刘禅继刘备，子承父业，时年十七。两人岁数，皆未及冠，就做众人"主子"，父兄是不放心的。因为放不下心才托孤。所托付的人，当然是关系密切，而又资望才具俱高的人。像张昭在吴，足以当之；诸葛亮在蜀，更是没有第二人。孙策、刘备对张、诸葛都是早已遴选好了的。然而，英雄之主如孙策、刘备，对其最信任的人也就是最疑忌的人，故托付之时，把话当面说透——透底！再没有可以保留的言语了。

这样透底的话，可谓"智者不失人，亦不失言"。说话的主观意图究竟怎样？在下不敢代孙、刘回答，客观效果是人人看得到的：由于张昭尊孙权，"然后众心知有所归"，刘禅表示"政由葛氏，祭则寡人"，诸葛亮乃"鞠躬尽瘁，死而后已"。终孙权、刘禅之世，虽然一个是霸主，一个是庸君，两不相同；但相同的是未闻张昭、诸葛亮有任何异想、异动。话说到透底了，可以保证几十年的安定不移——孙策死后，孙权掌握东吴政权五十三年；刘备死后，刘禅做了四十二年的蜀汉皇帝。

而曹魏的托孤则不然。

曹丕死于黄初七年（公元二二六），病笃时"召中军大将军曹真、镇军大将军陈群、征东大将军曹休、抚军大将军司马宣王（司马懿），并受遗诏辅嗣主"（《魏书·文帝纪》）。

嗣主是曹叡，曹丕的儿子，时年廿二，不算小了。一登基就得到群下的爱戴，刘晔誉之为"秦始皇、汉孝武之俦，才具微不及耳"（《魏书·明帝纪》注引《世语》）。顾命大臣四人中两位是宗室（曹真、曹休），一个是元老重臣（陈群），司马懿是野心家，但不敢有任何动作，只是养望以待异日。等到曹叡做了十四年皇帝，又托孤时（景初三年，公元二三九年），司马懿在魏国的地位和威望已是很高了（时已为太尉），曹叡把八岁的曹芳托付于他和大将军曹爽（曹真的儿子）。话说得很哀："吾疾甚，以后事属君，君其与爽辅少子。吾得见君，无所恨！"（《魏书·明帝纪》）又注引《魏氏春秋》，曹叡对司马懿说："死乃复可忍，朕忍死待君，君其与爽辅此（子）。"没有孙策、刘备那种爽利透底的话，而是一味求人哀怜的嘱托，有十分信，无半分疑，这样倒断送了曹氏政权，且遗祸患于后三世：曹爽及曹氏连同夏侯家族被司马懿剪除了；曹芳被司马师废掉了；另立的新君曹髦，又被司马昭杀了；最后一个皇帝曹奂，司马炎干脆要他禅位。于是魏亡，天下是司马氏的。

窃以为曹操不该逼司马懿出仕，加以他的子孙魏文帝不武，魏明帝不明，所托非其人，所言止半截，失人又失言，遂使司马氏得逞。统计由曹丕黄初元年（公元二二〇）起，至曹奂咸熙二年（公元二六四）止，魏国历五帝，不过四十四年耳。仅比刘禅多二年，还不及孙权的统治长久呢。

替赵子龙抱不平

赵云是三国时名将，演义中写得他武艺超群，心细胆大，作风好，高姿态，识大体。小说家这样塑造赵将军，是无可非议的。毛本"五虎将"列为关、张、赵、马、黄，把《三国志》列传和罗氏原本的次序：关、张、马、黄、赵的"赵"提高到第三位，一是赵云与刘备的关系，仅次于关、张；二是演义中写赵云事迹与功劳，实多于马、黄。

《三国志·蜀书·赵云传》：赵云"本属公孙瓒，瓒遣先主为田楷拒袁绍，云遂随从，为先主主骑。"《赵云别传》："时先主亦依托瓒，每接纳云，云得深自结托。"……"先主与云同床眠卧。"后来"云以兄丧，辞瓒暂归"。等到重见刘备，他就跟定了。刘备投袁绍，他跟着；依刘表，他也跟着。只有征益州时，赵云留在荆州跟诸葛亮。就有截江夺回五岁的阿斗，不怕得罪孙夫人的事；比上一次长坂坡"七进七出"救出不满两岁的婴儿阿斗和保护甘夫人，似乎难度还大些。因为战场上对敌军，尽管拼命厮杀，船舱里对"主母"，要做到有理、有利、有节，与张飞做好做歹地对付她。还有，婴儿可藏于衣甲之内，学龄前儿童会说会闹，蹦蹦跳跳，从他娘手中抢过来，你道难不难？赵云之于刘备，可谓不负所托，完成任务。忠矣勇矣！至矣尽矣！

后来荆州失陷，关羽败亡。刘备称帝，首先伐吴。赵云谏言："国贼是曹操，非孙权也。且先灭魏，则吴自服。操身虽毙，子丕篡盗。当因众心，早图关中，居河、渭上流，以讨凶逆。关中义士必裹粮策马，以迎王师。不应置魏，先与吴战，兵势一交，不得卒解也。"刘备不但不听他，而且不用他，把他与诸葛亮同留在后方。诸葛亮也是不主张对吴用兵，从来是坚持联吴伐魏的。刘备这时很可能把赵云看作"葛派"。

揣刘备之用心，未必像演义所渲染的为关羽报仇，只是想争荆州。自计北伐力量不足，且运兵困难；东征则有余，顺流而下，拣较弱、较易的打。自己口口声声"光复汉室"的话不说了，诸葛亮的"隆中对"决策不顾了，什么人劝也听不进耳了。结果被陆逊反攻得一败涂地；被孙桓追得"逾山越险，仅乃身免"，还说"吾昔初至京城，桓尚小儿，而今迫孤乃至北也！"

这且按下不表，话说诸葛亮北伐初出祁山，就打了败仗，斩了马谡；自贬三级。马谡街亭这一路是对张郃；另一路是出斜谷，以赵云、邓芝对曹真，"云、芝兵弱敌强，失利于箕谷，然敛众固守，不至大败。军退，贬为镇军将军（赵云原任中护军、镇东将军、封永昌亭侯。据《赵云传》）。马谡更是"葛派"，不得不斩；赵云不得不贬；以示不包庇徇私。其实应由诸葛亮负责。所以他上疏云："……至有街亭违命之阙，箕谷不戒之失，咎皆在臣授任无方。"可见街亭与箕谷并论，只是有所重轻罢了。演义写赵云不损一人一骑，全师而退，那是小说家不忍在他塑造的英雄脸上带有一点黑。

赵云对于刘氏父子，是没有丝毫可非议的。然而刘备晚年，不重视他。他在蜀汉群臣中，地位不高，当刘备自立为汉中王时，群臣上表汉帝（献帝），署衔名的为首是平西将军都亭侯臣马超，以下是许靖、庞羲、射援、诸葛亮、关羽、张飞、黄忠、赖恭、法正、李严等，赵云就"等"在以下"一百二十人"之内。再后刘备称帝，上表劝进的又没列赵云的衔名。

刘备死后，刘禅继位，这位阿斗小皇帝十七岁，一切听从诸葛亮。诸葛亮死了，听从蒋琬。蒋琬死了，他才亲政，其时他已四十岁了。较之孙策十七岁起兵，二十五岁平定江东，孙刘两家儿子，真有虎豕之差，殊不料赵云两次救出的，竟是一个窝囊废。

而这位后主，却未尝记得赵云。《赵云传》："初，先主时，惟法正见谥。后主时，诸葛亮功德盖世，蒋琬、费祎荷国之重，亦见谥，……夏侯霸远来归国，故复得谥，于是关羽、张飞、马超、庞统、黄忠及云乃追谥……"由于"外议云宜谥"，"大将军姜维等议……应谥云曰'顺平侯'"，这才最后一个追谥的。事在追谥关、张、马、庞、黄的第二年。时为景耀四年，阿斗亲政已十五年，距离蜀亡只三年耳。

"汉家待功臣薄"，大皇帝如刘邦（高祖）、刘彻（武帝），到最后一个小皇帝刘禅，也是忘恩负义！让他"乐不思蜀"，做降魏的"安乐公"去吧。

｜创作评论｜

仅看报上的题目：他不用《三国演义》而用"三分"，就知道他的用意和写法，是兼指史实与小说的，是要把《三国志》和《三国演义》结合起来谈的。果然，一篇又一篇证实了我的看法，一篇又一篇解答了过去存在已久的一些疑问。他用轻松的笔调，闲谈的方式，生动活泼，结构灵便，一篇讲一件事，自成单元，联合成书，又首尾完具，让人看起来有趣味，放下书有想头，深入浅出，亦文亦史，的确是不可多得的一本案头清供。

——顾学颉：《看完〈闲话三分〉的闲话》，载陈迩冬《闲话三分》，浙江人民
　　出版社，1986，第7—8页

迩冬治学，旁搜冥求，常能在灯火阑珊处，蓦然发现出不寻常。但他决不大声

张扬，却待读者去品味。他的文章耐人思索，但有时也会显得有些儿冷僻。其实这才是他独特的风格。我和他有几十年的交谊，他在治学上，对我一直有吸引力，也正在这些方面。

　　——端木蕻良：《外行话〈三分〉》，载陈迩冬《闲话三分》，浙江人民出版社，
　　　　1986，第14页

　　迩冬是诗人，兼工新旧，无论在旧体诗还是新诗中，都善于把西方现代派的方法和中国宋诗的传统融会得毫无痕迹，他的文章是诗人之文，写得玲珑剔透，谈艺是他的擅长，这些我们都是熟知的。《闲话三分》则以随笔和杂文的形式，治考史与谈艺于一炉，一向玲珑剔透的文笔，现在又兼有沉着痛快之美，我们都不能不惊叹迩冬文章之老更成了。

　　——舒芜：《说历史要能撄现代人心——评陈迩冬〈闲话三分〉》，载舒芜《串
　　　　味读书》，辽宁教育出版社，1995，第309页

斗米粽

古　笛

　　"永淳大番薯（红薯）""永淳大头菜""永淳大年粽"历年来都大得出了名。红薯大得像个肥猪仔，头菜大得像个胖娃娃！说到年粽，人们逢年过节常见的一般不外是三五斤糯米包一个，顶多也不会超过十斤米，这亦算不小了。然而，我小时候曾见过：一斗糯米、六升绿豆、八只猪脚、一百二十张粽叶、三十条新打牛绳包成一个的特大年粽，活像一只小牛牯，简直是大得惊人！

　　几十年过去了，少年时代那个大年粽给我留下的美好印象，至今依然很深、很

作者简介

　　古笛（1932—2013），原名施学贵，曾用名施觉零，笔名施歌、方人也、角铃、鼓角等。壮族。广西南宁人。1949年毕业于广西永淳中学，1950年入伍，1955年复员。历任邕宁县文化馆馆员、广西歌舞团创作员、广西艺术创作中心调研员、广西民族文化艺术研究院研究员。先后在中央、地方各级报刊发表、上演、播出的戏剧、诗词、歌曲、曲艺、散文以及各种评论文章等达千余篇（首、出），其中获省、自治区以上奖励的有百余篇（首、出）。著名歌舞剧《刘三姐》执笔人之一。国家一级编剧，享受国务院特殊津贴专家。中国作家协会会员，中国音乐家协会会员，中国戏剧家协会会员，中国诗歌协会会员，中国少数民族作家协会会员，中国少数民族音乐学会会员。著有诗集《山笛》、词集《唱诗》等。后结集出版有《古笛艺文集》。

作品信息

　　原载《民族艺术》1986年第2期。

深。记得我刚满十二岁的那年，读高小还没毕业就去试考永淳初级中学；当时全县报考的总数多达七百余人、而学校只招收一个班；没想到我竟然考上了榜首前三名。消息有如春雷炸响传到了我们壮族山村。这可真不得了，乡亲们出圩入市、串村走寨无不奔走相告，竟又都夸大其词："×家出了顶子了！""××中了状元了！"就这样一传十、十传百，于是乎贺喜的人流在春节期间涌进了我的家门！抱来红冠的雄鸡、抬来陈年的香糯坛酒、捧来饱满的绿豆、挑来雪白的糯米、捎来宽大的粽叶、送来新打的牛绳……舞着狮子，敲起锣鼓，鸣号放炮，好不热闹。人们在一片祝贺声中，争着给我披红挂彩，并欢呼："中罗！中罗！编燕糍王方罗！"（壮语）其意是："中罗！中罗！包大粽罗！"亲友们按照自古以来的习俗惯例：凡考取榜首者都得献礼包大粽，借其谐音示意为"包大中"，一来向主家庆贺高中了！二来大家认为是大中了！图个吉利；引以为荣。

于是，包大粽的"筹备委员会"自发地成立了、大家公推村里三代双全、四代相见众望所归的长者成了当然的主持人，他一声令下，人们不由分说就动手从我家的猪圈里拖出两头大肥猪立即宰了，并首先割下八只猪脚洗刷干净留作大粽的肉馅。与此同时，众人中选出四个手艺麻利的能干巧妇，先以柚叶煮水沐浴，她们以圣洁的身手浸洗一斗香糯，磨泡六升绿豆，涤净一百二十张又大又长的粽叶，并采集香羌、板栗、草菇、腊味等等，切碎捣溶拌和着酱料，然后把八只剖开的猪脚一同用盆腌起。另外，由推选的四个壮汉把我家大门的两扇门板拆下，用四条长凳架着铺展在堂前庭中，作为巨大厚实的案板，准备包粽。然后，四个巧妇把一张张粽叶如同编织壮锦摆满了门板；再将浸洗过的一斗糯米倒在铺开的粽叶上；接着，脱了壳的六升绿豆、腌过香料的八只猪脚，都先后放进糯米槽中，末了将边沿的糯拢起掩盖着绿豆和猪脚，最后一道工序是把所有的粽叶从四面八方将糯米、绿豆等裹起来。四个大汉同时配合着用三十条新牛索一条条地将大粽捆个结实。白发银须的长者下令鸣炮，四个大汉在三响地炮声中，同时大吼一声：起！合力把巨大的"斗米粽"扛到我家大门前的草坪上，将它装进预先准备好宽约三尺，高约五尺的大水缸里。乡亲们也纷纷动手挑来了谷壳、草皮（铲草积肥用）柴枝、芒茅等等，环绕着水缸一圈圈地堆放看。做好准备只等点火煮粽了。

入黑，村里是年将要出嫁的姑娘和她的十姐妹们，一个个身穿崭新的蓝靛衫，头插银簪，手戴玉镯，脚踏绣鞋，挑着一对对水桶，像一串夜来香花悄悄地向村边的水井走去。与此同时，村里是年将要结婚的小伙和他的十兄弟们，也都穿上节日的盛装，去村外砍来一根根丹竹，扛到小草坪水缸旁边架起了引水竹笕。不一会儿，担水的姑娘们回来了，每个捅里都浮出一株艳丽的野蔷薇，她们笑盈盈地把水桶轻轻地放在草坪上。这时欢跃的小伙都像离弦的箭，奔向姑娘们，争着要把水桶提到早已搭好的水笕台，然后一桶一桶地倒进水槽，让森森清泉顺着引水竹笕灌满了水缸。别有情趣的洒花水开始了，姑娘们手执蔷薇把泉水拂到小伙子们的脸上，欢乐的山歌唱起来了：

　　　　天旱三年不落雨
　　　　难得春水洒珍珠。

小伙子唱罢，姑娘们也亮起金嗓答歌：

　　　　甘蔗苦瓜同田种，
　　　　苦中有甜共一枝。

歌声把村里的男女老少都引来了，连天上的星斗也跳出云头眨着笑眼远远地谛听。

鸡叫第一声时，"斗米粽"的主持人——德高望重的长者，举着蔗渣火把到水缸边点燃了第一圈谷壳；于是，篝火熊熊燃烧。照红了人们的笑脸，辉映着层层寨楼。笑声伴随着歌声，一阵阵飘出田野，缭绕夜空！青年跟青年对唱；老年同老年对唱；孩子们也和孩子们对着唱……情歌、赞歌、祝福的歌；猜谜的歌；古歌、童谣一齐交响，欢天喜地，汇成了欢乐的海洋！人们一边唱歌，一边剥着花生种，把豆壳抛进火中助燃；有的手绩青麻，口唱山歌；有的则唱着童谣玩陀螺；有的还一面编织斗笠、簸箕、扫把……一面与人对歌。手持禾叉的四条大汉不时把柴火拨弄，火苗串串，热气腾腾！水缸冒烟了，"斗米粽"在散发着香味！十姐妹在向竹笕里添水；十兄弟在向水缸旁添火；众人也在向歌场添歌；夜越深，情越浓，越唱越红火！一夜过去了，当太阳升起时，人们纷纷散入村巷，走向田野；忙过一天后，晚上回来又都云集到草坪上，重新为"斗米粽"加水、添柴，唱歌。如此七天七夜，最辛苦的是十姐妹和十兄弟；十姐妹每天鸡叫三遍天刚亮就得赶到井边抢挑春水（新水），而晚上还得对歌到深夜呢！十兄弟每天忙于耕耘之外，也还要上山铲草皮、拾柴火、挑回来煨煮"斗米粽"。老年人和小孩子只是凑热闹罢了。当然，年青人总是苦中有甜而自得其乐的。作为"斗米粽"的借题发挥者，我每天晚上都坐在人们中间，静听老辈、同辈、晚辈的歌师、歌手们唱歌，也像"斗米粽"那样慢慢地吸收清泉，暗暗地被篝火煨暖烤熟；心热了偶尔也跟兄弟姐妹们学唱几声歌。

七天七夜过去了，第八天天一亮，鞭炮声中四条汉子在长老的指挥下，把"斗米粽"从水缸中取出，抬到我家庭院的大门上；然后由长老解开捆粽的牛绳；四个巧妇随着将粽叶打开；热腾腾，香喷喷的"斗米粽"展现在人们的面前。接着先由我的堂祖父（族长）亲手以锅铲剖开"斗米粽"，再由我的父亲作为主人装满一碗捧给长老先尝；长老接过粽碗高高举过头顶带头唱起解粽歌：

中了中了高中了，

大粽（中）小粽（中）一齐开

子孙万代都包粽（中），

四面八方出人才！

一人领唱众人和，歌声中人们见者有份地，手抓、筷夹、碗盛……你尝一口，我尝一口，他也尝一口，熙熙攘攘，喜气洋洋地分享着"斗米粽"的福分。不论族内族外，近邻远客，亲的疏的……都可以品尝"斗米粽"，一直到把"斗米粽"吃完为止。

最后，妇女们争着抢要一张张粽叶"打包"（用粽叶包点粽馅）带回家去，作为"高中"的种子给她们的儿女分吃。而汉子们则抢要那些捆粽的牛绳，拿回家去意味着有壮牛在手利于耕耘。到此，"斗米粽"这一盛大隆重的仪式算是完毕了；随着是由我家杀猪宰羊、削鸡削鸭、打开坛酒，宴请亲友。人们又整整地畅饮一天，然后在鼓乐声和歌声中散去，走向村市，漫向田野……"斗米粽"在人们心中涌甜，糯米酒在田园上飘香！

事过数十年了，解放后再也难以看到"斗米粽"。然而，我把过去乡亲们对我的鼓励，看成是"众人拾柴火焰高"一直在鼓励着我自己，我的成长离不开生养我的母土的栽培，我的学识来自我的父辈的熏陶；人民给我以智慧，我把智慧还给人民。这就是我经常下乡进行民族文艺辅导工作中所说的："宁饮家乡酒，不收父老钱"的意愿之魂。但愿我的民族人才辈出，一代胜过一代；为建设祖国，为美化家乡做出无穷的贡献；将来，我想一定还会包更多更大的"斗米粽"哩！

▎文学史评论▎

古笛是著名的壮族歌词作家，诗人。……古笛的诗，凝聚着对新生活极其强烈的爱感。"热爱他的山乡，热爱他的民族，热爱社会主义生活。这三种感情，是古笛全部诗歌的基调"（秦似序）。评价是恰如其分的。……古笛诗作题材广泛，民族风情，边疆风云，城市花絮，农村短笛，昨日的硝烟，今天的笑语……都流露于诗人笔端，他的诗歌风格更多是接受了民歌和古词的影响。由于诗人作诗角度变换不多，给人一种单调感，诗的立意方面，追求也不够，故而影响了思想深度。这是有待诗人去克服的。

——梁庭望、农学冠编著《壮族文学概要》，广西民族出版社，1991，第381—383页

古笛的诗，以反映广西各族人民的新生活为主要题材，有显著的民族特色和地方色彩。他把诗歌创作的艺术镜头，对准各族人民生活的场景，摄下了一个个闪光

的动人的画面。如果说他的《山笛》集是一册录像簿的话，那么，我们就可以从中看到壮家的青山，瑶寨的绿水，侗乡的春色，苗岭的秋光，彝寨的丰收粮，仡佬冲的马达隆隆响。各族人民独具特色的生活风貌给他提供了抒之不尽，歌之不竭的诗情，吐露出一股沁人心扉，新鲜的生活气息。

——黄绍清：《壮族当代文学引论》，广西师范大学出版社，1993，第269页

▎创作评论▎

古笛热爱他的山乡，热爱他的民族，热爱我们国家充满生气的社会主义生活。这三种感情，可以说是古笛全部诗歌的基调。他的诗，常常把我们带到他所最熟悉的壮族的农村，让我们呼吸到那里的芬芳气息……古笛也在探求着诗歌的形式，在这方面，我认为他受民歌的影响是很深的，他在寻找一条以民歌传统为主的诗歌形式道路。他不少的诗，每节末句前的一句，都用"呵""哟""咧"等可以拉长声音的语气词，这就是从壮族民歌传统吸取过来的。现在流行的《刘三姐》山歌，正使用这种基调。此外，古笛比较注意节奏的分明与匀称，这也是民歌所具有的特点。

——秦似：《山笛·序》，载古笛《山笛》，漓江出版社，1982，第2—4页

侠影下的梁羽生

柳 苏

在香港、台湾、南洋、北美、西欧的华人社会中，有着两位"大侠"，一位是"金大侠"金庸，一位是"梁大侠"梁羽生，尽管他们都是西装革履之士，一点也不像人们想象中短衣长剑的英雄人物。

他们之有"侠"名，不在于剑，只在于书，在于那一部又一部的"新派武侠小说"书。他们都是各有等身著作的作者。金庸大约有十五部四十册，而梁羽生却有接近四十部之多。一个是《金庸作品集》，一个是《梁羽生系列》——取名"系列"，真够新派！

作者简介

柳苏（1921—2014），原名罗承勋。1921年生于广西桂林。笔名丝韦、罗孚、辛文芷、吴令湄、文丝等。1941年在桂林加入《大公报》。先后在桂林、重庆、香港三地《大公报》工作。曾任香港《大公报》副总编辑，香港《新晚报》编辑、总编辑。解放前，以"罗承勋"闻名，解放后，"罗孚"取代了"罗承勋"，20世纪80年代则以"柳苏"闻名。著有《罗孚文集》七卷。被誉为"香港文学界的伯乐""金庸梁羽生武侠小说的催生婆"。

作品信息

原载《读书》1988年第3期。收入《香港文坛剪影》（生活·读书·新知三联书店1993年版）、《南斗文星高——香港文人印象》（大象出版社2010年版）、《南斗文星高》（中央编译出版社2010年版）、《繁花时节·罗孚集》（中华书局〔香港〕有限公司2012年版）等。

　　谈新派武侠小说，如果不提梁羽生，那就真是数典忘祖了。金、梁并称，一时瑜亮，也有人认为金庸是后来居上。这就说明了，梁羽生是先行一步的人，这一步，大约是三年。

　　梁羽生的第一部武侠小说是《龙虎斗京华》，金庸的第一部武侠小说是《书剑恩仇录》，都是连载于香港《新晚报》的。一九五二年，香港有一场著名的拳师比武，擂台却设在澳门，由于香港禁止打擂而澳门不禁。这一场比武虽然在澳门进行，却轰动了香港，尽管只不过打了几分钟，就以太极拳掌门人一拳打得白鹤派掌门人鼻子流血而告终，街谈巷议却延续了许多日子。这一打，也就打出了从五十年代开风气，直到八十年代依然流风余韵不绝的海外新派武侠小说的天下。《新晚报》在比武的第二天，就预告要刊登武侠小说以满足"好斗"的读者，第三天，《龙虎斗京华》就开始连载了。梁羽生真行！平时口沫横飞坐而谈武侠小说，这时就应报纸负责人灵机一动的要求起而行了——只酝酿一天就奋笔在纸上行走。套用旧派武侠小说上的话，真是"说时迟，那时快"！

　　梁羽生其所以能如此之快，一个原因是平日爱读武侠小说，而且爱和人交流读武侠小说的心得。这些人当中，彼此谈得最起劲的，就是金庸。两人是同事，在同一报纸工作天天都要见面的同事；两人有同好，爱读武侠，爱读白羽的《十二金钱镖》、还珠楼主的《蜀山剑侠传》……很有共同语言。两人的共同兴趣不仅在读，也在写，当梁羽生写完了《龙虎斗京华》时，金庸也就见猎心喜地写起《书剑恩仇录》来了。时在一九五五，晚了梁羽生三年。

　　颇有人问：他们会武功么？梁羽生的答复是：他只是翻翻拳经，看看穴道经络图，就写出自己的武功了。这样的问题其实多余。有谁听说过施耐庵精于武功？又有谁听说过罗贯中是大军事学家的？

　　正像有了《书剑恩仇录》才有金庸，梁羽生也是随着《龙虎斗京华》而诞生的，他的本名是陈文统。金庸的本名是查良镛，金庸是"镛"的一分为二。梁羽生呢？一个"羽"字，也许因为《十二金钱镖》的作者是宫白羽吧。至于"梁"，这以前，他就用过梁慧如的笔名写文史随笔，还有一个笔名是冯瑜宁，冯文而梁史。

梁羽生在岭南大学念的却是经济。金庸在大学读国际法，梁羽生读的是国际经济。但他的真正兴趣是文史，是武侠。他们两人恐怕都没有料到，后来会成为武侠名家，而且是开一代风气的新派武侠小说的鼻祖。

新派，是他们自命，也是读者承认的。平江不肖生《江湖奇侠传》之类的老一派武侠小说，末流所及，到四十年代已经难于登大雅之报了，或者不说雅就说大吧，自命为大报的报纸，是不屑刊登的，它们就像流落江湖卖武的人，不大被人瞧得起。直到梁羽生、金庸的新派问世，才改变了这个局面，港、台、星、马的报纸，包括大报，特别是大报，都以重金做稿费，争取刊登，因为读者要看。南洋的报纸先是转载香港报纸的，由于你也转载，我也转载，不够号召力，有钱的大报就和香港的作者协议，一稿两登，港报哪一天登，它们也同一天登出，这样就使那些不付稿费只凭剪刀转载的报纸措手不及，而它却可以独家垄断，出的稿费往往比香港报纸的稿费还高。

新派，新在用新文艺手法，塑造人物，刻画心理，描绘环境，渲染气氛……而不仅仅依靠情节的陈述。文字讲究，去掉陈腐的语言。有时西学为用，从西洋小说中汲取表现的技巧以至情节。使原来已经走到山穷水尽的武侠小说进入了一个被提高了的新境界，而呈现出新气象，变得雅俗共赏。连"大雅君子"的学者也会对它手不释卷。

港、台、美国的那些华人学者就不去多说了。这里只举著名数学家华罗庚为例，他就是武侠小说的爱好者，一九七九年到英国伯明翰大学讲学时，在天天去吃饭的中国餐馆碰见了正在英国旅游的梁羽生，演出了"他乡遇故知"的一幕，使两位素昧平生的人一见如故的，就是武侠小说，华罗庚刚刚看完了梁羽生的《云海玉弓缘》。而华罗庚的武侠小说无非是"成人童话"的论点，也是这时候当面告诉梁羽生的。

"成人的童话"，用这来破反武侠小说论者，真是不失为一记新招，尽管它有其片面性，因为不仅成人，年长一点的儿童也未尝不爱武侠如童话。

华罗庚当然是大雅君子了。还可以再提供例子，廖承志对这"成人的童话"很有同嗜，这已不是什么秘密。秘密也许在于，比他更忙或更"要"的要人，也有"不失其赤子之心"的——对"成人的童话"感兴趣的"童心"。这就无可避免地也就成了金、梁的读者。

比起既写武侠，又搞电影，又办报，又写政论，进一步还搞政治的金庸来，梁羽生显得对武侠小说更为专心致志。他动笔早，封笔迟（两人都已对武侠小说的写作宣告"闭门封刀"），完成的作品也较多。武侠以外，只写了少量的文史随笔和棋话。

梁羽生爱下棋，象棋、围棋都下。金庸是他的棋友，已故的作家聂绀弩更是他的棋友。说"更"，是他们因下棋而更多佳话。聂绀弩在香港时，虽有过和他下得难分难解而不想回报馆上晚班写时论的事；梁羽生到北京，也有过和聂绀弩下棋把同度蜜月的新婚夫人丢在旅馆里弃之如遗的事。香港象棋之风很盛，一场棋赛梁羽生爱口沫横飞地谈棋，也爱信笔纵横地论棋，他用陈鲁的笔名发表在《新晚报》上的棋话，被认为是一绝，没有人写得那样富有吸引力的，使不看棋的人也看他的棋话，如临现场，比现场更有味。

当然，棋话只是梁羽生的"侠之余"，不像文史随笔也是他的"侠之余"。他主要的精力和成就不可避免地只能是在武侠小说上。从《龙虎斗京华》《白发魔女传》《七剑下天山》《江湖三女侠》《还剑奇情录》《联剑风云录》《萍踪侠影录》《冰川天女传》《云海玉弓缘》《狂侠·天骄魔女》《武林三绝》《武当一剑》……以部头论，他的作品是金庸的两倍多以至三倍。

说"侠之余"，是因为梁羽生有这样的议论：武侠小说，有武有侠。武是一种手段，侠是一个目的。通过武力的手段去达到侠义的目的。所以，侠是最重要的，武是次要的。一个人可以完全没有武功，但是不可以没有侠义。侠就是正义的行为。对大多数人有利的就是正义的行为。

不可无侠，这是梁羽生所强调的。就一般为人来说，他的话是对的，可以没有武，不可没有侠——正义。但在武侠小说上，没有武是不成的，不但读者读不下去，作者先就写不下去了，或写成了也不成其武侠小说了。他之所以如此说，有些矫枉过正。因为有些武侠小说，不但武功写得怪异，人物也写得怪异，不像正常的人，尤其不像一般钦佩的好人，怪而坏，武艺非凡，行为也非凡，暴戾乖张，无恶不作，却又似乎是受到肯定，至少未被完全否定。这样一来，人物是突出了，性格是复杂了，却邪正难分了。这也是新派武侠小说中的一派。当然，从梁羽生的议论看得出来，他是属于正统派的。而金庸的作品却突出了许多邪派高手。

梁羽生还写过一篇《金庸梁羽生合论》，分析两人的异同。其中说："梁羽生是名士气味甚浓（中国式）的，而金庸则是现代的'洋才子'。梁羽生受中国传统文化（包括诗词、小说、历史等等）的影响较深，而金庸接受西方文艺（包括电影）的影响则较重。"这篇文章用佟硕之的笔名，发表在一九六六年的香港《海光文艺》上。当时罗孚和黄蒙田合作办这个月刊，梁羽生因为是当事人，不愿意人家知道文章是他写的，就要约稿的罗孚出面认账，承认是作者。罗孚其后也约金庸写一篇，金庸婉却了。去年十二月，香港中文大学举行了一个"国际中国武侠小说研讨会"（主持其会的是著名学者刘殿爵），任教美国威斯康辛大学的刘绍铭在参加会议后发表专文，还把这篇《合论》一再说是罗孚所作，又说极有参考价值。二十多年过去，这个不成秘密的秘密也应该揭开了。

梁羽生这《合论》可以说是实事求是的，褒贬都不是没有根据。他说自己受中国传统文化如诗词等等影响较深，这在他的作品中也是充分显示了的。他的回目，对仗工整而有韵味；开篇和终篇的诗词，差不多总是作而不述。信手拈来，这些是从《七剑下天山》抄下的几个回目："剑气珠光，不觉坐行皆梦梦；琴声笛韵，无端啼笑尽非非。""剑胆琴心，似喜似嗔同命鸟；雪泥鸿爪，亦真亦幻异乡人。""生死茫茫，侠骨柔情埋瀚海；恩仇了了，英雄儿女隐天山。"还有："牧野飞霜，碧血金戈千古恨；冰河洗剑，青蓑铁马一生愁。"可能是他自己很欢喜这一回目的境界，后来写的两部小说，一部取名《牧野流星》，一部就取名《冰河洗剑录》。

"笑江湖浪迹十年游，空负少年头。对铜驼巷陌，吟情渺渺，心事悠悠！酒冷诗残梦断，南国正清秋。把剑凄然望，无人招归舟。明日天涯路远，问谁留楚珮，弄影中洲？数英雄儿女，俯仰古今愁。难消受灯昏罗帐，怅昙花一现恨难休！飘零惯，金戈铁马，拼葬荒丘！"这一首《八声甘州》是《七剑下天山》的开场词。收场词是一首《浣溪沙》："已惯江湖作浪游，且将恩怨说从头，如潮爱恨总难休。湖海云烟迷望眼，天山剑气荡寒秋，蛾眉绝塞有人愁。"他的诗词都有工夫，词比诗更好。

他在少年时就得过名师指点。抗日战争期间，有些学者从广东走游到广西。梁羽生是广西蒙山人，家里有些产业，算得上富户，家在乡下，地近瑶山，是游历的好地方。太平天国史专家简又文（三十年代在《论语》写文章，办《逸经》杂志的大华烈士）、敦煌学及诗书画名家饶宗颐，都到梁羽生家寄居过，梁羽生也就因此得到高人的教诲。简又文那时已是名家，饶宗颐还未成名，和梁羽生的关系多少有点在师友之间的味道。

简又文和梁羽生之间，后来有一段事是不可不记的。抗日战争胜利后，梁羽生到广州岭南大学读书，简又文在岭南教书，师生关系更密切了。一九四九年，简又文定居香港，梁羽生也到香港参加了《大公报》的工作，一右一左，多少年中断了往来。"文革"后期这往来终于恢复，梁羽生还动员简又文，献出了一件在广东很受珍视的古文物给广州当局。一向有"天南金石贫"的说法，隋代的碑石在广东是珍品，多年来流传下来的只有四块，其中的猛进碑由简又文收藏，他因此把寓所称为"猛进书屋"。广州解放前夕他离穗到港时，说是把那块很有分量也很有重量的碑石带到香港了。台湾在注视这碑石。大约是七十年代初期，他终于向梁羽生说了真话：碑石埋在广州地下。梁羽生劝他献给国家。他同意了，一边要广州的家人献碑，一边送了一个拓本向台湾应付。"中央社"居然发出报道，说他向台湾献出了原碑。当时梁羽生还不知情，以为他言而无信，后来弄清楚真相，才知道是"中央社"故弄玄虚，也许他们想使广州方面相信简家献出的只是一面假碑石。但有碑为证，有人鉴定，假不了。这件事当时认为不必急于拆穿，对简又文会更好些。现在他已去世多年，这个真算得上秘密的秘密，就不妨把它揭开了吧。

老师是太平天国史的专家，家又离太平天国首先举起义旗的地方很近——蒙山西南是桂平，金田起义的金田村就在桂平。蒙山有金秀瑶，容易使人想到金田村，朋友们或真以为或误以为梁羽生就是金田村的人。因此有人送他这样一首诗：

金田有奇士，侠影说梁生；

南国棋中意，东坡竹外情；

横刀百岳峙，还剑一身轻；

别有千秋业，文星料更明。

这里需要加一点注解。"侠影"和"还剑"是因为梁羽生著有《萍踪侠影录》和《还剑奇情录》。"棋中意"说他的棋话是一绝。"竹外情"就有趣了。苏东坡"宁可居无竹，不可食无肉"，其实是既爱竹又爱肉的，竹肉并重，但梁羽生爱的就只是肉。他已长得过度的丰满，却还是欢喜肉食如故，在家里受到干涉，每天到报馆上班时，在路上往往要买一包烧乳猪或肥叉烧带去，一边工作或写作，一边就把乳猪、叉烧塞进口里，以助文思。这似乎不像一边为文一边喝酒的雅，但他这个肉食者也就顾不得这许多了。这还不算，有时他饥不能等，在路上一边走就一边吃起来，也许这就是他自己所说的"名士气味甚浓"吧。

"横刀百岳峙"，说他写出了几十部武侠小说："还剑一身轻"，说他终于"闭门封刀"，封笔不写了。这就可以有工夫去从事能够流传得更加久远的写作事业，写朋友们期待他写的以太平天国为题材的历史小说了。这是千秋业，而他是可以优为之的。他应该写，谁叫他既是"金田人"，又是搞历史的呢？他应该写得好，经过几十部小说磨炼的笔，还愁写不好么？

梁羽生是中国作家协会的会员。他出席过作协第四次代表大会。在会上，他为武侠小说应在文学创作中占有一席地位，慷慨陈词。这在港、台、南洋一带，早已不成问题。不少学者看武侠小说，有的学者更是作古正经地在研究、讨论武侠小说。一九七七年，新加坡的写作人协会还邀请梁羽生去演讲《从文艺观点看武侠小说》呢。写了几十年武侠小说的他（当然也还有金庸），是不会对武侠小说妄自菲薄的。不知道他们同意不同意，武侠小说在许多人看来，只能是通俗文学，尽管有了他们以新派开新境，似乎还没有为它争取到严肃文学的地位。历史小说就比较不同了，它像是"跨目"的，跨越于通俗文学和严肃文学之间，可以是通俗，也可以是严肃，严肃到能够成为千秋业。劝梁羽生写太平天国的朋友，大约是出于不薄通俗爱严肃的心情吧。

增订本的《散宜生诗》有《赠梁羽生》一律："武侠传奇本禁区，梁兄酒后又茶余。昆仑泰岱山高矮，红线黄衫事有无？酒不醉人人怎醉，书诚愚我我原愚。尊书只许真人赏，机器人前莫出书。"对最后两句作者自注："少年中有因读此等小说而赴武当少林学道者，作此语防之。"要防，其实"此语"也防不了。而事实上，世间虽有"机器人"，到底是少而又少的，多的总是"真人"，不会自愚，不会自醉。聂绀弩虽然在打油赠友，却未免有些严肃有余了。

你一定要看董桥

柳　苏

谁是董桥？

在大陆，可以肯定很少有人知道。在香港，知道的人也不会太多。恐怕反而是在台湾，他的名字才印在较多的人心上。

他不是台湾人。他是一九四二年出生在福建晋江的。

他现在是"香港人"。但他只是在六十年代中期以后才到的香港，中间还离开过，到伦敦去住了六七年，才又重回这"东方明珠"。本来香港一般人都说"东方之珠"，这里故意说"明珠"，是因为他和一个"明"字大有关系，一是曾经担任了六七年之久的《明报月刊》总编辑，一是他离开不过一两年，又被请回去担任《明报》的总编辑，这是半年前的事。

今年四十七岁的他，一岁就离开了晋江，到了印尼，做了十七八年的华侨，就

作品信息

原载《读书》1989 年第 4 期。收入《香港文坛剪影》(生活·读书·新知三联书店 1993 年版)、《南斗文星高——香港文人印象》(大象出版社 2010 年版)、《南斗文星高》(中央编译出版社 2010 年版)、《繁花时节·罗孚集》(中华书局〔香港〕有限公司 2012 年版)，入选《星斗焕文章：〈读书〉美文精粹》(生活·读书·新知三联书店 2011 年版)，选入《乡愁的理念》(生活·读书·新知三联书店 1991 年版)、《你一定要看董桥》(文汇出版社 1997 年版)。

到台湾念书，读的是台南的成功大学，毕业后就到了香港。在台湾的时间不过短短的几年吧。在香港，前前后后加起来也已经快有十七八年，快要超过侨居印尼的岁月了。香港势必是他居留时间最长的地方，他当然是"香港人"。

在台湾的时间短，为什么反而名气更大呢？"墙内花开墙外香"。这"墙外"，是海峡那边而不是大陆这边的"墙外"。在大陆，就算文学界的人士，知道董桥的恐怕也是很少很少的。

在台湾，董桥被算为散文家。他首先是凭自己的文章，而不是凭杂志和报纸主编的身份而得名，名乃文章。

他主要的作品是散文。他的文章在香港、台湾的杂志和报纸上发表。一共结集为六个集子：《双城杂笔》《在马克思的胡须丛中和胡须丛外》《另外一种心情》《这一代的事》《跟中国的梦赛跑》和《辩证法的黄昏》。前面两种在香港出版，后面四种全是台湾的出版物。台湾远远超过了香港。大陆是一本也没有的，尽管有些香港可谓"著名作家"的书在大陆南北或沿海，都有人抢着出版。

董桥自己说出了一个秘密：书在台湾出，是怕在香港出卖不出去。

在香港，董桥甚至算不上一位作家。小小的香港有好几个作家们的组织，他好像一个也没有份。好些挂着作家幌子的活动，他似乎从来也没有参加，这可能是由于他生性爱逃避应酬，敬而远之。

就在他自己主编了六七年之久的《明报月刊》上，绝大多数时间他写的散文都只是署名"编者"，直到最后的一年多才变"编者"为"董桥"。这是因为他写的是与众不同的"编者的话"，不少时候，根本就和杂志本身或主编的编务没有任何关系，只是他自己在直抒胸臆，有时候也只是从那一期的某一篇文章或某一个观点引申出去，自由发挥，因此，它不是以编者身份向读者做什么交代或表白，而是一篇卓然独立，有文采，有思想，有情怀的好散文。"领异标新二月花"，在他以前，简直没有人写过这样的"编者的话"。这是他独创的"董桥风格"。一开始也许你还不能接受这样和杂志不大相干或根本不相干的"编者的话"，尽管同时又认为文章写得不错，渐渐地，你就完全接受，被它说服了。何必拘泥于形式？

有一篇《听说台先生越写越生气》，由台静农宣布不再为人写字应酬，写到黄裳主张不可忘记过去（特别是"文革"）。又有一篇《只有敬亭，依然此柳》写的是明末的柳敬亭，影射的是香港的"九七"前景。说不相干可以，说相干也可以。

"董桥风格"当然不仅仅是靠几十篇"编者文章"建立起来的。他一直在写多体散文，有如别人写多体书法。他甚至用短篇武侠小说的形式来写散文，而只用两句套话点题。一篇《薰香记》只有三个人物：老人、碧眼海魔和老人的女儿。文章的大题上有两句眉题似的文字："欲知谈判如何，且听下回分解"。那正是中英谈判香港前途问题的时候，没有这两句，谁解其中意，还不以为是一般的武侠小说么？两句话一点题，读者就明白过来了：老人是中，碧眼是英，少女是香港人。看似武侠，实谈时事。这个短篇的作者署名依然是"编者"，这就比前面说的那些"编者文章"就更加标新立异了。

小说也可以当散文。这篇《薰香记》是收进了《这一代的事》这本散文集中的。董桥说过："我以为小说、诗、散文这样的分野是不公平的，散文可以很似小说，小说可以很似散文。"他还举了在美国的华人作家刘大任的作品为例，"说是小说，也可以说是散文，就算说是诗，也一样可以"。董桥自己的《让她在牛扒上撒盐》《情辩》《偏要挑白色》……不都很像自具特色的短篇吗？

学术性的文章也可以当散文。《辩证法的黄昏》《樱桃树和阶级》《"魅力"问题眉批》都是。"要研究马克思主义。那是那天黄昏里偶然下的决心。"这是《辩证法的黄昏》的最初一句。"结论：也许可以在没有研究马克思主义之前就写书讨论马克思主义。"这是《辩证法的黄昏》的最后一句，也是最后一段。那不是正正经经的学术文章，但内容却不乏学术思想。

董桥是在伦敦研究马克思主义的，是在马克思当年进行过研究许多年的大英博物馆图书馆研究马克思主义的。他从台湾到香港后，曾经在美国新闻处的今日世界出版社工作了好几年，然后去伦敦英国广播电台工作，一边工作，一边进修，其间就读过马克思、恩格斯的著作，但更主要的还是读英文的文学作品。在台湾，他读的是外文系，但他说，那时主要还是接受中华文化的熏陶，到了伦敦，才投入西方文学之中，为了写论文，又兼及了马克思主义——这无妨说是野狐禅。

你说野不野？居然可以写出《在马克思的胡须丛中和胡须丛外》。且听他在这本书的《自序》中的夫子自道吧："旅居伦敦时期为了写论文乱读马克思、恩格斯和关于马克思主义的著作，加上走遍伦敦古旧的街道，听惯伦敦人委婉的言谈，竟以为认识了当年在伦敦住了很久很久的马克思，写下不少读书笔记。其实大错。去年答应'素叶'整理那些笔记之后翻看那些笔记，发现认识的原来不是马克思其人，而是马克思的胡须。胡须很浓，人在胡须中，看到的一切自然不很清楚，结果写了五万字就不再往下写了。"后来写别的东西，他大叹"胡须误人。人已经不在胡须丛中了，眼力却一时不能复原，看人看事还是不很清楚，笔下写些马克思学说以外的文章，观点仍然多少跟马克思主义纠缠，就算偶有新局，到底不成气象。幸好马克思这个人实在不那么'马克思'，一生相当善感，既不一味沉迷磅礴的革命风情，倒很懂得体贴小资产阶级的趣味，旅行、藏书、念诗等比较清淡的事情他都喜欢，因此，这本集子借他的胡须分成丛中丛外……"你说野不野？

董桥还别有一野。看起来，他是个温文尔雅，有点矜持，不怎么大声言笑的人，写起文章来却自有奔放，自成野趣。

你看他怎么谈翻译："好的翻译，是男欢女爱，如鱼得水，一拍即合。谈起来像中文，像人话，顺极了。坏的翻译，是同床异梦，人家无动于衷，自己欲罢不能，最后只好'进行强奸'，硬来硬要，乱射一通，读起来像鬼话，既亵渎了外文也亵渎了中文。"你以为这是不是亵渎了翻译呢？他还有进一步的妙喻。初到伦敦，英文不灵，说话都得先用中文思想，然后译出英文，"或者说'强奸'出英文来。日久天长之后，干的'好事'多了，英文果然有了'早泄'的迹象，经常一触即发，一塌糊涂，乐极了。可是，'×我妹的'日子接踵而来了。"讲中文的时候，不说"逐渐进步"，说"有增加中的进步"；不说"威尔逊在洗澡"，说"威尔逊在进行洗澡"，等等等等等等等。他说，中文既然是自己"母亲的舌头"，这样的亵渎中文，"朗朗上口，甚至付诸笔墨，如有神功"，岂不成了"×我妹的"么？

董桥是藏书家，年纪轻轻就成了藏书家！又是藏书票家（还藏书画，还藏古董，有人说"他心中有一间古玩铺")。他藏书多少，我不知道，只知道他拥有藏书票上万张，成了英国藏书票协会的会员，是收藏西方藏书票的书最多的中国人（不知道这是说在协会的会员中还是在十一亿中国人中）。

谈到书，我们年轻的藏书家又来了，他是从"书谣"说起的："人对书的会有感情，跟男人和女人的关系有点像。字典之类的参考书是妻子，常在身边为宜，但是翻了一辈子也未必可以烂熟。诗词小说只当是可以迷死人的艳遇，事后追忆起来总是甜的。又专又深的学术著作是半老的女人，非打点十二分精神不足以深解；有的当然还有点风韵，最要命是后头还有一大串注文，不肯罢休！至于政治评论、时事杂文等集子，都是现买现卖，不外是青楼上的姑娘，亲热一下也就完了，明天再看就不是那么回事了。"比起谈翻译来，这已经不能算野了吧。当然，也可以说还是有点不大正经，就像他"倒过来说"也是这样："倒过来说，女人看书也会有这些感情上的区分：字典、参考书是丈夫，应该可以陪一辈子；诗词小说不是婚外关系就是初恋心情，又紧张又迷惘；学术著作是中年男人，婆婆妈妈，过分周到，临走还要殷勤半天怕你说他不够体贴；政治评论、时事杂文正是外国酒店房间里的一场春梦，旅行完了也就完了。"

我想到了叶灵凤。他也是藏书家，年轻时也写过被认为有点"黄"的小说，后半生主要写散文，也翻译些东西（董桥当然也译过书），但他却没有董桥这些对翻译和书籍的妙喻（又一次写到这"妙喻"时我甚至担心我自己是不是也要挨骂："哼，居然说妙！"）。也许他后来叶灵凤已经成了"叶公"，成了长者，已经在文字上"结束铅笔"了。而董桥至今仍是小董。

但董桥并不就是野小子，人固然斯文的被认为是一介书生，文也很有中西书卷气。真佩服他，读过那么多书，又记得那么多书，笔下引述的古今中外都有，却并不是抄书。他的文章散发的书卷气，有古代的，也有现代的。他的文章既显出中国人的智慧，也不乏英国式的幽默。文字精致，文采洋溢。

董桥当然不是野小子，他已是中年人了，只是在老年人眼中他看来年轻而已。他有一篇《中年是下午茶》。他给中年下了许多定义：中年"是只会感慨不会感动的年龄，只有哀愁没有愤怒的年龄。中年是吻女人额头不是吻女人嘴唇的年龄"。
"中年是杂念越想越长，文章越写越短的年龄。""中年是一次毫无期待心情的约
会。""中年是'未能免俗，聊复尔耳'的年龄。"……

写下去，他的古今中外都来了："总之（中年）这顿下午茶是搅一杯往事、切一
块乡愁、榨几滴希望的下午。不是在伦敦夏惠那么维多利亚的地方，也不是在成功
大学对面冰室那么苏雪林的地方，更不是在北平琉璃厂那么闻一多的地方，是在没
有艾略特、没有胡适之、没有周作人的香港。诗人庞德太天真了，竟说中年乐趣无
穷……中年是看不厌台静农的字看不上毕加索的画的年龄：'山郭春声听夜潮，片帆
天际白云遥；东风未丝秦淮柳，残雪江山是云潮！'"

但野性也还是又出来了："中年是危险的年龄：不是脑子太忙、精子太闲，就
是精子太忙，脑子太闲……中年的故事是那只精子扑空的故事……有一天，精囊里
一阵滚热，千万只精子争先恐后往闸口奔过去，突然间，抢在前头的那只壮精子转
身往回跑，大家莫名其妙问他干吗不抢着去投胎？那只壮精子喘着气说：'抢个屁！
他在自渎！'"

不要以为董桥的笔下时人是男欢女爱，抄抄他六本散文集中的一些分类的题目
吧：《思想散墨》《中国情怀》《文化眉批》《乡愁影印》《理念圈点》《感情剪接》……
再抄些文章的题目吧：《雨声并不诗意》《也谈花花草草》《春日杂拾》《朱自清的散文》
《从〈老张的哲学〉看老舍的文字》《谈谈谈书的书》《关于藏书》《也谈藏书印记》《藏
书票史话》《读今人的旧诗》《听那立体的乡愁》《故国山水辩证法》《枣树不是鲁迅看
到的枣树》《"一室皆春气矣"》《我们吃下午茶去》《处暑感事兼寄故友》《马克思博
士到海边度假》……不抄了，还不如你自己去看吧。

不过，谈谈《马克思博士到海边度假》也好。董桥是从一八八〇年夏天马克思
全家到英国肯特郡海边避暑胜地蓝斯盖特度假说起的，写得很人情味，最后归结到
"马克思该去度假；中国人民该去度假"。

他甚至替马克思写了一篇《马克思先生论香港的一九九七》。十九世纪的马克
思如何去论二十世纪末的事？他从《路易·波拿巴的雾月十八日》中"集句"而成，

只是加一些原来没有的文字在一些括号中。他说这是一个"尝试"，承认这是出于"编者想象"。又是一篇怪异的"编者文章"！和用武侠小说《薰香记》谈论"九七"一样怪异。

还想谈谈另一篇《境界》。董桥说，王国维的三段境界论给人抄烂了，他要抄毛泽东三段词谈境界："此行何去？赣江风雪迷漫处。命令昨颁，十万工农下吉安。"此第一境也。"四海翻腾云水怒，五洲震荡风雷激。要扫除一切害人虫，全无敌。"此第二境也。"往事越千年，魏武挥鞭，东临碣石有遗篇。萧瑟秋风今又是，换了人间。"此第三境也。但是，还有人有"衣带渐宽终不悔，为伊消得人憔悴"那样的心情么？董桥不说，你说呢？

董桥又是怎样看散文，看别人和自己的散文？

他说，他绝对崇拜钱锺书的识见（是崇拜，不是说别的），钟爱《管锥编》，但认为钱锺书的散文有两个缺点，一是"太刻意去卖弄，而且文字太'油'了"，也太"顺"（Smooth）了；一是"因为'油'的关系，他的见解很快就滑了出来。太快了，快得无声无息，不耐读"。这真是直言无忌。就年龄来说，也许还可以说是童言无忌。

他说："散文须学、须识、须清，合之乃得 Alfred North Whitehead 所谓'深远如哲学之天地，高华如艺术之境界'。年来追寻此等造化，明知困难，竟不罢休。"又说，有学，才有深度；有情，才不会枯燥。他还指出："散文，我认为单单美丽是没有用的，最重要的还是内容，要有 Information，有 Message 给人，而且是相当清楚的讯息。"他更表示："我要求自己的散文可以进入西方，走出来；再进入中国，再走出来；再入……总之我要叫自己完全掌握得到才停止，这样我才有自己的风格。"

其实已经有了"董桥风格"了。对他的文章读得多的人不必看作者的名字就会说："这就是董桥！"

我想起董酒。这名酒初初大行其道，在香港还是稀罕之物时，我从内地带了一瓶回去，特别邀集了几位朋友共赏，主宾就是董桥，不为别的，就为了这酒和他同姓，他可以指点着说："此是吾家物。"在我看来，董文如董酒，应该是名产。董酒是遵义的名产，董文是香港的名产——确切些说应该是香港的名产，它至今在产地还没有得到相应的知名。

我并不十分喜欢董酒，看来董桥也是，他似乎根本就不爱酒。我也并不一定劝人喝董酒。

但你一定要看董桥！用香港人的习惯语言，他的散文真是"一流"，不仅在香港，在台湾，也在中国。我这是说文字，尽管我并不同意他的一些说法和想法。

董桥的散文不仅证明香港有文学，有精致的文学，香港文学不乏上乘之作，不全是"块块框框"的杂文、散文。他使人想起余光中、陈之藩……他们大约只能算半香港或几分之几的香港吧。董桥可以说就是香港。

七十回首话当年

陆　地

一

我是用汉语写作的壮族人。

1918年11月18日初冬圆月升起的时辰，广西省绥禄县城关（今广西自治区扶绥县东门镇）姓陈的农家诞生了一个男婴，起名小五，即是我的乳名。上学取名陈克惠，1938年参加革命组织，改名陈寒梅；1942年发表《落伍者》笔名陆地，尔后便为日常称呼。

二

现在回头来看，我走上文学道路，恐怕是植根于性格的土壤。我小时候沉默寡言，常常独自陷于沉思遐想，从读懂《小朋友》起，书本便成了离不开的伙伴。

从小学到初级师范阶段，我对"五四"以后的新文学——鲁迅、胡适、叶圣陶

作品信息

原载《新文学史料》1989年4期，收入《广西当代少数民族作家丛书·陆地卷》（漓江出版社2001年版）。

等等的小说、诗歌，外国的《木偶奇遇记》《天方夜谭》和《鲁滨逊漂流记》等等，大都涉猎了一通。此外，还有中国古典文学作品，如红楼、水浒、三国以及《千家诗》《古文观止》等等；但是影响日后写作最深的却是二哥从广东寄来的一套《苏曼殊全集》和在南宁上中学的小朋友带回的郁达夫的《迷羊》等作品。

这段少年时期，春情萌动，仅靠阅读已经不能完全寄托内心情怀了。往往从书里联想到自身的生活感受。于是开始尝试做旧体诗，倾吐怀乡思友的惆怅；也学郁达夫的小说写法，将个人的感受，写了十来篇比日记较为集中的散文。

三

1933年寒假，在本县初级师范毕业。从1934年秋到1937年暑假，在广州度过了我的中学后期阶段。先是在私立培桂中学高中读了一个学期，深感理科课程太紧，挤掉了我平素的文学爱好，因而违背二哥要我做工程师的期望，另考入了广东省立第一师范。

这前后三年间，我的阅读领域大大扩展了。艾思奇的《哲学讲话》、恩格斯的《费尔巴哈论》等等，对我的世界观、人生观起了转折性的作用。初步懂得运用辩证唯物论和历史唯物论的望远镜和显微镜来观照文学作品。普列哈诺夫的《文艺与社会生活》和本间久雄的《欧洲文艺思潮》等书，都是在这时读到的。

这期间，我做班会的学术干事，担负编写壁报的义务。在全校各班级的壁报文章和班会干事的联席会上，给我印象最深的有三位同学。一个低我两个年级的杨思仲；另两个是高我一年级的梁奇达和郭植秀。前一位后来在延安鲁艺又成了同学，那就是解放后成了研究鲁迅的有名学者陈涌。后者梁奇达当了暨南大学的党委书记，而当年在省一师时，他就是地下党支部的党员。

讲到写作实践，记得是1937年清明前后，我见到毕业班同学为应付全省会考，废寝忘食，觉得这种会考制度的实际意义很值得怀疑。于是，从给壁报写文章发展到向报纸投稿。一篇题名《期考的前夜》居然在广州一家唯一刊登新文学作品的

《民国日报》的《学生园地》发表出来了。这是我的作文头一遭排成铅字，在我日后的文学生涯中，当然是一次非同寻常的起步。跟着下来，因受普希金等人的著作影响，也学写过一些抒情的短诗。其中只有一首，假托一位东北青年流亡关内给母亲写的家信，意外地得到赞赏，发表于铅印的校刊。

四

1937年暑假，我正在广东鼎湖——我二哥服役的驻军防区消夏，卢沟桥的枪声揭开了抗战救亡的帷幕。

作为军人的二哥，怀着"雪耻急如焚"的激昂气概，奔上国防前线。我便离开鼎湖，跟雁嫂在肇庆城里住到暑假终了才回校复课。此时，广西当局登报招考学生军，为随营抗战服务。马上改变入学注册的主意。一位海南同窗黎秀统热情鼓励，陪同回穗，九月六日傍晚，送到长堤西濠口码头，登上开往梧州的轮船。就此告别了生活了三年的广州，告别了中学时代。

五

九月中旬到南宁。李宗仁以第五路军总司令身份，正率领桂系部属整装待发徐州，局面动荡。我因未曾受过广西中学生统一军训，终于在学生军考场上名落孙山。

岁暮回到老家，满怀惆怅。为了生活，到离家不远的南乡中心学校代人授课。这时，以成仿吾做校长的陕北公学正在遥远的西北高原向全国招收学生！好多令人仰慕的文化名人：艾思奇、丁玲、周扬、李公朴等等都到那边去了！感到无比的向往。

只是有件事把我难倒了：从广西到广州、去武汉、入西安、进延安，一路盘缠，非得百元不行。百元，在1937年还是不小的数字啊。

哪知事有凑巧，随着1938年到来，不期天外透出一线亮光：省府建设厅新办一所速成合作人员训练所，由各县招考一名高中学生保送到省复试，取录后入所训练，结业后派遣中心县做合作指导员，试办合作社，这跟我一心一意要投奔延安学文学的志趣，可是南辕北辙。但到桂林复试，可领双程路费，何不借此机会去桂林，然后到前线，去寻找二哥取得川资，即奔陕北呢？再说，即令一时北去不成，能到桂林逛逛，总比在闭塞的乡间舒畅得多吧。

县里初考顺利地录取了。1938年2月，到达桂林当天晚上，正是庆祝台儿庄大捷的游行示威，鞭炮满城，歌声如潮，实在激动万分。

延安出版的《群众》周刊、广州出版的《救亡日报》、《文艺阵地》、武汉出版的《抗战三日刊》和《七月》等等，在这里很快便看到了。

由于形势紧张，原来的计划行不通了。这样，只好耐下心来，且受合作业务训练。以为延安一时去不成，能从事"我为人人，人人为我"的合作事业，总也差强人意。三月末结业，四月初和四位同事由姓林的主任被派往武鸣县推行农贷互助社试验。

六

这边旧世界的腐败，伤了我单纯的心，那边新社会的光明，愈益令人憧憬。"到陕北去！"的召唤，无时不在耳边长鸣。便迫不及待地写封信，自荐于八路军驻穗通讯处主任潘汉年：自述几年来接受进步思想的过程，提出申请到延安学习。很快即有署名云广英的回信：表示欢迎到陕北上学，告诉拿这信直接到百子路10号面谈。得到信，同时又有二哥的百元汇票，一时真是插上了翅膀，大可以天空任鸟飞了。

八月末，一个炎热的下午，冒着触犯战时公务员擅离职守应予严惩的风险，借口下乡复查农贷的使用情况，从武鸣乘上班车直奔南宁，立即买舟东下广州。

九月六日，正是去年回广西的日子。整整一周年，我又踏上熙熙攘攘的长堤。

来前，雁嫂嘱咐说：二哥曾为我跟她姨表妹撮合婚姻，姨妈和表妹看过我的照片，都有了默契；要我到广州，务必去走一趟。为着好奇，我还真去打了一转。见面接待的却是那表妹的姐姐，一位少将的年轻太太。说"很遗憾，妹妹跟妈怕空袭，过港躲去了"，希望我过去相见。过香港，一夜间的海船，三个钟头的火车，来回极便，只怕去见了面，脱不开身，阻止了我梦寐以求的前程。踌躇了一下，最后还是把这头缘分放弃了。

在通讯处填张表，跟一位女秘书谈了话，隔天即去拿到了介绍信。九月十日，便和黄克勤、黄流、周洁玲三位新伙伴首途入陕。但因战时交通不正常，广州市郊铁道天天遭到空袭，只好先乘船到清远，再从湛江口站搭上粤汉路火车。到汉口，过郑州，下旬到达七贤庄八路军办事处，听从统一编队，步行去延安。

走了十来天，八百里行程终于在我们脚下走完了。十月三日傍晚时分，我们十多个人的小分队来到朝思暮想的宝塔山脚。

七

这时间，正是全国各地青年男女涌到延安的高潮。城里，旧屋房新窑洞，全都住满了人。抗日军政大学第七大队是扩大的新单位，住址设在蟠龙镇，离城还有九十华里。我们这批才到的人，除了女同志，几乎全都编入第七大队，在延安住了三个晚上便走了。

蟠龙，是个日中为市的古老集子。我们七大队三中队的住处是原先地主的大院套。操场、球场、课堂三合一的露天场子，都是自己动手在原先的打谷场扩建起来的。新的天地，新的伙伴，新的生活方式，大家都觉得挺新鲜，也挺开心，日子过得挺充实。

不久，广州、武汉相继失守，紧跟着延安首次遭到轰炸。一声巨响，震动了蟠龙。中队部发动学员每人写封信慰问延安。我写的那封，在"抗大"校刊头版加了花边登了出来，引起不少同学惊讶，也使我对写作产生进一步的自信。

也许是由于未到延安之前就接受到进步思想，也许是由于不远万里、从边地投奔革命的实际行动，党支部很快便接受我的入党申请。十二月十五夜晚，中队副队长向阳明和指导员王立功作为党的介绍人，为我举行了入党宣誓仪式，后补期三个月。1939年3月，按期转为中共正式党员。

"抗大"预科三个月结束时，我和部分同学参加了一场《论持久战》问题的考试，获得留校进研究班的资格。和黄流、肖鲁等几个人，便回延安校本部研究班报到。

这时，延安城里经过轰炸之后已成了空城，居民全都迁到南门一条山沟，各机关单位则住到城外四周的山头窑洞办公，景象比三个月前大大改观了。

"抗大"研究班设在清凉山附近山腰的一排排窑洞里。学员正在从"陕公"等校陆续来到，等待编班。看看图书资料，设备如此贫乏，研究工作如何深入呢？再说三个月来深感军事单位管理制度太死，纪律过严，自己真是难得适应，正在这时，鲁艺每周一次陆续招考新生，听人讲，那里学习生活特别灵活，用不着上早操，也不必搞什么烦琐的"整理内务"，用不着过分强调集体，能依个人的爱好发挥专长，有大量的文学艺术图书可以阅读等等。人们鼓动我去应考文学系。自己也在想，比起做社会科学理论工作，弄弄文学创作对我会合适一些的。因而抱着试试看的心情，去了鲁艺学院，报考文学系。去考的那一周，已经是考最后一场了。主考人是代系主任陈荒煤（主任沙汀和何其芳率领第一期学员，到贺龙部队体验生活去了）。考试要求，主要是当场作篇文章，写自己感受最深的生活片段。我写的是想起童年时候，父亲每逢年三十躲债的凄凉日子，写了千把字，题目叫作《冬至》。其次，还要书面回答两个问题：一、喜欢哪些作品？二、分析某篇作品的主题意义和艺术成就。在喜欢的作品里，举了高尔基《草原的故事》里的《马加尔·周达》；回答第二个问题，举了果戈理的《巡按》做例子。此外，还有口试，系主任只问：喜欢哪些作家的东西？我说：早先喜欢郁达夫、苏曼殊，近年爱读翻译的了——普希金的小说和诗、屠格涅夫的《父与子》什么的。主任没让我讲完便点头首肯，让我过隔壁去同政治处王子刚（建国后曾任邮电部副部长）谈话。王听我说加入了党组织便不多问，算是通过了。三天后去看榜，这回，录取三人：李清泉和丁克辛两个，是从晋察冀根据地来的，早已住到系里了，实际上只取我一个。

八

要说我的文学生涯，应当是从1939年初，进入鲁艺文学系开始的。

先后给我们讲话、授课的老师，有全学院都听的：讲文艺理论的周扬、茅盾、吴玉章和陈伯达；讲哲学的艾思奇；讲政治经济学的柯柏年；讲革命气节的传统教育的赵毅敏、徐一新和宋侃夫等等。

文学专任和兼课的教员，前前后后就有：沙汀、何其芳、周立波、陈荒煤、萧三、曹葆华、严文井、卞之琳和徐懋庸等等。

文学课方面，常设的有：1.马克思主义文艺理论；2.外国名著选读；3.专题讲座；4.习作讨论等。

学院起初在北门外孔庙遗址山坡上，到了1939年8月间，党中央为了照顾学院师生学习、工作的特殊需要，将中央党校从一座天主堂让了出来，学院才搬到城东十多里地的桥儿沟，住进庭院式的庄园。此地北依青山，南面延河，榆柳成荫，溪涧流淌，环境幽静。学院老师都是来自全国各大都市文化艺术界的名流和经过筛选的青年学生。人杰地灵，一时传为胜地。

为了适应战时需要，同时还为培养将来建国文艺人才的战略任务，学院的教育方针和学习期限并不一成不变。文学系头一期，孔厥、康濯他们才只学了三个月就上前方去了；我们第二期却学了一年半才结业。1939年3月，投入大生产运动，一边学习，一边结合开荒种庄稼。到了七八月间，全院学员做了一次甄别，组成不分专业的综合普通班，由副院长沙可夫和教务长吕骥率领，开赴晋察冀边区，编入华北联大文学院。文学系五十二位同学，林漫（李满天）、田家、肖鲁、陈冷等，有三分之二的人走了，留下的有：贾芝、葛洛、杨思仲（陈涌）、林蓝、柯蓝和我（陈寒梅）等十来个人。不久，诗人萧三从苏联回来了，刚好接替系主任的空缺。研究员严文井给我们做辅导。学员采取自愿组合办法，建立人数不等的学习互助组。过了两三个月工夫，沙汀、何其芳和陈荒煤先后从冀中和太行带回和他们一起上前方去的同学孔厥、康濯、岳瑟、黄海（吴微）、尤琪、黄钢、梅行和聂眉初等，刚从大后方归来的周立波也在这时到文学系来任教。学员除了从前方回来的一期学员还有新来的魏伯、陈落、高亮、洪流、浪淘（曾扬清）、叶克、张沛，和几位女同学：苏菲、夏蕾、李一纯等等，师生济济一堂，盛况空前。

1939年冬，周扬从边区教育厅厅长任上调来学院任专职副院长（院长为吴玉章兼），何其芳接替萧三当系主任。在学院的教学方针上，周扬接受左联教训，主张强调提高艺术质量，着重培养尖端专门人才。文学系的创作指导思想，是以何其芳当时的观点为依归。他根据自己上前方采访战斗英雄的体会，形成这样一种观念：认为知识分子的思想感情和工农战士之间是存在着距离的，硬要去写，吃力不讨好；认为"五四"以来文学作品中够得上称为中国知识分子典型的，至今还没有。于是，他向我们学员提出这样的课题："我们现在的文学创作，为什么不去补这一课呢？"系主任这指导思想正好结合了学院"高举艺术质量的旗帜前进"的号召。我们的学习便都往外国古典名著里钻，盲目地闯进了"言必称希腊"的王国。

文学系一年半的学习，我写作上是有收获的，先后交出四篇习作。本来打算将在广西农村所见所闻分作若干篇章，仿效基希《秘密的中国》那样一本报告文学，揭露旧世界的种种丑恶。第一篇叫《乡间》。一天午休时间，冒冒失失闯进严文井窑洞请他给指导。过两天，他劈头就问："你爱读郁达夫的作品吧？也写过东西？"他认为初次作文，能写成这样流畅已经不易了。但是，他不大赞成我将要接二连三地照此写下去。说这类暴露文学是消极的，不符合当前举国上下、团结一致、积极抗战的精神。这样一来，原想要写的自己熟悉而深有感受的生活素材便照教导放到一边去了。于是，凭空虚构，连写两三篇有利于抗战的"小说"，请教于卞之琳老师。得到的评语是：主题好，思想正确；可惜，情节不真，人物形象模糊。一句话，概念化。

失败的教训很深，不能再瞎编了。

"九·一八"八周年，延安各界要开群众庆祝大会。鲁艺学院要拿出各种文艺节目去参加演出。文学系拿出什么东西去应付呢？系主任萧三向我们提出任务，要我们学苏联正在提倡的集体创作方法，写篇故事性强点的、以东北抗日联军故事为题材的朗诵小说。要我们十多位同学，由各人自愿组合成三个创作小组。每组集体讨论，拿出一个提纲交系主任从中挑选一个，再由执笔人集中组里意见写出稿来。三个组的执笔人：一个是葛洛，一个是杨思仲，再一个就是我。系主任认为我写的一份故事性较强，较适合朗诵。题目叫作《重逢》，是写东北抗联两支来自不同山头的游击队，从分裂又团结的故事。在"九·一八"那天的晚会上，由夏蕾（蔡若虹夫人）登台朗诵，也曾引起阵阵笑声。稿子后来魏伯拿去第二战区他主编的文学期刊《西线文艺》发表，得稿酬五元，给系里加菜会餐，大家欢聚了一番。又是集体创作，又是朗诵小说，无论是成功还是失败，在我却是头一遭也是仅有的一次尝试，以后再没接触这种合作方法和这种通俗形式的创作了。

秋收季节到了，春天开荒播种的庄稼有了收获。看到人们在劳动过程中精神面貌明显变化，人与人之间互相有了进一步的了解，深深感到在这新的天地里真有如此的幸福和欢乐；从而体会到，体力劳动即令不能完全说它是一种娱乐，但也并不一定是一种沉重的苦役；觉得某些同学在劳动过程表现的那种虔诚、单纯、勇敢都太美，太善良，太可爱了。从此还看到了集体力量的伟大。不禁产生一股抑制不住的创作冲动。终于花了一星期工夫，一气呵成，写了篇二万四千来字，名为《从春到秋》的小说。其中的人物是从系里某些同学摄取来的印象，生活细节都是大家日常见到的情形。系主任何其芳给的赞誉很高：认为反映当前大生产题材，虽然有文协作家《开荒篇》那样的东西了，但却没写出人物来；而这篇《从春到秋》可说是新的收获，说得上超出了水平线。不足之处只不过语言、文字不那么准确、优美，类似一些蹩脚的翻译，读起来拗口。稿子给了周扬编入《文艺战线》第7期。由沙汀带去重庆付印，向全国发行。不幸，《文艺战线》出到第6期，国民党当局把刊物给查禁了。据说沙汀在重庆跑防空洞，把稿件也带着的。后来学院把它收进准备要出版的《鲁艺文艺丛书》，可是当时延安的纸张和印刷能力有限，丛书又未能出成，底稿在1945年要南下时，交给孟冰保存。日本投降后，他带到张家口，撤退时，未能带得出来。这篇标志我创作生涯的一次飞跃之作，如此几经折腾，终也未能问世。

不过，在创作经验上倒是可贵的。起码懂得了"写你最熟悉的"。但同时也产生了副作用：给我带来了骄傲的幼稚病和狂妄的自负、急于求成的野心。以为一星期既然能写两万多字，一个月不是可以写它十来万了吗？写长篇！写从"一二·九"运动到1938年投奔延安、参加大生产运动的背景，一个知识分子在这历史潮流中思想感情的转变过程。素材是足够的。自信能比齐同的《新生代》（反映北平"一二·九"运动题材）写得好。

1940年元旦开始动笔，动用了全部时间，即使当着同学们烤火聊天的身边，或在大家都午睡时候，我都没停下笔来，专心致志地写呀、写呀，一直写到五月十七日中午，十八万多字的草稿总算杀青了。手稿在部分同学中传阅，引起了普遍兴趣。鲁艺建校二周年开展览，这部书稿（暂名《寻——时代的儿女》）曾作学员创作成绩展出。遗憾的是，到了1942年整风运动，自己担心它或许会同别的作品一样，遭到断章取义、牵强附会的指责，一把火给烧了。跟《从春到秋》差不多的命运，都夭折于襁褓之中。

一年半的学员生活结束了，我以《从春到秋》的成就，被留校深造，进入以培养党的青年作家为中心的文学研究室。同在创作组的有：孔厥、黄钢、李清泉、林蓝、葛洛、洪流、杨明和我（陈寒梅）八人；理论组有六个，他们是：贾芝、毛星、杨思仲（陈涌）、岳瑟、梅行和葛陵（陈元直）等。

九

1940年7月，进入文研室的同时，就要下乡、进厂、到部队体验生活。这时刻，茅盾刚从新疆来到延安，落脚处就在鲁艺学院。我们临走的前夕，周扬院长特意请茅公给我们几位新兵讲话。茅公答应就"创作与生活"讲了一番跟他在《创作的准备》里写的差不多的道理。

这回和我到群众生活中去的伙伴，有戏剧系老师姚时晓和文研室的同仁李清泉、林蓝。到了绥德专区，姚、林两位分别下农村，我跟李到河防部队三五九旅。旅长王震对我们到来表示特别欢迎。那天他一面让理发员剪发，一面跟我们谈话：说部队战斗英雄惊天动地的事迹很丰富，红军时代固不用说，就是当前抗战，可歌可泣的人物故事还少吗？可惜，部队还没培养出自己的作家，地方的同志又来得少。你们这回下来开了个头，以后多来，我们一定热烈欢迎，工作一定给大家提供方便。郑重其事地嘱咐他的秘书郭小川关照我们下主力团（七团）去，以宣教干事名义，深入连队，协助指导员教战士学文化。

七团所属各个连队，以义和镇团部的驻地为中心，沿黄河西岸一线布防。到团部时，得到宣教股的干事侠静波热情招待，是值得记忆的。哪里料到，二十六年之后，"文革"开始，他老兄却以广州军区宣传部副部长身份到广西支左，牵头组织写篇批我作开路的大文。不几天，他自己也成了大革命的对象。这是今天说的事了，可当时他给我们的印象倒是挺诚恳、淳朴的同志。听他的介绍，我下的连队是驻宋家川渡口附近的村庄，对岸便属晋西北的柳林镇，日本鬼子经常来骚扰的地带。河声怒吼，日夜喧嚷。连队生活除了巡逻、守望，便是出操、打球、学文化和种菜浇园。按时间表排列进行，周而复始，像河滩、像涛声一样，单调而平凡。平凡的生活不到一个月便发生了突变：太行总部发来紧急电令，部队要过河参加"百团大战"。和李清泉一道，赶到碛口东渡，追上了参战的前头队伍。作为军中宣传鼓动工作的干部，在晋西北游击区的火线下辗转个把月，首次闻到战争的火药味儿，见到敌后军民关系的鱼水之情，听到敌后武工队员口述他们生龙活虎的游击故事。战役结束，一支由地下党一位文化人张宗汉为头领发展起来的游击队，改编成三五九旅九团，从冀南开回河西陕甘宁边区休整。我便请调到那里去，在那里跟政治处宣教股长高铁相处很短一段日子，听了不少关于这支农民抗日队伍逐渐成为正规的八路军的种种故事。

为期半年的体验生活，转眼便过去了。和林蓝、李清泉一道，按时离开农村和部队。记得临走，王震旅长还托我们带只灌满酥油的羊肚回延安奉献给毛主席。

半年的连队生活体会，给我提供的创作素材应该说是丰富的。不过，要把它写成小说，就像一锅沸腾的开水，不经相当时间的沉淀，清浊难分，一时还不好落笔。这跟几位下农村的同仁遇到的苦闷是相通的。大家觉得既以创作为专业，当然就得拿出作品作为任务交差。任务越完不成，精神压力也就越大。弄得人人自危，个个愁眉苦脸。周扬院长了解大家情绪，把话讲得很委婉：一时写不出就不必硬写嘛，陀思妥耶夫斯基二十四岁写出《穷人》，能说才华不高吗，可他也停滞了好多年后才再有新的创作。还说，一个人生活了二十来岁，积蓄的生活、知识，在头篇处女作大概用得差不多了。写不出就读书好了。多读书，多读名著——那是经过人类千百年淘洗下来的精品，可作借鉴，对写作大有裨益。

但是，作为组织的领导者，可能还要考虑到问题的另一面：似乎认识到，采取关在"象牙之塔"来培养未来的红色作家，未必是个好办法。于是，文研室办了一年半之后便解散了。周同我谈，问愿不愿去延安大学学俄文？说懂得一两种外文对创作很有帮助。这不能说不是出于爱护。可当时年少气盛，误会是自己被嫌而给放逐了，负气写了封信，认为解散文研室的措施，带有不公正的偏心。听说这引起周好大的不高兴。从此，造成了彼此多年的隔阂。

十

1941年11月，正当鲁艺文研室解体时刻，留守兵团在鲁艺旁边要开办一间部队艺术学校，兼校长的政治部主任莫文骅来鲁艺请求派教员支持。借此时机，和黄照、叶克三人便从鲁艺学院转过部艺学校，从创作研究员成了文学教员。给学员讲授习作课，一直干到1943年3月。文学队学员当中，有后来因写《吕梁英雄传》成了大名的西戎（另一位合作者马烽，当时是戏剧队学员），《在零下四十度》作者的部队作家西虹和电影剧作家孙谦和纪叶等等。

原先半年的部队生活素材，在鲁艺写不出东西，现在到了部艺，因为经过一定时间的过滤，倒是写成了两个短篇。其中一篇《落伍者》登在丁玲、艾青和罗烽等几位轮流主编的文协会刊《谷雨》第四期（1942年4月号），与名家之作并列。署名陆地的新人，引起了文学圈的注目，老作家吴奚如、罗烽齐声赞赏，顿然成了文坛新秀。然而，想不到麻烦竟接踵而来：有人就说，"你本是鲁艺培养出来的人，有作品为何不给《草叶》(何其芳主编的鲁艺校刊。在人们心目中，《草叶》跟《谷雨》乃是鲁艺与文协两大山头的阵地)?"鲁艺的人以为我另投山门，成了异己分子。等到文艺座谈会一来，我这篇本为个人主义者唱的挽歌，却被鲁艺的程某署名文章当头一棒：认为革命队伍即令有少数落后分子现象，终将也会受到感化而转变成革命者的，为什么写他掉队去呢？作者赋予落伍者的同情，不就是对革命队伍的诬蔑吗？面对这种逻辑的指责实在难以接受，趁着当时即使党报的批评文章也还允许反批评的风气，本着初生之犊的憨劲，立即写文章，引用鲁迅在《非革命的急进革命论者》的话，驳斥了程文那种形而上学的观点。文章在舒群主编的《解放日报》副刊发表后，有天在延河边散步，与周扬邂逅。他客气地说："你的小说和最近的文章，我都读了。什么时候来我处谈谈。"谈谈，兴许是长者出于对晚辈的好心吧？但我当时还是认为程某对我的打击是有来头的，无疑是代表着包含周在内的程某一伙理论权威。我当时已归属军委系统的干部了，以为鲁艺的组织已管不到我头上，不管周对我怎样，只有敬而远之。始终不肯应邀趋前领教。这就进一步加深和鲁艺程某一伙的隔阂。只有彼此都经历了"文革"十年之后，一次，跟一位一贯以马列主义者自居的鲁艺旧人重逢叙旧，他老兄这才带着歉意地叹道："42年我们批你的那些，都'左'了!"

十一

1942年冬，陕甘宁边区部队、机关实行精兵简政，部队艺术学校停办。我的教员生活也随之而告终。接下来是从1943年初到1945年6月两年半的报人生涯。

本来调令是到联防军政治部新创办的《部队生活》报社去当特派记者的，这对我的文学创作还是比较接近的行业。不想正要随同徐向前首长（陕甘宁晋绥联防军区副司令员）出发去独立一旅的时刻，莫明其妙地突然被留下了。顶头上司"联政"宣传部副部长兼报社社长向仲华找谈话，说报社内勤缺人，先干一段编辑再下去吧。这样，我就跟这位当过《新中华报》社长的老报人的副部长面对面坐在办公桌，由他手把手教我学起了编报的业务。

七月间，作为党中央社会部领导人康生搞的逼供信，掀起了一场抢救运动的龙卷风，霎时间，我成了抢救对象，从而经历了九个月隔离审查的种种折磨。到了1943年除夕，党支部才当众宣布：我的历史问题，原来是根据中央党校职工班邓某检举材料，说我来延安之前，通过他接受日本特务派遣。这才不让做记者、列为抢救对象的。但经过查证，邓某1941年到了延安之后，经黄流介绍才跟我相识，而且邓某在其遗书中，对他被逼的供词已做了否认。因而，审查结论是：个人历史清楚，不存在任何政治问题。

个人政治历史问题解决了，无异组织上第二次入了党，真正是成为自己人了。这本来可以做记者的，只是总觉得到部队采访还是难免被动，受约束很多。自知一生若真能对社会有所贡献，唯有从事创作，或许会有所作为。但要弄文学，除了重回鲁艺别无去处。而鲁艺，有程某一伙人在，又有周扬对自己那么一些也许是不公正的看法在，自己既然从那里被放逐出来了，现在又要回去，好吗？犹豫了几天。最后，为了夙愿得偿，为了特长得到发挥，比起来，过去的恩恩怨怨统统不去管它了。决心上书文艺界领导周扬，申请重回鲁艺。不想很快便有亲笔回信：说欢迎回学院搞创作；只不过问了肖部长（我的顶头上司），说是等到"七大"开过后，看干部如何调整再做定夺。过不了几天，原兼部艺校长的莫文骅来找肖向荣、向仲华两位我的顶头上司，要求支持他回广西老家开辟新区工作，指名要我和韦必克两个广西老乡一道随他南下。肖说，"周扬正说要他（指我）回鲁艺；我们是留不住了。回广西还是回鲁艺，看他个人拿主意吧。"莫在部艺学校兼校长任内，对我和对他手下的宣传科长韦必克是认识的。他找我和韦谈：目前在钦州、防城十万大山一带，有五六万农民暴动，正缺有力的干部去领导，说韦、我两人回去，就到那边去打开局面。想想自己，一介书生，居然受命耍弄刀枪，那是赶鸭子上架。不过，南方那边青山绿水的大千世界，对我却十分诱惑。这边大西北的黄土高原毕竟是太单调了，挨过了那么漫长的七年，实在真想能够有所改变。尤其一心为了要写作，对生活的追求总是无穷无尽的，所以说，这机会对我是求之不得的。

延安这新世界的摇篮，一住就是七年。如今，人要走了，往日多少情谊，宛如飞鸟失落下片片羽毛，那是不能带得走的。回想当年告别母亲离家出走的情景和心绪，多么洒脱、多么轻快。如今，正要打回老家的时刻，反而不禁感到茫然的怅惘！

六月十一日，队伍出发的前夕，毛主席向即将南下的部队做动员。我却请了假，赶到桥儿沟边区师范学校，向黄海、叶克两口告别。后天一早，南下队伍出发，是要经过桥儿沟来的，当晚我便不回队上了。

八月初，部队从中条山太岳军区地带的旧垣曲某个渡口，南渡黄河，进入洛阳附近的新安县邱沟煤厂休整。中旬，日本无条件投降，抗战宣告结束，部队继续南下便成了出师无名。朱总司令连发三道命令，要八路军、新四军就地受降。我们满以为马上便开进洛阳了的。蒋介石却以中央国民政府名义，强调统一受降。胡宗南队伍即将从关中开来郑州，接管陇海沿线各城。我们只好从西沃镇北渡，退回豫北沁阳，围城发动群众。过了半个来月，党中央来电：两广南下干部即同武装部队星夜兼程，直奔东北。队伍便取道太行，解决御寒装备。然后每天以八十里的行军速度，跋涉于一望无际的河北大平原。

赶到白洋淀边边上的新镇时候，我打起了摆子（疟疾），被迫留在冀中行署卫生部，服了两天奎宁丸。愈后，政治部动员留在冀中等待进入北平或天津。我却怀念着一起相处了几个月的伙伴和队伍，还是要求拿到了组织介绍信和"路条"。沿途有乡、村公所或兵站的车辆、牲口载送。过了北宁路，遇上三五九旅收容队十来位同志，跟他们搭伙，直奔山海关。

到此，步行结束了。在七年未见的电灯光下爬上了开往锦州的装煤车厢。翌日，天色微明时分，列车在锦州站停了下来。头次见到令人景仰的苏联红军，也是头次看到，曾经不可一世的日本鬼子，这时却成了动物园的狼似的在街头广场被铁丝网圈起来了。一些戴眼镜、口罩的家伙，个个耷拉着脑瓜，乖乖地在扫大街。

广东干部队和他们的武装队伍三五九旅驻扎锦州。收容队的伙伴回到他们各自的单位去了。我一个人独自找军区政治部，转关系去沈阳向东北局报到。在一座豪华的奉天旅社意外地遇上了部队政委雷经天和大队长黄一萍。原来部队到了冀东玉田时，广东、广西两支干部队和武装队伍便兵分两路出关，广东的三五九旅奔山海关，广西的警一旅走承德。承德到锦州火车不通，队伍都停在那里了，雷、黄和其他几位老团长脱离部队先赶去东北局汇报。大队长见我掉队的病号倒反赶到前头来了，特别高兴。马上给二百元仍在流通的伪满钞票，让去街上理发、洗澡和买些日用品，吩咐明早同他们一行去沈阳。

傍晚，从理发店出来，在街口看到从火车站走出一队穿灰一色的行列。有人从背后猛喊我名字，回头一瞧，嗨，原来是文学系老同学浪淘，他们一行全是一大串延安常见的熟人：严文井、天蓝、公木、雷加、高阳（李江）和华君武等等。听他们讲："八·一五"之后，延安文艺工作者统一组成一个文艺工作团，步行两个来月，到了张家口。周扬、艾青、欧阳山一部分人留在那儿开办华北联合大学文学院。他们这批要到沈阳去。翌日，我们又都巧遇于锦州到奉天的列车上。十四年抗战终于胜利了，彼此说东道西，兴高采烈。到此，山沟沟的单调生活已成了历史。我的四个半月零两天的徒步行军也就到此结束。

四个多月的日日夜夜，跟经历过二万五千里长征的红军老同志生活在一起，听到不少惊险动人的故事，亲眼看到这些老英雄在行军里头表现的可敬可亲的优良作风；最令人感动的还是经过几个抗日根据地甚至游击区时，见到农民群众对待我们八路那么亲，那么诚实，那么淳朴、敦厚，真像是自家兄弟。总之，感受太丰富了。日后写的短篇《钱》《中途》和中篇《钢铁的心》以及稍后才整理出来的《行军手记》（从延安到沈阳）都是这段生活的回声。其中一篇《钱》在《东北文艺》发表不到半年，即为苏联著名的文学期刊《旗》（1948年8月号）译载。苏联期刊译载中国小说，在当时来说，不是头一回也是极为罕见的。副刊部一位懂俄文的刘仲平同志，一天从中苏友协拿回刊物来见面便欢呼："乌拉，阁下可是成了国际作家了也！"这叫我都为之愕然。

十二

1945年10月最后一天，和雷经天、黄一萍、欧致富、李志明等几位广西老红军负责同志一道，从锦州抵达沈阳，苏军抵不住国民党政府的攻击，不让我们关里来的八路干部在城里公开露面。半夜里东北局把我们安排到铁西区飞机场附近名叫烟粉屯的小窝铺住下。和雷、黄两首长睡在一条炕上。第二天，雷征求我个人对工作的要求，说今后我们就要管大城市了，工作门类不同山沟里那样简单了，问我想干哪一行，能干哪一行？都可以提出个人意见，让组织去考虑决定。这时刻，要提出去写作、当专业作家，显然是不合时宜的了。但是考虑能干什么的问题，唯有编报纸还可以对付。雷说，东北局的机关报——《东北日报》，目前正在到处物色干部，急需有这方面经验的人才。过两天，东北局组织部便给雷来电话，让我直接去报社找廖井丹副社长。就在那天，我把介绍信交廖的时候，提出把名字改称陆地。廖问，愿做记者还是想编副刊都可以。我说先编副刊一段，等对社会情况熟悉一些以后，再做记者吧。没想副刊一编下来就脱不了手，从1945年11月初到1949年8月离开报社进关南下，一直干了将近四年工夫。而且从报社筹建开始到后来发展阶段，一直担任编辑组长，主持整版副刊的全部编务。先后在副刊部编辑的同事，除了副总编严文井分管副刊以外，曾有过几位女作家——陈学昭、白朗、林蓝和李纳，男同志则有刘仲平、刘和民、关沫南和姜健等，专画画的有，以华君武为首的宋小四（高莽）和黄铸夫。

报社开头是在沈阳《盛京日报》《康德新闻》两家伪满报纸的底盘筹建的，后来东北政局动荡，随着东北局迁移，从沈阳迁出到本溪，再到海龙，不久，进入长春一个月，又北迁哈尔滨，等到全东北解放才重返沈阳。

1946年七八月间，在哈尔滨稍定下来时候，一天，东北局宣传部部长凯丰召我谈话：说东北青年学生遭受日伪十四年奴化教育，文化知识水平、政治思想觉悟都不高，不能把关里根据地那一套全都搬来，他们一下子还接受不了。他们不是只知道巴金那样的东西吗？你的副刊是不是组织那样的文章呢？目的只要让青年学生肯跟我们走就行了，调子不能太高。

遵照这一指示，副刊就发了林蓝一篇《樱桃》，跟着我自己写了一篇《叶红》。写了新时代一位女性，从个人怀着浪漫的英雄幻想投奔革命圣地延安，经历种种实际生活、学习的锻炼，特别是经过学习"讲话"之后，思想感情逐渐有了变化，跟工农群众打成一片。小说一经发表，正如我每星期在副刊写的《阅读与写作》专栏文章一样，在知识青年当中产生意想不到的影响。有一天，去催周立波要《暴风骤雨》的连载稿，扯谈起来，周说，他在乡下土改，别人听说工作队有个文化人，便问他是不是叫陆地？

但是，"木秀于林，风必摧之"。等到日丹诺夫批判左琴科和阿赫玛托娃的那股旋风，从西伯利亚吹到哈尔滨时候，在东北首届文代大会上，我这篇曾为广大青年倾倒的《叶红》便被牵强附会，当作同左琴科鼓吹"小资情调"一路的货色，而列为大会批判中心。在文学小组连续批了三天，批得剧作家宋之的听得都不耐烦了，诘问主持人刘某："天天都叶红、叶红，说个不完；请问，我们的会还谈不谈别的问题了？"诗人李江敢讲句公道话："我看，在这儿讲来讲去，还是我们几个人的说法。我说，干脆，拿到群众中去听听读者的意见，看是不是同意我们的观点。"最后决定由严文井写篇评论，作为收场。可文章一直未见出来。这场批判虽未一棍子打死，不过，对脆弱的创作神经不能不是一种创伤。何况还真因为我受过批判，出席首次全国文代大会的名分却于无言之中被否了。

《东北日报》副刊工作四年，除了主持编务，也曾下乡土改，进厂搞民主运动。因而写有工人生活的《大家庭》，农村题材的《乡间》等几个短篇小说和一些散文。1948年在哈尔滨出版了第一本小说集《北方》（1950年上海群益出版社重排，改名《好样的人》）。同年，应三联书店的哈尔滨光华书店邵公文之约，将报上《阅读与写作》专栏文章收编成单行本《怎样学文学》，列为新中国小百科丛书之一，在北平、上海、香港等地一印再印。1949年还有一本中篇《生死斗争》，在沈阳东北书店发行（1950年上海群益出版社重排改名《钢铁的心》）。

1948年11月4日，全东北解放。就在当晚万众欢腾的庆祝声中，我而立之年同年方十九的小姑娘于凤乡（于千）在哈尔滨结为伉俪。

十三

1949年8月，为迎接全国解放，在东北的两广干部大多数调离原单位集中长春准备入关南下。我这才离开了《东北日报》副刊部，从沈阳到长春，加入叶剑英的华南工作团的广州干部大队。在广西籍的朱光（后来当首任广州市市长）直接领导下，集中学习一段政策。月底进关，经天津、济南、南京、上海、杭州和南昌。路过赣州，赶上庆祝中华人民共和国成立的群众大会。十月初，到达广州市，进驻当时最高的爱群酒店，接管市教育局。十一月下旬调广西工作团，到梧州任市党委宣传部部长，奉省委书记张云逸面命：创办《建设日报》，首任社长。

1950年7月，上调广西省委宣传部，从此，历任处长、秘书长和副部长，直到1966年6月"文化大革命"。十六年的漫长岁月，主要精力和时间全都消耗在"会海文山"了。这当中，1951年冬，参加广西土改工作团跟北京中央团的田汉、艾青、李可染、胡绳、吴景超以及胡昭等作家、诗人、艺术家、教授和领导干部以及大批清华、燕京两校的学生，一道搞了大半年的土改运动。

1952年11月，中宣部文艺处从全国各地借调作家、诗人上京，统一安排各人下乡、下厂、到部队深入生活，为期一年。我有幸获得了这求之不得的机遇，企图就此良机，将土改的生活感受写部长篇：塑造个从奴隶翻身成为主人的当代农民形象；同时表现一群知识分子在与工农相结合的过程中，思想感情发生变化的精神面貌，其中不免顺带批评某些思想僵化的干部领导作风。一心想写有别于已有的土改题材作品的模式。但因酝酿、准备工夫不成熟，1953年一年的借调期限很快便过了，愿望落了空。

1954年初，又坐回办公室，行政工作的担子加重了：秘书长、副部长接连升级；另外还有第三届政协全国委员和广西作协主席等社会职务的活动，写作实在没有可利用的业余时间了。不过为着要写心中的长篇，脑子一直没少酝酿。到1959年初，组织上为国庆十周年献礼，动员作家们创作，先准我有三个月的创作假。三个月要写部长篇，按说时间是不够的，好在事前有着五年怀胎，人物形象已活现眼前，其中细节也都有了清晰的想象，一旦执笔写来，得心应手，进度神速。从四月初到六月上旬，不要三个月便写出了二十多万言书稿。1951年那段农村绚丽多彩、令人难忘的生活图画，终于在《美丽的南方》（1960年作家出版社）得到了反映。

十四

1960年到1963年，因病住院疗养，乘机构架另一部现代革命历史题材的蓝图，数易设计草稿，拟出二百来页提纲。在未进入创作之前，先写两个短篇试笔。真想不到头篇《故人》竟会获得如此广泛的读者，《广西日报》、新华书店一段时间就收到为数不少的书信和电话，要求报上转载，打听有没有单行本出售。

《故人》的成功，大大鼓舞了我酝酿多年、一心要写以反映从本世纪初（指20世纪。——编者注）反袁称帝到三十年代中华工农苏维埃诞生，那段民主革命题材的信心。

1963年3月，出席中宣部针对外国修正主义文艺思潮而召开的反修防修文艺工作座谈会回来，便得假动手写我第二部长篇。仅仅用了一年半工夫，七十万言的初稿便出来了。初步拟名《他留下的脚印》，是以一位革命前驱者的命运为中心的书。这时，正要开展农村四清运动，大抓走资本主义的当权派。文艺界紧密配合政治运动，批电影《早春二月》、批戏曲《谢瑶环》、批史学《忠王李秀成自述》等；"以小说反党是一大发明"的余震还在令人惴惴不安。而我这部以资产阶级民主革命历史时期为背景，表现知识分子出身的革命先驱者所经历的曲折道路为题材的长篇，其中不仅闯了为知识分子树碑立传的禁区，而且直写到孙中山那样的历史人物，直写毛泽东、周恩来等等那样的真人形象，这在近年来已成司空见惯的现象了，可在六十年代初是要有敢担风险的傻乎劲才行的。难怪一家出版社看过初稿，虽然说什么人物个性的刻画、历史时代背景的再现，以及整个布局构架等等，颇具匠心；但值得考虑的是：规定主人公的地位过高（中央苏维埃委员），会不会招致物议？特别是领袖人物真人如何塑造得恰如其分？因无前例，不能不予顾忌。因为已是"山雨欲来风满楼"的严重时刻了，所以对书稿的取舍，没说否，也没敢说要，模棱两可。接下来不久，果真一声霹雳，一场惊天动地的"大革命"旋风便令人目眙口呆，什么都说不准了。

十五

那是正当全国到处都在传达《"五·一六"通知》的危急时刻，我还在桂林芦笛岩山脚的肖家庄领着四清工作组学习这红头文件之际，广西区党委秉承中南局部署要每个省区必须揪出个代表人物来作大批判开路的旨意，6月5日开会决定：拿我作为修正主义分子的典型，号召全自治区人人口诛笔伐，罪名便是炮制《故人》大毒草！不教而诛。谁能想到，曾为广大读者（包括现在要判她罪的衮衮诸公）赞美备至的《故人》，那纯粹而且明显不过的在控诉国民党特务给知识分子制造的悲剧，怎能昧着良心颠倒黑白把它说成是"为地主分子树碑立传"？谁敢相信欲加之罪何患无辞的莫须有的冤枉，竟在革命队伍中重演？然而，一夜之间，我居然就这样为《故人》受难——成了三反分子，成了文艺黑线在广西的代理人！作为权威的党报，每天以一版到两版的整版通栏标题，连续刊登了三十八天（从6月15日到7月23日）所谓工农兵群众大批判文章，所谓各地区各团体的声讨电文和声讨大会的图片。至于我本人以及家属所有成员所受的冲击，实在超过人所能忍的极限。但丁在《地狱》写不到的残酷，我在人间却真受够了。只因有1943年被"抢救"过的教训，深信党最终将会做公正的裁决，于心倒能坦然；怀着苦涩的好奇心冷眼静观这出戏剧如何终场。再就是幸亏自己平生无怨敌，没给乱棍打死，终归经历了第二次严酷的考验。记得运动初起，身受冲击，心事万千，吟成几句泄愤，题为《冰雹》：

> 霹雳一声天地崩，何来夜半排山洪？
>
> 村前乌柏逐狂浪，屋后丰松啸疾风，
>
> 茅舍倾圮犹有础，渡船漂泊已无篷。
>
> 雨里老夫迎风立，翘首凝睇望旭东。

1972年国庆前夕，已是林彪死后周年了，我才总算死去活来，从六年的噩梦中得到了解脱。1973年初被安置到自治区文化局当副局长，排第九。人们取笑叫我"老九"。老九是分不到什么工作来干的。另一位支左的副局长来叫拿出写作计划去，交党组讨论，通过了，便在家写东西，不给设办公室了。

写什么呢？自知一贯写作的心情就像谈恋爱那样害羞，不到成熟可以公开的程度是不好意思向人泄露秘密的。要事先拿到会上去叫人七嘴八舌说这说那，实在太难为情。当然，最难以从命的还是江青的"三字经"，还有接二连三掀起的大批判开路：一下子批《水浒》，一下子批《创业》，一下子又批《三上桃峰》……写作无异谈虎。我的大捆书稿，一直束之高阁，真没心机也缺那分勇气去触动。白白混了好几年的日子。

十六

1976年10月，十年灾难终于结束了！创作思想终于挣脱了紧箍咒。12月即给领导机关打报告，请求批准创作假，完成长篇《瀑布》（《他留下的脚印》最后定名）的书稿。但石投大海，没得回音。事隔一年，由于中国青年出版社刘平、李荣胜两位得江晓天推荐，专程来访，看过初稿前头十多万字之后，格外赞赏。立即代向区党委文教办主任罗立斌交涉，获准我的假期。

从1978年初开始，一边修改《瀑布》，一边还得兼顾恢复文联的筹备工作。到十一届三中全会时才完成全书前两卷，只好作为第一部（《长夜》）先出书，1980年4月第一次印行。1981年荣获全国少数民族文学创作一等奖。后两卷因种种缘故，拖到1984年末才以第二部（《黎明》）出版。到此，《瀑布》全书一百零五万言四卷本的整个工程总算告竣。这是自己认为用生命写成的书，无疑是代表我一生创作所能达到的高度了。要说短篇的代表作，则该是《故人》，《落伍者》只能标志着我开始迈进作家之林的第一步台阶。

党的十一届三中全会全盘否定了"文化大革命"，1979年3月，广西区党委才肯为我曾经被当作打倒对象的代表人物予以平反，才肯承认1966年6月5日会议把我作为三反分子而撤销党内外一切职务的决定是错误的了。于是恢复我区党委宣传部副部长的职务。1979年全国四次文代大会，当选四届委员，同时入选中国作协理事。1980年广西文联和广西作协重建，当选两会主席，并任党组书记。1982年离休。最后，吟成如下几句旧体诗作自白：

　　　　自古文章憎命达，从来骚宦不一家；
　　　　寂寞桑榆思冯异，留得清名对噪鸦。

1990 年代

人生第一课

——记中学时代的戏剧活动

凤 子

在家里读《三字经》《女儿经》，在私塾读《幼学琼林》的十岁左右的女孩，竟冲破了家庭关，进了洋学堂——武昌女一中附小，真是不可想象的事，如同后来未经家人同意剪掉辫子一样。在封建意识占统治地位的没落世家里，这样的行为，不啻是一场"革命"。我有兄弟姊妹十人，我排第十。记忆中只有两个姊姊，三个哥哥。听说大哥过继给大房，四姊做了"望门寡"，年轻轻的就走到她未见过面的丈夫的家！九姊早夭。活着的哥哥姊姊都未进过学校，但他们不是文盲，都在私塾学习过。我的启蒙老师是瘸子五哥，第一次上学也是进的私塾。记忆中私塾是个私人学堂，不分班、不分男女，当然都是没有成年的儿童。在一间堂屋里，摆了几张桌

作者简介

　　凤子（1912—1996），原名封季壬，笔名禾子、封禾子等，广西容县人。1936年毕业于复旦大学。早年在上海、重庆、桂林、香港等地从事戏剧活动。曾任《女子月刊》主编，桂林《人世间》编辑，上海《人世间》主编，《说说唱唱》《北京文艺》编委，《剧本》主编。著有长篇小说《无声的歌女》，散文集《废墟上的花朵》《舞台漫步》《旅途的宿站》《人间海市》等，散文小说集《画像——凤子散文小说选集》，散文评论集《台上·台下》等。

作品信息

　　原载《新文学史料》1991年第1期，收入散文集《人间海市》（上海文艺出版社1998年版）。

椅。教书先生是个老头儿，穿长袍马褂，还拖条辫子，脸上架副铜框眼镜，威严地坐在八仙桌旁的太师椅上，桌上放有戒尺。八仙桌上方有一个条桌案，条案正中墙上供有至圣先师孔老夫子的牌位，条桌案上供有香炉、蜡台，蜡台里的蜡烛没有点燃，香炉里的香却烟雾缭绕，增加了神秘感。入学那天，先向孔子神位磕头，再给老师磕头。为了背书时不挨手心，我也整日摇头晃脑地唱着"混沌初开，乾坤始定……"今天来看，《幼学琼林》不失为一本学习科学、历史……启蒙的教材，要看老师如何讲解了。

读私塾时我还不到十岁，当时我家在武汉，正是军阀混战的年代，为了"跑反"，我们家经常从武昌搬到汉口。因为武昌有城门，军阀们抢夺地盘，武昌就得关城门，汉口有租界，为了活命，武昌城里的人，在吴佩孚、孙传芳的指挥刀下，动乱时跑汉口，和平时住武昌。也因为汉口有亲戚提供"跑反"的方便。

我母亲的堂妹有个侄女儿叫杨励，我管她叫表姊，实在是算盘亲戚。表姊在武昌女一中附小读书，我们年龄相近，常在一起玩。我羡慕她穿的学校制服，月白色竹布褂，黑府绸裙子。我翻看她的课本，像天书，愈看不懂愈好奇。为此向父母闹着要进学堂。说动了家人，插班进了小学六年级，和表姊同班。穿上了月白竹布褂，黑府绸裙子，心里又是欢喜又是愁，因为除语文、史地外，数理化、英文都跟不上，下学回家不少哭鼻子。表姊为了辅导我，下了学就和我一块做功课。居然毕了业，也不知怎样混过来的。

高小毕业，这时因父亲工作调到汉口，家已搬到汉口，我就考进了汉口二女中。班主任林先生、语文老师涂先生、教务主任陈先生，思想开明，学生课外活动很活跃，如演讲比赛，演出话剧等。他们不仅鼓励，而且给以具体指导。当时也没有什么组织，就以班级名义活动。初中二年级文娱活动比较活跃，喜欢话剧的同学多。不都是当演员，更多的是搞舞台工作。所谓舞台，并没有台，只在食堂的一头，用白粉笔画出一条界线，用床单做幕，布景、服装当然更是因陋就简了。关键在剧本。当时田汉的名字在武汉青年人中叫得很响，他早期的作品深得青年人的喜爱，所以《南归》《苏州夜话》《湖上的悲剧》等自然被选中排演。同班同学有好几个大个儿，如董启容、沈蔚德自然被派演男角，而我因个子小，只有承担演悲剧女角的份了。

什么叫演戏，我们都一窍不通，但绝不是为了好奇、好玩才搞戏。我们是那样严肃、认真对待这个活动。语文老师、班主任是导演，实际上他们只是把大家叫到一块念剧本，他们根本也没有排戏经验。武汉长大的人都不会说"国语"，那时还不兴方言演戏，因此就得请会说"国语"的同学当老师，校正语音，听听谁念的上口，谁就被挑做演员。当时普通话都是南腔北调，都说得不纯正，大家也接受了。

我饰《南归》中的春姑娘和《苏州夜话》中的卖花女，沈蔚德饰老画家，董启容饰流浪者。我没有参加《湖上的悲剧》的排演，也忘了扮演者都是谁了。这三个戏的演出，在全校，甚至全市来说是件大事，《苏州夜话》反映了军阀混战时代人民遭受的生离死别的痛苦，卖花女的身世自然赢得人们的同情。不过，我对《南归》中女儿的感情毫无体会，等到流浪者走后，女儿急切地追出去，那情景引人掉泪。我们不懂表演，首先自己就被剧情感动了，演来也就感动了观众。卖花女诉说身世时禁不住流泪，而"台"下观众也一片唏嘘声。观众的反应促使了演员控制不了感情，演员们都泣不成声。导演班主任林先生急了，叫拉幕，向观众宣布停演十分钟。戏半途辍演，观众都不离座，有的观众不住地以巾拭面，待演员们喘息过来，才又拉幕继续演下去。

当时小学、中学男女分校，男二中的学生大多是我们的观众。董启容的弟弟就在男二中，解放后才知道他们姊弟当时就已参加了民先组织，不久都入了党。演出话剧，而且演田汉的戏，就是一种革命行动。尽管田汉当时的作品有的带有浓厚的小资产阶级的情调，但是他的作品反映了那个时代广大人民的心声，人们生活在军阀割据的环境中，跑反的经历，家败人亡的惨剧并非绝无仅有。当时我们都是十几岁的女学生，正是多愁善感的年龄，演到伤心处，演员们自己就哭了，观众也哭了，这哭并不是表演艺术应有的效果。当时我们这些女学生都是第一次上"台"，能把台词背下来，肯化装扮一个角儿就很不易了，我们对戏剧表演 ABC 都不懂，全凭兴趣和热情，当然个别人如董启容是作为政治任务而积极投入工作的。当时共产党还是秘密组织，包括"民先"。解放后一次聊天，我问董启容当时为什么不发展我参加民先，她避而不答。我在二女中时还患有肺结核，身体单薄，感情脆弱，平时就容易掉泪，对革命毫无认识，当然不是发展的对象。

1927年大革命爆发，革命浪潮汹涌澎湃。出于对封建割据军阀内战的愤恨，武汉人民都积极组织起来迎接国民革命军，学校里更是热气腾腾。我们都参加了全市各界民众欢迎国民革命军的活动，还参加了收回租界的游行。阶级意识虽然朦胧，爱国热情却蓬勃高涨，为了慰问国民革命军官兵，我们排了一个大戏《空谷幽兰》。内容是写婆婆虐待媳妇，寓意妇女解放。在汉口最大的民众乐园演出，地点在汉口后花楼新市场。记得参加演出的是全校各班同学，作为任务赶排出来的。我饰演媳妇，一位姓汪的同学饰演婆婆。我是一个受尽虐待的苦命女子，可是我看婆婆既不狠也不恶。国民革命军战士都是来自农村，揭露封建思想对民众，特别是对妇女的迫害获得战士们的共鸣。民众乐园有三层楼座，近千个座位都坐满了人，我一出场看到那么多观众真有点怯场，糊里糊涂不知怎样把戏演完的。

七八岁时，跟着瘸子哥哥看过文明戏，当时女角都是男演员演的，文明戏演出没有剧本，而是凭一张幕表，即分幕、分场，分派角色，从简单的说明，看出故事大概，由演员自己发挥。王无恐、陈秋风的演出轰动一时，陈秋风饰女角，王无恐是言论老生，针砭时事，慷慨陈词，获得满堂掌声。我们二女中演出的是话剧，相反，男演员要女角担任。我们根据剧本，要背台词，经过排练才演出。当然，如何进行艺术创造，我们是不懂的。但是，演戏不是为了玩、戏能教育人，朦胧懂得了"艺术的使命"，当然，这词儿当时也未听说过，更说不上理解了。

学校剧早在北方大学里开展了，周恩来同志就是南开大学著名饰演女角的演员，而且北方还创办了戏剧学院，这些，在当时我完全不知道。凭自己的经验，我认为学校剧是时代的产物，它有一股强劲的力量，它团结、教育了参加学校剧组织的师生，它团结教育了广大的观众。它是革命运动的一股不可忽视的力量。回顾二三十年代参加影剧界的作家、导演、演员……几乎大多是从学校业余演剧团体磨炼出来的。

话剧是一种外来的艺术形式，二十年代初期传到我国，最初名为文明新戏，以别于旧戏，即戏曲。所谓旧戏是五四新文化运动中派生的一种民族虚无主义对戏曲艺术的贬词，这里且略而不论。话剧定名始于洪深，男女登台合演也始于洪深。话剧繁衍到今天，我们忘不了她的最初奠基人——欧阳予倩、田汉、洪深三位先行者。他们不仅仅是引进了一门新的艺术形式，而在新文化运动大潮中，他们投身于实践，鼓舞、教育了广大人民群众，首先也团结教育了要求进步的知识分子。在反帝、反封建的战线上，他们掌握的话剧这武器，是匕首，是投枪。一声"放下你的鞭子！"唤起了万千人民群众的爱国热情；"打倒卖国贼、抗战到底！"的呼声，引发了多少民众的内心共鸣。

新文化运动先行者，我们也忘不了胡适、丁西林、熊佛西、赵太伟——许多位在戏剧文学和教育事业做出贡献的前辈，话剧成为教育部门的一项专业学科，尽管在二十年代中北京艺专成立有戏剧系，1927年大革命失败后，田汉创办有南国社，1929年欧阳予倩在广州创办戏剧研究所，下设戏剧系开戏剧教育的先声，三十年代国民党创办的国立剧专，也都培养了一些专业人才。而全国解放后，由国家主办的中央戏剧学院、上海戏剧学院，几十年来在老一辈戏剧家擘画下，戏剧教育更是蒸蒸日上了。几十年来为全国各省市专业话剧团、院输送了多少人才，我们的话剧艺术，不止国内，在亚洲、在世界都取得了她应有的荣誉和地位。

我所以回顾这一段中国话剧发展史，深深有感于近年来话剧艺术趋于低潮，我个人未能掌握全面材料以进行研究，我想到八十年代一度出现的校园剧，以北师大为首的校园剧的演出给人们留下深刻的印象，可是为什么到了八十年代末、九十年代的今天却又沉寂了起来呢？

我毕生工作在戏剧岗位上，虽然建国后不再当演员了，可我一直是个热心的观众和剧本创作的读者，面对当前话剧现状，引我深思。不禁回忆中学生时代的那段历史，我忘不了那些日子，忘不了二女中的老师和同学。今天还有联系的有董启容（已改名董启翔，广西文联离休干部）、沈蔚德（南京大学离休老师，毕生从事戏剧文学教学），偶然在会上见到，共叙当年，不胜感慨。

一个人的一生事业前途有偶然性，但是处于启蒙阶段是最为关键的。青少年时代说不上什么理想，但所生活的时代、具体的环境对人的一生的影响最为深远。大革命的洪流冲击着社会的每个角落，而在大革命前后，自觉、不自觉地被卷进革命的浪潮中，无形中受到当时先进思想的影响，参加了一些社会活动，回顾起来虽不可思议，却有其必然性。如同旧社会婴儿一周岁时举行"抓周"礼一样，婴儿做周岁生日，请亲朋好友，要在一个盘子里放许多引人注目的东西：有文房四宝，有金银饰物，有糖果，有脂粉……，让婴儿信手抓取，以预测婴儿长大成人后的前途。这是旧社会的迷信，婴儿长大成人是个什么样的人，关键在婴儿生长的环境和所处的时代。儿童学步要人引路。要站起来走自己的路得靠本人的努力和锻炼。

中学时代是幸福的，比起同龄人来，我缺乏自觉。路已迈出了第一步，自然要走下去。

｜文学史评论｜

凤子的散文，注重艺术意味的蕴藉和文字的锤炼，弥散出清新秀丽、明朗照人的艺术魅力，在抗战时期的散文小品中，显露出别具一格的魅力。

——蔡定国、杨益群、李建平：《桂林抗战文学史》，广西教育出版社，1994，第683页

｜创作评论｜

凤子的散文多写她过去自身经历的人与事，用她自己的话说："不过是观察生活时留下的一幅幅速写而已。"然而她自称的这些"速写"和"片段"由于都是她切身的感受，又都从肺腑流出，所以读起来总使人觉得亲切。……凤子对散文的写作态度却一直相当严谨，她从不粗糙为文，也不轻率下笔。她的写作态度也相当真诚，无论是早期或晚期，她的散文都真挚地向你倾吐着她的情怀，她的喜忧悲哀，她所浪游过的地方以及她所缅怀的各种人物。她的笔调一如她说话的语调，亲切动人，

自然流畅，只是笔调有时更从容、更细腻、更深情哀婉一些，而且还不时地交织进一些淡淡的哀愁。她在散文中也抒情，但决不大起大落，决不激烈；她更多的是将抒情与议论结合在一块，造成一种特有的情感气氛，同时也造成了她散文的一个重要特色。

——孙琴安编著《名家散文新读》，汉语大词典出版社，2006，第204—205页

抗战胜利后，我读过凤子在一九四五年十二月出版的散文集《八年》，主要是她抗战期间流浪生活的记录。我认为这是她一生所写散文中最见光彩的部分。当然，战后在《人世间》发表的散文也给我留下很深的印象。如富有象征意味和抒情色彩的《灯》，以及为纪念闻一多遇害周年而写的《永生的，未死的》。感情激愤怨怒，文字又优美如诗。

——姜德明:《记凤子》，载姜德明《流水集》，上海远东出版社，2011，

第126—127页

探望冰心老人

杜渐坤

爱在左，同情在右，走在生命路上的两旁，随时撒种，随时开花，将这一径长途，点缀得香花弥漫，使穿枝拂柳的行人，踏着荆棘，不觉得痛苦，有泪可落，也不悲凉。

我们有谁没读过冰心老人的作品？又有谁不记得老人这句话？九十岁的老人，锦心绣口的著名前辈作家，从五四运动起就在文坛上驰骋了大半个世纪，一路地撒播着她的爱——爱祖国，爱人民，爱母亲，爱儿童，爱人类，爱大自然妩媚的风光，爱尘世间一切美好的事物；老人正是用这样的爱孕育了无数绚丽的篇章，滋润着一

作者简介

杜渐坤（1944—），广西合浦人。1967年毕业于中山大学中文系。历任原广州军区政治部干部，广东人民出版社文艺编辑室编辑、副主任，《花城》杂志主编，《随笔》杂志主编，编审。中国散文学会第二届常务理事。责编《人啊，人!》(戴厚英著)等长篇小说多部，策划并编辑《老作家自选集》等大型文学丛书多套。编选有《随笔佳作》(上、下集)、《戴厚英随笔全编》(上、中、下册)及多种年度随笔选本等。其主编的《花城》杂志和《随笔》杂志在文学界均有较大影响。作品《落叶》《萤火虫》《在海边》《凭吊黄花岗》等入选多种权威选本。著有散文集《偷青》。

作品信息

原载《当代》1991年第1期。

代又一代读者的心田，同时丰富着中国文学的宝库。这样的老作家，我们又谁能不像爱自己的母亲一样，深深地敬爱着她？

所以，一九九〇年初春，当决定要去探望冰心老人的时候，北京的画家王为政和作家霍达夫妇俩，早早地就在家里备下一份礼物了——又红又大的日本宏富仕苹果。这种苹果，我也曾在为政家里吃过的，既松且脆又甜，吃过之后，尚有一股淡淡的余香。我猜想为政夫妇俩的心意，该是祝福老人岁岁平安晚年舒甜罢。而我远道的从南方来，匆促间却没有带来什么礼物。我也应该表示一点我的心意的，于是，便在路上托霍达代买了一包威化巧克力和一听饮品。然而我不知道，这样的东西老人是否爱吃。

下午五时许，车到冰心老人的寓居，在二楼她的书房兼卧室里，我们终于见到了我们景仰已久的老人。她的神态是那样的端庄，那样的慈和，眸子里满含着温婉的光，一时间我仿佛觉得，我不是在探望一位从未谋面的前辈作家，而是在探望我年迈的母亲。

我的母亲今年也已年近九旬了。然而，我的母亲却是一个目不识丁的妇人，在途远的故乡，她曾经是那样含辛茹苦地用悲酸的泪水把我泡养大，然而冰心老人，却是用精美的精神食粮哺育我们成长的可敬爱的老人呵！

九十岁的冰心老人，那么慈和地坐在我们面前，柔声娓娓地与我们闲话家常，这又使我觉得，我不是坐在陌生人的书房，而是坐在自己熟悉的家中。

老人的这间书房兼卧室，面积本不大，陈设又极简，只一张书桌一架书橱和两张单人床，此外就是几张散放着的坐椅了。老人对生活原无多求，然而她给予社会和他人的，却是极多极多呵！

那两张单人床，据后来霍达告诉我，一张是冰心老人的，一张是她先生吴文藻教授的，先生业已仙逝，然而她总不肯撤去那张单人床。

老人的身板还算结实，精神也还好，只是在十年前不慎跌伤过一条腿，此后就只能靠助步器在房间行走了。而在此时，在室外有寒风呼啸的早春的下午，她正把一只热水袋置放于膝上，两手交叠着放在热水袋上取暖，有时又把热水袋夹于两腿间。此情此景，又使我不禁担心起她的健康来。

可敬爱的老人，她或许也看出我们的担心了罢，她淡淡地然而却极温婉地笑着，对我们说：她还能看书和写作的，她忘不了读者们和年青的作者们。她的书桌上此刻正摊开着一本《福建文学》。她说那上面有两篇小说写得不错，她把其中的人物和一些重要段落都画出来了。她说她不认识这两位作者，不知道他们是哪里的。我看其中的一篇是石国仕所作的《蓝热》。我说这作者我认识，他是海军南海舰队的创作员。我猜想老人在小说上画了这许多杠杠，该是要撰文评介这两篇作品吧。哪怕是从不相识的作者，老人也是那样的关注而且高兴呵！

只是她的精力已不如从前了。她说看书或写作久了就头昏。我们望着老人，都从心眼里祝愿她健康长寿，有旺盛的精力为世人写更多华美的篇章。

老人又问我是哪里人。我说我的故乡在广西合浦县，湛江西去还有二百多公里的地方。她说合浦那是历史上有名的珍珠城，可惜她没去过。湛江她是去过了的，那城市实在太美了，有满城四季常绿的秀树和永放不败的鲜花，不像在北国，一到秋深树木就落叶鲜花就凋零。这又使我忆起，老人是写过许多赞美绿树繁花的篇章的。善良的老人，她是无时不在期待树之常青花之永放不败呵！

老人又说她很爱小猫们。那小猫太通人性了，夏衍家曾养过一只猫，在动乱年头散失多年后，仍能跑回家来看望主人；她自己也养着两只猫，每当她寂寞的时候，猫们就跑来与她亲近，给她逗乐，很乖地蹲在书桌上让她喂食或跳到她床上戏耍；她说小狗也很可爱，小狗更通人性，只是一样不好，便是提起一只后脚就撒尿。我看见老人说着这些的时候，脸上始终现着慈爱的微笑。

其实，老人又何止爱小猫小狗们呢！老人也爱马们和牛们，也爱蜜蜂和蝴蝶，也爱知更雀和黄鹂，也爱萤虫和青蛙，也爱大海高山和河流……老人把这些爱倾注在她的《春水》《繁星》《寄小读者》《再寄小读者》等众多灿烂篇章里，虽经时间流逝的淘洗而永远不减其耀目的光辉。

但有两件事，我心中绝不至于模糊的，就是我爱我的祖国，我爱我的母亲。

这大概就是冰心老人执着于兹的爱的精髓罢。

爱着总是美丽的。在冷酷麻木卑污尚未被荡涤干净的尘世上，我们又如何能不言爱？又如何能摈弃爱和挞伐爱？爱是人类心灵之上的暖且融融的阳光吗？爱是人间美好情感的升华吗？当然这里所言之爱并非是去爱坏人，并非是去爱丑陋，并非是去爱龌龊的为人类所不齿的东西。冰心是不会去爱这些的，冰心就是现在也仍然爱得如是崇高如是纯净。冰心爱世间一切美好的事物同时也爱我们。所以我们无法不深深地敬爱着冰心。

大约一个小时，我们告辞出去，车子在冷风呼呼暮色迷茫的长街上奔驰，我回望冰心老人的寓居，我心仍被一脉氤氲甜美的情意所浸润……

▎创作评论 ▎

虽不能说每辑每篇都字字珠玑，每辑每篇都给写得重岩叠嶂，清荣峻茂，但杜渐坤为文之可贵，就贵在他发乎心诚于意。他总是诚挚地写他独有的心灵体验，执着于他自有的美学追求。并不刻意求工，却每每"一曲动心多"地使读者产生强烈的共鸣。

——梅汝恺：《知文知人者语》，载杜渐坤《偷青·序》，花城出版社，1987，

第1页

读杜渐坤的散文，往往为他文字之中所含蕴的魅力——完全个性化了的情感所折服。渐坤的秉性、情趣、感受和体验，无不以情感为媒——融入作品。

——童炜钢：《个性化了的情感》，《羊城晚报》1988年6月3日

大明山的诱惑

包晓泉

有山居一梦。

枕林屋鸟语，枕不倦的苔痕青青，枕森林一脉泻地而来的香潮，就这样，就这样梦醒，欣然欣欣然。花在檐下，鸟在檐上，声声都是妩媚，悠悠远远，叫颤了一万重青山。百啭无人能解，因风吹过蔷薇，涧鸟翩翩，翩翩在大明山。

山上有雾，山上有迷离的烟云，南方五月的烟云，乘风之驾，吟森林之女缠缠绵绵的诗句，将龙头峰的青顶吻住。我在山籁中站着，谛听一种悸动不绝的声音，那在无人语的林间躲躲闪闪的声音。日神渐起，吸走夜遗的千枝浆露，把手炉祭得高高。而空山鸟语依然，纤纤的蔷薇依然，漉漉野径纷飞缭乱的烟云也都依然，在林子中央，林子外面，葳蕤的棘丛和一壁千仞的崖下，总是一层不去的仙意，林间

作者简介

包晓泉（1963—），仫佬族，广西罗城人。1984年毕业于中央民族学院（今中央民族大学）中文系。中国作家协会会员。1985年起曾任广西民族出版社编辑、编辑室主任、副编审，广西艺术创作中心指导部主任等。出版有散文集《青色风铃》，文化专题图书《山水沉香》《树影家园》《红水诱惑》《水秀南方》等。《青色风铃》获第三届文艺创作铜鼓奖、全国第六届少数民族文学骏马奖。

作品信息

原载《民族文学》1991年第6期。

孤客，或可握几枝山兰，举在颈下，唇下，鼻下，闭眼思 Bantock，思他在伯明翰或米德兰，一心一意奏他的《阿尔塔斯山的女妖》，想他美丽的女妖怎么爬树，怎么直视人心。大明山没有女妖，此一时，只有阳光满地走，有勾人的神秘鸟的叫声。就觉得丢失了什么，丢失了甚至是还未拥有的什么，却不知如何找回。也许女妖能助，浅浅一笑可解千般难题，视形体而知心，但那是 Bantock 与雪莱所共有的女妖，帮不到一百年后的我了呢。失了，当然也有得，亦得亦失，是一件自然天成的事情，或者那份沁体润心的归属感，就是最大的补偿？

这是桂中的山，很冷静地苍郁着，阵雨骤至，更见几峰青翠。有古木参天，乱藤齐上，一树的历史和沧桑，就写在皮上干上根上，散在森林密处。极目四望，唯有云浪渺，天地无言。想这百年古树，一定记得西南不远那座宁武山庄，记得弯弓跑马的庄主，记得有个叫陆荣廷的人醉卧沙场，引出一部腥风血雨的《桂系演义》。也一定记得南去百里那道巍巍雄关，记得昆仑关上旗升旗落，凄厉的号声响响停停，抗日勇士的刀光闪在山坡。这古树啊，纵有千千叶落，也抹不去那段岁月的记忆，在风中，在雨中，在似静非静的山中。绿笔记写了又写，挤满荆棵，挤满草莓鲜红的肌肤，好沉重地悬着，想说什么，想说太多的什么，抑或，只等我去细细地读？

那天边的风来得猛烈，在山坳间呜咽着，竟不知是否有雨。夏天的大桥将临未临，这五月风，仅只是一种亦喜亦忧的季节之兆吗？

我说过有一种悸动的声音，那在林间躲躲闪闪的声音，始终在耳边，非风非雨非雷，穿谷而来，穿谷而去，悠然滑过树梢。但不能捕捉！似乎抓住了，开手时却了无踪影，耳旁只有松果偶尔的坠响和枯枝折裂之声，一只金龟子在草上嗡嗡呻吟。我的怯意和怅惘就在那时生出来，惶然无措，飘荡无着，任头顶那只山雀放肆地大笑不止，自觉渺小中，不敢再想属于生命的题目，生命的大小强弱，生命永恒，还有丰盈或消瘦。但仍然要找，找那声音，每一根神经都感觉到那声音的真实，催我去，催我下山谷。

百丈谷底是幽冷的视野，天窗窄小，映出原始在涧中的景象，映出一条柔柔又野野的甘南河。甘南河是瘦河，是山野女子的风度，衣袂飘飘，从容在十里绝壁之下，有百般的温柔千般的泼辣，真正的静若处子，动若脱兔。淡淡雾，凉凉水，和越石而来愈益清晰的幽谷合唱，抚鬓而至。那神秘悸动的声音之源，竟是越来越近了。紫杜鹃悄悄摆，摇一种不可捉摸的节奏，微笑于凄清之岸。告诉我，能告诉我吗，那是什么，那扑在发上脸上肩上衣服上的动静是什么。是山吗，树吗，花吗，甚至就是这条河？河是红色的汁液，很怪的红色，从狭缝里漫出来，急缓进退，绕着千石万石，泛出锈味十足的呼吸。有几分钟我凝视那水，看暗红的沫子，看石根浅浅的水线，顿时就生成几分失望，失望于没有清澈，没有鱼，没有淡淡的水丝丫的香气。那怪异的红色或者是矿物，或者是腐殖物。我不喜欢这种赤裸裸的混合，一种破坏性的混合，一种湮没了纯净本质的侵略性的混合，是的，不喜欢。但我喜欢这张背景，这由百丈谷及树及河砌成的背景，以及大背景中无时不在诱人跃跃的悸动。

甘南河无错，错在上帝之手偶然的痉挛。

那瀑布很突然就出现了！没有过渡，就在一个弯处，轰然于眼前。你可以想象贝多芬那著名的四个重音，就是这样骤然而起，也没有过渡，突然得让你吃惊，别无选择去接受一个干脆的答案。这就是悸动之源。60米之上，倾泻的是一壁不可抗拒的力量，淋漓得无以复加，雪挂长长，溅在石上潭上，砸出万树梨花。峡风高旋，水雾如幻，撞击每一寸临瀑的石面，低啸似诡谲的古乐。迎瀑直立，压过来的完全就是一种气势，一种毫无避让余地的逼迫着的气势，堆叠在看官的额上，并向未湿的脑后延伸，延伸。尽管衣领高竖，那道微微的寒意，依然潮潮地顺脊而下，为我打一个瑟缩的印记。这时候，已不能再想红色。哪怕是不如意的红色，也不能。每一个毛孔都专心致志地承受着一种愧意，一种不能言说的敬畏，一种难以挣脱的渺小意识。所有的想象皆已封冻，下沉在心湖之底，只有一个声音在冲顶喉头："啊瀑布！啊自然！"真的，这瀑布不应该属于眼睛，而应该属于感觉，属于心。你还能够在这巨大的飞流前喋喋不休吗？甚至坚持你那理智和冷酷的逻辑？不，你应该获得一种灵气，获得一枚涩涩又甜甜的青橄榄……

这是大明山最漂亮的一笔。

这是大明山最迷人的诱惑。

总想再做山居梦，梦山中一切，梦在黄昏的溪边读诗，读莎士比亚的十四行，念一念他对爱友说的话："白天看起来像是夜，我不能看到你／黑夜可成了白天，你出现在梦里。"梦中梦，山中山，瀑中瀑，朦胧的影，会心的沉默，都来吧都来吧，我始终承认那份诱惑。听，很多鸟又开始叫了。

┃文学史评论┃

包晓泉后来就读于中央民族大学，当时，西方思潮再一次以汹涌澎湃之势涌进国门，现代主义、后现代主义高扬反传统、反权威的旗帜，企图寻找别的精神支点，国内亦刚从十年噩梦中醒来，忙于舐舐"伤痕"，进行"反思"，因此在文化大熔炉的北京，制造了一个奇特的文化场。我们在包晓泉的作品中不难看出这些思想冲击在他头脑中的折射以及由此而被催发出的思考和努力。这一阵喧嚣过后，头脑恢复冷静，"寻根文化"悄然兴起，离经叛道之后是一种空虚的惶恐，站在浪潮尖端的人，也最先感受到寒意与虚空，于是他们开始回归，把曾经毫不犹豫地抛弃的民族文化重新拾起，企图在民族传统文化强大的土壤里培育出一度失落的强悍的民族精神和体格。这是一代热情的青年人的深刻思考，反映到包晓泉的作品中就成了他对仫佬族的重新认识、认同乃至于褒扬、膜拜，二十多年的失落之后，这个精神上的流浪儿终于找到了回家的路，终于回归了自己的精神家园。

——徐治平主编《广西散文百年（上）》，民族出版社，2004，第414—415页

┃创作评论┃

在当代仫佬族散文创作中，包晓泉的散文可谓独树一帜，卓尔不群。代表了一个新生代的崛起。他的创作不仅属于新时代的感知，体现了新的价值取向，而且追求散文语言的探索和创新。其创作以余光中"现代散文"的创作理论为追求，集古文的凝练、典雅与现代诗的含蓄、朦胧于一体，展现出同仫佬族以往当代散文的

不同风貌。在仫佬族当代文学史上，文学语言经历着一个由民族语言到现代语言的过渡。包晓泉富有探索和创新的散文语言昭示了仫佬族文学已经发展到了一个新阶段。

  ——高海珑:《论包晓泉散文的语言特色——兼谈其对仫佬族当代文学语言

   探索的贡献》，载银建军主编《第四次仫佬族文学研讨会论文集》，广西

   人民出版社，2009，第315页

我的几位师长

凤　子

　　人到老年，难免浸沉到往事回忆中，而往事如烟，如同似水流年，一去不复返，可是，脑子里经常浮现一些老师和同学的形象，和愉快、散漫的大学生生活。

　　我念大学，从预科到本科，都是靠父亲的朋友、同乡的关系，出资资助，才完成学业的。我父亲是广西的老文人，长期主持广西省省志局的编纂工作。可是家累重、供养不了我的学费。念中国公学预科，得到校长马君武的资助，当时国民党内派系斗争激烈，像马君武这样的左派老国民党员，尤其是他主持的大学，有那么一点民主作风的中国公学，被右派视为眼中钉，收买打手，掀起倒马运动。我当然是拥马派。拥马失败，马君武将我转送到大夏大学预科，而且也得到免费。

　　经历了"一·二八"上海抗日战争，仍然在父亲友人资助下考进了复旦大学，我走上话剧舞台，成为一个话剧演员、刊物编辑，是和复旦大学有着深厚的渊源。不仅是复旦剧社，更和复旦大学几位老师的影响有关。这里仅凭记忆所及，录下点滴回忆，作为对已故去的老师的追念！

　　1932年我考入上海复旦大学中文系，所以学中文，无他，因我其他学科基础差，

作品信息

　　原载《新文学史料》1992年第1期，收入散文集《人间海市》（上海文艺出版社1998年版）。

特别是涉及数学和外文。学中文，对我来说，是个偷懒的办法。

中文系主任谢六逸，贵阳人，他兼任新闻系主任。我选修了新闻系谢六逸先生的有关新闻采访课。谢先生负责《复旦学报》，有个暑假，我到杨行采访了赋闲在杨行家中的马君武先生，写了篇《杨行行》，发表在《复旦学报》，作为暑期采访的习作。我的采访实习可能给他留下了较好的印象。复旦毕业时，他就介绍我到《立报》做记者。当时新闻系毕业的一位姓熊的同学，急望到《立报》去，而正好赵景深先生介绍我到女子书店编辑《女子月刊》，从此走上了编辑工作的岗位。一晃眼，却是50多年前的旧话了。

复旦大学一年级的课程比较轻松，除国文、英文外，有社会学、经济学、生物学、近代欧洲史和体育。二年级除中文作文、英文作文外，加了哲学大纲、现代文选和历代文选和电影艺术，同时加了一门第二外国语，我选修了日文。一、二年级有体育，我喜欢网球，参加了网球组。二年级开始，专业课多起来了，除现代文选、近代文选外有文艺思潮。三年级加了更多的专业课，如中国文学史、文艺批评、修辞学、词选、文学史、戏剧原理、历代诗选、音韵学等等。四年级有戏剧表演论和戏剧原理。记得二年级我就选修了洪深先生的有关戏剧的课程。洪深是外文系的老师，作为选修课，听他讲课的学生最多。如听大课，一个教室容纳不了，窗台上、走廊里都挤满了人。戏剧课本身固然有吸引力，实际是洪深先生本人最为吸引人。他不仅口才好，旁征博引，使听讲人入迷，他还连说带做，更引人出神。他是复旦剧社的创始人，实际上他和田汉、欧阳予倩三位是中国话剧的奠基人。话剧这个词就是他定的，以别于文明新戏。文明新戏是针对旧戏——即京戏和地方戏而起的名。忽视京剧、地方戏的历史渊源和群众基础，是一种民族虚无主义。文明新戏是幕表戏，即没有剧本，演员根据幕表拟定的人物和情节，饰某个角色的演员自己在台上发挥。话剧一词来自英文的 Drama，话剧主要是对话，没有唱，不是歌剧（Opera）将 Drama 译成话剧，是个创造，洪深憎恶男演女角，决心写一个没有女角的戏——《赵阎王》，是吸取奥尼尔的《琼斯皇》的形式而创作的，虽然演出失败了，他仍坚持话剧工作，复旦剧社成功地演出了他的农村三部曲，即《五奎桥》《香稻米》《青龙潭》。《五奎桥》是第一部反映中国农村封建势力和觉悟了的农民间的斗争，复旦剧社演出获得极大的成功。

洪深戏剧艺术体制实行彻底的改革是在早期进入上海戏剧协社排演《终身大事》时，角色分配男女合演，《终身大事》演出，获得观众好评，下面一个戏男演女角就令人喷饭了，这是一个革命行动，从此话剧舞台是男女合演了。

1936年我在复旦毕业，和复旦老师一直有联系的就是洪深先生。在他讲授戏剧概论的课堂上，他当众约我参加复旦剧社排演《五奎桥》，我顾虑这消息传到广西我家中，会断了我的经济来源，当时社会上认为演员就是"戏子"，我还没有勇气和旧观念做斗争，可是看了《五奎桥》的演出后，我懊悔了，所以复旦剧社第二次约我参加演出王文显的《委曲求全》时就答应了，不过仍有保留，把我的学名封季壬改为凤子，以此躲过家人的注意。

1942年春从香港经东江游击区撤退回到重庆，成立了中国艺术剧社，第一个戏排的是宋之的《祖国在呼唤》，请洪深导演。这是我们师生第一次合作。他笑问我："你不是不演戏的吗？怎么也做了'戏子'的！？"我无话可答。

有人说洪深如果活着，可能过不了1957年"反右"关，更过不了1966年"文化大革命"的关。他的疾恶如仇的性格，蜚声国人。早在上海大光明观看罗克演的《不怕死》侮辱中国人的影片，他当场演说，激起全场观众的义愤。大光明借租界的庇护，控告洪深，在法庭上他振振有词，把"原告"驳得败下阵去，大长了中国人的志气，当时，全上海、全国引起轰动，传为美谈。

1955年洪先生因患癌症不幸去世，距今36年了，不知有多少人还记得这位名教授，中国话剧舞台做出不朽贡献的先驱者。1983年剧代会期间曾有过一次洪深纪念会，八年了，虽然很少有人提到他，可是话剧创始人之一洪深的名字将永载史册。他的敢于斗争的性格，出于对祖国、对人民的热爱。抗战期间，由于国民党的腐败，文化人生活陷于绝境，他曾举家自杀，当然被朋友们抢救过来。他的坎坷经历，令人同情；他的义愤行动，令人尊敬。他是我在复旦大学受业过的最最尊敬的老师之一。

赵景深先生是昆曲行家，我选修他讲授的"中国文学史""中国小说研究"，词选、曲选等课。上他的曲选课，课堂十分活跃，他讲得高兴，就唱将起来。因为我参加了复旦剧社，他对话剧也极有兴趣，每戏必看，看后必写文章。他非常欣赏欧阳予倩先生导演的《雷雨》，《雷雨》第三幕四凤跪下向母亲发誓，一声炸雷，闪电掠空，大雨倾盆，四凤哭不成声，这一场景，赵景深先生极为欣赏，深受感动，他不知道这场戏受到导演欧阳予倩的严厉批评。受了批评，我们才略为领悟到表演的分寸感，而不能失之自然主义的流露。

赵景深先生很希望我能学点昆曲，我连唱歌都不会，哪能学昆曲？八年抗日战争，我像江湖艺人一般，走遍了西南几省，为了能在舞台上为抗日救亡工作尽一个青年人的责任。1941年皖南事变，为了躲过国民党对进步文化人的迫害，为了向海外扩大抗日宣传，组织安排我到香港参加"旅港剧人协会"。未料到只四个来月，太平洋事变，又经东江游击区回到桂林、重庆。1945年8月15日，日本投降，我借手中的笔，作为记者，又回到上海，仍然同八年前一样，回到记者、编辑工作岗位上来，同时也客串地演演戏。

回到上海，很想见到复旦的老师，虽然复旦在抗战中转移到四川北碚，一度被炸，孙寒冰先生就在一次轰炸中牺牲的。在四川重庆，他多次约我到北碚母校聚一聚。我是选修过他讲授的经济学，在上海师生间常往来的有他一位，可是，我到北碚，特地到复旦去时，只参观到他曾住过的一间住房，断瓦残垣，令人不胜追念，同时也记下了日寇欠中国人民的一笔债。

回到上海，熟识的老师都星散了！谢六逸老师已于1945年夏天去世了，这消息还是赵景深老师告诉我的。记得1939年秋冬，我曾经路过贵阳，和新闻系同学舒宗侨一块去重庆，在贵阳特地去采访了谢六逸老师，他留我们吃了顿晚饭，谈到战时生活，看来他虽在家乡，而战争前途渺茫无期，生活不宽裕，心境似不佳，未想到这竟是最后一面！

上海沦陷前，赵景深老师到安徽立煌应安徽大学邀，躲过了在孤岛上海的一段生活，日本投降后回到上海。我因要接编报纸副刊，特采访了多年不见的赵老师，他和师母希同先生热情接待，特约我到他四明里家中吃了顿饭。

胜利后，文化界人都陆续回到上海，1945年底，中华文艺协会上海分会举行成立大会，赵先生写了一篇《上海文艺界的一个盛会》，收在《文坛忆旧》集子里。《文坛忆旧》是北新书局印行、上海书店出版的一套"中国现代文学史参考资料丛书"之一，出版于1983年。

1984年7月底，景深师曾寄我一本《文坛忆旧》，信中说："前天我平寄给你的《文坛忆旧》，不知收到否？这里有你的小传。还有一本比《文坛忆旧》早出的《海上集》中记您的文章更多，上海书店也想影印，倘能成事实，出版后也当送您一本"。《文坛忆旧》中提到我这个学生，居然还写出我的学号5591。

《海上集》我一直未收到，不知有未出版。手边居然留有赵景深师1980—1984四年间五封来信，1980年3月22日信是收到《剧本》月刊约稿信时给我的来信，信中云：

> 我早就猜想，去年一年间的《剧本》月刊是您送的，果然不错。我不能白受赠送，总想写点什么，可是我已79岁，明年就80岁了。我的爱人不放心我去看戏，买了一架彩色电视机，偏偏又要半年才放半年前的戏剧，看不到新戏。前些天收到今年一、二月号的《剧本》。我在家里带复旦中文系研究生，教《中国戏剧史》，你送的十四本《剧本》一本也没有遗失。好像是在电视里看到《一包蜜》和《发霉的钞票》（这剧名不好），想写点什么，以后我见缝插针，再写点东西吧。

1984年所以和景深师通信，因为当时北京出版社正准备出版我的散文小说集《画像》，他曾告诉我，他有我的照片。我自己保存的照片，早在1942年太平洋战争中，在香港全部烧掉了，为了逃避日本人发现我们这些文化人的身份。我为了想借用我的旧照片，景深师居然寄给我五张旧照片，嘱复制后寄还给他。他收到复制照片，十分高兴，来信说：

我本来以为您是复制照片像复制文字那样不太清楚，一看您寄来的五张，大为惊奇，尤其是我那张您与沫若合拍的照片，小得很，您拍成大照片，比原来好得多，真是奇迹。还有您青年时代的照片，也拍得比原来的好，其中有两张是我所没有的（包括那张您的近照），我也喜欢。《委曲求全》也不比原来的差……（1984年7月25日）

在1984年6月1日来信，提到收到《画像》。看到集中谈到女子书店的事，谈到景深师介绍阿英同志给我，他感叹说：

……往事历历，如在目前，二三十年的一些旧人，好多现在都已经去世了。您还谈到夏衍，慧深的一个妹妹，就是嫁给夏衍的儿子的。

重读此信，不胜黯然。阿英同志是景深师介绍的，为了接编《女子月刊》。阿英同志为了《女子月刊》的改版，花了不少心血，多少年后我才知道这是党给的任务，当时白色恐怖笼罩下的上海，左派根本办不成刊物，为了占据一个阵地，阿英同志精心擘画，像我这个初出校门的女青年，投进社会这个大学校，如果不经过阿英同志的点拨，我是担当不了一个刊物的责任的。记得我接编《女子月刊》时，阿英同志嘱我举办一个座谈会，并备有晚餐。记得是在八仙桥青年会楼上，名单包括上海各大学的文学教授，和部分老作家。看到名单，女子书店经理姚铭达慷慨地发出请帖，他自己也出席座谈会，而且让我主持。阿英同志自己未出面，如何广泛团结文化人，是我任编辑工作上的第一课。

当时姚铭达先生对我很信任，但所谓编辑部只我一个人。组稿有阿英同志撑腰，但具体的编辑工作，包括访问作者、校对原稿、下工厂、写报道……这对一个毫无工作经验的青年人来说，担子不轻，也确实是个锻炼。半个多世纪以后的今天，一次见到谢冰心先生，她笑说当年我访问她的情景，我那时幼稚得像个孩子，谢先生说："你访问我，实际是我访问了你！"

认识了阿英同志，直接、间接地认识了夏衍、阳翰笙等当时左联的领导。

赵慧深是景深师的妹妹，一位造诣颇深的演员，不幸于"文革"中自尽了！我们在重庆熟识，她的弟弟和夏衍的女儿沈宁结婚，作为堂兄的赵景深竟然把堂弟误当作堂妹。这都是80年代的事，说明人一老和病，难免犯糊涂。

景深师患有糖尿病、心脏病，晚年不能行动，只有坐轮椅。1984年8月4日后未再来信，不久，消息传来，不幸逝世。

非常意外的这几封信居然保存了下来，半个世纪的乱离生活，加上一场"文化大革命"，我已习惯了不留书信。重翻《文坛忆旧》，这本书确实是中国现代文学史的资料。书分上、下两卷，上卷记述了三十几位作家，和对他们的作品的评述，有的作家今天可能少有人知，他介绍的书不是绝版，也是孤本。下卷记述了文艺界的几次活动，都是抗战胜利后在上海的记述。

1949年7月第一次文代会在中南海怀仁堂举行，当时大会发给每人一本红色皮面记事本，我留作纪念，请与会朋友签名题字，景深师写了两句：

你是我的光荣的学生，我希望将来能做你的光荣的老师！

似乎他只参加了这一届文代会，这本纪念册每次文代会我都请人签名留念。难得的是毛主席在胡考速写的毛主席头像上签下毛泽东的名。周恩来总理为纪念册题了字！

为建设人民艺术而努力！

党政领导签名的有朱德、董必武、聂荣臻、薄一波、陆定一、徐特立、林伯渠；文艺界朋友签名的数不胜数。1960、1979、1984几次文代会都有签名和题字。1985年作协四次代表大会和剧协四次代表大会，也有一些朋友题字签名。1985年，重庆举办雾季戏剧节，又留下了四川文艺界朋友们的手迹。

今天翻看这本纪念册，不禁黯然！老一辈革命领导都已去世，文艺界的前辈也都先后走了！读着题词，望着签名，我不知道这四十多年是怎样走过来的。正是1984年文代会上秦牧同志题词所云：

　　　　这是一本很有历史意义的纪念册，将来放到现代文学档案馆里，大家都会记住凤子同志搜集这些签名和保存它的功绩，并且也凭它想起许多先行者的风貌。

是啊，翻看这本小纪念册，一个又一个先行者的风貌，模糊而又清晰地展现在眼前。

除了洪深、顾仲彝、赵景深三位是我在复旦受业的老师外，更多的文学艺术界前辈都有题词或签名，他们无不勉励我深入工农兵，为人民服务，这类题词也反映了老一辈文学家、艺术家迎接新时代的心声，叶圣陶老人、郑振铎先生都说："文艺境域至今而最广"，"从前是有所不为……今日必须想到该怎样做的问题。"关于这本纪念册，我曾写过一篇纪实文，这里回忆复旦老师，笔走远了。事实上文艺界前辈都是我的老师，在社会这所大学校里，我学到比在大学校里更多的知识。为了编刊物而去拜访认识的，在文学艺术道路上，我忘不了老一辈的引路人。

褪了色的红皮纪念册，顺手一翻，一个又一个老师的面形，从模糊的显影中逐渐清晰起来。

大学二、三年级，我选修第二外国语是日文，老师姓郑，说是福建人，日语流利，国语有浓重的福建口音，精神状态有别于常人，有次讲课，谈到台湾，他脸色苍白，声音颤抖，课堂静静的，当时我年轻气盛，突然站起来对他提意见："台湾本来是中国的，被日本人霸占了，迟早要归还祖国，我们受够了日本鬼子的气，干吗谈到日本人就胆寒呢!？"他听了像日本人一样，向我深深一鞠躬，就下课走了。这场闹学，印象很深。意外是1937年春，我应中国留日学生邀，到东京参加他们排演、演出《日出》。受阿英同志托，带封密信给在日本旅居十年的郭沫若。那是西安事变后，国共开始了第二次合作。郭老看了阿英的信，十分高兴，常到东京聚会，郭老和秋田雨雀熟识，一块聚饮多次。一天在秋田雨雀主持的一个戏剧界大会上，陪同秋田的有一位穿和服的老人，见到我腰弯到90度，我看不清他的面貌，待到他为秋田先生将日语译成中国话时，我吃惊地认出他就是复旦教日文的郑老师，他为什么回避我，不和我说话呢？事后我问秋田先生，他告诉我，这位日文教员是台湾人，从台湾回到日本的。他是否受日本有关组织的辖制，非我所知，因为他会中文，所以这类文化活动，都请他做翻译。

台湾人，就是中国人，但被日本帝国主义强占之下，台湾同胞是没有自由的。怪不得课堂上教日文时忍不住悲愤，而我竟然向他开炮！这时我多么想见到他，和他谈谈话呵！当然不可能。

一天，我突然收到一封不具名的信，内容是："日本有关方面将举办日中'满'联欢会，将请您参加，望速作离开东京的准备。"一看就知道是这位日文老师给我报信了。演完《日出》原想在东京住个时候，继续学点日文，当然还未料到日本侵略者已经做好侵华的准备，当时日本刑事已对我加以监视，经常到我住处来检查我的东西。我也感到留学计划不可能实行，接到郑先生的信，当即秘密离开东京，乘船回国。

秋田雨雀先生因反对侵华战争，曾陷入囹圄，日文教员郑先生可能也未能逃过魔掌，他的一片爱国心，我深深难忘！

大学不是世外桃源，1931年"9·18"东北三省沦陷，"1·28"上海战起，爱国学生都义愤填膺，而国民党不抵抗政策，更是激起人民的义愤。"12·9"运动，上海各校学生都联合起来，在上海市政府门前广场静坐，一天一夜，也未见到上海市市长吴铁城的面，于是各大学联合起来，到南京向国民政府请愿。我参加了静坐和请愿行列，当时就接到不具名的警告信，说什么不要上共产党的当。说真的，当时我对共产党并无认识，但对国民党的反动嘴脸却有深刻的印象。

记得有一次军警包围了复旦的大门，我见到有四位女同学在女生宿舍草地上徘徊，我认识她们，模糊地感觉到她们和女学生们不一般，她们穿着和女生们不一般，非常朴素，也不烫发，我意识到她们要找地方躲避，我当即叫她们跟我走。平时我好玩，校园内外我都熟悉，校园外是一条水沟，水沟边上满是野生的荆棘，我引她们爬水沟，穿过荆棘，眼前是一片荒野，找到我中国公学同学陈的家。那时中公也迁到江湾，陈已结婚，就住在江湾农村。全国胜利后，郑振铎先生曾告诉我："有一个女学生在给我整理书籍画册，想见见你。"我上郑先生家，原来就是徐，是我帮助逃出军警搜捕的同学之一。聊起另外三位，一位是法学士，出席第一次妇代会我们还见过面，一位程姓同学，"文革"中听说被整死了！谈到国民党对进步学生的迫害，不胜感慨。事实上国民党内部也有派系斗争。物必自腐而后虫生，国民党在解放大军横扫之下，不就一小撮逃到台湾去了么？

解放后，复旦成为国内几大学府之一，培养了许多人才，复旦校友遍天下，据说明年为纪念复旦创办人马湘伯，将召开盛大庆祝会，为马湘伯树立铜像。我在复旦时校长是李登辉。北京及个别地区都成立了校友会，我因行走不便，未能参加。作为复旦的学生，我忘不了四年大学生活，忘不了曾经受业的老师。除了前面提到的，还有教授欧洲史的余楠秋，讲授文学批评的陈子展，还有李青崖、曹聚仁、汪馥泉……个别人敌据时期未能坚持晚节，绝大多数都投进抗战洪流中，历尽艰辛，随校迁移到四川。孙寒冰先生不幸被敌机轰炸而遇难，谢六逸师死于贫病，听说曹聚仁在香港，其他无消息。

记得为《女子月刊》约稿，复旦的这些老师都被请来。阿英同志很懂得广泛地开展统一战线工作，国民党不让共产党人出面办刊物，而当年的《女子月刊》在阿英同志领导下，却办成了党的外围组织办的刊物之一。如何开展统一战线工作，如何发挥文化人的力量，当时我理解不深，经过了多少年月，我才多少悟得了其中的道理。回顾往事，我感到赧然，因为我并未能成为一个合格的编辑。

不信青春唤不回

——写在《现文因缘》出版之前

白先勇

如果你现在走到台北市南京东路和松江路的交叉口，举目一望，那一片车水马龙，高楼云集闹市中的景象，你很难想象得到，二十多年前，松江路从六福客栈以下，一直到圆山，竟是延绵不断一大片绿波滚滚的稻田，那恐怕是当时台北市区最辽阔的一块野生地了。那一带的地形我极熟悉，因为六十年代我家的旧址就在六福客栈，当时是松江路一三三号。父母亲住在松江路一二七号——现在好像变成了"丰田汽车"。家里太拥挤，我上大学时便迁到一三三号。那是松江路右侧最后一栋宿舍，是间拼拼凑凑搭起来的木造屋，颇有点违章建筑的风貌。松江路顾名思义，是台北市东北角的边陲地带，相当于大陆地图上的北大荒，我便住在台北北大荒的顶端。一三三号里有一条狼狗、一只火鸡、一棵夹竹桃，还有我一个人，在那栋木造屋里起劲地办《现代文学》，为那本杂志赶写小说。屋后那一顷广袤的稻田，充当了我的后园，是我经常去散步的所在；碧油油的稻海里，点缀着成百上千的白鹭

作品信息

选自《白先勇文集第4卷：第六只手指》（花城出版社2000年版）。收入《明星咖啡馆》（江苏文艺出版社2009年版）、《姹紫嫣红开遍》（作家出版社2011年版）、《昔我往矣》（中华书局2016年版）等。

鸶，倏地一行白鹭上青天，统统冲了起来，满天白羽纷飞，煞是好看——能想象得出台北也曾拥有过这么多美丽的白鸟吗？现在台北连麻雀也找不到了，大概都让噪音吓跑了吧。

一九六一年的某一天，我悠悠荡荡步向屋后的田野，那日三毛——那时她叫陈平，才十六岁——也在那里溜达，她住在建国南路，就在附近，见我来到，一溜烟逃走了。她在《蓦然回首》里写着那天她"吓死了"，因为她的第一篇小说《惑》刚刚在《现代文学》发表，大概兴奋紧张之情还没有消退，不好意思见到我。其实那时我并不认识三毛，她那篇处女作是她的绘画老师"五月画会"的顾福生拿给我看的，他说他有一个性情古怪的女学生，绘画并没有什么天分，但对文学的悟性却很高。《惑》是一则人鬼恋的故事，的确很奇特，处处透着不平常的感性，小说里提到《珍妮的画像》，那时台北正映了这部电影不久，是珍妮弗·琼丝与约瑟·戈登主演的，一部好莱坞式十分浪漫离奇人鬼恋的片子，这大概给了三毛灵感。《惑》在《现代文学》上发表，据三毛说使她从自闭症的世界解放了出来，从此踏上写作之路，终于变成了名闻天下的作家。我第一次见到三毛，要等到《现代文学》一周年纪念，在我家松江路一二七号举行的一个宴会上了。三毛那晚由她堂哥做伴，因为吃完饭，我们还要跳舞。我记得三毛穿了一身苹果绿的连衣裙，剪着一个赫本头，闺秀打扮，在人群中，她显得羞怯生涩，好像是一个惊惶失措一径需要人保护的迷途女孩。二十多年后重见三毛，她已经蜕变成一个从撒哈拉沙漠冒险归来的名作家了。三毛创造了一个充满传奇色彩瑰丽的浪漫世界；里面有大起大落生死相许的爱情故事，引人入胜不可思议的异国情调，非洲沙漠的驰骋，拉丁美洲原始森林的探幽——这些常人所不能及的人生经验三毛是写给年轻人看的，难怪三毛变成了海峡两岸的青春偶像。正当她的写作生涯日正当中，三毛突然却绝袂而去，离开了这个世界。去年三毛自杀的消息传来，大家都着实吃了一惊，我眼前似乎显出了许多个不同面貌身份的三毛蒙太奇似的重叠在一起，最后通通淡出，只剩下那个穿着苹果绿裙子十六岁惊惶羞怯的女孩——可能那才是真正的三毛，一个拒绝成长的生命流浪者，为了抵抗时间的凌迟，自行了断，向时间老人提出了最后的抗议。

很多年后我才发觉，原来围着松江路那片田野还住了另外几位作家，他们的第一篇小说也都是在《现代文学》上发表的。荆棘（其实她叫朱立立）就住在松江路一二七号的隔壁，两家的家长本来相识的，但我们跟朱家的孩子却素无来往，我跟她的哥哥有时还打打招呼，但荆棘是个女孩子，青少年时期男女有别，见了面总有点不好意思。我印象中，她一径穿着白衣黑裙的学生制服，一副二女中的模样，骑脚踏车特别快，一蹬就上去了，好像急不待等要离开她那个家似的。那时候她看起来像个智慧型颇自负的女生，不容易亲近。要等到许多年后，我读到她的《南瓜》《饥饿的森林》等自传性的故事，才恍然了悟她少女时代的成长，难怪如此坎坷。那几篇文章写得极动人，也很辛酸，有点像张爱玲的《私语》。我应该最有资格做那些故事的见证人了，我们两家虽然一墙相隔，但两家的用人是有来有往、互通消息的，两家家里一些难念的经大概就那样传来传去了。有天夜里朱家那边隔墙传来了悲恸声，于是我们知道，荆棘久病的母亲，终于过世了。《等之圆舞曲》是荆棘的第一篇小说，发表在《现代文学》上，她投稿一定没有写地址，否则我怎么会几十年都不知道那篇风格相当奇特有点超现实意味的抒情小说，竟会是当日邻居女孩写的呢？人生有这么多不可解之事！

《现代文学》四十五期上有一篇黎阳写的《谭教授的一天》，黎阳是谁？大家都在纳闷，一定是个台大生，而且还是文学院的，因为我们都知道《谭教授》写的是我们的老师，台大文学院里的点点滴滴描摹得十分真切。那时候是七十年代初，留美的台湾学生"保钓运动"正在搞得轰轰烈烈。有一天我跟一位朋友不知怎么又谈起了《谭教授的一天》，大大夸赞一通，朋友惊呼道："你还不知道呀？黎阳就是李黎，骂你是'殡仪馆'的化妆师的那个人！"我不禁失笑，也亏李黎想得出这么绝的名词。

据说李黎写过一篇文章，把我的小说批了一顿，说我在替垂死的旧制度涂脂抹粉。《谭教授的一天》是李黎的处女作，的确出手不凡。没有多久以前，跟李黎一起吃饭，偶然谈到，原来从前在台北，她家也住在松江路那顷田野的周遭。天下就有这样的巧事，一本杂志冥冥中却把这些人的命运都牵系到了一起。如果六十年代的某一天，三毛、荆棘、李黎，我们散步到了松江路那片稻田里，大家不期而遇，不知道是番怎样的情景。然而当时大家都正处在青少年的"蓝色时期"，我想见了面大概也只能讪讪吧。有一次，我特别跑到六福客栈去喝咖啡，旅馆里衣香人影杯觥交错，一派八十年代台北的浮华。我坐在楼下咖啡厅的一角，一时不知身在何方。那片绿油油的稻田呢？那群满天纷飞的白鸟呢？还有那许多跟白鸟一样飞得无影无踪的青春岁月呢？谁说沧海不会变成桑田？

台大文学院的大楼里有一个奇景，走廊上空悬挂着一排大吊钟，每只吊钟的时针所指都不同时，原来那些吊钟早已停摆，时间在文学院里戛然而止，而我们就在那栋悠悠邈邈的大楼里度过了大学四年。一九六一年的一个黄昏，就站在文学院走廊里那排吊钟下面，比我们低两届的三个学弟王祯和、杜国清，郑恒雄（潜石）找到了我，他们兴冲冲地想要投稿给《现文》。王祯和手上就捏着一沓稿子，扯了一些话，他才把稿子塞到我手中——那就是他的第一篇小说《鬼·北风·人》。那天他大概有点紧张，一径腼腆地微笑着。《鬼·北风·人》刊登在《现文》第七期，是我们那一期的重头文章，我特别为这篇小说找了一张插图，是顾福生的素描，一幅没有头的人体画像。那时节台湾艺术界的现代主义运动也在如火如荼地进行着，"五月画会"的成员正是这个运动的前锋。那几期杂志我们都请了"五月"画家设计封面画插图，于是《现代文学》看起来就更加现代了。王祯和小说的那幅插图，是我取的名字："我要活下去！"因为小说中的主角秦贵福就是那样一个不顾一切赖着活下去的人。我那时刚看一部苏珊海华主演的电影《I Want to Live》，大概灵感就是那样来的。杂志出来，我们在文学院里张贴了一幅巨型海报，上面画了一个腰杆站不直的人，那就是秦贵福。王祯和后来说，他站在那幅海报下，流连不舍，还把他母亲带去看。画海报的是张光绪，在我们中间最有艺术才能，《现文》的设计开始都是出自他手，那样一个才气纵横的人后来好端端的竟自杀了。在同期还有一篇小说《乔琪》，是陈若曦写的，故事是讲一个被父母宠坏了的少女画家，活得不耐烦最后吞服安眠药自尽。当时陈若曦悄悄地告诉我，她写的就是陈平。这简直不可思议，难道陈若曦三十年前已经看到三毛的命运了吗？人生竟有这么多不可承受的重！前年王祯和过世，噩耗传来，我感到一阵凉飕飕的寒风直侵背脊。我在加大开了一门"台湾小说"，每年都教王祯和的作品，我愈来愈感到他的小说经得起时间的考验，如嚼青榄，先涩后甘。他这几年为病魔所缠，却能写作不辍，是何等的勇敢。无疑，王祯和的作品已经成为台湾文学史中重要的一部分。

那时，文学院里正弥漫着一股"存在主义"的焦虑，西方"存在主义"哲学的来龙去脉我们当初未必搞得清楚，但"存在主义"一些文学作品中对既有建制现行道德全盘否定的叛逆精神，以及作品中渗出来丝丝缕缕的虚无情绪却正对了我们的胃口。加缪的《局外人》是我们必读的课本，里面那个"反英雄"麦索，正是我们的荒谬英雄。那本书的颠覆性是厉害的。刘大任、郭松棻当时都是哲学系的学生（郭松棻后来转到了外文系）。一提到哲学就不由人联想起尼采、叔本华、齐克果那些高深莫测的怪人来。哲学系的学生好像比文学系的想法又要古怪一些。郭松棻取了一个俄国名字伊凡（Ivan），屠格涅夫也叫伊凡，郭松棻那个时候的行径倒有点像屠格涅夫的罗亭，虚无得很，事实上郭松棻是我们中间把"存在主义"真正搞通了的，他在《现文》上发表了一篇批判萨特的文章，很有水准。《现代文学》第二期刊出了刘大任的《大落袋》，我们说这下好了，台湾有了自己的"存在主义"小说了。《现文》第一期刚介绍过卡夫卡，《大落袋》就是一篇有点像卡夫卡梦魇式的寓言小说，是讲弹子房打撞球的故事；不知道为什么撞球与浪子总扯在一起（《江湖浪子》保罗·纽曼主演），弹子房好像是培养造反派的温床。当时台湾的政治气候还相当肃杀。我们不谈政治，但心里是不满的。虚无其实也是一种抗议的姿态，就像魏晋乱世竹林七贤的诗酒佯狂一般。后来刘大任、郭松棻参加"保钓"，陈若曦跑去搞革命，都有心路历程可循。从虚无到激进是许多革命家必经的过程。难怪俄国大革命前夕冒出了那么多的虚无党来。不久前看到刘大任的力作《晚风习习》，不禁感到一阵苍凉，当年的"愤怒青年"毕竟也已炉火纯青。

"绿鬓旧人皆老大，红梁新燕又归来，尽须珍重掌中杯。"——这是晏几道的《浣溪沙》，郑因百先生正在开讲《词选》，我逃了课去中文系旁听，唯有逃到中国古典文学中，存在的焦虑才得暂时纾解。郑先生十分欣赏这首小令，评为"感慨至深"，当时我没听懂，也无感慨，我欣赏的是"舞低杨柳楼心月，歌尽桃花扇底风"，晏小山的浓词艳句。那几年，听郑先生讲词，是一大享受。有一个时期郑先生开了"陶谢诗"，我也去听，坐在旁边的同学在我耳根下悄悄说道："喏，那个就是林文月。"我回头望去，林文月独自坐在窗口一角，果然，"落花无言，人淡如菊"，我不知道为什么会联想起司空图《诗品》第六首《典雅》中的两句诗来。日后有人谈到林文月，我就忍不住要插一句："我和她一起上过'陶谢诗'。"其实《现代文学》后期与台大中文系的关系愈来愈深，因为柯庆明当了主编，当时中文系师生差不多都在这本杂志上撰过稿。

台大文学院里的吊钟还停顿在那里，可是悠悠三十年却无声无息地溜走了。逝者如斯，连圣人也禁不住要感慨呢。

六十年代后期，台湾文坛突然又蹦出新的一批才气纵横的年轻作家来：林怀民、奚淞、施家姊妹施叔青、施淑端（李昂）都是《现文》后期的生力军。林怀民那时已经出版两本小说集了，转型期中台北的脉动他把握得很准确，《蝉》里的"野人"谈的大概就是当今台北东区那些"新人类"的先驱吧。而林怀民一身的弹性，一身羁绊不住的活力，难怪他后来跳到舞台上去，创造出轰轰烈烈的云门舞集来。奚淞也才刚退伍，他说身上还沾有排长气。六九年的一个夏夜，奚淞打电话给我，"白先勇，我要找你聊天。"他说，于是我们便到嘉兴大楼顶上的"蓝天"去喝酒去。"蓝天"是当时台北的高级餐厅，望下去，夜台北居然也有点朦胧美了。那是我跟奚淞第二次见面，可是在一杯又一杯 Manhattan 的灌溉下，那一夜两人却好像讲尽了一生一世的话。那晚奚淞醉得回不了家，于是我便把他带回自己敦化南路的家里，酒后不知哪里来的神力，居然把他从一楼扛上了三楼去。六十年代末，那是一段多么狂放而又令人怀念的日子啊。

台湾的鹿港地秀人杰，出了施家姊妹，其实大姊施淑女从前也写小说，白桦木就是她，在《现文》二十四、二十五期上发表了《头像》和《告别啊，临流》，写得极好，如果她继续写下去，不一定输给两个妹妹。施叔青开始写作也是用笔名施梓，我一直以为是个男生，《壁虎》和《凌迟的抑束》写得实在凌厉，后来我在台北明星咖啡馆和施叔青见面，却大感意外，施叔青的小说比她的人要彪悍得多。我送给了施叔青一个外号"一丈青"，施叔青那管笔的确如扈三娘手里一支枪，舞起来虎虎有力。当时台北流传文坛出了一位神童，十六岁就会写男男女女的大胆小说《花季》了。我顶记得第一次看到李昂，她推着一辆旧脚踏车，剪着一个学生头，脸上还有几块青伤，因为骑车刚摔了跤。再也料不到，李昂日后会《杀夫》。李昂可以说是《现代文学》的"末代弟子"了，她在《现文》上发表她那一系列极具风格的鹿城故事时，《现代文学》前半期已接近尾声。也是因为这本杂志，我跟施家姊妹结下了缘。每次经过香港，都会去找施叔青出来喝酒叙旧，她在撰写《香港传奇》，预备在九七来临前，替香港留下一个繁荣将尽的纪录。有一次李昂与林怀民到圣芭芭拉来，在我家留了一宿，李昂向我借书看，我把陈定山写的《春申旧闻》推荐给她，定公这本书是部杰作，他把旧上海给写活了。里面有一则《詹周氏杀夫》的故事，詹周氏把当屠夫的丈夫大切八块，这是当年上海轰动一时的谋杀案——这就是李昂《杀夫》的由来，她把谋杀案搬到鹿港去了。小说家的想象力，真是深不可测。那年联合报小说比赛，我当评审，看到这部小说，其中那股震撼人心的原始力量，不是一般作家所有，我毫不考虑就把首奖投给了《杀夫》，揭晓时，作者竟是李昂。

《现代文学》创刊，离现在已有三十二年，距八四年正式停刊也有八年光景了，这本杂志可以说已经变成了历史文献。酝酿三年，《现文》一至五十一期重刊终于问世，一共十九册，另附两册，一册是资料，还有一册是《现文因缘》，收集了《现文》作家的回忆文章，这些文章看了令人感动，因为都写得真情毕露，他们叙述了各人与这本杂志结缘的始末，但不约而同地，每个人对那段消逝已久的青春岁月，都怀着依依不舍的眷念。陈映真的那篇就叫《我辈的青春》，他还牢记着一九六一年，那个夏天，他到我松江路一三三号那栋木造屋两人初次相会的情景——三十年前，我们曾经竟是那样地年轻过。所有的悲剧文学，我看以歌德的《浮士德》最悲怆，只有日耳曼民族才写得出如此摧人心肝的深刻作品。暮年已至的哲学家浮士德，为了捕捉回青春，宁愿把灵魂出卖给魔鬼。浮士德的悲怆，我们都能了解的，而魔鬼的诱惑，实在大得难以拒抗哩！正如柯庆明的那一篇文章题目：短暂的青春！永远的文学？回头看，也幸亏我们当年把青春岁月里的美丽与哀愁都用文字记录下来变了篇篇诗歌与小说。文学，恐怕也只有永远的文学，能让我们有机会在此须臾浮生中，插下一块不朽的标帜吧。

秋　意

庞俭克

窗外的小院已是枯燥的景象了。

一架丝瓜枝藤牵挂，三几朵小黄花斜上墙头，孤零零地失却了嫩绿叶片的扶持，徒有花枝上起伏不平的细细梗条持枪武士般的守护。叶凋零了不少，留下枝上的也已风干得黄爽爽的，还有些绿意的也是叶面上滋漫着青灰，操尽了心似的憔悴，老迈的枯黄从叶的边缘渐上来了。瓜细瘦弱小地垂着，花蒂呈褐色，吞噬光阴的无常似的把不祥延上来。花，叶，瓜，一层层地衬着，清冷如一幅年月久远的古画。眼光定定地逗留，心里寻思，那古旧的枯色何时涂抹上去的，那份萧瑟是谁的手剪裁出来的，心思便游移不定。盈盈的绿色和凋败的枯萎，鲜明的对比恍若隔世。数

作者简介

庞俭克（1955—），笔名雨帆，壮族，广西靖西人。1983年毕业于广西师范学院（今广西师范大学）中文系。1987年后历任漓江出版社策划部主任、总编辑助理、副总编辑。1984年开始发表作品。1993年加入中国作家协会。著有散文集《秋天的情书》《三十岁男人自白》等。曾获广西文艺创作铜鼓奖、庄重文文学奖。

作品信息

原载《人民文学》1992年第3期，《散文选刊》1993年第11期转载。收入《三十岁男人自白》（陕西人民出版社1992年版）、《广西当代作家丛书·庞俭克卷》（漓江出版社2002年版）；入选《广西散文百年（下）》（民族出版社2004年版）、《中国当代散文排行榜》（漓江出版社2004年版）等。

月前的光阴蓦然倒流回来。

也是黄昏，风推着云块飘上头顶，夕阳的余晖才斜上墙，雨便轻款着潇洒而来。美人蕉嫣红的蕾摇曳，文竹平铺的叶俯仰。撑一伞飞溅的雨丝，老父亲努力认真地在墙根堆起了土，点上了瓜种。润物细无声哪。五月的桂林雨水多，门窗紧闭也挡不住湿润的潮气。一阵风来，一场雨去，湿漉漉潇潇雨声打发了时日。待到天色放晴，阳光淡淡洒下，屋里人开窗向院，一抹嫩绿抢上眼来，新条毛茸茸的，叶片嫩生生的，宛若羞怯的小姑娘衣袂临风。润泽的生气便把身心荡漾得激动。才几日过去，那藤缠着竹枝攀上去，藤尖举着蜷曲的叶苞，其下却已次第招摇着健硕的叶子。眼看着就竹枝附满绿叶，枝头已有小黄花迎风了。招摇的两枝，朝窗户倚过身来。足足两尺远呢，那稚嫩的枝条能腾身过来？不料想第二天清晨拉开窗帘，见粉色的须条已弹簧似的圈住窗棂，那韧性，似乎没有千斤之力，莫想移之毫厘。

如今那须条仍缠定窗棂。

枝叶也牢牢护定生命的青春年华。

只是凉风渐起，枝干瘪了，叶萎谢了，花也蔫了。静静地扶持，稀疏地攀延，偎着九月的萧瑟。目送粗枝绿叶走过的一程程心路，我不忍将枝藤除却。就这样聆听冬的脚步吧，悬垂的一个大丝瓜透身金黄，正冥入沉思。

待来年，一腔蕴积该催发多少生命！

如此沉静的思索，该凝着多少渗透季节的悟性？所谓草木摇落而变衰，见衰而衰的古人多多少少把物人格化了，而这种伤感的感情外推可曾念及被推者的生来澄明？推而广之，花落野岭，蛙鸣池畔，月上柳梢头，日落山坳里，落花为结蒂，鼓噪为求偶，月光流泄因为太阳已成昨日辉煌，夕晖耀眼在于坐地人已行八万里，缘何见风落泪，遇雨伤怀？这些事物若解人语，当不屑如此断续诗行，说不定犹抱怨俗世中人，蝇营狗苟，浑浑噩噩，无奈人生之际便把酸腐倾倒。

一悬丝瓜可清千年的积尘。想来亿万年前的孢子组合，云起潮落，风掀开无数岁月，花落瓜熟，枯藤新枝，在我眼前凝结成那么一段新鲜而古老的方块字，展现生命的永恒与瞬间的美丽，我想那沐着夕阳的成熟的丝瓜会做夜来残梦的亮色衬景了。

　　记得梦中是还有过雁唳的凄厉的。在北国，高远天空排开人字雁阵，拍动翅膀飘飘南飞，日夜兼程，那种悲凉之气使人心旌摇动，为宋玉"憭栗兮，若在远行，登山临水送将归"的叹喟意夺神骇。然而长梦醒来，暗香起伏盈身，桂树把花挑上墙头，绿叶衬起金黄无数，粉粉团团的宛若盛装的小姑娘，轻轻款款的好一番温存可人。芬芳之前，风势减了几分凉意，梦中雁唳也无影无踪了。"尘世何曾识桂林？花仙夜入广寒深，移将天上众香国，寄在梢头一粟金。"宋人杨万里的诗道出了千百年来骚人墨客对桂林的感情，这恐怕也是当地人不知秋的悲凉为何物的原因。仲秋时节，满城桂花飘香。金桂丹桂银桂，一层金黄一抹橙红一袭雪白，一层层间着，恰似五色锦缎。满城男女，品桂花酒，桂花糕与月饼且做下酒菜，细数嫦娥思凡憔悴了心，玉兔玲珑得可爱，吴刚伐桂，根扎得深，枝养得壮，更有满城百姓一腔恋情撑着，那桂岂是伐得断的？闲话古今时便有一份淡泊的平静。至于赏花品花，百姓们那股兴致和痴迷怕是更难一语道尽。自家院中植着，或阳台上供着，嫁接繁殖，浇水施肥，除虫治病，那种一枝开来满室香的韵味，恐怕只有花主才能深谙。若欲品尝浓烈的极致，出门便有醺醺的甜意。云高日静，树立花奔，恰好鲜明的比照。而花色如颊，粗干若肩，或倩笑，或指点。顽童则在父辈母辈肩上咿呀，即便日日为生计操劳的汉子，扫街的妇人，亦香气袭人，那氤氲，何来时岁之遒尽？何来萧萧瑟瑟之气？

　　沐着甜丝丝的花香，顶着晴朗朗的天空往前信步走，香风熏得人欲醉，步履也翘趄起来。我想起我若干年前写的一首歌词：

　　　　"桂花，桂花，

　　　　开得粉茸茸……"

　　粉茸茸，像小女孩的脸，天真得逗人老想笑。其实这时树在笑了，哗啦哗啦的好像江水起了浪。树后面的高楼也顽皮得很，巨人似的你挤我我挤你，宛若我上小学时与同学们玩的游戏"挤油渣"，肩膀叠肩膀，膝盖顶膝盖，气喘吁吁，脸涨得通红，挤的结果，终于有几个体弱个小的缩肩袖手矮下去。而那些楼房也真涨红着脸，夕阳抹上去，窗玻璃一闪一闪的仿佛挤出泪花的眼。脚下矮着的，正不知是抗战时的遗物呢，还是四九年前的建筑，灰蒙蒙板房兀自撑起亮堂的招牌。时装店，美容发廊，米粉铺，茶室，旅舍，一家连一家缭得人眼乱。

"要过河走西门桥。"

声音很哑，很苍老，扭头一看，三几个老太婆慈眉善目地围坐闲扯，脸上的皱纹一样深，头上的发一样霜白。头顶一株高大的楮树招着风，不时有叶婆娑着旋落，叶还浓，阳光透过枝叶间隙薄薄斜下来，脚前的坎坡一级级蹾下去，桃花江水明亮地映着了。码头上三几个女人正在浣洗衣服，"哗哗"的甩摆声把丰腴的臀及白皙的腿衬得格外醒目。此时我才发觉我已把宽阔的柏油路和挤挨得紧的楼阵移到身后，置身一条古旧的巷子里了。我记得桥头的这条巷子，上班下班路经，每每投去一瞥。古风依然。这就是当时的感觉。后来就确确实实从巷子这头走到巷子那头。再以后有事无事总爱来巷子里逛。小巷怕是最能唤起我对秋的感觉来的吧？我生怕遗忘它们似的来来回回仔细地看，还用照相机从不同角度把眼前之所见拍摄下来。老实说，这样的巷子在脚踏的这块地面上已是不多见了。这是否就是怀旧？是否就是古人说的若在远行盼归来呢？

视线所及的都仿佛似情绪在血管里奔流。三合土路蛇样蜿蜒，平房一溜，白垩的墙从桐树荫下迎出，红砖到顶的小楼公鸡打鸣般昂起。门的朝向不一，有的向着巷子，有的把后院的墙逼着路。临江的一溜房屋中间豁开几条小码头，方便居家浣衣洗菜。树不少，谁家的小院里摇出冬青的翠色来，果实一串串，像刚上架的小葡萄，摘一串嚼嚼，那滋味可酸涩？桑树的叶长得很旺势，皮也光光亮亮的没有斑痕，我想巷子里的孩子一定喜欢小虫子，要不这些桑树也一定被天牛啃得露出树干，青痕断续的如同被嘴馋的小孩刚咬几下便扔掉的甘蔗。桐树三两株，鹤立鸡群似的挺身出去，风吹来，叶子哗啦啦一片乱响。这桐树也恐怕是妇人们的话题，谁家媳妇搽脂抹粉成天逛舞厅呀，谁家姑娘的门槛成天有油头粉面的小青年来踩呀，招蜂惹蝶的祖宗晓得了不把胡子气歪才怪。花草也多。紫罗兰的沉静倚在墙根，石榴的嫣红笑在檐角，吊兰仿佛花篮从阳台垂下来，土墙上的狗尾草和凤尾草斜插得密，不留心走近，还以为是花架，仔细一看才知晓前路原来一堵墙。倘若在这样的小巷里住上些时日，吃晚饭时端着饭碗扎堆老太婆的话题里，听听市场上的菜蔬换季了，芥菜不经霜不甜，快到立冬了，棉被该请湖南师傅弹弹了诸如此类等等，有一份细腻，更添一份闲散，那秋来的韵致，也不过如此了。

想着想着便在老太婆身边蹲下了。

"老人家，巷子清静啊，有花有草还有水，又方便又安然。"

"不安然了。看了报纸没有？规划进去了。"老太婆抬手向东指指。可不，九龙餐馆的红招牌亮得耀眼，豪华饭店的板立的墙壁在夕晖映照中泛着青白的光，桥的扩建工程正按部就班进行，临大街的不少旧居已经拆迁了。柴扉小院，狗吠客来，中间杂以昏黄的路灯，这样的图画，衬着霓虹灯闪晃汽车响亮的鸣笛，多少显得不协调了。待来年风斜雨细，一任桃花江水起的，不知是谁家老人抑或小红伞下依偎得紧的痴男痴女？可还见那领颀长的身影目光空洞地漫无目的游走？胡思乱想间，我起身移步，才走几步，一堵矮墙肃立眼前，黑黑的瓦片鱼鳞似的排列下来，直抵额前了，一株楮树，粗壮的枝干破瓦而起，高高地挺立了，肥大的叶沐着风斜斜地招摇……

水一样的情绪把我润湿了。

┃文学史评论┃

借着深厚的古文功底，庞俭克散文特别讲究辞藻，善用比兴，常吸收古诗词和赋的写法练字琢句，时常运用文言语汇构筑意境，这使散文凝练、含蓄，具有古典美。

——徐治平主编《广西散文百年（上）》，民族出版社，2012，第280页

庞俭克是壮族散文文苑的后起之秀。他勤奋写作，写下数百篇作品，在《人民日报》《民族文学》《文艺报》等报刊上发表，结集出版《秋天的情书》和《三十岁

男人自白》等。其散文以哲思见长，寓意深邃，语言优美，文字洗练，颇具大家风度。

——周作秋、黄绍清、欧阳若修等:《壮族文学发展史（下）》，广西人民出版社，2007，第1685页

Ⅰ创作评论Ⅰ

庞俭克的散文可以说是一种倾诉式的散文。五四以来，中国散文从文调上大致可分为两类，一是倾诉式的（以朱自清为代表），一是聊天式的（以周作人为代表）。倾诉式的散文是散文中的浪漫主义，倾诉式的散文是多情的散文，或热情激越，或凝重深沉，或婉约优柔，读起来让人觉得华丽而浓酽。……于是，这就构成了庞俭克散文的情调与品性——他的散文不是"太阳"，而是"月光"，是审美范畴中的"优美"，而不是"崇高"。这不仅在于他的散文过多倾诉自己的冥想世界（这冥想世界远比他的物理世界来得生动优美），过多写到月夜山野（即使是于"秦堤踏月"了，也还自吟"我是盼月了"，他对月光的种种感觉非常丰盈别致）；并且他把自己于月夜的种种怀想喻为孤独的灵魂，使冬夜不现黑暗，使杉湖于静夜灵性飞动，使幼小饥饿的噩梦滤出几分善良人温暖的画面，还有历史的无情，使他的两部散文集《秋天的情书》《三十岁男人的自白》一派婉约精微的气象，甚至几达刻意经营；而且，更在于，他的散文使人感受到一种华丽的忧郁的存在，一种善良的柔美的弥漫，而一切思情寓意也就被浸润在桂林特有的（而且不仅仅是桂林的）宁静优柔的那山那水那湿漉漉的空气和月色里了。

——张燕玲:《宁静优柔》，载《广西当代作家丛书·张燕玲卷》，漓江出版社，2002，第144—145页

在广西壮族作家中，庞俭克是最着意追求语言艺术的作家，他的散文语言考究华美，充分张扬了中国文学的意境和语言魅力。

——黄伟林:《不断超越自我的广西壮族当代文学》，《民族文学》1998年12期

圣堂山圣典

彭 洋

　　领到结婚证的一个小时之后，我们便踏上了去大瑶山的路途。火车转汽车，汽车再转汽车，而后带着干粮由向导领着在深山老林中转悠了大半天，第三天傍晚，我们终于觉得走够了，走累了，才在一个小山寨驻足。向导也说，再往前走，便是原始森林带，不会有人家了。

　　妻子的一个心愿就是要在某处深山的小竹楼里度过我们两个人最初的日子，远离都市，远离被尘器污染的空气，甚至远离文明。妻子认为在那么一个地方，才会有世间真正隆重的人生圣典。事先我们一点也不知道我们的目的地，只想着要走，要像私奔一样走得急匆匆的，要像出走一样跑得远远的，而且谁也没有告诉包括自己。闯进了大瑶山，才知道大瑶山里有个圣堂山，圣堂山是山里最高最美最神秘

作者简介

　　彭洋（1953— ），生于广西南宁，祖籍广东顺德。1982年毕业于广西大学中文系。历任广西文联党组秘书，《南方文坛》编辑部主任、社长，广西文联文艺理论研究室副主任、主任。广西文艺理论家协会驻会副会长等。中国作家协会会员。著有散文集《圣堂山圣典》，诗集《二十岁的谎言》，评论集《视野与选择》等。

作品信息

　　原载《散文》1992年第9期。收入散文集《圣堂山圣典》(广西人民出版社1996年版)，入选《1991－1993散文选》(人民文学出版社1995年版)、《广西散文百年（下册）》(民族出版社2004年版)。

的。所以一头也就闯了进来，在这举目无亲、陌生而荒蛮的大山中寻找我们的洞房，寻找我们的花烛，寻找我们婚典的洗礼地。

圣堂山是大瑶山脉群山中的山之王、伟丈夫、圣母。雄浑之极，阴柔之极；山头，林木繁茂；洞壑，流泉喧豗；峰峦，猿猱欲度；幽篁昼晦，禽兽出没。行于此间，我的新娘竟成了美丽而神秘的山鬼，被石兰带杜衡，折芳馨乘赤豹，由花狐狸引路，以桂树枝为旗，走向我们婚典的圣殿。

眼前的村寨就在山路的尽头。四五户人家，六七座竹楼。推开最边上一户人家的门，主人的热情真叫我们感动，好像我们预先约好了要来，好像我们是久别重逢的朋友。半小时后．我们已经和他们一道用木棒在山涧里猛捣两面针藤，为晚餐闹山蚂拐了。

主人并不知道我们离奇而浪漫的秘密，但他们好客的传统却使我们感到异常浪漫。我们竟把这宁静的世界搅得有点过分了。有一位主人马上进了后山猎山鸡，砰砰地直放枪，枪声震撼着山谷。另外两个主人带我们到村边的山涧里闹蚂拐，我们在上游用木槌捣藤药，他们则下潭子里把水搅浑。山蚂拐经不住两面针的呛辣，纷纷醉意朦胧地浮出水面，我们捡呵抓呵，那份高兴准会使世界上所有的新娘新郎惭愧。

开饭的时候，天已全黑。全村的成年男子都出席这天的晚宴。这是他们的礼仪传统。有朋自远方来，不论哪家，都这样。像北京的我国陪同团成员，国宾至，照例要出席陪饮。不用邀请，都携酒而至。山里的晚宴，上桌的全是山珍：野鸡、山蚂拐，说不清的鸟肉、野韭菜，香菇、木耳，自家熬的水酒。人多，桌子太窄，各人盛酒的碗只好都放在自己脚边的地上。

他们用酒灌我们，我们也用酒灌他们。这种贯穿着友情主题的战争与和平从第一口就开始直至最后。我的妻子悄悄地做着她的新娘，我也悄悄地做着我的新郎，彼此心照不宣。在我们的心里，他们都是上苍派至的宾客，圣堂山当然就是我们的圣堂，它把我们的爱情推至一个宗教的境界。世上只有信仰才需要虔诚，爱情也是一种信仰，彼此的拥戴和虔诚，她崇拜我，我崇拜她，于是我们才来到了这一圣殿，举行我们相许的圣典，把我们相互的崇拜，以天为证。圣堂山的人都是圣子、圣民，爱情也使我们成为圣男圣女，所以他们给我们以一种超凡脱俗的纯朴的典待，用他们那无尘的竹楼宽容我们。圣堂的晚宴丰盛而圣洁，没有一丝铜臭，没有一丝腐味，一切都是新鲜的、原汁原味的香醇。

月色如银，如水如泻，圣洁的光芒染白山林和村寨，只有背光的阴影部分是纯黑的。他们把我们安顿在一座竹楼。墙壁、地板、门、窗、床，没有一样不是竹子扎的。我们踩上去的时候，整座楼都在咿呀作响。别人的竹楼也在响。我们睡不着，竹楼便睡不着。也睡不着的月光穿墙而过，照在我们的床上。我们知道天使便在此时来临，环绕我们而舞；无声的乐曲优美而流畅，她们用许多鲜花来拥簇我们，使我们魂魄轻扬飞升。我无声地向她们耳语我们的心愿，无声地向她们祈祷地久天长。天使们默默的答许也如花坠落，铺满她们的来路。清莹凛冽的圣水在圣坛中由女神捧着从头淋下，由骨髓沁下直透我们的全身，霎时红尘顿消，只觉得自己已脱胎为无知山谷里幸福的村民，我们赤足裸体，一任自己走回亚当与夏娃吃禁果前的伊甸园，一任自己臂膀上也长出可飞翔的小翅……

圣堂山的夜原来是在快黎明的时候才睡的。

回到城里，恍如做了一场梦，有好一段时候竟怎么也想不起我们在圣典所经历的，恍如一种永远不可能忘怀的空白。实际上，当我们在归途上回望去路，才深悟到昨夜那座圣殿原只是为我们为这一天所筑的，谁也不可能再找到，包括我们自己。它已经如星月一般消失于太阳的光阴里，但它确确实实存在过，仅仅是为我们而存在的。

| 文学史评论 |

在散文创作方面，彭洋敢于探索，勇于创新，在理论上逐渐形成了自己的独特见解。他的散文创作，一是强调"表现心态的原生态"，他认为"散文不仅要从以往大一统的'载道'超脱出来，还要一般的由表现心态转入表现心态的原生态"，因为"散文是所有艺术文体中的一种'极致'的文体，它的最高境界是最接近自然"；

二是坚持"散文必须真实"这一原则，"决不矫饰"。因此他把散文喻为"我的镜子"，既照别人，更多的是照自己。

——徐治平主编《广西散文百年》，民族出版社，2004，第346页

1996年由广西人民出版社出版的散文集《圣堂山圣典》，集中了彭洋散文的优秀之作。其优秀之处，在于它们全出于彭洋自身，无论内容与形式，看不到像谁、模仿谁，是一种具有独特魅力独特风格的大气度的散文。

——李建平等:《广西文学50年》，漓江出版社，2005，第413页

| 创作评论 |

彭洋是我区屈指可数的青年评论家、作家和书法家，他的成就是多方面的，尤其是他近年的散文创作，在区内外都颇有影响，很多篇章为读者所喜爱，也引起了评论界广泛关注。

——黄云龙:《彭洋散文创作浅论》，《南方文坛》1994年第6期

彭洋散文创作的文体内涵与彭洋散文观对散文文体内涵的把握是一致的。我认为其核心特征是真和情。真，指的是真性情，彭洋散文的真不仅是一种事实的真，而且是一种自我灵魂的真；情，指的是情感，彭洋散文的每一篇，无不洋溢着浓郁炽烈的情感，且这情感，独属于彭洋个人，是个体自我之情。真和情合起来，谓之真情。彭洋散文，出以真情，现为自我，自我真情，成为彭洋散文最本质的特征。

——黄伟林:《彭洋散文论》，载黄伟林《文学三维》，广西人民出版社，2004，
第269页

| 作品点评 |

至今我仍然记得自己第一次读《圣堂山圣典》时的感动。这篇散文在形式境界上诚如彭洋的追求："珠圆玉润，精致优雅。"但我认为这八字真经仍不能概括这篇

散文的美质。在我看来,《圣堂山圣典》除了形式的圆满之外,更有一种内涵的圆满。整篇散文,写的是一场婚礼仪式,仪式形式之奇妙已属罕见,仪式内在情韵之奇妙更为罕见。作者把爱情推到"高峰体验"的极致,让这种"高峰体验"的爱情在美风景和奇风俗的烘托映衬下获得一种洗礼。我读这篇散文,首先体味到的是纯,一种爱情的纯,纯到非要用纯的大自然陪衬不可;接着体味到的是淳,一种性情的淳,淳到非要用淳的民风民俗陪衬不可;最后体味到的是圣,一种境界的圣。圣是一种高远,由纯而淳升华而成的高远;圣又是一种脱俗,由罕见奇妙造成的脱俗。《圣堂山圣典》以其形式和内涵的双重圆满达到高远脱俗的境界,以至我甚至做如是想,彭洋有一篇《圣堂山圣典》足矣。

——黄伟林:《彭洋散文论》,载黄伟林《文学三维》,广西人民出版社,2004,

第269—270页

▎作品点评 ▎

至今我仍然记得自己第一次读《圣堂山圣典》时的感动。这篇散文在形式境界上诚如彭洋的追求:"珠圆玉润,精致优雅。"但我认为这八字真经仍不能概括这篇散文的美质。在我看来,《圣堂山圣典》除了形式的圆满之外,更有一种内涵的圆满。整篇散文,写的是一场婚礼仪式,仪式形式之奇妙已属罕见,仪式内在情韵之奇妙更为罕见。作者把爱情推到"高峰体验"的极致,让这种"高峰体验"的爱情在美风景和奇风俗的烘托映衬下获得一种洗礼。我读这篇散文,首先体味到的是纯,一种爱情的纯,纯到非要用纯的大自然陪衬不可;接着体味到的是淳,一种性情的淳,淳到非要用淳的民风民俗陪衬不可;最后体味到的是圣,一种境界的圣。圣是一种高远,由纯而淳升华而成的高远;圣又是一种脱俗,由罕见奇妙造成的脱俗。《圣堂山圣典》以其形式和内涵的双重圆满达到高远脱俗的境界,以至我甚至做如是想,彭洋有一篇《圣堂山圣典》足矣。

——黄伟林:《彭洋散文论》,载黄伟林《文学三维》,广西人民出版社,2004,

第269—270页

| 作者自述 |

　　我的散文创作大致可分成四类。当然，心思主要是放在纯文学的散文上，因为我觉得唯有文学散文也就是抒情散文能成为散文艺术脉络中的主流。散文是所有艺术文体中一种最接近"极致艺术"的文体，它的最高境界是最接近自然态的。所以，在我的散文中，不仅表现心态，而且还着意从一般的表现心态转入表现心态的原生态。散文最怕矫饰，最怕虚构，甚至怕"构思"，因为它本来就是一条真实地流淌着的河流。我虽喜欢余秋雨的散文，但总觉得，从整体上说它的理性还嫌过强了，尚缺纯文学的抒情佳构。而我认为，即使是随笔，其基点也还是说情的而不是说理的。我总把我的前几类散文和情调性散文、主题性散文、叙事性散文等看成是代表了我艺术水准的东西，而偶尔为之的随笔小品，也只是无心插柳、随手而已了。

　　——彭洋：《圣堂山圣典·跋》，载彭洋《圣堂山圣典》，广西人民出版社，
　　1996，第202页

故人故事

岑献青

　　1978年2月底，我从遥远的广西的一个小煤矿来到北京大学读书，第一个认识的同班同学就是吴北玲。在大饭厅的新生报到处，北玲比我稍稍晚来几分钟。看到她在报到本上写自己的专业和名字，我便没来由地觉得亲切起来。当时北玲没带钱，老师让她买饭票时她挺犯难，我就借了十五元钱给她。记得那个时候她用一种很奇怪的眼光看了看我才接过去，我也没在意。倒是她办完手续后，因为是北京人，没带行李来，就对我说一声再见便走了，让我一下子竟不知说什么好。

　　第二天再看到北玲时，她第一句话就问："你又不认识我，就把钱借我了，是不是太大意了？"

作者简介

　　岑献青（1955—），女，壮族，广西龙州人。中国作家协会会员。中国少数民族作家学会理事。1976年开始文学创作。1977年考入北京大学中文系。后分配到中共中央宣传部文艺局工作，1985年调入《民族文学》杂志社。在《人民日报》《广西文艺》《长城》《广西文学》《三月三》《民族文学》《青年文学》等报刊发表散文近百篇，小说十多篇。作品入选《中国新文学大系·少数民族卷》《青年散文选》等多种选本。1988年出版的散文集《秋萤》获首届壮族文学奖、全国第四届少数民族文学创作奖。小说集《裂纹》获第三届壮族文学创作奖。

作品信息

　　原载《民族文学》1994年第6期。

我一时无言以对。我还真没想过，在北大这样的地方，也会有人来骗我不成？

我当然还得承认她的问话不无道理，只是从小受家庭的影响太深，对人很少设防，总觉得倘若自己遇到困难时，也是希望能得到别人的帮助的，就像我的老外婆常常说的那样：将心比心。所以，即使北玲那样提醒了我，后来在一次寒假时回老家途中，我又一次把十元钱借给了一位素不相识的军人。那位军人在列车中途停车时下车散步，结果所有的现金证件和车票都被人偷走了。当时也有一位同路的同学说我"太大意了"，我听了惊出一身汗来。我是带工资上学的，每月也就三十元左右，那十元钱就相当于我十天的工资了。但是假如我不借给他呢，他就无法再转车回家了。后来那位军人从家里把钱给我寄到了学校，我才松了一口气。即便如此，我也还是上过当，大白天让一个其实不像乞丐的乞丐讨走了近十块钱。事后我细细琢磨，才发现他那些乞讨的理由没有一条可以成立的。而且那时我也曾听说过有些人靠着这样的"乞讨"已经成了万元户，日子过得比我不知好了多少倍！

话说得远了。

北玲比我年长几岁，在延安插过队，和史铁生、高红十是很要好的朋友。她常常给我们讲他们在延安的事，最开心的是一个笑话，有位陕北老乡看见一个美国人在院子外面转悠，就问他是"哪搭人"，美国人听了直愣神，老乡说："听不懂？给你来句洋话吧！你的，什么的干活？"那美国人又耸耸肩，老乡很奇怪地说。"怪咧，外国人听不懂外国话？再换一句。"于是老乡扬起脖子大喊："你的，死啦死啦的？"

北玲模仿着一口陕北话，惟妙惟肖，把一群女生笑倒在床上滚成一团。

后来学校来了一批外国留学生。那时还没修建勺园大楼，留学生都住在校南门马路东侧二十五楼里。学校让中文系派一些学生去陪留学生住，帮助提高汉语水平，北玲和另外几位同学就住到了二十五楼。除了上课我们仍在一起外，有时北玲也会跑回宿舍来说说话，很热心地帮我们这些外省学生解决一些问题，总是一副老大姐的样子。1991年我曾和高红十一起开过会，高红十说："你就是岑献青吧，你在北大读书时，吴北玲还给我寄过你的小说呢。"十年前高红十在陕西的一家文学刊物当编辑，北玲向她推荐了我的一篇小说。也许因为当时的"政治气候"缘故，高红十把小说送上去后又被打了回来。小说虽然后来一直就压在了纸箱底，但我还是很感激北玲和高红十这两位老大姐。

北玲也有遇到难题的时候。她那时和"文革"中很有名的知青孙立哲正在恋爱，当时孙立哲患病在京住院，碰到了一些麻烦，大约是政治待遇方面的问题。北玲很气愤很着急地在宿舍里说这事，一筹莫展。我那时也不知怎么想的，脱口就说，你们找朋友从青年团这条线往上递"状子"，准能解决问题。其实我也不过说说而已，不过有点打抱不平。没想到似乎就提醒了北玲，后来不知她和立哲怎么活动，好像真的就从"这条线上"解决了问题。当然也是正遇上解决冤假错案的时候，我母亲二十多年的右派问题也在那时平反的，这于我，是一个很深切的感受。为了母亲这个右派帽子，我们家曾付出了许多。现在，这个"问题"像被摘除肿瘤似的解决了，我的感受就像走进了春光明媚百花争艳的新世界里，那一种兴奋和喜悦是难以言传的，而其中掺杂的苦涩也是难以表达的。我很真诚地希望这个世界上不要再有尔虞我诈，不要再有虚伪狡诈和阴谋，不要再有什么冤假错案。说了这样的话，想来也是当时的"下意识"。

临毕业时，北玲和班上另一位女生小查到美国留学去了，班上的同学各奔东西，来往渐渐地少，关于北玲的消息更少了。不时能听到一些，说是她读了硕士，又去读博士了，她的丈夫孙立哲也从澳大利亚到了美国。后来又有消息说北玲生了一个儿子，还办了一个公司。几年后，也在美国读书的同学高小刚回来说，到了北玲家，仍十分地中国化，盘腿坐在地板上捧着大碗吃炸酱面，那个香！

1989年秋，北玲带了刚两个月的女儿飞回北京，到北大新技术公司商谈生意，抽空回北大看同学，我丈夫张鸣也是同班同学，晚饭就在我们家吃。黄子平张玫珊夫妇、陈平原夏晓虹夫妇亦在座，都是同学，便很随意。席间北玲不断地夹着红汤红叶的红苋菜吃，还不断地说，在美国就吃不到这个菜！

那天北玲给我们的感觉是有些憔悴。但谁也没在意，都以为是旅途太累的缘故。

第二年忽然有一天从谢冕先生那里听到北玲患了癌症的消息。谢冕先生又是从回国探亲的学生那里听说的，说是北玲做了手术，几乎不能吃不能动了。后来严新在纽约往芝加哥她家发了气功，她居然神奇般地起身下楼吃了两碗米饭。

这个消息让我们很难过，对于气功，我们不了解，但愿能挽救北玲的生命。在我所知道的有关北玲的身世中，她似乎就没有过过什么舒适日子，"文革"中到了最艰苦的陕北，后来在北大苦读四年，又独自到美国闯天下，她不该这么早离开这个世界的！

再后来就听说北玲从美国回来了，住在中日友好医院。我们的老班长、现在人民大学中文系执教的叶君远来我家说，北玲回来了，说是这次回来治病，若能好呢，再不回美国了，若好不了呢，就算叶落归根罢。老叶传来的一番话，让我和张鸣久久不能言语。因为我要在家看孩子，张鸣便先约了叶君远、夏晓虹去看北玲，回来后说，北玲真是一个奇迹，精神居然好得很，说了许多话，真不可思议。

过了几天，我约了几位女生一起去看她，没想到一进门就见她正在输液，头上罩着一顶淡蓝色的塑料帽。看见我们，她笑笑，艰难地说："可别吓一跳呵，前些天张鸣他们来时，我还有头发呢，这会儿全剃了。"

原来那天张鸣老叶晓虹离开后，到了晚上，北玲突然颅压升高，医生立即做了开颅手术。

"差一点就不行了。"后来孙立哲说。

即便如此，北玲还是和我们慢慢地说着话，不时回忆做学生时的趣事，还让我们看了她儿子女儿的照片。她说她那个八岁的儿子刚从美国回来，有一天在她的病房里打死了一只苍蝇，便去告诉护士说，"你们这里有女蜜蜂"。护士问他怎么知道是女的？他说，因为它的肚子里有一个"Baby"。北玲说着笑起来，满脸溢彩。

我也是做了母亲的人，我能深切体会北玲在生命终结前对儿子的无限留恋之情，北玲的一位中学同学说，北玲之所以能坚持这么久，就是舍不下她的孩子呵。看着她，我心底里不由悄然漫出一种悲怆之感。

离开病房时，孙立哲告诉我们，北玲全身都布满了肿瘤，还有好几处骨折。这话使我们每一个人都惊骇得说不出话来，想到她居然这么坦然地面对死亡，不由得肃然起敬。

北玲在美国拿下了硕士、博士学位，获得过亚洲教育基金会奖学金和 P.E.O 国际和平奖学金，受聘于美国西北大学学院任讲师，1986 年，从"孙太太的饺子"起家，和她丈夫创办了芝加哥万国图文有限公司，后来又创建了美国万通科技国际公司并任董事长，1991 年，她在北京一边治病，一边和丈夫筹办了在京的合资企业——金华快印公司。他们有两个孩子，儿子捷声八岁，女儿捷妮三岁。

北玲什么也没落下，学业、事业、家庭，样样出色，却唯独没有好好地享受过，在人生的道路上，她的脚步太过于匆忙了。

从医院回来，一夜未能成眠，从前的许多事都一一地掠过眼前：北玲和我们一起骑着自行车到鹫峰野餐；和我们一起趁人不备时，从铁丝网的破洞里钻进八大处公园，在宿舍里拉着孙立哲给我们做英语作业；把我们一群同学叫到她家，将一大桌凉菜热菜冷饮热饮点心水果一扫而光……

也许这些回忆都会渐渐地被淡忘，而北玲却永远不会从我们的记忆中消失了，她自身的关于生命的意义将作为一种永恒的精神长存于我们之中。

这篇小文还没写完，就传来了北玲逝世的消息。尽管早在意料之中，仍十分地震惊和悲痛。几天里四下电话联系在京同学，一齐往八宝山向北玲告别。灵堂里北玲很安静地躺在花丛中，遗像上的北玲年轻俏丽动人。站在她跟前，总有一种拂不去的梦一般的感觉，仿佛她不过是在小憩。她还有一个心愿未了，她和孙立哲计划过要为延安捐献一座现代化医院，还有，儿女尚小，他们还需要母亲的呵护……

在电视台工作的同学王娟带来摄影组，为北玲留下最后一盘录像带。北大中文系主任孙玉石先生、教授谢冕先生、乐黛云先生、我们从前的班主任张剑福先生，也来向他们的学生告别。白发送黑发，先生送学生，说起来也是令人唏嘘不已。班上的同学大都在北京工作却鲜能常见，有些同学毕业十年一直没见过面，还有一些在国外闯世界，大伙儿曾计划在毕业后的第一个十年举行一次聚会，却不料先在这样一个场合下相见，执手泪眼相看，个中滋味实在难以言传……

▎文学史评论▎

岑献青是一位壮族女作家。她写小说，也写散文，有散文集《秋萤》。她善写童年，写故乡，写亲人，写朋友，情思缠绵，文意委婉，充满了青春的活力和诱人的灵气，富有女性的特质和美感。

——周作秋、黄绍清、欧阳若修等:《壮族文学发展史（下）》，广西人民出版社，
　　2007，第1685页

▎创作评论▎

壮乡遂在岑献青的笔下呈现为一个现时代的生死场。那是艰难而又坚韧的生，平淡而又悲凉的死。或许，因了多少年前的飞来横祸曾差点使母亲轻生江中吧，她对这"死"字会有这样的敏感。姨的死，矿警叔叔的死，新结识的笔友的死，正是反思这"死"才向我们昭示了"生"的意义。九死还魂草、长满气根的榕树、死不绝的星星……这些反复抒写的意象显示了岑献青想要参透生命奥秘的努力。更能打动人的是写"亲情"的那些篇章，她写了那份复杂的充满酸甜苦辣的感情：眷恋、歉疚、感激、遗憾、不满……实在，生命的奥秘须得在生命的长链上去体验：我们的个体存在，负载了怎样的一些自然的和文化的基因，辗转于这个陌生的世界呢？这"生死场"在岑献青的笔下或许展开得过于狭仄，世事场景过于纯净化，"铁血和苦水"中的众生相未能得到原生态的表现，笔墨也嫌不够精到简练，然而，生与死的疑问如何始终燃烧着她的文思，那痛苦、困惑、折磨、焦灼、执着，却是可以感觉到的，并且被震撼了。

——黄子平:《"永远的灵魂"——序岑献青的散文集》，载岑献青《秋萤》，
　　广西民族出版社，1988，第6—7页

在广西的民族散文中，岑献青的作品可谓卓然而立，极富于个性的色彩。她的作品洋溢着壮乡泥土的气息，闪现着左江所赋予她的秀气，却又能从城市与农村的参照反差中透出新奇和厚度来。

  ——赵壮天：《岑献青散文创作个性简识》，载广西民族文学学会编《花山文学漫笔》，广西民族出版社，1990，第119页

秋日还乡

潘大林

从历史文化的角度看，这是一片极少被人提起的、几近被人遗忘的土地：它既没有青藏高原的险峻神秘，没有黄土高原的粗犷神奇，没有华北平原的广袤壮阔，也没有江南水乡的肥沃妩媚。偶尔被史书提起，也往往与征服和血腥连在一起。

这里山多，却不高，最高的也在千米以下，但无论你站在什么地方，都可以看到山的影子。这里的土不肥，想要取得一分收成，你就必须付出数倍甚至十数倍于收成的艰辛和汗水。它没有地域性的文化传统，没有独特的宗教信仰，从语言、风俗直到生活习惯，都属于古老的中原文化的范畴，却又在长期的移徙传播过程中，多少有了迁衍性的变异。

作者简介

潘大林（1954—），笔名黑马。广西容县人。中国作家协会会员。曾任《金田》杂志主编，贵港日报社社长、总编辑，广西作家协会副主席等。出版有小说集《南方的葬礼》《岁月无声》《教我如何不想他》，散文随笔集《牧野之风》《最后一片枫叶》，长篇小说《黑旗旋风——刘永福传奇》，长篇纪实文学《天国一柱李秀成》《沸腾的大藤峡》等。曾获广西文艺创作铜鼓奖、庄重文学奖。

作品信息

原载《中国作家》1994年第6期。收入《广西当代作家丛书·潘大林卷》（漓江出版社2002年版），入选《穿越生命的河流（上）》（光明日报出版社2002年版）。

这便是我的故乡，南方的那片丘陵。

每年秋天，我都要利用一年一度的国庆节假，回故乡去登高扫墓。按照本地习俗，扫祭先人更看重的是清明或重阳，但我不愿为这类似乎并不怎么光明正大的事告假，用的便都是法定的假日。

每次还乡，我的灵魂似乎总要受到一番冲击，年龄愈长，这种冲击就愈深重、愈强烈，仿佛有无数根带刺的鞭子，在狠命地抽打着我的心灵，让我食不甘味、睡不安寝，想哭，想喊，想把内心的所悲所喜所怒所怨一股脑儿地宣泄出来……

一

我的故乡，是桂东南云开大山余脉中的一个小村子。说是小，是指地域上的，群山环抱中的一河两岸，黑瓦黄墙，屋宇错落，站在稍高处，即可将千百户农家一览无余。但就人口而论，它就不算太小了，男女老少四千余口，单是与我同宗的就有两千余人。

人们把自己生于斯、长于斯的地方称之为故乡，一个"故"字，最贴切、最传神不过了：它强调的是过去，是时间上的差异，而不是空间上的距离。我现在工作的城市，离老家才不过七八十公里。这点路程，坐上班车还不用三个小时。尽管如此，尽管我每年都要回一两次老家，我却越来越强烈地感觉到，故乡离我竟已是那样遥远，遥远得在我脑海里只剩下一片模糊的痕迹。

相信从乡下出来，到城里生活了多年的人都有这种体验：在乡下的日子里，你一定渴望过要逃离它，就像渴望要逃离魔鬼那巨大的阴影。城市从它诞生的那天起，就一直以与封闭落后的农村相反的崭新面貌，诱惑着那些渴望繁华与喧闹、渴望幸运与享受的乡下人。只是当你离开乡下，到城里生活多年之后，你又会发现思乡的念头越来越痛苦地折磨着你、煎熬着你，使你越来越频繁地在梦中重温起故乡的种种美丽与温馨，直到逼迫得你不由自主地收拾行囊，踏上还乡的路程。然而，等你一旦回到故乡，眼前的一切，竟已变得是那样的陌生，陌生得甚至使你已很难辨认出它的本来面目。

我是二十多年前离开老家的。那时的高中毕业生，还没有直接升上大学的机会，唯有回乡接受贫下中农再教育两年之后，被实践证明是可造就的无产阶级革命事业接班人，才有千分之一二的被推荐上大学的可能。

因为这种希望太渺茫了，我高中一毕业，虽然各科成绩名列全校前茅，但还是不顾众多亲友的反对，迫不及待地报考了当时偶尔招点应届毕业生的地区师范。我更深层的隐私，除为了尽早减轻家庭负担外，更主要的，则是为了逃避乡下那经常肚皮贴背脊的饥饿和贫困，逃避烈日下、寒雨中日复一日、年复一年的繁重的体力劳动。我十分渴望有朝一日能成为每天上班8小时、每餐都能吃饱大米饭、每周偶尔加一两次肥猪肉、看一两次电影的城里人。我不想重复父辈那种面朝黄土背朝天、像蚂蚁那样不知秦汉、遑论魏晋的碌碌终生。

我尽管一度为这种见不得太阳的阴暗心理感到惭愧，但我还是抵御不了城市生活的诱惑，参与了当时看来几乎是"鲤鱼跳龙门"般的竞争。我生来个子矮小、体质孱弱，从骨子里害怕繁重的体力劳动，但我却不得不拼命地干着所有的农活：春天随大人到冰冷的水田里担秧插田，一任手脚红肿如桃；夏天顶着烈日收割水稻、挑送公粮，把喝五分钱一大海碗的稀粥当成了世间最痛快的享受；秋天邀上几个尺高寸矮的小伙伴，进大山深处烧石灰，为的是换取一元几角钱的学杂费，冬天则冒着寒风冷雨到河滩上开荒造田，嘴唇和脸颊干裂得冒出了鲜红的血珠。田里的碎玻璃划破过我的脚板，锋利的镰刀在我的小手上留下了累累伤痕，沉重的打谷机压在两个十五六岁少年的肩头，抬出两里地外放下，即使半天匀不过气来也没叫过一声苦。乡亲们在评工分时都说我热爱劳动，给了我9.5分，壮劳力一级工也才是10分。我很珍视这种评价，但只有自己内心最明白：这并不是我所乐意这样拼命的，只不过命运把这一切强加到我头上，我无法回避，就只好咬着牙认了。尽管今天看来，把这些远远超出负荷的生理、心理重压，强行地放到一个少年娇嫩的肩头，已被公认为是一种不人道的行为，我却从不后悔当年所干过的一切，因为它们教会了我的吃苦耐劳和坚忍顽强，而这些，恰恰是从书本上难以学到的。

多年之后，当我听到美国歌星保罗·西蒙（Paul Simon）的《拳击手》（The Boxer）这首歌时，一下就被歌中那个小拳击手的命运感动得热泪盈眶了：一个穷人的孩子为了挣钱谋生去当拳击手，他不得不忍受着屈辱和痛苦，一次次被人打倒在地，又一次次地爬起来，即使鼻青脸肿，血痕斑斑，眼里流着泪水一再哭喊"我要回家！我要回家！"。但最终他还得留下来，因为他已经别无选择了。

其实，每个人的命运何尝不是如此？我们所能做的，唯有干出个人样来！

我终于考取了师范，用扁担一头挑着装杂物书籍的肥皂箱，一头挑着简单的被帐，满怀憧憬地踏上了离开故乡的漫长的人生之旅。

那时候我义无反顾，没有回头留下无限眷恋的一望。

今天，当我以一个活得还算体面、事业略有所成、连乡亲父老们提起来也多少有点称道的城里人重回故乡之际，我非但没有半点荣归的欣悦，沉甸甸地溢满心头的反而只是无数说不清、道不明的悲凉和无奈。

我终于理解了以退职宰相的尊荣回归故里却因"儿童相见不相识"而满腹感慨的贺知章，理解了"近乡情更怯，不敢问来人"的宋之问，理解了"旧路青山在，余生白首归"的刘长卿，也理解了"一片归心拟乱云"的辛稼轩。即使是位极人臣而煊赫一时的游子，在古老而沉重的故乡面前，他也只能是个永远都长不大的赤裸裸的孩子。

二

我每年回乡扫墓，都习惯从曾祖父开始。这样做，实际是出于一种十分功利的考虑。我们老家一带先人的坟茔，不像北方人往往只集中于某片墓地，而是各居一处，每人占一块风水宝地，儿孙们则像对奖券一般，寄希望于某个先人葬中了某处吉穴灵壤，以保佑后辈大富大贵或大红大紫起来。由于各个墓地相距甚远，在短短的一天半天时间里，不可能前往一一扫祭所有的先人，就只好择其近者要者了。

辈分距我太过遥远的先人，尽管或多或少有着一点血缘上的关系，但却无多少恩惠于我，感情上没有多少联系，也就不想为他们付出太多的辛苦劳累。曾祖父则不然，我虽然从未见过他，但我却在他一手惨淡经营建造起来的老屋中居住了十数年，听叔祖们转述过某些关于他的轶事，以至我觉得他在作古多年之后，仍在仁慈地关注着我，温厚地庇佑着我，如果我不去扫祭他，感情上就总有一种忤逆般的负罪感。至于曾祖母，当年我曾亲自参与了她遗骸的二次葬，只是墓地实在太远，我们已多年未去扫祭，想来坟茔上早已荒芜得令人不复辨认了。

我们转到父亲的墓前，半堆黄土，荒草萋萋，一块简易的水泥墓碑还是在"文革"浪潮风起云涌之际，由父亲所供职的公社党委立下的。我记得，那是1967年的春夏之交，地方上所有的政权机构几乎全都瘫痪了。我最后一次护送已是重病在身的父亲到他任职的公社去，准备收拾行李去住院。他不时地以右手压住疼痛的肝区走完了二十多里的山路。那时候，公社大院里里外外都贴满了"庙小妖风大，水浅王八多""坚决砸烂×××的狗头"之类杀气腾腾的大标语、大字报，甚至许多领导的房门也被糊满了。那些平日昂首挺胸走路的基层干部们，只好低下高贵的头颅，小心翼翼地从大字报的隙缝里进出，稍一不慎，就会招来更猛烈的批判炮轰。奇怪的是，我那当组织委员的父亲的门前竟意外地被网开一面，给予了充分的活动空间和自由。至于是否因为父亲平日的人缘不错，还是因为造反派们对病重的父亲心存恻隐，就不得而知了。一路上，他总是不时地停下来，跟田里劳作的相熟的农民打招呼，有时干脆走下田去，接过犁耙乐呵呵地犁上几道。他本来就是个农民，干农活几乎已成了他的嗜好。不知为什么，人们都懂得他得了病，关切地问他，他总是嘿嘿一笑："没事没事，大不了跟焦裕禄去。"

没想到，他那玩笑话竟一语成谶！他于四十二岁上仓皇辞世，甚至使我直到今天，也没能原谅他在死神面前的无能：他过早地把一个中年男人所应担负的家庭责任，一股脑儿地推卸到了我那身材并不高大的母亲和13岁的我的身上！

我静静地站在父亲墓前，二十多年的时光，当然早已冲净了心头的隐痛。看着漫山遍野回绿转黄的荒草和高低错杂的松树，看着天空中不断变幻出种种形状的云彩，我忽然感到了时间流逝的迅猛。我们常常指天发誓，要与时间赛跑，要跑在时间前面，但就在我们一再发誓的当儿，时间早就弃我们而去，远远把我们抛到了十万八千里的后头，它所卷起的岁月风尘，不知不觉就染上了我们的鬓角眉梢。人生实在是太短暂了，短暂得让我们迫切地生出一股要干点什么的欲望。人的一生，能干的事情实在是太少了！唯有认认真真、踏踏实实地干好一两件自己想干的事，恐怕才能算是不枉此生。

而对面山坡上那位廿一公祖，则是我们村上辈分最高的人。按潘氏祠堂的那首对联，"谦实庆荣锡，信美余良昭"一族宗亲的辈分是早就排定了的。我属"锡"字辈，廿一公祖则似乎应是"谦"或"实"字辈的人。因各房人丁发展进度不一，有的"谦"字辈也许才三四十岁，但"信"字一辈却已有年近古稀的了，于是便出现了襁褓中的叔祖捧着侄孙媳妇的奶子大快朵颐的喜剧性场面。

廿一公祖的前半生，似乎没正经干过什么营生，种田不是好手，就东奔西跑，为人挑过盐巴布匹，当过猪牛贩，担过柴卖过炭，只因好酒贪杯，绝无积蓄，便终身不娶，直到六十好几那年，生产队有一方荒山无人愿管，他便自告奋勇，领了生产队统筹的一石几斗米，独自开山劈岭，种松种杉种八角玉桂，过着几乎与世隔绝的生活。多年之后，那方荒山变成一片林海，开始有了收成，他却老得再也走不动了……

"廿一公祖的那片山场怎么了？"我十分关心这件事，因为当年我曾到那片山场看过，还写过一篇小报道，公社的广播站居然给播了，让我在乡亲们面前人五人六地神气了好些日子。这微不足道的成功，给了我巨大的激动和喜悦，我甚至以为，那大概就是我写作生涯的滥觞了。

"别提啦，"弟弟懊丧地说，"公祖一去，人们就把那片山林分光砍光了，唉！"

我的心蓦地一沉，半晌无语。

一个人的存在，实在是太渺小了！那些所谓轰轰烈烈，拜相封侯的英雄豪杰，尚且很快就会消失于无形，那些平凡庸碌小人物的终生努力和生趣，更会轻而易举地被残酷无情的时间幻化为荒坡上的一抔黄土或一丛衰草，难道他们的生存就是如此的虚空和无意义吗？

不！不！！不！！！

我心底有一个洪大的声音，像一口巨大的钟在猛烈的撞击中发出震耳欲聋、惊魂动魄的浩响，然而，余音袅袅、愈来愈弱之后，它又显得是那样的深洞、悠远、柔弱直至散为死寂。

人们害怕死亡，千方百计地拒绝死亡，显然并不都是为了贪图俗世的享乐，他们或辛勤劳累于生儿育女，或孜孜不倦于物质建设，或殚精竭虑于科学发明，或乐此不疲于道德文章，明知道这一切，他们都无法在身后带走，显然就是想给这个世界留下些什么。只是到头来，他们到底留下什么没有？未来世界历史所能记住的，不就只是几个孤零零的名字么？

许多人似乎什么都没留下，又似乎什么都留了下来。作为恒河沙数般的个体，他们简直渺小得如同蚁蝼没什么两样，唯有作为人类的力量，他们的智慧之火才能洞穿古今，绵绵不绝地燃亮现在，燃亮未来……

三

人的一生，或长或短，都会和这个世界发生联系；或多或少，都会和其他人连在一起。连持"生存空虚说"的叔本华也承认：一切事物都是相关联、相依凭的，个体不能单独存在。我想，人的生存意义，显然就存在于与他人的联系之中。他们的爱与恨，他们的愤怒和欢欣，他们的奉献和抱怨，他们的理解和宽容，他们的娴雅、风致、气度、操守乃至粗暴、蛮横、促狭、冷酷、残忍……都会对他人产生影响，这种影响又会由他人再延及他人……即使是一个早夭的婴儿，他或她曾给予母亲带来过的喜悦、母爱和悔痛，同样也不会仅限于影响母亲一个人。

从这个意义上看，一个人就是一滴水，没有千千万万滴水，就没有小溪、池塘和江河湖海。反之，没有小溪池塘、江河湖海，孤零零的一滴水就失去了任何意义。也正是在这个意义上，我开始朦朦胧胧地理解了死亡，理解了海明威在《战地钟声》卷首所引的约翰·堂恩的那段箴言：

"任何人的死亡都使我受到损失，因为我包孕在人类之中。所以别去打听丧钟为谁而鸣，它为你敲响。"

按照民间的说法，因果报应，六道轮回，灵魂应该是长存不灭的。那么，我们的灵魂早在百万年前、第一伙猿人出现之际就已存在了，经历过的无数灾祸、劫难和沧桑，早已使我们伤痕累累，疲惫不堪，但尘世中数不尽的享乐与欢悦，诱使我们千百次地再生于这人满为患的俗世，吃过了，喝过了，玩过了，乐过了，做过了自认为该做的一切，再极不情愿地撒手而逝，让后人或痛恨唾骂或颂扬惋惜，而这一切嗡嗡嘤嘤的声音尚未消散，或许你又已钻进某个呱呱坠地、鲜嫩红艳的肉身之中，开始了你新的一轮漫长而短暂的人生旅程。

这当然虚妄。死亡就是死亡，就是毁弃，就是寂灭。时间是一柄冰冷而执着的钢锉，一一锉掉无数珍贵的生命和记忆。尽管如此，嫩红的生命和更鲜活的记忆，却仍会顽强地在人寰之树上萌长出来，它们一点也不在乎等待在前面的终极结局是什么。对它们而言，生存就是一切。

秋阳正暖，落霞满天。斑驳的夕照中，一株枯瘦的老松树无声地落下几只干燥的松子。就在那片焦黄的败草中，来年温暖的春雨洒过，蓬勃地崛起的，又将是几棵生趣盎然的新苗。

是果就要发芽，是花就要开放，是树就要挺立，是草就要为春天缀上一点新绿。即使结局终归腐土，但它们毕竟顽强地生存过。

也许，这就是生命的全部真谛。

| 创作评论 |

作为一个写作者，潘大林先生的心灵视野事实上是在面对整个当代文坛。这一点使我感到潘大林先生的散文在整体上所具有的大气。我看到，潘大林先生的散文笔触所到达的文艺领域是极为宽广的：当代文艺状况、文苑新书、古今音乐大师、社会思想动态、写作经验、自我抒情……我隐约知道潘大林先生是今日广西文坛的一个为官者。现在我感到他更是一个整个当代文坛的关怀者。

——荣光启：《阅读潘大林或潘大林散文论》，载潘大林《最后一片枫叶·代序》，中国文联出版社，2003，第1页

在广西当代文坛上已形成创作特色的青年作家中，潘大林是引人注目的一个。翻开潘大林近十年来的创作，我们会发现，无论是作家描绘生活的画面，对生活做出的美学判断，抑或是人物刻画、结构艺术以及语言特色，都渗透着作为艺术家个人的独特性和创造性。他的作品，总是带着时代的、民族的、地方的色彩，洋溢着浓郁的生活气息，蕴涵着严肃的理性思索，凝聚着潘大林的人生观和美学观。他的作品，总是在"思想和形式的密切融汇下按下自己的个性和精神独特的印记。"（别林斯基语）"论"潘大林的创作特色用不着拐弯抹角，直径就在眼前。

——王志明：《潘大林创作特色论》，载《文学·时空·比较：王志明文学论文集》，西南交通大学出版社，2012，第177页

潘大林散文是叙述、诗意与哲思的融合，字字句句都是他人生历程诸种况味的结晶体，灵魂深处的诗性精神将其思想流程为诗意叙述与诗意语言所承载，因此读来酣畅而不艰涩，有回声而不沉闷，实属散文中的美文佳构。

——陈莉：《灵魂中的诗性精神——读潘大林散文随笔集〈最后一片枫叶〉》，《南方文坛》2012年第2期

潘大林文学创作的主要方向是小说，散文是在近乎闲暇时间里的余事，这种心态有意无意之间反而使他接近了散文的文体特质，使他加深了对散文自由品格的理解并成功地运用于创作实践。贯穿了他的散文创作的是随性，但是自由言说并非抛弃一切准则，他在散文创作中遵循的准则叫作随物赋形。具体地说，他依据生活的本相量体裁衣，以情感的流动引导散文的外在形式发生变化，这使他的散文的叙事

与抒情有时平静内敛，有时汪洋恣肆。

  ——魏继洲:《被赋形的情感——评广西作家潘大林的散文创作》，《广西民族
大学学报（哲学社会科学版）》2017年第4期

｜作者自述｜

  聊可自慰的是，那些年里我没有懈怠过，笔下所写，也大多是自己所熟悉的桂
东南乡村生活，是自己的所见所闻、所思所想和所爱所恨，即使水平有限，原始的
创作冲动却都是真诚的。我在故乡生活的时间尽管只有十八年，但那段记忆已深深
地挈入到我的脑海里，成了一道永远也抹不去的风景。

  ——潘大林:《广西当代作家丛书潘大林卷·后记》，载《广西当代作家丛书·潘
大林卷》，漓江出版社，2002，第334页

延安"部艺"生活点滴

陆　地

1941年11月间，延安鲁艺文学研究室建立一年半之后，学院的实际领导周扬副院长认同社会舆论，领悟到照这样学院式的关门提高来培养革命文艺家，确实是脱离当今抗战现实的斗争生活，走入单纯为艺术而艺术、盲目追求世界名著的歧途。亡羊补牢，决定拨正办学方针，撤销文研室，将研究员分别调到实际工作岗位，或留校当助教，或分配给《解放日报》《边区群众报》等新闻单位去当记者或编辑，有的则派下各专区党委宣传部门做干事、秘书什么的。当时，周扬副院长找我谈话，说"取消文研室不是鲁艺放弃对青年作家的培养，而是考虑改变采用另一种接近实际些的培养方式。你的去处，我们觉得你还年轻，趁着还在学习年龄，转去延安大学学俄文专业；为了日后搞好创作，掌握一种外文很有帮助。"这，也许是组织上出于爱护的用心，但我却误会是不留我下来当助教，显然是对我的放逐，不免产生逆反心理。

料想不到正在此时，在跟鲁艺隔条小溪（桥儿沟）的山坡，留守兵团烽火剧团要扩建为部队艺术学校，兵团政治部主任兼校长莫文骅亲到鲁艺学院要求支援文艺

作品信息

原载《新文学史料》1995年第2期。

教员。学校的专业设置，照搬学院的模式：设戏剧、音乐、美术和文学四个队。于是，我便接受了聘书，从学院的研究员变成了学校的教员。

同我一道从鲁艺学院到部艺学校的有：除了以写过《流寇队长》的剧作家王震之为副校长，当教员的就有，戏剧队的翟强、地子、谢力鸣、马瑜、史行、李实和做队长的陈其通；音乐队的李鹰航、梁寒光；美术队的徐一枝等等，他们除了陈其通系原烽火剧团、长征红军英雄，其余人员全是鲁艺实验剧团主要骨干和各研究室的拔尖人才。

文学队的主任教员黄照系鲁艺文学系辅导员，他原先和严文井、刘祖春等人在北平曾是沈从文的门人。教员有我和叶克、吴微夫妇以及一位日本留学回来参加过北平左联的陶然，一位当过印度国际医疗队柯棣华大夫翻译的董均伦和一位矮个子的四川才子高鲁。

部队对待我们这批知识分子的新干部倍加优厚：鲁艺的专家教员，月生活津贴每位12元，我们部艺教员则得6元，比在鲁艺当研究员的3元多了一倍，而且每月每人另外还有五斤面粉、两斤猪肉的技术津贴；一人独居一孔窑洞，衣服是营级干部的那种浮吊口袋，有别于连级干部；饮食有"小鬼"从山下厨房挑送到山上的窑洞来。生活在当时的同辈可算够优越的了。

然而，专职副校长的王震之，到底是个知识分子专家，作为领导，家长作风暴露出不少毛病，在教职员工中引起忍无可忍的义愤，急得我们教员一群不得已而联名向上级政治部主任莫文骅校长状告。校长下来深入了解，逐个找我们个别谈话，然后在全体教员的座谈会上，首先表示歉意说："学校存在那样多的问题，自己名为校长，对下情不甚了了，真是尸位素餐。副校长专家治校，经验欠缺，发扬民主不够，脱离群众，影响大家发挥积极性，是值得吸取教训的。同志们能及时反映实际情况，向上级提了有益的建议，目的是为了把学校办好，动机是肯定的。我们欢迎。不过，从客观的效果来考虑，问题是采取联名上告的方式，从严来说，那就是非同小可的错误了。诸位都是革命队伍成员，个人有任何意见，都可以通过一定的组织渠道逐级向上反映的嘛，为什么采取联名告状的非组织活动呢？每人都必须认识清楚，革命队伍里头是绝对不容许有联名、请愿之类小组织活动的。这是铁的纪律。前不久，两间学校为相互对调校舍的事扯皮，一间总支成员不通过正当组织路线提出意见，而是联名告状反对。事情给毛主席知道了，批了'岂有此理'四个字，责令解散党总支组织，处分联名的党员。说明原则问题可不能儿戏。当然，你们大家是还未经多少锻炼的新同志，不懂原则，无知之过，这回就不给处分了。但是必须记取一次深刻的教训。不用多言，大家都是各有专长的人才，这是革命队伍的财富。……"一席话，特别是收尾言简意赅，斩钉截铁的箴言，果真叫我长期生活中受用不尽。

讲起文学队来，学员二十多名，分别来自军委系统直属单位和各旅团保送来的文学爱好青年，到来之后，学校再做一次测验才入队。记得一位年龄最小的西戎，也许当时的作文因应考怯场，文章未能做得称心，取录名单没有他。苦得他找到主任教员来哭诉他死也要进文学队。念他一片赤诚，终于成全了他的志愿。天才加上勤奋，到了解放战争期间，他终于跟戏剧队的同学马烽合写成通俗章回体说唱故事《吕梁英雄传》，连载于作家周文主编的晋绥群众报，得到广大读者欢迎。自此闻名远近。当然，文学队的同学在创作上取得的成就，在后来的全国文坛崭露头角的还不止他：比如还在延安大闹《兄妹开荒》秧歌广场剧时期，西虹便也写出一出颇受欢迎的《军爱民、民拥军》的秧歌剧，随后到东北，及时写出反映解放战场的中篇小说《在零下四十度》(连载于《东北日报》)和《英雄的父亲》等短篇，一跃而进入军队青年作家之林；再如以写电影文学剧本闻名于五十年代初期的孙谦和与人合作《智取华山》脚本的纪叶，以及总政文化部创作员的孟冰；建国后，还有先在上海《文汇报》副刊编辑、后到新疆大学做理论教研室主任的秦明和解放军文艺学院头头的陈辛火，都是文学队学员的优秀高材。此外，别队同期的学员后来成了专家的，就有戏剧队的马烽，音乐队的彦克，美术队的赵域等等。当然，这些学员之所以成功，无疑对部队文学艺术事业做出一定的贡献。其中说起来，都不全是出于当时作为老师的功劳，说到底，还是由于那个革命战争年代的现实生活环境的土壤和气候促进了他们的成长。

记起孔夫子曰："人之患在好为人师"，给我提起了戒心，所以我虽名为老师，在平日却跟几位同龄的学员生活打成一片；也许还因我教的是"写作实习"一课，针对每篇具体的习作分析、研讨其得失成败，做到有的放矢，比之专讲抽象空调的理论课使得学员感受亲切，促成了我们师生之间弥补隔阂而成了朋友。日子过得比在鲁艺拿创作当任务而背的包袱轻松自在得多了。

然而比起戏剧、音乐和美术各队可以搞演出、开展览的多姿多彩的集体活动来，文学队的学习生活就单调而沉闷了。教文艺理论课的陶然老师讲课引不起学员兴趣，因而向我们同事传授他想出的窍门："你要想叫学员佩服你，讲课时候不妨掉掉书袋——言必称希腊，吹吹莎士比亚、托尔斯泰什么的，叫他们越听不懂就会越以为你了不起。所以说，在他们面前可不能过于天真，赤膊上阵。师生之间不能不保持一定的距离……"

陶兄的高论，叫人一时接受不过来。我仍然一心为了刺激、促进学员们习作的情绪，便仿效美术队的做法：不时将素描、速写作业的画稿，在学校内部展出，让大家相互欣赏、观摩、共同进步。我们文学队师生一道，便也集体办起一份名称《靶场》的大型墙报，从学员每次的习作中挑选写得较好的，用统一规格特制的稿纸誊录整齐，加上报头、尾花的装饰编好刊出。好比练兵的靶场让大家学射击，学员练笔有发表的场地，老师有合适的新作也拿来一起张贴，当作教官的示范动作，彼此观摩学习。像炸弹爆破，顿然攻破了文学队单调、沉闷和寂寞的气氛，引起全校刮目相看。这也许正是培育了西虹、孙谦、西戎等等一批日后长成作家之林的苗圃吧。

1942年，抗战经历了四个年头，战争局势处于持久战的相持阶段。从1938年拥入延安来的大批知识分子胸怀那股香客朝圣的狂热，随着岁月的流逝逐渐减退了：革命理论的求索已不再新颖迷人，革命前辈的气节教育和英雄故事，听起来也不再那么激动人心。昔年朝气蓬勃、青春作伴一路并肩而来的女伴，如今犹似暮春天气，花朝已过，绿叶成荫子满枝：一个个都各有了归宿。传说有人凭空夸张玩笑，说什么延安知青男女比例是18∶1。男人的精神世界，成了无言的苦闷象征。

在我生活周围的伙伴中，读书、写作已不可能全部寄托于情思。于是，有人养鸡下蛋，有人种植西红柿，多少帮助补充物质供应匮乏的蛋白质和维生素C。

记得当时就同黄照、叶克也种起西红柿做消遣。利用星期天，顺桥儿沟走到深处，砍伐山坡的灌木枝干，背回山上窑洞前面空地，给种下的西红柿搭架。每天早晚还得用水桶从山脚汲水上山浇园。当时还真年轻不知累，相反，还觉得不这样，消耗不去年轻充沛的活力，也打发不了寂寞的日子。

西红柿又名番茄，是现已成了鲁艺校舍的法国天主教堂传下的品种，果实硕大、鲜艳诱人，宛若大红玉苹果。我们一个人才只种十来八株，结果累累，当作水果吃也吃不过来。叶克夫妇把它熬成红艳艳的果子酱，早餐抹馒头片，充实穷对付的日月。邻家还在窑洞外壁挖只小洞，养起母鸡，每天午晌下蛋，"咯咯哆，咯咯哆"地啼唤，干扰别人午睡，但，这多少有如吹绉一池春水的涟漪，给生活增添些生气。可没多久，一天清早，邻居神色沮丧，向人嗫道：昨晚忘了搬动片石堵住鸡洞，半夜，抓鸡虎来把鸡叼走了！没了鸡的啼唤，山头又趋平静，寂寞结了冰，叫人难堪。

不想忽然来了灵感：受鲁迅《鸭的喜剧》的启发，立即写成2000来字的《鸡的悲剧》，当作墙报稿，拿去《靶场》贴出来。引起围观者哈哈大笑，得到了共鸣。都说我捕捉到典型环境的典型形象，鼓励我就这样多写这些，给单调、寂寞的生活气氛增添些色彩。

由于这样一来的缘故，还真使我想起40年下部队体验生活，看到一位"独善其身"以自持的炊事员的悲剧故事：他个性嘎孤，不爱合群，本分工作倒是无可挑剔的。就是在那次"百团大战"的战役中，某天发生意外的敌情，必须紧急转移，他因独自去找地方做饭，没跟得上队伍而掉了队。从他身上，使我悟到真是个命运的弃儿，时代的落伍者啊！为着给唯我独尊的极端个人主义者唱挽歌，信手写出6000多字的小说《落伍者》。篇幅不算长，但在《靶场》显然是容纳不下的了，拿去哪里问世呢？当时延安的权威文艺报刊，除了党中央机关报《解放日报》文艺版之外，就只有全国文协延安分会由丁玲、艾青他们几位知名驻会作家每期轮流主编的会刊《谷雨》和鲁艺学院由周立波、何其芳负责编辑的《草叶》。两刊分别代表所在地的蓝家坪、桥儿沟两个山头。文人相轻，彼此多少存在互比高低，意气用事的成见。我虽鲁艺出身，而今仍没有摆脱桥儿沟环境的氛围，但组织关系已属军委系统的干部，无意于什么山头的瓜葛。因而将稿子直送往蓝家坪的《谷雨》。始料不及，我第一次署名陆地的《落伍者》，居然在该刊第4期（1942）上与诸位名作家并列，意味着我从此获得了较大社会范围的认同，走上艰难的文坛。

该期《谷雨》的轮值主编是东北作家罗烽，他很快给我素不相识的新人写来一封充满热情的祝贺信，说小说可贵之处是在于作者勇于赋予不幸的小人物那样崇高而真挚的同情。要是人与人之间欠缺这点爱心，人类社会岂不成了"冰岛"世界了吗？紧跟着也是从未谋面的老作家吴奚如也来信说，读了《落伍者》才查知我系"部艺"的人。说他想要写个剧本，揭露反动派制造篡江惨案的罪行。请帮他在部艺图书室借出《太平天国》的演出本去做参考。"有话见面再谈"。想不到这位当"国防文学"两个口号之争时，站在鲁迅、胡风一边，为"民族革命战争的大众文学"讲话的左联党员作家，个性如此直率，同我年轻后辈初次见面，直说什么"周扬在鲁艺都叫你们躲进象牙之塔，专攻什么世界名著。可就是他周起应（周扬）在上海左联时候，却拿走上街头冒险去搞飞行集会、贴标语、喊口号来考验各人的党性。把鲁迅、茅盾等等都给吓跑了。现在呢，从一个极端走到另一极端、让你们脱离抗战现实，关起门来提高。不左即右。"末尾，他才转过头来说："不知你才是个年轻同志，竟然用几千字写出《落伍者》，表现这样深刻的主题，本应得到鼓励才对。可周扬他作为党的文艺界领导，却对它说三道四，甚至把它选作有争议的几篇作品之一，拿到文艺座谈会上去讨论，好在朱老总说了公道话：认为'青年文化人肯写我们部队，单这一点就值得欢迎。文章写得不够全面不要紧，以后继续深入连队生活就会克服片面性的。'可见大人大量，高瞻远瞩，拿与人为善的胸怀，爱护人才，不同一些或右或左的机会主义者那样小鸡肚肠。"……

另外，有的认为：比起来，拿《落伍者》所达到的水平而放在头篇，无疑是当之无愧的事，可《谷雨》的编辑老爷仍然是重名家轻新人的旧眼光，太不公平了；有的则讲：陆地不就是陈寒梅嘛，鲁艺培养出来的人，写出佳作为什么不给《草叶》而拿去给《谷雨》？简直是对鲁艺的背叛，向文协投降。……

于是，便有了周扬手下理论班子的程钧昌的署名文章在《解放日报》文艺版首先向《落伍者》发难。文章啰唆半天，归纳起来，无非两个观点。其一，指责作者人道主义，为不幸者的小人物的命运寄予过多的廉价的同情，当中便是无言反衬了革命队伍人情的冷酷；其二，说什么众所共识：革命队伍乃是造就人才的熔炉，即令有这样个别的落后炊事员，可为什么不能使他在熔炉的锻炼中得到转变而成为先进的战士呢？……

读完这样批评文章，很不服气。好在当时即令在党报上也还允许学术问题的批评与反批评的自由。凭一时意气，立即写篇《关于〈落伍者〉》的答辩文章，投去《解放日报》文艺栏，给主编舒群，阐明《落伍者》的主题是在给个人主义者唱的挽歌，不免或有流露人道的同情，但不能接受批评者牵强附会，说什么反衬对革命队伍的歪曲。因而，引用鲁迅在《非革命的急进革命论者》一文讲的革命者在进军途中，个人主义和集团主义两者"也时时有人退伍，有人落荒，有人颓唐，有人叛变，然而只要无碍于进行，则愈到后来，这队伍也就愈成为纯粹、精锐的队伍了"的道理，讥讽了程某们的形而上学的理论破船，在现实的沙滩搁了浅。紧跟不几天，黄昏时刻，照常在河边散步，不期遇上周扬和夫人迎面走来。周先开口招呼，直说："你的小说和报上的文章，我都读了。你看什么时候到我那里谈谈。"这突如其来，叫我一时愣住，只支吾应付过去。回头心想：鲁艺对我既已放逐出来，而今我又已属军委系统的人，对他已无所求；凭一股傲气，"不肯低眉事权贵"。终也未去登门领教。飘然超脱于蓝家坪与桥儿沟两个山头之外。

然而，回头一惊，在这过左的压力气候下，我在鲁艺习作的第一部长篇《寻》的初稿，恐也难避灾难。一夜之间悄悄把它投进了火盆，化成灰烬。

但是，部艺学校的艺术活动是跟着鲁艺学院学步的。戏剧方面，虽然起初曾有过翟强编导，李鹰航作曲的面向连队的歌剧《小八路》的演出，然而赶到后来，还是摆脱不了鲁艺的衣钵，鲁艺大力提倡舞台艺术而演大戏、洋戏的时候，部艺也在亦步亦趋：鲁艺演《日出》，部艺跟着演《太平天国》；鲁艺演莫里哀《伪君子》，部艺也在排练演《悭吝人》……。

文学队的师生写作，上头政治部倒是下达一项任务，要我们都来写通俗小故事，提供连队文化教员拿去向战士做口头讲授，作为文化课的补充。这倒是新颖、切实的课题，值得尝试的写作去处。遗憾的是，同时立下条定规：不准写对立、矛盾。说军队内部只有进步快慢、多少的距离，不得拿阴暗陪衬光明、拿反动陪衬进步的反差。这，明明白白是画地为牢，缚住了创作想象力的翅膀。

正当我们文学队对待写作的规矩感到蒙头转向，无所适从的困惑时刻，"精兵简政"一声号令下来，学校政委萧元理向全校师生宣布上级组织一项决定：撤销部队艺术学校，戏剧、音乐和美术各队的大部分人员与中央青委的青年剧院合并，成立联政（联防军区政治部）直属的文艺宣传队；文学队师生则分别委派新的工作岗位。

这样一来，我和黄照先就被派到联政所创办的部队报纸《部队生活》社当特派记者：黄照到骑兵旅，我原本要去独立一旅的，临行又被留下做编辑，教员的技术津贴自然没有了，营级干部的政治待遇不变。记得离开桥儿沟要到联政宣传部报到的那天，黄海（吴微）说了一句：

"今天正是三月十八啊。"

论年份是1943年；正当延安整风后期的审干阶段，康生操纵的中央社会部发动一场灾难性的"抢救运动"前夜的岁月。

转眼，几十年的风尘岁月过去了。原先部艺学校的旧班底，新中国成立后，发展成为武汉中南部队艺术学院，后来终于变成北京解放军艺术学院。

听　狐

凌　渡

　　很难得这故乡宁静的夜了。窗外月色很美，幽幽的月光中听得见落叶在风飘摇里触地的窸窣声。仔细听着，仍是那些不知疲倦鸣叫的蟋蟀和纺织娘，它们得意的歌咏很快就把我的童心从遥远的地方呼唤了回来。尽管夜已深，我还在听着，我明白我一直在寻觅另一种声音，听听，没有，再听听，也没有。为什么没有了呢？也

作者简介

　　凌渡（1936—），原名凌永庆。壮族。广西扶绥人。中学毕业后，由于家境不好，便选择了由国家负担学费食宿的龙州中等师范专科学校，1956年毕业后任扶绥县东门小学教师。1959年就读于广西师范学院中文系（今广西师范大学），读大学期间的一次会议上，凌渡见到了倾慕已久的故乡名家陆地，并在亲友的介绍下与之通信。1963年毕业后到广西文联民间文学研究会从事民间文学的搜集和整理工作，后出版有《广西民间动物故事》一书。1972年调入《广西文学》杂志，先后任编辑、副主编。1996年退休。系中国作家协会会员。曾任广西散文创作与研究会第二届会长。出版有散文集《故乡的坡歌》《南方的风》《听狐》《萤火在山地里飞》《闲楼手记》，散文诗集《视线中的彩蝶》和《广西当代少数民族作家丛书·凌渡卷》等。其中散文集《故乡的坡歌》获首届广西文艺创作铜鼓奖，《南方的风》获全国第四届少数民族文学创作优秀奖，散文《乡忆》获1991年《民族文学》优秀作品奖。作品被《中国新时期抒情散文大观》《当代散文名篇赏析》《中国当代游记选》等多种选本收入。

作品信息

　　原载《朔方》1995年第4期。收入散文集《听狐》（广西民族出版社1996年版），入选《广西散文百年（下）》（民族出版社2004年版）。

许它们还没有出来。月色很美，中很幽谧，它们该活动了，夜，是它们的自由世界，是它们噪鸣欢叫的广袤舞台。

我每次回乡，都住在乡村中学里朋友的宿舍，因为母亲辞世，老父早随我们移居城中，老屋就空着没有人住了。这里靠近郁郁葱葱的油茶山，那是狐经常出没的地方。

可是今夜，狐没有来，没有狐的叫声。对我来说，那是久违了的声音了。细听，思量，久久不能成寐，这野性的声音，如今更觉得十分美妙和珍奇，心也就急切地等待着了。终究没有，狐都去哪儿了呢？

然而母亲关于狐的故事永远是美丽的。孩提时代，深夜一听到狐噪，母亲总会说起狐来。我家虽离中学稍远，但却在一座叫神农的山下，那时夜里，狐的叫声久不久就是从那儿传过来的。声音有时觉得格外凄楚，有时又觉得相当平和，恳切，有时听起来还觉得它们仿佛是在欢呼。山村静极，狐的声音也就传得相当遥远。起初我害怕极了，母亲就一边轻轻抚摸着我，一边温存地对我说，孩子，别怕，狐在呼喊它的兄弟姐妹一道去看望它们可怜的母亲呢！它的母亲怎么了？我不明白。但狐的可爱，狐的善良，一下子就在我的心灵慢慢浸润开了。我同情狐，"妈，它们的母亲是不是病了？"母亲长长地叹了一口气，说，"不，它太劳累了！"有一回夜间，风清月白，小半夜，狐便早早来到山上，"喔呼呼"，"喔呼呼"，声音急促而诚恳，仿佛是在乞求什么。我躲在蚊帐里侧耳倾听着。狐的哀声一遍遍传来。我怜悯起它来了，可怜的狐，是迷路了吧？没有母亲在身边都是太孤独太冷清了的。可母亲说那是狐在拜月。狐觉得月亮太漂亮太漂亮了，是一面很美很美的镜子，它在央求月亮将镜子送给它呢，好让它带回去孝顺给它勤劳的母亲。又有一次天快亮了，山上狐声骤起，一声比一声高。狐怎么啦？我问母亲。母亲却这样说，是狐骂露水的呀，露水将它早早出门做工的母亲打湿了……母亲一遍又一遍对狐的评语，对狐的附丽，都将一个母亲和一个儿子的美好心灵热切地沟通了起来。而母亲也许不太知道，她所说的这一切，在流光中，却一次比一次深埋进了我童年纯稚的心底。

等我成了少年，认识了狐，才知道真实的狐比母亲所说的相去甚远。我明白了母亲通过她的想象美化了狐，也许是母亲暗暗对我寄予希望，在呼唤一颗永远圣洁永远充满对母亲的爱的心魂。

乡人最恨的是狐为非作歹，偷他们的鸡。鸡在山脚下刨食，突然给它叼走了。有时狐还悄悄潜进村巷，如果有什么人突发地惊呼一声，十有八九是狐作案了！紧接着，"狐吃鸡啦"的喊叫声就在村里响成一片。我们和一些大人便不约而同立刻迅速集中一起，唤狗追逐。那是人与狐、狗与狐的激烈角逐，但往往以狐的机智而获得胜利。狐机警、刁猾，在逃亡途中，它在这土堆那草丛里撒尿，泄出狐臭，摆下迷魂阵迷惑狗，让狗在它施发狐臭的地方团团转，延误了战机，致使它有更多的时间逃之夭夭，潜行得不知所去。有时，明明见它叼着鸡在山沟沟的沙圹里转悠，做出藏鸡的勾当。但当我们赶去，挖遍了沙圹松土，寻完附近的树丛草墩，就是不见死鸡的影子。狐不知将鸡埋在何处，它一定在等我们"鸣金收兵"后，夜里再来偷偷将其赃物拿走的。好乖巧好狡猾的狐！

而这些时候听狐，其声音似乎总隐着掠人之美的杀机，令人十分厌恶……

朋友见我辗转反侧，不能入眠，因问了我。我说起缘由，他说如今狐也很少见了。他又喟叹说先是熊，后是虎，现在的劫难大概要轮到狐了。我心里一阵悲怆，难道乡野之大，已包容不住狐安全生存之余地了吗？

我这次回乡，是为给母亲寻找一块长眠的墓地，不想母亲已长逝多年，但她关于狐的故事仍鲜活着。联想今天狐的销声匿迹，我不觉又忆起童年听狐的情景，只是依稀记不清我是否有过这样的感觉，当年狐声的凄楚是否狐已预感到它们对未来生存的绝望？

我原谅了狐。它偷鸡是它生存的本能，是为了维持它生命的亮丽。大自然应该有狐，大自然会因为狐和赖它以生存的其他生命而能永远保持着它的博大与美丽。人们不是也还需要我母亲那些关于狐的故事？

夜宁静极了。但宁静中的所盼也落空了。狐没有出来，长夜里始终没有狐的嗥叫。

窗外的月色依故，很美，很幽，月光中，却只有落叶在风飘摇里死去的窸窣声，和蟋蟀、纺织娘的一声声愁鸣。

又见曲比

冯 艺

在北京离境时，李洋告诉我，到了美国，别忘了看看曲比，并告诉我他们在美国的地址。曲比夫妇是先从青海高原回北京一所中学，又于四年前到的美国。

曲比、一清夫妇都是我的同班同学。曲比不很漂亮，也不难看，是那种生活经历不够长，还不知生活艰辛的一个平平常常的来自云南的姑娘；一清则是书卷气十足的北京小伙子。在学校时，最初我们只知道他俩在相好。麻烦的是在临将毕业前几个月一个晚上，曲比在宿舍生下了一个小男孩，糟了，这对恋人分明提前吃了禁果。其实，我们都知道，他们是相爱的，从大二开始，我们一直有预感——至少是

作者简介

冯艺（1955— ），壮族，现任广西作协名誉主席、中国作家协会主席团委员，编审。曾任广西民族出版社总编辑、社长，广西作家协会主席、广西文学院院长、广西文联副巡视员等。作品散见《人民文学》《诗刊》《钟山》《花城》《人民日报》《光明日报》《文艺报》等报刊，出版诗集、散文集十余部，其中散文《一个人的共运史》（《美文》2015年第8期）入选2015年当代中国文学最新作品排行榜，散文集《朱红色的沉思》《桂海苍茫》分别获第四、第八届全国少数民族文学骏马奖等多种奖项。

作品信息

原载《民族文学》1996年第1期。收入《逝水流痕》（花城出版社2002年版）、《广西当代作家丛书·冯艺卷》（漓江出版社2002年版）、《沿着河走》（作家出版社2012年版）等。

一种可能性——他们享受了某种境界。但没有预料他们这种神奇的速度，一切的一切，让所有的人最害怕的就是这一点。马上面临毕业分配，你说该怎么办。我们纷纷找班主任软处理，又一同找系领导、校领导求情不要开除他们。好不容易最后弄了个肄业。我们毕业时，曲比留不了北京，自己又不愿意回云南，这对恋人只得分配到青海玉树州的一个乡中学，为了长相守，别无选择，一去就待了八年。后来每每遇到同学说起他俩的事，都有万般滋味儿，但最深的便是对他们的真情的敬重。生命其实很轻，如果当时他们一个家在北京，一个回了云南，不去青藏，他们真情的生命就这样沉没了，这样流走了，也就随了世俗。然而，最后的存在也是最顽强的生命力，痛苦的选择和幸福的选择就合而为一，这种选择也就是最勇敢的、最富有人生精神的。真的，这值得我们全班同学用一生的时间仔细掂量。

5月12日是美国的"母亲节"，那天，一清来电话，邀请我去他家聚一聚。纽约的五月，还很凉，冷雨扫过倒使我精神清凉。换了两次地铁到了他的寓所。一进门便是客厅，不大，摆设却整整齐齐。虽说门外还有些冷意，曲比在家中却只穿一件白色的T恤。

曲比看上去胖了。她告诉我，一清去买些东西就回来。她就开始滔滔不绝地告诉我他们是怎样决定来美国的，问题的根本是两人在高原吃了八年的苦，回到北京后，仍逃脱不了传统的世俗，包括家人的指责，在评职称、提薪时常背上当年的"十字架"，两人一咬牙，横下一条心，幸好在高原那些日子虽无世事，但却有预感要学好英语。果然，托人联系好了美国，夫妻双双考了托福，便飞越了太平洋。读了两年书，一清在一家公司就职，孩子仍留在北京上学，曲比在家静养，人也就胖了，也就变得漂亮些了。

正说着，一清回来了。还是那副深度白框眼镜，留了一脸胡子。也还是那样谦和、热情，使我想起刚上大学同一宿舍时，他那敦厚善良、十分好学的意气样儿。

这天，曲比显得很忙，本来母亲节应优待女同胞，但她却主动提出要掌勺。一清把他俩十多年的照片拿出来给我看。他要我边看边与他聊，聊同学，聊那些逝去的日子，转而又聊美国的社会问题，文明的，丑陋的……

曲比一边在厨房忙着，一边侧听我们的谈话，大概需要焖煮一会，就急着跑出做一番解说，说毕，又回到灶间，在她来去之间，我知道她已舒缓了往日的疲惫和昔日落难的痛苦，远离尘嚣使她获得了喘息，如今的她已是一位十分平稳、十分自由的家庭主妇了。

母亲节之夜，成了我与这对真人在太平洋彼岸团聚的日子，我开了三年不喝啤酒之戒，开怀畅饮。于是，爱与生活便成了一口醇酒，燃烧着我们，而他俩则时时透出一种深切的怀念，对生活了八年的故土和那片高原……

有一句流行话，说："外国人聊天，中国人说梦。"曲比说了一个梦。

——一次，我梦见了一大片草原——我工作的地方。可是那房子、老乡、同学及小娃大娃那些孩子们，怎么瞧也瞧不见，就是草绿色齐人高的草，草的浪涌过来涌过去，我想这草的浪大约也很孤独，人呢？马、牛、羊呢？帐篷和房子呢？我急得直想哭，好不容易从美国回一趟当年受苦的高原，谁也瞧不见，冤不冤？记得我那时梳两条小辫，有一天校长找我谈话，要我检点一点，我惘然了，检点什么？他说你腿长长的腰细细的，又是中央来的。天哪，我不知道该怎么办？这不是雨露滋润自己长吗？那也得粗壮一些，捆上白纱布，一层又一层，把自己打扮得很健康。那一夜躺在被窝里直掉眼泪，做人干吗？做女人干吗？半夜里做梦梦见自己成了一匹小马，悠闲地在草原上散步、吃草……我不是什么也瞧不见吗？后来隐隐听见了马蹄声，啊，太好了，就是那匹小白马正从天边从云彩里向我撒蹄疾驰而来。我迎着飞跑过去，绿色的浪推着我，青青的草托着我，我离那匹马已经很近了，却总是可望而不可即。它的眼睛水汪汪的，它把一束白色的鬃毛扬起，它不停地嘶鸣着，它的嘶鸣在草原上回荡……

此刻，我只能举起酒杯，向曲比，向一清，更向这仿佛与我们沟通了几千年的情愫——这丝荡气回肠的清纯正是人类所属所求所梦呵。

一清说，曲比以前老把自己当成一匹小白马，无言无语无忧无虑，在人世间活着，眼睛睁开什么都看得见，却还远离人间的纷争。

生活经历长了，知道生活艰辛了，已经能用心逍遥于生活的曲比也就成熟了。

就这样他们出来了，就这样他们还是不断梦见草原。

夜深，我要赶回宾馆，不得不向曲比夫妇告别了。翌日，踩在异国土地上的我只觉得心绪多了一些新的东西。

朝云，朝云

张燕玲

最早知道朝云，是在苏轼的《蝶恋花》中，而后在林语堂笔下。并且知道朝云独自安息在鹅城惠州的西湖边上，知道朝云墓洁净，且有几分华贵。有山有水，还

作者简介

张燕玲（1963— ），广西贺州人。1984年毕业于广西师范大学中文系，1985年至1986年进修于北京大学中文系，中国作家协会会员，中国作家协会理论批评委员会委员，中国文艺评论家协会理事。现任《南方文坛》杂志主编，编审，广西文联副巡视员、副主席。系广西有突出贡献科技人员，享受国务院政府特殊津贴专家，全国文化名家暨"四个一批"人才。作品获第二、第三届中国女性文学奖，第三、第五届广西文艺创作铜鼓奖，第三届全国少数民族文学研究优秀成果奖，第二届独秀文学奖等；在《人民文学》、《文艺报》、《人民日报》、《光明日报》、《作家》、《十月》、《散文选刊》、《美文》、《侨报》（美国）等国内外报刊发表文论及散文百余万字，一批散文作品选入近30种中国年度选、优秀散文选和《大学语文》读本，并译成韩文在韩国出版。出版论著《玛拉沁夫论》《感觉与立论》《广西当代文艺理论家丛书·张燕玲卷》《批评的本色》《有我之境》，散文集《静默世界》《广西当代作家丛书·张燕玲卷》《此岸，彼岸》《好水如风》等；主编有《南方批评书系》《南方论丛》《鸢尾花图文书丛》《我的批评观》《南方艺术视角》等近30部。

作品信息

原载《广西文学》1997年第4期，转载于《文学报》(1997年9月11日)、《散文选刊》(1997年第8期)、美国《侨报》(1999年12月29—30日)，收入《广西当代作家丛书·张燕玲卷》(漓江出版社2002年版)、《静默世界》(河北教育出版社2001年版)、《此岸，彼岸》(河南文艺出版社2004年版)、散文集《好水如风》(广西师范大学出版社2018年版)，入选《女性生命潮汐：20世纪90年代女性散文选读》(河南大学出版社2005年版)、《背景：独秀女作家作品集》(广西师范大学出版社2012年版)等。

有圣塔和一座亭台、几间佛寺。访客可以听见傍晚的钟声和松林的轻唱。

当我远道来访时，却在西湖风景简介及旅游图上找不到朝云的仙迹，待一路询问至曲径通幽于禅房深处现出坟茔时，我吃惊地发现朝云墓竟出乎意料地清秀幽静、朴实无华。这也算契合她佛徒的信念。墓地除了多少显示它气派的一坡松林和亭台外，就再也普通不过了———一色南方墓地特有的灰黑墓碑和圆穹，碑上刻着"苏文忠公侍妾王氏朝云之墓"。

是的，朝云出身歌伎，也只是苏轼的侍妾。兴许这是今天旅游出版物上不闻其迹的缘故。但她却是苏东坡一生所遇的女人中，最了解他、敬仰他、热爱他、帮助他，同时也是他深爱的女子。

而且，唯有她在东坡一再被贬谪流放、荣华富贵散尽、原有的数妾弃他而去时，相伴东坡涉万里南来，从京城到黄州到惠州，如影相随相知相护相爱，自然也相生相应。这使苏轼在晚年写下了满心的感激和炽情。他俩都把彼此的爱情推到了极致，可歌可泣。

朝云贵为东坡妻（我们实在应该把她看成东坡的妻子了，再说，妻妾制本来就是人类社会的糟粕），可她却没有东坡两位亡妻王弗、王闰之姐妹的宦妇生活。她褪下旧日的长袖舞衣，与东坡一起，为民造福并为百姓散尽钱财后，开菜园、躬身耕种、缝补洗涤，克勤克俭，为东坡解愁，为生计而力行。

朝云为爱而活，而且活得清明；朝云自主自立，绝非古代名夫人所能及，甚至还超越了许多现代女子。

朝云是丽人。秦少游就曾赞她美如春园，眼如晨曦。12岁被杭州通判苏轼收为侍女时，歌女朝云不识文墨，但她竟然能把一腔爱意化为了聪慧。渐渐地，她不仅能读书了，并学会了书法，还能把名人的诗词名句串连成首，而且意顺韵通。更令东坡着迷的是，他的诗词，只要她念上几次，便可熟背，且配上恰当的曲牌放歌高唱。唱，是悉心沉醉，传韵扬情；听，是满意可心，欣喜神迷。相生相应中，又是一种何等境界的和谐呢？我们只有去读苏轼为朝云留下的天地诗篇了。

这颇具现代性质的爱情，在从来不谈爱情的旧式家庭里，已经远远走出了才子佳人式的肤浅，尽管才子佳人式的爱情在古代已包含了进步因素，这也更是与女子无才便是德的传统格格不入的。

我如此理解并热爱朝云。朝云实在活得不同凡响。她爱得够浓、够烈、够艳，也够精彩。她一甩低眉回首的风雅，不仅陪东坡谪居黄州，并在幼儿死在襁褓之后，再陪东坡走南荒徙惠州。此时已是32岁的她有了自己的信念，她与57岁的东坡开始皈依法门，竟如金童玉女般过起思无邪的佛门生活。他俩在丰湖建起了行善的放生池，在为百姓散尽钱财后，他们祈求着上苍保佑贫民；他们一起读经炼丹，一起迎朝阳沐月光……于是，他们化入了一个恋爱情操与宗教精神水乳交融的圣洁境界了。

白发苍颜，正是维摩境界。空方丈，散花何碍？朱唇箸点，更髻鬟生彩。这些个，千生万生只在。

好事心肠，著人情态，闲窗下，敛云凝黛。明朝端午，待学纫兰为佩。寻一首好诗，要书裙带。

东坡在这里已不再担忧他的天女维摩朝云，成仙后不系念俗世姻缘离他而去，而是把他俩的爱在情感和宗教意义上又升华到一个更为激情的境界。苏轼是一块丰碑。

朝云是无缘读到外国名篇《红帆》的，可她比起那位决心用一生的时间渴望邂逅驾驭红帆的王子的女孩幸运多了。朝云虽然遭遇了凡人所难以克服的困苦，可她34岁的生命终究有近23年生活在自己心底的红帆上，并使自己平凡的生命放射出最耀眼的光芒。沧桑中更显美丽。

这似乎又是诗的占卜。然而，谁说人的遭际不存在着一种公平？

苦极乐极美极的朝云，最终还是敌不过南荒的瘟疫，34岁时念着一首偈语仙去了。

一切有为法，如梦幻泡影。

如露亦如电，应作如是观。

悲极伤极的东坡允着她的意愿，把她安葬在丰湖（今已称西湖）边的山脚下。和尚们筹建了六如亭纪念她。据说，就在她下葬三天后的晚上，下了一场大雨。第二天，农人发现墓地有大大的脚印。于是爱戴她的人们都相信是圣者来引朝云进入西方世界了。一时佛事鼎盛。东坡是葬下了朝云，可朝云的故事却无法安葬。

无比热爱她的东坡亲撰了她的碑文（而今碑就立在她的身旁），并写了一诗一词悼念她；东坡还因"伤心一念偿前债，弹指三生断后缘"，果真谢绝了美貌少史温超的爱恋，而鳏居到老；东坡还从此不忍再去丰湖，这是他俩最喜欢野宴的地方，而今安葬着她。朝云怎能安息呀？然而，最令她魂灵不安的是，当朝宰相读到东坡两行描述他在春风中小睡的诗句时，竟说："原来苏东坡那么惬意。"轻轻拂袖间，她的东坡又遭大祸，被贬至更蛮荒的天涯海角。然而，朝云的东坡天心依旧，任凭千磨百炼。朝云唯有不息了。东坡和朝云的爱，就这样圆满了它原有的神性。否则，民间何以有如此多的"朝云还魂护诗翁"的传说，六如亭不是又称还魂亭吗？否则，鹅城的百姓何以在朝云的生日（十二月初五）为她"多立会祝寿"？何以有书记载北宋末年的"盗匪"谢达攻占了惠州城，焚烧了不少商店房屋，但却为朝云"修理坟墓，致祭而去"？这绝非仅仅是强盗的冷铁心底一角暖处使然，这实在是东坡朝云的情缘和为民的品性所散发的人间暖意抚慰着一代代人心，终成千古绝唱。真正的爱情本来就是人类所属所求所望。

朝云是爱神。

一阵寒风刺骨而来，我才发现自己望着朝云的墓碑发呆太久了。转身下墓阶，发现墓沿零星地供着不少鲜花，这定是访客们的祭礼了。抬头望向六如亭，便读到清代名士手书的对联：

　　如梦如幻如泡如影如露如电
　　不生不灭不垢不净不增不减

朝云，这便是你的精神？而与你们修建的苏堤相望的对联则多了几许苍凉：

从南海来时经卷药炉百尺江楼飞柳絮

自东坡去后夜灯仙塔一亭湖月冷梅花

朝云，这该是你的一生了吧？

朝云，冷梅花。

东坡早就喻你为梅花白衣仙子了。如今，你的四周已种满了梅子，而不仅仅是你生前听东坡咏过的松风亭的两株了，一坡都是，虽还矮小却开满了碎银般的花色，冰洁而亲切。我曾在东坡的眉山故居，迷恋过一树蜡梅，豆粒大的花骨朵儿鹅黄华贵，兴许是领了蜀地的王气，一副不为尘世所生的孤傲玉立。而今，方觉在眉山时的我肤浅，且不说西湖的白梅如不如眉山蜡梅的孤芳冷艳，但它却实实在在地多了许多凡人的暖意，一如朝云生命的本色，平凡得着实令人热爱。虽然眉山三苏祠内苏轼的家谱故居也立着朝云的蜡像，可眉山的富贵毕竟不属于她，她是属于惠州的，属于平民的。她高贵，高贵与富贵只是一字之差，却昭示了她不平凡的人生。

白梅普通，却美得可人。

吹拂着白梅的冷香，只觉得1996年春节广东遭受的百年不遇的寒潮竟多了些暖意。漂流到惠州妹妹家过年的我，忽然对眼前的情景涌出一种相见恨晚的感觉，浓浓的，一时是如何也化不开了。

此地如此造化钟神秀，我怎么今天才来呢？过去，我一直以为东坡与朝云不外乎又是一个才子佳人的范式罢了。我怎么也没想到在苏轼系年表上那一行"绍圣三年，七月，爱妾朝云卒于惠州"，竟蕴涵如此不朽的故事。这实在是我不懂人生，不懂世界，更未深领爱的精神。今天，驻足净地，我不知不觉忘却了身边那些令人心乱的事体，在平静的心绪中，自己战胜着自己。

又来了访客，大年三十的，尽管没有路标。朝云，并不寂寞。我走进六如亭，在光亮的闪着沧桑风雨的石椅上坐下，看一拨一拨的人，一簇一簇的花，来了，默立，然后离去。

许久。

待我走出西湖公园的大门，才发现早已过了妹夫开车来接的时间。迷路，我又开始了迷路，就连出租车司机也找不到妹妹家显明的大院了。更不可思议的是，妹妹家的电话居然就在这两小时内久拨不响。朝云，我迷失了。如今，我常常迷失，总在人群中寻觅自己，寻觅心灵的风景。朝云，你是标识吗？你是岸吗？

第二天，大年初一。再访西湖，已是与妹妹合家同游了。此时，整个南中国狂风大作，寒风凛冽。

又过朝云墓，瞥见墓前多了几簇鲜花，康乃馨、玫瑰、水仙，鹅黄、血红、雪白。妹妹说："每次到西湖，都见这里有鲜花。"

走近六如亭，忽然我发现墓穹铺满了梅花，这大约是呼啸的寒风刮落的。我竟没有一丝惜春叹春，而是满心惊喜：太美了，黑地上的白梅极其晶亮洁净，平淡地看着过大年穿着绚烂的人们。素来自视清高的我突然间有了一种自觉凡俗的叹息。是呀，"高情已逐晓云空，不与梨花同梦"。

朝云，这就是你吗？

| 作品点评 |

她在《朝云，朝云》里把苏东坡和朝云的爱情推到了极致，人生咏叹调所散发的人间暖意又何尝不是作家的心声？

—— 肖晶：《彼岸有多远，心就有多远——论张燕玲〈此岸，彼岸〉的思想性》，《学术论坛》2010 年第 12 期

张燕玲没有去描绘人人皆知的大文豪苏东坡，而是把笔端集中于被我们忽略的苏东坡的侍妾朝云身上。张燕玲对这样一位女性，表达了由衷的敬意和赞美，她赞"朝云为爱而活，而且活得清明；朝云自主自立，绝非古代名夫人所能及，甚至还超越了许多现代女子"。

—— 杨凯：《论张燕玲散文的生命意识和女性书写》，《海南师范大学学报》2012 年第 6 期

抗战烽火话桂林

林焕平

（1942年2月—1944年6月）

1942年2月中旬，我历尽艰险，从落入日寇魔掌中的香港逃亡出来，到了桂林。那时，桂林是大后方一个有名的城市，其实却是一个破残不堪的小城市。

桂林有名，在于文化城集中了一大批文化人。

在香港的朋友吴涵真、千家驹、沈志远、金仲华、梁漱溟等都先后回来了。茅盾因在东江纵队小住回来略晚。

回来了，怎么办呢？

（一）校园的生活和斗争

我还是喜欢做教师的。吴涵真老先生对我说：

作者简介

林焕平(1911-2000)，原名林灿桓，号进。笔名木桓、东方旭、石仲子、为民、江河等。广东台山人。1930年加入左联。早年就读于上海公学、暨南大学并留学日本。曾任广西大学、桂林师范学院（今广西师范大学）教授，香港南方学院院长，广西文联副主席，广西中国文学学会会长等。著有《林焕平文集》10卷、《林焕平译文集》5卷、《林焕平编选著作集》5卷等。其中《林焕平文集》一、二卷获第二届广西文艺创作铜鼓奖。

作品信息

原载《新文学史料》1999年第1期，收入《林焕平文集》第10卷（广西师范大学出版社2003年版）。

"梁漱溟先生是著名学者，又是桂林人，请他帮忙去。"

他住在七星岩普陀山下的广西教育研究所，所长是雷沛鸿先生。梁先生在香港和我有来往，雷先生则不认识，只知他是广西有名的教育家。

吴先生同我一起去找梁先生，他很爽快，立即就写了一封信给广西大学校长高阳，推荐我到西大教书。

高校长是个古板的人物。他原是江苏教育学院的院长，京、沪沦陷后，他逃亡到桂林来，刚接任为西大校长。他很尊敬梁漱溟先生，立即答应请我担任先修班（预科）的国文教师。梁先生的介绍信写明我是广东国民大学香港分校教授。但他说："在先修班教课，只能给讲师名义。"我接受了这个任务。到校后，发现著名教育家、老教授庄泽宣。董渭川也在先修班上课，这就是说，高阳欺骗了我。

1942年上半年，我在先修班讲授国文。1942年8月起，我改在师范专科班教国文、中国文学史和在政治系及经济系教日语，教课相当紧张和繁忙。

先修班在大埠，离良丰校本部约有五公里，师专则在校本部，本部在雁山西林公园，这是清代大官僚宋子实在同治八年（公元1869）建的公园，是仿照《红楼梦》大观园的模式建筑的，里面有红豆树、红豆院，相思洞，相思河，虹桥院等等。风景是很优雅的。我先是住在红豆院，与国文教师胡凤伦为邻，他是江浙人，是一个正派人物。后来搬到教授楼，盛成、周伯棣、万仲文等都住在这里。还有一位教英语的女教师王德箴也住在这里，她常和训导长王慕尊搞在一起，我讥之为"红楼梦教授"。虽然是国难临头，大敌当前，但我静观默察，仿佛很难同他们谈心。在他们中，甚至还有人在谈话中宣扬希特勒的《我的奋斗》呢！

我同革命学生包敬第等是有联系的。他当时是经济系学生，听我的日语课。解放后，他当上海古籍出版社总编辑。他们八个同学请我指导。在碧云湖开会，碧云湖有九曲桥，是西林公园的风景点之一，成立"西林文学"社，出版壁报，宣传团结抗战，反对分裂投降；也议论校政。我同欧阳予倩都给他们写文章。这个文学社成了团结广大同学争取民主，从事抗战工作的核心。

这是抗战最艰苦的时期。国民党统治区，却又是群魔乱舞腐败不堪的时期。发国难财者比比皆是，人民群众颠沛流离。

大学，谁说是清水衙门？同样是罪恶渊薮。

首先是权力争夺的斗争。

当时的校长李运华是国民党桂系的人物；训导长王慕尊是国民党 C.C. 系的人物。桂系对蒋介石国民党保持一定的距离；在统一战线下，它对共产党保持着若即若离的关系。而蒋介石和 C.C. 系则是积极反共的。校长的职位是个肥缺。王慕尊积极活动想争取校长的职位。李运华掌握着学校的国民党党部，王慕尊支配着学校的三青团组织，双方激烈争夺。

斗争公开化和白热化了，李运华感到地位有点动摇。李、白、黄，便不能不出面干预，据传他们警告王慕尊：

"这是广西大学，不是别的什么大学，请你识相点！"

加之，王慕尊在学校的名声也不大好。

于是，C.C.把他调到某大学当师范学院院长去了。学生贴出对联欢送他，上联是：

男盗任训导长纳粹

论调自弹自唱，如今荣升师范学院院长，下联是：

非王氏本人事迹，姑不引叙了。

当然，李校长干了一些非一般人所能想象得到的事情。王训导长也正是眼红这些事情。

其次，是校长的贪污腐败。

根据革命学生的调查了解和某些教授的谈吐，特别是参与过校长的这些腐败活动的梅老教授和陈医生事后的透露，有如次的事实：

每年新谷上市的时候，以缓发一个到两个月的教职工的工资，购买新谷囤积在大埠乡下的农民家里，过了三几个月，粮价大大上涨了，就把粮食放出去，发国难财。当时广西大学分文、法、商、理、工、农等学院及师专。学生二千余人，教职工约五百人。这些人和他们的家属在物价飞涨的情况下，他们在饥饿线上喊天叫地，苦不堪言。可是校长却缓发——扣发他们的工资拿去囤积粮食，让自己发国难财，让全体教职工及其家属饿肚子。

还不止这些。校医室有一位陈医生是广东台山人，在台山的滨海市镇都斛与澳门仅一水之隔，天天有走私船艇穿梭其间。台山，因为靠近澳门，也充斥着各种各式的洋货。于是，校长请陈医生拿扣发的职工工资到台山和澳门去购买黄金和西药回来出卖，这时西药和黄金价格奇昂，校长便可以大发洋财。

有些教授大叫大嚷，政府是按月发放钱粮的，校长为什么不发工资？有些革命学生也在壁报上议论这些事，抨击校长。可是，校长是李、白、黄的亲信，他们自有神奇妙法掩盖扣发工资的事实。他们发了国难财以后，分赃机密，我们确实无法了解。

还有一个发国难财的秘诀，这也是梅老教授于1953年退休以后不知不觉之中透露出来的。那时全省只有一所广西大学。一切直接间接发国难财之辈的子弟都想进大学。而这些人的子弟又多是游手好闲，为非作歹之辈，正规考试是无法考得进大学的。于是一两黄金一个入学名额，来者不拒，多多益善。

校长去向考生的家长招呼，请他们的子弟在试卷上面打个暗号，——试卷的号数是密封的，不打暗号便无法辨认。——校长将暗号告诉亲信的教授，请他们笔下留情，高抬贵手，一个试卷多打二、三十分，两三门课试卷就可多得六、七十分，录取稳操胜券。那个时候，是每个学期或每个学年给教师们发一次聘书的，这些亲信教授便可高枕无忧了。

一九四四年六月桂林大疏散的时候，教师和进步学生包围校长的住宅，这是三面环水的桂花厅，平时是十分优雅的住宅这时却成了一个危险的囚笼。教师要求发放拖欠的工资，学生要求抗日，校长无奈，只好于夜间跳窗游水逃跑了。这是后事，听进步师生谈到的。

我在桂林一家七口，——爱人，三个嗷嗷待哺的小孩和两个侄女，生活十二分困难，广西大学在雁山，离城五十里，无法兼工作。同吴涵真、千家驹商量，转到城内找工作。还是吴老先生找梁漱溟想办法。梁先生十分热心和通情达理。他说：

"你家庭负担重，进城来可以找两份工作。而且，去年你进广西大学时高阳校长只给你个讲师的名义，也确实委屈你了。我介绍你到桂林师范学院去吧。"

于是我拿介绍信去见该院院长曾作忠先生，听说他是梁先生的学生，他立即给我以副教授的名义去该校任教。这是一九四三年七月的事了。

我在桂林师范学院讲授国文，中国文学史和语言学。后者我没有什么研究，正如在广东国民大学香港分校一样，我只是照搬我在大学时张世禄先生教给我的一点东西。中国文学史只是我专攻的科目，又有郑振铎、陈中凡、陆侃如三位教授传授给我的思想内容和方法，讲授还有一点信心。曾编过一部简明中国文学史讲义印发给学生，后来散失了。

桂林师范学院院长曾作忠是教育家；训导长王金鳌，不知何许人；听说他们二人都是 C.C. 系的人物。教务长林砺儒先生，是开明的老教育家，曾任广东文理学院院长，大半的教师都团结在他的周围。解放后，他曾任中央教育部副部长。

在桂林师范学院，有两件事我的记忆很深：

第一件，每星期一上午第一节，举行"总理纪念周"，这是国民党对师生进行思想政治工作的形式。全体师生先到礼堂坐好了，然后曾作忠走在前面，王金鳌在后面，从礼堂正中的通道上威风凛凛地走进来，有人喊"立正"，大家起立，目送他们走上讲坛。我们很厌恶这仪式，有好些教师傲然地坐在椅子上不起立，有时索性不去参加。曾作中对这点很不高兴，但他没有办法。

第二件，抵制教授登记。一九四二年前后，一方面是抗战最艰苦的年月；另一方面又是国民党屡次掀起反共高潮的年月。国民党在教育方面也千方百计想办法进行法西斯控制。其办法之一，便是教授登记。重庆国民党政府教育部向各高等学校发出通知和表格，要各校讲师以上教师进行登记，汇报国民党政府教育部。这是政治目的很鲜明的事件，又是一件对高校教师的考验。

对这件事，大体有三种意见和态度：

1.右倾的教师自然热情拥护，高高兴兴地登记。其中有些人可能当作一种表忠的表现。

2.中间派的教师觉得这件事可有可无，可登记可不登记。采取无所谓的态度。

3.进步的教师认为这是法西斯教育统治的方法，不愿登记，采取置之不理的态度。

国民党的这种手法，早在1939年就施行了，到1943年才进一步推行。我记得当时我在广东国民大学香港分校教书，国民党政府教育部已发来过通知，要教师登记。那时在香港，更不会理睬这种事。不但我没有登记，自由派的教师也不想登记。这一次是到国统区来了，可是开明进步的教师还是不愿登记。在桂林师范学院，以林砺儒先生为首，好些教师都拒绝登记，中文系主任吴世昌、教授穆木天、彭慧、颜虚心和我；历史系教授宋云彬、傅彬然等都不登记。对于一些著名学者，国民党还有一个表面"礼聘"实质为统治的妙法，就是聘他们为"部聘教授"。地位和待遇都比一般教授高一等。

对这一"礼聘"，有的人自然得意忘形，欣喜若狂。有的人当然也漠然置之弃如敝屣。记得1942年我还在雁山广西大学教书时，吴涵真老先生到雁山来，同我一起去看望著名地质学家李四光先生，他原来是中央研究院地质研究所所长，南京、上海沦陷后，他迁来桂林住在雁山。吴先生是从香港脱险归来的。在某种意义上，可算"同是天涯沦落人"。彼此见了面，十分高兴。李先生就给我们讲了一个故事：

半年前，国民党教育部给他挂号寄来一封"部聘教授"的聘书和条例。李先生把东西搁下来，并不理睬他们。

半年后，他又接到国民党政府教育部一封公函，说："查该员是被聘为部聘教授，至今未往任何高校讲学。特为通知，希履行条例……"云云。李先生摊开两手说："真是好笑，什么该员该员……"

李先生又说：

"我把半年前寄来的部聘教授聘书和这次的来函，一并挂号退回去了。"

我过去但闻李四光先生是著名地质学家，这回第一次见面，听他讲了这个故事，我不禁肃然起敬！

　　为了生活，我又到西南商业专科学校去教课。这是广西大学张先辰教授介绍的，他是留日同学，是西南商专廖竞存校长的老乡。他的哥哥廖竞天，记得曾做过广西银行行长，是桂系中比较重要的角色，因此廖竞存也算是桂系中人，他却又是国家社会党人，与国家社会党党魁张君劢友善，他矮矮胖胖，是一个精明人。他"三顾茅庐"，到我家里来找我。他要我担任语文教授兼训导主任。他笑着说：

　　"我会看相，一看我就看出你是一个能干的人。我给你全校教职员，包括我在内的最高工资。"

　　这个人倒是挺厉害，他态度比较诚恳而手段则单刀直入，所以能礼聘好多位有名文化人，如千家驹、张君辰、龙家骧、姜庆湘等到该校教课。他要我讲授语文，我欣然承诺；他要我当训导主任，我却不想接受。在国民党的公立学校，训导主任是管制学生的，我同张先辰和千家驹商量，他们却说：

　　"这是私立学校，与国民党的公立学校不相同。况且，国民党可以利用这个职位去管制学生，我们为什么不可以利用这个职位去团结学生呢？"

　　他们反复说：

　　"没有问题，没有问题。"

　　我于是接受了这个职务。

　　到校之后，我每隔二三周，利用总理纪念周——时间，向全校学生讲国际反法西斯战争形势和中国抗日战争形势，又举行全校性的文艺晚会，请一些名演员到学校表演。这样一来，很快就几乎把全校学生团结到我身边来了。连廖校长都显得淡然失色了。廖校长觉得有些害怕了。

　　先谈一个小插曲：

　　1943年11月西南商专举行全校性文艺晚会，事先约好新中国剧社女演员朱琳和李露玲前来表演。晚会前一天，我给朱琳送去一封信，赞扬她的表演艺术精湛，广大观众拜倒于她的"石榴裙下"。她认为这是旧式词语，不好听，生气了，临时决定不来表演了。我只好向师生宣布朱琳临时感到身体不适，不能来，以后有机会再来演。另外，我再给朱琳同志送去一封信，说明这是一句庸俗的话，不庄重，表示歉意。

这是一个小插曲，但无损于我们的艺术上的同志友谊。1984年春在桂林举行西南剧展40周年纪念活动，朱琳同志也来参加了。她到我家里来做客，很喜欢我的外孙女费佳琳，甚至想接她到北京去学戏哪。

话又转回来，西南商专廖竞存校长看到广大师生倾倒于我的影响之下，这是他始料不及的。他有些恐慌，怕大权旁落。到1944年2月春季开学时，他解除了我的训导主任的职务，让我教两班语文。1944年6月，桂林大疏散，我就离开这个学校了。

（二）文艺生活

从1942年2月到1944年6月初，我在桂林的著作和翻译，也可说是丰收的。

1942年夏，我写了专著《文艺的欣赏》。这是用马克思主义文艺观去评论朱光潜先生的《文艺心理学》的。当时广西大学图书馆有三本《文艺心理学》，经常借了出去，我想借来翻阅都无机会。可见该书在读者间的流行与影响，于是我决定写《文艺的欣赏》，力求雅俗共赏，使它容易为广大读者所接受。前面论艺术的典型，论作品的思想意义等章，都是针对朱氏的唯心主义观点，而提出马克思主义文艺观点的。以下，评孤立绝缘说的错误，旁观与分享说在欣赏中的一定作用等。当时在报刊分章发表；1947年在上海《文艺春秋》分期发表；1948年在香港出版单行本。现收入《林焕平文集》第一卷。

当时在桂林开展过一次《诗与自然》的讨论。最先，吕亮耕先生发表《诗与自然》的文章，认为诗歌就是表现自然。这是在抗战烽火中提倡诗歌游离抗战，脱离人民的倾向。我即陆续在《诗创作》《文艺新哨》等杂志发表了《论诗与自然及其他》《再论诗与自然》《论当前诗歌上的诸问题》等文章，以诗歌为抗战服务，生活是文艺的乳汁，人民是文艺的母亲的观点，对上述错误倾向加以批评。这些文章，后来编辑为《诗歌与人民》一书，送出版社出版。稿刚发排，日寇进攻湘桂线，桂林大疏散，出版便流产了。

两年间，我在《时代中国》《文艺生活》《收获》等刊物上，又发表了《五年来文艺界的概况》《岁末话文坛》《一年来的文艺界》等总结性文章，这些文章后来被收入到好几种书刊上。

当时在国民党统治下，文化有商品化和庸俗化的倾向。有人称为"人欲横流"。针对这种倾向，1943年6月，我在《广西日报》发表《文艺的神圣使命》，在1944年第9期的《时代中国》，发表《当前文艺界的中心问题》，严肃批评了那种"人欲横流"的倾向。重新强调文艺工作者必须以高度的爱国精神，为团结抗战而奋斗。

这个时期，我翻译的外国文学作品也颇多。首先是翻译了契诃夫的短篇小说集《红袜子》(内附狄更斯的《圣诞树之歌》)，于1943年由科学书店出版。科学书店当时由上海老报人俞颂华先生任总编辑，约请当时逃难来桂林的文化人任特约撰述，我也是其中的一人。我向来爱读契诃夫，他是批判现实主义文学的最后一位作家，号称为"世界短篇小说之王"，作品以短著称，简练、丰富、深刻，常带讽刺性，对沙皇统治下的黑暗现实的揭露，读了令人感到痛快。这在当时国民党黑暗统治区，仍还有间接的鞭挞意义。

我特别翻译了日本藏原惟人和小林多喜二的狱中书简，交《时代中国》《力报》副刊及《收获》等报刊发表。藏原是日共政治局委员，日本无产阶级革命文化运动的思想领袖。小林是日本无产阶级革命文学运动中最活跃最有成就的作家。藏原早被监禁；小林被捕后，被用电刑电死了！当时国民党正在推行消极抗日，积极反共的政策。在桂系统治下的桂林，仍有法西斯恐怖。著名民主人士，新闻记者萨空了，从香港脱险回来桂林后，就在光天化日之下在马路上被国民党特务绑架。著名革命家、廖仲恺、何香凝的哲嗣廖承志也被关在桂林。所以我翻译藏原和小林的狱中书简，实在有影射和反抗国民党法西斯统治的意义。

这里附记一个故事。中国的女杰、老革命家何香凝先生从香港脱险归来，住在七星岩东北面的叫化子岩附近。吴涵真先生与她时有过从，她曾给我们讲了一个巾帼英雄的故事。

她对国民党把廖承志关在桂林非常气愤。大敌当前，国难重重，为什么还扣押抗战英才？她亲自跑到重庆去，找了蒋介石，要他把廖承志放了。

香凝老人还是一位著名画家，毕生以画老虎和画梅见称。这就是香凝老人的性格。1944年3月，她曾画了一幅盛开的绿梅赠送给我。绿梅是梅花中的珍贵品种。前几年，珠江电影制片厂拍摄电影《廖仲恺》时，曾派人到桂林来拍摄了我这幅画。拍成电影时，却变成了红梅。

我也翻译马克思主义文艺理论。1942年初，我译了《马克思主义文艺观》一文，辗转送给在河南的臧克家同志，他在《大地文丛》创刊上发表了，引起了轩然大波：国民党在河南的统治者汤恩伯立刻查封了该刊，烧毁了刊物，克家同志差一点儿被抓。

我又翻译了藏原惟人的长篇论文《社会的文艺批评在俄国的确立》，送给邵荃麟同志主编的《文化杂志》。荃麟同志为当时党在桂林的负责人之一。《文化杂志》为文化供应社所办，该社为桂系的进步派人士陈邵先、李任仁等所办，吸收了一些进步文化人，如宋云彬、傅彬然等在里面工作。但稿件刚送到印刷厂，桂林就大疏散了。荃麟同志赶紧到印刷厂将稿件取回，逐一送回著译者。这件事突出地说明了邵荃麟同志做事的认真负责的精神。如果不是如此，我这篇译稿会被日本的炮火毁灭了。

1944年二三月间在桂林举行的西南剧展，是中国戏剧史上空前的大会演。它包括话剧、京剧、粤剧、湖南花鼓戏、桂剧等剧种的演出，演出将近一月，又举行戏剧工作者代表大会。剧展的直接的组织者和领导者是欧阳予倩和田汉。欧阳那时任桂林艺术馆馆长，与桂系关系较好。当时李济深任国民党军委会桂林办公厅主任，李济深有曾被蒋介石拘留监禁的宿怨。故他的政治态度较开明，共产党的统一战线工作在这里开展得较好，桂林抗战时期文化城的形成和发展，西南剧展的圆满成功，都是党的统一战线工作的直接结果。我因为在两所院校任教，工作太忙，没有直接参加西南剧展的实际工作，我只参与了撰写剧评，他们送一个看戏证给我，抽空去看戏，看后，写剧评。我写《茶花女》《大雷雨》《皮革马林》《旧家》等许多个戏的评论，送报刊发表，这些文章都收在两厚本的《西南剧展》里。

我之所以参加展评工作，与新中国剧社颇有关系。该社是一个规模相当大的专演话剧的剧社，是田汉、瞿白音两同志领导的，田汉和我过去已认识，它的优秀女演员李露玲同志曾和我家同住在七星后岩陈迩冬同志家里，露玲当时还很年轻，正怀孕临产，却又与他的爱人姚牧闹翻。我的爱人刘以德给她以许多照顾和帮助。又因为我家是从香港回来的，以德还带了一些衣服回来。新中国剧社经济非常困难，演员们吃饭都感到难以为继，演出时需要的服装，就更困难了。因此，露玲和其他两位优秀女演员朱琳、石联星就经常到我家来借用以德的旗袍，自然也借过我的西装和长衫。我无形中成了新中国剧社的赞助人和支持人，我和瞿白音同志也成了好朋友。1948年我在香港担任南方学院院长，有戏剧专业，还请瞿白音去教课。

除了文艺的著译外，在这期间，我还写了不少关于国际反法西斯战争形势和抗日战争形势的文章。在《世界知识》《半月文萃》《中学生》和《广西日报》等报刊发表。《世界知识》原在上海出版。上海沦陷后迁香港出版。香港落入日寇手中，又迁桂林出版。著名国际问题专家金仲华主编。是分析研究国际经济、政治、外交、军事的权威刊物，当时在国内外都很有影响。《半月文萃》也是进步人士创办的新兴刊物。《中学生》则是叶圣陶老先生主编，在青年中有广泛的影响。《广西日报》初由从香港归来的俞颂华任总编辑，后由莫乃群接任。我为他们写了好些国际问题与抗战形势的专论。

桂林遭到日寇压境的险恶形势下，我写了一篇专论：《论日寇进攻湘桂线》，根据欧洲反法西斯战争的胜利发展与太平洋战争的形势，分析了日寇似乎在胜利进攻中的必然失败，我国在节节败退中的必将转败为胜，大声疾呼军民团结，坚持抗战，争取胜利。

在这两年零三个多月的时间里，我较少参加中华全国文艺界抗敌协会桂林分会的工作，一则它的理事会及各部门负责人都早已选定，我这个外来的人不便插手，二则此期间，我的生活非常困难。1942年，由于国民党的贪官污吏囤积粮食，经过澳门，周济敌人以发国难财，造成广东的空前大粮荒，我的家乡台山亦遭同样灾难，全县人口饿死十分之四，我家里的哥、嫂、侄子就饿死六个人，一个嫂子逃荒去了，两个侄子送去孤儿院。年老的父母也岌岌可危，隔一段时间，还得寄点钱回去给他们。我一个人在两所学校教书，还得拼命写文章，都难以维持生活。因此，文协桂林分会工作，除必要的活动外，就没有时间参加了。

这期间吴涵真老先生被李济深聘为顾问，过年过节，李将军总要给文化人送点礼金，名单都是由吴老先生拟定后总是同千家驹和我商量的。我自然也会得到一点周济金。

有一个时期，我真是困难到几乎无米下锅了。千家驹同志替我找到冯和法同志，他也是有名经济学家，这时经营贩运食盐生意，大概赚了一些钱，他送了两万（还是两千，记不清楚）给我解救我于危难之中。

我工作虽然十分繁忙，但我作为一个左联老作家，时刻未忘职责，我写了大量文章：包括文艺评论、诗歌、散文、政论，也翻译了不少外国作品和理论文章，作为一个作家，是多产的。

┃文学史评论┃

林焕平的散文在艺术上表现出质朴、自然的艺术风格，不铺饰雕琢，浅近易读，简洁明了。他的散文具有"求实"的作风，崇实避虚，重实录而不尚虚华，如实地描写客观对象，很少有曲折离奇的故事情节和热闹紧张的气氛。

——徐治平主编《广西散文百年（上）》，民族出版社，2004，第67页

维也纳森林的故事

张燕玲

我写下这个题目，心灵回响的并不只是施特劳斯的同名圆舞曲，我渴望的是与维也纳森林对话。

这也许是一种精神野心，但我更愿表述为是一种对美好记忆的诗话，或者说是我逃遁现世最好的方式——生活的谎言有太多令人随时升腾又随时坠落的伤感。而单调的森林，却代表了永恒的素朴和真实，犹如一部原始诗集，足以让祈求宁静安然的我心折。何况，维也纳森林还有施特劳斯们，有令我着迷的绝世美女茜茜公主，更有令我神怡意远的记忆。

一切都清清楚楚，一如昨日。

那年，在整个欧洲行程中眩晕不断的我，最恐惧的便是总觉得自己永远在高速公路上以200公里的时速旋转。面对巴黎到戛纳公路两旁整齐划一的葡萄园、满山遍野的草地、牛羊、黄花，无奈中，我也只能让这份生机和灿烂与我眩晕。然而，

作品信息

原载《作家》1999年第12期。收入散文集《广西当代作家丛书·张燕玲卷》(漓江出版社2002年版)、《静默世界》(河北教育出版社2002年版)、《此岸，彼岸》(河南文艺出版社2004年版)，转载于美国《侨报》(2000年6月19日)，入选《环球遥望》(广西人民出版社2000年版)、《广西散文百年（下）》(民族出版社2004年版)、《背景：独秀女作家作品集》(广西师范大学出版社2012年版)等。

在穿越数不清的长达20公里的隧道之后，一阵清风吹来，展现眼前的是大片大片的山毛榉、栎树、冷杉，山地坡麓和谷地还有村庄的袅袅炊烟，始终环抱着我们的阿尔卑斯山脉，林子边不断出现的湖泊，还有公路旁雀跃的赤鹿、灰兔，我不禁阵阵欢呼。这与我在戴高乐机场看见满草地野兔时的惊喜多了几分欣慰，仿佛找到了家园，我明白自己总是中意于山幽水清的地方。维也纳的山野清洗了我一身的不醒和困顿。

终于，坐在一个距维也纳几十公里的湖畔边。风从前方青黛色的山林长驱而至，拂过波光潋滟的湖面直沁心脾。面对远处的阿尔卑斯山，面对记忆中的维也纳森林的故事，面对湖面上恬然自乐的水鸟野鸭，面对湖畔草地上坐在大藤篮上荡秋千的孩子，我只觉得灵魂出窍，仿佛这是我的新世界，我一世的幻想。温情中，我走向那些欢乐的孩子，犹如著名影片《音乐之声》中，无趣的上校终于情不自禁加入孩子们的歌唱，深情的《雪绒花》至今仍令世人倾倒。我满心微笑摇动着秋千的篮绳，藤篮里的金发男孩快乐地在我的幻想中飞翔。同伴用镜头为我定格下这个令人神迷的画面，我感激她。

其实，山、水、森林、湖泊、月光、星空和野花都是些很重要的滋养性灵的东西。难怪素来喜爱郊游、骑马的茜茜公主，在森林得以与弗兰茨·约瑟天心目对视；难怪在《音乐之声》里，能有女教师和孩子们在山野的无忧无虑以及由此而唤醒了上校自然素朴的欢乐天性；难怪施特劳斯在森林散步时能舞蹈出《维也纳森林的故事》；难怪萨尔茨堡的林子至今还跳跃着莫扎特的旋律；难怪贝多芬在维也纳树林散步出《田园交响曲》；难怪舒伯特神迷于维也纳的花妖树魔，一曲《魔王》使天下想尽维也纳森林的故事。

自然，一草一木总关情，离开了心心相印，草木也会无趣。令奥地利骄傲的茜茜公主在林子开始了她富于传奇色彩的婚姻。当年《茜茜公主》系列电影放映时，全世界都为之着迷。然而奥地利人却认为，电影里17岁的施奈德（她也因此而成了国际影星）饰演的茜茜远不如真实的茜茜公主漂亮。当我在美泉宫看到茜茜真实画像时，惊叹不已。这才明白奥地利人对施奈德的轻视，才明白汉语中"高贵、美丽和绝世"的真正意义。维也纳人还告诉我，茜茜与弗兰茨·约瑟夫的初恋的确如电影所描述的那样神奇浪漫。然而，婚后的茜茜皇后并不开心。曾发誓要经常与她到维也纳林子散步和骑马的夫君，作为一国之主，连同其他一些向茜茜许下的诺言都实难兑现。女人的心灵毕竟有异于男性，只企盼真爱的女子最后只能弄伤自己的身体和精神。对此，我至今都难以明白。那么，在林子独自漫步的茜茜公主最终能否安然于世呢？我没来由地又想起茜茜公主与众不同的房间，里面有一只浴缸，浴缸上方吊有一个圆环，据说它是用于茜茜公主沐浴时吊束她那头美丽的长发的。有如此美丽的生活场景，我觉出了茜茜的优美、失望和从容了。

维也纳的书籍、明信片、钥匙链上，甚至巧克力上都印有茜茜的画像，这些都是她35岁之前的画像；在35岁之后，她便拒绝了所有画师为她画像。于是，茜茜公主便成了奥地利永远的美丽和永远的音乐。

在某种程度上，占有国土面积40%的维也纳森林孕育了世界音乐的精灵，她们在那蓝色的湖水、绿色的丛林中游走：活跃的节奏、丰富的情感表现、浓重而深远的音色，伴着热烈和轻灵飞翔于维也纳的上空，飞翔于全世界。

我明白了为什么浪漫主义诞生于德国，奥地利历史上与德国本来就是一体，"维也纳"德语即为"东疆"，因而，它的音乐传统也与德国一脉；我也明白了欧洲谚语——"森林是我们的面包"。

一位交往很少却颇能相知的朋友，曾很伤感地向我指责我们中国人对待森林和土地的粗暴。他说：大地是母亲这句话绝不能止于言语，北欧人耕地都用木犁，而反对用铁犁，他们认为大地是母亲不能撒野只能温柔待之。我想这大约也算是一种农业文明吧。

当然，不同的生活土壤造就不同的文明，可是我们毕竟共同拥有自然。我深信环境养人。

朋友还告诉我他在北欧生活时的两个小故事。他说周末的晚上，他常常被一群德国青年拉到森林里过周末，所有的人不带任何食物，饿了，大家自己找东西吃。他们每个人都有很强的甄别树叶、野菜、野果的能力，他们说当人类没有食物或是大饥荒时，"我们能生存下去！"森林的确是面包。还有一次在丹麦，房东老太太领着他在森林里散步，那时大约下午两点，冬天的北欧此时已是黄昏，林子很静，深处不时遇见一二座用树皮编成的猎人木屋，他说感觉好极了。他就是那个时期时刻感受到欧洲人对森林的深情的。我插言问他，在林子里游走，有没有想过会从大树或青藤或岩石中跳出一两个妖怪或神仙或精灵什么的。他说那是自然的，那毕竟是生养安徒生的地方。我想，那真是一种神秘、奇异而美好的境地。要知道这是我与女儿读安徒生、格林兄弟时常常描绘的梦幻。走笔至此，我还能感到一种蜜滋滋的留恋。再说，友人正为森林而醉时，他与丹麦老太太已漫步到了湖边，几只白天鹅正在清澈的湖面上自在地游弋着，这时，落日的紫云闲闲地散落在湖光里。房东老太太不禁喃喃："假如我死后能上天堂，我相信天堂也就是这样的了。"朋友不禁牵紧老人的手。"我感到有一种力量，正从林子的深处悄悄袭来，我的眼角一热。"朋友这样告诉我。

是的，生活常常让我们失望伤感，同时又总是有一种力量让我们泪流满面，总有一种力量让我们抖擞精神。正是这种力量，使老人像施特劳斯们一样，在森林里获得了灵感，她似乎感知到了她未知的冥茫。于是，她把自己对生命执着的爱延续到生命之外，她超越了生与死的界线。兴许，这也是一种生命之根，根植于此，森林、生命、人生、死亡便都有了意义。

记得梵蒂冈圣彼得教堂的众雕塑中，有这样的一个情节：见不着真容的骷髅上覆盖着一块猩红丝绒(大理石质地，但丝绒的轻软光泽却可感可视)——因为在时间面前，人人平等；无论贫富美丑，都会死的。雕塑家是这样表述了时间生命的自然性。

不久前，中国老人冰心的葬礼不就是在一种盎然的生气中进行的吗？

当然，这些都已不是维也纳森林里的故事了。

| 文学史评论 |

张燕玲的散文正如她的为人一样，淡雅而从容。文章中透露出的浓浓的文化气

息以及人格力量、情感力量，是她的散文别具韵味与感染力之处。人性是贯穿她散文境界的内核。她笑看浮华，带着尘世的莫名伤害，却以极大的韧劲与生活热情去承受，去创造，去体会，去珍惜，去热爱生活与生命。她习惯于以审美创造与审美鉴赏来使自己的受烦扰的心灵宁静下来，于是散文便成了她的精神家园。

——李建平等：《广西文学50年》，漓江出版社，2005，第538页

张燕玲的散文可分为三类，一类是情感悸动的纪录，一类是文艺随笔，再一类是游记。其实这种划分是没有严格界限的，因为在她的每类散文中都在以心灵映射万象，以自由和内动构筑一个知觉融于感觉的思维世界。由此，在张燕玲的笔下，散文成了一种悟道的文体。她的散文无论是对社会生活的审美观照还是对个人人生遭际的思考，都主要是从内心的感悟出发，找寻外在世界所包含的生命意蕴和美学素质。

——徐治平主编《广西散文百年（上）》，民族出版社，2004，第437页

| 创作评论 |

散文之于张燕玲是一种灵魂挣扎的文体，心的智慧书写。张燕玲的散文是典型的女性散文。她散文大多是在寂寞独处时，在没有对视眼光的时候写下的。于是她沉入自我的世界，独自与灵魂交流。她在生活中的每一点温馨中感动，为每一道风景流连。分别与乡风、期待与失落、孤独与重逢以及人生种种的际遇与忧伤都会带来心灵的感动。……张燕玲的散文多采用诗的语言，表达女性特有的变化无端的心绪和潜意识，沉淀情感、情理相济，以表现更丰满、曲折的女性心理，使叙述成为散文中富有生命力的组成部分，具有更多的随意与灵气。……张燕玲是一个在深刻文化背景中成长起来的作家，长期与文字为伴的生活，形成了她率真洁白的书卷气。她的散文除了那股扑面而来的淡雅书香，还有严谨的思辨才识。张燕玲注重叙述与描写语言的洗练、干净，追求一种典雅而纯净的风格。

——黄晓娟：《心灵的风景线——论当代广西女性散文创作》，《广西大学学报》2004年第3期

张燕玲在批评之余，还出版有颇具韵致的散文集《静默世界》《此岸，彼岸》。读她的散文，我们会在一种纤柔、绵密、准确而又丰富的感性言语中，体会到许多难以言说的生存感受和精神意绪，像《耶鲁独秀》《此岸，彼岸》等，都是当代散文中不可多得的佳作。从张燕玲的散文中，我们会读出很多的柔软和温情，但是，在那本由她主编的《南方文坛》中，我们又分明看到了她的另一种形象：坚毅果断，朝气蓬勃，兼收并蓄。

　　——洪治纲：《愉悦的见证——来自广西的文学冲击波》，《人民日报》2006年
　　　6月9日

　　张燕玲作为一个写作者同样是出色的，她的散文和批评文字会让人过目难忘。她的散文集《静默世界》《此岸，彼岸》在文坛广受好评。她文笔精细，对事物有特殊的敏感，总是写出人物的内心，写出一种生活的撕裂感，写出自己诚挚的情感世界。正如黄伟林在评论张燕玲时所说的那样，她的写作是"有人之境"，张燕玲做人做事做文最大的特点，就是始终都坚持"有人之境"。

　　——陈晓明：《有一种性格和精神的广西文学》，《文艺报》2006年6月15日

　　张燕玲写广西师大有自己非常深情的回忆，同时她也有把更飞扬的视角伸向了海外，飞得很高飞得很远。在她作品里面，我们看到了梦想的力量，和知识女性的那种对于天下、对于艺术等等各方面的情怀。像《此岸，彼岸》是名篇了，是我们《人民文学》历史上一个著名的散文篇目。我觉得她的文学才华很让我羡慕。一方面文学评论做得特别好、行文非常雅，非常庄重，有自己独特的判断；另一方面，她的散文能够在理论的束缚下一下子把自己解脱开，翅膀张得特别开。

　　——施战军：《"给我们一个更清晰的背景"：今日批评家评说独秀女作家》，
　　　《南方文坛》2013年第1期

　　张燕玲的散文我读了以后，我总觉得我们这些人都欠她的，她把主要精力都办

了刊物，实际上她都是为我们做的牺牲。她如果不办刊物，她会成为一个优秀的作家。我觉得她即便是业余时间写的散文都是非常漂亮的，文笔非常好。

——王彬彬：《"给我们一个更清晰的背景"——今日批评家评说独秀女作家》，

《南方文坛》2013年第1期

女作家张燕玲对历史的书写更多了一份敏锐与灵性，她的目光和思绪能瞬间照亮历史，同时又接通现实，她在历史与现实之间游走自如、奇思频现。《耶鲁独秀》《西津渡，锅盖面》《础石》等一批散文都是既具艺术功力又见思想深度的作品。

——刘铁群：《深流藏于静水　生机蕴于寂寞——简论近20年的广西散文创作》，

《南方文坛》2017年第4期

Ⅰ作者自述Ⅰ

我以为散文的精神当然是自由自在的性情之文，既是典籍书斋的智文，更是日常自然的率性随心的记录，尤其有感之文常常就是周遭"不耐烦时"的产物，还是家长里短的闲话。

……这样的精神写真：闲游于工作之余，闲读于人间书简，闲情于生活烟火；忍不住闲话所遇所感，一思一情，自由自在。丝丝缕缕散发着自己的心性、率真与"不耐烦"，点点滴滴努力呈现"这一场人世，终究值得一过"的万千理由；我以为，人终将要活下去，面对生活的"不耐烦"，一个写作的人，如能写出"不耐烦"之所以，也就写出了于己于人一丝清醒的力量，才使卑微的我们有把人间的情义与希望长存于心底的可能。把"不耐烦"变"耐烦"，日复一日，年复一年，是以为人生。如此的杂谈，似乎就不止于闲话了……

——张燕玲：《好水如风·后记：闲话多说》，广西师范大学出版社，2018

2000年代

望尽天涯

张燕玲

蓝天，白云，芨芨草，野花，还有高岭，大河，谷峪，平川，还有壮阔的草原日出，神秘辽远的草原之夜，还有穿透这天涯的或激越或幽深的古歌情曲……曾经有很长一段时间，我在迷醉于艾特玛托夫乃至玛拉沁夫、张承志的草原风情时，憧憬着这所有的一切。

可是，当有一天，我西走青海湖，置身花的草原时，望着天边湖水上飞翔的水鸟，心情竟没有随之远行，只以为那飞翔的精灵是3岁的女儿相宜。而后南来滇池，又会与飞来我掌上啄食的红嘴鸥们喃喃细语、欢快嬉戏，俨然平日与5岁女儿欢闹的疯样儿。如今，坐在东北云里的长白山顶，身边的喧闹早已远去，身下是处子般纯净、天堂似辽远的天池，神秘圣洁，纤尘不染。静静地、静静地坐着，以为自己可以独自享用。

"张阿姨，山下没有人，我们去采花吧！"一个童声，轻轻呼我，仿佛天籁在耳

作品信息

原载《大家》2000年第2期。收入《广西当代作家丛书·张燕玲卷》(漓江出版社2002年版)、《静默世界》(河北教育出版社2001年版)、《此岸，彼岸》(河南文艺出版社2004年版)、《好水如风》(广西师范大学出版社2018年版)，入选《背景：独秀女作家作品集》(广西师范大学出版社2012年版)等。

畔，犹如平日所冥想不到的仙界的消息。回望身后，是友人那生气勃发的儿子——白衣男孩边跑边喊我下山，他要赶赴山下无边无际的花的草原。男孩伸展着双臂，在我眼里飞翔，飞翔，似是刚从天池升起的圣童，要引领我款款去参加山下花仙子们的盛筵。山下，人烟稀少，草精花仙遍野。这个叫蒂尼的漂亮10岁男孩喊着飞着，快乐得犹如米开朗琪罗众多小天使中的一个，要知道在游走欧洲时，面对那些神话雕塑，我曾上千遍地祈祷着他们的飞翔……我也随之飞翔了，呼应着男孩，我想告诉他真好，但我一开口却说，要是比他小一岁的相宜妹妹在这儿该多好。话一出口，我不禁刹住飞奔而下的脚步，天啊，我这是怎么了？我不是口口声声说享受生活吗？难道我只活在女儿的世界里？

只是瞬间，男孩顾自远去了。我实在是一个没有根缘的人，不配享有这单纯圣洁的天地。充盈天地的，乃是万物啊。而我的天涯是我的女儿。从天涯出发，还能回到起点吗？

是夜，仰一窗明月，36年的人生在沙漏里奔，过山，过水，过生，过死，尽头还是女儿。忧伤不期而至。

一时，记起一个友人的批判，中国的女人有母性，无妻性。我无意也无力进入哲学，什么我与他者、主格或者宾格、社会关系的总和等等。这些深奥的概念我实在不得要领。然而，我还是叩问自己：谁是我这些年睡前和醒来想到的第一个人？答案还是女儿相宜。

当然，这是近10年的人生。

女儿小时，自然是我日夜牵扯。上学了，费了很大的劲儿才让她独睡大床，我要夜读晚写，睡书房的小床。每天睡前，都得去看她一会儿；天亮，睁开眼叫的也是她的名字，要上学呢。尽管，隔着房间，丝毫也不影响我催她起床的呼唤，只是我叫得徐缓悠长，她睡意蒙眬中"哎——"的应答也透着和顺，而且我们常常五分钟就整理完毕并直奔学校。这个点评是妹妹及其女儿在我家小住时留下的，她说："真羡慕你们母女，我们母女每天都会因为起床穿衣争吵，烦死了。"

其实，这样的好习惯是我们经年养成的。面对这个答案，我闪过了一种危险乃

303

至衰老的念头——我少了自己。尽管爱是多层次多样化的，可是这十年，我的确视孩子高于一切。兴许，这是所有单身母亲共同的幸福或说病灶，孩子是她们的所有，没有孩子她们似乎一无所有。其实，孩子和自己是可以同时同在的，在她们流着沧桑的眼泪时，都明白自己又是多么需要关爱呵护呀！

我的周围就有不少以生活快乐为标准的单亲家庭，独自养育孩子并不能从根本上影响她们的生活质量，她们以一颗坚忍之心，宁可面对热情和中伤，面对镜中的泪水和岁月，面对满身的疮痍而沉静，而不再诉说；她们自由快乐、工作出色、教子有方、家事井然，既能创造又会消费，爱孩子胜于一切，却从不亏待自己，她们为自己营造了一个有缺陷却不失美丽的小世界，那里唯有精神永在。这的确是一种人生状态，更是一种健康人生，她们是诗意满面的现代女性。

这样的女性自觉，的确来自对女性同胞苦难的包容、铸造与超脱。

时至今日，似乎有了回望来路的勇气，才真正意识到自己的女性自觉始于婚姻，自己真正意义上的人生奋斗就是从怀孕开始的。过去的努力工作和业余写作一半出于天性一半出于功名心。那时，失败的婚姻和孕育孩子的孤苦无助使我对人的仇恨到了空前绝后的地步，悲哀而绝望、自恋而无奈、艰辛而坚忍中，对腹中孩儿的感情却越亲越切。我日益明白，我要自己好好地活着并且抚养好我的女儿。我必须全靠自己。自己选择的生活，只有自己承担。

苦难的日子常常可以得到许多对生活真面目的认识。

10年前，我怀孕了，那是实在不该怀孕的时期，那是我意志最薄弱的一年，婚姻已经走到低谷，健康青春的身体已经被尖锐的婚姻击垮，在经过一次又一次几近崩溃的伤害时，我曾试图一了百了，然而，一次次轻柔的胎动牵扯着我的母性之根。于是，任由满脸的泪水横流，我决心不再相信无休止的痛悔和誓言，彷徨、软弱、无奈和仇恨摧毁了我所有的轻信和幻想。我在心里发誓，为了腹中的孩子，为了拯救自己，我一定要活下去，而且要好好活下去。

女儿生下来了，尽管我曾千万次祈求上苍给我个儿子，我实在惧怕女性无常的命运和生之艰难，哪怕我更喜爱女孩一些。可是我唯有接受现实，唯有盼望她时时相宜、处处相宜、人人相宜了。

当然，开头很难，父母又远在五百多公里外的故乡，但是，在我最艰难的时候，还未退休的不知情的老人把女儿接去了一年。终于，挣扎着走过生走过死；终于，在我喝下那杯苦酒并活下来之后，女儿回到了身边。

那时，小相宜真的像个小精灵，可爱极了。刚会言语，重复最多的是儿歌般的话："妈妈抱抱。"她随时都有可能扑过来，拉着你的腿，仰着充满向往的小脸蛋，哆哆地嚷嚷："妈妈抱抱，妈妈抱抱。"有时忙得没法呼应她，她就急得不行："妈妈抱抱吧""娘，抱抱宝贝啊""张燕玲妈妈抱抱宝贝呀"，慌得我赶紧净手抱起委屈万状的毛毛头。

那时每天的时间真是拧上发条般紧张，幸而，这还行，手脚本来就是做惯了的。只是遇到生病就费事些，就是最简单的感冒之类，也是不易的。因为这时的孩子不会自己吐痰，痰积多了或者咽喉发炎，常常是半夜吐它个满屋满床都是，臭气熏天。冬天又怕凉着女儿，就得先把女儿收拾干净，再收拾床上。到了五岁，便好多了，相宜可以全托了。起初小家伙不肯，老是央求："妈妈，我不住幼儿园，我想东放西放，有的玉粒哥哥家，有的何充家，有的盈盈家。"心酸之下，我只得哭笑不得："好孩子，不是'有的'，而应该说或者去玉粒哥哥家，或者去……毛毛妹，妈妈晚上要给大学生上课，老把你放在小朋友家里，太麻烦别人了，那样不好，你帮帮妈妈，好吗？妈妈最多只让你一周住三个晚上。"

相宜嘟起小嘴，不吱声了，但第一晚，她还是哭了，老在央求老师打电话："叫我妈妈来接我回家，好不好呀？老师!"

女儿真的长得很好，我从不向她提及大人的事，再说，血缘的力量是无穷的，我唯有教她爱所有的人。她已经受伤了，我只能尽一切心力使她健康快乐。为此，我愿意付出一切。

于是，我们总是尽可能快快乐乐过好每一天，极少想明天，遇到问题再解决，绝不设计明天或明天的明天。人生可是漫漫天涯路。女儿一天比一天快活，她一点也不知道母亲的心悬在天涯。但是，女儿的世界里，总是有许多让我感动、忧伤却无能为力的东西，这无数的牵挂中，我记住了其中的一个梦。

那次我出差桂林，虽然两天，可老是惦记着放在朋友家的女儿。当晚不知怎的，一着床，就觉得自己怎么就走回小时候在故乡住过的泥砖房，六七十年代南方的县委宿舍大多是这种号称冬暖夏凉的泥砖平房。我也不知道是从哪里回去。院子很静，是那种荒芜的寂静，没有人声，家门口盛水的木桶里发出一股刺鼻的霉臭。我放下行李，顺手涮了涮水桶，倒着那陈年臭水哗啦哗啦地响得很远很远，仿佛全世界都在倒水似的，声音久久不愿离去。家门半开，是那种原来锁着刚被人打开的半开，却亮着灯。我喊着什么（好像是喊祖母什么的）推门进去，里面空无一人，对着窗的大床上一片狼藉（那是祖母的睡床），灯下的饭桌上有七八个碗摆着，里面都是些不知年月的汤菜。父母的屋间用锁头扣着，没有锁上。怎么啦？

我正张望着，却觉出小腿间钻进一个东西，吓得我跳了起来，低头一看是个陌生的小女孩。我"嘿"一声，她竟吓得跳出门去。忽然间又觉出她似曾相识，我追出去，她拼命往走廊尽头跑。

"哎，你站住。"

她惊恐地盯着我，天啊，那是一个怎样的女孩！她扎着相宜那样的小羊角辫，当然很蓬乱，上衣是件已看不出花色的罩衣，破了的长裤，经年赤足的脚乌黑。她实在太瘦、太青、太黄了，浑身没有一丝人气。

"孩子，你是谁？"

她动了动嘴唇，声音却十分清晰："我叫相宜。"

我大骇。冲过去。抱她，很轻，像一片树叶。我死死盯着她的小脸，大眼下全是菜色青青，皮包骨头。"你真是相宜，我的毛毛？"

"我是相宜，我是毛毛。"

"我是妈妈呀，毛毛！"

"妈妈？"她茫然而艰难地摇摇头。

"天啊，你怎么成了这样？！"

她还是那副面无表情的呆滞样儿。我摸着她出奇突硬的圆肚子问："你吃饭了吗？"

"饭？我吃这个。"她张开一直攥着的小手，里面全是泥巴、纸片、树叶之类。

我突然放声大哭起来，她却莫名其妙地看着我。我哭啊号啊直到喘不过气了，才猛然惊醒，发现自己竟然躺在饭店的床上，满脸是泪。心很痛，是那种真能感觉出心一阵一阵抽着撕着的痛。全身沉沉的，犹如大病了一场，可梦里的一切却真真切切（几年后的今天还一如昨日）。然后，我一直睁眼到天亮；最后，向别人打了声招呼，就上了火车，回到南宁直奔女友家，接回相宜。

当晚，我久久凝视着女儿甜香的睡脸，看着她脸上平日目力不及的汗毛，随着她轻轻的呼吸一颤一颤的，仿佛是极微极微的小静电在哼着儿歌，我刚踏实的心又觉出前一天梦中那万般的情愫在牵肠挂肚。我不禁轻轻抚着相宜的黑发，颤颤地轻呼：

"毛——毛——"

"哎——"沉睡中的相宜竟润润地应了一声。我心一抖，泪又两行。我明白，对女儿的担忧和牵挂已经深入我的骨子里了。那是怎么也抹不去的，这将是我一生的牵挂，哪怕到天涯。

于是，走出过去，走向自然，走进充实，走到快乐，便成了必然。且不说孩子参加的各种兴趣班以及我们的远游，就是每周一刻的逛公园都让我们开心无比。周日，我们喜欢早去，我怕人多，那时的空气极新，坐在桄榔树下蘑菇形的石凳上看书、画画、讲故事，或者钻城堡、滑滑梯、采酸咪咪、溜冰等，不时还得假装被女儿乘兴用右手的拇指和食指做成的手枪击中而做英勇牺牲状，同时自己也如此甩手几枪过去，女儿躲得认真极了。有时，她还会要些小把戏。玩得正起劲，她突然高喊"妈妈"跑向我，跑着跑着竟摇摇晃晃起来，我连忙跨去扶她："怎么了？"

女儿却一脸嘻嘻："我——喝醉——啦！"

我一乐，忙压着嗓子低低问她："你喝了什么酒？"

"可口可乐，还有雪碧……"

"哈哈哈……"哑然失笑中，我真的觉得世界上只有我是最幸福的了。平日要想的要恼的要做的，此时都可以不想不恼不做，我全身心投入女儿的世界之中，心灵一点一点宁静下去，宁静下去，直到身心融融。我日益惊讶和珍视自己孩子这如天使般使人镇定和明亮的纯洁之光，这种像清新的风的感觉在那几年夏天，陪女儿游泳时，更为强烈。刚开始时，我沉醉得有些忘乎所以，以至3岁的女儿放手池边的栏杆，躺在游泳圈内，就在我眼皮下向远处深水池漂去竟视若无睹，旁人惊叫时，我被吓出一头冷汗，扑通一下便扑下水，全然顾不上儿童泳池严禁大人下水的禁令，待游过去一把抱过女儿，女儿竟浑然不觉嘻嘻笑着。这就是成人与儿童的不同世界，这就是现实与天堂的界线。这一刻，我知道女儿是我的生命，有了她，我还会孤单吗？然而，点一盏心灯，伏案凝神，我还是很孤单，心没有伙伴。我知道，这与女儿无关，这绝非爱与情所能给予的，我的所有只属于我自己。于是，我常常逃遁，给自己营造一座远离生活的巢穴，把自己迁得远远的，可是我还是常常被忧郁抓住不放……但这时只要是相宜的小手无意间抚到我，哪怕是纠缠着要玩我的齐腰长发，我的安静宁和就会从脆弱中苏醒。便想，逃避并不是最好的归宿，其实世事无孔不入，空气里就是全世界，而我们又必须呼吸。因而，无论遭遇好坏，都有其必然和偶然性，既然是自己的选择，责任当然在于自己，于是苏格拉底的"认识你自己"的教训，便变得重要了。

今天，9岁半的女儿已经可以与我在家观看获戛纳电影节大奖的《美丽人生》了，我们一边体会一边流泪。她是为影片中她已知的而那男孩未知的苦难，而我却是为这部影片展示的爱以及这爱所遭到疯狂的蹂躏而泪流满面，当然正如那位世界影星贝尼尼谈他主演此片时所表示的：爱是可以令日月同悲，能让宇宙都为之动容的。影碟放完了，家里突然寂静下来，女儿起身关机，然后，转身用她的小手轻轻抹去我脸上的泪痕。女儿的小手很柔很软。我们会心一笑。

我知道，我有了走向自己的可能。

她引领我们一起去"寻找一种精神"，她的《望尽天涯》表明了一种人生姿态：女性的自觉，的确来自对女性苦难的包容、铸造与超脱。

　　——肖晶：《彼岸有多远，心就有多远——论张燕玲〈此岸，彼岸〉的思想
　　　　性》，《学术论坛》2010年第12期

她的《望尽天涯》写母女俩的分离到重逢，对于女儿的愧疚，让人动容。

　　——杨凯：《论张燕玲散文的生命意识和女性书写》，《海南师范大学学报》
　　　　2012年第6期

少小离家老大回

——我的寻根记

白先勇

　　去年一月间，我又重返故乡桂林一次。香港电视台要拍摄一部关于我的纪录片，要我"从头说起"。如要追根究底，就得一直追到我们桂林会仙镇山尾村的老家去了。我们白家的祖坟安葬在山尾村，从桂林开车去，有一个钟头的行程。一月那几天桂林天气冷得反常，降到二摄氏度。在一个天寒地冻的下午，我与香港电视台人员，坐了辆中型巴士，由两位本家的堂兄弟领路，寻寻觅觅开到了山尾村。山尾村有不少回民，我们的祖坟便在山尾村的回民墓园中。走过一大段泥泞路，再爬上一片黄土坡，终于来到了我们太高祖榕华公的祖墓前。

　　按照我们族谱记载，原来我们这一族的始祖是伯笃鲁丁公，光看这个姓名就知道我们的祖先不是汉人了。伯笃鲁丁公是元朝的进士，在南京做官。元朝的统治者歧视汉人，朝廷上任用了不少外国人，我们的祖先大概是从中亚细亚迁来的回族，

作品信息

　　原载《收获》2000年第5期。收入《明星咖啡馆》(江苏文艺出版社2009年版)、《树犹如此》(广西师范大学出版社2011年版)、《姹紫嫣红开遍》(作家出版社2011年版)，入选《遥远的回响："收获"散文精选》(云南人民出版社2001年版)等。

到了伯笃鲁丁公已在中国好几代了，落籍在江南江宁府。有些地方把我的籍贯写成江苏南京，未免扯得太远，这要追溯到元朝的原籍去呢。

从前中国人重视族谱，讲究慎终追远，最怕别人批评数典忘祖，所以祖宗十八代盘根错节的传承关系记得清清楚楚，尤其喜欢记载列祖的功名。大概中国人从前真的很相信"龙生龙，凤生凤"那一套"血统论"吧。但现在看来，中国人重视家族世代相传，还真有点道理。近年来遗传基因的研究在生物学界刮起狂飙，最近连"人类基因图谱"都解构出来，据说这部"生命之书"日后将解答许多人类来源的秘密，遗传学又将大行其道，家族基因的研究大概也会随之变得热门。其实我们每个人的身体里，好的坏的不知负载了多少我们祖先代代相传下来的基因。据我观察，我们家族，不论男女，都隐伏着一脉桀骜不驯自由不羁的性格，与揖让进退循规蹈矩的中原汉族，总有点格格不入，大概我们的始祖伯笃鲁丁公的确遗传给我们不少西域游牧民族的强悍基因吧，不过我们这一族，在广西住久了，熏染上当地一些"蛮风"，也是有的。我还是相信遗传与环境分庭抗礼，是决定一个人的性格与命运的两大因素。

十五世，传到了榕华公，而我们这一族人也早改了汉姓姓白了。榕华公是本族的中兴之祖，所以他的事迹也特别为我们族人津津乐道，甚至还加上些许神话色彩。据说榕华公的母亲一日在一棵老榕树下面打盹，有神仙托梦给她，说她命中应得贵子，醒后便怀了孕，这就是榕华公命名的由来。后来榕华公果然中了乾隆甲午科的进士，当年桂林人考科举中进士大概是件天大的事，长期以来，桂林郡都被中原朝廷目为"遐荒化外"之地，是流放谪吏的去处。不过桂林也曾出过一个"三元及第"的陈继昌，他是清廷重臣陈宏谋的孙子，总算替桂林人争回些面子。

我们这一族到了榕华公大概已经破落得不像样了，所以榕华公少年时才会上桂林城到一位本家开的商店里去当学徒。店主看见这个后生有志向肯上进，便资助他读书应考，一举而中。榕华公曾到四川出任开县的知县，调署茂州，任内颇有政绩。榕华公看来很有科学头脑，当时茂州农田害虫甚多，尤以蚂蟥为最，人畜农作都被啮伤，耕地因而荒芜，人民生活困苦。榕华公教当地人民掘土造窑烧石灰，以石灰撒播田中，因发高热，蚂蟥蔓草统统烧死，草灰作为肥料，农产才渐丰收，州民感激，这件事载入了地方志。榕华公告老还乡后，定居在桂林山尾村，从此山尾村便成了我们这一族人的发祥地。

榕华公的墓是一座长方形的石棺，建得相当端庄厚重，在列祖墓中，自有一番领袖群伦的恢宏气势。这座墓是父亲于民国十四年重建的，墓碑上刻有父亲的名字及修理日期。山尾村四周环山，举目望去，无一处不是奇峰秀岭。当初榕华公选择山尾村作为终老之乡是有眼光的，这个地方的风水一定有其特别吉祥之处，"文化大革命"期间破"四旧"，榕华公的墓却好端端的，似有天佑，丝毫无损，躲过了"文化大革命"这一浩劫。

从小父亲便常常讲榕华公的中兴事迹给我们听，我想榕华公苦读出头的榜样很可能就是父亲心中励志的模范。我们白家到了父亲时，因为祖父早殁，家道又中落了，跟榕华公一样，小时进学都有困难。有一则关于父亲求学的故事，我想对父亲最是刻骨铭心，恐怕影响了他一生。父亲五岁在家乡山尾村就读私塾，后来邻村六塘圩成立了一间新式小学，师资较佳。父亲的满叔志业公便带领父亲到六塘父亲的八舅父马小南家，希望八舅公能帮助父亲进六塘小学。八舅公家开当铺，是个嫌贫爱富的人，他指着父亲对满叔父说道："还读什么书，去当学徒算了！"这句话对小小年纪的父亲，恐怕已造成"心灵创伤"（trauma）。父亲本来天资聪敏过人，从小就心比天高，这口气大概是难以下咽的。后来得满叔公之助，父亲入学后，便拼命念书，发愤图强，虽然他日后成为军事家，但他一生总把教育放在第一位。在家里，逼我们读书，绝不松手，在前线打仗，打电话回来给母亲，第一件事问起的，就是我们在校的成绩。大概父亲生怕我们会变成"纨绔子弟"，这是他最憎恶的一类人，所以我们的学业，他抓得紧紧的。到今天，我的哥哥姐姐谈起父亲在饭桌上考问他们的算术"九九"表还心有余悸。大家的结论是，父亲自己小时读书吃足苦头，所以有"补偿心理"。

父亲最爱惜的是一些像他一样家境清寒而有志向学的青年，他曾帮助过大批广西子弟及回教学生到外国去留学深造。我记得我大姐有一位在桂林中山中学的同学，叫李崇桂，就是因为她在校成绩特优，是天才型的学生，而且家里贫寒，父亲竟一直盘送她到北京去念大学，后来当了清华的物理教授，李崇桂现在应该还在北京。

会仙镇上有一座东山小学，是父亲一九四〇年捐款兴建的，迄今仍在。我们的巴士经过小学门口，刚好放学成百的孩子，一阵喧哗，此呼彼应，往田野中奔去。父亲当年兴学，大概也就是希望看到这幅景象吧，他家乡每一个儿童都有受教育的机会。如果当年不是辛亥革命，父亲很有可能留在家乡当一名小学教师呢。他十八岁那年还在师范学校念书，辛亥革命爆发了，父亲与从前陆军小学同学多人，加入了"广西北伐学生敢死队"，北上武昌去参加革命。家里长辈一致反对，派了人到桂林北门把守，要把父亲拦回去。父亲将步枪托交给同队同学，自己却从西门溜出去了，翻过几座山，老人山、溜马山，才赶上队伍。这支学生敢死队，就这样轰轰烈烈地开往武昌，加入了历史的洪流。父亲那一步跨出桂林城门，也就改变了他一生的命运。

从前在桂林，父亲难得从前线回来。每次回来，便会带我们下乡到山尾村去探望祖母，当然也会去祭拜榕华公的陵墓。我那时候年纪小，五六岁，但有些事却记得清清楚楚。比如说，到山尾村的路上，在车中父亲一路教我们兄弟姐妹合唱岳飞作词的那首《满江红》。那恐怕是他唯一会唱的歌吧，他唱起来，带着些广西土腔，但唱得慷慨激昂，唱到最后"待从头收拾旧山河，朝天阙"，他的声音高亢，颇为悲壮。很多年后，我才体会过来，那时正值抗战，烽火连城，日本人侵占了中国大片土地。岳武穆兴复宋室，还我河山的壮志，亦正是父亲当年抵御外侮、捍卫国土的激烈怀抱。日后我每逢听到《满江红》这首歌，心中总有一种说不出的感动。

到桂林之前，我先去了台北，到台北近郊六张犁的伊斯兰教公墓替父母亲走过坟。我们在那里建了座白家墓园，取名"榕荫堂"，是父亲自己取的，大概就是向榕华公遥遥致敬吧。我的大哥先道、三姐先明也葬在"榕荫堂"内，榕华公的一支"余荫"就这样安息在十万八千里外的海岛上了。墓园内起了座伊斯兰教礼拜的邦克楼模型，石基上刻下父亲的遗墨，一副挽吊延平郡王郑成功的对联：

孤臣秉孤忠五马奔江留取汗青垂宇宙

正人扶正义七鲲拓土莫将成败论英雄

一九四七年父亲因"二二八事件"到台湾宣抚，到台南时，在延平郡王祠写下这副挽联，是他对失败英雄郑成功一心恢复明祚的孤忠大义一番敬悼。恐怕那时，他万没有料到，有一天自己竟也星沉海外，瀛岛归真。

我于一九四四年湘桂大撤退时离开桂林，就再没有回过山尾村，算一算，五六十年。"四明狂客"贺知章罢官返乡写下他那首动人的名诗《回乡偶书》：

少小离家老大回，乡音无改鬓毛衰。

儿童相见不相识，笑问客从何处来。

我的乡音也没有改，还能说得一口桂林话。在外面说普通话、说英文，见了上海人说上海话，见了广东人说广东话，因为从小逃难，到处跑，学得南腔北调。在美国住了三十多年，又得常常说外国话。但奇怪的是，我写文章，心中默诵，用的竟都是乡音，看书也如此。语言的力量不可思议，而且先入为主，最先学会的语言，一旦占据了脑中的记忆之库，后学的其他语言真还不容易完全替代呢。我回到山尾村，村里儿童将我团团围住，指指点点，大概很少有外客到那里去。当我一开腔，却是满口乡音，那些孩子首先是面面相觑，不敢置信，随即爆笑起来，原来是个桂林老乡！因为没有料到，所以觉得好笑，而且笑得很开心。

村里通到祖母旧居的那条石板路，我依稀记得，迎面扑来呛鼻的牛粪味，还是五十多年前那般浓烈，而且熟悉。那时父亲带我们下乡探望祖母，一进村子，首先闻到的，就是这股气味。村里的宗亲知道我回乡，都过来打招呼，有几位还是"先"字辈的。看来是一群老人，探问之下，原来跟我年纪不相上下，我心中不禁暗吃一惊。从前踏过这条石径，自己还是"少小"，再回头重走这一条路，竟已"老大"。如此匆匆岁月，心理上还来不及准备，五十六年，惊风飘过。

我明明记得最后那次下乡，是为了庆祝祖母寿辰。父亲领着我们走到这条石径上，村里许多乡亲也出来迎接。老一辈的叫父亲的小名"桂五"，与父亲同辈的就叫他"桂五哥"。那次替祖母做寿，搭台唱戏，唱桂戏的几位名角都上了台。那天唱的是《打金枝》，是出郭子仪上寿的应景戏。桂剧皇后小金凤饰公主金枝女，露凝香反串驸马郭暧。戏台搭在露天，那天风很大，吹得戏台上的布幔都飘了起来，金枝女身上粉红色的戏装颤抖抖的。驸马郭暧举起拳头气呼呼要打金枝女，金枝女一撒娇便嘤嘤地哭了起来，于是台下村里的观众都乐得笑了。晚上大伯妈给我们讲戏，她说金枝女自恃是公主拿架子，不肯去跟公公郭子仪拜寿，所以她老公要打她。我们大伯妈是个大戏迷，小金凤、露凝香，还有好几个桂戏的角儿都拜她做干妈。大伯妈是典型的桂林人，出口成章，妙语如珠，她是个彻头彻尾的享乐主义者，她有几句口头禅：

　　　　酒是糯米汤，不吃心里慌。

　　　　烟枪当拐杖，挂起上天堂。

　　她既不喝酒当然也不抽烟，那只是她一个潇洒的姿势罢了。后来去了台湾，环境大不如前，她仍乐观，自嘲是"戏子流落赶小场"。她坐在院中，会突然无缘无故拍起大腿进出几句桂戏来，大概她又想起她从前在桂林的风光日子以及她的那些干女儿们来了。大伯妈痛痛快快地一直活到九十五。

　　祖母的老屋还在那里，只剩下前屋，后屋不见了。六叔的二姑妈房子都还在。当然，都破旧得摇摇欲坠了。祖母一直住在山尾村老家，到湘桂大撤退前夕才搬进城跟我们住。祖母那时已有九十高龄，不习惯城里生活。父亲便在山尾村特别为她建了一幢楼房，四周是骑楼，围着中间一个天井。房子剥落了，可是骑楼的雕栏仍在，隐约可以印证当年的风貌。父亲侍奉祖母特别孝顺，为了报答祖母当年持家的艰辛。而且祖母对父亲又分外器重，排除万难，供他念书。有时父亲深夜苦读，祖母就在一旁针线相伴，慰勉他。冬天，父亲脚上生冻疮，祖母就从灶里掏出热草灰来替父亲焐脚取暖，让父亲安心把四书五经背熟，这些事父亲到了老年提起来，脸上还有倾慕之情。祖母必定智慧过人，她的四个媳妇竟没说过她半句坏话，这是项了不起的成就。老太太深明大义，以德服人，颇有点贾母的派头。后来她搬到我们桂林家中，就住在我的隔壁房。每日她另外开伙，我到她房间，她便招我过去，分半碗鸡汤给我喝，她对小孙子这份善意，却产生了没有料到的后果。原来祖母患有肺病，一直没有发觉。我就是那样被染上了，一病五年，病掉了我大半个童年。

我临离开山尾村，到一位"先"字辈的宗亲家去小坐了片刻。"先"字辈的老人从米缸里掏出了两只瓷碗来，双手颤巍巍地捧给我看，那是景德镇制造的釉里红，碗底印着"白母马太夫人九秩荣寿"。那是祖母的寿碗，半个多世纪，历过多少劫，这一对寿碗居然幸存无恙，在幽幽地发着温润的光彩。老人激动地向我倾诉，他们家如何冒了风险收藏这两只碗。她记得，她全都记得，祖母那次做寿的盛况。我跟她两人抢着讲当年追往事，我们讲了许多其他人听不懂的老话，老人笑得满面灿然。她跟我一样，都是从一棵榕树的根生长出来的树苗。我们有着共同的记忆，那是整族人的集体记忆。那种原型的家族记忆，一代一代往上延伸，一直延伸到我们的始祖伯笃鲁丁公的基因里去。

香港电视台另一个拍摄重点是桂林市东七星公园小东江上的花桥，原因是我写过《花桥荣记》那篇小说，讲从前花桥桥头一家米粉店的故事。其实花桥来头不小，宋朝时候就建于此，因为江两岸山花遍野，这座桥簇拥在花丛中，故名花桥。现在这座青石桥是明清两朝几度重修过的，一共十一孔，水桥有四孔，桥面盖有长廊，绿瓦红柱，颇具架势。花桥四周有几座名山，月牙山、七星山，从月牙山麓的伴月亭望过去，花桥桥孔倒影在澄清的江面上，通圆明亮，好像四轮浸水的明月，煞是好看，是桂林一景。

花桥桥头，从前有好几家米粉店，我小时候在那里吃过花桥米粉，从此一辈子也没有忘记过。吃的东西，桂林别的倒也罢了，米粉可是一绝。因为桂林水质好，榨洗出来的米粉，又细滑又柔韧，很有嚼头。桂林米粉花样多：元汤米粉、冒热米粉，还有独家的马肉米粉，各有风味，一把炸黄豆撒在热腾腾莹白的粉条上，色香味俱全。我回到桂林，三餐都到处去找米粉吃，一吃三四碗，那是乡愁引起原始性的饥渴，填不饱的。我在《花桥荣记》里写了不少有关桂林米粉的掌故，大概也是"画饼充饥"吧。外面的人都称赞云南的"过桥米线"，那是说外行话。大概他们都没尝过正宗桂林米粉。

　　"桂林山水甲天下"这句自古以来赞美桂林的名言，到现在恐怕还是难以驳倒的，因为桂林山水太过奇特，有山清、水秀、洞奇、石美之称，是人间仙境，别的地方都找不到。这只有叹服造化的鬼斧神工，在人间世竟开辟出这样一片奇妙景观来。桂林环城皆山，环城皆水，到处山水纵横，三步五步，一座高峰迎面拔地而起，千姿百态，每座殊异，光看看这些山名：鹦鹉山、斗鸡山、雉山、骆驼山、马鞍山，就知道山的形状有多么戏剧性了。城南的象鼻山就真像一具庞然大象临江伸鼻饮水。小时候，母亲率领我们全家夏天坐了船，在象鼻山下的漓江中徜徉游泳，从象鼻口中穿来穿去。母亲鼓励我们游泳，而且带头游。母亲勇敢，北伐时候她便跟随父亲北上，经过枪林弹雨的，在当时，她也算是一位摩登女性了。漓江上来来往往有许多小艇子卖各种小吃，我记得唐小义那只艇子上的田鸡粥最是鲜美。

　　自唐宋以来，吟咏桂林山水的诗文不知凡几，很多流传下来都刻在各处名山的石壁上，这便是桂林著名的摩崖石刻，仅宋人留下的就有四百八十多件，是一笔丰富的文化遗产。在象鼻山水月洞里，我看到南宋诗人范成大的名篇:《复水月洞铭》，范成大曾经到广西做过安抚使，桂林到处都刻有他的墨迹。洞里还有张孝祥的《朝阳亭诗并序》。来过桂林的宋朝大诗人真不少：黄庭坚、秦少游，他们是被贬到岭南来的。其实唐朝时就有一大批逐臣迁客被下放到广西，鼎鼎有名的当然是柳宗元，还有宋之问、张九龄，以及书法家褚遂良。这些唐宋谪吏，到了桂林，大概都被这里的一片奇景慑住了，一时间倒也忘却了宦海浮沉的凶险悲苦，都兴高采烈地为文作诗歌颂起桂林山水的绝顶秀丽。贬谪到桂林，到底要比流放到辽东塞北幸运多了。白居易说"吴山点点愁"，桂林的山看了只会叫人惊喜，绝不会引发愁思。

从桂林坐船到阳朔，那四个钟头的漓江舟行，就如同观赏南宋大画家夏珪的山水手卷一般，横幅缓缓展开，人的精神面便跟着逐步提升，四个多钟头下来，人的心灵也就被两岸的山光水色洗涤得干干净净。香港电视台的摄影师在船上擎着摄影机随便晃两下，照出来的风景，一幅幅"画中有诗"。漓江风光，无论从哪个角度来拍，都是美的。

晚上我们下榻市中心的榕湖宾馆，这个榕湖也是有来历的，宋朝时候已经有了。北岸榕树楼前有千年古榕一棵，树围数人合抱，至今华盖亭亭，生机益然，榕湖因此树得名。黄庭坚谪宜州过桂林曾系舟古榕树下，后人便建榕溪阁纪念他。南宋诗人刘克庄曾撰《榕溪合诗》述及此事：

> 榕声竹影一溪风，迁客曾来系短篷。
> 我与竹君俱晚出，两榕犹及识涪翁。

榕湖的文采风流还不止此。光绪年间，做过几日"台湾大总统"的唐景崧便隐居榕湖，他本来就是广西桂林人，回到故乡兴办学堂。康有为到桂林讲学，唐景崧在榕湖看棋亭上招待康有为观赏桂剧名旦一枝花演出的《美蓉诔》。康有为即席赋诗："万玉哀鸣闻宝瑟，一枝浓艳识花卿。"传诵一时。想不到"百日维新"的正人君子也会作艳诗。

榕湖遍栽青菱荷花，夏季满湖清香。小时候我在榕湖看过一种水禽，鸡嘴鸭脚，叫水鸡，荷花丛中，突然会冲出一群这种黑压压的水鸟来，翩翩飞去，比野鸭子灵巧得多。

榕湖宾馆建于六十年代，是当时桂林最高档的宾馆，现在前面又盖了一座新楼。榕湖宾馆是我指定要住的，住进去有回家的感觉，因为这座宾馆就建在我们西湖庄故居的花园里。抗战时我们在桂林有两处居所，一处在风洞山下，另一处就在榕湖，那时候也叫西湖庄。因为榕湖附近没有天然防空洞，日机常来轰炸，我们住在风洞山的时候居多。但偶尔母亲也会带我们到西湖庄来，每次大家都欢天喜地的，因为西湖庄的花园大，种满了果树花树，橘柑桃李，还有多株累累的金橘，我们小孩子一进花园便七手八脚到处去采摘果子。橘柑吃多了，手掌会发黄，大人都这么说。一九四四年，湘桂大撤退，整座桂林城烧成了一片劫灰，我们西湖庄这个家，也同时毁于一炬。战后我们在西湖庄旧址重建了一幢房子，这所房子现在还在，就在榕湖宾馆的旁边。

那天晚上，睡在榕湖宾馆里，半醒半睡间，朦朦胧胧我好像又看到了西湖庄花园里，那一丛丛绿油油的橘子树，一只只金球垂挂在树枝上，迎风招摇，还有那几棵老玉兰，吐出成百上千夜来香的花朵，遍地的栀子花，遍地的映山红，满园馥郁浓香引来成群结队的蜜蜂蝴蝶翩跹起舞——那是另一个世纪、另一个世界里的一番承平景象，那是一幅永远印在我儿时记忆中的欢乐童画。

桂林走笔

敏　歧

欣赏·咀嚼

清晨推窗，见不远的石山上，有座小亭，提醒我，已来到了风景区，告诉我，那是一处风景。

那亭，霞光中明亮，雨雾时消隐。明亮时，我在欣赏风景，消隐时，我在咀嚼人生。

作者简介

敏歧（1935—），原名许艾昌，笔名敏歧、雪平、吴干等。四川富顺县人。中国作家协会会员。1959年毕业于四川大学中文系，分配到中国作家协会《诗刊》编辑部任编辑，1964年《诗刊》停刊，到《人民文学》任编辑，1973年到广西大学中文系任教，1991年到广西师范大学中文系任教。曾任中国散文诗学会副主席、中国散文诗学会广西分会主席、中国当代文学研究会广西分会会长。著有散文集《霜叶集》，诗集《风雨集》，散文诗集《绿窗集》《荒原的苦恋》等。

作品信息

原载《散文百家》2002年第2期。入选《2002年中国年度最佳散文诗》（漓江出版社2003年版）。

调　整

来到了风景区，不仅是人，就连象鼻山下这几只鱼鹰，其职业，其技能，都必须做某种调整。

首先，在浪花中抓鱼的真格本领，就须忘得干干净净，要做的事，是站在竹竿，让游客担在肩上，在快门掀动的一瞬间，扇着翅膀，保持一秒钟的平衡。

康有为讲学处

有的人攀上明月峰，走进那个叫"拿云"的小亭，伸着手去拿云。

有的人伫立风洞洞口，侧着耳，听那凛凛的风。

为了图个吉利，更多人挨着个儿，去摸大肚罗汉的肚皮。

只有你，一脸的尴尬，一脸的苦涩，孤零零地坐在那里："这个学，该怎么讲？又讲给谁听？"

满地沙沙的落叶，一下向你偷眼着，一下又飒然去远，和风咬着耳朵，窃窃私语。

兴坪灯火

晃晃悠悠的一点灯火，捧在我的手中。

群峰，江流，林盘，村落，重得像铅块般的夜，悄悄地，都在向我聚拢。

屏着息，听自己的心跳，听远方的风。

江畔人家的傍晚

霞光熄灭之后，越来越浓的野草气息里，夜色在一点一点地加添。

人们归去，把爬着豆花的篱门，随手虚掩。

无意间，把溅溅的江声，关在了门外，而园里却关下了，簇簇峰峦。

鱼　烛

一粒光，闪动在黝黑而狭窄的船底。

一粒，若血的一粒，如豆的一粒，难道仅仅因为摇曳不定，你，也叫作"鱼"？

缩在船帮上的鱼鹰，若一团团影子，凝然不动，而曳一串星光，你真的要向黑玻璃般的江，鱼一般地游走么？

江水，还有些凉呢。

风在挑逗，一下像涌动的浪，一下如凝固的记忆。

绝妙的风景

峰影在船头缓缓转动。随着船的转动，人们的眼睛，总是望着前面，总在水影天光间，焦切地找寻，结果是太多的失望，太少的欢欣。

疲惫之躯，倚着船栏，偶然回首，这才惊喜地发现，原来的平淡处——还是那片天空，还是那弯江流，还是那丛峰峦——角度一换，竟然是绝妙的风景。

尧山春色

山上，那若火一般燃烧着的"云"，越来越浅，越来越淡。

——踏春归去，人们的车窗里，车把上，闪着簇簇杜鹃。

尧山的春色，毕竟是脆弱的，一如尧山脚下躺着的朱明王朝，几根拔尖一掐，就已大半凋残。

王气——荒冢

依然能够想象，分封时，那王者的威仪，那王族的尊荣。

漓江边这座石头小城，于是也有了王气——隐隐然有若剑气——夜夜徘徊在，星晕夜暗的天空。

眨着渔火的江声，也陡地变得沉重。

结局里，那石头的城圈，成了文物。

而王族的尊荣，王者的威仪，只是在风声飒飒的尧山间，添一串荒冢。

阴　影

时序又值秋深，怦然萌动的诗心，禁不住又开始了一次，自己也无法说清的找寻。

骑着自行车，尽量避去景区，尽量甩开景点，让疲惫不堪的心绪，在漫天飘飞的黄叶中，带几许随意，几许野趣，几许闲情。

一片荒芜的山坡。一条干涸的水渠。一个待修剪的果园。一圈颓败的篱笆。忽地，闪出一只木牌："靖江王墓群"！

是真实的悲哀，而非一时的扫兴。

荒冢——一个王朝倒下后留下的废墟——不管着意还是无意，多少代人，也无法走出它的阴影。

奇　迹

西山半山的石窟中，有一尊唐代的佛像，一天深夜，被人用斧錾，把头偷偷凿去。

不久，人们又在原有的脖颈上装了一颗，用高标号的水泥。

这样一来，就产生了一个奇迹：身在盛唐，但大脑中，全是"现代人"的思绪。

摘　星

——摘星亭在七星公园，位于248米的天玑峰顶。

置身小亭，人就成了一帧剪影，贴在天上，而星星，有的如一粒粒闪光的石子，有的若一盏盏橙黄的小灯，晃晃悠悠，就游动在手边。

真想摘取一盏，但终于未敢，尽管人生的案头，属于我的那一盏，很小很小，很暗很暗。

"正　果"

每次来信，都说羡慕我。你说"头枕漓江，身倚普陀，清清净净，洒洒脱脱，蹲在你的绿窗之屋，就能修成个正果。"

我说，"正果"已与我无缘——这并非个人过错——最多，我能修成的，是一个半假半真，半清半浊，既有人的复杂，又没全然泯灭人的尊严的"自我"。

| 文学史评论 |

在艺术形式上，敏歧的散文诗吸收了中国古诗词凝练、浓缩的特点，因而富有中国式的色彩。他喜欢单纯与丰富的统一，喜欢明朗和深沉的美，追求的是纯化的意境。作品中不易察觉的音韵、节奏乐感，依然适合朗诵，这是很多写散文诗的人很难做到的。在艺术结构上，许多作品看似一种情节性的，侧重于物象的描绘，容纳的东西也有限，但实际上属于情绪上的，侧重于心象，容纳了很多东西。……他的散文，艺术上从情绪到语言，有诗的影子。可以说，他的诗、散文诗、散文，都有某种共同的东西，那就是激情与诗意。

——李建平等：《广西文学50年》，漓江出版社，2005，第243—244页一个作家在世纪之交，通过自己的生活感受，经历了这样丰富的内心体验，跋涉了这样漫长的文学道路，这是时代的赐予，也是时代的显现。以文学现象而论，它从现实主义走向现代主义；以心理现象而论，它从具象思维走向内心体验；以社会现象而论，它由一元统治走向多元共生。当代文学有自己的思潮线索，但敏歧空所依傍，踽踽独行，他以自己的生活感悟和内心体验，表现了一个时代文学的深刻变化。这是一个特例，但较之那些随时尚浮沉的文字，也许更具文学史的观照意义。

——鲁原:《精神苦旅——读敏歧的＜经历荒原＞》，《南方文坛》2014年第4期

广西是南方少数民族聚居的地区，敏歧长期工作在那里，少数民族的热情、憨厚、纯朴，特别是他们丰富的民歌，也给了敏歧式的散文诗以不小的影响。这使他的散文诗有一个别人没有的、明显的特点，就是能够上口。有一种平易的不被察觉的音韵，隐藏在整篇之中。能上口就便于朗诵，也便于流传，就使散文诗更富于生命力。要做到这一点，并不容易。

——柯蓝:《敏歧式的散文诗——序敏歧散文诗集＜荒原的苦恋＞》，载《荒原的苦恋》，1990，广西人民出版社

敏歧散文诗中的精神是博大而真实的。敏歧不像一些年轻诗人那样轻飘飘地、抽象地、不着边际地妄谈精神，精神在这些人那里已成为某种形而上的虚无和逃避，这样的精神只是一种空像或者已被它本身的无所依托消解一空，最后只剩下一具符号学意义上的词汇躯壳。敏歧的诗歌精神则不同。一方面，它是具体的，是归结于现实生活然后从现实生活中升华出来的；另一方面，它具有历史的深度和时代的高度，是和时代和历史紧密相连的；再就是，它是建立在审美艺术形象的基础上的，并非是纯词汇的推导和演绎。

——陈金平:《敏歧散文诗的诗歌精神》，《广西大学学报》1997年第2期

　　一个成熟的作家对意象的选择绝不是偶然的，因为意象里往往凝聚着作家对生活的独特观察、感受与认识，也凝聚着作家独特的思想、感情与想象力。许敏歧散文诗中以"荒原"为核心的意象群的形成显然与他的生活经历、游历经验以及人生体验与感悟是密切相关的。可以说，许敏歧之所以选择了"荒原"这一意象，是因为"荒原"是他在创作中邂逅的与他本人的人生经验相契合的对应物，是最适合表达他对人生的感悟与思考的重要载体之一。

　　——刘铁群：《荒原的苦恋与沉思——论许敏歧的散文诗》，《贺州学院学报》

　　2011年第4期

耶鲁独秀

张燕玲

2002年4月的一个清晨，在康州千顷万顷的阳光中，我们穿行于不知是纽黑文市还是耶鲁大学的街道上。在美国，大学不像我们用高楼高墙包围着，它是开放式的，大学就是城市，城市常常也是大学。就如眼前纽黑文与耶鲁这样难以区分，它们互为拥有，比如街道，比如耶鲁培养出来的五任美国总统，比如13位诺贝尔奖获得者等。而对于中国人，再比如这里录取了中国近代史上的第一个留学生容闳，之后的詹天佑、梁诚等等中国的栋梁之材。

走在整齐划一的街区，渐渐地便感受到一种历史庄严、开放自由和博大生机。耶鲁大学东亚图书馆副馆长龚文凯博士，指点着眼前的哥特建筑丛："那是交谊大

作品信息

原载《羊城晚报》2002年9月25日。《散文（海外版）》2002年第6期、《散文选刊》2003年第2期分别转载。收入散文集《广西当代作家丛书·张燕玲卷》（漓江出版社2002年版）、《此岸，彼岸》（河南文艺出版社2004年版），入选《21世纪年度散文选·2002散文》（人民文学出版社2003年版）、《2002年中国精短美文100篇》（长江文艺出版社2003年版）、《名家推荐2002最具阅读价值散文随笔》（上海社会科学院出版社2003年版）、《新世纪散文精品·大地的眼睛》（百花文艺出版社2003年版）、《女性生命潮汐：20世纪90年代女性散文选读》（河南大学出版社2005年版）、《背景：独秀女作家作品集》（广西师范大学出版社2012年版）等。

厅，教学大楼，那是法学院——克林顿与希拉里就是在这里第一次相识和相恋的，东亚图书馆——你们马上开始的中国作家赠书活动就在这里进行。"建筑的意义就是这样，过去和现在都可以活在其中，似乎每一座建筑都有一个"前世"的故事，而这种历史的性灵，在我眼里正代表了耶鲁的魅力。说话间，我们走近一个雕塑，陪同我们的冰凌先生兴奋地告诉我们：那是耶鲁女生纪念碑，又因形同桌子又叫女生桌，是林徽因的侄女林樱设计的。我仿佛被击中一般：世界名校，林樱，华人女生，林徽因的侄女。这一串美丽的意象犹如"前世"的故事，令我着迷。

我喜爱林徽因。新文化女性中，在我心目里林徽因是第一人，这不仅在于她没有那时文人的颓靡、滥情和做作，也不仅在于她纯正的诗文以及建筑奇才和创造天赋，更在于她在民族危难之时为中国建筑史做着实实在在的杰出的贡献，更在于她为人的优美与激情、刚烈与克制、明朗与大。如今，满城争说的林徽因是个风流的伤情女子，这讹之又讹的恶俗传说，不仅肉麻，更是对林徽因的一种误读乃至侮辱。幸而，林徽因没有面临这场快餐文化的灾难；当然，她也没有看到她们家族为人类贡献的另一位才女林樱是耶鲁的独秀。

的确，林樱在西方的现代建筑史上，为耶鲁挣足了面子，也为中国人（尤其中华女性）赢得了荣誉，犹如贝聿铭，犹如她的长辈梁思成与林徽因，1940—1947年的梁思成还是耶鲁大学的聘问教授呢。只是中国的建筑大师梁思成与林徽因没有料到，他们的侄女创造的是融汇东西方文化的神来之笔。

女生碑坐落在耶鲁东亚图书馆门前，一大片椭圆的黑色花岗的剖面，椭圆的中央是一个圆孔，水从螺旋上升的圆孔中不断涌现，均匀地一波一波地向整个桌面漫去，无声无息无休无止，亦水亦岸的剖面上，以波纹的走线，排列着耶鲁自1873年以后女生的名字和数字。它无声地告诉人们，在耶鲁300余年的历史中，有近三分之二的时间没有女生，而最早有幸进入耶鲁的是两名艺术系的女生。这横如眼波的薄水就这样清清浅浅顺顺柔柔地润化着女生入校时的数字和年代，一如女性的平和蕴藉。尽管太阳强烈，我静静地坐在女生桌子下那半圆的大理石凳上，不仅与所有到过此处的家有女儿的人们一样，留个影，以祝福家中的女儿也能考上如意学校；

我还要听听这水声、看看她潋滟泽光、感觉她的味道。这时，清风忽来水面，那水仍然不黏不滞，干净、透明，清澈、无尘。我知道自己需要这片水，可以为镜鉴出自己内心之浑浊，以有所清澈有所归依。便想起苏东坡"好风如水"之说，如果他看到这女孩般无纤无尘的波光，他会不会说"好风如风"呢？

这的确是一片好水，只是西方人是否知道女人是水做的这一东方文明？是否知道中国河姆渡文化和大汶口文化中水盆、水瓶生命之树（花）的崇拜。是否知道中国关于生命源于水、生命之树通天地而源于水的原始哲学观念？还有那象征生命之源的阴性符号：椭圆、棱形、凹形等，还有女生碑剖面上蕴藉的圆孔。这圆孔不仅是整个剖面汩汩流水之源，它更是女生碑的灵魂所在、生命所在。在中国原始人的观念中，圆穿、圆圈、圆点，同人的眼睛一样，是自然万物的眼睛和生命之所在，这犹如玉圭凿穿与汉代圭碑凿穿，其意义并非常人所说是为了便于佩系和葬礼穿绳往下系碑时出于实用，而是出于玉圭、圭碑凿穿成灵，成为通天通神、生命永生象征的通灵圭目。其实，这是人类的美学观念，它在现代雕刻抽象艺术流派中早已作为艺术规律而在普遍起着画龙点睛的作用。我想，林璎的丰富、深刻和柔韧大约也在如此了。

还令我着迷的是整个雕塑的材料——黑色花岗岩，凝重、深沉、高贵也纯正。而赋予黑色生命的是阴性符号的椭圆与鲜活无际的流水，这轻灵的律动是女性的舞蹈，她展示了一种女性的平和柔韧、超脱束缚、飘逸流动的美感。林璎完美地融汇了梁思成的厚重坚实、林徽因轻盈灵动的东方艺术风姿，再以寥寥的几何线条便把西方现代技巧化为神奇，我仿佛触摸到林璎如同林徽因那时时涌动的难以遏制的强烈的艺术灵感与创造力了。因此，这神来之笔只能属于林璎，无人替代，独一无二。于是，天才的林徽因便拥有了富于国际声誉的同样天才的侄女林璎。除却天资之外，什么是家学？我想这便是了。

女生碑就这样立在耶鲁东亚图书馆门前，与中华文化、东亚文化，更与世界文化的书香为伴，日复一日，永远不断；林璎富于人文精神的女性关怀也成为一个永远的绝响，与东方女性的魅力合一，日新月异，永远焕发，独秀于耶鲁。

令林璎成为耶鲁独秀的，还不是女生碑；设计女生碑时，她已经名满世界，因为她还在耶鲁念大二时，小小年纪的林璎居然设计了越战墙。那是一个国家纪念碑。林璎居然在1421件角逐作品中荣获第一。21岁的华裔女生，美国的纪念碑，这不能说不是对美国人情感的一种挑战。这是真正的天才了。而中选与选择之间，其文化含量也一样伟大，其中就有一条是我们中国人不习惯但人类必须遵循的公平竞争的规则，以及这规则后面的文明、活力甚至趣味。在这些规则面前，林璎是幸运的。

越战墙林璎用的还是黑色花岗岩，岩石深埋大地，并竖排成直角的两面墙体，墙面光鉴照人，上面刻着56132名越战阵亡将士的姓名，据说要三天才能从头到尾看完所有的名字。一本阵亡将士名录安放在起点的石桌上，他们的亲友，可以据此索引找到他，给他放上一朵鲜红的康乃馨或玫瑰或美国国旗。当我站在这样一朵红玫瑰前，望着墙体上映照的自己以及行走的生者，在感受着林璎虽死犹生、生死无界的创造理念的同时，我深切理解到受难者的死亡记录对于人类的意义，假如忽略人类历史悲剧的受难者，我们就是在轻践人类和生命本身，假如忘记了战争的罪恶，就难以抵达真正的现代文明，这是人类诗意的信仰。

"那是一个老兵。"朋友轻轻对我说，我顺眼望去，只见一个理着齐刷刷平头的花白后脑勺，定在黑色的墙体前，一动也不动。这个斑白点点的老者与一个穿梭于亚热带丛林中全副武装的战士是同一个人吗？那时的潮湿、闷热，毒蛇、虫蝎，暗桩、陷阱一、恐惧、伤亡。时间无情，它竟让你找不到当年，了无旧痕。但他就那样一动不动地站在那里，你能感到他的苦痛，他如墙如山的沉默。是的，战争是统治者挑起的，而最后承受战争苦果和灾难的却是人民，他们无法掌握自己的命运。今天的他们只能无言以对，只能选择泪水和静默，这便是全世界老兵的今天。老兵用手轻轻抚摸着墙面上的一个名字，当年的同伴已不能相济相助了，唯有沉默。我似乎看见了老兵的泪光，似乎看见他沉默的外表里翻卷的几十年的岁月：血汗、人性和情感，英勇、艰辛和沉重，不堪回首，还有永不消失的死亡的恐惧和难以愈合的创伤。老兵还在枯站着，伴着夕阳，与那座同样沉默的黑色的碑墙连成一体，他就是一面越战墙。我不得不钦佩林璎的深度，钦佩她年仅21岁居然弄出如此深刻、博大的文化意象，一个中华女孩就这样接通了生者与死者的阴阳之界，犹如所有往来的游客都来往于墙体一样，黑色花岗岩映照了所有生者与死者的现在进行时，"前世"和"现世"相会于此。

其实，林璎这简洁的两面墙体相错成直角的半个四方连续图案，正是天地相合，阴阳相合，生命永生、灵魂不死的阴阳哲学观念的典型符号图像。如果说耶鲁女生碑体现了林璎"水"的理念，那么入土而立天的越战墙便是"天、地"的概念。于是，天、地、水三界生命起源的东方文化观，在林璎的现代创造中便得以完美显现了。而美国国家纪念碑评审委员会是这样表述他们对林璎越战墙的选择的："它融入大地，而不刺穿天空的精神，令我们感动！"东西方文化在这里殊途同归。

意象万千的女生碑与越战墙就这样成就了永远的林璎。

离开美国正好一个月，这个月里我常常沉迷于对林璎的遐想中，心里真的是愉悦万种，为中华优秀的女性，为林徽因，更为林璎。心里常常涌出林徽因的诗句"直到灵魂舒展成条银河，长长流在天上一千首歌"，此时，握笔的我正以灵魂唱着这无数的歌。

❙ 作品点评 ❙

她的散文《耶鲁独秀》既是关于生命起源的追问，也是自身心态情感的外射与凝聚。在字里行间透着作家对"女性是什么"的拷问，对灵魂的追根究底，对生命之链、时间和空间的遐想。无法摆脱的人类生存的大惑、力图通过历史、文化、民俗等对人类的生存作出哲学的思考。

——黄晓娟:《心灵的风景线——论当代广西女性散文创作》,《广西大学学报》2004年第3期

后主情怀

廖德全

南唐后主李煜，后人多指为亡国之君，泼在他身上的脏水不少。泱泱大中华，上下五千年，江山易主，改朝换代，多了，居"后主"之位而亡国者也绝非李煜其人。玩物丧志，荒淫而大失其度，把江山社稷给丢了，实属可悲可叹，后人说他几句也在情理之中。有哪个帝王没给挖出来大说一通的？但李后主留给后世的，不仅仅是因失国而招致的责骂与声讨，也还有他"问君能有几多愁，恰似一江春水向东流"的不朽词章和绵绵情怀。

李煜的江山，是不可能不丢的。他子承父业，虽也有兄有弟，但均因种种原因不得其所终，是命运选择了他，历史选择了他，基本上算是自然接班。非经打拼而

作者简介

廖德全（1954—），笔名紫苔，广西合浦人，1982年毕业于贵州大学哲学系，中国作家协会会员，北海市人大常委会机关公职人员，已退休。长期坚持业余创作，笔耕不辍，作品散见于《随笔》《美文》《中华散文》《杂文报》等报刊，出版有《广西当代作家丛书·廖德全卷》《大美涠洲》《万里瞻天》等。作品入选《2002中国年度最佳随笔》《2007中国年度随笔》等多种选本。

作品信息

原载《中华散文》2002年第10期。收入《广西当代作家丛书·廖德全卷》（漓江出版社2004年版）、《万里瞻天》（西北大学出版社2017年版），入选《风生水起：广西环北部湾作家群作品选》（作家出版社2005年版）、《江山代有才人出：读史随笔之文人名士篇》（崇文书局2007年版）。

得天下，一般是不太怎么会去励精图治的。后主是国君，但也是人，也是活生生的人啊！由人的惰性决定，大都会贪图享受。守着鱼库不享用而打更守夜去垂钓的猫儿，大概有但也不会太多。不是说绝对的权力必然要导致绝对的腐败么！更何况，作为帝王之尊贵，人中之真龙，天下之主宰，消耗点自家的宝物，享受点自家的美色，也就是在自家的菜园里摘棵白菜，何过有之，何罪有之？天下者，本朕之天下，有谁见过中国帝王因贪污受贿、生活腐化而被属下治罪的？没有，一个也没有。美国国会可以弹劾美利坚合众国的总统，却奈何不得中国的古代皇帝。不是那个一般的"刑不上大夫"问题，而是其作为一国之君，就是法，就是国家，就是举国上下一切的独裁者、拥有者，他有权分封诸侯、分封领地，也有权享受所有的一切，一切的一切。所以，其任何奢侈腐化都不会轻易受到指责批评，在执政期间，其所作所为，包括红杏出墙、宠幸民女，父子间的乱伦，都具有天然的合理性。

在中主李璟之后，选择李煜来做"主"，实在是历史的一大悲哀。与其说是由于李煜的腐败而导致江山易主，不如说是体制上腐败的必然结果。一个国家，一个地方，一个单位，如果没有使优秀人才能够脱颖而出的健康机制，不能把最优秀的人才选拔出来，重要的领导职位如果不是由最优秀的人才来担任，是不会有生机与活力的，自然也难以长治而久安。如果权力不能受到必要的制约，作为社会主体的人民群众没有选举权、监督权、弹劾权、罢免权，而是任由独裁宰割，必然要走向腐败，走向没落。在世间一切事物中，人是第一个可宝贵的。在人治社会，选择谁来做"主"，就成了兴衰成败的关键。

看李煜作那词，与他老爸如出一辙，也都做得情真意切，哀哀婉婉，是很得李中主真传的。中主写道："菡萏香销翠叶残，西风愁起绿波间。还与韶光共憔悴，不堪看。细雨梦回鸡塞远，小楼吹彻玉笙寒。多少泪珠无限恨，倚阑干。"（《摊破浣溪沙》）后主在他的词作中，也常常出现那座"小楼"，那个"阑干"，也都是那多愁善感的情怀。填词赋曲、后宫吟唱是一把好手，让他当国君治理国家，恐怕只能是真正的"历史的误会"了。儿女情长，缠缠绵绵，没有政治家的谋略胸怀，没有铁的手腕，铁石心肠，哪个家国天下如何玩得转？！

当年曹操在接班人的问题上，用曹丕而不用曹植，真正的出于何种原因，可以众说纷纭，莫衷一是，但我觉得还是与曹植的霸气、刚性不足有关。丕年长于植，当然有排名之优势（当然不是姓氏笔画的优势），按顺延自然接班是非他莫属。但事情不会这么简单，他父子三人在文学上都有建树，也都是够资格的文人才子，而相比较，曹操更为雄才大略，更为阴险老辣，得以奸雄称道于世不会是枉担虚名的；曹植则更富于才情，诗才敏捷，但玩政治并不老到，阴谋阳谋都不怎么样，总是心太软，受人欺辱也只能躲在一边生闷气，以致把个要到手的太子位也给弄丢了，到后来也是闷郁而亡；而曹丕，恰好就处于他们二人之间，玩政治不如其父之狠辣，玩文学不敌其弟之迅捷，但却略有所兼，这就得显其长了，以他勒逼胞弟七步成诗论，是颇得其父奸雄神脉的。所以，我揣度，怕也与曹操认为曹植过"文"有关。虽然早年甚得曹操宠爱，却始终没有把他封立为太子。曹操作为历史上数得上的政治家、军事家、文学家，其选人用人当有自己的标准，绝不可能是说你行你就行不行也行的那一套，不仅看你文才口才，笔试口试是否合格得分，更要看武略胆识，政治腕力能否把持得住大局，是否能按他的既定方针办，把他历尽千辛万苦开创的事业进行下去。按此标准，曹丕虽不一定是最佳人选或者唯一人选，却也是一个合适人选。这样，才有可能使曹丕得以优于曹植而"脱颖而出"，圆了曹氏家族的帝王之梦，也才延续了曹魏之家业。

南唐小朝廷在李煜的手中败落了，李煜成了千古罪人。但如果摈弃成王败寇的传统理念，结果又会怎样？或者，他早个一年半载"退休"让位，或者退居二线三线不当"一把手"，或者他那鸟位被某个嫡亲或者部下夺了去，南唐小朝廷会不会也同样的落叶飘零，也同样的"亡国"？我想会的，只不过是个时间问题，迟一天、早一天罢了。腐败的是南唐小朝廷，是当朝的政治体制和昏庸无能的官僚机构，而绝非李煜之一人耳。李煜的父亲李璟，也是靠自然接班而当上国君的，所幸是他没有把江山弄丢。但实际上，他也是极为平庸的无能之辈，在他手上，南唐江山已被割去十四州六十县土地，是靠依附强权、当"儿皇帝"才得以苟延。

李煜在位十九年，其德才勤绩、治国腕力，国人应该一清二楚，大小官僚们更应该一清二楚，但都干什么去了？说话了吗？批评了吗？参政议政了吗？监督了吗？想到罢免另选了吗？能吗？！

倒也真的有过。先有两臣据理力谏，也就是大胆提意见、提建议的意思，连提案、上书言事的水平都还够不上，却被处以一徒一流，下场甚为悲切。这样一来，谁还敢说三道四。也有一位冒死以谏的，说李煜的作为恐怕还不如梁武之饿死台城，不得善终呢。李煜听了，有所震动，想想也真是那么回事，事佛而冷政之为有所收敛，但也只是稍稍有点淡化，稍稍地有点律己而已，其向佛之心已铁，本性就那样，意见提来提去也只是水淋鸭背，风吹过耳，起不到多大的作用了。李煜还是我行我素，还在继续爱着他的爱，梦着他的梦。偌大一个南唐，就找不出任何规劝、约束、改变李煜行为的有效力量来。既然如此，就只有顺着他的性子，任之由之了。

李煜也有他的爱情。但是，真正的爱情对于一个处于极权地位、统治天下的帝王来说，不仅多余，也危害无穷。爱情，永远只属于两个互相独立平等、互相倾慕的忠诚个体。他处于"想什么得什么"的强权地位，爱的只是美色，贪的只是肉欲，就像饿了要吃饭、渴了想喝水一样，而不会是真正的男女间的纯洁爱情。女人不是祸水，但位高权重者贪色宠妃势必乱政。李煜是太迷恋他那对大小周后姊妹花了呀！

李煜也有他的人性。他之上台，既没有贿选，也没有跑谁的门子，用重金铺路，更没有动用黑社会暗杀明抢，而是谦让了一番，且不是虚情假意，而是真诚的。他待人热情，仁惠尽礼。父亲病逝，他哀伤几绝；母亲生病，他衣不解带，朝夕侍奉于侧；对几个兄弟，他个个封王，反正那时也没有"任人唯亲"这一说，是给足了实权的。这也很够意思了。

李煜没有一统天下的大智大勇，不是"卧榻之侧，岂容他人鼾睡"宋太祖式的有为明君，他只是想做一个"太平王"，快乐着他的快乐。他奉行的是"人不犯我、我不犯人"的基本国策，却没有勇气"人若犯我、我必犯人"。虽有大好机会，也是温良恭俭让，没有举兵夺城掠地，扩充疆土，壮大势力。太平也是不错的呀！如果大宋的兵马不杀将过来，不就是天下太平、永远太平了吗？但，大宋的兵马又怎么可能不过来？在弱肉强食、群雄争霸的历史时期，成王败寇，你死我活，你想太平就能太平了吗？作为一国之君，不以国事为己任，而贪图一己之乐，安事一己之天伦，这就是失职、罪过！好人还不一定是好国主，有才还不一定能治国平天下啊！后主，你知否？

更让人想不通的是，一旦国破家亡，一些南唐臣子又表现出异常的忠勇，有奋勇战死的，有自缢身亡的，也有举族朝服坐以待毙的，宁死不屈，义薄云天。比起肉袒出降的李煜，自是多了一腔忠肝义胆，倒也豪气了得。贫穷出孝子，世乱见忠臣，精神委实可嘉。但为什么要等到这一天才得见真情？平日里都干什么去了？干事了吗？尽责了吗？光会高呼"万岁！万岁！万万岁！"就是大忠臣，就是好干部？莫不是顺着竿儿溜，当马屁精去了吧？莫不是"该出手时就出手"，也趁机捞他一把，跟着风流主儿快活潇洒去了吧？事到如今，才想起要以死报国，一身不事二主，壮则壮矣，却也有无法抹掉的深重悲哀。"国家兴亡，匹夫有责"，该不是说着玩儿的。所以，把千古罪责归咎于一人，既不是历史唯物主义的科学态度，也不是对大才子李煜的公正评价。

当然，处于治下的平民百姓，可以有自己的良好愿望，希望有个好的君主，有个好的世道，安安生生过日子，痛痛快快干事业；历代的历史学家、文学家们，也可以有自己的独到见解，按自己的想法去评说或者戏说历史。但山终归还是那座山，梁终归还是那道梁，历史是不会以人的主观意志为转移的。李煜的处世为人，他的才情气质，他的政治权术，就那德性，就那水平，你还要怎么着？

勾践也是亡国之君，但他卧薪尝胆，终于成就了复国大业。他"三千役卒可吞吴"，功莫大焉，当然是了不起的大英雄，被人颂之为千古越王也不为过。但冷静反观，他装疯卖傻，自作人臣，妻为人妾，就连吴王如厕他也要亲自检查，实非一般的韬光养晦所能尽言。在人格上的猥琐不堪，如猪狗一般，既可怕也十分可悲，他的得分应该大大地打些折扣。我觉得，他虽有雄才大略，也有一番苦尽甜来、大耻大辱而后大富大贵，但说不上就是一个堂正君子，而更像是骨子里浸透了深仇大恨而卷土再起的复国主义者，是可怕的政治阴谋家。

大丈夫顶天立地，堂堂然，凛凛然，富贵不淫，威武不屈，既然失败被俘，落于敌手就杀吧，剐吧！无非一死，夫复何求！像楚霸王项羽，兵败乌江，丝毫也没有奴颜婢膝，更不会屈膝求饶。他临绝境而不乱，先把随他征战多年的坐骑送人，然后迈开虎步，跃入敌阵，成排成排地砍杀开去。临了，还慷慨悲歌："力拔山兮气盖世，时不利兮骓不逝！骓不逝兮可奈何，虞兮虞兮奈若何？"不慌不忙地把那颗好好地扛在肩上的头颅切下送人去领赏，卖了个天大的人情。勇哉，项羽！壮哉，霸王！难怪多少年后，那位倾倒无数须眉英雄俊才的宋代大才女李清照，还要为之击板吟唱，颂扬不已。有此大牌红颜知己，楚霸王受之无愧，虽死犹荣。

作为"词中一帝"的李后主，集国君和词家于一身，应该是通晓古今，知多识广，大概不会不知道霸王别姬之壮烈，勾践卧薪尝胆之意远。是他不想学，不愿学，学不了。他只是南唐小朝廷的后主，不是西楚霸王，也不是越王。他只按自己的方式去活着，去奢侈着，享受着，浮华着，灿烂着，苦闷着，悲惨着。在他幸存于《全唐诗》中的几十首词中，没见到他在职在位时心高气傲、壮怀激烈的倾吐，也没有忧国忧民、把窗外萧萧竹籁也作民间疾苦的内心独白。有的，只是他落难以后，对那一段时光的回忆与咀嚼。奇了？不奇。就李煜那德性，他在职在位时，定会有所吟唱，一定会有与"文友"和后宫佳丽们的来往唱和，也一定会有情到浓时的文思汹涌，不得不发。不是轻易地散失了，不见了，没有了，而一定是遭到了人为的切削，不予载传。而他落难之后的怀古念旧，他的"靡靡之音"，更代表了李煜的性格特征。李煜的悲剧是人性的悲剧，命运的悲剧，是那种深深地刺扎于敏感的心灵而又无可救助的悲剧。如此才会有李煜大悲大苦的悲剧人生。而恰是这些，才得以"幸存"。得以载道传世的，不是李煜在职在位时的"政绩"，而是他苦难中的悲切吟哦，这是当初无论如何也是料想不及的。这也是李煜的不幸之幸吧。

历史上的帝王，大都"略输文采""稍逊风骚"，但能凑合着来个诗词歌赋什么的，也大有人在。有"专著"刊留于世，在文学史上可以称"家"、有一席之地的姑且不说，就连出身低微、"不修文学"、往儒生帽子大放其屎的刘邦，兴趣来了也能高歌一曲"大风起兮云飞扬"。身为帝王，高高在上，在日理万机之余，也客串一下文学作品，卖弄一下才华学识，并不为过，有所发泄，有所寄意，人之常情嘛。李煜就不同了，国君写诗作词没有什么，要命的是一个亡国之君，既没勇气引颈成一块，提着头颅见先辈于地下，也没有韬光养晦，卧薪尝胆，从长计议，图复国之大业，还在那里儿女情长，叹唱吟哦，还在做着亡国之词章，太过沉湎于个人的喜怒情怀了呀！

身为国君，荒淫无度，也太不负责任了！你的"第一责任人"的责任心呢？你的历史使命感呢？你的才华和爱民之仁呢？总不能毕其功于一役，都集中在对后宫佳丽的宠爱上吧！李后主无须"政绩"，他的特权与生俱来，是当时的政治体制所必然赋予。但有一条是相同的：荒淫无度，必然灭亡！如此说来，"垂泪对宫娥"的悲剧，就是社会的悲剧，时代的悲剧。悲剧既然要发生，有如"无可奈何花落去"，是不可避免的。历史的覆辙，惨烈如血，却总还会有一些人去重踏它。

有好事者做过统计，中国的皇帝平均寿命不足三十岁，李煜死于四十一岁，已远在平均年龄之上，也算比上不足比下有余，可以有个心理上的平衡了。在他的有限生命中，在权力的巅峰把玩了十六年，也是很不错的了。我们现时的政策，允许连选连任，两届也就十年。美国总统也大抵如此。李煜在位时间不短，没留下什么像样的政绩，笑骂由之。倒是他的词，是不应忘记的。看他笔下："林花谢了春红，太匆匆！""自是人生长恨水长东"（《乌夜啼》），"小楼昨夜又东风，故国不堪回首月明中"，"问君能有几多愁，恰似一江春水向东流"（《虞美人》），"四十年来家国，三千里地山河"，"最是仓皇辞庙日，教坊犹奏别离歌，垂泪对宫娥"（《破阵子》）那满腔的悲怆与惶惑，剪不断、理还乱的无奈与悲愁，相去千年，世事沧桑，仍给人深深的震撼。这词，没有旷世才情，没有人生之大悲苦，无论如何也做不出来；这词，只配李煜去做，也只有李煜才做得出来，李煜做出来才有味道。

也真难为了这位旷世的风流大才子。

人世间，只一个李煜，也不止一个李煜。命运，错待和枉屈了多少天才！

┃创作评论┃

在历史散文大行其道的当今，我们看到太多对历史典籍的复述或随意戏说，太多关于王朝更迭、权力争斗，太多关于知识分子的忠诚、气节、人格与反抗等等的叙述描写。廖德全一反流行的宏大叙述，他以一个地方官员（或许称"儒生"更确切）的非常经历练就的锐利目光和生命体验，把历史与传统引向现代，引向人性深处，以现代意识进行文化与人性的双重观照，从中获取个性化的感悟，并以平等姿态与历史对话，从而实现与历史人物的对话、与读者的对话。以史为鉴，如砥如砺，自由自在。

——张燕玲：《历史的现实与飞翔的大地——关于廖德全的历史散文》，

《文艺报》2007年11月20日

┃作者自述┃

这些年来，断断续续写了不少文章。我觉得，写作是快乐的，有一种特立独行的快乐，寄寓人生的快乐，抒发情感的快乐，解脱烦恼的快乐。这么说，也就是为快乐而写作吧。……也写了一些散文。上大学读的是哲学，工作接触的更多是公文，长的是"官话"，短的是煽情，却偏舍不下散文写作。……公文与散文，是两套完全不同的思维方式和语言表达方式，在公文之余再去酝酿散文的语感和心态是艰苦的，但更多的还是愉悦，愉悦情感的寄托，自我的回归，精神的不再漂泊。

——廖德全：《广西当代作家丛书廖德全卷·后记》，载《广西当代作家丛书廖德全卷》，漓江出版社，2004，第308—309页

走近一座城市

廖德全

　　久居北海，却不知"北海精神"是什么。这不是可不可悲、有知无知的问题，而是事实；在其他城市，我想也大抵如此。城市"精神"应该是弥散的、无形的，说有却无，说无却有，难以透视和明言。有一年发起"北海精神"大讨论，讨论来讨论去，公说公有理，婆说婆是真，意见纷呈，难以定论，最后只好由领导圈点了结。但这类事，也不大好由领导说了算，所以说了就了，几年来也没谁认起真来去弘扬，甚至早已淡忘。城市精神这个东西，也不在乎人们去不去说她，怎样评论她，缥缥缈缈，似是而非，但经人点破，似乎又在情在理。

　　我所认识的北海，本身就是一个移民城市。"正宗"的北海人，也不少是明清时期从他处迁入，有打鱼避风滞留北海的，有天灾人祸迁徙北海的，也有古代征战的军事移民。前些年北海开发狂潮骤起，外地人更是潮涌而入，到机关工作的，搞房地产开发的，开厂办店的，做大小买卖的，开餐馆的，打零工的，街上听人说话，南腔北调都有。随便进入一个菜市，买菜的、卖菜的、闲逛的，足有一半是外地人。当然，他们也都是"北海人"了，只是肤色外表，言行举止，还一时未能"海化"

作品信息

原载《中华散文》2003年第10期。

而已。但这无足轻重，人们和睦相处，表现了很好的包容性。所以在上一次北海精神大讨论中，就有人说北海精神是"海纳百川"。想想，还真有那么点意思。

有过一则流传很广的故事，是说各地人的观念差异的。说一个外星人到了北京，北京人的第一反应是赶快查清他的国籍身份，有无政治军事图谋；如果在上海，则会把他抓起来，然后举办国际展览会，广而告之，收门票赚钱；如果在广东，立马就有人研究哪个部位最鲜嫩可口，是拿来煲汤好，还是清蒸、红烧；如果落在北海，很可能是警车开道，先请进来饮杯茶，然后设宴相待，酒至半酣，提出到北海投资办厂事宜。北海人会不失时机地发问："知道北海吗？"如果说不知，以为还是北京的北海公园，北海人便深表遗憾和同情；接着便会喋喋不休数家珍，一城系几南，一口通几西，珠还合浦，天下名滩，空气甜得可治病，海鲜多得可沤肥。临了，还会慷慨陈词。说那一年北海热火朝天，万贾云集，到处是工地，遍地尽黄金，一个电话号码也卖几十万！北海人真的是热情好客，真的是诚心招商。至于外星人领不领这份情，那又另当别论了。

北海房多，新楼好卖，空置房却少人问津；近年好多了，购空置房比例大幅上升，但也大多是外地人。北海人就爱个"新屎坑"，喜欢新的，新酒楼，新商场，新茶房，新洗脚堂，新按摩室，刚打锣鼓才开张，再偏再远也频频相顾。我们到成都、南京、杭州、苏州，看人家多的是老字号，百年老店；但在北海，十年老店也鲜见得很，根本就找不着什么老字号。一般是各领风骚三五年，轻易就易主易帜，原字号是不要的。一位领导到北海视察，说在北海大街上看不到文化。其实是有的，这便是"新屎坑文化"。图新并不错，但没有老字号，丢了本色，所失多矣。大街上有没有"文化"，百姓不管，也管不了，但经营自家庭院是轻慢不得的，北海人购屋建房爱讲个有天有地，单门独院，不土不洋的各式别墅就盖到大街上来了。怎么会这样？北海就这样。原先乡下相亲，有一套保留节目叫"看家门"，要看你的居住条件，生活环境，有一块属于自己的小天地，面子要好看得多；那种"家门情结"，也随农民进了城。

到北海，吃什么？不好说。北海没什么特色名菜名点。最家常的是咸鱼稀粥，北海人到哪儿都忘不了；在外地工作想着往回调，说是一日三餐离不开咸鱼稀粥。北海人待客，最上脸的是生猛海鲜。也不枉担一个"海"字，鱼虾蟹贝，沙虫泥丁，应有尽有；但基本是白灼一法，煮熟即食，原汁原味，不会玩其他繁杂花样。他们会指责"外地佬"，说那么好的生猛海鲜，放那么多辣椒配料，辣肠剐肚的怎么吃？而"外地佬"也会指责"北海佬"，说那么好的生猛海鲜，清汤寡水，无盐无味，浪费了！不同的饮食文化，时时发生激烈碰撞。

那是先时。现在的北海人外地化、外地人北海化已很普遍。有个叫"屋仔村"的小区，简直就是北海的"中国村"，湖南人，四川人，重庆人，贵州人，东北人，几乎全国各地都有。卖羊肉串的，烤白薯的，花江狗肉，桂林米粉，特别是一年四季，春夏秋冬，各式火锅鲜花盛开，麻辣烫让人眼水鼻涕一块来。初时北海人畏之如虎，如今也雄赳赳气昂昂地杀将过去，可以与不怕辣的四川人、辣不怕的贵州人、怕不辣的湖南人一比高下了。也是的，天上飞的除飞机不吃，四条腿的除板凳不吃，还没什么禁得了北海人的口福。没有老字号，没那么多金科玉律、条条框框，常吃常新，是否也算北海"海纳百川"之一例？

北海夏长天热，善饮者不多。有一回在北京一家馆子吃饭，我们三个北海人，点了七八个菜，有荤有素，花色品种齐全，外加到哪儿都不能少的一锅汤，但只要了一瓶啤酒，一人一杯，点到为止；邻座恰好也是三位，北京人，只点了四碟小菜，拍黄瓜，花生仁，西红柿炒蛋，凉拌土豆丝，却抬了一大箱啤酒，喝得大汗淋漓。他们看着我们笑，我们也看着他们笑。但也有另类，有一回请朋友喝酒，是真正的朋友聚会，桌上两个北海人愣是把两个贵州人喝得用餐纸裹在筷子上举白旗才作数。酒桌上，豪气云天的北海人也不少。一般说，请将好过激将。

走在大街上，远远地看见一位先生走过来，西装革履，风度翩翩，光鲜如同接见外宾的国家要员，近前不经意一看，脚下皮鞋锃亮，却没穿袜子。我平时很随意，衣食住行一般不讲究，常有亲友来家坐坐，没想到人家更随意，三下五除二便把一双黄脚也盘到了沙发上，一只手还不想闲着，手机往茶几上一搁，就在脚丫上忙不迭地抠，一副很舒坦惬意的样子。不知是谁说的，一代可以暴富（如今一夜暴富也有），但没有三代修炼不出贵族气来。私下想，北海近年发展很快，但看来看去也就一副"新贵"样；"新贵"也好，或许正是北海稚嫩，鲜活，希望之所在呢。

此岸，彼岸

张燕玲

此岸，彼岸哲学家告诉我们，此岸到彼岸有多长，一生就有多长。但实际上，此岸与彼岸对于人生是远远不够的，此岸与彼岸并不能耗尽所有人的一生，有的人就没有彼岸。这个悲凉的认知源于一段心灵疼痛的旅程，旅程的疼痛始于2002年中元节，在台湾海峡的彼岸，我认识了一个与我们骨血相连却苦海无涯的群体。

作品信息

原载《人民文学》2003年第11期。该文曾获"2003年度中国当代文学最新作品排行榜·最佳散文"并被译成韩文，收入《中韩作品选集》（韩国Paradise文化财团出版）。《散文（海外版）》2003年第6期、《中华文学选刊》2003年第11期、《散文选刊》2004年第5期分别转载。收入散文集《此岸，彼岸》（河南文艺出版社2004年版），入选《2003中国随笔年选》（花城出版社2003年版）、《新世纪编年文选2003年散文》（山东画报出版社2004年版）、《名家推荐2003年最具阅读价值散文随笔》（上海社会科学院出版社2004年版）、《2004·中国文学最新作品排行榜》（文化艺术出版社2004年版）、《21世纪年度散文选·2003散文》（人民文学出版社2004年版）、《冬天的情话》（百花文艺出版社2005年版）、《世纪经典散文·清风吹散万般愁》（延边人民出版社2006年版）、《大学语文：大学版》（广西美术出版社2009年版）、《命运深处——〈散文选刊〉：一本杂志和一个时代的表情》（漓江出版社2012年版）、《背景：独秀女作家作品集》（广西师范大学出版社2012年版）、《文学桂军二十年·散文精选（1997—2017）》（广西人民出版社2017年版）等。

一

我们去不去阿里山、日月潭？去不去绿岛？去不去澎湖湾？今天只有半天工夫了，还是先去看看基隆港？

我们这一代人，对于台湾的向往大多来自我们熟知的那几首台湾民谣，向主人"吱吱喳喳"地要求——托出各自的台湾梦。

圆梦。《美丽的基隆港》，我们胡乱哼唱起来，从台北上中山高速公路，经过隧道就进入基隆，仿佛通过时光隧道来到了另一个世界。

基隆的确像是另一个世界。

那天，我们一行闯入的是一个临海依山次第而生的海港山城，它没有了台北的都市化，甚至连一片大平地都少见，三面环山一面临海，形似鸡笼，旧时就称鸡笼港。然而，基隆的别样，并不只在于山城海港，令人诧异的，在不期然中，我们闯入了一个勾人哀思的香火世界。满街飘散着各色冥钱焚烧的烟火，店铺门前巨大的或方或圆的铁盒熊熊燃烧着各式现代化的生活冥物，家家户户门前挂着灯笼，上书"阴光普照""庆赞中元""普度"等字样，处处插有"何""蓝""韩"姓氏的蓝白旗。仿佛丧礼，仿佛乡葬，仿佛清明，又肯定不是，街上的人们一脸虔诚和肃穆。我们一车的欢歌笑语霎时凝固，谁都未见过这般情形，只觉出阴气嗖嗖，以为闯入一个不该打扰的灵异世界。

主人没料到我们一脸骇然，她受传染似的急急告诉我们，这是台湾的"中元祭"，即中元节，鬼节，整个农历七月都是，尤以基隆为甚。

果然，穿过一城的香火，顺山盘旋到了"老大公庙"。这是基隆中元祭的中心，这天是初九，那里已是香客熙攘、灯明火旺了。回望山城，香火萦绕，冥旗飘飘；放眼海港，船帆猎猎，远海苍茫。基隆地势险峻，又是主要的登陆港。早期，大量的移民辗转漂洋过海来台湾，沿途葬身海底不计其数。这里的冤魂实在太多太多，便有了隆重的中元祭，有了后人悼祭在此不幸的亡灵，有中元普度节庆诵经超度亡魂并为后人祈福。

于是，每年七月以老大公庙为中心，以民间各方宗亲团体轮流担任炉主，并请道士或僧侣主持，举行普度、放水灯、放焰口等祭仪。而能担纲炉主的则为基隆人口最多、凝聚力最强的黄、江、林、郑、赖、许、刘、唐、杜、张、廖、简、何、蓝、韩等15姓的字姓宗亲会，今年的炉主"何""蓝""韩"宗亲会已在初一会同道士在此打开了庙侧龛门，启墓扉、放鬼魂，让冥界幽魂无主阴灵来到阳间，分享餐宴，直至七月底"关鬼门"。这么说，我们如今是与无主孤魂野鬼一起在四处飘荡？无神论的我们不觉打了一个寒战。

俗话说"当兵望落雨，饿鬼望普度"。在基隆，鬼神的期望的确得以圆满。七月初一"鬼门"一开，老大公庙夜夜点灯，那各家各户门前高挂的灯笼都是夜夜明亮的普度公灯，它们要整整点够30天，彼岸的幽冥到此岸享祭的来往之路，那是亮堂堂的了。那么，在阳界游走的我们则是借光了。在我们长期的理念里，我们是否缺乏这种对彼岸阴界的关爱之心呢？是否缺乏对此岸彼岸、对生死阴阳两界的追问呢？一时，便觉出了基隆人的可爱和可敬了。你想，如此尊崇彼岸各方冥灵、慎终追远，如此祭祀祖先、推己及人，如此充满敬天法人的情怀，其意义似乎早已超越了宗教。

二

真正感化幽冥，也感动我的是中元节的当天。

那天，到台湾中部的花莲，夜色已晚，统帅大酒店的房间正在直播基隆人中元祭的高潮——七月十四放水灯游行和放水灯仪式。那真是热闹非凡的场景，岸上彩船彩舞，水面灯火辉煌。所有的水灯不仅争奇斗艳，还争先恐后，人们呼喊着，许多青年人甚至上了年纪的人下水推"灯"助澜，各姓氏家族角逐相当激烈，谁都希望自家本姓的水灯能拔得头筹。因为水灯漂流愈远，则愈表示崇高诚意，对幽魂能有更多感召，也能普度更多的孤魂野鬼，并得以庇佑施灯的人兴旺平安。

那是非常隆重的祭祀，吸引了世界各地的大量的游客。人们的虔敬达到了极致，既在感化幽冥也在感动自己。

可是，今夜谁能感动那个广西老乡曾老伯千疮百痍的心呢？

车子刚进花莲时，主人指着路边一个院子说："那是'荣民之家'，住着全是在台湾孤身一人的台湾老兵。"同伴中的曾先生低声叹道："我老家有个叔叔可能还在里面，如果他还活着。"于是，我听到一个难以释怀的故事。

曾老伯是广西武鸣人，当年是村里有本事的青年，1948年当兵前与青梅竹马的同村女孩结婚了，没料到这暮婚晨别，便是漫长凄苦的半个世纪的别离。曾老伯跟着蒋家部队一路血雨腥风一路魂牵梦萦到了台湾，然后，是谁也料不到的几十年始终不寐的思念，尽管音讯全无，他却深信他的爱妻与他心心相印，年年期待着回家与她团圆，这个梦想支撑了他五十余年。

也许，爱的确能创造一切，当世界还是一片死气沉沉的不毛之地时，是爱神厄洛斯"拉起了他的生命之箭，射穿了大地冷漠的胸膛""黄褐色的大地立刻覆盖上一片繁茂的青翠"。生命是男人和女人创造的，万物是爱创造的，有生命的世界就有爱。

新娘也深爱她的如意郎君，在那个时代，她咬着牙把屈辱一一往肚里吞，一等就是近20年，然而，再坚强的脊梁也难以负荷严酷的时代，况且，她的新郎生死不明，杳无音讯。在众乡亲的撮合下，她改嫁了。

世经之交，曾老伯终于与家乡联系上了，口口声声回来与他的新娘团圆，没有人敢把真相告诉他。

54年后的相逢已是尘满面、鬓如霜了，整整三个小时，两老相顾无言，执手相看，唯有泪千行。要开饭了，曾老伯兄弟让女方赶紧悄悄离开。落座时，曾老伯才发现这一切，悲愤交加的老人摔下筷子竟去追赶他的新娘，整整追了五里地，也没能追上他的新娘。

尽管残年兄弟相逢在，老伯更盼妻子在身旁。爱可以激发生机，同样也可以扼杀生机。曾老伯张了半个世纪的爱弦"砰"的一声断了，一生的期待在相见的瞬间，引发出令人惊叹的喜悦也带来令人沮丧的绝望。人的内心不可以没有期待，那是宗教，那是信仰。绝望中，他当即把自己带回来的一辈子的积蓄，也就是他原准备抚慰他的新娘并安享晚年的生活所依，全部送给了兄弟乡邻，并以最快的速度回到台湾海峡的彼岸，回到"荣民之家"的当晚就病倒了，并拒绝医治。

不久，在岸的这边，他的新娘也病重了。

花莲是石头之乡，它邻近的太鲁阁峡谷的大理石世界闻名。绚丽的石纹肌理分明，每一条纹路便是一次惊心动魄的板块运动。我不知道，在曾老伯和他的新娘千疮百痍的身心里，发生过多少次人生的板块运动；我还不知道，基隆中元祭的水灯是否有一盏属于曾老伯。

精美的石头真的会说话？

三

一夜无眠。

清晨五点多钟，我便冲到令我心里堵慌了一夜的"荣民之家"，我只想赶在八点半出发前看看曾老伯是否还在世，我还想看看那些大陆老兵，他们是否像传说那样过着艰苦的生活。

没料到，那是一个漂亮的大院，排排行行的榕树掩映着一个个红瓦白墙的小院落，老人们说那是他们的住所，大理石的门楣也有些气势。

围墙外正有三位老人在散步，征得他们同意，我们聊开了。徐老伯是上海人，陆、李二位是安徽芜湖人。徐老伯说他回过上海，只剩几个远亲了。他说"我们都是孤身一人，有钱就有亲戚，没钱就没有亲戚"，大部分回过家乡的人，都回到这里，而整个大院（"荣民之家"也叫"国民之家""荣军院"），有大半人没回过大陆，主要是家乡已没有亲人了。陆老伯、李老伯就没回去过。陆老伯说他有个妹妹以前在上海纱厂做工，他写了许多信，最终只得知她去了东北。他读过点书，他说："我们一直都在等死，谁理你？80岁了早该死了，死了也没人理。'人言落日是天涯'，我们望极天涯也不见家。"他说着宋诗呢，语气却冷漠。

当我问及曾老伯时，他们说虽然不认识曾老伯，但这类事在大院里太多太多，多半都是绝望而死。这个院子建了四十多年了，原来好几千人，都死得差不多了，如今只剩下七百多人，都是1949年从大陆过来的兵人，生活能吃饱，可是全部都是孤身一人，"没有想法呵"，也有极个别与当地人成家的。"他就是。"老人指着一位开着一部旧车过来的壮实老人说，他是安徽老兵，每天清晨他都会来陪他的老乡老战友们在大院门前的石凳上坐坐。安徽老兵说，他今早来晚了，因为昨晚中元祭到深夜，睡晚了。

难怪，我清晨打不着出租车，是酒店大堂副经理帮我叫的车。老人又说："大院的人不关心中元节。"

他们说，他们钱不多，偶尔也会结伴到以大陆地名命名的风味菜肴餐馆、茶室坐坐，吃吃"乡情"：汕头沙茶、上海卤味、四川抄手、广东老火汤、湖州粽子、北平豌豆黄……有时，只上一碟驴打滚，听听乡音，解一解长长的思乡之情。然而，回到大院，又是一夜一路的乡愁。清晨，如此刻，万物还在沉睡，他们又三三两两，或以老乡为由，或与战友为伴，走走看看，有话没话，或者一阵沉默。他们说，乡愁一直都是只犬，女人梦则是一匹狼，它们在他们一辈子的荒原里嗥叫，怎么也挣不脱，它们交替着时时逼逐而来，闯进日梦夜魇里狂吠长嗥。许多老人便挣不出嗥声，惶惶然追犬而去了，更多的老人还在此生凄苦无望中挣扎。他们说，他们无所谓生无所谓死了，生死都没有人可以相会，曾老伯有可能与他的新娘相会吗？他们说"活也不是，死也不是"。

他们没有彼岸。

正聊到苦处，从大门里又走出来一位穿格子睡衣裤的老人，他听到我的恳求："老伯，您好，我可以跟您说说话吗？"

"不可以。什么大陆，什么蒋介石，我都不要！蒋介石老是说马上就带我们打回去的，骗人！"他愤然而去。

几位老人说："难怪他了，十几岁就离开北平的家，一身弹痕，又一直没回过大陆，没有任何亲人了。老蒋一直说带我们马上回去，喊了几十年，等不到也成不了家，老蒋还比我们先死，他有人送终，我们只能当孤魂野鬼了！"

老人们心中的耿介和块垒绝非外人可以想象的。老人们可不管政治，他们只想回到生命的本真，回到人生的起点——故乡，回到人生的生命之源——爱情。这是他们人生的此岸，尔后，在故乡与爱人一同走完此岸，在彼岸圆满新的世界。然而，乡关何处？爱人何方？此岸没有人等待他们，彼岸他们也没有人等待。

"生死都是可怕的。"

"我们在等死！谁管你呢！！"

这些时代的孤儿。

我曾看过一条电视新闻，在加拿大，老兵们每年11月11日都集会游行，为了纪念那些失去的战友并为此而自豪，他们认为他们已经为这个社会做出贡献。政府官员一同与他们举行纪念仪式，他们穿着不同年代的旧军装，高唱军歌，老泪纵横，感慨万千，队列里有不少华裔老兵。

然而，在台湾海峡的彼岸，我认识的这群与我们骨肉相连的群体，却是一个被遗忘被忽视的群体。

我有说不出的感受，我想，一切战争狂想都是有罪的。战争的残酷，不仅仅表现为对平民生命的漠视，也表现为对军人生命的漠视。

四

在与台湾黎明文化公司座谈时，我读到他们出版的陈漱渝先生的文章《以贫穷人为师》，让我难以忘怀的是陈先生提到台湾的孙大川先生写文章引用了威廉·詹姆斯对工业革命后现代社会中财富与贫穷问题的有关论述，特别强调要"以贫穷人为师"，因为：

——在这个世界上，有谁比他们更有资格告诉我们"不正义"的痛苦？

——有谁比他们更具权威、更具说服力地说出"被排斥者"的疏离经验？

——有谁比他们更了解"知识""职业"以及"住屋"对人的重要性？

——有谁比他们更清楚"饥饿"与破碎的"家"对人性的摧残？

——有谁比他们更知道"尊严"与人间善意的价值？

——有谁比他们更渴望"自由"？

——有谁比他们更清楚"恐惧"的滋味？

请允许我把它摘录于此，献给这些台湾老兵。

五

农历七月十五，台北在举行盛大祭拜的普度仪式，我们从花莲飞抵台中，驱车前往埔里。

在穿越南投的旅程中，随着黄昏残阳的逼近，沿途一直不间断的私普（家庭中元普度）越来越多，渐渐变得家家户户都在门前祭拜了，我们就在两边焚烧的冥物、供品中穿行，它已不是基隆一个小城了，而是几个小时长长望不到边的祭拜，仿佛我们也成了被祭祀的孤魂野鬼。尽管一周以来大家已有所领教，但还是在渐深的夜色中被如此的情形震住了，有人一直想笑话沿途的槟榔西施来淡化此情此景。然而，大家还是感觉到阴气嗖嗖地往车上冲过来。

孔子说"敬鬼神而远之"。一时，车上，有任何同伴对鬼神有一丝失敬言行或有不吉利言论，都招致群起而攻之，敬畏和恐惧积攒了一周的日子随风从马路两边的香火顺着空调车紧闭的门窗接榫处，一丝一阵穿心而过。

一车静默。

"今天是鬼圩呢。"有人冷不丁说了一句。

我朝墨绿的云海间望去，他们说鬼圩又称"绿圩"，说鬼圩坐落在绿色的云海间，热闹非凡。圩上，众鬼云集，比富比穿比欢乐，由阳间子孙后代供给钱财，谁家供得多，送得早，其家鬼赶圩就更显荣耀，可提前参与欢乐。没有阳间供给鬼钱的"穷鬼"，遭受冷落，不敢靠近闹区。尽管基隆人在为普度更多的无主阴灵而努力，然而，鬼圩上还是有冷暖之分。看来，鬼狐世界也是人世的，同样充满卑俗势利。我突然明白了，为什么"荣民之家"的老人不关心中元节，为什么他们说没有彼岸了。

来自另外一个世界的意义对此世之人的作用更加严酷。我想，我们过去的世界实在缺失对此生来世的描述和追问了，此岸彼岸我们知道得太少，这才会导致我们此行一再产生恐惧。

其实，这些本来就是我们文明的一部分。

比如，就文学而言，神鬼世界、博物志怪的文学传统极为丰富，它神秘、奇妙、幽深、灵异，它们描摹人事，委曲生风；抒写鬼狐世界，虚实相映；极具想象力又富于象征主义。山鬼出没，触发屈原，写成骚赋；神仙幻化，启示李贺，吟成诗章。更不用说《庄子》《山海经》《搜神记》《世说新语》《博物志》《拾遗记》《酉阳杂俎》《幽冥录》，还有《聊斋志异》等等。这些书当是风雨敲窗时的最佳读物，正如此时此刻。当然，创作他们的先师并不知道什么主义、什么手法，他们就那样随性随意描述着、创作着，如此自由，如此自在，这不是文学，又能是什么？

Ⅰ 作品点评 Ⅰ

张燕玲不是"职业"的散文家，可她写得很有技术含量，注意张弛有度，像《此岸，彼岸》（《人民文学》2003年第11期，并入选多部年度优秀散文选本及2003年下半年"中国当代文学最新排行榜"）一篇，就是这种有法度的代表作。作者在这篇散文中，从台湾海峡对岸的基隆市的"中元祭"仪式写起，写到花莲的中元节，写到住着大陆去的老兵的"农民之家"，穿插其中一个老兵曾老伯的故事，最后写到文学。这篇文章所写到的此岸彼岸关系可分为三个层次：第一个层次为现实地理包括政治地理意义上的两岸关系；第二个层次是宗教意义上的，现实人间的此岸与未来死后的天堂或地狱彼岸；第三个层次是文学隐喻意义上的，即将语言文字符号视为此岸，而其意义则在彼岸。《此岸，彼岸》因此获得了丰富的内涵，它将现实层面和宗教层面结合进文学层面，使文章成了一个严密的整体，收放自如。

——张柱林：《散文的业余精神——读张燕玲散文有感》，《光明日报》2006年

12月15日

草根四章（节选）

彭　匈

　　"君自故乡来，应知故乡事。"每遇家乡来人，我几乎都要向他们打听，下面这几位人物安在否。也怪，这些人大字不识一个，连升斗小民都够不上，充其量也只是几茎草根，却老是让我萦怀，什么原因，我也说不清楚。

一

　　头一位是住在罗汉街尾小南门附近的伍瞎子。伍瞎子是个大忙人，打从我懂事

作者简介

　　彭匈（1946—），原名彭石生。祖籍江西吉安，出生于广西平乐。1969年毕业于广西师范学院（今广西师范大学）中文系。1970年参加工作，历任广西恭城县文化局创作组组长、恭城县委宣传部部长、漓江出版社社长、广西人民出版社总编辑、广西新闻出版局图书处处长、广西出版总社出版部主任。2006年退休。中国作家协会会员。广西散文创作与研究会副会长。出版有小说集《新庙祝传奇》，散文集《向往和谐》《云卷云舒》《会心一笑》《极品男人》《一事能狂》《我的另类先人》《丛林栖居》等。其中《向往和谐》获第四届广西文艺创作铜鼓奖。多篇作品入选《2000中国年度最佳散文》《2003年中国散文精选》《2004中国年度散文》《2005中国年度随笔》等不同版本的"中国年度散文"选本。

作品信息

　　原载《红豆》2004年第2期。收入《彭匈随笔·会心一笑》（广西人民出版社2005年版），入选《2004年中国散文精选》（长江文艺出版社2005年版）。

起就见他一天到晚忙不清楚，手上的活路大致有这么几样，一是算命，二是收惊，三是唱令令落。伍瞎子算命不太准，这是大人们对他的总体评价。准不准我们自然无从知道，只是经常看见有人在街边同他论理，还有人说他完全是"扯卵谈"。伍瞎子似乎很懂得自己的弱势地位，从不跟人争辩，连脏话都不曾听他说过，最激烈时也只是一句"信不信由各人自己"。最后无论算得准与不准，他的顾客都会把钱照付了。

找他收惊的比找他算命的人多。所谓收惊，就是哪家的小娃儿受了惊吓，或烦躁，或呆滞，或哭梦，或痉挛，大人便会将伍瞎子请到家里，给娃儿收惊。我，我弟，我妹，他都帮收过惊的。那次我属重症，不仅哭梦，而且还跑到隔壁谢老板家乱骂了一通，害得谢老板把小儿子木保揍了一顿，木保大声喊冤，说他这两天根本就没惹过我，而第二天我对昨晚发生的一切全无印象——显然是需要收惊了。我母亲将伍瞎子引进我的卧室，只见他燃上香烛，念念有词，又不断用手抚摸我的头，轻拍我的背。这使得我有了近距离观察他的机会。伍瞎子人很高大，这在南方是很少有的，而且白皮细肉，这在男人中也是很少见的。五官也长得周正，下巴上有一撮山羊胡子，本来我讨厌长胡子的人，但他的胡子黑、亮、柔和，不像别的胡子公那样邋遢。两只看不见瞳仁的眼球不停地翻上翻下，这倒没有使我感到有什么可怕，不像正北街那个单斗（独眼龙），看人的眼神很凶。伍瞎子的手抚摸我的脑门的时候，我感到很柔软且温暖，还有一股说不出的好闻的气味，他嘟哝的要懂不懂的话也很和蔼可亲，摸着听着，我舒了一口长气，便很有些安然了。临走前他又对我母亲交代了一些话，大约是注意事项之类，还留下一包草药（我认得里面有柏枝），塞在了我的枕头底下。不知是伍瞎子弄的哪个环节起了作用，当天晚上，我就不嘈了。伍瞎子收一次惊大约半个钟头左右，做完工收了钱（收费极低廉）他便起身告辞。每次我母亲请他再喝一杯茶多坐一会儿，他总是作一个揖，说半边街、下关街还有人家在等着他。那年月的小孩子似乎很容易受惊，请伍瞎子收惊得预约。

到了晚上，伍瞎子便有集体活动。一支很奇特的队伍，天擦黑便出门，上关街下关街来回走。远远地就知道他们要来了——"喊——喳——喊——喳"——他们中的一个人手里拿着一把巴掌大的铜算盘，很有节奏地摇着。领头的是一个身高不足一米的驼子，因为矮小佝偻，平日她在街上出现的时候就像一个泥巴捏的公仔。没有人知道她姓什么，大家一律叫她驼子妹。驼子妹是这支队伍中唯一的"光子"（瞎子们对有视力的人的一种尊称），也就是说，她的两只眼睛供整队人马"合用"。他们清一色的黑衣服，一个牵着一个的后襟，在昏弱的灯光下，呈一排高矮悬殊的剪影。看见这支队伍远远地飘来，我每每有一种身临童话中幽灵世界的感觉。以致后来无须看见人，只听得"喊——喳——喊——喳"的算盘声，就会缩着肩膀直打寒战。直到有人请他们唱上一段时，空气才会暖和过来。

令令落这种民间说唱，与渔鼓、文场同属南方曲艺，长江以北的地区叫唱道情。主角仍然是伍瞎子，其余伴唱的人，只要恰到好处地反复唱那几句衬词就行了。排就一个简单的阵势，伍瞎子便开了腔："天下英雄——三国众喔啊！"驼子妹和那几个女瞎子便同声附和："令子令落令。"伍瞎子："刘备关公（嘛）赵子龙！"众人："令令落——长板落。"伍瞎子："孔明先生算八卦喔啊！"众人："令子令落令。"伍瞎子："曹操马背上哭抓抓！"众人："令令落——长板落。"我估计那唱词全是他自己创作的，辞藻上不太讲究，韵脚倒是押得稳。就这样一路唱去，只要听客不喊停，可以一直唱到鸡叫。应该说，伍瞎子的演唱风格介乎于今天的民族唱法和通俗唱法之间，吐字清楚，余韵悠扬。人们除了享耳福之外，多少也还有一些看头的，伍瞎子左手揽着一个渔鼓，有点像妇人抱嫩仔，姿势优美谈不上，但也不难看。拍打出的声音虽然听来听去只是"嗙、嘭、价、嗙、嘭"，但他轻重徐疾掌握得好，颇有一番韵味。身后那一圈伴唱的，自然不会像当今流行歌曲伴舞的那样狂扭腰肢，但手中也各有家伙，或以筷条敲碟子，或拎酒杯叩节拍，或用短棒击竹梆，高低错落，清越爽亮，让人领受到一种十足的荡气回肠。

身高一米八的伍瞎子与驼子妹是一对恩爱夫妻。他们一共生了三个儿子，竟是个个身材匀称，白净体面，视力正常。通街的人都说伍瞎子修了阴功，我却想起一句西谚：上帝是公平的。

早两年乡人说伍瞎子还在。他老人家该有九十多了吧。

二

镇上有个土工埋葬队，简称"土工队"。我们则开玩笑管他们叫"武工队"。每当此时，大人们便摇头叹气，说人家讨生活不易，倘若没有他们，家里死了人，谁同你抬上山呢？

土工队里一个头面人物，大号黄埔田，住在正西街，人生得青皮寡脸，冷郁阴沉，与其说他不苟言笑，还不如说他根本就不会笑——反正我们从来没见他笑过。他缺了半只耳朵，这就更添了几分肃杀。关于这半只耳朵，街坊上一个说法是与他的名号有关，镇子解放的时候，四乡里苦大仇深的贫雇农冲到街上，"向黄埔田讨还血债"的口号喊得震天价响，那天他正好在街上闲走，只听得身后有人说"这个就是黄埔田"，他还来不及出声，解剜尖刀便架到了耳朵上，待弄清楚是个误会时，早不见了半只耳朵。没有人向他道歉，谁让你叫黄埔田呢——镇上的头号地主恶霸才叫作黄埔田呀！至于他是否真的是姓黄名埔田，还是街坊四邻见他穷得叮当响，便恶作剧将他戏称为黄埔田，这就无从核对了。

一天福没享过，倒替人挨了一刀，这霉倒的也够大了——真正的黄埔田早得了风声，逃到海外去了。他也不打算向谁讨个公道要个说法，每日里仍旧穿着那件带着汗渍的青灰色唐装在街上游走。我们都晓得的，倘若他那唐装扣了扣子，步履又十分清闲的话，街上多半没有哪家有人归天；哪天他的唐装不扣扣子，时时扯起衣襟扇凉抹汗，脚下又习习生出风来时，八九不离十便是有人要办白喜事了。

黄埔田粗活也干，那是象征性的。比如挖坟坑，行话叫作"挖井"，第一锄都是由他动手，接下来他便退到二线以外。至于这井怎样才挖得周正，怎样才符合规格，众人得听他的。土工队最吃紧的活当然要数抬棺材，假如风水先生给那归天的主儿选定的宝地又高又远的话，那就有得他们好看。通常的棺材是八抬，格局跟八抬大轿相似，但棺木本身比轿子重，又不知一种说法对还是不对——死佬要比活人重得多的。故而相比轿夫，土工队的人龇牙咧嘴的日子居多。黄埔田抬棺材就更具有象征意义，他腰间系一条麻绳，麻绳上绑两根比筷子略粗的短棒，就算意思到了。

众人是不是有意见呢？看来没有。因为任何部门都有白领和蓝领的分别，黄埔田他属于白领。他跑前跑后指挥着一支队伍，什么时候起杠，什么时候喊歇，全由他。本来，他绑上一根短棒就已经对得住大家了，何况还绑了两根！

黄埔田派工比较富于人情味，他安排走在最前面的是一个哑子。这哑子不仅身坯细小，而且长着一口龅牙齿，平日很难找到合适的事情做。哑子的任务是挎一只竹篮，捏一支燃香，竹篮里面装满钱纸和小封炮仗，负责一路上弄出些小响动来。抬杠子的自然是些牛高马大的角色，但高矮的搭配也很要紧，若搭配不当，高的压死，矮的悬空，走不成路的。跟在棺材后面的是鼓乐班。鼓乐班的规模得看雇主的经济条件而定，有钱大户，八音齐奏；贫穷人家，一把鼓手，一面文锣也就对付了。更加贫寒的，完全免了音响，一副火板（薄板钉成），四人一抬，草草就掩埋了。每逢这样人家，黄埔田只要求管一餐粗茶淡饭，连工钱都不收的。对于大户人家，黄埔田也不跟他们讲客气。只这一条，黄埔田在街坊四邻便得了口碑。

黄埔田只管到鼓乐班这一段。后面举挽联的，捧灵牌的，拄哭丧棒的，都不关他事。对于身后这长长的队伍，他也不是全然不理，有时也冷冷地看他们几眼。靠前的是死者的儿子媳妇之辈，对死者的哀悼，这固然是人之常情，但也不排除一些平日对前辈不孝不敬，甚至长期虐待老人的可恶之人，恰恰是这些家伙，鼻涕眼泪一包糟，哭得比谁都要响亮。到得墓地，还有一场表演，几个妇人，轮番跳进坑里，呼天抢地，就地打滚，一般来说，喊得最凄厉、滚得最惨烈的，多半也是那些不肖之人，有的甚至还赖在坑里，假如不是后生们使出吃奶力气去拖去扯，她还大有与老人同归于尽的气派。每当此时，黄埔田那脸色就更加阴沉。"生时不供喉，死了才供脚趾头"，这种现象，他见得太多。

黄埔田的目光也有迷惘的时候。近年来，人们烧的陪葬品越来越叫人看不懂，除了外币，还有汽车、洋房、家用电器，还有三陪小姐。死去的老者，一世清廉，配送了这些乌七八糟的东西，岂不坏了他的操守？

黄埔田人比较单瘦，脖子有点偏，走起路来给人感觉身子总歪过一边。小时候见他就是这个样子，早两年见他还是那般模样。黄埔田一辈子都没笑过，包括前不久人们听说他女儿嫁了一个老外，起哄说他要跟洋女婿出国，住洋楼，坐洋车，吃洋饭，荣华富贵受用不尽，无论众人怎么逗，他都没笑。

三

我至今不大愿意接受按摩，原因倒不是自我清高，怀疑别人以按摩的名义从事那份"人类最古老的职业"；也不是自己看过不少关于按摩的书，如《黄帝内经·血气形志篇》《厘正按摩要术》《推拿广义》等，纸上谈兵地懂得几十种按摩手法，如：摸、接、端、提、按、摩、推、拿、抖、搓、捻、缠、揉、滚、拨、振、抹、擦、扯、弹、叩、拍、伸、屈、摇、踩等等而对现实中的按摩技术不屑一顾。真正的原因只有一个，我的家乡小镇上那位身怀绝技的按摩师傅留给我的印象太深。至今要想寻出那种韵味，恐怕难了。

按摩师傅家住东泉街，其人头小如拳，身瘦似虾，诨名"猴子仔"。

观看猴子仔作业，是件十分有趣的事。百十斤重一个人，在他手中，如同面团，任他摆布。先是搓，由上而下，搓得皮肉泛红，伴随着搓的动作，客人身上的垢泥成索状一条一条滚落，很是痛快！接下来是按，先用指按。两只大拇指从印堂下手，憋足了劲向额际抹去，似要将藏在天庭里的秽物统统赶到太阳穴，然后加以聚歼。手劲之大，让人担心太阳穴会不会爆开。奇怪的是，客人竟毫无痛感，一脸受用的样子。待按到身上时，换了手法，忽儿单掌平按，忽儿双掌叠按，忽儿侧掌挪刮，忽儿竖掌逆推，忽儿握拳滚动，忽儿屈肘摇旋。随着客人呼吸起落，手法轻重有致，悠悠然韵味十足。最有看头的是拍打，尤其是在打一个胖子，声音爽脆，皮肉颤动，非常过瘾。他将胖子视为一个四面体，打时面面俱到。拍打又有许多讲究，一是依照顺序，先左后右，由上而下，只可顺打，不可逆拍。二是掌握力度，轻拍、中拍、重拍。轻拍只抖动手腕，多施于肉薄之处和重要器官外面；重拍则挥动大臂，专拣肉多处扇去。一个愿打，一个愿挨，打者狠狠，受者哼哼，相映成趣。三是注意节奏，多采用"七星拍子"，打起来如念七言绝句，"平平仄仄平平仄，仄仄平平仄仄平"。有时也用"一四拍子"，"劈——叭叭叭叭，劈——叭叭叭叭"。最叫人不可思议的是替胖子翻身，猴子仔竟举重若轻，轻轻一掀，胖子便翻了一面，于是响声又起。

除一般的按摩术外，他还有两道绝活。一是"拿懒筋"。伸出他那鸡爪般的小手，在你的脊梁骨两边摸捏片刻，便百发百中地拿住一条叫作"懒筋"的东西，如同弹大提琴一般往外一提，"噔"的一声（只有你本人听得见），什么叫作筋酥骨软，什么叫作通体舒泰，你就慢慢去体会吧。他的另一手绝活是"蚂蚁子上树"，用指尖在你背上游走。那指尖功夫，神出鬼没，臻于化境。你会感觉到背上的蚂蚁，一会儿是三只，一会儿是五只，一会儿是一大群，有时是一只大蚂蚁在横冲直闯，有时又是两只小蚂蚁交头接耳，走走停停。十几分钟下来，周身经络通畅，腾云驾雾一般。

研究表明，45分钟的按摩，能达到9至11个小时熟睡的效果，真是功德无量。

猴子仔的这套绝活是得了高人传授的。当初高人问他，有两样绝活，一是按摩，二是化水，你学哪样？所谓化水，就是人若被骨刺卡喉，可取凉水一碗念念有词，饮下立解。猴子仔考虑再三，选择了按摩。应该说，他的选择是明智的。化水得钱虽多，但机会太少。即便学会，也是"屠龙绝技"。

即便是按摩，平日里他的生意也淡，尤其是白天，故而猴子仔还要打些零工方能糊口。常见的是在戏园门口削马蹄。猴子仔削马蹄也是一绝，刀法跟他的按摩技巧可以比美，削出的马蹄个个白净饱满，极有看相。十个一串，摆上条盘，顶在头上，在戏园里叫卖："来嘞，消渣马蹄！"不过后来有人乱说，说猴子仔削马蹄时可以手拿双刀，将那马蹄望空一抛，双刀接住，密密旋动，马蹄皮便层层飞出，最后双刀一剔，一颗雪白的马蹄便流星一般飚向天空，猴子仔伸出尖刀，轻轻一戳，稳稳接住。这哪里是削马蹄，完全是周星驰的电影特技。猴子仔若有这身绝活，还用得着在街上苦吃苦做么？

猴子仔也干重体力活，比如帮供销社晒萝卜榄、晒柿饼之类。供销社也乐意请他，一来是个廉价劳动力，二来他的个头合适，可与一个高子组合——供销社的晒台很高，从仓库到晒台，要上很长一段码头，于是将东西往上抬的时候，他走前，高子走后；往下抬时，他走后，高子走前。旁人看时，那简直就是一对绝配！只是有人曾看见他凡是走在后面时，就偷吃东西，抬什么吃什么，且嘴巴动得很密。供销社的人也睁一只眼闭一只眼，只要不往口袋里揣，他一个猴子仔能吃得了多少？

猴子仔对生活要求很低，一天只要弄到两三毛钱，盐菜送白粥，就可以度日了。

想不到猴子仔身上也传出了"桃色新闻"，而且是两桩。一桩是说他应约给某桂剧名伶按摩，按到大腿根部时，猴子仔两眼发直，脸上出现公狗走草时的表情，被那名伶顺手一记耳光打醒过来。第二桩是说有一天黄昏，他在后山菜地里挑水浇园，遇到另外一个女子也在淋菜，见四下里无人，他便起了歹意，把那女子按倒在地，女子剧烈反抗，两人相持良久，猴子仔终因体力不支，无法腾出手来做进一步的动作而作罢。对于第一桩，我表示基本相信，猴子仔也是人呀；而第二桩，我则表示怀疑，那似乎不太符合他的性格。

早两年我回乡，在大街上碰见了猴子仔，几十年了，他还是那样的小巧孱弱。我问他还做按摩吗，他说还做。做一个全套多少钱？他说昨天有个台湾老板给了他7块钱，说时脸上颇有得色。我说明天你到我家来，我给你15块。他问明了我家的地址，高高兴兴走了。第二天我就一直在家等他，但始终没见他来。猴子仔老了。

在美国，按摩15分钟，收费21美元。猴子仔亏大了。

据说他有一个很雅气的名字——吴兰友——可惜从来没有人叫过。

| 文学史评论 |

彭匈集小说家、编辑家、学者、散文随笔作家于一身。如果说作家周涛是"站在诗的肩膀上"的随笔家，那么彭匈就是"站在小说肩膀上"的随笔家。他具有小说家的丰富想象，编辑家的慧眼胆识，学者的渊博深厚、随笔作家的幽默潇洒。彭匈的随笔，视野开阔，题材广泛，既有洞明世事的"世相杂说"，又有隽永动情的

"城东旧事"；既有编辑里手的三句"不离本行"，与文坛宿将新秀（如汪曾祺、贾平凹等）的心仪神交，又有品味生活的"自我感觉"；既有享用名茶美食的"即席谈经"，又有蕴含深厚、令人警醒的"说古道今"。彭匈的随笔，随意随和，富有张力，激浊扬清，风流倜傥且幽默风趣，情味盎然。

——徐治平：《中国当代散文史》，中国文联出版社，2001，第225—226页

彭匈散文内容庞杂，题材十分广泛，取材生活，涉笔成趣，无事无意不可以入散文。以平和的文字导向富有实感与质感的生活原生态，"心有所思，情有所感，而后有所撰作"（叶圣陶语）。生活本色，妙手偶得，这是彭匈散文的价值与特色所在。

——徐治平主编《广西散文百年（上）》，民族出版社，2004，第256—257页

他的随笔，题材广泛，知识丰富，于谈古论今之中，道出独到的见解，且纵笔幽默，文字优美，随心所欲，游刃有余，显出了阅历丰富，视野开阔，学富五车，谈吐儒雅的气质和功力，因而，读他的散文，常常获得许多新鲜的知识和丰富的联想，获得一种深山寻宝，满载而归的喜悦和享受。

——李建平等：《广西文学50年》，漓江出版社，2005，第396页

彭匈的散文题材广泛，而且率真、幽默，有丰富的知识性。

——刘铁群：《广西现当代散文》，广西师范大学出版社，2012，第163页

❙ 创作评论 ❙

总的来说，彭匈的散文随笔是基于"有益于世道人心，追求一种大而化"的宗旨出发创作的。既然大而化，便杂而博，题材广泛，从世俗百相，到文化心态，无所不谈，似乎不着边际，又确实言之有物，兼有文采，将一些枯燥的题目写出味道来。

——龚长栋：《追求一份静穆与祥和——彭匈散文随笔论》，《南方文坛》

1996年第2期

我读了他的文稿，突出的印象有二：一、他的文章没有造作，一任率真，质朴可爱，但貌似朴素之中充满灵动。为什么能做到这一点，大概他并不以作家的身份入文，也不以文为文，他是无为而有所为的。二、他是一位饱学之人，世事又洞明，写来就极从容，能深入浅出，举重若轻。这两点，保证了他散文的质量，也是给了专门写作人如我的重要启示。

——贾平凹：《向往和谐·序》，载彭匈著《向往和谐》，华夏出版社，1997，
　　第6页

彭匈致力于散文随笔的文体创新，构建自己的文体风格。他的随笔构思新颖、笔墨洒脱，具有变化多姿的艺术美质，表现出丰富的人生内涵。

——张淑云：《英雄本色与知性人生——评彭匈随笔集〈极品男人〉》，《文艺报》
　　2007年2月15 日

俄语王（外一篇）

彭匈

"俄语王"姓黄。我们的本意是叫他"俄语黄"的，无奈家乡口音王黄不分。黄老师俄语教得极棒，"俄语王"即便作为一项桂冠，戴在他的头上，也合适得很。

俄语王是北方人，毕业于北京外语学院。他不但俄语讲得顶呱呱，普通话也讲得顶呱呱。光凭这一条，就先把我们这些南方学生镇住了，何况他说话时声音洪亮，激情饱满。不过他笑起来的时候倒是有点怪，笑得很用劲，却没有声音。他是在说过一件有趣的事之后，便突然张大了嘴巴，将一股很强的气流从他那巨大的喉咙里喷射出来，之所以没有"哈哈哈"，是因为气流没有冲动声带的缘故，有点类似哮喘病人在"嘿——"地扯气。在我读过的俄罗斯名著中，也有一些人物是采取这种笑法的。不知道俄语王是不是受了这方面的影响。

尽管他在课堂上也时不时"嘿——"地来上一下，但我们仍然很怕他，有时甚至到了畏之如虎的地步。每天的俄语课，他都要提问，提问时他不点你的名字，而

作品信息

　　此文写于2001年，先收入《云卷云舒——彭匈随笔》(广西民族出版社2002年版)和《广西当代作家丛书·彭匈卷》(漓江出版社2002年版)，后发表于《红豆》2004年第6期。《新世纪文学选刊》2004年第12期转载。

是用俄语念你的座位号，俄语念数字远远没有汉语那么爽快，比如"第36号"，俄语念起来是"特里哪察七些斯多衣"，在神经高度紧张的情况下，是很容易"听错"的。而且他在念36号的时候，眼睛并不盯住36号，而是盯住别的同学。假如他重复三次，36号同学还不站起来的话，马上就要被记一个0分。而如果不是36号同学，而是别的号码的同学（经常是被他盯住的那一位）站起来的话，也要被记一个0分。几乎每节课都会有人被记0分。那时是采取5级记分法，挨了一个0分，那是很惨的事，需要挣回许多个5分才能补平。站起来之后，第二步是回答问题，倘若你在10秒钟之内不能开口，他就会毫不留情地催你："贝斯特烈延（快点）！"倘若你回答问题没把握，想用小声咕噜来混过去，他又会紧盯住你来上一句"贡隆切（大声点）！"总而言之让你无处可逃。俄语王的另一个"毒招"也很让我们恐惧。每天晚上的俄语自习，我们有时做完了俄语作业，就会把余下的时间用来做数学作业或者看别的书。每当这时，他就会像一个克格勃，从教室后门进入，不声不响地踱到你的身后。被他逮住的人好像没有哪个不哭的。因为他的惩罚手段太狠——当众宣布，某某同学，请拿笔出来记录，第一单元的1、2、3、4题，第二单元的6、7、8、9题，第三单元的……题量之大，你就是熬两个通宵也做不完。杀一儆百的效果是显著的。此后我们在俄语自习时间里就是做完了俄语作业，看腻了俄语书，也不敢染指别的科目。俄语王还曾经在课堂上痛斥过一位同学，并使用了"厚颜无耻"这个词。这位同学平时爱耍小聪明，学俄语也想走捷径，他把俄语通通用汉语来注音，比如："玉米长得大"注成"姑姑鲁杀，巴黎杀鸭"；"玉米长得高"注成"姑姑鲁杀，杀了大鸭"。当他把《共青团员之歌》中的歌词"我们再见吧亲爱的妈妈，请你吻别你的儿子吧"注成"打死勿打你呀妈妈捏戛溜，大疤瘌瞎眼打泼了一桶粥"的时候，被俄语王逮住了。我们都认为训得好，因为这种捷径走下去，这位同学只能成为一个光会说话而不识字的文盲。

俄语的语法很复杂，性、数、格，弄得人常常头脑发昏。为了提高我们的俄语水平，俄语王为我们几乎每一个人都介绍了一位苏联朋友。我的朋友是一位列宁格勒的女学生，叫依娜。从照片上看，她挺可爱，脸上似乎还有一点雀斑。我们之间的俄语通信一直保持到中苏关系全面交恶。除了写信，我们还互赠礼物。我给她寄过桂林山水的明信片；依娜送给我的一本反映苏联人造卫星的小画册，我一直保留至今。通过这种活动，我的俄语水平提高很快。

尽管俄语王的课上得很好，但我仍然觉得他还是投错了行。假如他去演话剧，很可能会成为一个大师级的演员。他给我们上《刘胡兰》这一课，用俄语朗诵一遍，不知为什么，朗诵到刘胡兰与敌军官的对话时，竟把我们全班同学吓得伏在课桌上，没有一个敢抬头看他，甚至大气都不敢出。"你是刘胡兰吗？""是的，我是刘胡兰！""你是共产党员吗？""是的，我是共产党员！""村里还有谁是共产党员？""不知道！""再不说，我就杀了你！"……敌人的杀气腾腾与刘胡兰的英勇刚毅，用俄语来表现，那真是淋漓尽致。朗诵完毕，我们抬起头来，仍瞪着一双双惊恐的眼睛，半晌回不过神来。过了一会儿，他把我和另一个女同学叫起来，让我扮演敌军官，女同学扮演刘胡兰，于是我和那位女同学便仿照他刚才那种语调演习起来，谁知，我们的大喊大叫引起的却是一场哄堂大笑。俄语王也张大了嘴巴，"嘿"了半天也合不拢口。他说，"达瓦里西彭（彭同学），你很像一个美国佬在说俄语！"

俄语王的歌唱得很好，美声唱法。登台的时候穿一身藏青色呢中山装，一只手优雅地搁在钢琴盖上，风度好极了。那年月不兴穿西装，倘若他穿西装，一定气派得不得了。拿手的歌曲是《延安颂》和《太行山上》。让人充分领略他的演艺才华的是后来学校排演大型歌剧《白毛女》，他出演恶霸地主黄世仁。叫人没有料到的是，他除了把黄世仁的凶残暴戾演得入木三分之外，还把这个老地主的淫荡好色演得活灵活现。演喜儿的是教我们体育的周老师，她的身材十分健美，自由体操做得尤其好。俄语王看她的时候，那色眯眯的目光，着实叫人要为喜儿捏一把汗。演到他把喜儿抢到手，准备着做新郎，摇晃着身子唱的那段"八月（那个）十五，桂花香；张灯（那个）结彩，全家忙"时，脸上得意加无耻。有人说恨不得当场就想上台去揍他一家伙。全剧演到最后，出现一个败笔：黄世仁恶贯满盈，在被"拉出去"之前，贫下中农要开他的斗争会，无论按道理还是按剧情要求，黄世仁都得下跪。扮演狗腿子穆仁智的蒋老师扑通一声就跪下去了，可俄语王他不肯跪。导演是教物理的谢老师，用了整整半天给他"说戏"，就是说不通。最后只好搬来校长，校长指出：在舞台上，你就不再是一名光荣的人民教师，而是一个罪恶滔天的阶级敌人，你打死了杨白劳，强奸了杨小喜，你罪大恶极，必须向革命人民下跪。可是，无论是谁，无论说什么样的道理，俄语王他就是不跪。他抱着一个死心眼：膝盖代表我本人的尊严，任何情况下都不能跪。在这个问题上，他始终不能"入戏"。最后精明干练的谢导也只好摇头，改为让他蹲在地上，双手抱头，在革命群众的批斗下直打哆嗦。这个俄语王，真倔呀！

高考填报志愿时，俄语王一直做我的工作，希望我把外语院校或者大学的外语系填报第一志愿。我当时很是犹豫，我对他说，报外语系我没有足够的把握。他一直给我打气，除了"包你能考上"这句话没说外，什么话都说到了。最终我也填了外语系，只是把它放在第三志愿。后来在考场上打开外语试卷，我便后悔没有听取俄语王的劝告，外语试卷上的题目对于我来说，简直如同吃豆腐那么容易！当然，与其说是试题太浅，不如说俄语王平日教得太好。第二天我考完俄语口试与听力，俄语王又告诉我，主考的老师对他夸奖我的口语很棒，说罢便再一次对我没把外语系放在第一志愿表示深深的惋惜。

上大学后不久，"文化大革命"就开始了。先是传来俄语王是"苏修特务"的消息，主要证据有两条，一是他一直订阅《真理报》并一直与苏联人有联系，第二则是他不知教唆了多少学生与苏联学生通信，培养修正主义苗子。不久又传来一些老师遭凌辱折磨而死的消息。再过一阵便传来了俄语王的死讯。他是自杀身亡的。他的膝盖没有向任何人下跪过。

想不到三十年后我有幸到俄罗斯参加书展，还到了魂牵梦萦的圣彼得堡（当时的列宁格勒）。当年的依娜已经无从找到，我却在展厅里看到了一大群中学生。许多学生还到我们的展台来参观咨询。我觉得每一个女孩子妩媚动人的脸上，都有依娜可爱的影子。离开圣彼得堡的前夜，正是中秋节，在晚宴上我用俄语唱了一首《三套车》。在场的人都说我唱得很动情。是的，我是想起了教授我俄语并介绍我与依娜交上朋友的俄语王，他是我一生中最值得我尊敬的老师。

故乡小镇的一段移民史

彭　匈

　　我的出生地，一个依山傍水的小镇。山很一般，水却有些名气——漓江、茶江、荔江三条江水在这里骤然汇合。陆路交通未曾发达的年代，货物的集散，主要靠的是船。这里溯流而上是桂林，顺流而下是梧州。全是大地方。船到时，不是一只两只，而是一批又一批。每当红帆落定，岸边便响起"码头夫"的号子，大街上，行商坐贾，进货出货，也是一阵子紧忙，吆喝声算盘声响成一片。

　　镇上的居民，来头都很远，以广东、湖南、江西、福建四省的人为主，故而口音很乱。在街上，大家讲的本地话里带有很重的外地口音，一听就知道他是从哪方来的。回到家里关起门，更是叽里咕噜讲自己的家乡话。广东人讲话，尽管久不时夹句把"丢那马"，但总的来说还比较斯文。湖南人嗓门大，又喜欢远远地大呼小叫，显得很嘈，故而有"宁可听广东人吵架，不愿听湖南人讲话"的说法。我家是江西人，祖父从吉安来到这里，在下关街做纸品生意。江西人节俭，靠精打细算发家，加上江西话说"吃"为"呷"，故而当地人根据这些特点，便总结出两句话：一句是"江西老表呷大肠"，意思是江西人挣了钱舍不得吃，尽买些猪下水，花少量的钱便可得一大篮；第二句就完全没有道理了："江西老表开药材，卖不完，自己呷。"据我观察，江西人的节俭，主要是针对自家人的，在饮食穿着上能省则省，几近刻薄，而对于外头人，尤其是对顾客，出手还是大方的。否则，生意怎能做得红火？江西人做生意的胃口很大，开百货店，开"苏杭铺"（经营布匹绸缎），开药材铺，开染坊，开纸品店。

广东人比较精，办贸易货栈，做转手生意，本地称他们为"水客"。经常见水客们一天到晚在茶楼酒肆里吃东西，显得很会受用的样子。我们家有一阵寄宿过一位广东水客，姓高，我们称他高先生，称他夫人为高太。高太是个高大的女人，比高先生高出一个头。他们的独生儿子叫高佩罗，名字和举止都很优雅，我们则把他叫作"箩筐"，并经常打哭他。高太很会做菜，无论是豆豉蒸排骨还是油炸虾球，都能使我们不停地咽口水。他们吃得少而精，我们讥之为"猫仔食"。当然，也不是所有的广东人日子都过得很潇洒，辛辛苦苦只赚得些蝇头小利的也不乏其人。有一个圆头圆脑的广东人，胸前挂着个大大的玻璃镜盒，满街推销"菠萝面包"，每天只卖两轮，那时消费水平低，吃得起"菠萝面包"的人不多。还有一位走街串巷叫卖"上海钢针"的，一天到晚都没见他停过脚。这位精瘦的广东佬手上有一件奇巧的道具，五块铁片串在一起，手腕一抖，便发出"玎玲玲玲"一串脆响。这个道具在北方叫作"惊闺"，女人们听见，就会从闺房里走出来买他的"上海钢针"。广东人也有做技术活的，半边街就有一家机械铺，有一台手摇机床，车一个陀螺要摇出一身汗。

相比之下，湖南人比较辛苦，多半做码头夫，也有做毛笔，做雨伞，做裁缝的，故而当地又总结出一句话："广东猪，湖南牛，江西老表癞子头。"这话虽不中听，说的却大抵也是事实。搞不懂是什么原因，老辈江西人癞子头确是不少。癞子不知医学名称叫什么，只是样子不太好看，头上一小圈一小圈，有点像庄稼地遭了虫灾的那种情形。到了我们这一代，头上也长过一些"鸡屎堆"，奇痒，若一直抠下去，恐怕迟早也要成为癞子的，后来卫生条件改善了，才没有恶化下去。也莫怪别人老是调侃江西人，江西老表里面，也很出了几个怪人的。一个是上关街的曹道记，他老人家有个怪癖，喜欢打喷嚏。喷嚏这玩意儿不是想打随便就能打的，于是他只要一闲下来就自己"制造"喷嚏——用草须来旋鼻孔，火候到时，就"乒乒乒乒"乱打一气，有时竟能连打一二十个。于是便又有"曹道记打喷嚏通街人没得睡，保和堂的中药卖得贵，刘原记的棺材没得人睡"的说法。后面两句说的好像也是江西人，保和堂的中药尽管贵，但质量高；刘原记的棺材，在用料上无可挑剔，只是"短小精干"了些。

外地人当中，讲话最难懂的是福建人，不要说大体意思，有时听了半天，连一句都听不懂。我们只知道他们叫"阿嫁"不是叫阿姐而是叫娘。福建人跟镇上的交流也比较少，他们总是默默地做他们的事。

比较张扬的是广东人。应该说，对于小镇的文化，广东人有两大贡献。一是粤菜和各种广东小吃。平心而论，湖南菜咸、辣，是居家过日子的饭菜。江西人的饮食，前面已经说过，不值一提。唯一称得上享受的是广东人的膳食。苏芳记的绿豆沙、芝麻糊、叉烧包、裹蒸粽，出笼时一条街都香透。广东人的第二大贡献是一个娱乐项目：醒狮队。本地只有一种"木头狮子"，从形象到舞法到锣鼓点，都土俗单调，跳来跳去就那两下，完全不能与醒狮相提并论。本地人极善于给外来的东西安一个土名字，如曼陀罗花本地人叫"闷头花"，兰花根本地人叫"猫屎糖"，摩托车本地人叫"啵啵车"，于是醒狮就叫作"大头狗"，既生动又形象。遇上大头狗"抢青"，就等于有半天精彩节目看。那"青"从楼上的窗户伸出来，吊着一片青菜叶，菜叶里隐藏着一个封包。这时醒狮队的汉子们便一个个赤膊了上身，扎成三层人梯。我们都知道，汉子们赤膊了上身并不是为了亮出那饱满的筋肉，而是那炮仗从高处泻下时，落到身上无挂无碍。人梯扎得停当，大头狗便抖擞精神，随着鼓点，攀着人梯，一层一层地舞上去，直到把"青"衔到嘴里。有时也抢"水青"，店铺门前桌案上放一盆水，大头狗咬住那盆水，得意扬扬地跳跃腾挪，待众人看得正上瘾时，它便猛地一甩头，我们挤在前面的娃儿立刻就成了落汤鸡。

跳大头狗的人是无名英雄，因为他们一直躲在狮被里，实际上最出风头的是打鼓的。镇上狮子鼓打得最出色的有两位：一位是工人俱乐部的"肥婆"，一位是统一照相馆的叶四。肥婆高大威猛，脾气很丑；叶四是个驼子，人很纯和。两个广东佬的鼓技各有千秋。后来肥婆颈脖上生了一串"老鼠栗"（实为淋巴癌），死了，好多年以后，镇上的人都还说"可惜"。

镇上常年四季都保持着一些流动人口——主要是船上人。船上人讲的是船上话，我们有时也听得懂几句，比如"吃肉"，他们叫作"切榨"。但遇到新名词他们就消受不了，如"社会主义""统购统销""拖拉机"等，于是便经常听见他们的话里面土洋结合地夹杂着一些"现代化词语"。那时，猪肉凭票供应，便常听见他们说"切计划榨"和"切高价榨"。他们的工作极为辛苦，船上滩的时候，肩膀顶着竹篙，身子几乎匍匐于地，嘴里发出"呀呀呀呀"的惊天动地的嘶啸。"逆水行舟用力撑，一篙不进退三寻"，就是他们的写照。待到水势平缓时，他们的姿势也会十分洒脱，嘴里发出"哎衣嘞呃，哎衣嘞喔"的悠闲至极的歌吟。人们说，一苦撑船，二苦种田，是有道理的。船上人有三种嗜好，一是穿云纱衣，这种衣服凉快，易洗易干，穿在身上还有一点派头。二是镶金牙齿，一笑起来，闪闪发光。弄了两个辛苦钱，又无须建房子，镶在牙齿上，既美观又保值。三是看桂戏，戏园里的座位，有一半是他们包了的。他们漂泊无定，无法上学念书，但他们经验丰富，充满自信。有一次县里征招航标员，一些船上青年前去应征，体检时，看色盲表，表上的图形分明是"352"几个阿拉伯数字，那船上青年扫了一眼便脱口而出："脚鱼！"还指出哪里是头，哪里是尾巴，把个医生当场就笑岔了气。他们经常吃一种形如年糕，味似粽子，颜色翠绿的粑粑，名字叫作"假粽"，那与众不同的颜色是用蒜叶捣汁搅拌而成的，这种百吃不厌的"绿色食品"很快就被岸上人家接受并普及开了。

镇上有粤东会馆、湖南会馆、江西会馆和福建会馆。风格迥异的会馆建筑体现了各省人们的审美意趣。每逢会期，自有一番热闹。会馆的任务是增强本省人的凝聚力和保护本省人的合法权益。五方杂居的生意人一直都遵纪守法，勤勉自励，相互间大体上也井水不犯河水。解放后他们也很听党的话，50年代公私合营，家家户户敲锣打鼓接受改造。那一阵，炮仗天天响，大头狗、木头狮子都很风光了一回。

醉花阴

丘晓兰

我时常想：中国，怕是世界上最精通享受之道的国度；而中国人，也是世界上最懂得品味各种最细微的美好，享受最精致，或者，最粗糙的生活的族群了。

古代宫廷里的奢华繁复且不去说它，便是民间稍富足的人家，在过起日子来也是习惯性地要把享受推到极致的。比如在鞋底上绣花，在食物上刻绘，在住处焚香，在旅游或者出差的时候写几个字吟两句诗等等，风气流传直到今天。可谓各有花巧，源远流长。

过这样的日子是需要物质基础的，同时也暗藏着精神。

作者简介

丘晓兰（1972—），生于广西南宁，祖籍广东梅县。发表小说、诗歌、散文、评论近百万字。著有散文集《完美的一天》《幸福是一种简单》《乡韵土风》和长篇纪实文学《虹起邕江》等。作品多次被转载或获奖并入选各种选本。现为广西作家协会副主席，南宁市作协主席，南宁文学院院长，《红豆》杂志社社长、主编，南宁市"绿城玫瑰"女作家群负责人。

作品信息

《醉花阴》原载《扬州日报》2007年8月8日。获《人民文学》杂志社、扬州市委宣传部主办的"纪念欧阳修千年诞辰"暨"千年欧阳修征文大赛"一等奖。《扬州晚报》2007年8月11日、《人民文学》2007年第11期和《作家文摘》第1077期转载。以"醉花阴·享太平"为题刊发于《中国艺术报》2017年5月15日。入选《绿城星光：1995-2008年南宁市文学精品选》（下卷），广西民族出版社2008年12月版。

京剧《天官赐福》里有这样一段唱词："雨顺风调，万民好，庆丰年，人人欢乐，似这等民安泰，乐滔滔。在华胥时，见了些人寿年丰，也不似清时妙，似这等官不差，民不扰，只俺奉玉旨将福禄褒。"——这是很经典的中国特色了。剧目、情节、唱词，从里到外，从头到脚，都透着浓浓的中国味。这段唱词还有一个曲牌名，叫"醉花阴"。

是啊，过这样的日子，不醉哪行呢？不醉上那么一两醉，那才叫怪了。而且还不能轻易地醉在别处，要醉在花阴里，那才叫有滋有味，有传统，有文化，有遗风啊！

这歌舞升平万民好，人欢乐，令人有微醺迷醉的感觉或曰社会状态，是古往今来从上至下无数中国人几乎就是毕生的一个向往和追求。所不同的是，一般人只想着自己要怎样才能过上，或者比别人先过上这样的日子；目标和理想更远大一些的人则清楚，只有整体的和谐才会有真正的个人的好，所以，到底要怎样，才能让天下人都过上好的日子呢？但这"享太平"的愿望和向往的强烈程度却是万众归心地一致的。

因为向往得太甚，就有点等不及了。等不及所有人的日子都好起来了再共享同欢，也等不及个人的"物质与精神双丰收"了再享受。那就让一部分地方，某一个层面先享受起来吧！哪怕有被降格为享乐的谴责。这样，无论什么时候，我们就有了总可以享受的所在。大至一个都城，小至一双鞋垫、一杯黄酒。

然而，这也是文化。我们中国人的文化。出了很多很琐碎的小玩意，也包容得了很高远的抱负和情怀。

比如"烟花三月"要下的那个扬州，就"夜市千灯照碧云，高楼红袖客纷纷"，十足一个销金地。所以要先"腰缠十万贯"了，才能骑着鹤去那里享乐。公元1048年的元月，一个叫欧阳修的文豪也到扬州去了。不过他不是带着钱去消费的，而是一个因谏被贬到扬州去做太守的京官。不见得文豪就不喜欢享受，相反的，还更会享受。但欧阳修是个有情怀有理想的人，他的目标是要尽量多的人都过上能享受、会享受的日子。

扬州，是个多好的地方啊！"十里林亭通画舫""泛舟湖上，为居民游览之良法"。瘦西湖边，荡舟游园：红桥修禊、长堤春柳、梅岭春深、赏月胜境、湖心钓台、莲花浮水、白塔晴云、四桥烟雨……犹如一颗颗明珠，镶嵌在瘦西湖这根玉带上。正是："西湖弯弯水迢迢，两岸绿柳夹红桃，画舫轻移拨绿水，湖中西子更妖娆。"更有勾人心魄的二十四桥诗，让多少骚人墨客对一个叫扬州的地方心旌摇动，每每念及都不能自已啊！

天公的恩赐与人间的能工巧匠，把一个叫扬州的所在，洇染得繁华富足如诗如画。人们的衣食住行也因此更多了别处不能有的讲究。八大菜系里的淮扬菜，到今天了，也还是全体中国人的骄傲之一。

若是大家都能过上这样能享受，又真正会享受的日子，多好哇！那才真正是"醉花阴，享太平"的好日子呢！

我猜那自号"醉翁"的欧阳修就是这么想的，因为他就是这么做了的。在扬州任职不过一年的时间里，他施行"宽简之政"，又使用自己会写文章的特长感化民众。对自己，亦不忘精神世界的修养，使之更为饱满。且看《避暑录》中"公余之暇，携友来此，并邵伯湖取荷花千朵，置客人间，击鼓传递，依次摘瓣。轮最后一片者，饮酒一杯，赋诗一首。往往到夜，载月而归"的此情此境，是否《论语》中孔子"暮春者，春服既成，冠者五六人，童子六七人，浴乎沂，风乎舞雩，咏而归"高远情怀的传承呢？

在扬州不过一年时间的欧阳修，用语言，用文字，用行动，不仅为后人留下了"文章太守"的千古佳话，告诉了人们他所认为的大享受，也令扬州因之有了精神的高度，而与其他同样也很华丽也很富足的城市有了区别。

"故人西辞黄鹤楼，烟花三月下扬州。孤帆远影碧空尽，惟见长江天际流。"是李白在景物、人事的感悟与超越中得到了享受的记录。也为后人在摇头晃脑地吟哦佳句的片刻，提供了来自精神的享受。我们不是李白、欧阳修，却同是对"醉花阴，享太平"心向往之而常常不能自已的中国人。否则，又哪里会有"鹅湖山下稻粱肥，豚栅鸡栖半掩扉。桑柘影斜春社散，家家扶得醉人归"的诗句流传，和"桃花源"式的千年向往呢？

在最容易磨损的衣领和袖口上绣最精细的花，在最无关处下最大的功夫只为换得一两句好听的、赞美的话，并从中得到最享受的感觉，似乎是国人一直以来就最擅长的本领。所以我们在鞋底上绣花，在食物上刻绘，在住处焚香，在没有衬衣穿的年代有滋有味地戴上个假领子、假袖口，在旅游或者出差的时候写几个字吟两句诗，在忙了或闲了的时候吼两句：雨顺风调万民好，庆丰年人欢笑……这当然也是一种享受，一种文化，我们传统的文化。

这文化奇怪地催生了在几颗茴香豆和"茴"字的四种写法中也能得到享受的孔乙己，和沉浸在"我们先前……"也能陶醉的阿Q，幸而我们也有这世上最坚韧的神经和最智慧的头脑。

总会有越来越多能够发现阿Q的鲁迅，能够身体力行，忠言直谏的欧阳修，能够把"和谐"完美地拆解为"人皆有饭吃，人皆能畅言"的人的吧！人类最美好的愿望，真的也不过是祈愿所有的人都能享受到来自物质与精神的赐予，做一个真正的舒展的人。届时，我们于最细微处出精神、得享受的传统将成为最高雅的艺术，大放光芒。这样的好事，又岂可不醉一下花阴呢？

｜创作评论｜

翻开晓兰的散文，迎面扑来的是一个充盈丰赡而又异态纷呈的文学世界。其笔墨之间，有历史的寻觅，也有现实的烛照；有都市的写意，也有乡土的纪实；有风物的点染，也有世态的描摹；有人生的对话，也有心灵的独语……如此这般的林林总总，你如果是蓦然相遇，也许会目迷五色，不过细加体味，仍可见一条清晰的线索与一种稳定的取向，这就是，作家对记忆之门的深情回眸，对时光之水的精心打捞，它让人想起王鼎钧先生关于以笔捡拾生命脚印的说法。从这一意义讲，晓兰的散文最终是"我"的心灵史和成长史。

——古耜：《生命之河里的爱与痛——丘晓兰散文读感》，《文学报》2012年7月19日

故乡，您终于代替了我的母亲

东　西

三年前，母亲在一场瓢泼的大雨中回归土地，我怕雨水冷着她的身体，就在新堆的坟上盖了一块塑料布。好大的雨呀！它把远山近树全部笼罩，十米开外的草丛模糊，路不见了，到处都是混浊的水。即使这铺天大雨是全世界的泪，此刻也丝毫减轻不了我的悲。雨越下越大，墓前只剩下我和满姐夫。我说："从此，谷里跟我的联系仅是这两堆矮坟，一堆是我的母亲，另一堆是我的父亲。"

我紧锁心门，强冻情感，再也不敢回去，哪怕是清明节也不回去，生怕面对宽

作者简介

东西（1966—），原名田代琳，出生于广西天峨县。著有长篇小说《耳光响亮》《后悔录》《篡改的命》，中短篇小说《没有语言的生活》《救命》《我们的父亲》《私了》等。后结集出版《东西作品系列》(8卷本)(上海文艺出版社2016年版)。部分作品被译为法文、德文、日文、泰文等版本。多部作品被改编为影视剧。中篇小说《没有语言的生活》获首届鲁迅文学奖。现为广西作家协会主席，广西民族大学驻校作家。

作品信息

原载《新京报》2007年12月11日，刊载于《广西文学》2008年第1期。收入散文集《挽留即将消失的情感》(花城出版社2009年版)、《谁看透了我们》(江苏文艺出版社2011年版)、《叙述的走神》(上海文艺出版社2016年版)，入选《2007中国年度散文》(漓江出版社2008年版)、《2008中国散文年选》(花城出版社2009年版)、《大学语文（大学版)》(广西美术出版社2009年版)、《重返故乡》(广西人民出版社2011年版)等。

阔的灰白泥路，生怕空荡荡的故乡再也没母亲可喊。但是，脑海里何曾放得下，好像母亲还活着，在火铺前给我做米花糖，那种特别的浅香淡甜一次次把我从梦中喊醒，让我一边舔舌头一边泪流满面……

如果不是母亲，我就不会有故乡。是她，这个46岁的高龄产妇，这个既固执又爱幻想的农村妇女，在1966年3月的一个下午把我带到谷里。这之前，她曾生育三个姐姐，两个存活，一个夭折。我是她最后的念想，是她强加给未来生活的全部意义，所以，不管是上山砍柴或是下田插秧，甚至大雪茫茫的水利工地，她的身上总是有我。挖沟的时候我在她的背上，背石头的时候我在她的胸口。直到6岁时上小学，她才让我离开她的视线。去小学的路上有个水库，曾经淹死过人。她给我下命令：绝不可以欺水，否则就不准读书！老师家访，她把最后一只母鸡杀来招待，目的是拜托老师在放晚学的时候，监督我们村的学生安全走过水库。她曾痛失一个孩子，因而对我加倍呵护，好像双手捧着一盏灯苗，生怕有半点闪失。

11岁之前，我离开谷里村的半径不会超过两公里。村子坐落在一个高高的山坡，只有十来户人家，周围都是森林草丛，半夜里经常听到野生动物的叫唤。天晴的时候，站在家门口可以看到一浪一浪的山脉，高矮不齐地排过去，一直排到太阳落下去的远方。潮湿的日子，雾从山底漫上来，有时像云，有时像烟，有时像大水淹没我们的屋顶。冬天有金黄的青冈林，夏天有满山的野花。草莓、茶泡、凉粉果、杨梅、野枇杷等等，都曾是我的口中之物。"出门一把斧，每天三块五"，勤劳的人都可以从山里摘到木耳、剥下栓皮、挖出竹笋、收割蒲草，这些都可以换钱。要不是因为父母的工分经常被会计算错，也许我就沉醉这片树林，埋头这座草山，不会那么用劲地读书上学。是母亲憋不下这口气，吃不起没文化的亏，才逼我学会算术，懂得记录。

因为不停地升学，这个小心呵护我的人，不得不眼睁睁地看着我离开她，越来越远，越来越远。13岁之后，我回故乡的时间仅仅是寒暑假。我再也吃不到清明节的花糯饭，看不到秋天收稻谷的景象。城市的身影渐渐覆盖乡村，所谓想家其实就是想念家里的腊肉，担心父母的身体，渴望他们能给我寄零花钱。故乡在缩小，母亲在放大。为了找钱供我读书，每到雨天，母亲就背着背篓半夜出门，赶在别人之前进入山林摘木耳。这一去，她的衣服总是要湿到脖子根，有时木耳长得太多，她就捡到天黑，靠喝山泉水和吃生木耳充饥。家里养的鸡全都拿来卖钱，一只也舍不得杀。猪喂肥了，一家伙卖掉，那是我第二个学期的路费、学费。母亲彻底想不到，供一个学生读书会要那么高的成本！但是她不服输，像魔术师那样从土地里变出芭蕉、魔芋、板栗、核桃、南瓜、李子、玉米和稻谷，凡是能换钱的农产品她都卖过，一分一分地挣，十元十元地给我寄，以至于我买的衣服会有红薯的味道，我买的球鞋理所当然散发稻谷气息。

直到我领了工资，母亲才结束农村对城市的支援，稍微松了一口气。但这时的她，已经苍老得不敢照镜子了。她的头发白得像李花，皮肤黑得像泥，脸上的皱纹是交错的村路，疲惫的眼睛是干水的池塘。每个月我都回村去看她，给她捎去吃的和穿的。她说村里缺水，旱情严重的时候要到两公里以外的山下挑，你父亲实在挑不动，每次只能挑半桶。那时我刚工作，拿不出更多的钱来解决全村人的吃水问题，就跟县里反映情况，县里拨款修了一个方圆几十里最大的水柜。她说公路不通，山货背不动了，挣钱是越来越难。我又找有关部门，让他们拨了一笔钱，把公路直挖到村口。她说某某家困难，你能不能送点钱给他们买油盐？我立即掏出几张钞票递过去。在我有能力的时候，母亲的话就是文件，她指到哪里我就奔到哪里，是她维系着我与故乡的关系。

后来，父亲过世了，我把母亲接到城市，以为故乡可以从我的脑海淡出。其实不然，母亲就像一本故乡的活字典，今天说交怀的稻田，明天说蓝淀塘的菜地，后天说代家湾的杉木。每一个土坎、每一株玉米都刻在她记忆的硬盘里，既不能删除也休想覆盖。晚上看电视，明明是《三国演义》的画面，她却说是谷里荒芜的田园。屏幕里那些开会的人物，竟然被她看成是穿补巴衣服的大姐！村里老人过生日她记着，谁家要办喜酒她也没忘记，经常闹着回去补人情。为了免去她在路上的颠簸，我不得不做一把梭子，在城市与故乡之间织布。她在我快要擦掉的乡村地图上添墨加彩，重新绘制，甚至要我去看看那丛曾经贡献过学费的楠竹，因为在她昨晚的梦里大片竹笋已经被人偷盗。一位曾经批斗过她的村民进城，她在不会说普通话的情况下，竟然问到那个村民的住处，把他请到家里来隆重招待。只要能听到故乡的一两则消息，她非常愿意忘记仇恨。谁家的母牛生崽了，她会笑上大半天，若是听到村里某位老人过世，她就躲到角落悄悄抹泪。

有一天，这个高大的矮个子母亲忽然病倒，她铁一样的躯体终于抵挡不住时间的消耗，渐渐还原为肉身。从来不住院从来不吃药的她被医院强行收留，还做了化疗。三年疾病的折磨远远超过她一生的苦痛。她躺在病床上越缩越小，最后只剩下一副骨架。多少次，她央求我把她送回谷里，说故乡的草药可以治愈她的恶疾。但是，她忽略了她曾送我读书，让我有了知识，已经被现代医学所格式化，所以没有同意她的要求。她试图从床上爬起，似乎要走回去，可是她已经没有力气，连翻身也得借助外力。她一直在跟疼痛较劲，有时痛得全身发抖，连席子都抠烂了。她昏过去又醒过来，即便痛成这样，嘴里喃喃的还是故乡的名字。临终前一晚，不知道她哪来的气力，忽地从床上打坐起来，叫我满姐连夜把她背回故乡。我何尝不想满足她的愿望，只是谷里没有止痛针，没有标准的卫生间，更没有临时的抢救。因此，在她还有生命之前，我只能硬起心肠把她留在县城医院，完全忽略了她对故乡的依赖。

当母亲彻底离开我之后，故乡猛地就直逼过来，显得那么强大那么安慰。故乡像我的外婆，终于把母亲抱在怀里。今年 10 月，我重返故乡，看见母亲已变成一片青草，铺在楠竹湾的田坎上。我抚摸着那片草地，认真地打量故乡，发觉天空比过去的蓝，树比过去的高，牛比过去的壮，山坡上的玉米棒子也比过去的长得大……曾经被我记忆按下暂停键的村民，一个个都动起来，他们脸上的皱纹头上的白发第一次那么醒目。我跟他们说粮食，谈学费，讨论从交祥村拉自来水，研究怎样守住被邻村抢占的地盘，仿佛是在讨好我的母亲。如果说过去我是因为爱母亲才爱故乡，那现在我则是通过爱故乡来怀念母亲。因为外婆、父亲埋葬在这里，所以母亲才要执着地回来。又因为母亲埋葬在这里，我才深深地眷恋这座村庄。为什么我在伤痛的时候会想起谷里？为什么我在困难时刻家山北望？现在我终于明白，那是因为故乡已经代替了我的母亲。有母亲的地方就能止痛疗伤，就能拴住漂泊动荡的心灵。

Ⅰ 创作评论 Ⅰ

在小说的光耀之下，东西散文相对静默无声，但不能否认，东西散文独具情怀，用情至深，是不可多得的优秀文学作品，尤其是关于故乡题材的系列散文（以下简称"故乡"散文），如《朝着谷里飞奔》《父母桥》《狗窝》《故乡，您终于代替了我的母亲》《站在谷里想师专》等，蕴含着丰富的内容、理性的思考、明彻的人生感悟，令人动容的深情厚谊，写尽了作者对故乡、亲人由逃离、怀念至皈依的心路历程，以及陪伴一生的乡愁。

——石丽芳：《铅华尽褪的写作——小议东西"故乡"散文》，《吉林广播电视大学学报》2017年第2期

父亲传

黄土路

父亲就是我的乡下；

父亲就是我的老家。

——题记

一、站在树上的父亲

火车一直北上，我的心却越过平原起伏的小叶杨，一路往南。

好几个月了，我给父亲打电话，说我很快回老家去了，要待上好些天。不知道父亲听到这个消息是怎么想的，我已经好久没见到他了。春天的时候，我随一个电

作者简介

黄土路（1970—），原名黄焕光。壮族。生于广西巴马瑶族自治县，先后就读于河池学院数学系，广西师范大学中文系研究生班、鲁迅文学院第七届中青年作家高级研讨班。中国作家协会会员。著有小说集《醉客旅馆》，散文集《谁都不出声》《翻出来晒晒》及诗集《慢了零点一秒的春天》等。

作品信息

原载《广西文学》2008年第4期。收入散文集《谁都不出声》（金城出版社2014年版），入选《重返故乡》（广西人民出版社2011年版）。

影剧组去老家寻找景点。湖岸的草刚绿，眼前碧波荡漾，站在老家的湖边，我指着远处的一个山谷说，从这里往上，三公里，就到我家了。我给父亲打电话，说忙完手里的事情，我就回去。父亲对这个从天而降的消息似乎有些不知所措，他紧张地问我，在家里待多少天？我说，就一会儿，不过，我很快就会再回来的，到时会待上好长时间。父亲便满心欢喜地期待着。那一次，我只在家里待了十多分钟，来不及陪父亲聊一会儿天，没有坐下来跟父亲吃一餐饭，甚至，话也没多说上几句，我就匆匆地离开了。我低着头走出家门，走下门前的小斜坡，穿过村边的果林，一直到跨上朋友的车子，我一直不敢回头。父亲一直跟在我的身后，我害怕看见他眼里失望的眼神。

从三月到六月，一直到七月，八月，我一直期待着把手里的活忙完，然后回乡下去。不知为什么，今年我特别想回乡下，在那里好好地待着。我有很多年不干农活了，耕田，耘地，耨草，割稻谷，收玉米，或者到后山捡些枯柴，这些在少年时看来的一件件苦活累活，现在都生疏了。我不知道当我再次置身玉米地里时，我是否还能承受得了玉米地里的闷热，以及淌不尽的汗水，和玉米叶划在手臂上的辣、疼和痒。我是否还能回到收割后的稻草垛上，翻一个跟头，像儿时那样，带着满身的稻秸回家。

后山是一片莽莽森林，一年四季总有着不同的野果。我最喜欢的是无花果。无花果的果期长，春节刚过，树干上就挂起一串青果了，绿嘟嘟的，但直至七八月份，无花果才会慢慢变红。当它红得深沉，红得闪亮的时候，随手摘下一颗，小心地掰开它松软的外皮，皮里的白色的浆汁就会先渗出来，而皮下的果肉和里面糯糊状的甜蜜的果汁，会在你的舌上留下甘甜的回味。如今想来，那记忆竟有些遥远了。

还有野番石榴，那是一种滥长的野果树，在森林的边缘，在长长的茅草坡上，野番石榴树疯长着。每年八月，野番石榴熟了，香气随风飘荡，整个山谷弥漫着它淡淡的清香。孩子们每天都会去摘一些来吃，剩下的，却没有人想到拿到集市上卖，于是，那本来每天一摘的野番石榴，就会熟透，掉在地上，直到腐烂。而腐烂的地方，就会有新的野番石榴树长出来，恣意横生，密密麻麻。

还有野草莓，它的美味，却是跟一个伤心的故事是连在一起的。二十多年前的那个傍晚，我摘了野草莓回来，吃过晚饭，背起书包就去三公里外的初中上学，才到学校，村里的两个大哥就随后赶来，把我叫回去。母亲就是那个黄昏心脏病发作去世的。母亲抱着才一岁多的小妹，身子向前倾倒，再也没有醒来。村里的赤脚医生黎伯伯说，心脏病发作，如果是向后倒，还是有救的；向前倒，压着心脏，就很难救活过来了。母亲的心脏病总共发作了两次，第一次，她坐在凳子上，突然一阵心脏绞痛，片刻就向后倒去了。第二次，她扑倒，让我即使在村道上疯狂地奔跑着，也来不及赶上让她看最后一眼。

那个黄昏是我最后一次吃乡村野地里的野草莓了吧？此后整整二十年，我几乎没有在六月的时候回过老家了。每年春节回去，地里的庄稼已收割干净，山上的草木萧索一片，乡土之上的天空总是灰蒙蒙的。我不喜欢冬天，冬天里的故乡总是布满了愁云，就像父亲的脸，我很少在上面看到灿烂的笑容。即便是现在，生活好了，但在他的脸上，我看到的只是历尽沧桑后的平和。

无花果、野草莓、野番石榴的美味，还有扬穗时的稻香，这就是我心目中故乡的味道。当我渐渐明白这个浅浅的道理的时候，我已在城里生活好多年了。我没告诉父亲，我想回家，就是因为好多年没吃到家里的枇杷、黄皮果，还有山里的无花果、野草莓了。我想回家，就是想站在晴天下的故乡，看着夏天的草木静静地生长，或者，坐在他的面前，看着他咕噜咕噜地抽着水烟筒，然后抬起头来，回答我无聊奇怪的话题。

但手里的活儿哪时会忙完呢？编完手中的杂志，邮箱里还有着看不完的稿；一本写了近二十年的诗集，在出版社和印刷厂之间往返穿梭；一个最终不知能不能拍摄的电影正在写作中；还有职称，有些表永远也填不清；房子也终于买下来了，装修又花了几个月。我跟父亲说，等房子装修好了，你过来小住一阵吧。我知道父亲并不喜欢城市，乡下有他太多割舍不了的东西，但我还是希望他来城里待上一阵。至少，他的孙子渐渐懂事了，儿孙绕膝的欢乐他却很少享受到。

手头的活真的快忙完了，最新一期杂志印了出来；房子终于可以入住；接着，再去一个遥远的地方开一个会，回来就可以回家了。我买了火车票，突然想起给父亲打一个电话。电话通了，手机里传来父亲接电话时习惯的那一声长长的喂声。我这边人声嘈杂，父亲那边却显得很安静。爸，我说，你现在在哪里？父亲说，我在树上。我吓了一大跳，父亲说，今年的黄皮果熟咯，我正在树上摘黄皮果呢，今年的黄皮果，收成不错……父亲还说什么，我没听清楚，车站吵吵嚷嚷的声音把他的声音吞没了。听不清他的声音，我的眼前却清晰地出现他一边站在树枝上，一边拿着手机给我打电话的情景。家里的黄皮树都是些老树了，据说是爷爷那一辈人种下的。小时候，黄皮果成熟的时候，我和弟弟喜欢爬到树上去摘果。树枝纵横交错，有时候我们会从这棵树爬到另一棵，或者爬到树顶，爬到不能再往上爬了，这时，在那里站着，风吹过来，树枝和人都在摇摆，那种感觉就像一种惊险的表演。而我们的少年，就是在那种不断的冒险中成长起来的。我，弟弟，妹妹，如今天都长大了，都走出了乡村，只留下我们的父亲，站在我们曾站过的那棵树上。而此时，他仿佛在我的眼前，在风中，摇晃起来。

仿佛我的乡村，也在我的视野里，摇晃起来。

二、他的心里有一头豹子

接着，又两个月过去了，我还是没有回成老家。

我捡起包袱，竟到北京上学来了；从北京，还去了一些遥远的地方。

十月的时候，有一天晚上，我和朋友在内蒙古一个名叫赤峰的城市里唱卡拉OK。喝过酒了，我头有些晕，就拉了个帽子盖在脸上，躺在椅子上装着睡觉。音乐的声音震耳欲聋，我竟感觉身体变得轻盈了。我的目光仿佛穿过草原，穿过平原的树，穿过云贵高原上高悬的云朵，看见远在桂西北的我的小村庄，那是我童年中的老家。土制的榨糖机被老牛拉着，发出巨大的转动声，咕噜咕噜的甘蔗汁从榨糖机流出来，正顺着竹子做成的水槽，流到一排大铁锅里。火已熊熊地烧起来了，铁锅上用竹篾编成的蒸笼早已冒着蜂窝状的泡泡，空气中弥漫着蔗糖的香气。闻到这香味，在草坡上玩打仗的孩子们立即放下他们手中的枪，凑到蒸笼前，伸着脏兮兮的脸。再过一会儿，甘蔗汁变得越来越浓稠，颜色也会越来越深沉，他们就可以用甘蔗皮做成的勺子，一勺一勺地接着糖水，送到脏兮兮的嘴里了。

我甚至还看见自己的出生，听到自己人生的第一声啼哭。我还看到老屋的布帘被揪开，一个老女人探出头来，对紧张不安的父亲说，是个小子。父亲脸上的笑容就绽开了。

父亲那时是28岁吧？他穿着一件白布衣，手足无措地站着，脸上挂着一位年轻男人刚做父亲时的不安。我也是在28岁的那年做父亲的，坐在床上，我把襁褓中的儿子放在大腿上，儿子才大腿般长，他的脸粉嘟嘟的。看着他，我感觉生活突然变得有意思起来，那是一种新的开始，生命在那一刻起变得有意义了。

我不知父亲是不是有同样的感受，36年前，他会不会像我一样，把儿子抱在怀里，轻轻地摇晃着，让他感觉到一种颠簸和刺激？稍稍长大，看到父亲一见村里的孩子，就会凑上前去，捏一把，逗一把，咯吱一把，使尽各种手段，把孩子逗得咯咯直笑，我心里就很疑惑，父亲是不是也这样捏过我，逗过我，让我咯咯地笑个不停？

记忆中，父亲是一个性格暴烈的人，我和弟弟妹妹们做的事情让他稍感不顺，他就会暴跳起来，等待我们的是鞭子的抽打。我想，父亲的心里一定养着一只豹子，当它发作的时候，它在里面冲突着，奔跑着，让他变得无法自制，让他也变成了一只猛兽，横扫着家里本来就很少有的欢乐，让家庭笼罩着持久的阴云。

那时，我其实是村庄里最乖最听话的孩子，走在狭窄的村道上，看见大人，我会主动让到一边，打个招呼；碰上挑担的老人，我会迎上前去，抢过他们肩上的担子；回到家，我就会搬一张小椅子和一张小凳子，坐在门外的亮光处，安安静静地做作业。

但后来我的性格却变得倔强起来，因为父亲的鞭子。

鞭子是随手就可以从柴堆里捡起的树枝，当它挥起来时，我不由得开始抽着冷气，或者打着一个激灵，心里充满了恐惧。鞭子落在我的屁股上，我整个人往下沉，眼里蓄满了泪水，心里充满了委屈。后来，被打多了，我的感觉变得麻木了，我开始咬紧了牙关，把目光冷冷地盯住地上某处，任由他鞭打。有时我还把愤怒的目光投向父亲，这是一种挑衅和反抗。其结果是，父亲变得愈加不理智了，他的喉咙里发出咕咕的声音，鞭子飞快地在我的屁股上起落，我的屁股上开始出现一道道鞭印。还有一次，他竟把猎枪的引火器打开，枪口指着我的脑袋，狂暴地吼着：我打死你！一位父亲，他竟要亲手打死自己儿子，这在我的心里留下的创痕，一辈子都难以愈合，甚至，它抵消了父亲对我的种种好处。

父亲打累了，会坐到火灶前，咕噜咕噜地抽着水烟筒。我依然不敢动弹，只是一动不动地站着，目光冷冷地投在某处：门框、地上的一截木头、椅子的边角、透过竹篾编成的墙缝的光亮，但也冷静多了。父亲终于抽够烟了，他扛起猎枪或者锄头，上山或者下地，我才敢一点点地活动自己的手脚。我一点点地往门口挪动，然后趁家里人不注意，飞快地蹿出门去。出了家门，我就自由了，我开始像一个孤儿那样在村里游荡，然后找一个父亲找不到的角落，躲了起来。我想从此我不再回家了，也不会再吃饭。就让我死去吧，我在心里说，我死去，他不一定会心疼，但到那时他至少知错了。

有一次，我竟躲到家里的一棵大黄皮果树上去。黄皮果树是我曾祖父栽下的，差不多有两个人合抱那么大，树叶浓密，坐在树杈上，抱着树干，只要不出声，谁也发现不了。我悲伤的目光穿过树叶的隙缝，越过前边人家的瓦房和屋脊，看到自己的家门口。母亲从门中进进出出，呼唤着我的名字。母亲一定是急坏了，她的焦急的声音在村庄里回荡。但我还是咬住嘴唇，屏住呼吸，不让自己发出一点声音。我的脸上一定有泪，但我知道我不能回去，因为这是我与父亲的一场战争，我不能先败下阵来。母亲要担心，就让她担心去吧，我的心肠竟硬了起来。那时候，我体会不到一位母亲担忧的心情。

我就坐在树杈上，两天一夜。母亲找不到我，开始跟父亲骂起架来。父亲一定也觉得理亏了，他的脾气好像突然收敛起来，嘟嘟囔囔地应对着母亲，但他断然是不会跟着母亲一起去找我的。

三十年后我回到老家，母亲去世已有二十年了，她的坟上芳草萋萋。有一天，我跟村里的一位老人聊天，她突然问起我小时候的事情。她说，小时候，你父亲打你后，你躲到树上去，这事情你还记得不？我说记得！然后感到恍若隔世。她说，你母亲过树下不知多少次，一声一声地喊你，你就是不应，你们黄家的人啊，脾气都有点韧。韧，是我们壮话方言，意思是拧。我无言，突然感觉时间在我的眼前汹涌起来，三十年的时光转眼就过去了，我被母亲孤零零地丢在人世间，丢在时间的河岸上，而今天，站在村里这位老人面前的这个人，已不是当年的那个孩子了。

后来，经这位老人点拨，母亲才在树上找到我。她说，你们家的孩子爱爬树，他爬树，一般也是爱爬自己家的果树，你去看看。

母亲找到我时，我已在树上睡着了。蚂蚁爬在我的身上，蚊子叮在我裸露的皮肤上，甚至还有不知名的小虫，把我叮出了包包，但我浑然不觉。我是怎样从树上下来的？母亲是不是把我紧紧地抱在怀里？我已记不清了。也许，我一从树上下来，我的少年就这样过早地结束了，时间带走了一切，带走了母亲，还有记忆。

弟弟也长大了。一个个子蹿到一米七几，另一个蹿到一米八。父亲再也不能把他们吊起来打了。放假回家，父亲跟我们说着某件事情，有时竟遭到我们三兄弟的联合反对，这让他感到愤怒和无奈。他的目光只好又转向妹妹。妹妹坐在火塘边，勾着头，不说话。妹妹比我小十五岁，她是最后一个长大起来的。还抱在怀里喂奶的时候，母亲就去世了，母亲没有留下一张照片，母亲的容貌对她来说永远是一个谜。

在一个缺少母爱的环境里生长，小妹总是郁郁寡欢，多愁善感。她总是躲在一个不被人注意到的角落。开学了，交完三个哥哥的学费，妹妹的学费总是一拖再拖，从小，她总是不断地面临着辍学，有谁感受到她内心里的那种无助和绝望呢？我们一个个目光向前，总希望着脱离苦海。我先大学毕业，开始工作了，然后返过来送大弟上中专。大弟也毕业了，我们一起送小弟上高中，送小妹上初中。小弟高考没考上，补习，最后到部队当了一名特种侦察兵，退伍后，竟奇迹般地找到了工作。这个过程几乎过了整整十多年。

前几年，小妹也高中毕业了。她高考也没考上，又复读了一年。正当我和两个弟弟规划着她的前程的时候，她竟把父亲惹怒了。据父亲说，她把家里新装的电话，打了八百多元的话费。八百，在父亲心目中是一笔多大的数啊，1989年，为了我和弟妹的学费，父亲去银行贷了八百多元钱，结果十多年都没有还上。直到我工作好多年了，两个弟弟都工作了，这笔钱才还上。记得我去还那笔钱时，连本带利，已经变成两千元了。

记忆中的妹妹是我们家最可怜的孩子，几个男人，父亲和哥哥们，是不知道如何去关心她的，我们对她头发里长出的虮子感到手足无措。我理解妹妹，一定是什么人突然给她以家庭以外的关心，让她迷上了打电话。但妹妹也被八百元的话单弄傻了，看到了父亲眼中的怒火，她飞快地躲进自己的房里，把门从里边紧紧地关上。父亲把门拍得砰砰响，把门踹得不断晃动，妹妹就是不把门打开。她知道把门打开，父亲会因为这八百元钱跟她拼命的。门不开，父亲竟在门上泼上煤油，扬言要一把火烧了。事情后来是怎么平息下来的？我不知道，只是知道妹妹逃出了家门，逃出了村庄，有好长一阵时间，最后竟不在父亲面前露面了。

后来，我们把妹妹送进了中专学校，只读了一年，就被学校送到厦门的一个企业实习，从此在那个企业待了下来。从小到大，我们家最可怜的孩子，现在离我们大家都远了。我不知道，自从父亲把煤油泼在门上的那一刻起，妹妹的心里是不是也埋下对父亲的怨恨，从此再也不踏进这个家门？

春节要到了，我小心翼翼地给小妹打电话，问她春节是否回家？小妹平淡地说，回呀。我心里的石头突然放了下来。其实，从小到大，最疼父亲的是小妹。因为我们一直在外面读书，只有她，在父亲身边的时间是最长的。最艰难的时候，她坐在火塘边，勾着脑袋，黯淡地跟我们说，她不想读书了，想回家帮父亲干活。父亲怎会答应她的请求？父亲要求我们家的孩子每个人都必须读书。

春节到了，经历了二十多年风风雨雨的一家五口人，终于可以静静地坐在火塘边，聊着家常了。风在屋外呼呼地刮着，但不再让人感到小时候的那种寒冷。火塘里的火熊熊燃烧，铁锅架在火塘上，父亲正忙着炒米花。经过煮熟、晒得半干，用舂舂扁了的糯米粒，被父亲铲起，丢到油锅里，它们瞬间就绽开成白白的米花，那是一个灿烂的过程。炒完米花后熬蔗糖。甘蔗糖在开水里一点点地涸开，一点点地溶化，再过一阵，水里冒出一串串的糖泡，糖水越来越稠，越来越粘，父亲用一根筷条来定火候。做米花糖，火候掌握得好不好，是成败的关键。如果掌握得不好，做出来的米花糖就结不成块，就会散开。做米花糖是父亲的拿手绝活，他做的米花糖，几十年竟没有散过的。

我们东一句西一句地闲扯着，父亲压低声音，用气愤的声音向我们控诉着村里某些人对他的不敬，我们劝他用平和的心态对待家里和村里的事情。我们对他说，你现在都六十多岁了，应该好好地享受自己的生活了，不要动不动就跟别人动气。父亲嘟嘟囔囔地申辩着，但很快就停了嘴，我们趁机转换了话题。

儿子也被我带回来了。儿子是幸福的一代，他没受过什么苦，过的是无忧无虑的日子，这使他显得有些调皮，一口饭含在嘴里，半天也吃不下去。我发火了，把手在他头上扬起来，做出一副要打人的样子。父亲在一边竟先急了，他说，打孩子只能打屁股，不能打脑袋，打脑袋会把孩子打傻的，到时候你后悔都来不及，小时候，我打你们就是只打屁股。

父亲对打孩子，竟十分有心得。父亲不无骄傲地说，要不是我从小打你们，你们能有今天？

说到打人，大弟总是笑嘻嘻的，他上学的时候，蹿到路边的溪沟里躲起来，没去上学，让父亲知道了，因此父亲把他吊起来打。大弟笑嘻嘻的，他似乎觉得那是应该打的。

说到打人，我几乎是难以原谅父亲的，但我没提起小时候他把猎枪顶着我脑袋的事，也许他早已把这事忘了。

记得有一次，在我生活的城里，我跟在父亲的身后，走在来来往往的人潮和车流里。那是我第一次这么认真地看着父亲的背影，一位乡村的猎人，他的身影在城市的人流里左右躲闪，脚步竟有些晃，透着一种无助和不安。那一刻，我突然觉得父亲老了，在他身上，再也看不到当年在山里奔跑着追赶着猎物的影子。我记得小时候，我正在屋里煮玉米糊，屋边的小路上响起咚咚的脚步声，我就知道父亲回来了。我跑出家门，墙角探出一捆硕大的干柴火，然后父亲勾着头出现了。他把柴火砰的一声丢在地上，拉下挂在脖子上的汗巾擦汗。看着那捆硕大无比的柴火，我感觉自己一辈子都扛不动它。

但父亲毕竟老了，面前的父亲，不再是那个强悍的父亲了。他的身材瘦小，那已不是小时候我在阳光下仰望的高大无比的父亲了。由于缺了不少牙齿，他的腮帮瘪了下去，让我感觉他瘦弱不堪。

儿女们对父亲的理解，可能就是从父亲衰老开始的。我竟渐渐记起小时候父亲把我的屁股打肿后，用药酒涂着我屁股的一些细节来。他让我伏在他的膝盖上，撅着屁股，然后，浸了药酒的药棉在我的屁股上轻轻划过，一种凉丝丝的感觉浸透了开来，舒服得让我龇牙咧嘴。

我与父亲的战争，终于因为父亲的衰老停息了。我们面对面地坐着，父亲抽着他的水烟筒，我拿着手机开始玩游戏。这是大年夜，弟妹们都睡了，我和父亲还在聊着天，聊村庄的事情，等待新年的到来。有时候，我们聊我小时候的事情。父亲总想表示自己在任何事情上都是有道理的，包括用鞭子打我们，我也懒得去争辩了。我甚至想，我们四兄妹也许上辈子是父亲枪口下逃走的猎物吧？这辈子是来向他偿还什么的，受到他的鞭打，也许是命中注定的事情。

我心里最感激的是，不管在如何困难的时候，父亲咬着牙也要我们四兄妹读书。让子女读书，是他一生的信念。

在柴火熊熊燃烧的火塘边，父亲正抽他一辈子都离不开的水烟筒，红红的火光照在他的脸，脸上竟透着少有的慈祥的表情。父亲心里的那头豹子，如今也老了吧？它静静地蛰伏在他内心的一个角落，睡着了，好像永远不会再醒过来。

三、乡村的最后一个猎人

猎人，这个属于乡村的词语，一定能让你想起那个遥远的年代：森林，荒野，野兽四处横行，枪声，冒烟的树丛……

陈应松的小说《牧歌》发在我编的那期杂志上：猎王再也猎不到森林里的动物，他把猎枪无奈地卖给城里来的客人，作为装饰品。

其实我的父亲也是一位猎人，那时他有一把猎枪，一把冲锋枪。猎枪就挂在墙上，冲锋枪是父亲当民兵发的，他把它藏在内屋的柜子里。还有一只猎狗，总是跑在他的身前身后，然后箭一样地蹿出去，消失在前边的树丛后面。它一定是看见了松鼠，或者田野里的其他小野兽，因此兴奋地叫个不停。

我记得苍鹰在村庄上空盘旋，村庄里所有的鸡都开始往有阴影的地方跑。母鸡咯咯地叫着，催促着小鸡，但来不及了，苍鹰从高空像一块石头坠落，砸向鸡群，在一阵母鸡的尖叫和挣扎声中，复又飞快地升起，向村前草山上的那块岩石飞去。被捕获的总是母鸡，它的叫声在随着老鹰升起，在空中回响着，在到达那块岩石时已经消失了。村人目睹了整个过程，从老鹰的盘旋，到它落在草山的那块岩石上。在这过程中，有人一直"喝……喝……"地叫着，以为能吓跑那只正向母鸡俯冲的老鹰；甚至有人呼喊着我父亲的名字：卜送，卜送……我父亲并不是这个名字，他有一个让人嘲笑的名字：黄洪文。南方人，"黄""王"不分，在打倒"四人帮"那阵，甚至有人直接把我父亲叫"四人帮"。卜送这个名字，是因为我出生，并有了名字后，人们才按习俗称呼他的。卜，是爸爸的意思，送，是我的壮话小名。

我的父亲出现了，或许他就在家里抽着水烟筒，听到人们叫他，就飞快地放下水烟筒，跑出家门，那时老鹰已经升空了，只有失去母亲的小鸡们还在惊慌失措地叫个不停。或者他正在后山里打柴，听到村里人的尖叫，他飞快地跑回来。顺着村里人的手指，他隐约地看到老鹰，正站在那岩石上，脑袋一点一点地，撕扯着那只老母鸡。

父亲背着猎枪出发了。村里所有的目光都注视着他。他消失在村前的树丛后，不久又出现在对面的山上。他从侧面攀登，一点点地向着那块岩石靠近。不久，枪声在对面的山上骤然响起，一缕青烟似乎是为了告诉村人们父亲的位置。枪声过后，人们看见那只老鹰再也没有从那块岩石上飞起来，它再也飞不起来了。

也有意外的时候，他还没到那块岩石附近，老鹰就飞走了，向着草坡的高处飞去。村里的人们不由惊叫起来：飞了，飞了。父亲在对面的山上喊：飞哪边？村人们于是高声地告诉他，向那棵枫树飞去了。父亲越过那块岩石，向着那棵枫树进发，但不久他就垂头丧气地回来了。那只老鹰早已不在那棵树上了。不过，再过好些天，它又会在村庄的上空盘旋，引起村里的鸡们的又一阵恐慌。

记得小时候，家里火塘上总会垂下一根绳子，挂着一个木架。春节过后，木架上挂着一挂挂腊肉。腊肉滴下的油，不时地滴在我们放在火边烘干的白鞋，或者其他东西上，甚至干脆滴到火里，发出哗的一声，火突然旺起来了。

腊肉挂在那里，对我们永远是一种诱惑，但只有一些亲戚和朋友的到来，它才会被取下来。亲戚和朋友也许并没有什么事情，有时仅仅是路过，或者刚好到附近的山上寻找牛马，突然想起在这个村里，有一家亲戚，就折进来坐一坐，抽一筒烟，喝一口水。腊肉挂在那里，不取下来，是不合人情的，而且家里除了下蛋的母鸡，就没有什么可用来待客的了。于是，木架上的腊肉就渐渐少了，到农历三月初三，木架上的腊肉很快就没有了，这时，木架上悬挂的其他东西才突然引起了我们的兴趣，它们是：老鹰或者猫头鹰的爪子，动物的骨骼，差不多熏干了的小布袋一样的动物的胆囊……

父亲告诉我们，这些东西都是宝，因为它们都是可以入药的。对村里人来说，这些东西，还有门前木板上钉着的兽皮，似乎在提醒他们，这是一个猎人之家。

爷爷也是一个猎人，当然他后来入了党，参加了韦拔群在大革命时期组织的"三打东兰"中的两打，后来又转到乡苏维埃政府任民政助理。红七军北上后，东凤根据地陷在一片白色恐怖之中，他不得不改名留下来，做了地下联络员。在我的印象中，爷爷不过是乡间一个普通的喜欢种菜的老头，在他的身上，我看不出曾有过的传奇。但他的哥哥，就是有一次在给他送子弹的路上，被敌人在邻村打死的。

说起爷爷的枪法，父亲总是嗤之以鼻，因为打了大半辈子的猎，爷爷只打下一只黄猄，而父亲的枪法，在我们那一带却是威名远扬的，他能一枪把盘阳河对岸的飞鸟打下来。父亲跟爷爷是一对冤家，他们坐不到一起，谈不拢什么事情。很多时候，爷爷忙着自己的事情：捡草药，种菜，戴着老花眼镜在门前的光线里看着偶能找到的报纸。许多人把爷爷的医术吹得神乎其神，说他能治肝硬化、麻风，还有许多疑难杂症，但爷爷却从不把自己的医术传给父亲。每次上山捡草药，他总带上已嫁到邻村的侄女，而不是父亲。他边走边给侄女讲解看到的每一棵草，每一种植物的性能、药用，以至于她后来也成了一位颇有名望的乡村医生。父亲后来也给别人捡草药治病，但他所学会的，都他的堂姐教的。

在我的心目中，父亲其实是一个难得的孝子，每次杀鸡宰鸭，他总要把最好的最适合老人咬嚼的肉留给爷爷，把鸡棒腿留给我们小孩。他还给我们讲许多故事，都是教育我们如何孝顺老人的。父亲与爷爷合不来，一定是父亲在枪法上嘲笑过爷爷，不然，善良耿直的爷爷是无论如何也不会生气的。以至于到了临终之时，他把母亲叫到床前交代后事，而不是我的父亲。

父亲第一次参加狩猎，是1961年腊月二十三，那时父亲刚满十七岁。前一夜，村里领着大家打猎的头人刚做了一个好梦，这是一个好兆头，于是，一大早他就把大伙召集起来，准备上山打野猪、黄猄。父亲还记得他第一次扛着猎枪出门，跟在男人们身后的情景：大家投向他的目光是不信任的，甚至是不屑的，还有人嘲笑父亲，说他连扛个铳(猎枪)都打晃，还打什么猎啊，幸好一位姓陆的伯伯帮他说了话。就是那一次，父亲一枪打死了一只黄猄。在人们还在感到诧异的时候，又过了几天，父亲又打了一只。那一年，全村共打了二十五只野猪、黄猄，有十七只就是父亲打下的。年仅十七的父亲，一年的时间就成了乡间的名人，并因此成了大队民兵连的一个连长。

但林里的野猪和黄猄总有被打光的时候，到我出生，并开始长大时，山林已寂静下来了，除了小松鼠和吱喳乱叫的小鸟，再也没有什么野兽的踪影了，没有黄猄爬到苦楝树上去吃苦楝子，没有野猪越过树林，跑到玉米地里拱玉米，在夜晚出没的，只有野猫，它穿过乡村的夜色，在杂草丛生的村路或玉米地里一闪而过。

父亲吃过晚饭，依然会扛着铳出门，他的目标就是那些野猫。他总在乡村的路上来回走着，从一个村庄走到一个村庄。他自己加工过的加长电筒发出强光，不时在村路、田地、山野上扫过，那是夜晚的一个发散的光柱，黑乎乎的树丛，连绵的玉米地不时被照亮。那些风吹草动就被吓破胆的胆小的夜行人，看到这光柱就放下心了，因为他们知道那是我父亲，一个天不怕地不怕，连鬼神也不怕的猎人，有他在那里走着，他们就不用害怕什么了。

父亲的电筒光终于锁定了两粒闪亮的光点，这光点往往一闪而过，需要多少细心才能把它发现啊？那是野猫的眼睛。父亲把电筒闪回，对准野猫的眼睛，野猫就呆着不动了。这种习惯了在夜晚出动的动物，对光线总是感到迷惑，电筒的强光一下就让它傻住了。这时，父亲摘下肩的铳，把电筒套在铳管上，瞄准，射击。我不知道，野猫被打中时是否发出一声惨叫，我只清楚地记得，当父亲扛着铳出门的时候，我们熄灯上床，感觉黑夜像一堵无边无际的墙横在眼前，它不时地活动着，向我们挤压过来。一点点的风吹草动，就让我的心蹦出胸腔。在那样的夜晚，我心跳的声音就像锣鼓在敲，我感到呼吸困难。如果有人走路的声音传来，我就屏住呼吸，极力分辨那是不是父亲的脚步声。我一定是在那焦灼、恐惧中，度过一个个夜晚的。第二天天未亮，我起床点亮煤油灯，烧热水洗脸，准备去上学，这时我才发现野猫就蜷在火灶边，好像睡着了。它的脑袋，被父亲的砂弹打花了。

在那个物资匮乏的年代，野猫曾经带给我们一家多少美好的回忆：皮被剥下来了，它被钉在一块木板上，晒干后，父亲拿到市场上，能卖上十多二十块钱，那往往是我和弟妹们去学校的生活费。野猫肉被我们一锅煮了，它的香味往往蹿出篱笆墙，在我们童年的记忆里飘荡不散。

野猫渐渐也没有了，空寂的原野往往只剩下风吹过茅草的声音。村庄的夜，只剩下看家的狗在夜静时分不时地叫着，仿佛告诉你那是村庄，那是村人们生息之所。

父亲也渐渐老了，他过了当民兵的年纪，因此冲锋枪被收了回去；接着，收枪治暴，父亲的铳也被没收了。没有了猎枪，最后一只猎狗老死后，父亲也就没什么心情养猎狗了。从此，走在路上的父亲，再没有什么特征，让你想起他曾是一位猎人。

但父亲还是保持了穿越山林的习惯。有事没事，他喜欢拿着一把柴刀，从一个山头走到另一个山头。山上有鸟在鸣叫，有松鼠在跳跃，有蝉在没完没了地嘶鸣，但不会再有野猪、黄猄这些大型的动物了，父亲巡山回来，肩上扛着的，只有柴火。

打柴火是农村所有的农活里,他最喜欢的,因为那样可以让他整天整天地泡在山上,而不是地里。父亲不喜欢地里的活,地里的活总是落到母亲的肩上。母亲去世后,地里的活让父亲愁眉苦脸,父亲因此被村里的人们称为懒人。他们不知道,其实我的父亲骨子里就是一个猎人,猎人是不喜欢田地的,他喜欢山林。只不过,山上再没有他的猎物了。一个失去了对手的猎人,他的内心是孤独的。在他的内心里,就只剩下那些打猎的故事了。

从很小的时候起,我就喜欢坐在火灶边听母亲讲故事,那都是民间口传的故事:卜火(穷人),田螺姑娘,雷公雷母……母亲去世后,我们坐在火塘边,整个家显得冷冷清清的。父亲抽着水烟筒,我们在看连环画,心情好的时候,父亲竟跟我们讲起打猎的故事来。

父亲打猎遭遇过危险,也遭遇过尴尬:哪一年?他手中的枪走火,野猪回过身朝他猛扑过来,他腾空而起,抓住了头上的树枝。父亲讲到这个细节时辅以动作,然后,他说,如果慢腾空一秒钟,他的大腿就被野猪撕了。又是哪一年?他参加狩猎,对面山头有人朝他喊,过去了,过去了,不久,他眼前的草丛耸动,他朝那儿开枪,打中了一个人,砂弹把那人的身子打出了许多眼;父亲还说他们打过老虎,那可能是乡村的最后一只老虎了吧?因为此后,我们那一带再也没出现过老虎。

父亲就是带着对打猎的无限美好的记忆来到我生活的城市的。那时候,弟妹们都工作了,我的儿子正上幼儿园。星期天,我们问父亲,你想去哪儿玩?我们陪你去。父亲竟说他想去动物园。于是,我们浩浩荡荡地出发了。动物园在西郊,树荫掩映。有关动物园,我曾写过一篇《前往二十二世纪的西郊动物园》,那是一篇忧心忡忡的文字:到二十二世纪,我们城市里的动物园,就会变成动物纪念馆了,因为很多动物,很多物种,会不断地消失。但眼前,虽然我们无法看到老虎啸聚山林的雄风,但它膘肥体胖,正过着休闲的园居生活。还有表演艺术大师大象,正饶有兴趣地表演着踢球;还有鳄鱼,在阳光下半睁半闭着眼睛,好像沉在另外一个世界里。对于动物园,儿子来过多次了,他感兴趣的只是大象表演,而父亲,他一直在掩饰着自己内心的激动。他走在我们的前面,似乎带着我们乱走一气,我知道父亲一定在找着什么？黄猄！！父亲惊呼！我们的目光顺着父亲的目光，看到了铁笼里的几只黄色的动物，它们还长了角，像鹿一样好看的角。这是我第一次看到黄猄，原来它是一种温顺美丽的动物，它的眼神像驴那样单纯，透明，让人类能够从中看到的是自己的污浊。父亲贴近栏杆，像看到老朋友那样，长久地看着黄猄，他的目光却是复杂的。我们还看到了野猪、老虎、竹鼠、狐狸……看到每一种动物，父亲都惊喜地叫着它们的名字，并说他曾打过它们。但渐渐地，他的声音由最初的兴奋，最后竟变成了沉默。父亲是一个猎人，他曾亲手剿灭过多少动物啊？它们是他的敌人，还是他的朋友？现在，父亲只能在动物园里看到它们了。无敌的人类，当他们剿灭了动物，最后就只剩下他们自己的时候，大自然对他们的惩罚就是给予他们孤独，这是大自然对人类的警告。但我依然无法从环保主义的立场去审判父亲。环保意识的形成，也许是一个漫长的自觉的过程。在这个自觉的过程中，我们付出了惨痛的代价。

从动物园回来之后，父亲竟陷入深深的失落中，自此后，他再也不跟我们讲打猎的故事了，最后一位乡村猎人，他打猎的故事，最后也要从乡村中消失了。

四、一个人的乡下

父亲是否想过，拼命地把几个小孩送进学校，结局却是把他自己一个人丢在了乡下？

老屋越来越破烂了，三面是竹篾围起来的篱笆，四处漏着风。太阳，月亮，星星，一年四季从竹篾上走过，从屋里能清清楚楚地看到，那么明亮，孤单。冬天，风能透过篱笆吹到屋里来，坐在火塘边，脊梁却冷得一阵阵发麻。更要命的是，唯一的一面土墙，已裂开了几个大口子，由于风吹雨淋，不时地往下掉泥巴。加上排水不畅，薄薄的墙脚被雨水浸得又松又软，整面墙随时都可能坍塌下来。偏偏那时候，小弟小妹都还在读书呢，每年两次开学，我和大弟的积蓄就都花进去了，根本没有多余的钱起房子。父亲安慰我们说，不要紧的，只要你们都能读书，都能工作，我住破房子，心也甘。

但一下大雨，我和大弟就都把心提起来了，而老父的床，刚好就在那危墙下面。我们急忙把电话打到村里，半晌，父亲喘着气在电话那端出现了。父亲说，墙能撑得住的，我已经打了几根顶柱了，估计是倒不了的。父亲说的是估计，我们的心还是无法放下，我们说，要不，下大雨的时候，你就去别人家住吧，这样我们就能放心了，就能睡得着觉了。父亲说，好的，下大雨我就去阿飞家住。阿飞家是村里跟我们家最亲的一家人，因为我母亲和他母亲是从同一个地方嫁过来的。三十年来，两家人不是亲戚，却一直以亲戚相处。

春节到了，我和大弟从外乡回家。站在屋前，看着那栋半是篱笆，半是土墙，半盖茅草，半盖瓦片的全村最破烂的老屋，我们心里在盘算着它还能撑多久。它摇摇欲坠，看来很难能撑得过下个雨季了。

必须建新房，借钱！

父亲也不得不同意这个决定。其实，父亲的心里就一直有着新房梦，几年前他曾说过，等你们都读完书了，都工作了，我们盖一栋三层的小楼，一层我住，二三层你们回来时住。父亲说完，我就想，等我们都工作了，那还要多长的时间啊，那时小妹才读小学，至少还要十年的时间。但现在，才过去五年啊，房子却快撑不住了。父亲说，那就打三层的基础，先建一层吧。我们让父亲打个预算，水泥多少，砖多少，还有，还有，请别人起房子也要花钱的啊，先不管了，哪怕先欠着。

然后我们分头去借钱。我跟作家东西借了五千元，这是当时我借的最大的一笔钱了。上一次借钱是好几年前，大弟考上了中专，我跟自己工作的那所乡下中学财务借了八百元。我的工资只有一百六十八元，为了还那八百元钱，我节衣缩食过了差不多一年。这一次，我对东西说，东老师啊，我跟你借这笔钱，不知哪时才能还得起。东老师说，拿去吧，拿去吧。

房屋终于动工了，共和村的覃叔说，我去给你们建房子吧，不用你们付钱。他心里惦记着1958年建水库时，没有蚊帐被窝，是父亲把他这个十多岁的孩子，拉进自己的蚊帐被窝里的。

我们不时地打电话询问建房的进展，父亲说，在倒地梁了。倒地梁花了好长一段时间啊，我问父亲，能不能买红砖，用红砖建房，住多久心里都踏实。父亲在电话里跟我算起账来，一块红砖比水泥砖贵多少分钱，换成红砖，要增加多少多少。我无奈地说，那，就按原计划，用水泥砖吧。

墙终于砌到屋檐下了，这回是父亲打电话过来。父亲问，要不要倒板啊，倒板，就成一间平房了。父亲心里还没放下他的平房梦。我说，倒板要多少钱啊，父亲说，至少三千，我说，那就不倒吧，等将来有钱了，把上面几层砖拆了，同样可以倒板盖楼啊。

终于，房子建好了，但四米宽、四米高的大门，再也拿不出钱来修了。不仅拿不出，还欠着一千多元的水泥砖钱和一千多元的劳务费呢。父亲说，房都建好了，门还能愁死人不成？他动手用从旧房拆来的木板，钉了个简易的门。

终于可以进新房了，我们心里别提多高兴啊，虽然它只是两间灰扑扑的水泥砖瓦房，虽然它有着一个难看的门，但我们再也不用担心它会在一个下雨的夜晚倒下来，压住我们的父亲了，我们的心终于可以放下来。

但住进新房，我们才想起，弟妹都去上学了，平时家里就父亲一个人啊。一个人做饭，一个人吃；一个人睡觉，一个人给自己暖被子；一个做活路，没有人给他帮忙；甚至，没有人跟他说话，要说，只好去串门了。我跟父亲说，爸，你给我们找个后妈吧。弟妹附和，是啊，找个后妈。父亲却说，不找，怕后妈心毒，对你们不好。我们说，那就找一个心不毒的啊。父亲说，那，再等等，等日子再好一些吧。

再等等，又等了两年，小弟也工作了，三个人送小妹读书，再也不成什么问题了。父亲真的找了一个善良的寡妇。她比父亲小十多岁，有五个女儿。但人家在犹豫啊，父亲说，我们家三个子女都在外面工作，她担心你们真能对她好吗？而且，她的女儿们，也舍不了她。我说，不用担心，我们支持你们。

春节快到了，我，两个弟弟，一个妹妹，还有，我的妻子，还有，大弟的女朋友，还有，小弟的女朋友，我们一行七人浩浩荡荡地开拔到三十公里外的那个小村。我们的借口是，邀请她过来过年。其实，是诚心地邀请她过来，做我们的后妈。

从小就没有母亲的小妹，一见到她就挎住她的胳膊，脸上笑得多甜啊。在她的脸上，我看到小时候课本里蝌蚪找到妈妈的那种幸福！

我们终于有后妈了，但是，她还是过不来。她的女儿嫁人的嫁人，还没嫁的，都在外乡打工，家里就丢下一个外孙，还有几亩田地。孩子要有人带啊，田地也不能丢荒，于是，父亲和她，不是那个跑这边住几天，帮帮这边干干农活，就是这个跑那边几天，帮帮带外孙。即便不住在一起，父亲的心里有了一份牵挂，我们也觉得挺幸福的了。

前几年，我租住着单位的房子，一家三口算是有了栖身之地了，我对父亲说，闷了，你就出来住一阵吧。父亲说，好。忙完农活，父亲把家里的猪呀、鸡呀什么的，交代给乡亲们，就锁上门，骑着老单车去了县城。从县城，先去大弟工作的宜州市乡下卫生院，住了一阵，才坐车从宜州到南宁来。我和专程从钦州赶过来的小弟，陪着父亲玩了两天，小弟就赶回去了。白天，我和妻子要上班，儿子在幼儿园，中午都没法回家，我们就教父亲用煤气灶、微波炉、热水器，开防盗门，父亲不耐烦地说，中午我到楼下吃粉，你们不用管我的。有一天回家，父亲气鼓鼓地坐在屋子里，嚷嚷着要回乡下去。原来，他在开门的时候，把钥匙拧断了，不仅钥匙断了，程序也乱了，是妻子找来开锁匠，把门打开的。没有谁责怪父亲，我跟父亲说，两道门，明天你就锁一道好啦。但父亲执意回去，在城里，他实在是待不住了。

父亲转了一圈，又回到他的乡下。父亲在电话里说，住在城里实在是没有意思，不认识什么人，整天就对着那电视机，心里闷得慌。不像在村里，一村都是熟悉的人，想进哪家进哪家。还有，山上有他种的几十棵果树，几十丛竹子，地里有庄稼，每天去打理它们，心里踏实，高兴。

我很好，你们放心好啦，父亲说。

从此，我们也习惯着父亲一个人在乡下生活了。

父亲在乡下生活，成了城里孩子每天的牵挂。

Ⅰ作者自述Ⅰ

我非常同意你说的，散文是写，或者记，而不是创作。在我看来，散文首先就是一种记录。它是与一个人的成长有着血肉相连的关系的；它也是作家看社会和人生的一只眼睛，是一种情感的表达。就像一个人，他心里憋着有话要说，那他就写散文。散文就是说出来。我写散文最初就是想留下那些远去的事物，比如母亲、乡村的事物……现在看来，我的散文就是记录了一个进城的农村孩子的轨迹，他在城里四处招摇，却拖着一条乡村的尾巴。

——黄土路:《与庞白扯散文(代后记)》，载黄土路《谁都不出声》，金城出版社，

2014，第159页